MANI BECKMANN

DIE KAPELLE IM MOOR

Historischer Roman

Dieser Roman erschien erstmals 2002 als Bastei Lübbe Taschenbuch in der Verlagsgruppe Lübbe GmbH & Co. KG, Bergisch Gladbach. Die vorliegende Ausgabe ist vollständig überarbeitet und entspricht den Regeln der neuen Rechtschreibung.

Bibliografische Information der Deutschen Nationalbibliothek:
Die Deutsche Nationalbibliothek verzeichnet diese Publikation in der Deutschen Nationalbibliografie; detaillierte bibliografische Daten sind im Internet über http://dnb.d-nb.de abrufbar.

© 2017 Mani Beckmann
Weitere Informationen im Internet unter www.manibeckmann.de
Herstellung und Verlag: BoD - Books on Demand, Norderstedt
Titelbild: Franz Marc (1880-1916) »Moorhütten im Dachauer Moos« (Ausschnitt)
Printed in Germany
ISBN: 978-3-7431-7912-7

ERSTER TEIL

DER UNBERÜHRBARE

Erstes Kapitel
Bringt die Ankunft eines Fremden

Wer in den Chroniken und Geschichtsbüchern nach bedeutenden Ereignissen des Jahres 1668 fahndet, wird kaum fündig werden. Wenig Bemerkenswertes ist in diesem Jahr geschehen. Deutschland dümpelte vor sich hin und erholte sich nur langsam von den Folgen des Dreißigjährigen Krieges. Leopold I.* war seit zehn Jahren ein Kaiser ohne Macht und ließ die Territorialherren, Fürsten und Bischöfe unbehelligt ihr eigenes Süppchen kochen. In Frankreich herrschte Ludwig XIV. als Sonnenkönig, legte sich mit Niederländern und Spaniern an und stolzierte wie ein Pfau über die Baustelle seines Versailler Schlosses. London genas derweil von Pest und Feuersbrunst. Und in Brandenburg mühte sich der Große Kurfürst redlich, seinem Namen gerecht zu werden, während die Linden, die er zwischen seinem Berliner Schloss und dem Tiergarten hatte pflanzen lassen, gemächlich gen Himmel wuchsen. Europa dämmerte mehr oder minder stumpfsinnig hinüber vom Zeitalter der Glaubensspaltung ins Zeitalter des Absolutismus.

Es war in diesem Jahr 1668, an einem späten Juliabend, als sich zwei Männer auf ihren Pferden von Westen her dem westfälischen Dorf Ahlbeck näherten. Obwohl es ein heißer Tag gewesen war und die Schwüle immer noch wie eine Glocke über dem Ort stand, trug einer der Männer einen schwarzen Umhang und einen ebenfalls schwarzen Hut mit breiter Krempe sowie lange Stulpenstiefel. Er ritt einen Rappen und lauschte andächtig seinem Begleiter, einem älteren und wohlbeleibten Mann, der auf einem Apfelschimmel saß und unter seinem grünen Rock lediglich Hemd und Hose aus grobem Leinen trug. Auf dem speckigen Glatzkopf des Mannes thronte ein hoher, abgegriffener und an den Ecken eingerissener Holländerhut. Am Ahlbach, jenem Flüsschen, das dem nahe gelegenen Dorf seinen Namen verliehen hatte, stiegen beide ab, befeuchteten ihre Gesichter und tränkten die Pferde.

»Was für eine öde Gegend«, sagte der Schwarzgekleidete und lachte bitter. »Nichts als Sumpf und feuchte Wiesen. Hier fühlen sich nur die Mücken und Bremsen wohl.« Er war ein junger Mann von kaum zwanzig

---

* Anmerkungen und Übersetzungen im Anhang ab S. 295

Jahren, groß gewachsen und mit dichtem, leuchtend rotem Haar, das er im Nacken zu einem Zopf gebunden hatte. Sein Gesicht war blass, beinahe weiß und gesprenkelt mit großen Sommersprossen. Er setzte sich ins Gras, stopfte seine Pfeife und schaute sich um, als müsse er sich orientieren. Hinter ihnen im Westen lag das Moor, das sich bis zur niederländischen Grenze und weit darüber hinaus erstreckte. Sie hatten auf ihrem Weg durchs Venn eine alte Wassermühle zur Rechten und einen Galgenhügel zur Linken passiert und waren stets dem Lauf des Flusses gefolgt. Der unwegsame und morastige Bruchwald war allmählich in Weidelandschaft übergegangen, und in der näheren Umgebung waren nun einige Bauernkotten zu sehen. Hier und da brannte noch Licht, aber es war völlig ruhig und friedlich. Kein Hofhund bellte, das Vieh schlief auf der Weide, und weit und breit war keine Menschenseele zu sehen. Es war eine mondhelle Nacht, in der Ferne war das Dorf auszumachen, das ebenfalls nur aus wenigen Bauernhöfen zu bestehen schien und von einem Kirchturm mit Treppengiebel überragt wurde.

»Ich hätte es dir nicht sagen dürfen, Junge«, sagte der Glatzkopf in dem typischen Singsang, der den Rheinländer verriet. »Das war dumm von mir.« Er nahm seinen Hut ab und wischte sich mit einem Tuch über den Hinterkopf. »Deine Miene verrät nichts Gutes.«

»Du irrst dich, Roloff. Es macht mir nichts aus«, antwortete der junge Mann und winkte ab, doch seine Mimik widersprach seinen Worten. Obwohl er rauchend und mit übereinandergeschlagenen Beinen am Ufer lag, hatte seine Miene einen ernsten, ja finsteren Ausdruck angenommen. Seine bleiche Stirn lag in Furchen, die schmalen Lippen hatte er aufeinandergepresst, und seine wässrigblauen Augen funkelten unter den buschigen, hellroten Augenbrauen, als wolle er jemanden mit seinem Blick hypnotisieren. Als er seinen Hut abnahm und neben sich ins Gras legte, offenbarte sich eine fürchterliche Wunde an der rechten Seite seines Kopfes: Das Ohr war völlig verunstaltet, die obere Hälfte fehlte oder war mit dem Kopf verwachsen, und eine beinahe handbreite Narbe verlief vom Ohr bis zum Nacken, die nur halbwegs durch das Haar verdeckt wurde. Ein seltsames Lächeln legte sich plötzlich auf die Lippen des Mannes, und er murmelte: »Nein, es war richtig, dass du es mir gesagt hast! Dass ich nicht vom Himmel gefallen bin, war mir ja bewusst. Und die Geschichte mit den Schweden habe ich ohnehin nie geglaubt.« Wieder setzte er ein schiefes Lächeln auf, das alles andere als heiter wirkte, und setzte hinzu: »Wo genau ist die Stelle? Ich würde sie gern sehen. Kannst du mich hinführen?«

Der Mann namens Roloff schüttelte den Kopf. »Heute nicht«, sagte er und zuckte mit den Schultern, »ich bin nicht mal sicher, ob ich sie wiederfinde. Es war eine Lichtung im Wald. Bei diesem steinernen Kreuz, von dem ich dir erzählt habe. Vermutlich ist mittlerweile nichts

mehr davon übrig. Ich habe dir doch gesagt, dass es damals schon ziemlich verwittert war.«
»Dann werden wir eben suchen«, antwortete der Rothaarige.
»Daniel, Daniel!«, rief Roloff und schüttelte missmutig den Kopf. »Du solltest es am besten gleich wieder vergessen. Du kannst es ohnehin nicht ungeschehen machen.« Er räusperte sich und wechselte abrupt das Thema: »Du weißt, was du im Dorf zu tun hast?«
»Was soll die Frage?« Der junge Mann bedachte ihn mit einem ironischen Blick und setzte hinzu: »Du weißt, dass ich meine Aufgabe kenne. Und glaub mir, diesmal wird es mir eine besondere Freude sein, den *gadschos* auf den Zahn zu fühlen.«
»Unterschätz die Bauern nicht!«
Daniel nickte und fragte: »Werden sie mich nicht erkennen?«
Roloff lachte und schüttelte den Kopf. »Du warst damals noch ein Hosenscheißer ohne Haare auf dem Kopf. Mach dir darüber keine Gedanken! Welche Rolle wirst du spielen?«
»Den Studiosus. Bei Katholiken ist es immer recht Erfolg versprechend, sich als Theologiestudent auszugeben.« Der junge Mann reichte dem Glatzköpfigen die Pfeife und setzte hinzu: »Kein Mensch misstraut einem Mann der Kirche. Und das Wohlwollen des Pfarrers wird mir ebenfalls sicher sein und damit vielleicht das eine oder andere Beichtgeheimnis. Unter Kollegen sozusagen.«
»Gut«, sagte Roloff, nahm ein tiefen Zug und gab dem anderen die Pfeife zurück. Dann beäugte er seinen jungen Kumpan mit skeptischem Blick und fügte warnend hinzu: »Aber sei vorsichtig und mach keine Dummheiten! Versprich mir das, mein Junge!«
»Du solltest mich eigentlich gut genug kennen.«
»Da bin ich mir nicht so sicher«, sagte Roloff, schüttelte erneut den Kopf und setzte seinen Holländerhut auf. »Du weißt ja, wo du uns findest, falls etwas Unvorhergesehenes passiert. Ansonsten treffen wir uns wie geplant in zwei Tagen im Lager, aber komm erst nach Sonnenuntergang und pass auf, dass dich niemand sieht.«
»Für wie dumm hältst du mich eigentlich?«
»Du bist mir manchmal nicht dumm genug«, sagte der Mann im grünen Rock, stieg auf seinen Apfelschimmel, stieß dem Gaul den Fuß in die Flanke und ritt grußlos davon.
Daniel schaute ihm lächelnd hinterher und murmelte: »Kannst dich auf mich verlassen, du alter Gauner.« Doch das Lächeln verschwand augenblicklich aus seinem fahlen Gesicht, und abermals presste er die Lippen aufeinander, dass sie wie dünne Striche aussahen. Seine Augen gingen rastlos hin und her, in seinem Kopf herrschte ein unverkennbares Durcheinander, auch wenn er sich den Anschein der Gelassenheit geben wollte. Eine plötzliche Wut stieg in ihm hoch, aber sie war gegen nie-

mand Speziellen gerichtet, sondern ganz unbestimmt und vage, und er ärgerte sich sogleich darüber.

»Der Teufel soll euch alle holen«, zischte er schließlich, schlug mit der Hand nach einer Mücke, die sich auf seinem Gesicht abgesetzt hatte, und spuckte in hohem Bogen in den Fluss.

Nach und nach wurden ringsum die Lichter auf den Bauernhöfen gelöscht, das Dorf legte sich schlafen, und als die Glocken der Kirchturmuhr zur vollen Stunde schlugen, war ganz Ahlbeck in Dunkelheit gehüllt.

Erst jetzt sprang der junge Mann auf, klopfte die Pfeife aus, setzte sich den Hut schräg auf den Kopf, so dass seine Narbe verdeckt wurde, und klopfte seinem Pferd aufmunternd auf den Hals.

»Auf geht's, Schwarzer!«, sagte er, stieg in den Sattel und gab dem Pferd die Sporen. »Wollen mal sehen, mit wem wir es zu tun haben.«

Er ritt eine weitere halbe Meile am Fluss entlang, bevor der Weg rechter Hand abbog und über eine Holzbrücke zu einer gepflasterten Straße führte. Diese war von kleineren Bauernhöfen flankiert und mündete schließlich in einen rechteckigen Dorfplatz. Außer der backsteinernen Kirche und dem sich westlich anschließenden Friedhof, der von einer mannshohen Mauer umgeben war, befand sich an diesem Platz noch das Pastorat, zu erkennen an dem großen, weißen Kreuz über der Eingangstür, sowie eine alte Schmiede und ein Wirtshaus mit dem Namen »Zur alten Linde«.

Als Daniel das Messingschild über der Tür zur Schenke sah, fuhr er zusammen, und ein nervöses Lächeln huschte ihm übers Gesicht.

»Die ›Linde‹«, murmelte er, stieg vom Pferd und schaute sich um, als suche er irgendetwas oder müsse sich zurechtfinden. Er betrachtete die kleine gotische Kirche, deren Turm bereits einige Jahrhunderte auf dem Buckel zu haben schien. Das rote Gemäuer des winzigen Hauptschiffes war an einigen Stellen rußgeschwärzt oder mit helleren Steinen ausgebessert worden, als sei es verbrannt und anschließend notdürftig wieder repariert worden. Vermutlich eine Folge des Krieges, der dreißig Jahre lang im ganzen Reich gewütet und überall seine hässlichen Narben hinterlassen hatte. Auch das Wirtshaus, auf das der junge Mann nun zuging, wirkte wie ein Flickwerk. Das Dach war neu gedeckt, aber die Mauern waren mit Rissen überzogen und zeigten die gleichen Spuren unbeholfener Ausbesserungsarbeiten. Neben der Schenke befand sich eine Art hölzener Unterstand oder Stall, an dem der Reiter seinen Rappen festband. Er schulterte seinen Rucksack, ging zur Vordertür des Wirtshauses und klopfte gegen das Holz. Da ihm niemand antwortete, nahm er einen Stock zur Hilfe und hämmerte erneut gegen die Tür.

»Wer ist dort?«, meldete sich eine Männerstimme im oberen Stockwerk. Ein Fenster wurde aufgerissen, und der Kopf eines bärtigen Mannes erschien. »Was soll der Lärm?«, fragte er. »Wer seid Ihr?«

»Ich habe einen langen Weg hinter mir und suche ein Zimmer für die Nacht«, antwortete Daniel. »Habt Ihr eine Kammer frei und eine Kleinigkeit zu essen? Mein Magen knurrt wie ein Hofhund.«
»Mitten in der Nacht?«, fauchte der Bärtige. »Das Wirtshaus ist geschlossen, kommt morgen früh wieder. Legt Euch ins Gras, es ist eine laue Nacht.«

»Ich werde Euch fürstlich belohnen, wenn Ihr mich einlasst«, erwiderte der junge Mann, zog einen Lederbeutel aus seiner Rocktasche und holte einen Rheinischen Goldgulden heraus, den er dem Wirt zuwarf.

»Nun sieh einer an«, sagte dieser, nachdem er die Münze in Augenschein genommen hatte, und kraulte seinen Bart. »Ihr habt tatsächlich fürstliche Argumente.« Er wandte sich ab und rief ins Innere des Hauses: »Henrike, steh auf, wir haben einen Gast! Hast du nicht gehört? Raus aus dem Bett! Einen Moment, werter Herr«, richtete er seine nächsten Worte an den Mann vor der Tür, »wir sind in Windeseile unten.« Damit schloss er das Fenster, und erneut konnte man ihn den Namen Henrike rufen hören.

Nur eine Minute später wurde im Erdgeschoss Licht gemacht, und der Wirt öffnete die Tür. »Kommt herein in unser bescheidenes Heim«, sagte er und machte einen Bückling. »Mein Name ist Franz Tenfelde, ganz zu Euren Diensten.« Er war ein kleiner, kugelrunder Kerl mit pockennarbigem Gesicht, das er hinter einem Rauschebart zu verstecken suchte. Unter der Schlafmütze, die er immer noch auf dem Kopf trug, lugte sein dunkelblondes Haupthaar hervor, das wie ausgedörrtes Gestrüpp vom Schädel abstand und an den Schläfen ergraut war. »Ich habe bereits veranlasst, dass Euch etwas Schmackhaftes zubereitet wird«, sagte er und grinste ergeben, »Setzt Euch nur und ruht Euch aus. Ihr hattet eine lange Reise, sagtet Ihr? Woher kommt Ihr denn zu so später Stunde, wenn man fragen darf?«

Daniel begutachtete die spartanisch eingerichtete, aber sauber wirkende Wirtsstube und setzte sich an einen Ecktisch. »Mein Pferd braucht Futter«, sagte er statt einer Antwort.

»Sicher, natürlich«, erwiderte der Wirt und nickte beflissen. »Ich kümmere mich gleich darum. Darf ich Euch zuvor etwas zu trinken bringen? Einen Seidel Bier vielleicht, Herr …?«

»Ihr könnt mich Magnus nennen, aber kümmert Euch zuerst um den Rappen. Wenn Ihr damit fertig seid, trinke ich gerne einen Becher.« Der junge Mann bedachte den Wirt mit einem unmissverständlichen Blick, so dass dieser erneut einen Bückling machte und sich zurückzog.

»Das Pferd«, sagte er, »natürlich, sofort. Ich verstehe.«

Als der Wirt den Schankraum verlassen hatte, versank Daniel wieder in seine Grübelei. Sein Blick verdüsterte sich, wanderte durch das Zimmer und begutachtete alles mit erhöhter Aufmerksamkeit, obwohl sich nichts darin befand, was dieses Interesse gerechtfertigt hätte. Die Stühle und Tische sowie die Theke waren aus schwerem Eichenholz gezimmert, der Boden bestand aus Lehm, und die Wände waren, sah man einmal von den roten Kattunvorhängen an den Fenstern und einigen Kritzeleien, die von den Gästen zu stammen schienen, gänzlich schmucklos. Der junge Mann nahm die Talgkerze vom Tisch und betrachtete die verblassten Kohlezeichnungen und die mit Messern eingeritzten Bildchen genauer. Eine dieser Kritzeleien zeigte einen Mann am Galgen sowie die Unterschrift »Inkubus«.

»Wo man auch hinkommt«, murmelte Daniel, »der Teufel ist schon da.«

»Ich habe Euch Kalbszunge und Schinken zubereitet.«

Der junge Mann fuhr erschrocken herum, griff automatisch mit der rechten Hand nach dem kleinen Dolch, den er an der Seite unter dem Umhang trug, und starrte mit aufgerissenen Augen auf die Frau, die ihm in diesem Moment sein Nachtmahl auf den Tisch stellte.

»Tut mir leid«, sagte sie und lächelte entschuldigend. »Ich wollte Euch nicht erschrecken.«

Daniel ließ den Dolch los, stellte die Kerze, die er immer noch in der linken Hand hielt, auf den Tisch, sagte jedoch kein Wort und betrachtete die Frau mit misstrauischem Blick. Sie war etwa in seinem Alter, vielleicht zwei, drei Jahre älter, ihre langen, dunklen Haare, die vom Schlaf noch ein wenig zerzaust waren und unter ihrer Nachthaube hervorragten, rahmten ein ovales und bleiches Gesicht. Die Nase war spitz und sommersprossig, ihre hellblauen Augen, die nicht zu ihrer Haarfarbe passen wollten, strahlten regelrecht, und auf ihren blassen Lippen lag ein Lächeln, das ein wenig schelmisch und doch nicht kokett wirkte. Es war vor allem dieser seltsam lächelnde Mund, der Daniel irritierte. Mit dem Anblick einer solch hübschen Frau an einem solchen Ort hatte er nicht gerechnet. Doch er ließ sich seine Gedanken nicht anmerken, verharrte regungslos und setzte eine undurchdringliche Maske auf. Er schaute die Frau nur an, nickte schließlich und blieb stumm.

»Wenn Ihr etwas Warmes wollt, müsst Ihr Euch gedulden«, fuhr die junge Frau fort, da der Fremde sie nach wie vor schweigend anstarrte. »Ich könnte Euch einen Brei bringen, aber der Herd ist kalt und ich müsste erst ...«

»Nicht nötig, macht Euch keine Umstände«, unterbrach er sie und räusperte sich. »Bemüht Euch nicht. Es ist alles wunderbar so.« Ein ironisches Lächeln legte sich auf seine Lippen, als ihm bewusst wurde, dass er damit nicht nur das Essen gemeint hatte. »Euer Vater hätte Euch nicht wecken sollen«, setzte er hinzu und betrachtete das Essen auf dem Tisch. »Das war überhaupt nicht nötig.«

Die junge Frau betrachtete ihn mit einer Mischung aus Neugier und

Misstrauen, der funkelnde Blick des Fremden schien ihr gar nicht zu gefallen, und das spöttische Lächeln verschwand aus ihrem Gesicht. »Franz ist nicht mein Vater«, antwortete sie schließlich und machte einen Schritt zurück,» das heißt, er war ... also er ist ...«

»Ich bin Henrikes Mann«, mischte sich in diesem Moment die Stimme des Wirtes aus dem Hintergrund ein. Er war aus dem Stall zurückgekehrt, lächelte stolz und ging hinter die Theke, um einen Krug mit Bier zu füllen. Er hatte mittlerweile die Nachtmütze vom Kopf genommen und sich eine blaue Joppe übergezogen, die über seinem Nachthemd reichlich deplaziert wirkte. »Wir haben vor einem halben Jahr geheiratet«, setzte er hinzu und reichte seiner Gattin den Krug, damit sie ihn dem Gast servieren konnte. »Henrike ist mein ganzer Stolz.«

»Dann gratuliere ich«, murmelte Daniel, betrachtete abwechselnd die junge Frau und ihren nicht mehr ganz so jungen Mann, und dann starrte er auf den Tisch. Ihm war heiß geworden, der Schweiß lief ihm in den Nacken, er legte den Umhang beiseite und nahm den Hut ab, den er die ganze Zeit auf dem Kopf getragen hatte.

Als die Frau des Wirtes den Krug auf den Tisch stellte, sah sie das verunstaltete Ohr, und ein Schreckenslaut entfuhr ihr. Sie wich zurück und bedachte den jungen Mann mit einem mitleidigen Blick.

Daniel sah den Blick und das Zurückweichen, und seine Miene verfinsterte sich im selben Augenblick. »Ich hoffe, mein Anblick verursacht Euch keine Alpträume«, sagte er und funkelte die Frau böse an. »Ich vergesse oft, wie abstoßend ich auf Leute wirke, die mich zum ersten Mal sehen.«

»Aber nein, überhaupt nicht!«, rief sie, aber es klang ein wenig gezwungen. »Ich war nur ... Es tut mir leid.«

»Warum sollte es Euch wohl leid tun?« Daniel kramte seine Pfeife heraus und stopfte sie geflissentlich, um der Frau nicht in die Augen schauen zu müssen. »Die Narbe stammt gewissermaßen von einer Kriegsverletzung«, setzte er hinzu, und ein böses Lächeln legte sich auf seine Lippen.

»Welcher Krieg soll das gewesen sein?«, mischte sich der Wirt in die Unterhaltung ein. »Ihr seid doch noch ein junger Kerl, und im Jahre 1648 müsst Ihr noch ein Kind gewesen sein.«

»Als wäre das für die Schweden ein Hinderungsgrund gewesen.« Daniel zündete sich die Pfeife an der Kerze an. »Wrangels Leute haben meine Eltern gemeuchelt und mir dieses Andenken verpasst. Damals war ich kaum der Mutterbrust entwachsen.«

»Oh, wie schrecklich«, entfuhr es Henrike Tenfelde, und sie schlug die Hände vor den Mund. »Was für Barbaren!«

»Hier im Ort haben vor allem die Hessen getobt.« Der Wirt gesellte sich zu seiner Frau. »Die waren auch nicht viel besser als die Schweden.«

»Was soll man von diesem protestantischen Pack auch schon erwarten?«, erwiderte Daniel und füllte einen Becher mit Bier. Und mit beinahe pastoralem Ton setzte er hinzu: »Es ist eben eine harte Zeit für rechtschaffene Papisten.«
»Papisten?« Henrikes Blick verdüsterte sich. Sie schaute den jungen Mann skeptisch an und schüttelte leicht den Kopf. »Ist das nicht ein Schimpfwort?«
Daniel merkte, dass er sich verplappert hatte, und senkte abermals seinen Blick. Ihm wurde klar, dass er auf der Hut sein musste.
»Seid Ihr wegen der Kirmes in Ahlbeck?«, fragte Franz Tenfelde.
»Was denn für eine Kirmes?«, gab Daniel sich erstaunt.
»Am Sonntag findet in der Heide ein Schützenfest statt«, sagte Henrike, nun wieder mit ihrem Schelmengrinsen auf den Lippen. »Ein neuer Schützenkönig wird gekürt, und Schausteller und fahrendes Volk aus aller Herren Länder kommen nach Ahlbeck, um ihre Waren feilzuhalten und die Leute zu unterhalten. Da geht es immer hoch her. Es passiert ja sonst nicht viel im Dorf, da ist man froh über jede Abwechslung.«
Der Wirt strafte seine Frau mit einem vorwurfsvollen Blick und erklärte: »Seit dem Krieg gibt es in Ahlbeck eine Schützengilde, und alle vier Jahre zur Kirchweih wird in einem Wettschießen ein neuer König ermittelt.«
»Der Grund für meinen Aufenthalt im Dorf ist nicht ganz so profaner Natur«, erwiderte Daniel und hob missfällig die Augenbrauen. »Ich bin Scholar der theologischen Fakultät zu Paderborn und reise im Auftrag des Fürstbischofs durch das Münsterland, um die Sprengel und Kirchen zu inspizieren. Nach Volksbelustigungen und Jahrmärkten steht mir nicht unbedingt der Sinn.«
»Der Bischof von Galen?« Der Wirt wich einen Schritt zurück, machte einen Bückling und wisperte: »Hat er Euch geschickt?«
»Ihr kennt Bischof Bernhard?«
»Ihm gehört beinahe die Hälfte des Landes in Ahlbeck«, antwortete der Wirt, »und außerdem die Kolkmühle im Venn. Meine Familie ist ihm seit jeher sehr verbunden.« Er lächelte unsicher, räusperte sich und setzte hinzu: »Seid Ihr hergekommen, um bei uns nach dem Rechten zu schauen?«
»Mich interessieren weder die Mühlen noch die Ländereien«, antwortete Daniel, »sondern die Gotteshäuser.«
»Wie ist Euer Name?«, fragte Henrike und kam einen Schritt näher, um dem Fremden besser ins Gesicht schauen zu können.
»Daniel«, rutschte es ihm unbedacht heraus.
»Sagtet Ihr nicht, Euer Name sei Magnus?«, fragte der Wirt.
»Magnus ist mein Ordensname«, erwiderte Daniel, schaute dabei aber die Frau des Wirtes an, »Daniel ist mein Geburtsname. Da ich meine

Priesterweihe noch nicht erhalten habe, darf ich weiterhin meinen weltlichen Namen führen.«

»Und nun begebt Ihr Euch in die Ahlbecker Löwengrube?« Henrike zog die Stirn kraus und hielt dem starren und bohrenden Blick ihres Gegenübers stand.

»Was meint Ihr damit?«, erwiderte Daniel.

»Wie Euer Namenspatron aus der Bibel«, sagte Henrike, »der Prophet Daniel. Er wurde vom König in die Löwengrube geworfen.«

Daniel starrte sie an und brachte kein Wort über seine Lippen. Das Blut schoss ihm in die Schläfen, und seine Augen wurden zu schmalen Schlitzen. Zum Henker mit dir, dachte er. Er hatte von Daniel, dem Drachentöter, gehört und von dem Menetekel an der Wand, aber die Geschichte mit den Löwen war ihm bislang noch nicht zu Ohren gekommen.

»Was soll denn dieses neunmalkluge Gerede?«, fuhr der Wirt seine Frau an. »Siehst du nicht, dass der werte Herr völlig ermattet ist? Er ist ganz bleich im Gesicht. Ihr habt ja noch gar nichts von dem Essen angerührt, Herr Magnus«, wandte er sich an den jungen Mann. »Schmeckt es Euch nicht? Soll Henrike etwas anderes bringen? Einen Brei vielleicht? Ihr müsst meine Frau entschuldigen, sie ist manchmal ein wenig naseweis, wie ein junges Füllen, aber das werde ich ihr schon noch austreiben. Sie ist genau wie ihre Mutter. Man muss sie hart an die Kandare nehmen, ich habe meine Erfahrungen mit den Frauenzimmern. Henrike ist meine dritte Gattin, müsst Ihr wissen, ich kenne mich mit den Weibsbildern aus.«

Henrike zuckte verächtlich mit den Schultern und fuhr fort, den jungen Mann zu mustern. Auch wenn sie ihren Mund hielt, so schien sie durch die Worte ihres Mannes nicht unbedingt eingeschüchtert, vor allem da Franz Tenfelde sie bei seinen tadelnden Worten wie ein verliebter Jüngling angeschaut und nicht den Eindruck gemacht hatte, er könne wirklich auf sie böse sein.

»Wärt Ihr wohl so freundlich, mir das Zimmer zu zeigen?«, sagte Daniel, klopfte seine Pfeife aus und stand auf, ohne die Wirtsleute anzuschauen. »Ich bin möchte morgen zeitig aufstehen, um dem Pfarrer einen Besuch abzustatten. Wie war doch gleich sein Name?«

»Pastor Hellmann«, erwiderte der Wirt und führte den jungen Mann in den hinteren Teil des Hauses. »Aber an dem Mann werdet Ihr nicht viel Freude haben, er ist ...« Er nahm die Hand zum Mund und machte eine Kippbewegung. »Ihr versteht, was ich meine.«

»Franz!«, empörte sich seine Frau.

»Ist doch wahr«, erwiderte der Wirt.

Daniel nickte und folgte Tenfelde ins Obergeschoss.

Zweites Kapitel
Handelt von einer wundersamen Auferstehung

Als Daniel dem dicken Roloff am Abend gesagt hatte, die Wahrheit über seine Herkunft mache ihm nichts aus und die Geschichte mit den Schweden habe er ohnehin nie geglaubt, so war dies eine schlichte Lüge gewesen. Wieso hätte er dem alten Gauner misstrauen sollen? Die Geschichte von Wrangels Mannen, die seine armen Eltern in der Nähe von Leipzig ermordet und den Säugling niedergeschlagen und achtlos liegengelassen hatten, hatte in Daniels Ohren nie unglaubwürdig geklungen. Roloff hatte ihm dieses Märchen erzählt, als der Junge etwa sechs Jahre alt gewesen war und er angefangen hatte, sich Gedanken über sein Aussehen zu machen, das sich so auffällig von dem seiner Geschwister unterschied.

Roloffs Frau Tabitha war eine *Rom*-Zigeunerin, die er vor vielen Jahren gegen den Willen ihrer Sippe geheiratet hatte. Weil sie keinen der Ihren zum Mann genommen und sich dem Befehl des Vaters widersetzt hatte, war sie aus dem Stamm ausgestoßen worden, sie war eine *pali tschidu*, wie dies bei den Zigeunern hieß. Sie hatte den Quacksalber und Hochstapler Roloff Wagenknecht auf einem Volksfest kennengelernt und war, als ihr Vater eine Verbindung mit ihm untersagt hatte, Hals über Kopf mit ihm geflohen. Seitdem zogen sie als fahrende Leute mit ihrem Wagen durchs Land und verdingten sich als Schausteller. Tabitha sagte den Jahrmarktsbesuchern die Zukunft voraus und deutete ihre Träume, während Roloff den wundergläubigen Leuten seine Pillen und Tinkturen andrehte oder sie auf andere Weise über den Tisch zog. Sie zeugten eine ganze Handvoll Kinder, die allesamt die dunkelbraunen Augen und pechschwarzen Haare der Mutter erbten. Und mitten unter diesen dunkelhäutigen Halbzigeunern lebte ein hässliches Entlein mit fuchsroten Haaren, hellblauen Augen und schneeweißer Haut, die so empfindlich war, dass sie stets vor der Sonne geschützt werden musste.

Roloff hatte dem Jungen vom Großen Krieg erzählt, vom Rauben und Morden der Soldaten und Banditen und dass es vielen Leuten so ergangen sei wie Daniels Eltern. Er habe ihn als Säugling gefunden, an Sohnes Statt angenommen und ihm den Namen Daniel gegeben, weil das ein anständiger biblischer Name sei. Aber dennoch sei der Junge einer von ihnen, hatte Roloff hinzugefügt, er sei ein *atsinganoi*, ein Unberührbarer, und das müsse ihm reichen oder er solle sich zum Teufel scheren. Obwohl Roloff selbst als gebürtiger Rheinländer ein Katholik reinsten Wassers war und seine kleine Familie sich als Ausgestoßene keiner *Rom*-Sippe anschließen durfte, schien der alte Gauner sich dennoch für einen Zigeuner zu halten und nach deren Sitten und Regeln zu leben.

Daniel gefiel der Gedanke, ein Unberührbarer zu sein, und er machte sich die Sichtweise seines Adoptivvaters zu eigen. Er war kein Zigeuner, sprach aber fließend ihre Sprache, die *romany tschib*, und war stolz auf das Leben, das er führte, auch wenn sie in einigen Landstrichen als vogelfrei galten und mehr als einmal mit Knüppeln und Steinen aus den Dörfern und Städten gejagt worden waren. So lange er denken konnte, zog er nun schon mit Roloffs Familie von Kirmes zu Kirmes und Jahrmarkt zu Jahrmarkt, um den Leuten das Geld aus der Tasche zu ziehen und ihre Eitelkeit, ihren Aberglauben und vor allem ihre Dummheit auszunutzen. Dabei blieben sie immer für sich, schlossen sich keiner Sippe oder Bande an, sondern achteten darauf, unabhängig zu sein. Daniel lernte von Tabitha das Jonglieren und Musizieren auf der *lawota*, einer Art Fidel. Er wurde von Roloff in diversen Gaunerhandwerken wie dem Falschmünzen und dem Quacksalben unterrichtet, verstand die Zinken- und Gebärdensprache und lernte, eine flinke Klinge zu führen.

Die Begegnung mit einem trinkfesten Bettelmönch wurde für Daniel im Alter von zwölf Jahren zu einem Wendepunkt in seinem Leben. Im Tausch gegen einen Krug Wein erhielt der Junge von dem Kleriker eine Fibel und brachte sich in den folgenden Monaten selbst das Lesen und Schreiben bei. Fortan wurde er vom geschriebenen Wort wie von einem Magneten angezogen. Bücher waren selten und teuer, und so las er Flugblätter, Pamphlete, sogar religiöse Predigten und Steckbriefe. Was immer ihm an Gedrucktem in die Hände kam, er verschlang es gierig wie ein Hungernder einen Laib Brot.

Als er vierzehn war, entwendete er einem fahrenden Scholaren, der schlafend am Wegesrand lag, ein abgegriffenes und in Leder gebundenes Quartbüchlein mit dem Titel »Das Narrenschiff«. Es handelte von allerlei Lastern, Verbrechen und Torheiten, die in satirischen Versen angeprangert und durch anschauliche Holzschnitte bebildert waren, und wurde für den Heranwachsenden zu einer Art Bibel, in der er beinahe täglich blätterte. Was vom Autor als moralische Anklage gedacht sein mochte und zu christlicher Läuterung führen sollte, wurde für Daniel zu einem Lehrbuch im Gaunerhandwerk, dem er beinahe ebensoviel verdankte wie der praktischen Ausbildung durch seine Adoptiveltern.

»Der Junge ist eine wahre Goldgrube«, sagte Roloff oftmals. »Wir werden noch viel Freude an ihm haben, wenn wir ihn richtig zu nehmen wissen und ihn an der langen Leine lassen. Weiß der Henker, was in seinem Kopf vorgeht, aber ich möchte diesen bleichen Knaben nicht zum Feind haben.«

Was der alte Gauner vor allem an seinem Ziehkind schätzte, war dessen Geschicklichkeit als *poschotjari*, als Taschendieb. Bereits als junger Bursche schaffte Daniel es, die Leute durch wilde Räuberpistolen derart in seinen Bann zu ziehen, dass es ihm ein leichtes war, ihnen nebenbei die Taschen zu leeren. Er trieb sich in Schenken herum, mischte sich in die Gespräche der Männer ein, erzählte abenteuerliche Geschichten, die er nicht selten aus seinem Buch entliehen hatte, und war im nächsten Moment mit ihrem Geld verschwunden. Vermutlich war es für ihn von Vorteil, nicht wie ein dahergelaufener Zigeuner auszusehen und sich wie ein gebildeter Mann ausdrücken zu können. Er achtete auf seine Kleidung, vertrieb die Läuse mit Schwefeläther und legte Wert auf Sauberkeit. Mit seiner Wunde am Kopf erregte er bei vielen Menschen entweder Mitleid oder Abscheu, was er beides postwendend in bare Münze umsetzte. Er schüchterte die Leute ein, das wusste er aus Erfahrung, er war ihnen unheimlich und machte ihnen Angst. Daniel konnte das nur recht sein.

Doch wenn er auch anders aussah als seine Geschwister und sich oft eigenbrötlerisch und verstockt verhielt, so war er doch einer von ihnen. Er war ein Außenseiter unter Ausgestoßenen, aber gerade diese Rolle schien ihm zu gefallen. Er war ein Teil der Familie und doch etwas Besonderes. Weder seine drei Brüder Kill, Gero und Juro noch die Schwestern Celestina und Angela sprachen ihn auf seine körperliche Entstellung an, denn was bedeutete aus Zigeunersicht schon ein verstümmeltes Ohr im Vergleich zu den roten Haaren und der weißen Haut? Und wenn seine Geschwister ihn wegen seines bleichen Aussehens hänselten, so machte ihn dies nur umso stolzer und eigensinniger. Er war ein Unberührbarer, das ließ er sich von niemandem nehmen.

Tabitha behandelte den Jungen nicht anders als ihre eigenen Kinder. Sie küsste ihn, wenn sie stolz auf ihn war und er mit gefüllten Taschen nach Hause kam, und sie schlug ihn mit der Rute, wenn er sich wieder einmal allzu störrisch ihren Befehlen widersetzt oder sich tagelang von der Gruppe abgesondert hatte. Das geschah immer wieder; ohne erkennbaren Anlass oder Ankündigung setzte er sich ab, strich allein durch die Wälder und kehrte schließlich zur Familie zurück. Wenn man ihn fragte, wo er gewesen sei, so antwortete er: »Nirgends.«

»Der Junge wird noch ein Sonderling«, beklagte sich Tabitha bei ihrem Mann. »Er ist irgendwie seltsam. Ich habe ihn noch nicht ein einziges Mal herzhaft lachen sehen. Das ist nicht normal.«

»Daniel tickt eben anders als wir«, antwortete Roloff, »aber deswegen tickt er nicht unbedingt falsch. Lass ihn nur machen!«

Roloff ließ dem Jungen alle erdenklichen Freiheiten, weil er glaubte, dass sich dies im Endeffekt besser bezahlt machte und es für sie alle von Vorteil wäre. Und er sollte recht behalten. Als Daniel schließlich vorschlug, man könne die Leute um ein Vielfaches leichter übers Ohr hauen, wenn er, Daniel, sich quasi als Vorhut unter das Volk mische und sich als Baldower betätige, da war Roloff sofort Feuer und Flamme.

»Wenn du meinst, mein Junge«, sagte er.

»Kannst dich drauf verlassen«, antwortete Daniel und lächelte finster. Es schien ihm ein regelrechtes Bedürfnis zu sein, in fremde Rollen zu schlüpfen und falsche Identitäten anzunehmen. Es reichte ihm nicht, die Leute einfach nur zu betrügen oder auszurauben, er wollte sie vor allem an der Nase herumführen, mit ihnen Katz und Maus spielen und sie der Lächerlichkeit preisgeben. Denn danach lechzten sie geradezu, sie wollten ihrer eigenen Dummheit überführt werden. »Die Welt will betrogen sein«, hieß es in seinem Lieblingsbuch, und dieses Motto machte er sich zu eigen.

Während Roloff, als rheinische Frohnatur, am liebsten *mit* den Leuten lachte, amüsierte sich Daniel vor allem *über* sie und ging ihnen ansonsten sorgsam aus dem Weg. Es war nicht etwa so, dass er an das Gute im Menschen nicht glaubte, er hatte jedoch bislang meist nur das Banale, das Grausame oder das Idiotische kennengelernt, und er verhielt sich entsprechend. Wenn es einen Gott im Himmel gab, was Daniel oft genug bezweifelte, dann hatte er am sechsten Tag der Schöpfung nicht eben sein Meisterstück vollbracht.

Außer seiner gleichaltrigen Schwester Celestina, mit der er gemeinsam gestillt worden war und die ihn wie einen Zwillingsbruder behandelte, war Roloff die einzige Person, der er vertraute. Der alte und der junge Gauner verstanden einander blind, und deshalb war es für den jungen Mann so verstörend, als er erfuhr, dass die Erzählung vom Grafen von Wrangel und den schwedischen Mördern eine gut gemeinte Lüge gewesen war. Ein blutiges Ammenmärchen, das Roloff dem Heranwachsenden aufgetischt hatte, um ihm die noch schmerzlichere Wahrheit zu ersparen. Zwar hatte Roloff das kleine, rothaarige und schwer verletzte Kind tatsächlich unterwegs aufgelesen, aber dies hatte sich nicht in Sachsen, sondern in Westfalen zugetragen, und zu diesem Zeitpunkt war der Krieg bereits beendet gewesen. Und die Unmenschen, die dem Kleinen den Schädel eingeschlagen hatten, waren keine schwedischen Söldner gewesen.

Daniel hatte dies erst am Abend seiner Ankunft in Ahlbeck und eher zufällig erfahren. Als die beiden Gauner den doppelten und mehr als mannshohen Grenzwall durch eine Pforte passiert hatten und an der Wassermühle vorbeigeritten waren, von der Daniel mittlerweile wusste, dass sie Kolkmühle hieß und zum fürstbischöflichen Besitz gehörte, da war dem dicken Roloff eine seltsame Bemerkung herausgerutscht.

»Ganz in der Nähe muss es gewesen sein«, hatte er gemurmelt und die Stirn kraus gezogen. »Ich erinnere mich noch an die Mühle und den Grenzwall.«

»Was war ganz in der Nähe?«, fragte Daniel.

»Hier haben wir dich gefunden«, erwiderte Roloff und merkte erst in diesem Moment, was ihm über die Lippen gekommen war.

»Was redest du denn da?«, wunderte sich Daniel. »Ich dachte ...«
»Grundgütiger!«, unterbrach ihn sein Begleiter und deutete auf die andere Seite des Weges, wo auf einem Hügel ein Galgengerüst zu sehen war, an dem der Leichnam eines Hingerichteten baumelte. Eine Krähe saß auf seiner Schulter und hackte an seinem Kopf herum. »Der arme Kerl«, entfuhr es Roloff. »Hoffentlich ist das kein schlechtes Omen.«
Doch Daniel kümmerte sich nicht um den Mann am Galgen, er starrte Roloff mit seinem durchdringenden Blick an und sagte: »Jetzt rück schon damit heraus und lenk nicht vom Thema ab! Was wolltest du vorhin sagen?«
»Ach, was soll's?!«, zischte Roloff. »Warum sollst du es nicht wissen? Du bist schließlich alt genug, um die Wahrheit zu erfahren.«
»Wovon redest du?«
»Von deiner Auferstehung«, erwiderte der alte Gauner und erzählte, was sich vor nunmehr achtzehn Jahren zugetragen hatte.

Es war eine kalte und stürmische Nacht im Januar, das neue Jahr 1650 war erst wenige Tage alt, und Roloff und Tabitha waren mit ihren zwei kleinen Kindern auf dem Weg zum Dreikönigsfest im niederländischen Deventer. Sie hatten vor kurzem das Bauerndorf Ahlbeck passiert und schlugen ihr Lager etwa eine Meile westlich des Ortes in einem Bruchwald auf, wo sie vor dem eisigen Wind und dem Regen geschützt waren. In der Ferne konnte man das Klappern einer Wassermühle und das Gekläffe eines Hofhundes hören. Sie rückten in ihrem Wagen dicht zusammen, um sich zu wärmen, und schliefen bald ein.
Das Knacken eines Astes ließ Roloff plötzlich aus dem Schlaf auffahren. Er griff nach seinem Degen, schaute aus dem Wagen und horchte in die Nacht hinaus. Er glaubte, leise Stimmen zu hören, und befahl seiner Frau, sich nicht zu rühren und still zu bleiben. Dann zog er einen Rock über und schlich sich mit dem Degen in der Hand hinaus. Wieder horchte er, und erneut hörte er die Stimmen von Männern sowie ein kratzendes oder schabendes Geräusch, das er nicht einordnen konnte.
Der Mond schaute zwischen Wolken hervor, und so war es Roloff möglich, sich trotz der Dunkelheit im Wald zurechtzufinden. Vorsichtig und ohne dabei das leiseste Geräusch zu verursachen, kroch er durch das vor Nässe dampfende Unterholz und näherte sich dem Ort, von dem die Stimmen kamen. Auf einer kleinen Lichtung, die von einem verrosteten Eisenzaun umgeben war, stand eine Art Gedenkstein mit aufgesetztem Kreuz, und dahinter sah Roloff die Schattenrisse dreier Männer, die gebückt standen und sich unterhielten. Das kratzende Geräusch, das er gehört hatte, stammte von einem Spaten, mit dem einer der Männer ein Loch grub. Roloff kroch durch eine Lücke des Zauns und bis hinter das Kreuz, wo er sich duckte und lauschte.

»Das ist tief genug«, hörte er einen der Männer mit hoher Fistelstimme sagen. »Bei dem Gewimmel von Viechern wird ohnehin bald nichts mehr von ihm übrig sein.«

»Bist du sicher, dass das ein guter Ort ist?«, fragte ein zweiter, der etwas kleiner und dicker war als die anderen.

»Natürlich. Kein Mensch kommt je hierher, und der verdammte Bastard kann in Frieden ruhen.«

»Warum binden wir ihn nicht einfach an einen Stein und werfen ihn in den Kolk?«, fragte der Dicke.

»Damit er dann nach einiger Zeit wieder auftaucht und wir alle verflucht sind?«, gab der erste zur Antwort. »Kommt gar nicht in Frage. Rein mit ihm und dann nichts wie weg.«

»Ist es nicht gotteslästerlich, ihn ausgerechnet an dieser Stelle zu begraben?« fragte eine dritte, sehr tiefe Stimme. Sie war rau und dunkel wie die eines Bären. »Immerhin ist das hier so was Ähnliches wie ein Friedhof.«

»Darum geht es doch, du Schwachkopf«, erwiderte der Mann mit der Fistelstimme, der das Sagen zu haben schien. »So liegt das Wechselbalg wenigstens in gesegneter Erde. Glaubst du, ich habe Lust, dass der Satansbraten uns als Geist heimsucht?«

»Ich finde das nicht recht«, antwortete der mit der tiefen Stimme, und er klang trotzig wie ein kleines Kind. Eine kleine Pause entstand, und dann fragte er: »Was ist eigentlich ein Wechselbalg?«

»Das hat dich nicht zu kümmern, Blödmann!«, fuhr ihn der Anführer an. »Du sollst graben und nicht fragen!« Und zu dem Dicken gewandt, setzte er hinzu: »Ich habe dir doch gesagt, wir hätten ihn zu seinem Bruder in die ›Linde‹ schicken sollen.«

»Jetzt lass ihn endlich in Ruhe«, gab der andere zur Antwort. »Wer ist denn überhaupt auf diese blöde Idee gekommen?«

»Das musst du gerade sagen«, schnauzte der Anführer zurück.

Eine Weile konnte Roloff keine Stimmen mehr hören, statt dessen wurde geschaufelt und das Erdreich festgeklopft, und schließlich sagte der Mann mit der tiefen Stimme: »Fertig!«

»Dann lass uns schleunigst verschwinden!«, erwiderte der Dicke.

»Einen Moment«, antwortete der andere und murmelte ein lateinisches Gebet, das von dem Mann mit der Fistelstimme mit höhnischem Gelächter quittiert wurde.

»Amen«, beendete der Mann mit der Bärenstimme sein Gebet.

»Amen«, echote der Dicke.

»Pah!«, fauchte der Anführer.

Roloff hörte, wie die drei ihre Sachen zusammenpackten und gen Westen, Richtung Ahlbeck, verschwanden. Er wartete noch einige Minuten, um sicherzugehen, dass sie nicht zurückkehrten, und trat dann auf

die Lichtung. Bei dem Stein, hinter dem er sich versteckt hatte, handelte es sich um ein Grabmal, das bereits verwittert und vom Gestrüpp überwuchert war. Die Inschrift war nur teilweise noch zu entziffern:
»*Anno Dom. 1605 ... die flechtende Pestilenz ...*
unseren Sohn Daniel ... requiescat in pace.«
Rings um das steinerne Grabmal ragten weitere hölzerne und schmucklose Kreuze aus dem Boden, die aber völlig morsch und von Dornengestrüpp überwuchert waren.

Roloff bekreuzigte sich, ging zu der Stelle, an der die drei Männer gestanden hatten, und schaufelte mit den Händen die aufgeworfene Erde beiseite. In etwa zwei Ellen Tiefe stieß er auf einen weichen Gegenstand aus Stoff. Er grub weiter und legte einen groben Leinensack frei, in dem er die leblose Gestalt eines kleinen, nur wenige Monate alten Säuglings fand. Es war ein Junge, und die rechte Seite seines Kopfes war eingeschlagen, das Ohr und der Hinterkopf waren eine einzige blutige Masse. Roloff schüttelte angewidert den Kopf. Als er das Gespräch der Männer belauscht hatte, war ihm bereits klar gewesen, dass es sich bei dem Gegenstand, den sie vergruben, nicht um einen Schatz, sondern um ein Lebewesen handeln musste, doch als er jetzt das winzige, noch kahlköpfige Kind erblickte, dieses bleiche Gesicht, das im Mondlicht regelrecht weiß erschien, da überkam ihn eine ohnmächtige Wut. Wer schlug in drei Teufels Namen ein kleines Kind tot und verscharrte es irgendwo im Wald? Und aus welchem Grund? Was hatte der Säugling verbrochen, dass man ihn einen verdammten Bastard und Satansbraten nannte und ihn wie einen räudigen Köter beiseite schaffte?

Roloff starrte den Jungen lange an, dann riss er sich zusammen und zuckte mit den Schultern. Was kümmerten ihn die Leichen anderer Leute? Und was sollte er schon unternehmen? Eher würde er tot umfallen, als sich mit Amtmännern und Polizeibütteln herumzuschlagen. Den kleinen Jungen würde es ohnehin nicht wieder lebendig machen. Er fasste ihn an den Füßen und bugsierte ihn zurück in den Sack, um ihn wieder ins Loch zu legen. Doch in dem Moment, da er die erste Handvoll Erde auf den Leichnam warf, hörte er ein leises Stöhnen. Es war ein kaum zu vernehmendes Geräusch, das auch vom Wind in den Bäumen hätte herrühren können, doch Roloff fuhr zusammen und holte den Jungen ein zweites Mal aus seinem Grab. Er horchte an der Brust des Kindes und tatsächlich, das Herz schlug flach, aber vernehmbar, und als er seinen Degen unter die Nase des Jungen hielt, sah er, dass der vermeintlich Tote noch atmete. Nun bekam Roloff es mit der Angst zu tun, und einen Moment lang war er völlig verwirrt. Er wollte Reißaus nehmen und konnte sich doch nicht von der Stelle rühren. Und wie immer, wenn er nicht weiterwusste, beschloss er, seine Frau um Rat zu fragen.

»Tabitha wird entscheiden, was zu machen ist«, murmelte er, wickelte das halbtote Kind in seinen Rock und füllte das Loch mit Erde, so dass niemand Verdacht schöpfen konnte. Er nahm den Kleinen auf den Arm und wollte zu seinem Wagen zurückkehren, als sein Blick auf das Grabmal des an der Pest gestorbenen Jungen fiel.

»Solltest du diese Nacht überleben«, flüsterte er dem Kind ins verstümmelte Ohr, »dann will ich dich Daniel nennen, denn der heilige Daniel scheint dir ein guter Schutzpatron gewesen zu sein.« Wieder bekreuzigte er sich und schlich zurück zu seiner Familie.

»Du hast diese Nacht überlebt, auch wenn ich bis heute nicht weiß, welcher Schutzengel dir beigestanden hat«, sagte Roloff, als sie das Moor hinter sich gelassen hatten und in der Ferne den Treppengiebel der Ahlbecker Kirche sahen. »Tabithas Kräuter und Zaubersprüche scheinen dich gerettet zu haben. Manchmal fange ich selbst an, ihren Hokuspokus für bare Münze zu nehmen.« Er lachte und setzte hinzu: »Sei froh, dass sie mich nicht mit meinen Tinkturen an dich rangelassen hat, dann wärst du jetzt längst wieder unter der Erde.«

»Warum habt ihr mich behalten?«, fragte der junge Mann, der den Bericht seines väterlichen Freundes mit stoischer Miene verfolgt hatte und nicht auf dessen scherzhaften Ton einging.

»Um ehrlich zu sein«, antwortete Roloff und räusperte sich verlegen, »ich wollte dich in irgendeinem Kloster oder Armenhaus abgeben, weil ich dachte, dass du uns nur Scherereien bringst. Aber Tabitha hat getobt und mich einen Unmenschen genannt. Celestina war damals gerade geboren. Tabitha meinte, es sei genug Milch für euch beide da, schließlich habe sie nicht umsonst zwei Brüste. Wir seien jetzt für dich verantwortlich, hat sie geschimpft, der große Gott habe es so gewollt und damit basta! Immer wieder ist sie mir mit ihrem *baro dewel* gekommen und dass wir uns versündigen würden. Und da habe ich schließlich klein beigegeben.«

»Warum habt ihr mir nicht gleich die Wahrheit gesagt?«, wunderte sich Daniel. »Warum hast du mir diesen Bären aufgebunden?«

»Wir brauchten eine Version, die wir allen Leuten auf die Nase binden konnten«, antwortete der alte Gauner. »Schließlich hat jeder auf Anhieb gesehen, dass du nicht unser Kind warst. Die Wahrheit klang viel zu abstrus und abenteuerlich, und damit sie uns nicht wegen Kindesraub an den Galgen bringen, haben wir uns die Geschichte mit dem Grafen Wrangel ausgedacht. Die klang glaubwürdig, und auf diese Weise kamen wir nicht mit den verschiedenen Versionen durcheinander. Ich habe am Ende beinahe selbst geglaubt, dass wir dich den Schweden abgeluchst haben. Seit jener Nacht im Winter war ich nicht mehr in diesem Landstrich, und eben erst, als wir an der Mühle vorbeikamen, ist mir alles wieder eingefallen.«

»Wenigstens *mir* hättet ihr die Wahrheit sagen können.«
»Was hätte es dir gebracht?«, erwiderte Roloff und schüttelte den Kopf. »Es hätte dich nur verwirrt und dir irgendwelche Flausen in den Kopf gesetzt. Mit deinen toten Eltern hast du sehr gut leben können, besser jedenfalls als ...«
»Besser als mit der Wahrheit?«
»Nun ja«, druckste der Alte herum. Er hob die Augenbrauen und bedachte seinen jungen Begleiter mit einem herausfordernden und zugleich mitleidigen Blick. »Das dachten wir zumindest.«
»Hast du die Gesichter der Männer gesehen?«
Roloff schüttelte den Kopf.
»Wie alt waren sie?«
»Junge Leute«, antwortete Roloff, »kaum älter als du jetzt.«
»Was glaubst du, was dahinter steckt?«, fragte Daniel. »Waren es Räuber, die meine Familie überfallen und mich entführt haben?«
»Warum sollten sich Räuber die Mühe machen, ein Kind im Wald zu vergraben?«, entgegnete Roloff kopfschüttelnd. »Sie würden es einfach am Wegesrand liegen lassen. Nein, die Männer haben von dir gesprochen, als hätten sie dich gekannt. Außerdem klangen sie nicht wie Banditen, sondern wie *gadschos* aus der Umgebung.«
»Bauern«, wiederholte Daniel und nickte nachdenklich. Ein Dummkopf mit Bärenstimme, ein kleiner Dicker und ein Anführer mit Fistelstimme. Ein verächtliches Grinsen legte sich auf Daniels Lippen, doch plötzlich verfinsterte sich seine Miene, denn ein neuer Gedanke schoss durch seinen Kopf. War es nicht denkbar, ja sogar wahrscheinlich, dass einer dieser drei Männer sein Vater war? *Gadschos* aus der Umgebung.
»Der Teufel soll euch holen!«, zischte er trotzig.

Drittes Kapitel
Stellt zwei eifrige Geistliche vor

Das Pastorat, das sich auf der gegenüberliegenden Seite des Kirchplatzes, gleich neben dem Friedhof befand, war ein zweistöckiges Gebäude aus rotem Backstein, in dessen Gemäuer über der Tür und in den Giebeln weiße Kreuze eingelassen waren. Aus seinem Dachfirst ragte ein kleines Türmchen mit schießschartenähnlichen Öffnungen heraus, auf dem ebenfalls ein eisernes Kreuz angebracht war. Das Haus stand auf einer kleinen Anhöhe und war, wie der Friedhof nebenan, von einer mannshohen Mauer eingefasst. Nur zwei Durchgänge gab es in dieser Mauer, der eine führte auf den Dorfplatz, der andere zum Friedhof und damit zur Kirche. Es war noch recht früh am Morgen, aber die Hitze war bereits unerträglich. Im Ort war es völlig ruhig, nur aus der Schmiede klang ein metallisches Hämmern zu Daniel herüber, der die Stufen zum Haus des Pfarrers hinaufstieg. Von Henrike Tenfelde hatte er erfahren, dass die Morgenmesse bereits gelesen sei und er den Pfarrer sicherlich zu Hause antreffen würde. Pastor Hellmann sei ein etwas eigenwilliger Mann und verlasse das Pastorat nur äußerst selten. Dabei hatte sie ein wenig die Augen verdreht und einen roten Kopf bekommen.

»Wer verkehrt sonst noch dort?«, erkundigte sich Daniel.

»Nur der junge Kaplan Wissing«, antwortete die Wirtsfrau, »und Frau Ibing, die Frau des Schmieds. Sie ist so was wie die gute Seele der Gemeinde und kümmert sich um den Haushalt der Geistlichen.«

Daniel stand nun vor der Tür und hielt bereits seinen Stock in der Hand, um damit ans Holz zu klopfen, als er plötzlich seltsame Geräusche vernahm, die aus dem Garten neben dem Haus zu kommen schienen. Es klang wie ein Keuchen oder schweres Atmen, und er hörte unterdrücktes Lachen. Daniel schaute sich um, doch weit und breit war niemand zu sehen. Er ließ die Hand sinken und ging ums Haus, um herauszufinden, woher dieses Geräusch kommen und was es bedeuten mochte. Er lugte um die Ecke, aber auch hier war niemand zu sehen, ein gepflasterter Weg führte zur Kirche, aber sowohl der Gemüsegarten als auch der Friedhof waren verwaist. Allerdings stand auf dieser Seite des Hauses ein Fenster offen, und Daniel erkannte, dass die Geräusche aus dem Inneren des Pastorats kamen.

»Du bist ein Ferkel, Röttger«, hörte er eine Frau sagen, und im nächsten Moment lachte sie schrill auf. »Nicht doch, das kitzelt!«, rief sie und kreischte vor Vergnügen. »Dein Bart piekst.«

Daniel schlich sich zum Fenster, schaute vorsichtig hinein und erblickte eine Art Arbeitszimmer. Bücherregale standen an den Wänden, und ein großer Schreibtisch mit einem Kruzifix darauf beherrschte den vorderen Teil des Zimmers. Hinter dem Tisch stand ein gepolsterter Ohrensessel, auf dem eine junge, wohlbeleibte Frau mit dichtem blonden Haar saß. Sie trug nur ihr Unterkleid, aus dem die üppigen Brüste herausragten, und hatte ihre pummeligen Beine in die Luft gestreckt. Vor dem Sessel und damit unter dem Schreibtisch kauerte ein dunkelhaariger Mann auf dem Boden und hatte seinen Kopf zwischen den Schenkeln der Frau vergraben.

»O Gott!«, rief diese und strampelte mit den Beinen.

»Der hat damit nichts zu tun«, sagte der Mann kichernd und kroch unter dem Tisch hervor. Er trug eine schwarze Soutane, an deren Vorderseite er nun herumnestelte, und setzte sich schließlich mit dem Rücken zum Fenster auf den Schreibtisch.

»Hallelujah! Was sehe ich denn da?« Die Blonde grinste schelmisch und vergrub nun ihrerseits den Kopf in seiner Lendengegend.

Der junge Mann winselte vor Erregung, während er sich mit der einen Hand genießerisch über den Schnurrbart strich und mit der anderen das Kruzifix ergriff.

»Gibt es in meinem Arbeitszimmer irgendetwas Interessantes zu sehen?«, hörte Daniel plötzlich eine Stimme hinter sich. »Oder betrachtet Ihr nur die Stiefmütterchen vor dem Fenster?«

Daniel sprang auf, drehte sich um und sah einen etwa fünfzig Jahre alten Mann vor sich stehen. Er trug ebenfalls einen schwarzen Priesterrock mit hohem weißen Kragen und einen altmodischen spanischen Hut mit schmaler Krempe, wie man ihn zu Zeiten des Krieges getragen hatte. Sein Gesicht war von einer ungesunden, gelblichen Farbe, und die Zähne in seinem Mund, die er bei einem abfälligen Grinsen präsentierte, waren faulig und braun. In den Händen hielt der Mann eine Bibel sowie eine mit Bastgeflecht umwickelte Weinflasche. Dem Kreuz auf dem Etikett nach zu urteilen, handelte es sich um Messwein.

»Ich bin auf der Suche nach dem Pastor«, sagte Daniel und lüpfte seinen Schlapphut. »Mein Name ist Magnus, Student der theologischen Fakultät. Ich komme im Auftrag des Bischofs und würde gern einen Blick in die Kirchenbücher werfen.«

Der Priester starrte auf die Wunde an Daniels Kopf und fragte: »Und warum schleicht Ihr dann wie ein Dieb ums Haus herum?«

»Ich habe an der Tür geklopft, aber mir wurde nicht geöffnet«, erwiderte Daniel und senkte den Kopf. »Euer Kaplan scheint zu beschäftigt zu sein, um morgendliche Besucher einzulassen.«

»Das mag wohl sein«, sagte der Pastor und gegen seinen Willen huschte ihm ein Lächeln über die Lippen. Dann wurde er wieder ernst, und mit lauter Stimme, so dass man ihn auch im Inneren des Hauses hören konnte, setzte er hinzu: »Kaplan Wissing ist ein eifriger Mann und stets bemüht, das Wort Gottes unter das Volk zu bringen. Und das Volk scheint ihn dafür zu lieben.«

Die beiden Männer schauten sich eine Weile lauernd an und sprachen kein Wort, dann lachte der Pastor und klopfte Daniel auf die Schulter. »Ich bin Pastor Hellmann, willkommen in Ahlbeck. Lasst uns hineingehen, dort spricht es sich besser.« Er hakte sich bei dem jungen Mann unter und setzte hinzu: »Ich hoffe, Ihr lasst Euch von mir auf ein Glas Wein einladen.« Er deutete auf die Flasche in seiner Hand. »Ihr trinkt doch ein Tröpfchen? Es ist guter Pfälzer Wein.«

»Eigentlich ist es noch ein wenig früh …«

»Unsinn! Dafür ist es nie zu früh«, unterbrach ihn der Priester. »Wusstet Ihr, dass es noch vor gar nicht so langer Zeit nur dem Klerus erlaubt war, Wein zu trinken? Immerhin handelt es sich um das Blut Christi. Wir sollten also acht geben, dass nicht zuviel davon in den Rachen des Pöbels gelangt.«

Als Pastor Hellmann sich dem jungen Mann zuwandte und ihm ein

Lachen entgegenschmetterte, konnte Daniel riechen, dass der Priester schon eine geraume Menge vom Blut des Herrn zu sich genommen hatte. Aus seinem Mund schlug ihm ein widerlicher Gestank nach Fäulnis und Alkohol entgegen.

»Ein Glas wird mir sicherlich nicht schaden«, sagte Daniel und wandte den Kopf ab.

»So ist es recht«, entgegnete Hellmann und klopfte dem anderen erfreut auf die Schulter. »Es tut so gut, endlich mal einen gelehrten Herrn im Ort zu haben, mit dem man sich auf gesittete Weise unterhalten kann. Ihr seid also Student? Was lehrt man denn heutzutage an den Universitäten?«

In dem Moment, als die beiden Männer an der Vordertür anlangten, wurde diese von innen aufgerissen, und die blonde Frau stand im Türrahmen. Ihre Haare hatte sie notdürftig unter einer Haube verstaut, ihr Gesicht wirkte erhitzt, und über dem Unterkleid trug sie nun eine einfache Tracht aus Leinen, dessen Brusttuch verrutscht war. Ihr üppiger Busen kam auf diese Weise erst recht zur Geltung.

»Guten Morgen, Gisela«, sagte Hellmann, »wie ich höre, hast du mein Arbeitszimmer in Ordnung gebracht und ein wenig gelüftet. Braves Mädchen.«

»Wie?«, sagte sie und lächelte dümmlich. »Ach so, ja.« Damit zwängte sie sich an den beiden vorbei und stieß Daniel beinahe um.

»Ich habe Gisela Eure Büchersammlung gezeigt«, ließ sich in diesem Augenblick eine männliche Stimme aus dem Hintergrund vernehmen. »Sie war so wissbegierig, und da habe ich ihr den Gefallen getan.« Der junge Mann in der Soutane erschien im Flur, verbeugte sich vor dem Gast und nickte dem Pfarrer zu. Er war ein auffallend hübscher Kerl mit rosigem Gesicht und fast weiblichen Zügen. Er knöpfte sich gerade die letzten Knöpfe seines Rockes zu und setzte hinzu: »Ich hoffe, das war Euch recht, Herr Pastor.«

»Es wäre mir sehr viel lieber, wenn du deine Lesestunden bei geschlossenem Fenster abhalten würdest. Es nicht nötig, dass das ganze Dorf erfährt, welche Fortschritte Gisela in der Bibelkunde macht.« Hellmann schüttelte ärgerlich den Kopf und fragte dann: »Röttger, wärst du wohl so freundlich, die Kirchenregister aus der Sakristei zu holen? Der Herr Scholar besucht uns im Auftrag des Bischofs.«

Der Kaplan nickte und verschwand eiligst.

»Die Jugend«, sagte der Pfarrer, lächelte nachsichtig und wies seinem Besucher den Weg in sein Arbeitszimmer. »Setzt Euch in den Sessel«, sagte er, als er die Tür hinter sich geschlossen und hinter dem Schreibtisch Platz genommen hatte. »Er ist frisch gepolstert.«

»Danke vielmals«, antwortete Daniel, beäugte missfällig den Ohrensessel und lächelte verlegen. »Aber ich bevorzuge es, härter zu sitzen.« Er nahm einen Holzstuhl, der in der Ecke des Raumes stand, und stellte ihn vor den Tisch. Sein Blick glitt durch das Arbeitszimmer, dessen Wände mit Regalen zugestellt waren. Hunderte von Büchern, Folianten und Manuskripten stapelten sich darin. Daniel betrachtete diese Schätze mit offensichtlicher Verwunderung und ebensolcher Anerkennung.

»Was Ihr hier seht«, sagte der Pfarrer, lächelte stolz und öffnete die Weinflasche, »ist das Resultat jahrzehntelangen Sammelns.«

Daniel war an eines der Regale herangetreten und beäugte andächtig den Inhalt. Er zog eines der Bücher heraus, las den Titel und fragte verwundert: »Ihr lest Renatus Cartesius?«

»Kennt Ihr ihn?«, antwortete Hellmann, dessen Miene sich schlagartig erhellte.

»*Cogito ergo sum*«, antwortete Daniel und nickte. »Ich habe allerdings bisher nur Auszüge seiner Werke zu Gesicht bekommen.«

Das entsprach natürlich nicht ganz der Wahrheit, sein gesamtes Wissen über den französischen Philosophen bestand in dem einen lateinischen Satz. Auf seinen Reisen hatte Daniel einige sehr gebildete, aber ebenso heruntergekommene Vaganten kennengelernt, mit denen er sich über Religion, Philosophie und die anderen Wissenschaften unterhalten hatte. Er hatte sich zu jedem Denker einen Kernsatz oder einen Buchtitel gemerkt, konnte auch die Bibel zitieren und war so in der Lage, ein Wissen vorzutäuschen, für das er ein Leben lang hätte studieren müssen.

»An der theologischen Fakultät gehört Cartesius nicht gerade zur Pflichtlektüre«, fuhr Daniel fort und blätterte in den Seiten.

»Zu unrecht«, eiferte sich der Pastor. »Nur weil sich jemand für das logische Denken ausspricht, muss er noch lange kein Ketzer sein. Gott hat uns schließlich die Vernunft gegeben, um seine Herrlichkeit schätzen zu lernen.«

»Das sieht der Bischof bestimmt ganz anders«, gab Daniel zur Antwort, stellte das Buch zurück und setzte sich auf den Stuhl.

»Auch das ist ein wahres Wort«, sagte Hellmann, holte zwei Kristallgläser aus einem Fach seines Schreibtisches hervor, füllte sie mit Wein und reichte Daniel eines davon. »Auf Kanonen-Bernd!«, sagte er, hob sein Glas und leerte es in zwei Zügen.

»Kanonen-Bernd?«, wunderte sich Daniel.

»So nennen ihn die Leute im Münsterland.« Der Pastor füllte sein Glas ein zweites Mal, musterte seinen Gast skeptisch, weil dessen Glas noch beinahe voll war, und erklärte: »Seit Bischof Bernhard die Stadt Münster erobert hat und gegen die Türken und Holländer gezogen ist, glauben die Leute, dass er besser einen Waffenrock statt einer Soutane tragen sollte. Und statt des Kreuzes ein Gewehr.«

»Ich bin nicht gekommen, Frieden zu bringen, sondern das Schwert«, sagt der Herr«, erwiderte Daniel und bekreuzigte sich. »Gerade im Moment hält der Bischof die Burg Bentheim im Würgegriff.« Daniel hatte diese Neuigkeit aus der benachbarten Grafschaft von einem Juden erfahren, der vor den anstürmenden Truppen des Fürstbischofs nach Holland geflüchtet war. »Bischof von Galen ist ein gleichermaßen gläubiger wie wehrhafter Mann«, setzte er hinzu. »Man sollte sich ihm nicht in den Weg stellen.«

»Nieder mit den Protestanten!«, rief Hellmann und prostete seinem Gegenüber zu. Ein spöttisches Grinsen lag auf seinen Lippen.

»Nieder!«, echote Daniel und grinste ebenfalls.

Im gleichen Moment erschien der Kaplan mit den Kirchenbüchern, und Daniel nutzte die Gelegenheit, um den Inhalt seines Weinglases in einen auf dem Boden stehenden Blumentopf zu leeren.

»So ganz habe ich den Zweck Eures Besuches noch nicht verstanden«, sagte der Pastor, nachdem der Kaplan sich zurückgezogen und Hellmann die Folianten auf seinem Schreibtisch aufgeschlagen hatte. »Der Bischof war erst vor zwei Jahren zur Visitation im Dorf, und eigentlich ist es unüblich, dass er einen Studenten schickt.«

»Bei meinem Besuch handelt es sich nicht im eigentlichen Sinne um eine bischöfliche Visitation«, erklärte Daniel und hielt dem Pastor sein Weinglas hin, damit dieser es erneut füllen konnte. »Ich arbeite an einem Traktat über die religiöse Entwicklung im Münsterland nach dem Großen Krieg. Es ist für mein Baccalaureus.«

Der Pastor nickte wissend.

»Mir geht es weniger um nackte Zahlen und Daten von Geburten, Taufen und Eheschließungen«, fuhr Daniel fort, »sondern um die Menschen und ihren Glauben.«

Hellmann schüttelte spöttisch den Kopf. »Und da verschlägt es Euch ausgerechnet nach Ahlbeck?« Er füllte die Gläser und hob seines prostend in die Luft. »Einen gottloseren Ort hättet Ihr Euch nicht aussuchen können. Die Leute vegetieren dumpf vor sich hin, und wenn sie am Sonntag ins Hochamt rennen, dann nicht aus Liebe zu Gott, sondern aus Angst vor der Hölle oder um anschließend in der ›Linde‹ ein Bier zur Brust zu nehmen.«

Daniel überraschte der Ekel, der in den Worten des Priesters mitschwang. Ein Ekel, den Hellmann mit Alkohol zu betäuben suchte und der ihn mit den Jahren zu einem verbitterten Mann gemacht hatte. Der Pastor versuchte gar nicht zu verbergen, dass ihm die Menschen, denen er ein geistiger Hirte sein sollte, zuwider waren.

Ein sarkastisches Lächeln lag auf Daniels Lippen, als er sagte: »Selig, die arm sind in ihrem Geist, denn ihrer ist das Himmelreich.‹«

»*Sancta simplicitas*«, antwortete der Priester kopfschüttelnd. »Hätte der Menschensohn gewusst, welchen Schaden er mit diesem Ausspruch anrichtet, so hätte er ihn sicherlich niemals über die Lippen gebracht.« Er zeigte seine fauligen Zahnstümpfe und setzte hinzu: »Ich hoffe, meine Worte schockieren Euch nicht.«

Daniel machte eine verkniffene Miene und bekreuzigte sich.

»Manchmal glaube ich, die neue Zeit hat um Ahlbeck einen großen Bogen gemacht«, fuhr Hellmann fort. »In Holland soll es einen Uhrmacher geben, der an einer Turmuhr mit zwei Zeigern arbeitet, aber in Ahlbeck leben die Leute immer noch nach dem Mond.«

»Zwei Zeiger?«, wunderte sich Daniel. »Wozu denn das?«

»Der eine für die Stunden, der andere für die Minuten«, sagte der Priester. »Wenn ich solch eine Uhr an unserer Kirche anbringen ließe, würde man sie als Teufelswerkzeug wieder herunterreißen. Die Leute leben noch in finsterer Vorzeit. Es ist, als hätte der Krieg sie verdorben, und daran hat sich in den letzten Jahren nichts geändert. Die Sitten verkommen zusehends.« Er lachte gallig und setzte hinzu: »Seid Ihr am Galgenbülten vorbeigekommen?«

Daniel schluckte und nickte.

»Dann habt Ihr den Kerl am Strick gesehen? Ein holländischer Schmuggler, den man an der Grenze erwischt hat. Bei seiner Festnahme hat er einen Zöllner angegriffen, und der hat ihn erschossen.«

»Und warum hängt er dann am Galgen?«

»Zur Abschreckung.« Der Pastor hob die Achseln und fügte hinzu: »Solche Dinge passieren hier ständig. Das Schmuggeln und Wildern ist wie eine Seuche, lauter Diebesgesindel, und sie denken sich nicht einmal etwas dabei. Wie die Tiere! Als Diener Gottes finde ich nur Gehör, wenn ich die Leute gehörig in Angst und Schrecken versetze.« Er nahm einen großen Schluck und fuhr sich mit dem Ärmel seiner Soutane über den Mund. »Es ist schon ein Jammer. In meinen Büchern lese ich von der Macht der Vernunft und rationalen Gottesbeweisen, aber beim gemeinen Volk hätten wir Priester ohne den Beelzebub und die Qualen des Fegefeuers einen schweren Stand. *Purgatorium et infernum.* Komm den Leuten mit Logik, und sie lachen dich aus. Wenn du ihnen aber die Pest als Strafe Gottes androhst, dann sind sie wenigstens still und bekreuzigen sich.«

»Seit wann seid Ihr das Oberhaupt dieser Gemeinde?«, fragte Daniel und holte die Pfeife aus seinem Rock. »Darf ich rauchen?«

»Ich bin seit acht Jahren in Ahlbeck«, antwortete Hellmann nickend, »aber das Oberhaupt bin ich bestimmt nicht. Hier haben andere das Sagen.«

»Nämlich?«

»Es gibt zwei Sippen, die seit Generationen um die Herrschaft im Dorf kämpfen. Da ist zum einen die Familie Olthues, der alte Olthues ist der Schulze und der größte Bauer am Ort. Er besitzt das meiste Vieh, das meiste Land und die meisten Kötter. Aber er ist zu seinem Leidwesen nicht der Alleinherrscher, es gibt da noch die Familie Tenfelde.«

»Tenfelde?«, fragte Daniel. »Gehört der Wirt auch dazu?«
»Franz ist einer von ihnen«, sagte der Pastor und nickte. »Sein Vater ist der größte Pächter und Vogt des Bischofs. Dem jüngsten Sohn gehört das Wirtshaus, der mittlere besitzt die Mühle, und der Vater verwaltet gemeinsam mit dem ältesten Sohn die Ländereien des Grundherrn.«

Daniel erinnerte sich, dass der Wirt gesagt hatte, seine Familie sei dem Bischof seit jeher sehr verbunden, und nun wusste er, was Tenfelde damit gemeint hatte.

»Die beiden Familien können sich nicht riechen«, fuhr der Pastor derweil fort. »Ein bischöflicher Vogt und ein bäuerlicher Schulze in so einem kleinen Dorf, das kann nicht gutgehen. Es ist also kein Wunder, dass die sich ständig in die Quere kommen. Vor allem wenn es um Abgaben und Zölle geht. Bis zum Krieg hatte der Kaiser die Zollhoheit, heute hat sie der Bischof. Und der Vogt gibt Acht, dass seinem Herrn kein Taler entgeht.«

»Verstehe«, sagte Daniel, zündete seine Pfeife an und goss erneut den Inhalt seines Glases in den Blumentopf, als der Priester sich über die Kirchenbücher bückte.

»Ihr findet die Namen der Bauern und der dazugehörigen Kötter im Register«, sagte Hellmann und schob einen der Folianten zu Daniel hinüber. Er sah, dass der Scholar sein Glas geleert hatte, nickte anerkennend und sagte: »Ihr habt einen kräftigen Zug am Leib, mein lieber Magnus. Da will ich natürlich nicht zurückstehen.« Er leerte sein Glas, füllte nach und lächelte trunken.

»Wie weit reichen die Kirchenbücher zurück?«, fragte Daniel.

»Leider nur acht Jahre«, antwortete der Pastor, »mein Vorgänger scheint sein Amt nicht besonders ordentlich geführt zu haben. Außerdem gab es während des Krieges einen Brand in der Sakristei, und die meisten Register und Aufzeichnungen sind verbrannt. Wenn Ihr erfahren wollt, was vor meiner Zeit in dieser Gemeinde geschehen ist, dann solltet Ihr Euch an die alten Leute halten.« Er schnaufte abfällig und setzte hinzu: »Oder Ihr sprecht mit dem verrückten Pater Hilarius, wenn der denn mit Euch reden will.«

Daniel verschluckte sich an dem Rauch und schaute den Pastor fragend an.

»Es gibt einen alten Eremiten, einen Kapuzinermönch, der sich in einer Kapelle im Ahlbecker Bruch verschanzt hält und sich von Beeren und Rinde ernährt«, erklärte Hellmann. »Angeblich hat er die Kapelle vor Jahrzehnten mit eigenen Händen erbaut und betet seitdem Tag und Nacht zur Mutter Gottes und zu allen Schutzheiligen. Er behauptet, er warte auf die Rückkehr des Leibhaftigen, aber warum er sich dafür im Moor verkriecht, das will er nicht sagen.«

»Eine Moorkapelle?«, murmelte Daniel nachdenklich.

»Die Leute halten ihn für einen Heiligen.« Hellmann nickte. »Und sie fürchten sich zugleich vor ihm, aber meiner Meinung nach ist sein Geist bloß verwirrt. Früher einmal war er als Ordensgeistlicher in der Gemeinde und hat meinem greisen Vorgänger zur Seite gestanden, doch von einem Tag auf den anderen ist er ins Moor gegangen, um den Rest seines Lebens als Eremit zu leben.« Plötzlich lachte der Pastor und fragte: »Wisst Ihr, was der Name Hilarius bedeutet?«

Daniel schüttelte den Kopf.

»Der Heitere«, sagte Hellmann und lachte erneut.

»Wo finde ich diese Kapelle?«

»An der holländischen Grenze, mitten im Bruchwald«, erwiderte der Pastor. »Das Land gehört eigentlich dem Schulzen, aber der scheint den seltsamen Heiligen zu dulden und sogar mit Almosen zu unterstützen. Auch das ist typisch für die hiesigen Bauern, wenn man ihnen mit der Bibel kommt, hören sie nicht zu und schlafen während der Predigt ein, wenn aber einer wirres Zeug erzählt und auf die Apokalypse wartet, dann sind sie ganz Ohr und glauben jeden Unsinn.« Der Pastor betrachtete seinen Gast, dessen Blick sich auffällig verdüstert hatte, mit tadelndem Blick und setzte hinzu: »Ihr trinkt ja gar nicht. Ist Euch eine Laus über die Leber gelaufen?«

Daniel schüttelte irritiert den Kopf und nippte an seinem Glas.

»Ich lasse Euch jetzt mit den Büchern allein «, sagte der Pastor und stand auf, »dann könnt Ihr in aller Ruhe lesen und Euch Notizen machen. Wenn Ihr Fragen habt, dann findet Ihr mich im Garten.«

»Eine Frage habe ich schon«, sagte Daniel und starrte auf das Kirchenbuch. »Ich sehe hier, dass die letzte Hochzeit die des Wirtes war. Mir scheinen die Tenfeldes ein seltsames Paar zu sein. Wie kam es zu der Verbindung?«

Der Pastor grinste schelmisch und betrachtete sein Gegenüber mit unverhohlener Neugier. »Henrike ist eine hübsche Person, nicht wahr?«, sagte er und hob die Augenbrauen. »Ihr fragt Euch, warum ein so schönes Mädchen einen so hässlichen Vogel heiratet?«

»Männer werden nicht wegen ihres Aussehens geheiratet«, erwiderte Daniel und setzte eine gleichgültige Miene auf. »Aber ein wenig verwunderlich finde ich diese Verbindung schon.«

»Franz Tenfelde ist nicht nur ihr Gatte«, sagte der Pastor und wiegte den Kopf, als suche er nach den richtigen Worten. »Er ist, wenn man so will, ebenfalls ihr Stiefvater.«

Wieder verschluckte sich Daniel an dem Rauch der Pfeife.

»Ja, das ist eine interessante Geschichte«, sagte Hellmann und setzte sich wieder. »Ich will sie Euch gern erzählen, auch wenn ich sie nur vom Hörensagen kenne.« Das Grinsen in seinem Gesicht wurde breiter, er bleckte seine verfaulten Zähne und fragte: »Noch Wein?«

Daniel nickte eifrig und hörte gespannt zu.

»Das Wirtshaus gehörte nicht immer zum Besitz des Vogtes«, begann der Priester und schenkte sich ein Glas ein. »Es war auch nie Teil des Grundbesitzes des Bischofs, sondern wurde den Tenfeldes vor etlichen Jahren von einem anderen Ahlbecker Bauern überlassen. Und nun ratet mal von wem?«

»Vom Schulzen?«, vermutete Daniel.

»Bravo!«, rief Hellmann und hob anerkennend sein Glas. »Die Leute reden zwar nicht darüber, und fragt man sie, dann zucken sie mit den Schultern und tun so, als wüssten sie nicht, wovon man spricht. Aber wie es scheint, hat es sich bei der Übergabe der Schenke um eine Wiedergutmachung gehandelt.«

»Was meint Ihr damit?«

»Der frühere Wirt war ein Olthues«, sagte der Priester, »der älteste Sohn des Schulzen, aber wenn Ihr in den Büchern nachseht, werdet Ihr kaum etwas über ihn finden. Es ist nur vermerkt, dass er Joes hieß und ein Jahr nach Ende des Krieges gestorben ist. Aber er ist nicht auf dem Ahlbecker Friedhof beerdigt. Nie hört man den Vater über den Sohn reden, und auch den Geschwistern kommt der Name des Bruders niemals über die Lippen. Und das mit gutem Grund.«

»Wenn er nicht wie ein Christ beerdigt wurde, dann hat er wohl nicht wie ein Christenmensch gelebt«, vermutete Daniel.

Hellmann zog anerkennend die Augenbrauen hoch und sagte: »Ihr seid ein kluger Bursche, und Ihr habt völlig Recht. Joes Olthues ist im Jahre '49 am Ahlbecker Galgen gerichtet worden. Sein eigener Vater hat ihn in seiner Eigenschaft als Dorfschulze zum Tode verurteilt.« Hellmann nickte bedeutsam und schnalzte mit der Zunge. Er war mittlerweile ziemlich betrunken, seine Augen schimmerten feucht, und eines seiner Lider hing herab, als habe er es nicht mehr unter Kontrolle. »Etwa zu dieser Zeit ging die Schenke in den Besitz der Tenfeldes über, und wenn Ihr so schlau seid, wie es scheint, dann könnt Ihr Euch denken, wieso.«

»Joes Olthues hat jemanden aus der Sippe des Vogts getötet«, mutmaßte Daniel und erntete einen anerkennenden Blick.

»Wie gesagt, ich kann nur mutmaßen, weil niemand im Ort darüber ein Wort verliert, gerade so, als sei es ihnen peinlich, dass so etwas in ihrem Dorf geschehen konnte. Und es gibt keine Papiere oder Unterlagen über den Vorfall.« Der Pastor machte eine bedeutsame Miene und senkte dann den Blick. »Aber wie es scheint, hat der Schulzensohn eine Tochter des alten Tenfelde geschändet und getötet, und deshalb haben sie kurzen Prozess mit Joes Olthues gemacht und ihn anschließend am Galgenbülten verscharrt.«

Daniel war der Erzählung des Priesters mit sichtlichem Interesse gefolgt, nicht nur weil all diese Details über die Ahlbecker Verhältnisse den dicken Roloff und seine wahrsagende Frau beglücken würden, sondern auch, weil er glaubte, einen Ansatzpunkt für seine eigenen, ganz privaten Untersuchungen gefunden zu haben.

»Und die Schenke ging als Wiedergutmachung an den Vogt«, sagte Daniel, nickte mit dem Kopf und nahm einen großen Schluck Wein. Plötzlich jedoch stutzte er und schaute den Pastor verständnislos an. »Was hat das alles mit Henrike Tenfelde zu tun? Und wieso ist ihr Gatte gleichzeitig ihr Stiefvater?«

»Henrike ist die Tochter von Joes Olthues«, antwortete Hellmann und schüttete den letzten Rest aus der Weinflasche in sein Glas. »Als der Wirt hingerichtet wurde, war sie vielleicht zwei Jahre alt. Nach Joes' Tod wurde die Schenke an Franz Tenfelde überschrieben, und Joes' Witwe, also Henrikes Mutter, ging als Inventar gleich mit an den Sohn des Vogts. Franz wurde der neue Wirt, heiratete die Witwe und wurde Henrikes Stiefvater.«

Daniel hatte Schwierigkeiten, den Ausführungen des Priesters zu folgen. Obwohl er nur die Hälfte des ihm angebotenen Alkohols tatsächlich getrunken hatte, stieg ihm der Wein zunehmend zu Kopf. Dennoch hörte er weiter andächtig zu.

»Leider starb Henrikes Mutter kurze Zeit darauf«, fuhr der Pastor fort, »und nun war das kleine Mädchen dem Wirt lästig. Da sie eine geborene Olthues war, gab er sie an den Schulzen zurück und heiratete wenig später ein zweites Mal. Doch Olthues wollte das Mädchen nicht in seinem Haus haben, er gab die kleine Henrike bei einer seiner Häuslerfamilien ab, wo sie dann als Kuckuckskind aufwuchs. Die Leute hießen Ottenpeter und lebten in einem Kotten in der Nähe des Schulzenhofes. Die Gevatterin Ottenpeter war damals die Hebamme im Dorf und scheint sich des elternlosen Mädchens erbarmt zu haben. Von ihrem Großvater wurde Henrike wie irgendeine niedere Magd behandelt, er zahlte der Ottenpeterin ein paar Gulden für die Verköstigung und kümmerte sich nicht weiter um seine Enkelin. Sie hatte wie die anderen Kötterkinder auf dem Schulzenhof zu dienen und mit dem Gesinde zu essen, und entsprechend ärmlich war sie gekleidet. Etwa um diese Zeit kam ich in die Gemeinde und lernte Henrike kennen, aber ich wäre nie auf die Idee gekommen, dass sie eine Olthues war. Das habe ich Jahre später von ihr selbst erfahren.«

»Sie war die Tochter des Mörders«, sagte Daniel, und es klang, als spreche er zu sich selbst. »Und weil sie den Schulzen an seinen Sohn Joes erinnerte, hat er sie bei den Köttern versteckt.«

Hellmann zuckte mit den Schultern und nickte dann.

»Und wie ist sie die Frau des jetzigen Wirtes geworden?«

»Nun ja«, fuhr der Pastor fort, »auch die zweite Frau Tenfelde ist dem guten Franz weggestorben, ohne ihm einen Erben geschenkt zu haben, und so hat er sich im Dorf nach einer Nachfolgerin umgeschaut. Henrike war mittlerweile zu einem hübschen Mädchen herangewachsen und befand sich im heiratsfähigen Alter. Tenfelde hat sich unsterblich in sie verliebt und zudem ein Anrecht auf sie geltend gemacht, schließlich war er einmal mit ihrer Mutter verheiratet gewesen. Dem alten Olthues schien es nur recht zu sein, die unliebsame Enkelin endgültig loszuwerden, und auch Henrike war vermutlich froh, von dem jämmerlichen Kotten und der harten Arbeit auf dem Schulzenhof fortzukommen. Der Wirt ist zwar nicht gerade eine Zierde seines Geschlechts, und es gibt nicht wenige im Dorf, die ihm die hübsche und junge Gattin neiden, aber wie es scheint, hatte Henrike lediglich die Wahl zwischen Pest und Cholera.«

Daniel versank in Schweigen. Schließlich leerte er das Glas, stellte es auf den Tisch und beugte sich über die Folianten.

»Ich werde Euch jetzt Eurer Arbeit überlassen.« Der Pastor säuberte die Gläser mit einem Tuch und verstaute sie in seinem Schreibtisch. »Ich hoffe, die Taufregister werden Euch weiterhelfen.«

»Bestimmt«, antwortete Daniel, nahm ein Notizbuch aus seinem Umhang, bat den Priester um Feder und Tinte und begann, einige der Namen und Zahlen in das Büchlein zu übertragen.

Hellmann, der aufgestanden und zur Tür gegangen war, wandte sich noch einmal um, schaute den Scholaren mit alkoholgetrübtem Blick an und sagte: »Es tut so gut, sich zur Abwechslung mal mit einem gebildeten Menschen zu unterhalten. Wir sollten unser Gespräch unbedingt ein anderes Mal fortsetzen, wenn Ihr mit Eurer Arbeit fertig seid.«

»Das sollten wir allerdings«, antwortete Daniel und zwang sich zu einem Lächeln. »Ihr wart mir eine große Hilfe.« Er schaute auf die Kirchenbücher und setzte hinzu: »Eine sehr große sogar.«

Der Pastor verbeugte sich, setzte sein Ungetüm von Hut auf und verließ schwankend den Raum.

Viertes Kapitel
Lässt Fernes nah erscheinen

Als Daniel zwei Stunden später das Arbeitszimmer des Pastors verließ, machte er einen nachdenklichen und grüblerischen Eindruck. Er war die ganze Zeit in die Kirchenbücher vertieft gewesen, hatte sämtliche ihm wichtig erscheinenden Daten und Namen in sein Notizbuch übertragen und die Eintragungen mit Fußnoten versehen, um auf diese Weise die verschiedenen Verwandtschaftsgrade und Querverbindungen der Ahlbecker Familien zu verdeutlichen. Besonders hilfreich bei der Aufstellung der Liste war ihm ein so genanntes *Status Animarum* gewesen, eine Art Einwohnerverzeichnis, das der Pastor im Jahre 1664, also vor vier

Jahren, im Auftrag des bischöflichen Generalvikars angefertigt hatte. In diesem Register fand Daniel die Namen sämtlicher damals lebender Gemeindemitglieder samt Alter, Beruf und Familienstand, und er stieß auf einige Details, die ihn derart beschäftigten, dass er nun im Flur des Hauses beinahe mit dem Kaplan zusammenstieß.

»Seid Ihr fertig mit Eurer Arbeit?«, fragte Kaplan Wissing und lächelte verlegen. »Oder habt Ihr noch Fragen?«

»Die habe ich tatsächlich«, antwortete Daniel.

»Ich würde Euch gern helfen«, erwiderte der Kaplan, wiegte unsicher seinen Kopf und fuhr sich mit den Finger über den gezwirbelten Schnauzbart. »Aber ich wurde zu einer Beichte gerufen und möchte nicht zu spät kommen.«

»Eine letzte Ölung?«

»Nicht direkt«, sagte Wissing zögerlich, und Daniel schien es, als bekomme er einen roten Kopf. »Man hat mich zur Mühle gerufen, um einer Magd die Beichte abzunehmen.«

»Ist die Magd bettlägerig oder warum kommt sie nicht in die Kirche zur Beichte?« Daniel schmunzelte, als er den Kaplan verlegen die Achseln heben und nach einer Antwort suchen sah. Daniel nickte und verstand. Es musste hartes Los sein, ein so hübscher und junger Mann in einem so abgelegenen Dorf zu sein, dachte er und schaute den anderen mitleidig an. Er fragte: »Wo finde ich den Pastor? Ist er noch im Haus?«

»Im Prinzip schon.« Wieder wiegte der Kaplan seinen Kopf und machte eine verkniffene Miene. Er schien mit sich zu ringen, holte schließlich tief Luft und sagte: »Ach, was soll's? Er möchte eigentlich nicht gestört werden, wenn er ...« Er räusperte sich, ließ den Satz unbeendet und deutete zu einer steinernen Treppe, die in den ersten Stock hinaufführte. »Hier entlang, bitte.«

Sie stiegen die Stufen hinauf ins Obergeschoss, gingen einen schmalen Flur entlang und kamen schließlich zu einer schmalen und sehr steilen Holztreppe, die auf den Dachboden führte.

»Er ist in seinem Laboratorium«, erklärte der Kaplan und deutete auf die Falltür in der Decke. »Klopft einfach an die Luke, dann werdet Ihr ja sehen, ob er Euch einlässt.« Der Kaplan setzte seinen Hut auf und verließ eilig das Haus.

»Ein Laboratorium«, murmelte Daniel, betrachtete die Falltür, grinste vorfreudig, stieg die Treppe hinauf und klopfte ans Holz.

»Was ist denn, Röttger?«, meldete sich die Stimme des Pastors. »Du weißt doch, dass du mich nicht stören sollst.«

»Ich bin es«, rief Daniel. »Ich habe noch einige Fragen hinsichtlich der Bücher. Euer Vikar hat mir den Weg zu Euch gewiesen.«

»Oh«, antwortete Hellmann, »einen Moment!« Im nächsten Augenblick war ein leises Scharren und Kratzen zu hören, als würde etwas auf dem Boden verschoben oder weggeräumt. Daniel vernahm das leise Klirren von Glas oder leichtem Metall, und dann herrschte Ruhe. Nach einigen Sekunden quietschte ein Riegel im Schloss, die Luke wurde geöffnet, und der Kopf des Pastors erschien.

»Ihr müsst entschuldigen«, sagte Hellmann und bat den jungen Mann hinaufzukommen. »Bei meinen Studien bin ich lieber ungestört, und manch einer würde wohl nicht verstehen, was ich hier auf dem Dachboden treibe.«

Daniel kletterte die steile Treppe hinauf, betrachtete die niedrige Dachkammer und verstand sofort. Auf einem langen Tisch unter einer der Schrägen stapelten sich Papiere und Folianten, auf deren Seiten sich seltsame Zeichnungen und kryptische Symbole befanden. Daniel näherte sich den Schriften und erkannte das Symbol einer sich in den Schwanz beißenden Schlange und darunter die griechischen Worte: »ε ν τ ο π α ν«. Mit Tinte hatte jemand in gotischer Schrift darunter geschrieben: »Eines ist Alles.«

Auf einem weiteren Tisch an der Giebelseite der Kammer sah Daniel eine Ansammlung von Bottichen, Gläsern, Destillierkolben, Lederschläuchen und Messingapparaturen, die durch Glasrohre verbunden waren und in denen sich Flüssigkeiten der verschiedensten Farben befanden. Einer dieser Glaskolben war über einem Spiritusbrenner befestigt, und in seinem Inneren köchelte eine gelbe Flüssigkeit, der einige metallische Gegenstände hinzugefügt waren.

Alchemie!, dachte Daniel und fragte: »Ihr seid auf der Suche nach dem Stein der Weisen?«

»Aber nein! Ich interessiere mich lediglich für die chemischen Elemente«, erklärte der Pastor, räusperte sich und klappte die offen liegenden Bücher zu. »Und ich experimentiere mit der Materie und ihren mannigfachen Eigenschaften. Mit Aberglauben hat das nichts zu tun, meine Untersuchungen sind rein wissenschaftlicher Natur.«

Daniel beließ es bei einem stummen Nicken und lächelte wissend. Ein Verslein aus dem »Narrenschiff« ging ihm durch den Kopf:

»Man spürt wohl in der Alchemey
und in des Weines Arzeney
was falsch und B'schiss auf Erden sey.«

Daniel hatte schon etliche Männer getroffen, die vorgaben oder davon träumten, Gold und Silber in ihren Küchen und Werkstätten herstellen zu können. Sie hatten entweder ihr gesamtes Vermögen oder ihren Verstand verloren, aber den Stein der Weisen, die Urmaterie, mit der sich jede Substanz in eine andere verwandeln ließ, hatten sie nicht entdeckt. Daniel zog die handwerkliche Herstellung von Gold, die ihm Roloff beigebracht hatte, der alchemistischen Vorgehensweise vor. Er wusste, wie man mit Hilfe von ein wenig Lotwasser aus billigem Messing Silber machte und wie sich eine Kupfer-Zink-Legierung mittels Weinstein vergolden ließ. Der Rheinische Goldgulden, den er in der vergangenen Nacht dem Wirt zugeworfen hatte, war das Resultat einer solchen Prozedur gewesen. Die Münze war etwas zu leicht für ihren Wert, und in wenigen Wochen würde sich die hübsche goldene Farbe in Luft auflösen.

»*Ratio fide illustrata*«, rechtfertigte sich der Pastor. »Gott hat uns die Vernunft gegeben, um seine Herrlichkeit zu schauen.«

Daniel winkte ungeduldig ab. Er hatte keine Lust auf einen weiteren Vortrag des Geistlichen, außerdem hatte er etwas entdeckt, das seine Neugier geweckt hatte. »Was ist das?«, fragte er und deutete zum Dachfirst. Dort befand sich das kleine Türmchen mit den Schießschartenöffnungen, das er bereits vom Dorfplatz aus gesehen hatte. Eine kleine Leiter führte zu einer Empore darunter, und auf der Empore stand ein langes Metallrohr auf einem Gestell.

»Ist das etwa …?«, begann Daniel eine Frage, unterbrach sich und schaute in das freudig strahlende Gesicht des Priesters.

»Ein Fernrohr, jawohl«, antwortete Hellmann und nickte stolz. »Es ist ganz neu und kommt direkt aus Holland. Ich habe es mir von der Messe in Deventer mitbringen lassen.«

Daniel hatte von dieser Erfindung bereits gehört, aber noch nie ein solches Gerät zu Gesicht bekommen. »Darf ich?«, fragte er und stieg, da der Pastor nickte und zur Leiter deutete, auf die Empore.

»Ich betrachte die Sterne und fertige eine Karte von ihnen an«, sagte Hellmann und folgte dem Scholaren hinauf.

Daniel wusste aus seiner Erfahrung mit den alchemistischen Hochstaplern, dass sie daran glaubten, nur bei bestimmten Konstellationen der Gestirne auf den Stein der Weisen stoßen zu können. Alchemie und Astrologie gingen immer Hand in Hand.

Schon seltsam, dachte Daniel und betrachtete den Priester aus den Augenwinkeln, in seinem Arbeitszimmer liest er ketzerische Philosophen und faselt von Vernunft, und hier oben betreibt er solchen Schabernack.

»Wie funktioniert solch ein Rohr?«, fragte er.

»Ihr müsst durch diese Öffnung schauen«, erklärte der Pastor, »das Fernrohr auf den betreffenden Gegenstand richten, und dann an diesem Rädchen die Schärfe einstellen. Es ist wirklich kinderleicht.«

Das Türmchen im Dachfirst entpuppte sich als idealer Standort für ein solches Instrument, durch die vier Öffnungen hatte man einen Ausblick in sämtliche Himmelsrichtungen, nur im Westen nahm die Kirche mit ihrem Turm die Sicht in die Ferne.

»Bei Tage sieht man natürlich keine Sterne«, sagte Hellmann, und seine Stimme vibrierte vor Aufregung, »und Ihr dürft nicht in die Sonne schauen, sonst verbrennt Ihr Euch die Augen.«

Daniel richtete das Fernrohr gen Norden und schaute hindurch. Für Sonne oder Sterne interessierte er sich nicht, aber dieses Instrument bot ihm die Möglichkeit, sich einen Überblick über den Ort zu verschaffen und jene Höfe in Augenschein zu nehmen, von denen er soeben in den Kirchenbüchern gelesen hatte. Er fragte: »Kann man den Hof des Schulzen von hieraus betrachten?«

»Ihr müsst das Rohr nach Nordwesten ausrichten«, antwortete Hellmann und half dem Scholaren, die Schärfe einzustellen. »Wenn Ihr direkt am Kirchturm vorbeischaut, dann könnt ihr den Olthues-Hof erkennen. Er liegt fast direkt an der holländischen Grenze.«

Tatsächlich war der Schulzenhof leicht zu entdecken, obwohl er mitten im Bruchwald lag. Er stand auf einer Anhöhe oder Warft und ragte aus dem Moor wie eine Burg heraus. Das eigentliche Bauernhaus mit dem reetgedeckten Dach, das beinahe bis auf den Boden reichte, war von diversen kleineren Häusern und Scheunen umgeben. Die Warft war von einem schmalen, steinernen Wall umgeben, was das Burgartige der Anlage noch betonte. Es gab nur eine Zufahrt zu dem Hof, und diese war mit einem hölzernen Tor versperrt.

»Der Schulze hat sich ja regelrecht auf seinem Hof verbarrikadiert«, sagte Daniel und folgte mit seinem Blick dem Weg, der von der Warft durch den Wald und schließlich zur Landstraße führte. Ungefähr an der Stelle, wo sich die Wegeskreuzung befand, sah Daniel das Ungetüm des Galgens stehen. Immer noch baumelte der gehängte Schmuggler am Seil.

»Joseph Olthues ist ein vorsichtiger Mann«, sagte der Pastor und schnaufte nachdenklich, »und während des Krieges hat er seinen Hof zur Festung ausgebaut. Er hat eine Wehr aufgeworfen und Gräben ausgehoben, sogar Fluchtspeicher und Tunnel soll er gebaut haben. Genützt hat es ihm allerdings nichts, sein Hof ist wie alle anderen von den Hessen und Holländern geplündert worden.«

»Warum stehen eigentlich einige der Namen in Klammern?«, fragte Daniel, ohne das Auge vom Glas zu nehmen.

»Wie bitte?«, erwiderte der Priester.

»Im *Status Animarum* habe ich die Vornamen der Schulzenfamilie entdeckt«, erklärte Daniel. »Der zweitälteste Sohn heißt Lambert, aber der Name steht in Klammern.«

»Ich kenne diesen Lambert überhaupt nicht«, antwortete Hellmann und zog die Stirn kraus. »Als ich in die Gemeinde kam, war der Sohn des Schulzen bereits bei den Soldaten. Er ist noch als Mitglied des Sprengels geführt, aber da er nicht mehr hier lebt, steht sein Name in Klammern.«

»Bei den Soldaten?«, hakte Daniel nach und schaute dem Pastor ins Gesicht. »Wo und seit wann?«

»Das kann ich nicht sagen«, erwiderte Hellmann. »Als ich nach Ahlbeck kam, war er schon ein geraume Zeit fort.«

»Der Schulze hatte also drei Söhne?«, überlegte Daniel laut.
»Und zwei Töchter. Josepha und Jettchen.«
Daniel nickte abwesend. Die Töchter kümmerten ihn im Moment nicht, nur den Männern des Dorfes galt sein Interesse. Er fuhr fort, laut zu resümieren: »Joes war der Wirt, der vor zwanzig Jahren hingerichtet wurde, Lambert ist der nächstälteste, der zu den Soldaten ging, und …«
Er schaute in sein Notizbuch und stieß auf die entsprechende Eintragung. »… und Werner ist der jüngste Sohn, der immer noch auf dem Hof lebt.«
»Das ist richtig«, bestätigte der Pastor.
»Hm«, machte Daniel und nickte schließlich. Er notierte etwas in seinem Büchlein und fragte: »Wo liegt der Hof des Vogts?«
»Im Osten, in Richtung Bentheim.« Hellmann stellte das Fernrohr vor das Ostfenster, schaute hindurch, suchte eine kurze Zeit und stellte dann den Fokus ein. »Wenn Ihr schauen möchtet«, sagte er.
Daniel sah durchs Fernrohr und erkannte einen Bauernhof, der wie der Hof des Schulzen aus einem Haupthaus und vielen Nebengebäuden bestand. Allerdings lag das Anwesen nicht auf einer Warft, sondern zu ebener Erde, und es war nicht von Bruchwald, sondern von niedrig bewachsenem Venn und Feuchtwiesen umgeben.
»Auch Tenfelde hat drei Söhne, nicht wahr?«, sagte Daniel und schaute abermals in sein Büchlein. »Franz ist der Wirt, Hinnerk ist der Müller am Kolk, und Gregor lebt beim Vater auf dem Hof.«
Da dem nichts hinzuzufügen war, nickte der Pastor stumm.
»In den Büchern habe ich einen dritten Großbauern gefunden«, fuhr Daniel fort, ohne wirklich den Pastor anzusprechen. »Sein Name ist Gerrit Ibing. Ist er mit dem Schmied verwandt?«
»Jakob ist sein Sohn«, antwortete Hellmann nickend und richtete diesmal das Fernrohr gen Süden. »Wollt Ihr den Hof sehen? Er liegt in der Heide südlich von Ahlbeck. Der alte Ibing züchtet dort Schafe und brennt seinen Wacholderschnaps. Das Heidegebiet ist nun mal nicht besonders fruchtbar, nichts als weißer Sand und Heidekraut.«
Von Roloff wusste Daniel, dass auf der Scholle dieses Heidebauern das Schützenfest abgehalten wurde und dass sich hier in den nächsten Tagen die Schausteller mit ihren Wagen und Zelten niederlassen würden. In den Kirchenbüchern hatte Daniel gelesen, dass zu dem Hof des Bauern zahlreiche Kötter und kleine Pächter gehörten und dass der Landbesitz beträchtlich sein musste, dennoch hatte der Priester den Heidebauer nicht erwähnt, als er von den Leuten erzählt hatte, die in Ahlbeck das Sagen hatten.
Daniel fragte ihn danach.
»Ibing ist ein Holländer und ein etwas wunderlicher Kerl«, erklärte Hellmann und ließ Daniel durch das Rohr schauen. »Außerdem züchtet

er Schafe, was allein schon reichen würde, um ihn in den Augen der alteingesessenen Ahlbecker zu einem minderwertigen Geschöpf zu machen. Egal, wie reich er ist. Im Dorf nimmt man ihn wie ein notwendiges Übel hin, schließlich trinken sie mit Vorliebe seinen Genever, aber leiden kann den Kauz eigentlich niemand.«

Drei Großbauern, dachte Daniel, als er den Heidehof, der im Gegensatz zu den anderen Anwesen aus vielen kleinen, fast versteckt liegenden Gebäuden bestand, in der flirrenden Heidelandschaft entdeckte. Drei Höfe, die jeweils außerhalb der eigentlichen Ortschaft lagen und beinahe ein gleichschenkliges Dreieck bildeten. Der Dorfschulze im Norden, der bischöfliche Vogt im Osten und der Heidebauer im Süden.

»Und was gibt es im Westen zu sehen?«, fragte Daniel und richtete das Fernrohr in die entsprechende Himmelsrichtung aus.

»Dort steht die alte Wassermühle«, antwortete der Priester, »aber der Kirchturm nimmt leider jede Sicht in die Ferne. Dafür hat man einen ungetrübten Blick auf den Kirchplatz, was manchmal auch recht interessant sein kann.«

Daniel ließ seinen Blick über die Häuser und Höfe streichen, er betrachtete den Friedhof zur Rechten und die Schmiede zur Linken und landete schließlich beim Wirtshaus, vor dessen Eingangstür sich einige Männer lachend unterhielten. Auf der Rückseite der Schenke, gleich neben dem Pferdestall, befanden sich die Stallungen, in denen der Wirt einige Schweine und Hühner hielt. Gerade in dem Augenblick, da Daniel das Fernrohr auf den Hinterhof richtete, trat die Wirtsfrau mit einem Topf aus dem Haus, ging zum Schweinestall und leerte den Inhalt des Topfes in einen Trog. Als sie sich vornüber beugte, konnte Daniel einen Blick in ihren tuchlosen Ausschnitt erhaschen, und er hätte vermutlich beschämt die Augen vom Okular genommen, wenn nicht im gleichen Augenblick eine Männerhand auf der Brust der jungen Frau zu liegen gekommen wäre. Daniel fuhr beinahe erschrocken zusammen, und gleiches tat Henrike Tenfelde.

»Was ist denn?«, fragte der Pastor. »Warum schüttelt Ihr Euch?«

»Mich fröstelt ein wenig«, antwortete Daniel.

»Bei dieser Hitze?«, wunderte sich Hellmann und schüttelte belustigt den Kopf. »Was gibt es dort unten zu sehen, dass Ihr beinahe ins Rohr hineinkriecht?«

»Nichts von Interesse«, antwortete Daniel, schaute aber weiterhin wie gebannt durch die Linse. Ein spöttisches Grinsen lag auf seinen Lippen, aber die Mundwinkel zuckten vor Aufregung. Was er sah, schien ihn gleichermaßen zu amüsieren und zu verwirren. Die Hand, die der Wirtin so ungeniert an die Brust gefasst hatte, gehörte nicht ihrem Gatten, sondern einem etwa dreißig Jahre alten, blondgelockten Mann mit gezwirbeltem Schnauz- und Kinnbart. Er trug die einfache Kleidung eines Köt-

37

ters oder Knechts, hatte Holzpantinen an den Füßen und hielt einen Strohhut in der Hand. Henrike, die bei der überraschenden Berührung zunächst erschrocken zusammengefahren war, zeigte sich im Folgenden alles andere als unangenehm berührt. Sie schlug dem Mann zwar auf die Finger und schaute sich nach allen Seiten um, um sicherzugehen, dass sie nicht beobachtet wurden, doch im nächsten Moment drückte sie dem Mann einen Kuss auf den Mund und hielt ihn fest mit beiden Armen umklammert. Einige Sekunden standen sie so, bis der Mann sie plötzlich von sich stieß und ihr den Rücken zukehrte. Der Grund dafür war das Erscheinen des Wirts, der nach seiner Frau Ausschau hielt. Franz Tenfelde trat auf die beiden zu, reichte dem Bauern die Hand und legte seinen linken Arm gleichzeitig um die Schulter seiner Gattin. Henrike schaute verlegen zu Boden, der junge Mann sagte etwas scheinbar Komisches, und der Wirt lachte und klopfte seiner Frau belustigt auf die Schulter. Schließlich ging er mit ihr wieder ins Haus, und der Bauer gesellte sich zu den Männern, die sich auf dem Dorfplatz versammelt hatten und nun die Schenke betraten.

Daniel hatte vorerst genug gesehen. Er wandte sich dem Pastor zu, legte dem Geistlichen die Hand auf die Schulter und sagte: »Ein herrliches Instrument!«

»Nicht wahr?!«, entfuhr es Hellmann, und er strahlte glückselig.

Sie stiegen von der Empore, und Daniel reichte dem Priester zum Abschied die Hand. »Ich werde jetzt ins Gasthaus gehen«, sagte er, »und eine Kleinigkeit zu Mittag essen.«

»Ihr könnt auch bei uns zu Tisch sitzen«, sagte Hellmann, »wenn Euch ein bescheidenes Mahl zusagt. Frau Ibing ist eine gute Köchin, und vielleicht finde ich noch ein gutes Tröpfchen für uns im Keller.«

»Danke für das Angebot«, erwiderte Daniel, »aber gerade heute möchte ich lieber in der ›Linde‹ speisen. Ich glaube, dort wird mir das Essen besonders munden.« Er nickte dem Pastor zu, setzte seinen Schlapphut auf und wollte gerade die Leiter hinuntersteigen, als er in einer Ecke des Raumes einen kleinen Eisenschrank sah. Der Schrank war mit einem zusätzlichen Riegel und einem großen Vorhängeschloss versehen und erinnerte an einen Tresor. Daniel hob die Brauen und stieg durch die Luke. »Ihr braucht mir nicht den Weg zu zeigen«, sagte er im Gehen, »ich finde schon hinaus.«

Pastor Hellmann schaute dem jungen Mann irritiert hinterher, schüttelte missfällig den Kopf und schloss die Luke.

Fünftes Kapitel
Präsentiert einen alten und einen kommenden König

Das Wirtshaus »Zur alten Linde« war gut gefüllt, alle Tische waren mit Kötterbauern und Knechten besetzt, die sich angeregt unterhielten und mehrmals ein Prosit auf den Dorfschulzen ausriefen. Daniel saß an einem Ecktisch, sein Notizbuch vor sich, und hörte den Männern aufmerksam zu. Ihren Gesprächen konnte er entnehmen, dass sie seit den frühen Morgenstunden zur Ernte auf den Roggenfeldern des Schulzen gewesen waren und der Bauer Olthues ihnen aufgrund ihrer Tüchtigkeit und wegen der Mittagshitze einen Humpen Bier in der Schenke spendiert hatte. So tranken sie also, plauderten und stießen auf den Grundherrn an, den sie »den alten Fuchs« nannten, ohne jedoch zu erkennen zu geben, worauf sich dieser Spitzname bezog. Mitten unter ihnen saß der blond gelockte Mann mit dem Strohhut, er lachte mit ihnen, warf dann und wann eine Bemerkung in die Runde und strich sich anschließend würdevoll über sein Kinnbärtchen. Er schien eine Art Vorarbeiter oder ein Vertrauter des Schulzen zu sein, denn immer wieder schauten die Bauern zu ihm herüber, wenn sie auf den Dorfvorsteher anstießen. Mehrmals wurde dem Blonden auf die Schulter geklopft, wenn er einen seiner geistreichen Sprüche zum Besten gab, für die er bekannt zu sein schien. Doch obwohl die Bauern freundschaftlich oder doch kameradschaftlich mit dem Blonden verkehrten, zollten sie ihm offensichtlich Respekt und legten Wert auf seine Meinung. Er kleidete sich wie sie in einfachem Sackleinen, trug keine ledernen Schuhe an den Füßen und war jünger als die meisten der Kötter, aber sein Wort hatte Gewicht, das war unschwer zu erkennen.

Die Wirtin allerdings, die geschäftig mit einem Seidel Bier durch die Stube lief und sich um die Gäste kümmerte, bedachte er keines Blickes. Während die anderen Männer ihr zulächelten oder sie lüstern anschauten, wenn sie sich über den Tisch beugte und ihnen nachschenkte, so behandelte der Blondgelockte die junge Frau wie Luft. Henrike hingegen wandte sich immer wieder nach dem Mann um, während sie den anderen die Becher füllte, und wenn der Blonde etwas sagte, so hielt sie inne und lächelte nachdenklich. Den übrigen Männern und auch dem Wirt fielen diese Blicke und kleinen Gesten nicht auf, das Verhalten der Wirtin schien lediglich von gebotenem Respekt für den Blonden zu zeugen, für Daniel jedoch, der die beiden Liebenden im Hinterhof gesehen hatte, sprachen Henrikes Augen ganze Bände. Sie schien diesen Mann wie einen Abgott anzuhimmeln, auch wenn er sie scheinbar kaum zur Kenntnis nahm. Zugleich aber verriet der Blick der Wirtin eine Ängstlichkeit und Unentschlossenheit, die ihrem forschen und unbekümmerten Auftreten auf seltsame Weise widersprach.

»Darf ich Euch auch auf ein Bier einladen, Herr Scholar?«, wandte sich der Blondgelockte in diesem Moment an Daniel, der erschrocken aus seinen Gedanken hochfuhr. »Der gute Franz hat uns erzählt, dass Ihr eine religiöse Schrift über unser Dorf verfasst und darauf würden wir gerne mit Euch anstoßen. Wenn Euch die Gesellschaft von einfachen Bauern nicht zu profan erscheint.« Er lachte und setzte, indem er Daumen und Zeigefinger aneinander rieb, hinzu: »Keine Bange, die Rechnung geht auf meinen Vater.«

»Euer Vater?«, wunderte sich Daniel und neigte den Kopf.

»Er ist der Schulze dieses jämmerlichen Dorfes«, erklärte der Blonde stolz. »Vielleicht habt Ihr ja bereits von ihm gehört.«

»Euer Vater ist Joseph Olthues?« Daniel starrte ihn an und schüttelte irritiert den Kopf. »Aber dann seid Ihr ja ...«

»Werner Olthues«, ergänzte der andere und neigte nun seinerseits den Kopf zum Gruß. »Ich bin der Schulzensohn, ganz recht. Und sollte Euch jemand etwas Nachteiliges über mich erzählt haben, so dürft Ihr davon jedes Wort glauben.«

Olthues lachte, die Bauern stimmten mit ein und prosteten einander zu, nur Daniels Blick verdüsterte sich, und er schüttelte erneut den Kopf. Dieser Mann war Werner Olthues, der jüngste Sohn des Schulzen. Und vor allem: Er war Henrikes Onkel!

»Wie ich sehe, kann Euch unser Angebot nicht locken«, sagte Olthues und zuckte achtlos mit den Schultern. »Sollten wir Eure Nase beleidigen, so müsst Ihr entschuldigen, wir haben den ganzen Morgen in der Gluthitze auf den Feldern gearbeitet und schwitzen wie die Schweine.« Er bedachte den Scholaren mit einem böse funkelnden Blick und wollte sich wieder seinen Köttern zuwenden, doch Daniel stand auf, verneigte sich tief und sagte:

»Ich nehme Euer Angebot mit Freuden an! Leider habe ich noch nichts über Euch erfahren, schon gar nichts Nachteiliges.« Er lächelte, verbeugte sich abermals und setzte hinzu: »Aber für Verleumdungen und üble Nachrede habe ich immer ein offenes Ohr, und solltet Ihr zu stark riechen, so kann ich mir ja die Nase zuhalten.«

»So ist's recht!«, freute sich Olthues und klopfte sich auf den Schenkel. »Ein Kirchenmann mit Humor, das gefällt mir.« Er bedeutete dem neben ihm sitzenden Bauern, zur Seite zu rücken, und befahl der Wirtin, ohne sie dabei anzuschauen: »Henrike, einen Stuhl für den Herrn Scholar!«

Als Daniel sich dem Tisch näherte und die Männer die Wunde an seinem Kopf bemerkten, ging ein Raunen durch die Menge, das allerdings auf der Stelle von dem Schulzensohn unterbunden wurde.

»Was ist denn das für ein Benehmen?«, herrschte er die Bauern an. »Der Mann hat eine Narbe am Kopf. Na und? Was gibt's denn da zu starren, als hätte der Mann die Pest? Was soll denn der Herr Scholar von uns denken?!« Zu Daniel gewandt, setzte er hinzu:»Ihr müsst uns entschuldigen, wir sind halt nur einfache Bauern. Wir leben hier alle etwas hinter dem Mond und staunen wie die Kinder, wenn wir etwas sehen, was uns merkwürdig erscheint. Das dürft Ihr uns nicht nachsehen.«

Daniel wusste nicht, was ihm unangenehmer war, die dümmlich offen stehenden Münder der Kötter oder das weltkundige Getue des Schulzensohnes. Daniel fand die Art und Weise, wie der Grundherr sich bei den Bauern anbiederte und sich allzu demonstrativ auf eine Stufe mit ihnen stellte, beinahe unanständig. Es wirkte verlogen und selbstgefällig, denn gerade dadurch, dass er sich als reicher Landeigner wie ein Knecht kleidete und sich mit den Bauern verbrüderte, gab er zu erkennen, wie sehr er sich von den einfachen Leuten unterschied. Seht her, schien sein Gebaren zu sagen, ich kann so sein wie ihr, aber so wie ich werdet ihr nie sein. Er gefiel sich als einfacher Landmann, aber es wirkte wie eine Maskerade zum Karneval.

»Ich habe mich längst daran gewöhnt, dass die Leute zusammenfahren, wenn sie mich sehen«, sagte Daniel und setzte sich auf den Stuhl, den die Wirtin ihm gebracht hatte.»Mein Aussehen ist das Kreuz, das der Herr mir aufgebürdet hat und das ich in Demut trage. Die Wunde ist ein Andenken an den Großen Krieg«, fügte er hinzu und erzählte die Geschichte vom Grafen Wrangel und den blutrünstigen Schweden, die er diesmal besonders ausschmückte und mit dramatischen Details versah. Nach dem gewaltsamen Tod seiner Eltern sei er in einem sächsischen Kloster aufgewachsen, berichtete er, dann habe es ihn nach Bayern auf ein Jesuitenkolleg und schließlich nach Paderborn an die Universität verschlagen, wo er dem Bischof von Münster begegnet und von ihm beauftragt worden sei, die münsterländischen Kirchspiele zu inspizieren.»Eigentlich müsste ich den gottlosen Schweden dankbar sein«, setzte er hinzu und machte ein Kreuzzeichen,»denn wenn sie mir auch die Eltern gemordet haben, so habe ich nur durch diesen Schicksalsschlag die Ausbildung genießen können, die mir zuteil geworden ist.«

Binnen kurzer Zeit hatte sich die abwehrende Haltung der Bauern in Sympathie und Mitleid verwandelt, die kritischen Mienen erhellten sich, Neugier kam auf, und sie bestürmten den weit gereisten Scholaren mit allerlei Fragen. Was es an Neuigkeiten aus dem Bistum oder dem Reich gebe, wollten sie wissen. Ob Graf Ernst Wilhelm sich dem Bischof schon ergeben habe und zum rechten Glauben übergetreten sei. Und ob Kanonen-Bernd wieder gegen die Niederlande ziehen werde.

Je mehr sich die Unterhaltung verlagerte und zu einem angeregten Frage-und-Antwort-Spiel zwischen Daniel und den Bauern wurde, desto grimmiger schaute Werner Olthues drein. Er stand plötzlich nicht mehr im Mittelpunkt, fungierte nicht länger als bäuerlicher Wortführer, und das war ihm offensichtlich ebenso fremd wie zuwider. Er wollte nicht so neugierig und sensationslüstern wie die Kötter erscheinen, aber dass die Unterhaltung nun gänzlich an ihm vorbeilief, war ihm ebenfalls nicht recht. Selbst Henrike hörte andächtig den Ausführungen des Studenten zu und schien ihren Geliebten für einen Moment vergessen zu haben.

Daniel, der gerade von der Belagerung Bentheims sprach und von den Heerscharen, die der Bischof aufbot, um die Unchristen ausbluten zu lassen, schielte aus den Augenwinkeln immer wieder zum Schulzensohn hinüber, und je finsterer Olthues auf den Tisch starrte, desto mehr gingen Daniels Mundwinkel in die Höhe. Und wie er es erwartet hatte, explodierte Olthues plötzlich und unterbrach das Gespräch.

»Was bestürmt ihr denn den armen Mann so?«, rief er und brachte damit sämtliche Bauern zum Schweigen. »Ihr seid wie die Waschweiber! Immer nur Klatsch und Tratsch. Und du Henrike, hol gefälligst Bier, damit ich mit dem Herrn Scholar anstoßen kann.«

Die Wirtin fuhr zusammen und wich einige Schritte zurück.

»Franz!«, rief der Schulzensohn dem Wirt hinter dem Tresen zu. »Du solltest besser auf dein Weib aufpassen!«

»Wem sagst du das?«, antwortete Tenfelde achselzuckend. »Aber sie lässt sich ja ohnehin nichts sagen. Wie ein junges Füllen.«

»Dann solltest du ihr die Peitsche zu spüren geben«, erwiderte Olthues und lächelte zufrieden. Er hatte sein Ziel erreicht, alle Augen waren auf ihn gerichtet.

»Euer Bruder ist ebenfalls beim Militär, wie mir gesagt wurde«, wandte sich Daniel an den Schulzensohn. »Gehört er zu den bischöflichen Truppen?«

»Mein Bruder?«, erwiderte Olthues. Seine Miene bekam plötzlich einen lauernden Ausdruck. »Weiß der Himmel, wo der sich herumtreibt.« Er holte eine Schnupftabaksdose aus der Hosentasche und nahm eine Prise. »Wer hat Euch von meinem Bruder erzählt?«

»Pastor Hellmann«, antwortete Daniel und schüttelte den Kopf, als Olthues ihm den Schnupftabak hinhielt.

»Der alte Saufkopf«, meldete sich die Stimme eines Kötters aus dem Hintergrund. Es war ein alter Mann mit abstehenden Ohren und riesiger Hakennase, die wie ein Bugsegel aus seinem ausgemergelten Gesicht herausragte. Er lachte abfällig, wobei er einen zahnlosen Oberkiefer zeigte, und setzte hinzu: »Was weiß denn der? Der soll sich um seinen eigenen Kram kümmern und seine Nase nicht in fremder Leute Angelegenheiten stecken. Verdammter Ketzer!«

»Aber Onkel!«, entfuhr es Henrike.

»Er ist unser Priester«, fuhr Olthues den Alten an, »also rede gefälligst nicht so respektlos über ihn, Ottenpeter! Oder soll ich meinem Vater von deinem ungebührlichen Benehmen erzählen?«

Der alte Mann zuckte zusammen und schüttelte den Kopf. »Ihr seid Gevatter Ottenpeter?«, fragte Daniel mit einem Seitenblick zur Wirtin und setzte hinzu: »Der Mann der Hebamme?«

»Johanna ist meine Schwester«, erwiderte der Alte nickend, »aber Hebamme ist sie schon seit langer Zeit nicht mehr. Sie ist ja mehr tot als lebendig.«

»Ihr müsst den alten Wirrkopf entschuldigen«, wandte sich der Schulzensohn nun an Daniel, »er ist nur ein einfacher Kötter und redet manchmal etwas ungehobelt.«

Daniel winkte ab, bevor der Schulzensohn erneut seinen Wir-leben-hinter-dem-Mond-Sermon vom Stapel lassen konnte und fragte: »Seit wann ist Lambert bei den Soldaten?«

»Seit über achtzehn Jahren«, mischte sich Henrike in das Gespräch ein und erntete einen bösen Blick ihres Onkels. Doch die Wirtin schien die harschen Worte des Schulzensohnes noch nicht vergessen zu haben und fuhr unbeirrt fort: »Aber wir haben schon lange nichts mehr von ihm gehört. Der letzte Brief kam aus Amerika, er kämpft dort gegen die Wilden.«

»Achtzehn Jahre.« Daniel nickte und setzte hinzu: »Dann kennt Ihr Euren Onkel ja kaum.« Und an den Schulzensohn gewandt, setzte er hinzu: »Habt Ihr noch weitere Brüder, Herr Olthues?«

Ein eisiges Schweigen war die Antwort. Der Wirt rief seine Frau mit einer Kopfbewegung zu sich, die Kötter richteten ihre Blicke gespannt auf Olthues, doch dieser genehmigte sich erneut in aller Seelenruhe eine Prise Schnupftabak und lehnte sich zurück.

»Warum stellt Ihr Fragen, auf die Ihr die Antworten bereits kennt?«, fragte er schließlich und rieb die Innenflächen seiner Hände aneinander. »Wenn Ihr wisst, dass Henrike Lamberts Nichte ist, dann wisst Ihr ebenfalls, dass es einen weiteren Bruder gegeben hat. Was soll also die Frage?«

»Ihr habt Recht«, sagte Daniel entschuldigend. »Bei all den familiären Verbindungen in diesem Dorf kann man schon einmal den Überblick verlieren. Ich wollte nicht neugierig erscheinen.«

Einen kurzen Moment lang betrachtete Olthues sein Gegenüber mit verkniffener Miene, doch ganz plötzlich lachte er wieder fröhlich, klopfte dem Scholaren auf die Schulter und sagte: »Aber deswegen seid Ihr doch hier. Immerhin schreibt Ihr eine religiöse Abhandlung über unser frommes Dorf. Fragt nur, was Ihr wollt, wir haben nichts zu verbergen.«

Elender Lügner, dachte Daniel und lächelte.

»Werdet Ihr bis zur Kirchweih im Dorf bleiben?«, wollte Gevatter Ottenpeter von Daniel wissen. »Werner ist nämlich unser König.«

Die Bauern brachten einen Trinkspruch auf den Schulzensohn aus, und Olthues winkte gerührt ab.

»Ihr seid also der König von Ahlbeck?«, fragte Daniel.

»Ach was«, antwortete Olthues, dem die Ironie der Frage nicht entgangen war, und er deutete auf den Wirt: »Dort hinten steht der Mann, der dieses Jahr den Vogel abschießen wird. Nicht wahr, Franz? Es sollte doch mit dem Teufel zugehen, wenn du in diesem Jahr nicht Schützenkönig wirst.«

»Man soll den Tag nicht vor dem Abend loben«, antwortete der Wirt, »aber ich werde mein Bestes geben, darauf kannst du wetten, Werner. Und deshalb gebe ich jetzt eine Runde aus.«

»Bravo!«, rief der Schulzensohn, und erneut erklangen die Hochrufe der Bauern: »Auf König Franz!«

Während die Männer einander zuprosteten, schaute Daniel zur Wirtin hinüber, die etwas abseits stand und den verbalen Schlagabtausch mit finsterer Miene verfolgt hatte. Als Daniel den Schulzensohn Lambert ihren Onkel genannt hatte, war sie beinahe zusammengezuckt und hatte sich regelrecht an die Seite ihres Mannes geflüchtet, doch als dieser nun von seiner zukünftigen Königswürde zu prahlen begann, änderte sich der Gesichtsausdruck seiner Frau schlagartig. Daniel glaubte, eine Mischung aus Mitleid und Ekel in ihrem Gesicht erkennen zu können. Sie wich einige Schritte zurück und schüttelte unmerklich den Kopf, als der König in spe seinen künftigen Untertanen eine Runde auf den Titel spendierte, den er noch gar nicht errungen hatte. Und wieder schaute sie verstört und beinahe Hilfe suchend zu Werner Olthues.

»Franz wird ein guter König sein«, rief der Schulzensohn und wich dem Blick der Wirtin aus. »Ein würdiger Nachfolger!«

Just in diesem Moment änderte sich die Miene der Wirtin ein weiteres Mal. Sie riss die Augen auf, und ein Schrecken überzog ihr Gesicht, als schaue sie dem Leibhaftigen in die Augen. Sofort näherte sie sich wieder ihrem Gatten, versteckte sich regelrecht hinter ihm und ergriff seinen Arm.

Daniel wandte sich um und sah den Grund für ihr seltsames Verhalten: Ein groß gewachsener und breitschultriger Mann, der einen Stock in der Hand hielt, betrat mit lautem Gepolter das Wirtshaus. Er stieß die Tür auf und stand breitbeinig als Schattenriss im Rahmen, und sofort war es mucksmäuschenstill im Schankraum.

»Was ist denn das für eine Sauerei?!«, rief der Mann und stampfte mit dem rechten Fuß auf den Boden, dass der Staub aufwirbelte. »Ihr solltet ein Bier auf mein Wohl trinken, aber von einem Gelage war nicht die Rede! Was denkt ihr euch?! Raus aufs Feld, verdammte Bande, oder soll ich euch Beine machen?!«

»Entschuldige, Vater«, sagte der Schulzensohn, stand auf und senkte den Kopf. »Franz hat uns ein Bier ausgegeben, und da haben wir auf sein Wohl angestoßen.«

»Schäm dich, Tenfelde«, sagte der Schulze und wedelte mit seinem Stock vor der Nase des Wirts herum. »Was fällt dir ein, meine Männer betrunken zu machen? Bei der Hitze steigt ihnen der Alkohol zu Kopf, und dann sind sie zu nichts mehr zu gebrauchen.«

»Ich habe nur …«, stammelte der Wirt eine Entschuldigung, doch der Schulzenbauer fuhr ihm unwirsch über den Mund.

»Papperlapapp! Spar dir deine Worte! Wenn ein Tenfelde den Mund aufmacht, kommt entweder eine Lüge oder eine Ausrede heraus.« Ohne den Wirt weiter zu beachten, wandte er sich an seine Kötter und fuhr sie, den Stock wie ein Zepter schwingend, an: »Was steht ihr hier noch herum und glotzt wie die Ölgötzen? Raus mit euch! Oder muss ich euch erst mit dem Stock kommen?«

Die Bauern trotteten mit gesenkten Köpfen und hängenden Schultern an ihm vorbei und zur Tür hinaus. Während der Schulze seine Kötter und Knechte wie eine Viehherde aus dem Wirtshaus trieb, nutzte Daniel, der immer noch am Tisch saß und sich nun eine Pfeife stopfte, die Gelegenheit, den alten Mann genauer in Augenschein zu nehmen. Der Schulze trug einen langen Rock aus braunem Tuch und darunter ein abgewetztes Wams, das schon bessere Zeiten gesehen hatte. Seine Füße steckten in klobigen und kotbedeckten Stiefeln, und auf seinem mächtigen Schädel thronte ein hoher Holländerhut mit breiter Krempe, den er beim Betreten der Schenke nicht abgenommen hatte. Unter dem Hut schauten die weißgrauen Haare hervor, die ihm bis auf die Schultern fielen. Das Auffälligste an dem Mann aber war, abgesehen von seiner enormen Körpergröße, sein Rauschebart, der ihm bis auf die Brust reichte. Der Bart bedeckte die Hälfte seines Gesichtes und ließ den alten Mann verwegen aussehen. Anders als sein Haupthaar war der Bart noch nicht ergraut und erstrahlte in einem leuchtenden Rot.

Das war also der Grund, warum ihn die Kötter »den alten Fuchs« genannt hatten, dachte Daniel, der beim Anblick des Bartes in tiefes Grübeln verfallen war und nachdenklich an der Pfeife saugte.

Mittlerweile hatte sich das Wirtshaus geleert, außer Daniel und den Wirtsleuten waren nur noch Werner Olthues und der Schulze anwesend. Der Schulzensohn wollte gerade an seinem Vater vorbeigehen, als dieser plötzlich mit dem Stock ausholte und seinen Sohn mit einem gezielten Schlag in den Nacken zu Boden streckte. Vor den ungläubigen Augen der Umstehenden und begleitet von einem erschrockenen Schrei der Wirtin trat der Schulze dem am Boden Liegenden mit dem Fuß ins Hinterteil und fauchte: »Hab ich dir nicht gesagt, du sollst ein Auge auf das Pack haben? Anstatt dich mit ihnen zu betrinken, solltest du ihnen ein Vorbild sein. Läufst herum wie ein Knecht und benimmst dich auch so. Du bist ein Olthues, verdammt noch mal, man muss sich ja schämen für dich! Hab ich denn nur Missgeburten zur Welt gebracht?«

Werner Olthues rappelte sich wieder auf und schlich an seinem Vater vorbei zur Tür, wo er sich aufrichtete, den Staub von der Kleidung klopfte und die Schenke verließ, ohne sich noch einmal umzuschauen. Die im Raum Verbliebenen standen oder saßen wie angewurzelt und starrten einander an. Daniel betrachtete die Wirtin, die beinahe mit Tränen in den Augen zur Tür starrte. Der Wirt beäugte den Schulzen und hatte eine geduckte Haltung angenommen, als habe er Angst, der alte Mann könne auch ihn mit dem Stock niederstrecken. Und der alte Fuchs beäugte den Fremden mit den roten Haaren und der Narbe, der dort am Tisch saß, genüsslich paffte und ein beinahe zufrieden wirkendes Grinsen in seinem Gesicht zeigte.

»Was bin ich dir schuldig?«, wandte sich der Schulze an den Wirt.

»Nichts«, antwortete Franz Tenfelde und verbeugte sich. »Ich sagte doch, es geht auf meine Rechnung.«

»Papperlapapp!«, zischte Olthues und warf dem Wirt einige Münzen auf den Tresen. »Ich zahle immer meine Schulden!«

»Das tun wir alle«, murmelte Daniel mit der Pfeife im Mund und schaute den Schulzen herausfordernd an. »Früher oder später.«

Joseph Olthues betrachtete Daniel mit zusammengekniffenen Augen und fragte: »Darf ich fragen, wer Ihr seid?«

»Mein Name ist Magnus.« Daniel stand auf, verbeugte sich und setzte: »Ich bin nur ein bescheidener Diener Gottes.«

»Dann belasst es gefälligst dabei und behaltet Eure Kommentare für Euch!« Der Schulze wandte sich ab und verließ ohne ein weiteres Wort den Raum. Die Tür knallte, und die Zurückgebliebenen kamen sich vor, als sei ein Gewitter über sie hereingebrochen.

Sechstes Kapitel
Handelt von einem heimlichen Treffen in der Heide

Wenn man heutzutage von Ahlbeck aus in südlicher Richtung zur Nachbargemeinde Oldendorf wandert, so muss man achtgeben, dass man das Naturschutzgebiet »Holländer Wacholderheide« nicht versehentlich übersieht. Von einer einst viel größeren Heidelandschaft sind nur noch wenige Relikte übrig geblieben, die eine Größe von kaum zehn Hektar haben und zudem von Straßen und Wirtschaftswegen zerschnitten sind. Durch Düngung und landwirtschaftliche Nutzbarmachung hat der ehemals aus Dünensand bestehende Untergrund seinen nährstoffarmen Charakter verloren, der weiße Sand ist fruchtbarem Ackerboden gewichen. Auch der einstige »Seerosenteich«, ein mit klarem Wasser gefüllter Heideweiher am Fuße einer lang gestreckten Düne, ist heute nur noch ein morastiger und mit Weiden-Dickicht bestandener Tümpel.

Im Juli 1668 jedoch befand sich an dieser Stelle statt Asphalt, Äckern und Wiesen eine ausgedehnte Dünenlandschaft mit bis zu drei Metern hohen Hügeln. Der lockere Bleichsand war überzogen mit trockenen Zwergstrauch- und Besenheiden, mit Ginsterbüschen, Wacholdersträuchern und Kiefern, durch die sich nur wenige, leidlich ausgetretene Trampelpfade oder holprige Rollbahnen schlängelten. Inmitten dieser Heide, auf einer geräumigen Lichtung und unweit des mit Seerosen bedeckten Weihers, befand sich der Festplatz, auf dem in wenigen Tagen das Ahlbecker Schützenfest stattfinden sollte. Es war Donnerstag, der sechsundzwanzigste Juli, und noch waren nur wenige Schausteller und Gaukler zugegen, die ihre Zelte und Buden im Schatten der Bäume und Sträucher errichtet hatten. Die Stände und die dazugehörigen Wagen waren im Kreis um ein Sandloch herumgruppiert, das von Heidekraut und Gestrüpp befreit und in dessen Mitte eine riesige Holzstange aufgestellt worden war.

Das Gros der Musikanten, Spielleute, Possenreißer, Quacksalber und Marktschreier würde erst am Freitag oder Samstag in Ahlbeck eintreffen und den noch friedlich daliegenden Platz in einen lärmenden Ort des Trubels und der trunkenen Heiterkeit verwandeln. Dem fahrenden Volk würden die Bettler folgen, die jegliche Festlichkeit für ihre Zwecke zu nutzen wussten und den braven Leuten die Gelegenheit gaben, ihr Seelenkonto im Himmel aufzufüllen. Auch aus den umliegenden Dörfern würden die Leute herbeiströmen, teils um ihre Waren zu verkaufen, teils um sich mit den Ahlbeckern zu vergnügen oder aber Händel mit ihnen zu suchen. Noch aber war von all dem nichts zu sehen, Ruhe lag über der Lichtung, nur ein kleines Kind jammerte im Schlaf und ein Mann trat aus einem der Zelte, um an einem Baum seine Blase zu entleeren.

Es war kurz nach Sonnenuntergang. Daniel hockte auf einer großen Düne, den Hut tief ins Gesicht gezogen, und schaute sich im Dämmerlicht nach allen Seiten um. Vor ihm lag die Sandkuhle, hinter ihm der Seerosenteich, linker Hand konnte er den Ahlbecker Kirchturm schemenhaft erkennen, und zu seiner Rechten lag der Hof des Heidebauern. Nur von Roloff war noch nichts zu sehen.

In den vergangenen beiden Tagen war Daniel nicht untätig gewesen, er war durch die Gegend geritten, hatte die Höfe ausspioniert und war mit den Knechten und Mägden ins Gespräch gekommen. Wenn man etwas über die Herrschaft eines Hofes erfahren wollte, so war es erfahrungsgemäß am ergiebigsten, das Gesinde des Nachbarhofes auszuhorchen, das nicht selten vor Mitteilungsbedürfnis platzte. Nachbarn waren immer gut informiert und scheuten sich nicht, auch völlig Fremden ihre Ansichten zu unterbreiten. Daniels Notizbuch war mittlerweile bis auf die letzte Seite gefüllt, mit Banalem und Brisantem, mit Unbedeutendem und Ungeheuerlichem. Für Tabitha waren eher die kleinen und unscheinbaren Details von Belang, beim Wahrsagen kam es nicht auf das Prophezeien von großen Dingen an, viel wichtiger war es, beim Deuten einer Schrift oder Betrachten einer Hand auf Anhieb sagen zu können, dass die betreffende Person seit zwei Wochen Zahnschmerzen oder gerade eine fiebrige Grippe hinter sich hatte. All diese Winzigkeiten hatte er zusammen mit den wichtigen Angelegenheiten in seinem Büchlein notiert. Für Roloff hatte er zudem eine Karte angefertigt, auf der die Lage der Kotten und Gehöfte samt den vermuteten Wertgegenständen verzeichnet war. Er hatte auch ein weiteres Mal mit dem Pastor gesprochen und dafür die Laudes, das morgendliche Stundengebet in der Kirche, über sich ergehen lassen, doch der Pastor hatte beim anschließenden Frühstück lediglich mit ihm anstoßen oder über philosophische Fragen debattieren wollen. Auch Daniels Versuch, den Wirtsleuten auf den Zahn zu fühlen, hatte sich als nicht sonderlich ergiebig erwiesen. Der Wirt und seine Frau hatten sich stets vage oder ausweichend ausgedrückt, sobald es um Personen oder Ereignisse ging, die den falschen Scholaren persönlich interessierten. Vor allem Henrike war kein Wort über ihre Familie zu entlocken gewesen.

»Mein Vater ist tot, meine Mutter ebenfalls«, hatte sie gesagt, »mehr gibt es dazu nicht zu sagen.« Auch den Namen ihres Großvaters, des Schulzen, hatte sie nicht in den Mund genommen, gerade so als habe sie Angst, sich an ihm den Gaumen zu verbrennen.

»Und Eure Ziehmutter?«, hatte Daniel nachgehakt.

Für einen kurzen Moment war ihr Blick weich geworden, und sie hatte geantwortet: »Tante Johanna ist der einzige Mensch im Dorf, der jemals gut zu mir war. Sie ist eine Heilige, auch wenn die Leute behaupten, sie sei eine Hexe.« Dann hatte sie den Blick gesenkt und das Thema gewechselt.

Am heutigen Nachmittag hatte Daniel schließlich den Vogt und dessen Sohn Gregor kennengelernt. Heinrich Tenfelde war ein dürrer, alter Mann, der gebückt und auf einen Stock gestützt ging und Mühe beim Sprechen hatte. Seine Augen, die tief in seinem ausgemergelten Gesicht lagen, funkelten noch wie die eines Jünglings und zeugten von einem wachen Geist, aber körperlich war er ein Wrack. Seine Hände zitterten wie bei einem Alkoholiker vor dem ersten morgendlichen Schluck, und seine vorsichtigen und steifen Bewegungen verrieten, dass ihm jeder Knochen in seinem Leib wehtat. Sein Sohn Gregor war ein kleiner, unscheinbarer Mann mit einem Allerweltsgesicht, dessen Züge nicht gerade dazu einluden, auf die Leinwand gebannt oder in Gips modelliert zu werden. Er blieb stets an der Seite seines Vaters, redete nur, wenn dieser ihn dazu aufforderte, und vermied es ansonsten, die Aufmerksamkeit der anderen auf sich zu lenken. Gregor Tenfelde war die rechte Hand des Vogts, der getreue Sohn des gebrechlichen Patriarchs und weiter nichts.

Der gelblichen Haut und den glasigen Augen nach zu urteilen, stand es auch mit seiner Gesundheit nicht zum Besten.

Der alte Tenfelde hatte von seinem Sohn Franz erfahren, dass sich ein vom Bischof gesandter Student im Dorf aufhielt, und war in die Schenke gekommen, um von Daniel zu erfahren, ob der Bischof seinem Vogt irgendetwas hatte ausrichten lassen.

Der junge Mann verneinte und betonte, er sei von Bernhard von Galen nicht in dessen Funktion als Grundherr, sondern in seiner Eigenschaft als Kirchenmann geschickt worden.

»Na dann«, antwortete Heinrich Tenfelde, nickte langsam und lächelte zufrieden. Er reichte dem Scholaren die Hand und verabschiedete sich, nicht ohne dem Bischof seine herzlichsten Grüße und seine untertänigste Ehrerbietung auszurichten.

Als Gregor ihm bereits die Tür der Schenke geöffnet hatte und der Vogt mit wackligen Beinen darauf zuwankte, drehte er sich noch einmal um und fragte: »Warum seid Ihr ausgerechnet nach Ahlbeck gekommen? Gibt es dafür einen Grund? Habt Ihr Verwandte hier?«

»Wie kommt Ihr darauf?«

»Ich habe nur laut gedacht«, antwortete der Alte mit finsterer Miene, stützte sich auf seinen Sohn und verließ das Wirtshaus.

»Von wegen«, murmelte Daniel, als er nun auf der Düne hockte und nach Roloff Ausschau hielt.

»Hallo, mein Junge!«, hörte er es plötzlich neben sich flüstern.

Der junge Mann fuhr herum und starrte in das spöttisch grinsende Gesicht seines Adoptivvaters, der direkt neben ihm im Dünensand saß.

»Anstatt zu träumen, solltest du lieber auf der Hut sein«, sagte Roloff und nahm seinen Ziehsohn in die Arme.

»Wie machst du das nur?«, erwiderte Daniel lächelnd und hielt Roloff an den Schultern. »Wie sehr ich auch aufpasse, stets tauchst du wie aus dem Nichts auf. Manchmal glaube ich, du bist ein Geist.«

»Mag schon sein.« Roloff zuckte mit den Schultern und fragte: »Wie ist es dir unter den Bauern ergangen? Hattest du eine ertragreiche Ernte?«

»Das kann man wohl sagen«, erwiderte Daniel und deutete auf das Notizbuch und die Karte in seinen Händen. »Gegen dieses Ahlbeck waren Sodom und Gomorrha die reinsten Stätten der Tugend. Es gibt wohl keine der sieben Todsünden, die in diesem lasterhaften Kaff nicht zu Hause ist. Ein einziges Sündenpfuhl, wenn du mich fragst. Trinker, Ehebrecher, Stutzer, Schmuggler, Familientyrannen und sogar Mörder. Ich habe alles genau notiert und euch einen Lageplan gezeichnet.« Er reichte Roloff das Notizbuch und setzte hinzu: »Ich vermute, du wirst Spaß bei der Lektüre haben, und für Tabithas Weissagungen ist auch einiges dabei.«

»Gute Arbeit«, antwortete Roloff und klopfte dem jungen Mann anerkennend auf die Schulter. »Fleißig wie eh und je.« Die Miene des Alten nahm einen ernsten und besorgten Ausdruck an, als er hinzusetzte: »Und deine eigene Angelegenheit? Hast du etwas herausgefunden? Ich hoffe, du hast meinen Ratschlag befolgt und warst vorsichtig.«

»Keine Bange«, antwortete Daniel. »Niemand ahnt, wer ich bin. Aber um ehrlich zu sein, ich bin in dieser Hinsicht auch nicht viel klüger als zuvor.« Er berichtete von den drei einflussreichen Ahlbecker Familien, von den jeweils drei Söhnen des Schulzen und des Vogts, von dem Mörder Joes, der vor etwa zwanzig Jahren am Galgen endete, von dem Schulzensohn Lambert, der kurz nach Ende des Krieges zu den Soldaten gegangen war, und von dem Wirt Franz, der zur gleichen Zeit den Gasthof »Zur alten Linde« als Wiedergutmachung für den Tod seiner Schwester erhalten hatte.

Bei der Erwähnung des Namens der Schenke horchte Roloff auf, verfiel aber kurz darauf wieder in nachdenkliches Schweigen. Schließlich schüttelte er den Kopf, sah Daniel verständnislos an und fragte: »Und was hat das alles mit der Geschichte im Bruchwald zu tun?«

»Genau das gilt es herauszufinden«, antwortete der andere. »Und deshalb sollten wir die Stelle suchen, wo du mich damals gefunden hast. Der Pastor hat eine Moorkapelle erwähnt, die von einem verrückten Eremiten in der Nähe der Kolkmühle erbaut wurde.«

»Glaubst du, dass dieser seltsame Heilige etwas mit der Sache zu tun hat?«

Daniel zuckte mit den Schultern. Eine Zeit lang saßen die beiden Männer schweigend nebeneinander, dann richtete sich Roloff auf und fragte: »Bist du sicher, dass du die Stelle sehen willst?«

Der junge Mann nickte.

»Gut«, sagte Roloff, »dann gehen wir morgen früh ins Moor.«

»Warum nicht sofort?«, erwiderte Daniel. »Lass uns aufbrechen. Der Mond scheint hell, und wir könnten in wenigen Stunden zurück sein.«

Roloff sah seinen Adoptivsohn lange an, schnaufte nachdenklich und machte eine abwehrende Handbewegung. »Der Mond geht bald unter«, sagte er. »Lass uns nach Sonnenaufgang reiten, ich habe keine Lust, mich nachts im Bruch herumzutreiben. Dort ist es schon tagsüber nicht geheuer.« Er klopfte dem anderen auf die Schulter und setzte hinzu: »Und jetzt genug davon! Du solltest deiner Mutter ›Guten Tag‹ sagen. Ich habe ihr erzählt, dass du die Wahrheit weißt, und sie ist mit dem Reisigbesen auf mich losgegangen. Tabitha macht sich Sorgen um dich.«

Daniels Miene verdüsterte sich, und er winkte ungeduldig ab.

Roloff packte den jungen Mann am Arm, stand auf und stieg mit ihm gemeinsam von der Düne hinab. Sie vergewisserten sich, dass der Festplatz verschlafen und menschenleer dalag, und schlichen sich im Schutz der Heidesträucher zu einem Zelt am gegenüberliegenden Ende des Platzes, das von außen mit den zwölf Tierkreiszeichen und anderen mystischen Symbolen bemalt war. Auf einer Holztafel über dem Eingang war zu lesen: »Madame Fortuna schaut in die Zukunft«. Neben dem Zelt standen Roloffs Apfelschimmel und der Planwagen, aus dessen Innerem das leise Atmen und Schnarchen der Familienmitglieder zu hören war.

»Sie schlafen bereits.« Daniel verlangsamte seinen Schritt.

»Ach was«, erwiderte Roloff und zog seinen Adoptivsohn mit sich, »Tabitha wartet im Zelt, und Kill ist auch noch wach.«

Daniel seufzte und nickte. In den letzten Tagen hatte sich ein seltsamer Wandel in ihm vollzogen, seit seiner Ankunft in Ahlbeck war er merklich unruhiger geworden, er fühlte sich verloren und orientierungslos. Er hatte erfahren, dass er aus dieser trostlosen Gegend stammte und seine leiblichen Eltern womöglich noch lebten, und obwohl er für die Bauern, die er in Ahlbeck kennengelernt hatte, kaum mehr als Verachtung und bestenfalls Mitleid empfand und um nichts in der Welt mit ihnen hätte tauschen wollen, kam es sich plötzlich wie der Heimatlose vor, der er im Prinzip immer schon gewesen war. Jedes Gesicht, das ihm begegnete, untersuchte er auf familiäre Ähnlichkeiten. Hatte dieser Knecht nicht eine ebenso weiße Haut wie er? Waren die Lippen jener Bäuerin nicht genauso schmal und farblos wie seine eigenen? Etliche Ahlbecker hatten rote Haare, viele hatten Sommersprossen, die meisten hatten blaue Augen. Vielleicht war er seiner Mutter schon begegnet, womöglich hatte er seinem Vater die Hand geschüttelt, ohne es zu ahnen. Wer vermochte das zu sagen? Und diese Unwissenheit irritierte und verunsicherte ihn.

Solange er geglaubt hatte, seine wirkliche Familie sei tot, war Roloffs und Tabithas Sippe sein Zuhause, seine *witsa* gewesen. Auch wenn es ihn immer wieder hinaus- und von den Seinen fortgetrieben hatte, so hatte er doch einen Platz gehabt, an den es ihn wie einen Magneten zurückgezogen hatte. Nun jedoch war er mit einemmal aus dem Gleichgewicht geraten. Nichts hatte sich an seiner Zuneigung zu Roloff, Tabitha und den anderen geändert, und doch war er nicht mehr derselbe. Er gehörte plötzlich nirgendwo mehr hin, er war ein Berührbarer geworden, und insgeheim wünschte er sich, Roloff hätte ihm niemals die Wahrheit gesagt. Gleichzeitig jedoch hatte sich eine ungeheure und zugleich ohnmächtige Wut in ihm angestaut, irgendjemand musste dafür büßen, dass er sich nun so entwurzelt und ratlos vorkam. Er hatte das dringende Bedürfnis, jemandem seine Faust ins Gesicht zu schlagen. Aber wem? Die drei Bauern im Moor waren sein einziger Anhaltspunkt. Er würde sie ausfindig machen. Sie würden seine Rache zu spüren bekommen, das hatte er sich geschworen. Er würde Gleiches mit Gleichem vergelten.

»Da ist ja der alte Halunke!«

In dem Moment, da sie vor dem Eingang des Zeltes ankamen, traten zwei Männer heraus, der eine war klein und schmächtig, der andere groß und stämmig. Bei dem Großen handelte es sich um Kill, Roloffs ältesten Sohn, er war ein regelrechter Hüne, dessen riesige Statur in direktem Verhältnis zu seiner Einfalt stand. Im Faustkampf und Ringen nahm es keiner mit ihm auf, und auf Jahrmärkten schlug er Nägel mit der bloßen Hand ins Holz, aber wenn man ihm nicht genau sagte, was er zu tun hatte, dann war er so hilflos wie ein kleines Kind. Auch jetzt stand er etwas verloren im Eingang, drehte seine Mütze in der Hand und blickte erschrocken zu dem zweiten Mann, der aus dem Zelt gestürmt und Roloff um den Hals gefallen war.

»Alter Halunke!«, wiederholte der Mann und verschluckte dabei nach Franzosenart das H. Er klopfte dem anderen auf die Brust und strich sich über den gezwirbelten Schnauzbart. »Wie lange haben wir uns nicht gesehen? Sechs Jahre? *Mon dieu!* Dein Kill ist ja schon ein richtiger Mann. Und was für einer! Ich hätte ihn vorhin beinahe nicht erkannt. Ich habe in meinem Leben noch keinen so großen Zigeuner gesehen! Und deine Celestina erst, was für ein schönes Mädchen, *quelle beauté*. Sag, mein Freund, *comment tu vas?*«

»Pierre?«, rief Roloff freudestrahlend. »Du verdammter Froschfresser?! *Mon ami!*« Abermals fielen sich die Männer um den Hals.

Daniel betrachtete den Franzosen und konnte sich ein Lächeln nicht verkneifen. Der kleine Mann sah neben dem riesigen Kill und dem dicken Roloff recht unscheinbar und zwergenhaft aus. Die fehlende Größe und Fülle machte er jedoch durch seine Kleidung und Kopfbedeckung wett. Er trug eine bunte Landsknechtuniform mit geschlitzten Pumphosen und rotem Samtumhang, dazu ein farbenfrohes Wams und altmodische Kuhmäuler an den Füßen. Auf dem Kopf saß ihm ein breitkrempiges Barett, das unter dem üppigen Schmuck aus Straußenfedern kaum auszumachen war. Ebenso auffällig wie seine Kleidung war der Degen, den er an der Seite trug. Der ziselierte Griff war goldbesetzt und mit Parierbügel, Spangen und Stichblättern verziert. Ein herrliches Stück Schmiedearbeit.

»Und du bist der kleine Daniel, *n'est-ce pas?*«, wandte sich der Franzose an den jungen Mann, der etwas abseits stand und gezwungen lächelte. »Ich habe dich gleich erkannt. War auch nicht sonderlich schwer.« Er lachte schallend, streckte seine Hand aus und setzte hinzu: »Erinnerst dich wohl nicht an mich?«

»Ihr seid Pierre Thibault, der Kunstschütze und Meisterfechter«, antwortete Daniel und gab dem anderen die Hand. »Natürlich erinnere ich mich an Euch, werter Meister. Ihr habt mir damals den Arretstoß beigebracht.«

»O la la, warum so förmlich? Nenn mich Pierre, oder willst du mich

beleidigen?« Er griff nach seinem Degen, grinste spöttisch und sagte: »*Parbleu!* Dann wirst du meine Klinge zu spüren bekommen.«
»Guten Abend, Pierre«, erwiderte Daniel lächelnd. »Schön, dich zu sehen! Wo hast du in den letzten Jahren gesteckt?«
»Mal hier, mal da.« Der Franzose tippte auf seinen Degen und sagte: »Ich habe mich wie üblich durchgeschlagen.«

Pierre Thibault oder der Chevalier von Bastia, wie er sich mittlerweile nannte, war tatsächlich ein Meister seines Faches. Trotz seines Künstlernamens stammte er weder aus einer Ritterfamilie noch von der Insel Korsika, sondern war ein Fischersohn aus Marseille, aber mit der Flintbüchse war er so zielsicher wie ein Wilhelm Tell, und die Klinge wusste er zu führen wie kein zweiter. Als Daniel ein kleiner Junge gewesen war, hatte er den Chevalier einige Male auf Jahrmärkten auftreten sehen, wo er dem staunenden Publikum zeigte, was unter einer flinken Klinge zu verstehen war. Junge Burschen hatten das zweifelhafte Vergnügen, sich gegen Bezahlung mit ihm zu messen, und stets wurden die Bauern und Handwerkslümmel zur Belustigung der kreischenden Menge vorgeführt. Nicht selten verließen die Heißsporne ohne Hemd und Hose die Bühne, da der Chevalier ihnen Gürtel und Kleider in kleine Schnipsel zerlegt hatte. Vor seiner Zeit als Jahrmarktsfechter und Kunstschütze hatte sich Meister Thibault jahrelang als Mietkontrahent durchgeschlagen. Unter den edlen Herren jener Zeit war es ein häufiger Zeitvertreib, sich untereinander zu duellieren, und ebenso gängige Praxis war es, zu diesen Duellen nicht selbst zu erscheinen, sondern gemietete Stellvertreter zu schicken. Ein nicht ungefährlicher, aber durchaus erträgreicher Beruf, der Pierre einige Schmisse im Gesicht einbrachte und ihn sein linkes Ohrläppchen kostete. Seine unglaublichen Fertigkeiten, seine Schnelligkeit, aber auch sein hitziges Gemüt, das ihn mehr als einmal über das Ziel hinausschießen ließ, verschafften dem Meister Thibault einen Ruf weit über die Grenzen seines Landes hinaus. Nachdem er jedoch bei einer Kontrahage nicht nur seinen ebenfalls gemieteten Gegner, sondern auch beide Auftraggeber aufgeschlitzt hatte (sie hatten eine abfällige Bemerkung über seine Körpergröße gemacht) und man deshalb Geld auf seinen Kopf aussetzte, wechselte er auf die andere Rheinseite und schloss sich den herumziehenden Schaustellern und Gauklern an. Aus Meister Thibault wurde der Chevalier von Bastia, und als solcher begegnete er dem Quacksalber Roloff Wagenknecht, mit dem ihn seit einer durchzechten Nacht im Keller einer badischen Schenke eine innige Freundschaft verband.

»*Au diable!* Tut das gut, euch zu sehen!«, sagte Pierre und nahm nun auch Tabitha, die mit ihrer Tochter Celestina aus dem Zelt herausgetreten war, in die Arme. »Meine Freunde, ich habe euch vermisst. *Parbleu!*«

»Was treibt dich ausgerechnet in diese gottverlassene Gegend?«, fragte Roloff, zog dem anderen den Degen aus der Scheide und fuhr mit dem Finger über die Klinge.»Hier wirst du kaum Burschen finden, die mit dieser Waffe umzugehen wissen.«

»Das ist wohl wahr«, antwortete der Franzose,»aber diese Tölpel sind viel zu stur und einfältig, um es sich einzugestehen. Ich war vor vier Jahren schon einmal hier, und ob du's glaubst oder nicht, einige dieser Bauernlümmel sind dreimal gegen mich angetreten und mussten schließlich mit Gewalt davon abgehalten werden, ein weiteres Mal gedemütigt zu werden.« Pierre lächelte und tätschelte der hübschen Celestina, die etwa einen Kopf größer war als er, das Kinn.»Aber der eigentliche Grund, warum es mich wieder nach Ahlbeck zieht, ist eine Frau. O la la, was für ein Weib! Ihr Name ist Gisèle.«

»Gisela?«, rief Daniel.»Die Frau des Schmieds?«

»Du kennst sie?«, wunderte sich Pierre.

»Ich habe sie vor einigen Tagen gesehen«, antwortete Daniel und räusperte sich. Er suchte lange nach den Worten, bevor er hinzusetzte:»Sie nahm gerade eine Bibelstunde bei einem Kaplan.«

»Eine Bibelstunde?« Der Franzose riss die Augen auf und zwirbelte nachdenklich seinen Schnauzbart.»Das hört sich nicht nach meiner Gisèle an.« Und lachend setzte er hinzu:»Jedenfalls schien ihr zu meiner Zeit das zehnte Gebot noch fremd zu sein.«

Tabitha, die das Gespräch mit Missfallen verfolgt und immer wieder besorgt zu ihrer Tochter hinübergeschaut hatte, mischte sich nun ein und wechselte unvermittelt das Thema:»Pierre hat erzählt, dass der Heidebauer alle Schausteller zu einem Glas Genever eingeladen hat. Pierre ist gekommen, um dich zum Hof mitzunehmen.«

Tabitha war eine kleine, hagere Frau von kaum schätzbarem Alter, deren dunkle Augen rastlos hin und her gingen. Es war unverkennbar, von wem Celestina ihre Schönheit geerbt hatte, sie hatte das gleiche spitze Kinn, die gleichen hohen Wangenknochen und den gleichen stolzen Ausdruck im Gesicht. Auf den ersten Blick hätte man die beiden für Schwestern halten können. An Tabithas Ohren prangten riesige Kreolen aus Gold, ihre pechschwarzen, lockigen Haare hatte sie hochgesteckt und unter einer orientalisch anmutenden Haube verstaut. Sie nahm Celestina, die immer noch von Pierre beäugt und betätschelt wurde, beiseite und riet den Männern:»Wenn ihr euren Schnaps noch bekommen wollt, dann solltet ihr euch beeilen. Die anderen Männer sind bereits beim *gadscho*.«

»Er lädt uns in sein Haus?«, wunderte sich Roloff und gab dem Franzosen den Degen zurück.»Warum tut er das? Normalerweise werden wir vertrieben, sobald wir auch nur in die Nähe eines Hofes kommen, und nun schenkt uns dieser Bauer seinen Genever aus?«

»Ibing ist ein komischer Kauz«, sagte Pierre und kniff die Augen zusammen. »Aber er ist nicht auf den Kopf gefallen. Er weiß genau, was er von uns zu erwarten hat. Doch wenn er erst einmal mit uns angestoßen hat, dann wird es für uns schwierig sein, ihn übers Ohr zu hauen. Es fällt bekanntlich schwer, einen Mann zu betuppen, der einen zum Schnaps eingeladen hat. Bei der letzten Kirchweih hat er es genauso gehalten, und ich glaube, dieser Umtrunk war das Klügste, was er tun konnte. O nein, Ibing ist kein Dummkopf. Er lädt uns ein, um zu erfahren, mit wem er es zu tun hat.«

»Warum sollten wir dann hingehen?«, fragte Daniel.

»Warum? *Mon dieu!* Weil es Genever gibt!« Pierre schaute den jungen Mann an, als zweifle er an dessen Verstand.

»Dann lass uns gehen«, sagte Roloff und schlang seinen Arm um den kleinen Mann. »Meine Kehle ist schon ganz ausgetrocknet.«

»Kill und Daniel kommen natürlich mit«, erwiderte der Franzose.

Während Kill freudig strahlte und sich bei Pierre einhakte (was wegen des Größenunterschieds nicht ganz einfach war), blieb Daniel mit finsterer Miene zurück und machte keine Anstalten, sich den Männern anzuschließen.

»*Au diable!* Was soll denn das?!«, fuhr der Franzose herum und bedachte Daniel mit einem funkelnden Blick. »Willst du etwa die Einladung ausschlagen? Komm, trink mit uns!«

»Für mich wäre es nicht von Vorteil, wenn ich mich mit euch beim Bauern sehen lasse«, erwiderte Daniel und machte eine bedauernde Miene, die sofort einem erschrockenen Blick wich, als Pierre zu seinem Degen griff und mit einem Satz vor Daniel stand.

»Was soll das heißen?!«, rief der Chevalier und hielt ihm die Klinge unter die Nase. »Sind wir dir nicht gut genug? *Quel affront!* Willst du mich etwa beleidigen? Das ist noch niemandem gut bekommen!«

»Nein, nein«, beteuerte Daniel, wich einen Schritt zurück und hielt abwehrend die Hände in die Höhe. »Es ist nur so, dass ich mich schon seit einigen Tagen im Dorf herumtreibe, und wenn ich mich nun zusammen mit euch blicken lasse, dann ist meine Tarnung hin.«

»Unsinn!«, entgegnete Pierre und schüttelte den Kopf. »Niemand wird dich zwingen, den Mund aufzutun. Setz dich meinetwegen in eine Ecke und zieh deine Kapuze tief ins Gesicht, aber wenn du meine Einladung ausschlägst, dann werde ich dir das nie verzeihen.«

»Deine Einladung?«, wunderte sich Daniel. »Ich dachte, der Bauer hätte uns eingeladen.«

»Nun hört euch diesen Klugscheißer an!«, rief Pierre und wandte sich Hilfe suchend zu Roloff um. »Was sagt man dazu?!«

Roloff stand nur da, machte eine bedauernde Miene und zuckte mit den Schultern. Dann wandte er sich an Daniel: »Wir haben, was wir brauchen«, sagte er und deutete auf das Notizbuch in seiner Hand, »außerdem werden wir unter uns sein.«

Celestina hatte sich mittlerweile zu Daniel gesellt. Sie grinste listig, legte ihre Hand auf seine Schulter, als wolle sie ihm moralische Unterstützung geben, und flüsterte ihm ins Ohr: »Geh lieber mit, Bruderherz, sonst bekommt der Chevalier noch einen Blutandrang. Er hat schon ganz rote Ohren.«

»Er wird's überleben«, murmelte Daniel mürrisch.

»Er ist Franzose«, antwortete sie, »vielleicht wirst du es nicht überleben. Und das wär' doch schade, findest du nicht?«

Daniel musste gegen seinen Willen lächeln, und um seinen Widerstand war es geschehen. Gegen Celestina war einfach kein Kraut gewachsen. Egal wie störrisch und dickköpfig er sich auch verhielt, in ihren Händen wurde er stets zu Wachs. Sie behexte ihn mit ihren schwarzen Augen, wickelte ihn mit ihrer säuselnden Stimme um den Finger, und schon tat er Dinge, gegen die er sich zuvor standhaft gesträubt hatte.

»Meinetwegen«, flüsterte er, näherte sich ihr und holte tief Luft. Verwundert stellte er fest, dass Celestina nach Ambra und Vanille roch. Sie hatte ein Duftöl aufgetragen, und er fragte sich, wieso. Duftstoffe kosteten ein Vermögen, und Daniel kannte seine Schwester nicht als verschwenderische Person.

»Ist was?«, fragte sie. »Du guckst so komisch.«

Er schüttelte den Kopf, fuhr abrupt herum, räusperte sich, verbeugte sich vor dem Chevalier und sagte: »Also gut, Meister Thibault. Aber nur ein Glas!«

»Recht so!« Pierre steckte seinen Degen ein, klopfte dem jungen Mann auf die Schulter, schaute Celestina nach, die in diesem Moment zum Zelt ging, und fragte: »Was hat sie dir ins Ohr geflüstert?«

»Dass sie dich für einen bewundernswerten Mann hält«, antwortete Daniel mit finsterer Miene. »Und dass ich mich nicht wie ein Flegel benehmen soll.«

»Tatsächlich?« Pierre blieb stehen, wandte sich erneut nach dem Zelt um und setzte murmelnd hinzu: *»Quelle femme!«*

Siebentes Kapitel
In welchem von Hexerei die Rede ist

Wie Daniel bereits durch das Fernrohr des Pastors gesehen hatte, unterschied sich der Hof des Heidebauern auffallend von den anderen Höfen des Dorfes und überhaupt von der gesamten Umlandes. Während diese von einem riesigen Hallenhaus dominiert wurden, in dem sich Stall, Tenne und bewohnter Flett unter einem zumeist reetgedeckten Dach befanden, und zudem von einer Wehr oder einem Wall umfasst waren, handelte es sich bei dem Hof des Bauern Ibing um einen so genannten Haufenhof. Viele kleinere Gebäude, Stallungen und Wohnhäuser waren ohne erkennbare Struktur auf dem Gelände verteilt. Sie wuchsen geradezu wie Pilze aus dem Boden und schienen mit der umliegenden hügeligen Heide zu verschmelzen. Es gab weder einen gegen den Wind schützenden Hain noch einen zentralen Platz. Die einzelnen, zumeist niedrigen und lang gezogenen Hütten waren aus Holz gezimmert und mit Schindeln gedeckt. Da der Heidebauer von Schafzucht und Schnapsbrennerei lebte, brauchte er keine fuderhohen Gebäude, weder war eine Tenne zum Dreschen noch ein Schober zum Lagern des Getreides und Strohs vorhanden. Im Gegensatz zu den Höfen des Schulzen und des Vogts wirkte der Heidehof ein wenig ärmlich, zumindest schien der Bauer wenig Wert auf äußeres Erscheinen zu legen. Die Gebäude sollten nicht schön oder repräsentativ, sondern lediglich zweckdienlich sein. In dem Maße wie die Zahl seiner Schafe angestiegen war, hatte sich auch die Anzahl der Hütten und Stallungen vermehrt. Es wurde gebaut, wo gerade Platz war, und so hatte sich diese zufällige Ansammlung von Gebäuden ergeben.

Trotz der Dunkelheit und der Vielzahl der Hütten hatten die vier Männer, die sich nun vom Festplatz her näherten, keine Schwierigkeit, den Ort des Umtrunks ausfindig zu machen. Vor einem lang gezogenen Holzhaus, das sich im Windschatten einer Düne befand und dessen hinteres Ende bereits mit Sand bedeckt war, so dass es aussah, als wachse die Hütte aus der Düne heraus, hing eine Laterne, und als sich Daniel mit den anderen näherte, hörte er bereits die Stimmen und das Lachen der Trinkenden.

»Sie sind im Herrenhaus«, sagte Pierre und deutete auf das Haus, das sich von den anderen lediglich dadurch unterschied, dass das Holz, aus dem es erbaut war, dunkler und damit älter war.

»Das ist das Herrenhaus?«, wunderte sich Roloff, schüttelte den Kopf und wandte sich an Daniel: »Hast du nicht gesagt, dieser Heidebauer sei einer der reichsten Männer des Dorfes.«

»Das ist er auch«, bestätigte der Franzose, »aber er ist nicht dumm genug, es allen zu zeigen. *Il n'est pas un idiot!* Während des Krieges, aber auch in den Jahren danach ist das Dorf einige Male von Räuberbanden und marodierenden Soldatentrupps überfallen worden, die Gauner haben geplündert, was ihnen unter die Finger gekommen ist, aber Ibing ist stets ungeschoren davongekommen. Sie haben ihm einige Fässer Schnaps weggesoffen und ein paar Stück Vieh geschlachtet, aber die Schätze, die er irgendwo versteckt haben muss, haben sie nicht entdeckt. Weil der Hof so erbärmlich aussah, haben sie überhaupt keinen Schatz vermutet.«

»Woher weißt du das alles?«, fragte Kill. Es war der erste Satz, der ihm an diesem Abend über die Lippen gekommen war. Das Reden war seine Sache nicht, er hörte lieber zu und wartete, bis man ihm Befehle erteilte.

»Bei der letzten Kirchweih haben wir zusammen gezecht«, antwortete Pierre und streckte sich mächtig, um Kill auf die Schulter zu klopfen. »Und zu meiner Schande muss ich gestehen, dass ich diesen verrückten *Hollandais* ins Herz geschlossen habe. Wir haben sogar Brüderschaft getrunken.«

»Und er hat dir von dem Schatz erzählt?«, wunderte sich Roloff.

»Das nicht«, erwiderte Pierre, »aber es wurde einiges gemunkelt.«

Die Gruppe hatte mittlerweile das Haus erreicht. Pierre schritt voraus, öffnete die niedrige Eingangstür und führte die anderen durch einen dunklen Flur in einen mit Kerzen und Fackeln beleuchteten Raum, in dessen Mitte ein riesiger Tisch aufgestellt war. Der Raum wirkte sehr ärmlich und dreckig, es roch nach ranzigem Fett und Schafsdung, der Boden war mit weißem Dünensand bedeckt, und außer dem Tisch und einer wurmstichigen Vitrine gab es kein Mobiliar. Mehrere Männer und einige Frauen hatten sich um den Tisch gesellt, am Kopfende saß ein alter Mann von vielleicht sechzig Jahren, dessen Schädel beinahe kahlköpfig war. Nur über den Ohren waren einige Büschel grauer Haare übrig geblieben, die ihm wie kleine Flügel rechtwinklig vom Kopf abstanden.

Der Alte erhob seinen Becher, schaute belustigt in die Tafelrunde und rief: »Zum Wohl, meine Freunde!« Dann gewahrte er die Männer an der Tür und hielt im gleichen Moment inne.

Von den Schaustellern und Gauklern, denen der Alte zugeprostet hatte und die sich nun ebenfalls den Eintretenden zuwandten, waren Daniel die meisten bekannt. Direkt neben dem Bauern saß der Zwerg Gustav, ein winziger Kerl mit großem Kopf und viel zu kurzen Extremitäten, der als Possenreißer auftrat und den albernen Dummkopf mimte, der er keineswegs war. Zu seiner Rechten saß Malte Stürzenbecher, ein Bänkelsänger, der gemeinsam mit seiner Frau Gunhild, die neben ihm saß, von Ort zu Ort zog und seine blutrünstigen Bänkelsänge zum Besten gab. Stürzenbecher, angeblich ein direkter Nachfahre des Piraten gleichen Namens, wusste stets die neuesten Nachrichten aus dem ganzen Reich zu verkünden. Seine Spezialitäten waren Morde, Hinrichtungen und Spukgeschichten. Auf der anderen Seite des Tisches saß eine dunkelhaarige Frau, der Daniel bislang noch nicht begegnet war, sie war unglaublich groß und dürr, und in ihrem Gesicht spross ein schwarzer Vollbart, der ihr bis auf die Brust reichte. Ihr zur Linken hockte ein männliches Muskelpaket, dessen Arme und Beine wie Fässer aussahen und um dessen Bauch ein breiter Gürtel gespannt war, der dem Mann die Luft zu nehmen schien. Daniel vermutete, dass es sich um den Gewichtheber Frante Balázs handelte, von dem Kill ihm erzählt hatte. Frante war Ungar und nicht größer als der Chevalier von Bastia, aber in puncto Kraft und Stärke war er der einzige, der es mit Kill aufnehmen konnte. Am vorderen Ende der Tafel schließlich saß der Magier Wladimir, ein junger Mann mit weiß geschminktem Gesicht, der von sich behauptete, aus Russland zu stammen, und gerne russische Wörter in seine Reden einflocht, obwohl sein näselnder Tonfall ihn als Sachsen entlarvte.

Während Pierre, Roloff und Kill in die Stube traten und ihre Mützen abnahmen, blieb Daniel an der Tür stehen, ließ seinen Schlapphut auf dem Kopf und betrachtete misstrauisch den Bauern, der sich im gleichen Moment erhob und die Arme ausbreitete.

»Meister Thibault!«, rief er, und ein freudiges Strahlen legte sich auf sein Gesicht. »Wie schön, dass du gekommen bist. Ich habe dich schon vermisst, du alter Gauner. Komm her, Bruder!«

»Gerrit, *mon frère*«, antwortete der Franzose und schüttelte dem anderen die Hand. »Du weißt doch: Wo der Schnaps ist, da ist der Chevalier von Bastia nicht weit!«

»Setzt euch«, antwortete Ibing und deutete auf den Platz neben Malte und seiner Frau, »es ist genug Genever für alle da. Nehmt Platz und trinkt mit uns. Wer sind denn deine Freunde?«

»Das sind Roloff und sein Sohn Kill«, sagte Pierre und setzte dann mit Blick auf Daniel hinzu: »Und ein guter Freund.«

»Ein namenloser Freund?« Das Grinsen im Gesicht des Bauern verschwand für einen Moment, als er den Mann mit dem schwarzen Umhang und dem Schlapphut aus den Augenwinkeln beobachtete, doch im nächsten Augenblick strahlte er wieder, reichte Roloff und Kill die Hand und sagte: »Willkommen in Ahlbeck! Ich habe bereits von euch gehört.« Er puffte Kill freundschaftlich am Ärmel und setzte hinzu: »Du sollst ja ein richtiger Bär von Mann sein.«

Kill lächelte geschmeichelt und blieb stumm.

Daniel hatte sich inzwischen neben Wladimir ans untere Ende der Tafel gesetzt und ließ den Heidebauern nicht aus den Augen. Abgesehen von der Glatze, die im Kerzenschein regelrecht glänzte, und dem holländischen Akzent, den Ibing nicht abgelegt hatte, obwohl er doch schon seit Jahrzehnten in Deutschland leben musste, waren bei diesem Mann vor allem die Augen bemerkenswert. Während seine Mundwinkel stets nach oben zeigten und ihn als harmlosen Kerl erscheinen ließen, gingen seine Augen rastlos hin und her. Auch wenn er herzhaft und beinahe kindlich lachte, waren sie auf der Lauer, wie bei einem Tier, das sich von Raubtieren umgeben glaubt und nach allen Seiten Ausschau hält. Das Auffälligste aber war die Farbe der Augen. Während das linke in hellstem Blau erstrahlte, war das rechte von einem galligen Grün. Außerdem fiel Daniel auf, dass Ibing sein Gegenüber nie ansah, wenn er mit ihm sprach. Statt dessen starrte er, wie im Moment bei Kill, auf einen Punkt irgendwo auf der Brust des Angesprochenen. Vermutlich hatte er Angst, seine Augen könnten seine Gedanken verraten.

»Und Ihr, namenloser Freund, was treibt Euch nach Ahlbeck?«, wurde Daniel aus seinen Gedanken aufgeschreckt. »Ihr scheint mir nicht zu den Schaustellern zu gehören.« Der Bauer hatte ihn zwar angesprochen, gleichzeitig aber die Holzbecher gefüllt und dabei auf den Tisch gestarrt. »Habt Ihr übrigens ein Augenleiden?«, setzte er hinzu und prostete der Runde zu. »Oder warum habt Ihr den Hut so tief ins Gesicht gezogen?«

Daniel, dem klar war, dass er sein Versteckspiel nicht weiter fortführen konnte, nahm den Hut ab und schaute dem anderen direkt ins Gesicht, ohne jedoch dessen Blick zu erhaschen. »Ich bin ein fahrender Student«, sagte er, prostete dem Bauern zu und leerte den Becher, den dieser ihm gefüllt hatte.

»Dann seid Ihr Magnus, der Theologiestudent?« Ibing grinste schelmisch, während er sich gleichzeitig die Pfeife stopfte. »Man hat mir von Euch berichtet. Ihr scheint ein neugieriger Bursche zu sein.«

»Ich schreibe im Auftrag des Bischofs an einem Traktat über ...«

»Dummes Zeug! Verschont mich mit Euren Märchen!« Der Bauer lachte und winkte mit der Hand ab. »Wenn Ihr ein Theologiestudent seid, dann bin ich Papst Klemens persönlich. Für wie dämlich haltet Ihr mich eigentlich?!«

Einen Moment lang herrschte eisiges Schweigen, alle starrten den Bauern an und wussten nicht, wie sie reagieren sollten. Roloff schaute zu Daniel, doch der lächelte nur finster, als hätte er nichts anderes erwartet. Plötzlich jedoch sprang Pierre auf, zog den Degen aus der Scheide und hielt dem Holländer die Klinge an den Adamsapfel.

»*Parbleu!* Was soll das heißen?!«, rief er wutentbrannt. »Das geht nun wirklich zu weit, Gerrit. Wenn du meine Freunde beleidigst, dann beleidigst du mich. Nimm deine Bemerkung zurück, sonst muss ich ...«

»*Godverdoemme*«, zischte der Bauer, ohne jedoch seine Tätigkeit zu unterbrechen oder sein Gegenüber anzuschauen. »Steck den Degen ein, Pierre, und lass dieses Possenspiel! Wir sind schließlich erwachsene Menschen und sollten uns nicht benehmen wie die Rotzlöffel.« Er deutete mit der Pfeife ans untere Ende der Tafel und setzte hinzu: »Dieser Mann dort heißt Daniel Wagenknecht, und er gehört zu diesem ehrenwerten Quacksalber.« Jetzt richtete er seine Pfeife auf Roloff und verbeugte sich gleichzeitig. »Ihr seht, auch ich habe meine Spione. Ich weiß nicht, warum er sich als frommer Mann ausgibt, aber das ist mir auch ganz egal. Von mir aus kann er herumbaldowern und aufs Kreuz legen, was und wen er will, solange er mich in Ruhe lässt. Und nun lasst uns trinken.«

»Wen nennst du hier einen Baldower?«, eiferte sich Pierre und fuchtelte mit dem Degen vor der Nase des anderen herum. »Nimm das zurück!«

»Schon gut, Pierre«, mischte sich nun Daniel ein. »Der Bauer hat Recht. Du kannst den Degen wieder einstecken. Ich danke dir, dass du meine Ehre retten wolltest, aber ich glaube, heute Abend sollte kein Blut vergossen werden.«

»Ein treffliches Wort«, erwiderte Ibing nickend.

Meister Thibault hielt erstaunt inne, ließ den Degen in die Scheide fahren, verbeugte sich formvollendet in alle Richtungen, verschränkte die Arme vor der Brust und setzte sich schmollend auf seinen Platz.

»Wenn Ihr glaubt, dass wir unehrenhafte Motive haben«, wandte sich Daniel an den Bauern, »warum ladet Ihr uns dann zu Euch ein?«

»Wie ich bereits sagte«, antwortete Ibing, wobei er seinen Blick im Kreis herumgehen ließ, »was ihr Gauner mit den Ahlbeckern anstellt, interessiert mich nicht. Plündert sie, übervorteilt sie, spielt ihnen Streiche und setzt ihnen Hörner auf.« Bei seinen letzten Worten richtete er seinen Blick in Pierres Richtung, der einen roten Kopf bekam und zu Boden starrte. »Was kümmert's mich? Haltet euch meinetwegen an den Dummköpfen schadlos. Nehmt sie aus wie eine Gans zu Weihnachten. Meinen Segen habt ihr. Solltet ihr allerdings versuchen, mir ans Leder zu gehen, so werdet ihr das bitter bereuen. Jedem, der mich hinters Licht führen will, werde ich ohne vorherige Warnung eine Kugel in den Kopf jagen. *Begrijpt u dat?*« Er spuckte zu Boden, zündete sich die Pfeife an und setzte paffend hinzu: »Und übrigens ... hört endlich mit diesem albernen ›Ihr‹ und ›Euch‹ auf, da wird mir ja ganz schwindlig. Ich bin Holländer und mag dieses Getue nicht. Ich heiße Gerrit, und wer nicht ›du‹ zu mir sagt, bekommt keinen Schnaps mehr.«

Die Becher wurden gefüllt und ein Prosit ausgebracht.

»Warum lässt Euch ... äh, warum lässt dich das Schicksal der Ahlbecker so kalt?«, wunderte sich Malte, der Bänkelsänger, nachdem er seinen Becher geleert und ihn gleich eigenhändig wieder aufgefüllt hatte. »Solltest du nicht etwas Mitgefühl für deine Nachbarn und Freunde haben?«

»Freunde?! Dass ich nicht lache!« Ibing schnaufte abfällig, und seine verschiedenfarbigen Augen hüpften wild hin und her. »Wer solche Freunde hat, braucht keine Feinde. Sie können mich nicht riechen und halten mich für einen Lumpen, weil ich Schafe züchte, Schnaps brenne und ein verdammter Fremdling bin. Aus meiner Heimat bin ich geflüchtet, weil ich Katholik bin und man mir im Krieg das Haus über dem Kopf angezündet hat, und hier in Ahlbeck werde ich wie ein Aussätziger behandelt, weil ich ein dahergelaufener Holländer und keiner von diesen ehrenwerten Pfahlbürgern bin.«

»Was beschwerst du dich?«, wandte Daniel ein und grinste herausfordernd. »Du bist wohlhabend, dein Sohn besitzt die Schmiede am Dorf-

platz, die Ahlbecker trinken deinen Schnaps und kaufen deine Wolle. Du hast überhaupt keinen Grund, dich über deine Nachbarn zu beklagen.«
»So? Habe ich das nicht? Was weißt denn du?!« Ibing schlug mit der Faust auf den Tisch und funkelte den Rothaarigen am anderen Ende des Tisches böse an. »Ich kann froh sein, dass ich überhaupt noch lebe. Wenn es nach dem Willen meiner lieben Nachbarn gegangen wäre, wäre ich längst auf dem Scheiterhaufen geendet!«
»Wie das?«, fragte Malte. Seine Augen leuchteten wissbegierig.
»Ja, das wäre eine Geschichte ganz nach deinem Geschmack«, wandte sich der Bauer an den Bänkelsänger. »Sie handelt von Hexen und Teufelsbuhlern, und sie endet auf dem Scheiterhaufen und am Galgen. Ein richtiges Schauermärchen. Aber warum sollte ich sie gerade euch erzählen?«
»Zier dich nicht so, Gerrit«, bat Pierre, der aus seinem Schmollwinkel aufgetaucht war, den Streit von vorhin offensichtlich vergessen hatte und dem Bauern begierig an den Lippen hing. »Für eine gute Geschichte sind wir immer zu haben. Erzähl bitte!«
»Es ist schon so lange her«, begann der Heidebauer und zog an seiner Pfeife. »Es war das letzte Kriegsjahr und ich erst seit kurzem in Ahlbeck.« Ibing schaute in die Runde und lächelte. Er genoss es, dass alle Anwesenden ihn anstarrten, als seien sie kleine Kinder und er der heilige Nikolaus, als erwarteten sie Leckereien aus seinem Sack. Sogar der finster dreinschauende Bursche mit dem verstümmelten Ohr hatte in den letzten Sekunden merklich aufgehorcht. Das geringschätzige Grinsen war aus seinem Gesicht verschwunden, seine Augen waren weit aufgerissen, und seine Stirn lag in tiefen Falten. »Meine Frau war im Krieg umgekommen«, fuhr Ibing fort, »und ich versuchte gerade, mit meinen beiden Söhnen in Ahlbeck Fuß zu fassen.«
»Eure *beiden* Söhne?«, wunderte sich Daniel und kramte nun seinerseits die Pfeife heraus. »Gibt es außer Jakob noch einen Sohn?«
»Es gab ihn«, erwiderte der Bauer schmallippig und verstummte. Eine peinliche Stille entstand, Ibing senkte den Kopf, und alle Anwesenden schauten Daniel vorwurfsvoll an.
»Jetzt lass Gerrit endlich seine Geschichte erzählen«, schalt Pierre seinen jungen Freund, »und lenk nicht immer vom Thema ab! Verdammter Naseweis!«
»Erzähl bitte von den Hexen«, wandte sich der Gewichtheber Frante an den Hausherrn. Er rollte das R und betonte die Worte grundsätzlich auf der falschen Silbe. »Waren es viele? Hast du sie gesehen?« Er kicherte aufgeregt, und seine Stimme kiekste, als er hinzusetzte: »Habt ihr sie verbrannt?«
Ibing schreckte aus seinen Gedanken auf, räusperte sich, ging jedoch nicht auf die Frage des Muskelprotzes ein und sagte: »Es gab damals ein

kleines Mädchen im Dorf, sie war etwa vierzehn Jahre alt, ein hübsches Ding, ihr Name war Maria Tenfelde.«

»Die Tochter des Vogts?«, entfuhr es Daniel, und er erntete prompt einen tadelnden Blick des Franzosen.

Der Bauer nickte und fuhr fort: »Die Kleine war eines Tages spurlos verschwunden, niemand wusste, wo sie steckte. Sie war am Nachmittag ins Dorf gegangen, um beim Wirt eine Bestellung aufzugeben, aber sie ist nicht auf den Hof der Eltern zurückgekehrt. Als man den Wirt fragte, bestätigte er, dass das Mädchen bei ihm gewesen sei, aber wohin sie anschließend gegangen sei, das wisse er nicht.«

»Joes Olthues«, murmelte Daniel gedankenverloren.

»Genau der«, sagte Ibing nickend, »du bist wirklich gut informiert, Baldower. Alle Achtung! Der Schulzensohn war damals tatsächlich der Wirt im Ort. Aber er konnte dem Vogt bei der Suche nach der Tochter nicht helfen. Tagelang blieb das Mädchen verschollen, Suchtrupps wurden losgeschickt, aber sie kehrten zurück, ohne einen Hinweis auf den Verbleib des Mädchens gefunden zu haben. Eines Abends jedoch wurde Maria von einem Bauern südlich der Heide, auf halbem Wege nach Oldendorf an einem Kreuzweg aufgegriffen.«

»Ein Kreuzweg?«, sagte die bärtige Frau und bekreuzigte sich. »Ein beliebter Treffpunkt der Hexen. Dort halten sie ihre Sabbate ab.« Die Stimme der Frau war so tief, dass Daniel aufhorchte und insgeheim überlegte, ob es sich wirklich um eine Frau mit Bart oder nicht eher um einen Mann mit weiblichen Brüsten handelte.

»Dummes Zeug!«, entfuhr es dem Bauern, und er schüttelte missfällig den Kopf. »Das Mädchen war völlig verdreckt und blutverschmiert und trug kaum noch Kleider am Leib. Marias Hals war geschwollen und blau angelaufen, und an ihrem Hinterkopf hatte sie eine blutende Wunde. Das Mädchen musste tagelang durch die Wälder geirrt sein und sich von Moos und Rinde ernährt haben. Vor allem aber brachte es keinen vernünftigen Ton über die Lippen, es stammelte nur noch oder schrie wie am Spieß. Fragen wusste es nicht zu beantworten, ja es schien sogar so, als erkenne es die eigene Familie nicht wieder. Der Arzt aus Altheim wurde herbeigeschafft, er versorgte ihre Wunden, aber hinsichtlich ihres seltsamen Benehmens war auch er ratlos. Er ließ das Mädchen zur Ader, bis sie bleich war wie ein Leichentuch, er setzte ihm Schröpfköpfe auf und verschrieb ihm heiße und kalte Bäder, aber der Zustand der kleinen Maria besserte sich nicht. Da auch die Gevatterin Ottenpeter mit ihren Kräutern und Tinkturen keine Änderung herbeizuführen vermochte, wusste sich der Vogt schließlich nicht anders zu helfen, als den Beistand der Kirche zu suchen. Und damit besiegelte er das Schicksal seiner Tochter.«

»Warum denn das?«, fragte Kill, der den Bauern mit offen stehendem

Mund anstarrte und sogar vergessen hatte, den vor ihm stehenden Becher zu leeren.

»Dreimal darfst du raten«, erwiderte Wladimir und fuhr sich mit dem Zeigefinger über die Gurgel. »Ich habe schon Weiber für weniger auf dem Scheiterhaufen enden sehen. In Eisenach haben sie eine harmlose, alte *matka* verbrannt, weil aus einem der Äpfel, die sie auf dem Markt verkauft hatte, eine Kröte gekrochen sein soll. Ein Pfaffe hat sie zur Hexe erklärt und solange gefoltert, bis sie alles zugegeben hat. Sie haben kurzen Prozess gemacht. Wenige Stunden später hat die Alte auf einem lodernden Reisighaufen geschmort, bis nur noch stinkende Kohle von ihr übrig war.«

»Bei der kleinen Maria war es nicht anders«, fuhr Ibing fort und zwirbelte seine Haarbüschel über den Ohren, dass sie im rechten Winkel vom Kopf abstanden. »Es gab damals einen Pater im Dorf, ein finsterer Eiferer namens Hilarius Terhoente, der überall und bei jedem den leibhaftigen Teufel vermutete und tagaus, tagein von der bevorstehenden Apokalypse predigte. Als man ihm das Mädchen brachte und den Fall schilderte, hat er bedeutsam genickt und Maria untersucht, indem er ihr ein Kreuz an die Stirn drückte und einen Rosenkranz vor den Mund hielt. Als sie jedoch, statt den Kranz zu küssen, den Pater anspuckte, war diesem alles klar. Hier konnte nur der Satan im Spiel sein. Terhoente schickte die Familie aus dem Haus, schleifte das Mädchen in den Keller des Pastorats und band es dort auf die Streckbank. Einen richtigen Folterkeller gab es dort, vermutlich gibt es den heute noch.«

»Nicht nur das«, murmelte Daniel und paffte nachdenklich, während er den Bauern betrachtete und sich kein Wort seiner Erzählung entgehen ließ.

»Auf dem Dorfplatz konnte man derweil die Schreie des Mädchens hören«, fuhr Ibing fort, »aber niemandem kam es in den Sinn, etwas gegen den Unfug zu unternehmen. Wenn es um Hexen und Teufel ging, dann war mit den Ahlbeckern nicht zu spaßen. Überall glaubten sie höllisches Unwesen auszumachen. Wenn ein Huhn keine Eier legte oder eine Kuh ein missgebildetes Kalb zur Welt brachte, dann waren diese behext und mussten durch einen Gegenzauber befreit oder getötet werden. Und was für die Tiere galt, galt erst recht für die Menschen. Als der Pater also nach einer halben Stunde mit dem zerschundenen und kaum noch lebendigen Mädchen auf den Dorfplatz trat und verkündete, Maria habe gestanden, eine Hexe zu sein und mit dem Teufel gebuhlt zu haben, da war die Meinung im Dorfe einhellig: Brennen sollte sie! Maria war mit Brandmalen übersät, was darauf schließen ließ, dass der Pater die Hexenprobe an ihr durchgeführt und die Kleine mit einem heißen Eisen traktiert hatte. Auch die Haare hatten sie ihr geschoren, um nach dem Teufelsmal zu suchen. Wie das Mädchen allerdings ein Geständnis abge-

legt haben soll, obwohl es doch bis zum Schluss kein verständliches Wort über die Lippen brachte, das blieb das Geheimnis des Paters.«
»Gab es damals keinen Pastor im Dorf?«, fragte Daniel.
»Ein alter, sabbernder Mann, der keinen vernünftigen Satz mehr über die Lippen brachte«, sagte Ibing und schüttelte den Kopf. »Selbst wenn er es gewollt hätte, die Ahlbecker, die inzwischen auf dem Kirchplatz zusammengeströmt waren, hätte auch er nicht mehr zurückhalten können. ›Ins Feuer mit ihr!‹ riefen sie voller Vorfreude.«
»Nur durch Feuer ist der Hexenspuk zu beenden«, bestätigte die bärtige Frau und nickte bedächtig. Sie fingerte in ihrem Bart nach einer Laus, erwischte sie und zerquetschte sie mit lautem Knacken zwischen ihren Fingernägeln.
»*Onzin!*«, zischte der Heidebauer, spuckte auf den Boden und schüttelte angewidert den Kopf. »Du bist genauso abergläubisch wie das Volk damals. Selbst der Vogt, dem sich das Mädchen schreiend zu Füßen warf, und auch ihre Brüder Franz und Gregor wandten sich ab und gaben dem Pater dadurch zu verstehen, dass man mit ihr anstellen könne, was immer Terhoente für richtig halte. Und das hat er dann auch getan. Die ersten Dorfbewohner waren längst losgerannt, um Reisig und Holzscheite zu besorgen, und im Nu war vor der Kirche ein Scheiterhaufen errichtet.«
»Das arme Ding«, murmelte Roloff. »So ein Irrsinn!«
»Die Geschichte ist noch nicht zu Ende«, sagte Ibing und schnaufte abfällig. »Damals ist nicht nur die kleine Maria verbrannt worden. Es gab eine weitere Hinrichtung.«
»Joes Olthues ist gehängt worden«, sagte Daniel und machte eine verwirrte Miene. »Allerdings wurde mir berichtet, er habe die Tochter des Schulzen ermordet und sei deswegen hingerichtet worden.«
»Das stimmt auch!‹ in gewisser Weise«, bestätigte der Bauer, »allerdings hat er sie nicht eigenhändig getötet. Das haben andere für ihn erledigt, und ihn haben sie gleich anschließend aufgeknöpft.« Wieder spuckte Ibing auf den Boden und setzte hinzu: »Aber um ihn hat es mir nicht leid getan.«
»Das verstehe ich nicht«, sagte der Zwerg Gustav, der sich mittlerweile auf den Stuhl gestellt hatte, um das Gespräch am Tisch genauer verfolgen zu können. »Was hat denn dieser Wirt damit zu tun?«
»Ist doch ganz einfach«, meldete sich Malte Stürzenbecher zu Wort, der auf diesem Gebiet sozusagen zu Hause war und sich genüsslich einen Priem in den Mund steckte. »Wenn eine Frau sagt, der Satan sei in sie gefahren, dann steckt gewiss ein Mannsbild dahinter.«
»Sehr wahr«, erwiderte Ibing, »und dieser Satan hieß Joes Olthues. Als die kleine Maria angebunden auf dem Scheiterhaufen stand und Pater Hilarius schon mit der Fackel in der einen und mit dem Kruzifix in der

anderen Hand vor ihr stand, da beschwor er sie, den Namen des Inkubus, des Buhlteufels, zu nennen, um ihre Seele zu retten. Doch die Kleine vermochte nichts zu sagen, sie brachte kein Wort über die Lippen und starrte nur wie gebannt auf das Feuer. Genau in diesem Moment trat der Wirt aus seiner Schenke und sah hinüber zu dem Scheiterhaufen, der direkt vor dem Kirchportal errichtet worden war. Maria blickte zum Wirtshaus, riss vor Schreck die Augen auf, öffnete den Mund zu einem stillen Schrei und deutete mit dem Finger auf Joes Olthues. Alles wandte sich zu dem Wirt um, der zunächst erstarrte und dann panisch herumfuhr und ins Haus rannte. Und dies war der Moment, da ich mich in die Sache einmischte.«

»Der Wirt hat das Mädchen geschändet!«, entfuhr es Daniel und setzte damit die Gedanken des Bauern fort. »Und das hat ihr den Verstand geraubt. Nicht der Teufel hatte sie behext, sondern der Sohn des Schulzen!«

»Deshalb auch der blau angelaufene Hals des Mädchens«, sagte Malte schmatzend und machte ein Kennermiene. »Vermutlich hat er sie gewürgt, bis er glaubte, dass sie tot sei. Oder er hat ihr den Kopf auf einen Stein gehauen. Das würde auch die Wunde an ihrem Hinterkopf erklären. Und dann hat er sie im Wald oder in der Heide liegen lassen, wo sie schließlich aus ihrer Ohnmacht erwachte und ohne Verstand durch die Gegend irrte.« Er schnalzte mit der Zunge und setzte anerkennend hinzu: »Was für eine grässliche Geschichte!«

»Und deshalb war es dringend geboten, die ganze irrsinnige Veranstaltung auf der Stelle zu beenden«, fuhr der Heidebauer fort und goss sich und seinen Zuhörern einen weiteren Wacholderschnaps ein. »Während die meisten Dorfbewohner dem flüchtenden Wirt hinterhersetzten und bereits Anstalten machten, ihm das Haus über dem Kopf anzuzünden, ging ich zu dem Mädchen, um es von dem Scheiterhaufen herunterzuholen. Doch als ich ihr die Fesseln lösen wollte, schrie mich der Pater an: ›Was fällt dir ein, die Hexe loszubinden?! Willst du dich versündigen?‹ Ich hab mich nicht um sein Gezeter sondern weiter um das Mädchen gekümmert, als plötzlich ein junger Kötterbauer von hinten an mich herantrat und mir mit einem Knüppel auf den Rücken schlug. ›Lass die Hexe, wo sie ist, sonst müssen wir dich auch verbrennen!‹ ›Macht euch nicht unglücklich‹, hab ich geantwortet, das Mädchen ist ebenso wenig eine Hexe wie du oder ich. Ein Lüstling hat ihr bereits die Unschuld genommen, willst du ihr jetzt auch noch das Leben nehmen? Kommt zu euch und macht euch nicht lächerlich!‹ Doch nun eiferte sich der Pater und fuchtelte mit der Fackel vor meiner Nase herum. ›Wage es nicht, die heilige katholische Kirche lächerlich zu nennen‹, rief er, ›sonst bist du der nächste, der als Ketzer auf dem Scheiterhaufen landet!‹ Inzwischen hatten sich weitere Ahlbecker zu dem Kötterburschen mit dem Knüppel gesellt und hielten mich in Schach. ›Dem Holländer trau' ich nicht übern Weg!‹ rief eine alte Vettel, ›ich sag' euch, der steckt mit dem Teufel unter einer Decke! Aus Holland ist noch nie was Gutes zu uns rübergekommen! Gottloses Volk!‹ Und ein kleiner Junge von vielleicht sieben Jahren tanzte um den Scheiterhaufen herum und schrie belustigt: ›Hexenmeister, Hexenmeister!‹ ›Packt ihn und werft ihn ins Feuer!‹ brüllte die Menge. ›Heute gibt's Holländer am Spieß!‹ Inzwischen hatten sie mich von allen Seiten umzingelt und rückten bedrohlich näher. Nur die Ottenpeterin, die damals noch Hebamme war, setzte sich für mich ein. Sie drängte sich durch die Meute, stellte sich vor mich und wandte sich an den jungen Kötterbauern: ›Feldhues, du solltest dich schämen! Hab ich dich etwa auf die Welt gebracht, damit du nun anderen nach dem Leben trachtest? Steck deinen Knüppel weg und rede nicht von Sachen, die du nicht verstehst!‹ Und zu mir gewandt, flüsterte sie: ›Verschwinde, Holländer! Das Mädchen kannst du nicht retten, und wenn du den morgigen Tag noch erleben willst, dann solltest du die Beine in die Hände nehmen und Fersengeld geben.‹ Dann nahm sie mich am Arm und richtete ihre nächsten Worte an den Pater: ›Wenn du meinst, dass dieses Mädchen sterben muss, dann zünde den Scheiterhaufen an. Der Herr im Himmel schaut auf dich hinab und wird irgendwann darüber richten, was heute hier geschieht. Ich gehe jetzt mit diesem Schafzüchter nach Hause, und wenn ihr ihm ein Haar krümmen wollt, dann müsst ihr erst mich töten.‹ Die Gevatterin Ottenpeter war als Hebamme und Kräuterfrau eine Respektsperson, aber zugleich auch ein Weib, vor dem sich die Dorfbewohner fürchteten. Man traute ihr nicht und hielt sie insgeheim ebenfalls für eine Hexe, aber sich mit ihr und ihrer Zauberkunst anlegen, das wagte ebenfalls keiner. So machten sie uns murrend Platz und ließen uns unbehelligt davongehen. Kaum hatten wir jedoch die Mauer des Friedhofs erreicht und uns in Sicherheit gebracht, schon erklangen hinter uns abermals die erregten Stimmen: ›Brennen soll die Hexe! Mit dem Teufel hat sie gelegen!‹ Und als ich mich zu dem Scheiterhaufen umdrehte, hielt Pater Hilarius gerade die brennende Fackel an das Reisig. Die Menge johlte, als die Flammen emporschlugen und dem Mädchen die Haut versengte. Das Schreien des Kindes war vor lauter Jubel und Gekreische kaum zu hören. Mir fahren heute noch die Schauer über den Rücken, wenn ich daran denke.«

Ibing hielt einen Moment inne, zwirbelte seine Haarbüschel und räusperte sich, bevor er hinzusetzte:»Plötzlich fiel ein Schuss, und eine gespenstische Stille trat ein. Die Menge verstummte augenblicklich, nur das Feuer prasselte, und nicht einmal die kleine Maria gab einen Ton von sich. Sie hing vornüber in ihren Fesseln, während die Flammen ihr ins Gesicht schlugen. Aber sie spürte nichts mehr, weil sie längst tot war.«

»Gott sei Dank!«, entfuhr es Roloff, der sich bekreuzigte.

»Wer hat sie erschossen?«, fragte Daniel und erntete erstaunte Blicke aus der Runde. »Es war doch ein Gnadenschuss, nicht wahr?«

Der Bauer nickte und bedachte den jungen Mann mit einem beifälligen Blick. »Hinter dem lodernden Scheiterhaufen«, sagte er, »konnte ich die Gestalt des alten Fuchses, des Dorfschulzen, ausmachen. Er hatte sich von Westen her dem Kirchplatz genähert, saß nun mit finsterer Miene und leuchtend rotem Rauschebart auf einem Schimmel und schleuderte mit seinen Augen Blitze in die Menge. Neben dem Alten ritt sein Sohn Lambert, er saß auf einem Rappen und hielt eine rauchende Flinte in der Hand. Er hatte gerade dem Leiden des Mädchens ein Ende gemacht.«

Achtes Kapitel
Handelt von missratenen Söhnen

Roloff, Pierre und die anderen waren von der Erzählung des Bauern Ibing so mitgenommen, dass sie nur betreten auf die Tischplatte starrten und kein Wort über die Lippen brachten. Auch Daniel blieb stumm, doch starrte er den Hausherrn mit glühenden Augen an, die erkennen ließen, dass es in seinem Hirn drunter und drüber ging. Ibing bemühte sich, das Schweigen nicht zu bleiern werden zu lassen, und schenkte eine weitere Runde Genever aus, doch aus den Augenwinkeln heraus beobachtete er den rothaarigen Mann am anderen Ende der Tafel, und aus seiner anfänglichen Abscheu war unverkennbare Neugier geworden. Die schnelle Auffassungsgabe dieses seltsam bleichen Burschen, vor allem aber dieser eindringliche, beinahe glühende Blick, der einem eine Gänsehaut verursachen mochte, weckte das Interesse des Bauern. Zum ersten Male an diesem Abend kreuzten sich die Blicke der beiden, ohne dass Ibing auswich, ja, er lächelte sogar und nickte dem jungen Mann plötzlich zu, als gebe es eine geheime und stumme Übereinkunft zwischen ihnen.

Es war Gustav, der als erster das Schweigen brach und das Augenmerk der Anwesenden wieder auf die Erzählung des Heidebauern lenkte. »Einen Moment!«, rief er lallend, schwankte unsicher auf seinem Stuhl hin und her und musste von dem neben ihm sitzenden Malte Stürzenbecher gestützt werden. »Da fehlt doch noch was!«, ereiferte sich der Zwerg und schlug mit seiner kleinen Faust auf den Tisch. »Wo bleibt denn der Galgen?!«

»Richtig«, meinte nun auch Wladimir und schaute dabei Daniel an. »Hast du nicht gesagt, dass dieser Wirt am Galgen endete? Wie kann denn das sein? Wenn er ein Inkubus ist, dann muss er durch das Feuer sterben, sonst bleibt seine Hexerei bestehen. Das weiß doch jedes Kind!«

Er ließ sich vom Bauern den Becher füllen und stierte ihn erwartungsvoll an.

»Joes Olthues ist gerichtet worden«, bestätigte Ibing und nahm erstaunt zur Kenntnis, dass der Kopf der bärtigen Frau zu seiner Linken schnarchend auf der Tischplatte lag. Er zuckte mit den Schultern und reichte den gefüllten Becher an Frante Balázs weiter, der ihn mit einer etwas unsicheren Handbewegung entgegennahm. »Aber Joes ist nicht als Buhlteufel verbrannt worden«, fuhr der Bauer schließlich fort, »mit dem Hexenspuk war es an diesem Tag vorbei, denn der Schulze hat dem unwürdigen Spektakel ein Ende gemacht. Die kleine Maria konnte er nicht mehr retten, aber zumindest hat Lambert dem verbrennenden Mädchen mit der Flinte einen Gnadentod verschafft, und anschließend hat der alte Olthues persönlich dafür gesorgt, dass sein ältester Sohn Joes in Ketten gelegt wurde.«

»Er hat den eigenen Sohn an den Galgen gebracht?«, wunderte sich Gunhild und hielt sich am Ärmel ihres Mannes fest.

»Söhne! Pah!«, entfuhr es dem Bauern, und ein böses Grinsen fuhr über sein Gesicht, doch im nächsten Moment hatte er sich wieder unter Kontrolle und lächelte in die Runde. Außer Daniel, der nur ein oder zwei Schnäpse getrunken hatte, war Ibing der einzige im Raum, dem man den Alkohol nicht anmerkte. Er starrte nun wieder auf den Tisch und fuhr fort: »Olthues ist ein harter Brocken, hart zu sich und zu anderen. Eher erweicht man einen Stein als das Herz dieses Fuchses. Was er von den Leuten im Dorf erwartet, das erwartet er von seiner Familie umso mehr. Mit dem Hexenunsinn hat er an diesem Tage zwar aufgeräumt, er hat den Pater vor versammelter Menge zurechtgewiesen und ihn einen Irrsinnigen genannt, und niemand hat sich getraut, ihm zu widersprechen, nicht einmal der Vogt. Aber wenn er auch seinen Sohn Joes keinesfalls für einen Teufel oder Hexenmeister hielt, so hat er ihn dennoch für das, was er der Tochter des Vogts angetan hat, zur Rechenschaft gezogen.«

»Ohne Gerichtsverfahren?«, fragte Daniel.

»Er ist der Schulze«, antwortete Ibing achselzuckend.

»Seit wann darf denn ein Dorfvorsteher die Todesstrafe verhängen?« wunderte sich nun auch Roloff.

»Es war Krieg«, erwiderte der Heidebauer, »und Ahlbeck ist ein abgelegenes Dorf. Die Leute mögen keine Einmischung von außen, sie erledigen das selbst. Außerdem gab es da noch den Vogt, dessen Tochter als Hexe verbrannt worden war. Er forderte Blutrache und Wiedergutmachung. Auge um Auge!«

»Recht so«, ließ sich Gustav vernehmen, der wieder auf seinem Hosenboden saß, weil ihm schwindlig geworden war. »An den Galgen mit dem Kinderschänder!«

»Sein Gemächt hätte ich ihm abgeschnitten«, ereiferte sich Pierre, sprang auf, zog den Degen aus der Scheide, verfing sich dabei jedoch im Umhang, fiel rücklings auf die Bank zurück und landete nur deshalb nicht auf dem Boden, weil Kill ihn wie einen kleinen Jungen am Kragen zu fassen bekam und ihn wieder in die Höhe hievte.

»Ich halte den alten Olthues zwar für einen herzlosen und gemeinen Tyrannen«, fuhr der Heidebauer ungerührt fort, »aber wenn es um seine Söhne geht, dann kann ich sein hartes Vorgehen durchaus verstehen. Ich habe schließlich am eigenen Leib erfahren, was es heißt, undankbare Söhne großzuziehen.« Sein Blick verdüsterte sich abermals, das blaue und das grüne Auge gingen wild von links nach rechts, und er stürzte einen Becher Genever hinunter, als gelte es, seine Gedanken wegzuwaschen. »Olthues ist mit seiner Brut wahrlich nicht gesegnet«, fuhr Ibing schließlich fort, »der jüngste Sohn, Werner, ist ein Taugenichts und Tunichtgut, zu nichts zu gebrauchen außer zum Faulenzen und eitlen Redenschwingen. Der älteste Sohn, Joes, war ein liederlicher Wüstling, vor dem kein Weiberkittel sicher war. Hätte sein Vater ihn nicht an den Galgen gebracht, so wäre er früher oder später an der Syphilis verreckt.«

»Und Lambert?«, fragte Daniel.

»Ein ausgewachsener Halunke«, antwortete Ibing und betrachtete belustigt seinen kleinen Sitznachbarn zur Rechten, dessen Kopf nach hinten gekippt war und mit offen stehendem Mund auf der Lehne ruhte. »Ein Meister am Gewehr und geschickt im Kampf mit der Klinge«, fuhr der Heidebauer fort. »Wusstet ihr übrigens, dass er dafür verantwortlich ist, dass es in Ahlbeck ein Schützenfest gibt?«

»Wieso das?«, wunderte sich Roloff.

»Er hat im letzten Kriegsjahr auf Geheiß des Bischofs eine Bürgermiliz gegründet, aus der dann die Schützengilde hervorgegangen ist«, erklärte Ibing. »Lambert Olthues war der beste Schütze am Ort und ein tapferer Milizionär, aber als Mensch war er nichts wert. Aufbrausend und brutal. Ein unberechenbarer Kerl! Niemand wagte es, sich mit ihm anzulegen, und kein Mensch weinte ihm eine Träne nach, als er schließlich zu den Soldaten ging. Angeblich soll er jetzt in Neu-Spanien gegen die gottlosen Indianer kämpfen.«

Eine kurze Stille setzte ein, und im gleichen Moment öffnete sich die Tür zum Flur. Ein Knecht polterte herein, nahm den Dreispitz vom Kopf und stand einige Sekunden ratlos und verlegen da, als er die Gäste sah. Sein Kopf war puterrot, er war sichtlich außer Atem.

»Was gibt's, Henk?«, fragte der Bauer und winkte ihn zu sich.

Der Knecht ging zu ihm und flüsterte ihm etwas ins Ohr.

Ibing hörte andächtig zu, nickte dann und wann, während sein Gesicht einen finsteren Ausdruck annahm, und antwortete schließlich murmelnd: »Ich kümmere mich selbst darum.«

Der Knecht verneigte sich und verließ den Raum, ohne einen der Anwesenden anzuschauen oder zum Abschied zu grüßen.

Das Auftauchen des Knechts und die Tatsache, dass Gustav mittlerweile schnarchende Geräusche von sich gab, schien für Roloff das Zeichen zum Aufbruch zu sein. Er erhob sich, wobei er sich auf Kills Schulter stützte, und wandte sich an den Bauern: »Vielen Dank, lieber Gerrit, für die Einladung und die Gastfreundschaft, aber ich glaube, für mich und meine Söhne ist es nun an der Zeit, nach Hause zu gehen.«

»Recht hast du!«, rief Ibing und sprang auf, wobei der Zwerg Gustav aufschreckte, aus dem Gleichgewicht geriet und seitwärts vom Stuhl fiel.

»*Parbleu!* Jetzt wird's doch erst gemütlich!«, versuchte der Chevalier, gegen die Aufbruchstimmung anzugehen, doch der Bauer schüttelte energisch den Kopf und weckte die bärtige Frau, indem er ihr an den Bart zupfte.

»Wir sehen uns ja am Samstag beim *dans op de deel*«, sagte er und half dem Zwerg wieder auf die Beine. »Dann gebe ich noch mal eine Runde für euch Gauner aus. Ich bin ja froh, wenn sich überhaupt jemand mit mir einlässt. Pack schlägt sich, Pack verträgt sich!« Ibing lachte schallend und rülpste laut.

Daniel stutzte. »Tanz auf der Diele? Was bedeutet das?«

»Am Abend vor dem Schützenfest wird auf dem Hof des alten Königs zum Tanz aufgespielt«, erklärte der Heidebauer, »und jeder, der sich im Dorf aufhält, ist eingeladen. Dem alten Joseph wird's nicht gefallen, euch Lumpengesindel auf seinem Hof zu sehen, aber so ist es nun mal Sitte.« Plötzlich jedoch wurde er ernst und setzte hinzu: »Denkt daran, was ich euch gesagt habe! Was ihr mit den anderen Bauern anstellt, geht mich nichts an. Aber wenn ihr mir ans Leder wollt, dann mache ich Mett aus euch und verkaufe es den Ahlbeckern als Hammelfleisch.« Wieder lachte er laut und geleitete die wankenden Schausteller und Gaukler zur Tür hinaus.

»*Merci, mon ami!*«, sagte der Chevalier und umarmte seinen holländischen Freund. »Dein Genever ist *formidable!*«

»Seid vorsichtig«, antwortete der Heidebauer, »es ist eine finstere Nacht, und es treiben sich Wölfe in der Gegend herum. Letztens erst haben sie mir vier Schafe gerissen.«

Es war tatsächlich stockduster, der Mond war bereits untergegangen, weit und breit war keine Lichtquelle zu entdecken. Sowohl der Hof als auch der nahe gelegene Festplatz lagen in völliger Finsternis.

»Haltet euch immer in Richtung des Großen Wagens«, fügte Ibing hinzu, »dann könnt ihr eure Zelte gar nicht verfehlen.«

Während die übrigen Schausteller gutgelaunt und singend zur Heidelichtung wankten, wandte sich Daniel an den Bauern: »Wie komme auf dem kürzesten Weg ins Dorf zurück?«

»Der Weg ist ohne Licht nicht leicht zu finden«, antwortete Ibing, »und ehe du dich's versiehst, hast du dich verlaufen. Willst du nicht lieber bei deinen Leuten bleiben?«

»Ich habe keine Leute«, entfuhr es Daniel. »Ich bin wie ein Straßenköter. Ich gehöre nirgends hin.«

»Straßenköter gehören auf die Straße«, erwiderte der Bauer, »und sie sind nie allein.« Er ging ins Haus zurück, um kurz darauf mit einer brennenden Fackel vor der Tür zu erscheinen. »Manchmal ist es klüger, sich eine neue Familie zu suchen, und von dem eigen Fleisch und Blut Abstand zu halten.« Bevor Daniel etwas erwidern konnte, deutete Ibing mit der Fackel in nördlicher Richtung und setzte hinzu: »Ich werde dich bis zum Kreuzweg begleiten, von dort aus wirst du die weitere Strecke allein finden.«

»Was ist mit *deinem* eigen Fleisch und Blut?«, fragte Daniel und wich einem Wacholderzweig aus, den der vor ihm hergehende Ibing zur Seite gebogen hatte.

»Jakob?«, antwortete der Bauer und spuckte verächtlich auf den Boden. »Er meidet jeden Umgang mit mir und schämt sich für seinen alten Herrn. Vermutlich hält er mich für einen Spinner und Quertreiber, weil ich mich hartnäckig weigere, mich meinen werten Nachbarn anzupassen. Jakob hat nichts unversucht gelassen, ein richtiger Ahlbecker zu werden. Er hat den Hof verlassen und die Schmiede im Dorf für teures Geld übernommen, er hat eine Hiesige geheiratet, die ihm nun nach Belieben auf der Nase herumtanzt. Aber achtet man ihn dafür? Keineswegs! Für die Pfahlbürger wird er weiterhin der Sohn des verrückten Holländers sein.« Ibing seufzte nachdenklich und schüttelte den Kopf. »Kein Wunder, dass er mich hasst. Ich war ihm nie ein guter Vater, und selbst jetzt noch stehe ich ihm im Weg.«

»Und dein anderer Sohn?«

Als Antwort kam lediglich ein Achselzucken.

»Wie ist sein Name?«

»Ruud«, antwortete der Bauer, »er war mein Jüngster.«

»Ist er gestorben?«

»Schlimmer als das.« Ibing blieb stehen, schnaufte abfällig und lachte plötzlich unangebracht auf. »Der Idiot lebt in einem Kloster. Er ist ein Laienbruder geworden und nennt sich jetzt Frater Rudolf. Das muss man sich mal vorstellen. Ein Ibing bei den Mönchen! In der Hölle soll er schmoren, wenn es die denn gibt. Ruud war immer schon ein Schwachkopf, der arme Tropf! Er war eine leichte Beute für den Pater.«

»Terhoente?« Daniel hatte Mühe, dem Alten, der nun wieder eilig voranschritt, zu folgen, und rief ihm hinterher: »Was hat denn dein Sohn mit dem Pater zu schaffen?«

»Frag ihn doch selbst! *Duivel!*« Ibing fuhr herum und hätte Daniel um ein Haar die Fackel ins Gesicht geschleudert. Seine Augen fuhren wie wild hin und her, Spucke sammelte sich in seinen Mundwinkeln. »Du bist eine gottverdammte Nervensäge!«, schrie er dem anderen ins Gesicht. »Was schert dich das alles? Geh mir nicht auf den Geist und lass mich in Ruhe! *Godverdoemme!*«

Nun war es Daniel, dem ein unangebrachtes Lächeln über das Gesicht huschte. Er schüttelte belustigt den Kopf und sagte: »Ich habe selten einen Katholiken so gotteslästerlich fluchen hören. Kaum vorzustellen, dass man dich einmal aus religiösen Gründen aus deiner Heimat vertrieben hat.« Er wollte bereits über seinen Scherz lachen, doch als er das finstere und vor Wut aufflammende Gesicht des Bauern sah, fuhr ihm eine Gänsehaut über den Rücken, und das Lachen gefror ihm auf den Lippen. Ibing war wie zur Salzsäule erstarrt, seine sonst so flinken Augen ruhten sekundenlang wie paralysiert auf seinem Gegenüber, und er sagte kein Wort.

»Warum bist du nach Ahlbeck gekommen?«, fragte Daniel.

»Das hab ich doch schon gesagt«, antwortete der Bauer mürrisch.

»Warum ausgerechnet Ahlbeck?«

»Es war das erste Dorf jenseits der Grenze.«

»Hattest du Bekannte hier?«

Statt einer Antwort deutete der Alte mit einer plötzlichen Handbewegung zu einem Wegweiser an einem Kreuzweg in der Nähe und sagte: »Halte dich links, dann wirst du den Weg schon finden.« Er selbst wandte sich nach rechts und verschwand grußlos in der Dunkelheit.

Daniel schaute der langsam kleiner werdenden Fackel erstaunt hinterher und fragte sich, wohin der Bauern mitten in der Nacht unterwegs war. Der Weg, den er eingeschlagen hatte, führte weder zu seinem Hof zurück noch nach Ahlbeck, sondern ging im Bogen um das Dorf herum und mündete, wenn Daniel es recht in Erinnerung hatte, in den so genannten Hessenweg, der seinerseits zur holländischen Grenze führte. Daniel schüttelte nachdenklich den Kopf und murmelte für sich: »Es *waren* keine religiösen Gründe.«

Nachdenklich wandte er sich dem Dorf zu und schritt in die auf dem Wegweiser angegebene Richtung, wobei er jedoch kaum auf den holprigen Weg achtete, sondern immer wieder Revue passieren ließ, was er in den vergangenen Stunden im Haus des Heidebauern gehört hatte. Die schaurigen Details, die er über den Wirt und die Tochter des Vogts erfahren hatte, gaben ihm zu denken. Warum hatte ihm der Pastor eine sozusagen geglättete Version der Geschichte erzählt? War es tatsächlich denkbar, dass der Pfarrer einer Gemeinde nicht wusste, was in seinem Sprengel vor sich ging? Und dann die Familie des Heidebauern! Der Alte war ein Sonderling, der die Nähe von Schurken und Gaunern suchte. *Pack schlägt sich, Pack verträgt sich!* Der eine Sohn verachtete ihn und ging ihm aus dem Weg, der andere lebte abgeschieden in irgendeiner Bruderschaft. Einen Schwachkopf hatte der Vater ihn genannt. Leichte Beute für die Kirche.

»Eine seltsame Familie«, zischte Daniel, blickte auf und war überrascht, dass er bereits auf der Rückseite des Wirtshauses angelangt war. Im Inneren der Schenke brannte kein Licht mehr, alles war finster und still wie ein Grab. Nur im Pferdestall regte sich etwas, Daniel hörte seinen Rappen schnauben und unruhig auf der Stelle treten. Das tat er immer, wenn Daniel sich näherte, auch wenn das Pferd ihn gar nicht sehen konnte.

»War da was?«, flüsterte irgendwo eine Männerstimme.

»Was soll denn da gewesen sein?«, antwortete eine Frau.

»Ich habe irgendetwas gehört, unten im Hof.«

Ein Rascheln war zu vernehmen, dann knarrte eine Holzbohle. Daniel ließ sich geistesgegenwärtig zu Boden fallen und kroch hinter einen Mauervorsprung, wobei er durch einen Spalt in der Mauer den Hof im Visier behielt. Aus einer kleinen Tür im Giebel des Pferdestalls lugte nun der Kopf eines Mannes hervor, und trotz der Dunkelheit war Daniel sich sicher, dass der Kopf blond gelockt war. Werner Olthues schaute in alle Richtungen, horchte auf mögliche Geräusche und verschwand schließlich wieder im Inneren des Stalls.

»Es war nur das Pferd dieses Studenten«, sagte die Frau, die unschwer als die Wirtin zu identifizieren war.

»Psst«, antwortete ihr Geliebter, und nun flüsterten sie so leise, dass Daniel nichts mehr verstehen konnte. Er schlich sich zum Stall, öffnete behutsam die Tür so weit, dass er sich hindurchzwängen konnte, krabbelte auf allen vieren zu den Verschlägen, in denen die Tiere untergebracht waren, und setzte sich seinem freudig schnaufendem Schwarzen zu Füßen.

»Verdammter Gaul«, zischte der Schulzensohn. Die Stimme kam von einer Empore, zu der eine wacklige Leiter am hinteren Ende des Stalls führte. Stroh rieselte von den Balken auf Daniels Kopf, und er stellte zufrieden fest, dass er direkt unter den Turteltäubchen Platz genommen hatte.

»Wir sollten uns hier nicht treffen«, sagte Werner Olthues missmutig. »Es will mir nicht schmecken, dass dein Mann nur wenige Schritte entfernt in seinem Bett liegt. Was ist, wenn er uns hört?«

»Franz schläft wie ein Toter«, antwortete Henrike. »Wenn der erst einmal die Augen geschlossen hat, dann weckt ihn so leicht nichts mehr. Sein Schnarchen hört man meilenweit, er würde uns nicht hören, wenn wir direkt neben ihm stünden.« Sie lachte bitter und setzte hinzu: »Außerdem habe ich es satt, mich mitten in der Nacht in den feuchten Wäldern herumzutreiben und am nächsten Morgen mit schmutziger Kleidung nach Hause zu kommen. Immer diese Heimlichtuerei. Das muss aufhören!«

»Es geht nun mal nicht anders«, versetzte Olthues dumpf.

»Ich kann nicht mehr«, sagte Henrike mit zittriger Stimme, die sehr müde klang. »Allein schon der Gedanke an ihn macht mich krank. Er ekelt mich an. Ich halte das nicht länger aus. Am liebsten würde ich ihn wie einen Wurf Katzen im Ahlbach ertränken.«

»Fang doch nicht wieder damit an«, bat der Schulzensohn leise. Seine Stimme klang zaghaft und stand in seltsamen Widerspruch zu dem großspurigen Auftreten, das er am Vortag in der Schenke an den Tag gelegt hatte. Dort hatte er die Wirtin wie einen gefügigen Köter behandelt und sie mehrmals vor versammelter Menge zurechtgewiesen, nun jedoch schien er überfordert zu sein und nicht recht zu wissen, wie er reagieren sollte.

»Wenn du ein richtiger Mann wärst«, versetzte Henrike boshaft, »dann würdest du endlich was tun, statt immer nur Reden zu halten.«

»Was soll ich denn machen?«, erwiderte Olthues kleinlaut.

»Befrei mich von ihm!« Henrikes Stimme überschlug sich beinahe. »Schlag ihm den Kopf ein, schneid ihm die Kehle durch, jag ihm eine Kugel durch den Kopf! Irgendetwas in der Art. Hauptsache, ich muss ihn nicht länger ertragen. Er macht mich noch wahnsinnig.«

»Du machst wohl Witze! Ich kann ihn doch nicht einfach erschlagen.« Die Stimme des Schulzensohnes klang empört und zugleich ängstlich, weil er zu begreifen schien, dass seine Geliebte keineswegs im Scherz sprach.

»Warum denn nicht?«, antwortete sie, und ihre Stimme wurde zu einem Säuseln. »Und ich weiß auch schon, wann wir es tun können.«

An dem Rascheln des Strohs erkannte Daniel, dass sie nach dem Schulzensohn gegriffen hatte und dieser vor ihr zurückgewichen war.

»Wie meinst du das?«, fragte er unsicher.

»Sonntag, nach dem Schützenfest«, flüsterte sie. »Franz wird der neue König sein und sich fürchterlich betrinken. Wenn er erst mal im Bett liegt, dann schläft er wie ein Stein. Er wird gar nichts merken.«

»Bist du wahnsinnig, Henrike?«, rief Olthues entsetzt, und wieder wich er vor ihr zurück. »Willst du uns an den Galgen bringen?«

»Ach was!«, erwiderte die Wirtin. »Wir schieben es einfach diesem rothaarigen Gauner in die Schuhe. Ich könnte ihm irgendetwas aus der Kammer stehlen und es neben die Leiche legen. Kein Mensch würde uns verdächtigen.«

»Welcher rothaarige Gauner?«, wunderte sich Olthues. »Meinst du den Scholaren?«

Daniel schluckte und lauschte nun noch aufmerksamer.

»Scholar?! Dass ich nicht lache!«, ereiferte sich Henrike. »Weder heißt dieser Kerl Magnus noch hat er den Bischof auch nur ein einziges Mal in seinem Leben zu Gesicht bekommen. Was hat denn der Bischof von Münster mit der Universität in Paderborn zu schaffen? Das ist doch ein ganz anderes Bistum. Um warum fragt der Rothaarige das Gesinde aus, wenn er etwas über die Gemeinde erfahren will? Nein, dieser Daniel – oder wie auch immer er heißen mag – ist ein Betrüger und bestimmt kein Mann Gottes. Nicht einmal seinen eigenen Namenspatron kannte er. Ha! Ein schöner Studiosus ist das!«

»Und wie der immer guckt, als wollte er einen behexen!«

»Was auch immer der Kerl in Ahlbeck will«, erwiderte Henrike, »mit der Kirche und dem Bischof hat es bestimmt nichts zu tun. Der führt irgendeine Gemeinheit im Schilde, da wette ich drauf, und das sollten wir ausnutzen.«

Eine Pause entstand. Kein Geräusch war zu hören. Sie saßen eine Weile regungslos nebeneinander, und dann sagte der Schulzensohn: »Ich kann doch einem Schlafenden nicht den Kopf einschlagen.«

»Warum nicht?«

»Ich bin kein Mörder. Für so was tauge ich nicht.«

»Männer!«, entfuhr es der Wirtin. »Dann mach' ich es eben selbst.«

»Du willst ihm den Kopf einschlagen?«

»Natürlich nicht«, erwiderte Henrike und schnaufte verächtlich. »Aber mir wird schon ein Weg einfallen. Auf dich kann ich mich ja nicht verlassen.«

»Jetzt sei doch nicht so«, bat Werner Olthues. Eine Bohle knarrte, als er sich ihr näherte.

»Lass mich!«

»Komm schon, Henrike«, bettelte Olthues. »Zier dich nicht so.«

»Memme!«

Wieder entstand eine Pause. Die Wirtin schluchzte, zumindest hörte es sich so an, und der Schulzensohn versuchte, sie mit Koseworten zu besänftigen.

»Mein Honigschnäuzchen«, murmelte er. »Sei doch nicht traurig!«

Im nächsten Moment hörte Daniel heftiges Atmen, schmatzende Geräusche und das Rascheln von Stroh. Olthues stöhnte lustvoll, und zugleich verstummte das Schluchzen der Wirtin. Sie gab keinen Ton mehr von sich.

Daniel wartete noch einen Augenblick, doch über ihm war das Gespräch zu einem Ende gekommen. Als das Keuchen und Stöhnen lauter wurde, kroch er zur Stalltür hinaus und schlich über den Hof zur Schenke zurück. Für heute hatte er genug gehört.

Neuntes Kapitel
Berichtet von einem Stelldichein am Galgen

Während Daniel früh am nächsten Morgen auf seinem angestammten Platz am Ecktisch saß und sein Frühstück zu sich nahm, herrschte im Wirtshaus bereits reges Treiben. Fässer mit Wein und Bier wurden hin- und hergerollt, Krüge, Tassen und Seidel wurden in Kisten verpackt, Schinken, Wurst und Käse aus der Vorratskammer geholt, begutachtet und in genau abgewogene Stücke aufgeteilt. Ein Junge von vielleicht sechzehn Jahren ging den Wirtsleuten zur Hand. Er war lang und schmächtig und in dreckige Lumpen gekleidet. Seine hellblonden Haare standen ihm in unregelmäßigen Büscheln vom Kopf ab, und die Augen waren entzündet. Eiter sammelte sich in den Augenwinkeln und bildete dort Krusten.

»Das ist Wenzeslaus Vogelsang«, erklärte der Wirt, nachdem er den Jungen mit einem Sack Mehl beladen und hinausgeschickt hatte. »Er hilft dann und wann bei uns aus. Wenzel versteht jedes Wort, aber er ist stumm wie ein Fisch.« Der Wirt lachte und setzte hinzu: »So kann er wenigstens keinen Unsinn erzählen.«

Derweil fegte die Wirtin den Raum aus, wischte mit einem Tuch über die Tische und ordnete die Gefäße und Teller in dem Regal hinter der Theke. »Es gibt noch soviel vorzubereiten«, sagte sie, nachdem ihr Mann in den Keller hinuntergestiegen war, um ein Fass Bier zu holen. »Morgen Mittag muss der Stand auf dem Festplatz gerichtet sein, damit die Leute ihr Bier trinken und einen Happen essen können. Und die Schenke muss natürlich auch offen sein. Ein einziges Hin- und Hergerenne!«

»Warum wird die Kirchweih nicht auf dem Kirchplatz abgehalten?«, wunderte sich Daniel. »Das würde einiges erleichtern.«

»Würdet Ihr die Gauner gern Tag und Nacht vor Eurer Haustür haben?«, mischte sich der Wirt aus dem Hintergrund ein. Er war mit dem Fass auf der Schulter aus einer Luke im Fußboden aufgetaucht und rollte es zum Hinterausgang, wo der stumme Vogelsang es in Empfang nahm. »Nein, es ist schon besser, sie bleiben draußen in der Heide«, setzte Tenfelde hinzu. »Der Holländer scheint sich nicht an ihnen zu stören, und wir ersparen uns den Anblick des Gesindels.«

»Immerhin verdient Ihr nicht schlecht an dem Gesindel«, erwiderte Daniel.

»Wartet's nur ab«, sagte Henrike, die nun die Stühle auf die Tische stellte und mit dem Besen in die Ecken fuhr, »wenn erst die Bettler und Zigeuner hier sind, dann ist es aus mit der Ruhe. Wie die Schmeißfliegen fallen sie über das Dorf her.«

»Schmeißfliegen sind dort, wo's stinkt«, zischte Daniel leise zwischen den Zähnen und senkte den Kopf.

»Habt Ihr etwas gesagt?«, fragte Henrike.

»Was wäre eine Kirmes ohne Zigeuner«, sagte Daniel laut, schaute auf und lächelte unverbindlich.

»Das ist allerdings wahr«, sagte der Wirt, der wieder im Tresenraum erschienen war und sich zu dem jungen Mann an den Tisch setzte. »Manchmal wünsche ich mir, ich käme auch so viel herum in der Welt. Ich bin jetzt fünfundvierzig Jahre alt, und was habe ich gesehen von der Welt? Ahlbeck und Altheim, und einmal im Jahr reite ich zur Messe nach Deventer. Wären die fahrenden Leute nicht, man wüsste gar nicht, was im Reich vor sich geht.«

»Du wärst doch hilflos wie ein Kind, wenn du auch nur zwei Tage von zu Hause fort wärst«, stichelte seine Frau und schüttelte abfällig den Kopf. »Was willst du schon in der Welt? Eingehen wie eine Primel würdest du.«

»Red nicht von Dingen, die du nicht verstehst, Weib!«, brummte der Wirt und beugte sich dann zu Daniel hinüber. »Sie meint das nicht so«, sagte er mit einem liebevollen Seitenblick zu seiner Gattin, die gerade auf den Kirchplatz trat, um ein Leinentuch auszuschütteln. »Eigentlich ist sie fromm wie ein Lamm.«

»Davon bin ich überzeugt«, sagte Daniel und nickte bestätigend.

»Genau wie ihre Mutter«, setzte der Wirt flüsternd hinzu, »nicht nur vom Wesen her sondern auch äußerlich. Sie ist Magda wie aus dem Gesicht geschnitten, sie könnten Zwillingsschwestern sein.«

»Kommt es Euch nicht seltsam vor, dass Henrike für kurze Zeit Eure Tochter war?«, fragte Daniel und stopfte seine Pfeife. »Tat es Euch nicht im Herzen weh, das Mädchen an die Ottenpeterin abzugeben?«

»Wo denkt Ihr hin!«, erwiderte Tenfelde und winkte ab. »Das waren doch andere Zeiten damals. Das könnt Ihr natürlich nicht wissen, aber die Leute sind gestorben wie die Fliegen, und man musste Acht geben, dass man selbst nicht unter die Räder geriet. Das Hemd sitzt einem eben näher als die Hose.«

»Warum habt Ihr Henrikes Mutter überhaupt geheiratet?«

»Sie war eine verflucht hübsche Witwe«, antwortete der Wirt achselzuckend. »Und seht mich an! Ich bin weder klug noch schön, und ich kann auch keine Reden halten wie manch andere Leute.« Für einen kurzen Moment fuhr eine böse Grimasse über sein Gesicht, dann schnaufte er und sagte: »Außerdem kannte Magda sich im Wirtsgeschäft aus. Warum sollte ich eine Bedienung anheuern, wenn ich eine Gattin umsonst haben konnte?!«

»Mit dieser Einstellung werdet Ihr es noch weit bringen«, sagte Daniel und zündete sich die Pfeife an.

»Ganz meine Rede!« Der Wirt lachte laut und klopfte dem anderen auf die Schulter. »Gewisse Leute werden sich noch wundern.« Wieder lachte er, verstummte aber augenblicklich, als Henrike wieder zur Tür hereinkam und fragend zum Ecktisch schaute.

»Was gibt's denn da zu lachen?«, fuhr sie ihren Gatten an. »Kümmere dich lieber um die Weinfässer, anstatt dem armen Mann zur Last zu fallen und ihn vom Frühstück abzuhalten!«

Franz Tenfelde gehorchte aufs Wort, er sprang auf, entschuldigte sich mit einem Nicken bei Daniel und verschwand mit einem Bückling im Keller.

»Männer!«, fauchte Henrike.

Im gleichen Moment öffnete sich die Tür zur Schenke, und eine dunkel gelockte, zierliche Person trat in den Raum. Sie trug ein gelbrotes, mit bunten Miederschnüren versehenes Kleid, einen flachen Turban auf dem Kopf und rote Gamaschen an den Füßen.

»Bitt serr«, sagte die Frau mit südländischem Akzent, »wolle wissen Zukunft? Ich lese Hand, mache Glück, viel Glück! Billig, billig.«

Daniel konnte sich ein Grinsen nicht verkneifen, als er seine Schwester sah und ihr seltsames Kauderwelsch hörte. Celestina schaute nicht zu ihm herüber, sondern wandte sich an die Wirtin, die mit angeekelter Miene vor ihr stand und abwehrend den Besen hob.

»Hab ich's nicht gesagt?«, wandte Henrike sich an den Scholaren. »Schon geht es los mit der Plage.« Und indem sie mit dem Besen vor der Nase des Mädchen herumfuchtelte, sagte sie: »Weg, weg! Du verstehen? Nichts Zukunft. Kein Geld, kein billig, billig.«

»Bitt serr«, fuhr Celestina herum und adressierte ihre nächsten Worte an ihren Adoptivbruder, dem sie schelmisch zuzwinkerte. »Gib Hand, ich lese Zukunft. Gute Zukunft, viel Geld, viel *lowe*.« Sie nickte eifrig und ergriff Daniels Hand. »Oh, schön Hand, gut Hand, viel lange Leben!« Ohne dass Henrike es bemerkte, legte sie Daniel einen Zettel in die Hand, die dieser prompt schloss und fortzog.

»Verschwinde, Mädchen!«, fuhr er Celestina an, während er unter dem Tisch den Zettel entfaltete. »Ich bin ein Mann der Kirche. Lass mich mit deinem Teufelszeug in Ruhe, du unglückliche Kreatur!«

»Was ist denn hier los?«, rief der Wirt, der in diesem Moment wieder zur Hintertür hereinkam. »Was will diese Zigeunerin?«

»Lesen Hand?«, stürzte sich Celestina auf Tenfelde. »Ich sagen Zukunft.« Sie machte einen Bückling und grifft nach den wurstigen Fingern des Wirts. »Kräftig Hand, starker Mann.« Sie streichelte die Hand, als sei sie ein Kleinod, und lächelte dem Wirt verführerisch zu.

Franz Tenfelde war offensichtlich geschmeichelt und schien einen Moment mit sich zu ringen, doch dann sah er den finsteren Ausdruck in Henrikes Gesicht und rief: »Scher dich raus, Mädchen! Hier wird nicht gebettelt!«

Henrike wollte sich bereits mit dem Besen auf die Zigeunerin stürzen, doch ihr Mann hielt sie zurück. »Nicht doch!«, rief er, räusperte sich, packte Celestina am Arm und geleitete sie – durchaus nicht grob – zur Tür, wo er sie mit einem entschuldigenden Achselzucken hinausschob.

Er schloss die Tür, wandte sich um, lächelte entrückt und sagte: »Was für ein hübsches Kind!«

Daniel schaute aus dem Fenster und sah Celestina auf dem Kirchplatz. Sie winkte, schickte ihm eine Kusshand und verschwand lächelnd um die Ecke.

»Verdammte Zigeunerbrut!«, fluchte die Wirtin.

»Potztausend!«, entfuhr es ihrem Gatten. »Aber schön anzuschauen sind sie. Ein Jammer, dass sie so dunkle Haut haben.«

Henrike schnaubte wütend, und wieder zischte sie: »Männer!«

Während die Wirtin ihren Gatten mit dem Besen durch den Schankraum hetzte, las Daniel ein letztes Mal die Nachricht und verstaute den Zettel in seiner Hosentasche: »Sei um 9 am Galgen. R«

Obwohl es noch früh am Tag war, lag bereits eine unerträgliche Hitze über dem Land. Als Daniel auf seinem Rappen in Richtung der holländischen Grenze ritt, flirrte die Luft am Horizont. Die Viehbremsen umschwirrten ihn, und er hatte Mühe, sie sich vom Leib zu halten. Der Weg schlängelte sich in unmittelbarer Nähe des Ahlbaches durch die Weizen- und Gerstenfelder, die in wenigen Wochen abgeerntet würden. Hier und dort döste das Vieh auf den Weiden und den gemähten Heuwiesen. Roter Mohn und blaue Kornblumen säumten den Weg und wirkten wie bunte Farbkleckse auf einem goldgelben Teppich. Inmitten dieses wogenden Getreidemeeres rag-ten wie Inseln die kleinen Pachthöfe heraus, die nicht selten aus lediglich einem winzigen windschiefen Häuschen und noch kleinerem angrenzendem Stall bestanden. Anders als die großen Bauernhöfe waren diese Kotten in den seltensten Fällen von einem Hain oder gar Wall umgeben, sie waren schutzlos Wind und Wetter ausgesetzt und sahen entsprechend marode aus. Direkt hinter der Holzbrücke, die vom Ortsausgang zum Hessenweg führte, sah Daniel zur Rechten einen besonders heruntergekommenen Kotten, dessen Dach nur noch aus Rudimenten bestand und dessen Stall einem jämmerlichen Bretterverschlag glich. Auf dem Hof des Kottens schien Unruhe zu herrschen, laute Befehle drangen über die Felder zum Hessenweg herüber, Gesinde rannte hin und her, ein Pferd wurde gesattelt. Schließlich erschien die Gestalt eines kleinen, gebückt gehenden Mannes, der aufgeregt mit den Armen fuchtelte und von einem Knecht auf das Pferd gehievt wurde. Daniel erkannte die Hakennase und die abstehenden Ohren des Mannes und vermutete, dass es sich bei dem Hof um den Ottenpeter-Kotten handelte, um jenen Hof, auf dem Henrike Tenfelde als kleines Mädchen aufgewachsen war. Der Gevatter Ottenpeter gab dem Pferd die Sporen, ritt in wildem Galopp in Richtung Ahlbeck und wäre an der Weggabelung beinahe mit Daniels Rappen zusammengestoßen. Der alte Mann schien den Reiter gar nicht bemerkt zu haben, er schaute nur kurz hoch, fluchte laut und ritt dann spornstreichs über die Holzbrücke zum Dorf. Vielleicht hat er verschlafen, dachte Daniel und grinste.

Auf seinem Weg zum Galgenbülten kamen ihm mehrere bespannte Wagen, einige Reiter und auch Fußvolk entgegen. Die restlichen Gaukler und Schausteller waren auf dem Weg zur Kirchweih, und ihnen folgten die Bettler auf dem Fuße. Als Daniel sie in der Ferne ausmachte, liefen sie in Grüppchen und flotten Marschtempo daher, Kinder sprangen herum, kletterten auf die vereinzelt stehenden Eichen und jagten den Schnepfen und Brachvögeln in den Feuchtwiesen hinterher. Kaum hatte sich er sich den Bettlern jedoch genähert, schon begannen sie mit ihrem erbarmungswürdigen Schauspiel. Kräftige Männer, die zuvor noch lachend und sich unterhaltend drauflosmarschiert waren, hatten plötzlich krumme Buckel und stützten sich auf ihre Krücken, ihre Frauen schauten gramgebeugt zur Erde und schleppten sich mühsam über den Weg. Auch die eben noch krakeelenden Kinder humpelten mit einemmal, zogen ein Bein nach oder gaben ächzende Geräusche von sich. Daniel erkannte in einem der Bettler einen alten Weggefährten namens Johann Ohnebein. Dieser war ein noch junger Mann, dessen Gesichtszüge jedoch die eines Greisen ähnelten. Er hatte seinen linken Unterschenkel nach hinten geknickt und so verdreht, dass der Fuß unterhalb seines Gesäßes lag, dort in einer extra angebrachten Schlaufe hing und von der Joppe verdeckt war. Er hatte mit den Jahren seine Muskeln und Gelenke derart trainiert, dass es wirklich so aussah, als habe man ihm das Bein unterhalb des Knies amputiert. Und er schaffte es, stundenlang auf einem Bein zu verharren, ohne dass ihm das andere ermüdete oder nach vorne knickte.

»Guten Morgen, Meister Ohnebein«, rief ihm Daniel zu und lüpfte seinen Schlapphut. »Dein Stumpf ist schön wie eh und je.«

»Zum Henker!«, antwortete der Bettler, spuckte zu Boden und ließ sein linkes Bein nach vorne schnellen. »Wenn das nicht der Sohn des Quacksalbers ist!« Er zog das Hosenbein hoch, rieb seinen Unterschenkel, der nur aus Haut und Knochen bestand und nicht dicker war als der Arm eines Kindes, und fragte: »Wohin des Weges?«

»Ich habe ein Stelldichein am Galgen«, erwiderte Daniel lachend.

»Darüber macht man keine Witze!«, rief der andere ärgerlich. »An deiner Stelle wäre ich vorsichtig, an der Grenze wimmelt es von Blechköpfen und Zöllnern. Sie kontrollieren jeden Fuhrwagen und durchsuchen die Taschen, als hätte man Böses im Sinn. Und an der Feldglocke verscharren sie gerade einen armen Sünder.«

»Danke für die Warnung«, antwortete Daniel, lüftete abermals den

Hut und verneigte sich. »Ach ja«, setzte er dann hinzu, »sollten wir uns im Dorf über den Weg laufen, dann kennst du mich nicht. Und sei bitte nicht böse, wenn ich dich nicht grüße.«

»Verstehe. Ist deine Familie auch da?«

»Das schon«, sagte Daniel und grinste bedauernd, »aber lass deine Finger von Celestina. Sie wird dir ohnehin nur wieder draufschlagen.«

»Abwarten«, sagte Ohnebein, zwinkerte dem anderen zu und marschierte weiter. »So schnell werfe ich die Flinte nicht ins Korn.«

In der Ferne war nun schon der Bruchwald auszumachen, und an der übernächsten Wegbiegung sah Daniel den Galgen auf seinem Bülten in den Himmel ragen. Ohnebein hatte die Wahrheit gesagt, von dem gehängten Schmuggler war nichts mehr zu sehen. Stattdessen stand ein Kastenwagen auf dem Hessenweg, der von einigen Uniformierten umlagert war. Als Daniel sich der Gruppe näherte, sah er, dass Roloff mitten zwischen den Grünberockten stand. Der junge Mann fuhr alarmiert zusammen und wollte sich bereits seitwärts in die Büsche schlagen, als er bemerkte, dass einer der Uniformierten – der einzige, der einen Hut mit Federbusch auf dem Kopf trug – dem alten Gauner auf die Schultern klopfte und herzhaft lachte. Daniel atmete erleichtert auf und ritt zum Galgenbülten.

»Da ist ja mein Sohn!«, empfing ihn Roloff übertrieben freudig. »Ich habe dem Leutnant schon von dir erzählt, mein Junge.« Er wandte sich an den Mann in Uniform und sagte: »Magnus ist mein ganzer Stolz, ein braver Junge und guter Christ. Anfangs war ich allerdings nicht davon angetan, ihn an die Kirche zu verlieren. Das ist etwas für Frauen und Kinder, wenn Ihr mich fragt. Ich hätte meinen Sohn lieber als Soldat gesehen.«

Der Leutnant nickte wissend.

»Aber Gottes Wege sind eben unerforschlich«, fuhr Roloff fort, zwinkerte seinem Adoptivsohn unmerklich zu und sagte: »Komm her, Magnus, ich möchte dich einem tapferem Mann vorstellen. Dies ist Leutnant Harro von Ulsen, ein unerschrockener Kämpfer gegen Schmuggler und sonstiges Gesindel. Wir haben ein kleines Schwätzchen gehalten.«

»Euer Vater übertreibt«, sagte der Leutnant, lächelte aber geschmeichelt und reichte dem jungen Mann die Hand. »Freut mich, Euch kennenzulernen.«

»Ganz meinerseits«, antwortete Daniel, verneigte sich, fasste sich zum Gruß an die Hutkrempe und betrachtete den Mann neugierig.

Leutnant von Ulsen war ein groß gewachsener, etwa fünfzigjähriger Mann mit kantigem Gesicht, durchdringendem Blick und buschigem Schnauz- und Backenbart. Er machte auf Daniel den Eindruck eines Mannes, der Wert darauf legte, als alter Haudegen und verwegener Kerl zu erscheinen, den nichts so leicht aus der Ruhe brachte. Wenn er lächelte, gingen seine Mundwinkel kaum merklich nach oben, aber der Rest des Gesichtes war wie festgefroren. Er presste die Kiefer aufeinander, dass die Wangenmuskeln hervortraten, und nicht einmal seine Augen schienen sich zu bewegen. Seine Kleidung war ebenso streng wie sein Gesicht, er trug einen spanischen Wams, unter dem er fürchterlich schwitzen musste, und einen breiten, vielfach gefälteten Mühlsteinkragen um den Hals.

»Ihr seid also der Hüter der Grenze?«, fragte Daniel und schaute zum Galgenbülten hinüber. »Das ist bestimmt keine einfache Aufgabe. Der Pastor hat mir berichtet, in dieser Gegend sei das Schmuggeln und Wildern geradezu eine Volksseuche.«

»Das ist etwas Wahres dran«, antwortete der Leutnant, »aber ich habe schon ganz andere Schlachten geschlagen.«

»Der Leutnant hat im Krieg unter Jan de Weert gedient.« Roloff hob die Augenbrauen und nickte anerkennend. »Er ist in gewisser Weise ein Waffenbruder von mir, auch wenn ich es nicht zum Leutnant gebracht habe.« Er lächelte verschmitzt und setzte hinzu: »In Tuttlingen hat der Leutnant den Protestanten mächtig eingeheizt.«

»Dafür haben sie uns bei Jankau Mores gelehrt«, erwiderte der Leutnant lächelnd und zuckte bescheiden mit den Schultern. »Aber um ehrlich zu sein, ein paar aufrechte Schweden wären mir lieber als die Bauernlümmel, mit denen ich mich hier herumzuschlagen habe. Torstenson und seine Leute kamen wenigstens bei Tageslicht und in geordneter Formation, und wir konnten Auge in Auge mit ihnen kämpfen. Die Schmuggler jedoch sind lichtscheues Gesindel, sie kommen bei Nacht und immer in kleinen Grüppchen.«

»Wie gehen die Halunken eigentlich vor?«, wollte Roloff wissen.

»Sie stehlen das Vieh von der Weide, wildern in den Wäldern des Bischofs und machen die Beute auf den Märkten zu Geld. Sie überfallen die Höfe und rauben Schmuck und Gold, mit dem sie Öle und Gewürze bezahlen, die aus der anderen Richtung nach Westfalen geschafft werden.«

»Gewürze?«, riefen Daniel und Roloff wie aus einem Mund.

»So wertvoll wie Gold«, antwortete von Ulsen. »Ich rede nicht von einheimischen Kräutern, sondern Gewürzen und Ölen, die aus Indien nach Holland kommen. Auf den Märkten und Messen werden Unsummen dafür bezahlt. Und sie sind leicht zu transportieren und zu verstecken.« Er machte eine finstere Miene und setzte hinzu: »Wenn den Kerlen jemand in die Quere kommt, schrecken sie auch nicht vor Mord und Totschlag zurück. Erst vor einigen Monaten haben sie einen Kötter in Oldendorf erschlagen, weil er sich zur Wehr gesetzt hat. Die Bauern sind so eingeschüchtert, dass sie den Mund halten. Überall haben die Gauner

83

ihre Schlupflöcher, und wenn man einen von ihnen zu fassen kriegt, dann ist es stets ein kleines Licht und weiß von nichts. Die Anführer bleiben im Hintergrund und machen sich die Finger nicht dreckig.«

»Ihr stammt nicht aus Ahlbeck?«, folgerte Daniel aus dem Gesagten und aus der Tatsache, dass der Leutnant mit süddeutschem Akzent sprach.

»I wo!«, rief von Ulsen und schüttelte den Kopf. »Ich stamme aus der Pfalz und lebe erst seit ein paar Jahren im Ahlbecker Bruch. Der Bischof hat mir einen Stützpunkt an der Grenze bauen lassen, und gemeinsam mit dem Vogt mache ich seitdem Jagd auf die Schmuggler. Und wenn ich einen von ihnen zu fassen kriege, dann landet er im Handumdrehen im Kerker oder baumelt am Galgen.«

Wie auf das Stichwort hin krochen in diesem Moment drei Uniformierte aus dem Unterholz auf die Landstraße. Sie trugen Schaufeln und Spaten über der Schulter und hatten die Ärmel ihrer grünen Joppen hochgekrempelt. Sie salutierten dem Leutnant und warfen ihre Werkzeuge auf den bereitstehenden Wagen.

»Alles erledigt?«, fragte von Ulsen.

Einer seiner Untergebenen nickte und sagte: »Wir haben begraben, was noch von ihm übrig war, Herr Leutnant.«

»Dann zurück zur Burg«, erwiderte der Leutnant.

»Zur Burg?«, entfuhr es Daniel.

Der Leutnant lachte. »So nennen wir unseren Stützpunkt«, sagte er und zeigte mit dem Finger nach Norden. »Der Bischof hat bei der Ausstattung des Gebäudes ein wenig übertrieben. Ein Wassergraben und eine Holzpalisade mit Schießscharten umgeben das ganze Gelände, als handele es sich um eine Trutzburg. Der Keller ist zu einem Kerker ausgebaut, und in der Mitte des Hofes steht ein Turm, von dem aus man meilenweit in alle Richtungen Ausschau halten kann, aber vor lauter Bäumen den Wald nicht sieht.« Der Leutnant schnaufte verächtlich und setzte achselzuckend hinzu: »Der Bischof ist eben ein Mann des Heeres und hat leider nicht bedacht, dass Schmuggler und Räuber anders kämpfen als ordentliche Soldaten.«

»»Der Herr ist ein Kriegsheld, Jehova sein Name««, zitierte Daniel die Bibel und überlegte, warum er den Turm der Ulsenburg, der unweit des Weges gut sichtbar aus dem Bruchwald herausragte, durch das Fernrohr des Pastors nicht gesehen hatte. Vermutlich war die Sicht auf die Grenze durch den Kirchturm versperrt gewesen.

»Ihr müsst mich einmal in der Burg besuchen kommen, Fähnrich«, wandte sich der Leutnant an Roloff. »Dann könnt Ihr mir in aller Ruhe von dem großen Wallenstein berichten. Das wäre zumindest eine Abwechslung.«

»Ich werde sehen, ob es sich einrichten lässt«, erwiderte der alte Gauner und lüpfte seinen Hut. »Wir sind nur kurze Zeit in Ahlbeck und haben einiges zu erledigen.«

»Was führt Euch eigentlich in den Bruch?«, fragte der Leutnant, während seine Leute auf den Kastenwagen kletterten und auf den Befehl zum Abmarsch warteten. »Sucht Ihr etwas Bestimmtes?«

»Das tun wir in der Tat. Wir suchen ein Grab.«

»Potzblitz!«, entfuhr es von Ulsen. »Wieso das?«

»Kurz vor Ende des Krieges war Vater mit seiner Truppe in dieser Gegend stationiert.« Daniel hielt den Kopf schräg, als krame er tief in Erinnerungen. »Unsere Mutter folgte dem Tross mit den Kindern, ich war damals noch ein Säugling und weiß das alles natürlich nur aus Erzählungen. Damals ging die flechtende Pestilenz in Westfalen um. Mein ältester Bruder hat sich mit der Seuche angesteckt, und der Allmächtige hat den armen Jungen zu sich geholt.« Daniel seufzte laut, bekreuzigte sich und setzte hinzu: »Er wurde auf einem kleinen Pestfriedhof im Ahlbecker Bruch begraben.«

»Wir würden nun gern das Grab besuchen«, fügte Roloff hinzu und wischte sich eine Träne aus dem Augenwinkel, »aber ich weiß nicht mehr genau, wo es sich befindet. Könntet Ihr uns nicht den Weg zu dem Friedhof zeigen?«

»Ein Pestfriedhof im Bruchwald?«, wunderte sich der Leutnant. »Davon ist mir nichts bekannt. Und Ihr könnt mir glauben, ich kenne jeden Winkel im Bruch.« Er unterbrach sich, zupfte nachdenklich an seinem Backenbart und setzte dann hinzu: »Aber es gibt eine Kapelle im Moor. Vielleicht kann Euch der alte Pater weiterhelfen. Er ist zwar nicht ganz richtig im Kopf, aber womöglich weiß er, wo sich dieser Friedhof befindet.«

»Wie gelangen wir zu der Kapelle?«, fragte Roloff.

»Sie ist sehr leicht zu erreichen«, antwortete von Ulsen. »Ihr reitet auf dem Hessenweg bis zum Grenzwall, dann biegt Ihr rechts ab und folgt dem Pfad nach Norden, bis Ihr einen Hochsitz erreicht, dort biegt Ihr abermals rechts ab und schlagt Euch zu Fuß durch den Wald. Die Kapelle ist in unmittelbarer Nähe der Grenze.«

»Habt Dank«, sagte Daniel, verbeugte sich und zog den Hut.

»Potzblitz!«, entfuhr es dem Leutnant erneut, als er die Wunde an Daniels Hinterkopf gewahrte. »Wer hat Euch denn so zugerichtet?«

»Wrangels Männer«, antwortete Roloff.

»Verdammte Schweden!«, zischte der Leutnant und verbeugte sich. »Jetzt bestehe ich sogar darauf, dass Ihr mich besuchen kommt! Ihr scheint einiges zu berichten zu haben! Und ich habe ein Fässchen pfälzischen Weines im Keller, das ich für besondere Gäste aufbewahre. Einen guten Haartwein findet man in dieser Gegend nicht oft. Das westfälische Bier ist was für rülpsende und kulturlose Bauern.« Er stieg auf sein

Pferd, gab den Befehl zum Abmarsch und wandte sich ein weiteres Mal an Roloff und Daniel: »Ich zähle auf Euch!«

»Wir werden kommen«, versicherte Daniel.

Der Leutnant salutierte und ritt davon, und der Wagen mit den übrigen Zöllnern folgte ihm. Als sie hinter der nächsten Wegbiegung verschwunden waren, wandte sich Daniel an seinen Adoptivvater.

»Fähnrich?«, fragte er lachend.

»Mir ist nichts Besseres eingefallen«, erwiderte Roloff und stieg auf seinen Apfelschimmel. »Ich habe dem Leutnant erzählt, ich hätte Wallenstein die Fahne getragen. Der gute Mann war ganz aus dem Häuschen.«

»Wallenstein ist seit über dreißig Jahren tot!«, wunderte sich Daniel und bestieg seinen Rappen. »So alt bist du doch noch gar nicht.«

»Ich sehe älter aus, als ich bin« erwiderte der andere achselzuckend, »und der Leutnant dürstete so sehr nach Kriegsabenteuern, da konnte ich ihn doch nicht enttäuschen.« Er grinste, gab seinem Pferd die Sporen und ritt in Richtung Holland davon.

Kurz bevor der Hessenweg auf den Grenzwall stieß und dort durch einen mit Vorhängeschloss versehenem Schlagbaum versperrt war, stießen die beiden Reiter auf eine kleine Kreuzung. Rechts führte ein Hohlweg durch dichtes Gehölz zur Ulsenburg, deren hölzerne Palisaden durch das Laub schimmerten, und linker Hand gelangte man auf einem Feldweg zur Mühle am Kolk. Die Zeit der Roggenernte war gekommen, und einige Kötterbauern waren mit kleinen Handkarren voll Getreide unterwegs zur Mühle. Das Mühlrad klapperte unentwegt, und das Rauschen des Wassers war zu hören. Wie es der Leutnant beschrieben hatte, führte direkt am Grenzwall ein Trampelpfad entlang, der für die Kontrollgänge der Zöllner angelegt worden war. Daniel und Roloff bogen in diesen Pfad ein und kamen nach wenigen Schritten an einem engen Durchlass im Wall vorbei, der für einzelne Reiter und Fußgänger bestimmt war und durch den sie vor wenigen Tagen die Grenze überquert hatten. Einige Steinwürfe weiter stießen sie schließlich auf den Hochsitz. Hier banden sie ihre Pferde an und schlugen sich querfeldein durch das Unterholz.

Der Fußweg vom Hochsitz zur Kapelle schien nicht sonderlich häufig benutzt zu werden, er war überwuchert von Brombeersträuchern und sonstigem dornigen Gestrüpp, und immer wieder mussten sich Daniel und Roloff mit ihrem Degen mühsam einen Weg durch das Unterholz bahnen. Außerdem war der Boden morastig, und es wimmelte von kriechendem und sich schlängelndem Getier, so dass sie nur langsam vorankamen. Schließlich jedoch gelangten sie zu der Rückseite eines aus Bruchstein gemauerten, niedrigen und schmucklosen Häuschens, dessen Fassade grün angelaufen und entlang des Bodens mit Moos bedeckt war.

Weder ein Kirchturm noch ein Kreuz auf dem Giebel deuteten darauf hin, dass es sich bei dieser kargen Steinhütte um eine Kapelle handelte. Es befanden sich keine Fenster auf der Rückseite des Gebäudes, durch das sie einen Blick ins Innere hätten werfen können. Auch die Seitenwände waren fensterlos, allerdings deutete ein helleres Viereck in der Mauer darauf hin, dass man ein Fenster, das sich früher hier befunden hatte, zugemauert hatte. Daniel wollte seinem Begleiter bereits mit einem Kopfnicken bedeuten, dass sie sich um die Kapelle herumschleichen sollten, als sie die Stimmen zweier Männer von der Vorderseite des Hauses vernahmen und hinter einem Brombeerstrauch in Deckung gingen.

»Was passt dir daran nicht?«, sagte der eine Mann mit holländischem Akzent. »Die Männer werden pünktlich zur Stelle sein. Was gibt es jetzt noch zu debattieren?«

»Das scheint mir kein guter Zeitpunkt zu sein«, antwortete der andere mit seltsam zögerlichem Tonfall, der Daniel bekannt vorkam. »Lass es uns verschieben.«

»*Onzin!*«, erwiderte der Holländer. »Einen besseren Zeitpunkt kann es gar nicht geben. Das ganze verdammte Dorf wird in der Heide sein und feiern, auch der Vogt und sein pfälzischer Büttel werden auf den neuen König anstoßen.«

»Aber ich bin doch der König«, antwortete Werner Olthues.

»Am Abend doch nicht mehr, du Stiesel!«, fuhr ihn der Heidebauer an. »Franz Tenfelde wird der neue König sein, das ist ausgemachte Sache, und sein Vater wird nicht darum herumkommen, ihm auf dem Thron seine Aufwartung zu machen. Wir haben freie Bahn. Niemand kann uns in die Quere kommen.«

»Ich weiß nicht. Ist das nicht zu riskant?«, antwortete Olthues ausweichend. »Vielleicht wird man mich am Thron vermissen?«

»Was ist denn mit dir los?«, wunderte sich Ibing. »Erst reißt du dein Maul auf, als wärst du von der Tarantel gestochen, und jetzt winselst du wie ein Weib. Als Ulsen den Holländer aufgehängt hat, da hast du große Töne gespuckt und wolltest ihn eigenhändig vom Galgen holen. Du wärst dem Leutnant am liebsten an die Gurgel gesprungen, und jetzt, wo es wirklich zählt, machst du dir wie ein kleiner Junge in die Hosen.«

»Nennst du mich etwa eine Memme?!«

»Ich will mich nicht mit dir streiten«, besänftigte ihn der Heidebauer, »außerdem ist es jetzt zu spät für müßiges Herumgerede. Sonntag ist es soweit, punkt Mitternacht, und daran wirst du nichts mehr ändern. Oder willst du ihn auch am Galgen baumeln sehen?«

»Natürlich nicht«, erwiderte Olthues kleinlaut.

»Dann bring jetzt den verdammten Lappen an, damit wir endlich verschwinden können!«

Der Schulzensohn fluchte leise, und einen Augenblick später erschien er an der Seite der Kapelle und befestigte ein leuchtendrotes Tuch an einer Eisenstange, die extra für diesen Zweck an dem Gemäuer angebracht zu sein schien.

»Fertig?«, erklang die Stimme des Heidebauern.

»Fertig«, antwortete Olthues und kehrte auf die Vorderseite des Hauses zurück.

Daniel schaute seinen Adoptivvater fragend an, doch der zuckte lediglich mit den Schultern. Gemeinsam schlichen sie in einem Bogen um das Haus herum, bis sie den Eingang zur Kapelle erblickten und die beiden Männer auf einem von Gestrüpp und Unkraut gesäuberten Vorplatz stehen sahen. Ibing und Olthues reichten sich die Hand und verabschiedeten sich nicht allzu freundschaftlich. Während der Heidebauer in südlicher Richtung im Bruchwald verschwand, betrat der Schulzensohn durch eine niedrige Holztür die Moorkapelle.

Zehntes Kapitel
Bringt Wunder über Wunder

Eine halbe Stunde hockten Daniel und Roloff nun schon im Gestrüpp und starrten erwartungsvoll auf den Eingang der Kapelle, doch von Werner Olthues war nichts zu sehen. Zwar befand sich auf dieser Seite des Gebäudes ein bleiverglastes Fenster direkt neben der Tür, aber entweder war es im Inneren der Kapelle stockfinster oder das ehemals bunte Fenster war so verdreckt, dass man nicht hindurchschauen konnte. Keine Bewegung war auszumachen, kein Lichtschein drang nach außen.

»Was macht der Kerl bloß da drin?«, zischte Roloff leise und schlug sich mit der flachen Hand auf die Wange, wo sich eine ganze Heerschar von Mücken niedergelassen hatten. »Wenn er beten will, warum geht er dann nicht in die Dorfkirche?«

»Zum Gebet ist der bestimmt nicht hergekommen«, antwortete Daniel ebenfalls flüsternd und schaute zu dem roten Lappen, der gut sichtbar an der Seitenwand der Kapelle hing. »Ich vermute, wir sind den Schmugglern auf die Schliche gekommen.« Er zückte seinen Dolch und beobachtete eine pechschwarze Kreuzotter, die sich ihnen schlängelnd durch das feuchte Unterholz näherte, dann aber in der entgegengesetzten Richtung im Sumpfgras verschwand.

»Aber sagtest du nicht, dass der junge Kerl der Sohn des Schulzen ist?«, wunderte sich Roloff. »Wie kann er da ein Schmuggler sein?«

Daniel sah seinen Adoptivvater überrascht an und lachte abfällig.

»Schon gut«, sagte Roloff achselzuckend. »Dumme Frage.«

»Was meinst du«, wechselte Daniel plötzlich das Thema, »ist dies die Stelle, an der du mich gefunden hast?«

»Es muss irgendwo in der Nähe sein.« Roloff fluchte, als ihn eine der Mücken in den Handrücken stach. »Aber ich kann weit und breit kein Grabmal entdecken. Vermutlich haben sie den Friedhof dem Erdboden gleichgemacht, oder er ist im Moor versackt.«

»Mag sein.« Daniel machte ein Miene, als halte er das für nicht sonderlich wahrscheinlich. Plötzlich sprang er auf, steckte den Dolch ein und sagte: »Lass uns hineingehen! Ich habe keine Lust mehr, mich wie ein kleiner Junge zu verstecken, als hätte ich etwas verbrochen. Soll uns der Schulzensohn ruhig sehen. Was macht das schon?«

»Ein wahres Wort«, antwortete Roloff. »Wenn wir noch länger hier im Unterholz hocken, dann haben uns die verdammten Mücken bald sämtliches Blut ausgesaugt.« Gemeinsam krochen sie aus dem Gestrüpp, säuberten sich mit ein paar Handschlägen die Kleidung und traten vor die Kapelle. Während Roloff vergeblich versuchte, irgendetwas durch das Fenster zu erkennen, klopfte Daniel an die Tür, die ihm kaum bis zur Schulter reichte. In den Türrahmen war ein Zeichen geritzt: ein auf der Seite liegendes Kreuz, das von einem nach unten zeigenden Pfeil durchbohrt war.

»Ein Gaunerzinken«, sagte Daniel.

»An einer Kapelle?«, wunderte sich Roloff. »Dieses Dorf steckt wirklich voller Überraschungen.«

Daniel zuckte mit den Schultern und klopfte erneut. Da niemand antwortete, hämmerte er nun mit einem Stock auf das Holz, das feucht und schimmlig und mit rostigem Eisen beschlagen war, aber wieder blieb alles stumm. Die Tür hatte keine Klinke und war verriegelt. Roloff zückte sein Messer und hatte im Handumdrehen den Riegel auf der Innenseite in die Höhe geschoben. Die beiden nickten sich zu und traten schließlich in gebückter Haltung ein.

Ein fauliger Geruch und eine feuchte Kälte schlugen ihnen aus dem Inneren entgegen, es roch nach Moder und ranzigem Schweiß. Die Tür hing schief in den Angeln und fiel sofort wieder hinter ihnen ins Schloss. Im Raum war es so finster, dass sie zunächst unsicher am Eingang stehen blieben, um nicht über ihre eigenen Füße zu stolpern. Allmählich gewöhnten sich die Augen an das Dunkel, und die wenigen Möbel und Gegenstände wurden als Schemen erkennbar.

Rechts von der Tür, direkt neben dem einzigen Fenster, das allerdings kaum einen Lichtstrahl hereinließ, befand sich eine Art Altar, eine kleine, mit Leinentuch gedeckte Kommode, auf der ein vergoldetes Kreuz, ein auf Holz gemaltes Jesusbild und ein Kelch aus Messing standen. Hinter dem Altar stand eine hölzerne Pieta auf einem Sockel an der unverputzten Wand, die von seltsamen Symbolen und lateinischen oder griechischen Schriftzeichen übersät war. Die Skulptur der trauernden Maria mit dem toten Heiland in den Armen wurde durch eine funzelige und ru-

89

ßende Talgkerze beleuchtet. Diese Kerze war die einzige Lichtquelle in der Kapelle, und ihr Schein reichte kaum bis auf die andere Seite des Raumes. Links neben der Kommode befand sich ein hölzerner Betstuhl, auf dem ein alter Mann mit schulterlangem, schlohweißem Haar kniete. Er trug eine Kutte aus grober Sackleinwand, hatte den Kopf gesenkt, die Hände zum Gebet gefaltet und murmelte leise lateinische Worte vor sich hin.

»Entschuldigt unser unaufgefordertes Eintreten, Pater Hilarius«, begann Daniel und spähte angestrengt in die linke Hälfte des Raumes, die jedoch in völligem Dunkel lag. »Wir haben geklopft, aber keine Antwort erhalten, und da die Tür offen stand, sind wir eingetreten.« Daniel näherte sich dem Pater, während Roloff wie zur Absicherung an der Tür verharrte und ebenfalls ins Dunkel starrte.

Der alte Pater nickte zum Zeichen, dass er verstanden hatte, unterbrach aber sein Gebet nicht und stierte weiterhin zu Boden. Daniel stand nun direkt neben ihm und konnte sein Profil erkennen. Das Gesicht des Paters bestand nur aus Haut und Knochen, die Adern waren durch die pergamentartige und beinahe durchsichtige Haut zu erkennen, seine Nase war übersät mit geplatzten Äderchen und erinnerte an eine bizarre Knollenfrucht, das Kinn ragte wie der Bug eines Schiffes hervor und lief in einem unsauber rasierten Spitzbart aus. Während der Alte seine lateinische Verse herunterleierte, sprang sein scharf hervortretender Adamsapfel auf und ab.

»Womit kann ich Euch dienen?«, fragte der Pater schließlich mit einer krächzenden Stimme, bekreuzigte sich und wandte den Besuchern das Gesicht zu. Seine Augen waren weit aufgerissen, sie lagen wie viel zu kleine Kugeln in ihren Höhlen, und die Pupillen waren mit einem dichten weißgrauen Schleier belegt. Es sah beinahe so aus, als hätte er anstatt Augäpfeln weiße Murmeln in den Augenhöhlen. Der Pater blickte direkt in Daniels Richtung, aber der junge Mann erkannte auf Anhieb, dass Terhoente ihn nicht sehen konnte. Dies erklärte auch die fehlende Beleuchtung der Kapelle. Der Alte hatte das graue Starren, und die funzelige Kerze diente ihm nicht zum Sehen, sondern als ewiges Licht.

»Wir kommen im Auftrag des Bischofs.« Wieder starrte Daniel in die dunkle Hälfte des Raumes, in der er nun die Umrisse eines Kreuzes auszumachen glaubte, das aus dem Boden emporzuwachsen schien. »Mein Name ist Frater Magnus«, setzte er hinzu, »und Bischof Bernhard hat mich mit der Visitation der Ahlbecker Moorkapelle beauftragt.«

Statt einer Antwort gab der Pater ein schnarrendes und schrilles Lachen von sich. Er schüttelte den Kopf, räusperte sich schließlich und fuhr sich über den Spitzbart, während er immer noch belustigt kicherte, als wolle er seinem lateinischen Vornamen gerecht werden.

»Glaubt Ihr meinen Worten nicht?«, gab sich Daniel beleidigt.

»Wie käme ich dazu?«, antwortete der Pater und grinste, wobei er seinen bis auf zwei obere Schneidezähne zahnlosen Mund öffnete, der Daniel unvermittelt an eine Ratte denken ließ. »Es wundert mich nur, dass der Bischof so plötzlich seine Meinung geändert hat«, setzte der Pater hinzu, bekreuzigte sich ein weiteres Mal, stand mühsam auf, wobei er sich am Altar abstützte, und ging einige Schritte auf Daniel zu. »Bei seiner letzten Visitation hat er mich einen Irren genannt«, sagte er und hielt den Zeigefinger in die Luft, als wolle er eine Lektion erteilen. »Er hat sich geweigert, meine ärmliche Klause auch nur in seinem Bericht zu erwähnen. Ich sei nicht bei Sinnen, hat er gerufen, und eher würde er vom Glauben abfallen, als mir seinen bischöflichen Segen auszusprechen.« Wieder kicherte der Pater und fügte hinzu: »Ich frage mich, was diesen seltsamen Sinneswandel bewirkt hat? Bischof Bernhard schien mir kein Mann zu sein, der eine einmal gefasste Meinung überdenkt.«

»Es sind Gerüchte an ihn herangetragen worden«, antwortete Daniel und gab Roloff ein Zeichen, die Tür zu öffnen und auf diese Weise Licht in den Raum zu lassen. »Der Bischof hat von einem Wunder im Moor erfahren, bei dem Ihr eine gewichtige Rolle gespielt haben sollt. Und deshalb hat er uns geschickt, mit Euch zu reden.«

»Ein Wunder im Moor?«, fauchte der Pater, zeigte seine Rattenzähne, und seine Miene nahm einen lauernden Ausdruck an. »Was soll das für ein Wunder gewesen sein?«

In diesem Augenblick hatte Roloff die Tür geöffnet und hielt sie fest, damit sie nicht wieder ins Schloss fiel. Der Lichtschein traf auf die gegenüberliegende Wand und erhellte nun auch die linke Hälfte des Raumes. Daniel und Roloff schauten hinüber und trauten ihren Augen nicht. Mit offen stehenden Mündern starrten sie sich an und schüttelten unmerklich ihre Köpfe. Direkt vor der Wand, gleich unterhalb der Stelle, an der sich einst ein Fenster befunden hatte, stand ein Grabmal, ein grün angelaufener Gedenkstein mit aufgesetztem Kreuz, und die Inschrift auf dem Stein lautete:

»Anno Dom. 1605 ... die flechtende Pestilenz ...
unseren Sohn Daniel ... requiescat in pace.«

»Wollt Ihr schon gehen?«, wunderte sich der Pater und wandte sich dem Ausgang zu. »Oder warum habt Ihr die Tür geöffnet?«

»Es ist sehr dunkel hier drinnen«, sagte Roloff, der sich als erster wieder gefangen hatte. »Man sieht die Hand nicht vor den Augen.«

»Oh, entschuldigt«, rief der Pater und kramte eine Kerze aus einer Schublade des Altars. »Ich vergesse immer wieder, dass andere Menschen Licht benötigen, um zu sehen. Mein Licht ist hier drin ...« Er legte seine Hand aufs Herz, lächelte nachsichtig und reichte Roloff die Kerze, damit dieser sie am ewigen Licht anzündete.

Daniel hatte sich während der ganzen Zeit nicht vom Fleck gerührt, er starrte auf das steinerne Grabmal, auf die Stelle, an der man ihn als kleines Kind lebendig verscharrt hatte, und biss sich auf die Lippen. Wieder stieg die Wut in ihm hoch, und er hätte am liebsten laut geschrien. Seine Wangenmuskeln zuckten, und er ballte die Faust. Plötzlich jedoch fuhr er zusammen und schüttelte ärgerlich den Kopf, weil er sich hatte gehen lassen und etwas Wichtiges außer acht gelassen hatte. Als Roloff mit der brennenden Kerze an ihn herantrat, nahm er diesem die Kerze aus der Hand und ging damit zum Grabmal. Er leuchtete in die dunklen Ecken des Raumes, aber außer einem Strohsack, der dem Pater als Schlafstatt diente, und einem wackligen Hocker war ringsum nichts zu entdecken.

Daniel drehte sich um die eigene Achse und schaute Roloff ratlos an, während er gleichzeitig mit den Schultern zuckte. Roloff verstand, was sein Sohn meinte: Wo war Werner Olthues geblieben? Er hatte vor einer halben Stunde die Kapelle durch die einzige Tür betreten und war nicht wieder herausgekommen. Es gab keine weiteren Fenster oder Luken, zumindest keine sichtbaren, aber in der Kapelle befand sich der Schulzensohn nicht mehr. Er war wie vom Erdboden verschluckt oder hatte sich in Luft aufgelöst.

»Ihr habt vorhin von einem Wunder gesprochen«, wurde Daniel aus seinen Gedanken gerissen. »Was habt Ihr damit gemeint?«

»Diese Kapelle scheint ein Ort zu sein, an dem die Menschen, egal ob lebendig oder tot, spurlos verschwinden«, antwortete Daniel und ging zu dem Strohsack. Er tastete mit dem Fuß den Grund ab und hob den Sack an einer Seite an, um mit der Kerze darunterzuleuchten. Auf Roloffs fragenden Blick antwortete er mit einem Kopfschütteln. Dann kehrte er zurück in die rechte Hälfte des Raumes. Erst jetzt fiel ihm auf, dass der Boden im Altarraum mit Steinen bedeckt war, während der »Friedhofsteil« keinerlei Bodenbelag besaß. Das Grabmal ragte aus morastigem Untergrund hervor, und selbst der Strohsack lag ungeschützt auf der feuchten Erde.

»Ihr sprecht in Rätseln, Frater Magnus«, antwortete der Pater und setzte sich auf den Betstuhl. »Wovon redet Ihr?«

»Die Gerüchte, von denen ich vorhin sprach, handeln von einer wundersamen Auferstehung«, erwiderte Daniel und trat ganz nahe an den Pater heran. »Ein Kind soll vor etwa achtzehn Jahren aus dem Grabe auferstanden sein, genau wie einst Lazarus.«

»Und wer verbreitet diese Gerüchte?«

»Ein holländischer Laienbruder hat dem Bischof gegenüber eine entsprechende Bemerkung fallen lassen.«

»Ein Laienbruder?«, erwiderte der Pater und schnaufte ungläubig.

»Ein braver Dummkopf mit gutem Glauben«, setzte Daniel hinzu und lächelte unmerklich.

Pater Hilarius richtete sich auf und zischte: »Dummes Zeug!«

»Weshalb habt Ihr dann diese Kapelle errichtet?«, fragte Daniel in gelassenem Tonfall. »Wie es scheint, hat sich an dieser Stelle einst ein Pestfriedhof befunden. Warum baut man eine Kapelle um ein altes Grab herum? Hat das Wunder mit diesem Daniel zu tun, der auf dem Grabstein genannt ist?«

»Wo der Teufel seine Hände im Spiel hat, da gibt es keine Wunder!«, entfuhr es dem Pater.

»Pastor Hellmann hat mir bereits berichtet, dass Ihr hier das Erscheinen des Satans erwartet«, fuhr Daniel nickend fort und stellt zufrieden fest, dass der Pater sich zunehmend erregte.

»Hat er das?«, höhnte der Alte, rieb die Hände aneinander und zupfte sich anschließend an seinem Spitzbart. »Zur Hölle mit ihm!«

»Woher wollt Ihr wissen, dass der Teufel seine Hände im Spiel hat?«, fragte Daniel und betrachtete die Symbole an der Wand. Er erkannte die mit Kohle gezeichnete Gestalt eines siebenköpfigen Drachens, und an jedem Kopf war ein griechisches Wort geschrieben. Unter dem Drachen stand die Zahl des Tieres aus der Offenbarung des Johannes: 666.

»An ihren Früchten werdet ihr sie erkennen«, heißt es in der Heiligen Schrift.« Wieder hob der Pater den Zeigefinger und wedelte damit in der Luft herum, als drohe er kleinen Kindern. Er verzog das Gesicht zu einem irren Grinsen und fuhr in seinem Sermon fort: »Ein guter Baum kann nicht schlechte Früchte bringen, und ein schlechter Baum kann nicht gute Früchte bringen. An ihren Früchten werdet ihr sie also erkennen.«

»Schlechte Früchte«, wiederholte Daniel leise und fragte dann laut: »Wieso seid Ihr so sicher, dass der Leibhaftige ausgerechnet an dieser Stelle auftauchen wird?«

»Hier ist er im Boden versunken.« Der Pater schloss seine blinden Augen und nickte bestimmt. »Hierher wird er zurückkommen.«

»Habt Ihr den Satan mit eigenen Augen gesehen?«, fragte Roloff, der sich wieder vor der Tür postiert hatte. »Es muss doch einen Grund geben, weshalb Ihr ausgerechnet an diesem unwirtlichen Ort eine Kapelle errichtet habt.«

»Es ist mir nicht gestattet, darüber reden«, murmelte der Pater und fuhr sich mit dem Ärmel über die schweißbedeckte Stirn. »Ich bin durch das Schweigegelübde gebunden. Dringt nicht weiter in mich!«

»Ihr habt durch eine Beichte davon erfahren?«, folgerte Daniel.

Der Pater antwortete mit eisigem Schweigen.

»Woran werdet Ihr den Satan erkennen, falls er zurückkehren sollte«, bohrte Daniel weiter. »Vielleicht steht er bereits vor Euch, und Ihr bemerkt ihn gar nicht. Die Erscheinungen des Teufels sind mannigfaltig, und Ihr seid ein blinder Mann.«

»Glaubt mir, ich werde ihn erkennen«, antwortete der Pater und zog die Stirn kraus. »Meine Blindheit wird mir helfen, denn dadurch kann der Leibhaftige mich nicht durch Äußerlichkeiten in die Irre führen.« Der Alte trat bis auf einen Schritt an Daniel heran und hielt sich mit seinen dürren Fingern an dessen Ärmel fest. Er näherte sich mit seiner Nase dem Gesicht des jungen Mannes und schnüffelte wie ein Hund daran. »Ich werde ihn an seinem Geruch erkennen.« Der Pater machte ein Gesicht, als wolle er Daniel ein streng gehütetes Geheimnis verraten. »Der Gestank wird ihn verraten, wenn der Teufel, wie geschrieben, aus dem Schwefelsee emporsteigt.«

Daniel lachte, hauchte dem alten Mann ins Gesicht und sagte: »Ich kann Euch leider nur mit Zwiebelgeruch dienen. Die Wirtin im Dorf hat mir heute morgen ein deftiges Frühstück zubereitet.«

»Im Fegefeuer soll sie auf ewig schmoren, das unselige Geschöpf«, fauchte der Pater, bekreuzigte sich und wandte sich ab.

Eine Zeitlang sprach keiner von ihnen ein Wort. Der Pater kniete wieder auf seinem Betstuhl und betete leise vor sich hin, während Daniel zum Altar hinüberging und einen Blick unter das Leinentuch warf. Die Kommode war aus Eichenholz gezimmert und besaß eine breite Schublade und darunter zwei schmale Türen, die aber verschlossen waren.

»Wer liegt hier begraben?«, meldete sich Roloffs Stimme von der Tür. »Wer ist dieser Daniel, der auf dem Grabstein genannt ist?«

»Ein Bruder des jetzigen Schulzen«, antwortete der Pater, »er ist Anfang des Jahrhunderts als Kind an der Pest gestorben. Damals ist halb Ahlbeck der Seuche zum Opfer gefallen. Aus Angst vor Ansteckung sind die Toten nicht auf dem Kirchhof, sondern im Moor vergraben worden. Und der damalige Schulze hat seinem Sohn diesen Gedenkstein errichten lassen.«

»Es ist ein hartes Los für kleine Kinder«, murmelte Daniel.

»Gottes Wege sind unergründlich«, entgegnete der Pater.

»Was hat die rote Fahne zu bedeuten?«, fragte Daniel unvermittelt. »Als liturgische Farbe wird Rot nur zu Pfingsten verwendet.«

»Ich habe keine Ahnung, wovon Ihr redet«, antwortete der Pater.

»Der rote Lappen draußen an der Kapelle«, erklärte Roloff.

Statt einer Antwort murmelte Pater Hilarius noch inbrünstiger seine Gebete und senkte den Kopf. Daniel musste einsehen, dass es keinen Sinn hatte, weitere Fragen zu stellen. Und im gleichen Moment wurde von außen an die Tür gehämmert.

»Pater!«, rief eine Männerstimme. »Macht bitte die Tür auf!«

Bevor der Pater reagieren konnte, öffnete Roloff die Tür, und im nächsten Augenblick stürmte der Gevatter Ottenpeter in die Kapelle.

»Pater, Ihr müsst kommen! Meine Schwester …«, rief er und verstummte, als er bemerkte, dass er nicht allein in der Kapelle war.

»Was soll das Geschrei?«, fuhr ihn der Pater an und erhob sich drohend. »Wer bist du? Was fällt dir ein, hier herumzukrakeelen?!«

»Ich bin Gevatter Ottenpeter«, antwortete der andere, trat an den Betstuhl und nahm seine Mütze vom hochroten Kopf. »Ich bin gekommen, Euch zu holen. Meine Schwester liegt im Sterben und benötigt das letzte Sakrament.«

»Deine Schwester?«, rief der Pater und lachte abermals ein schrilles Lachen. »Sie hat dich ausgerechnet zu mir geschickt?«

»Das nicht gerade«, stotterte Ottenpeter und schaute verlegen zu Daniel hinüber, der dem Alten freundlich zunickte und sich zu Roloff an die Tür gesellte.

»Was denn nun?«, fauchte der Pater.

»Ich war im Dorf, um Pastor Hellmann zu holen«, antwortete der Gevatter und wischte sich mit der Mütze das schweißnasse Gesicht ab. »Aber der Pastor war … nun ja … er lag betrunken auf dem Boden und hat keinen vernünftigen Ton mehr hervorgebracht. Er war nicht einmal in der Lage, auf den Beinen zu stehen. Kaplan Wissing war auch nicht da, kein Mensch wusste, wo er steckte. Ich wollte die Haushälterin fragen, aber die war ebenfalls verschwunden.« Der Alte machte eine Pause, räusperte sich und setzte schließlich stammelnd hinzu: »Und da dachte ich … weil doch meine Schwester … sie kann doch nicht ohne Wegzehrung … und weil Ihr doch ein Ordensmann seid, da hab ich gedacht …«

»Sie wird das Sakrament nicht von mir annehmen«, erwiderte der Pater und schüttelte nachdenklich den Kopf. »Eher wird sie freiwillig zur Hölle fahren, als von mir geölt zu werden. Du kennst deine Schwester, Ottenpeter. Sie wird mir in den Finger beißen, wenn ich ihr das Kreuzzeichen auf die Stirn machen will. Verdammte Hexe!«

»Aber Ihr könnt die Frau doch nicht ohne Segen sterben lassen«, empörte sich Daniel. »Immerhin seid Ihr ein Ordensgeistlicher!«

»Ihr kennt die Ottenpeterin nicht«, antwortete der Pater und bekreuzigte sich. »Sie ist des Teufels!« Er setzte sich wieder, senkte den Kopf, fuhr aber im nächsten Moment wieder hoch und zeigte mit seinen spindeldürren Fingern zur Tür. »Wenn Ihr Euch so um die Frau sorgt«, rief er in Daniels Richtung, »dann gebt Ihr doch selbst das Sakrament!« Er lachte sein irres Lachen und setzte hinzu: »Ihr werdet ja sehen, was Ihr davon habt.«

»Ich habe meine Priesterweihe noch nicht erhalten.«

»Ausreden!«, zischte der Pater. »Als käme es darauf an!«

Bevor Daniel in irgendeiner Weise reagieren konnte, hatte sich der Gevatter Ottenpeter bereits auf ihn gestürzt und fasste ihn bettelnd an den Ärmeln.

»Der Pater hat Recht!«, rief er freudig und verbeugte sich mehrere Male vor dem jungen Mann. »Ihr seid ein Fremder, Euch wird sie nicht davonjagen. Glaubt mir, sie ist keine Hexe, sie ist nur ... eine sterbenskranke, sonderliche Frau.«

»Pah!«, entfuhr es dem Pater.

Einen kurzen Augenblick rang Daniel mit sich, doch dann erinnerte er sich an die Erzählung des Heidebauern von der Hexenverbrennung und lächelte plötzlich. Er nickte, klopfte dem alten Mann aufmunternd auf die Schulter und sagte: »Dann sollten wir keine Zeit verlieren.«

Und so verließen sie die Moorkapelle, um der alten Hebamme das letzte Geleit zu geben.

Elftes Kapitel
Macht den Leser mit einer sterbenden Hebamme bekannt

Es war bereits Mittag, als die beiden Reiter am Kotten anlangten. Die Sonne stand beinahe senkrecht am wolkenlosen Himmel und brannte gnadenlos auf sie nieder. Die Hundstage machten ihrem Ruf alle Ehre, und es gab keinerlei Anzeichen, dass in absehbarer Zeit ein Gewitter für Erfrischung sorgen könnte. Die Sumpfschnepfen und Brachvögel standen regungslos und wie ausgestopft in den Wiesen und hielten ihre langen Schnäbel in den nicht vorhandenen Wind. Weil sie den Weg im Galopp zurückgelegt hatten, rann Roloff und Daniel der Schweiß in Bächen über die Stirn. Der Gevatter Ottenpeter stand bereits auf seinem Hof, erwartete die beiden und gab gleichzeitig einem Knecht Anweisungen. Der Alte war mit seinem Pferd auf einem Schleichweg mitten durch den Bruchwald geritten, während Roloff und Daniel erst ihre Pferde vom Hochsitz hatten holen müssen und dann über den Hessenweg in Richtung Dorf galoppiert waren. Während des Fußmarsches durch den Bruch hatten die beiden kein Wort miteinander gewechselt, und auch während des anschließenden Ritts war kaum ein Wort zwischen ihnen gefallen. Erst als sie den Galgenbülten passiert hatten, hatte sich Roloff an seinen Adoptivsohn gewandt, ihm ein Handzeichen gemacht und gefragt: »Vielleicht das Grab?«

Daniel schien sich über diese seltsame Frage nicht zu wundern, er schüttelte lediglich den Kopf und antwortete: »Fester Boden.«

»Und unter dem Sack?«

Wieder folgte ein Kopfschütteln.

Roloff nickte und sagte: »Also der Altar.«

»Der Altar«, wiederholte Daniel bestätigend und gab seinem Pferd die Sporen. Er lachte innerlich, als er an sein Geschwafel von den Wundern dachte. Menschen standen nicht von den Toten auf, das wusste er, und wenn doch, dann waren sie nie tot gewesen. Und sie lösten sich auch nicht in Luft auf. Seine Zeit bei den Gauklern hatte Daniel eines gelehrt:

Hinter jedem scheinbar noch so unerklärlichen Mirakel steckte stets ein banaler Trick. Und oft waren die Effekte umso erstaunlicher, je simpler die Tricks waren. Wenn etwas Wunderliches geschah, das nicht auf Anhieb zu erklären war, dann galt es nicht, den Blick gen Himmel zu richten und von göttlichen Zeichen zu reden, sondern Ausschau nach dem nächstbesten Betrüger zu halten. Mit dieser Meinung stand Daniel allerdings oft allein da, selbst unter den Gaunern war der Aber- und Wunderglauben weit verbreitet. Sie kannten jeden Taschenspielertrick und waren geschult darin, andere auf den Leim zu führen, aber wenn ihnen selbst etwas zustieß, das ihnen seltsam erschien, dann fielen sie auf die Knie, bekreuzigten sich und sprachen von bösen Omen oder göttlichen Warnungen. Es schien Daniel beinahe so, als seien die Menschen froh darüber, an Zeichen und Wunder glauben zu können, das nahm ihnen nämlich die Aufgabe, den Sachen auf den Grund zu gehen. Warum sollten sie sich anstrengen und den Kopf zerbrechen, wenn immer irgendein Prediger zur Stelle war, der ihnen eine hübsch verpackte Lügengeschichte auftischte? Für Daniel waren die Kirchenmänner die größten Gaukler aller Zeiten, sie verstanden es mit meisterlichem Geschick, den Menschen ihren Hokuspokus und Firlefanz schmackhaft zu machen. Je mehr Brimborium um eine Sache gemacht wurde, desto einfacher war es, davon abzulenken, dass alles nur Trug und Schwindel war. Die Leute wollten belogen und hinters Licht geführt werden, und in gewisser Weise tat Daniel nichts anderes als ein Priester, er tischte den Dummköpfen die Märchen auf, die sie hören wollten, und sammelte anschließend die Kollekte ein.

»Daniel! Sieh doch!«

Roloff war mittlerweile von seinem Apfelschimmel gestiegen, hatte dem Knecht die Zügel gereicht und wandte sich nun an seinen Ziehsohn, der noch im Sattel saß und Löcher in die Luft starrte.

»Der rote Lappen«, sagte Roloff leise und deutete mit einer Kopfbewegung zu der heruntergekommenen Fassade des Kottens. In einer Giebelöffnung, in der sich früher einmal eine Tür befunden haben musste, hing ein zerschlissenes Hemd aus rot gefärbtem Leinen. »Seltsamer Platz, um die Wäsche aufzuhängen«, murmelte Roloff und lächelte. »Außerdem glaube ich nicht, dass dieser Fetzen noch als Kleidung dient.«

Daniel nickte, stieg vom Pferd und sagte: »Ottenpeter ist einer von den Olthues-Köttern. Es würde mich nicht wundern, wenn beim Schulzen ein ähnlicher Lappen hinge.«

»Und beim Holländer in der Heide«, fügte Roloff hinzu.

Wieder nickte Daniel, antwortete aber nicht, da sich in diesem Moment der Gevatter Ottenpeter mit gebücktem Oberkörper näherte und sogleich auf die Männer einredete, während er sich gleichzeitig ein ums andere Mal verneigte.

»Wie unendlich freundlich von Euch, meiner bescheidenen Bitte Folge zu leisten«, stammelte er umständlich, und seine abstehenden Ohren leuchteten so rot wie das Hemd im Giebel. »Aber ich befürchte, ich habe Euch ganz umsonst durch die mittägliche Hitze gescheucht, werter Herr Scholar.«

»Ist Eure Schwester gestorben?«, fragte Daniel bange.

»Das nicht«, antwortete der Kötterbauer, verneigte sich beinahe bis zum Boden und räusperte sich. »Es ist nur so, dass ... ich sagte ja, dass Johanna ... nun ja, sie ist eben so ... das solltet Ihr meiner Schwester nicht vorwerfen!«

»Stammelt nicht so herum«, entfuhr es Roloff, »und sagt, was Ihr auf dem Herzen habt. Und hört mit dem ewigen Verbeugen auf!«

»Zu gütig, werter Herr«, brabbelte der Gevatter, machte einen Bückling und erklärte: »Ich habe Euer Kommen angekündigt, aber Johanna ... sie ist halt so ... sie will Euch nicht empfangen. Ihr sollt Euch zum Henker scheren, hat sie gesagt. Das dürft Ihr natürlich nicht wörtlich nehmen, sie redet im Fieber ... ganz bestimmt im Fieber. Aber wie es scheint, hatte Pater Hilarius recht. Sie will keinen geistlichen Beistand und ... So ist sie nun mal, und deshalb wird sie in der Hölle schmoren, weil sie doch ...« Er verlor nun völlig den Faden, schaute die beiden Männer Hilfe suchend an und fügte dann hinzu: »Sie hat nach mir geworfen.« Er beugte den Kopf und deutete auf seinen Scheitel. »Mit einer Tasse hat sie mich getroffen.«

»Wenn sie mich nicht sehen will, dann soll sie es mir persönlich sagen«, erwiderte Daniel und drückte dem Gevatter die Zügel in die Hand. »Und wenn sie nach mir wirft, dann werde ich zurückwerfen.« Mit diesen Worten schritt Daniel auf die niedrige Seitentür zu, die direkt zur Küche der Bauernhütte führte. »Wo finde ich Eure Schwester?«, fragte er, ohne sich nach dem Bauern umzusehen.

»In der Schlafkammer, hinter der Stube«, antwortete Ottenpeter und folgte dem jungen Mann. »Aber ich würde an Eurer Stelle nicht ...« Doch Daniel hatte den Kotten bereits betreten.

Das erste was ihm in der Wohnstube auffiel, war die unglaubliche Unordnung und der Dreck, der sich überall angesammelt hatte. Sämtliche Wände waren mit schwarzem Ruß bedeckt, der von der offenen Feuerstelle stammte, über der ein riesiger, übel riechender und mit einer dunklen, verkrusteten Schicht bedeckter Topf hing. Einen Schornstein gab es nicht, der Rauch musste durch die beiden winzigen Fenster abziehen, bei denen ohnehin die Scheiben gesprungen waren oder ganz fehlten. Das Mobiliar bestand aus einem großen Tisch, auf dem sich die Töpfe, Körbe und hölzernen Schüsseln stapelten, einigen gebrechlichen Stühlen und einer staubbedeckten Kommode, an der die Türen fehlten und deren Inhalt auf dem Boden ringsum verteilt war. Eine Axt lag auf dem Tisch, an der noch das Blut und die Federn eines geschlachteten Huhns klebten, und ein kleiner Hund hockte auf einem der altersschwachen Stühle und schleckte die Köstlichkeit von der Schneide.

»Die Kammer ist gleich rechts hinter der Lucht«, sagte der Gevatter und beeilte sich, dem Gast die Tür zur Tenne zu öffnen.

Bei der Lucht, die sie nun betraten, handelte es sich um eine zugige Wohnnische, die sowohl zum Dachboden als auch zur Tenne hin offen war und dem Knecht als Schlafstelle diente. Da das Vieh auf der Weide war, herrschte ein seltsame Stille im Stall, ein Huhn döste vor sich hin, und eine Katze reckte sich, als sie die Besucher sah. Ein beißender Fäkaliengeruch schlug Daniel aus den Stallungen entgegen, und er war froh, als ihn der Gevatter zur Schlafkammer geleitete.

»Johanna«, sagte Ottenpeter, öffnete die Tür und lugte vorsichtig ins Zimmer. »Es ist Besuch für dich da.« Im nächsten Moment fuhr der Alte zurück und schloss die Tür, bevor auf der Innenseite ein Tonkrug scheppernd zerschellte.

Daniel nutzte die Gelegenheit, ehe die alte Frau zum nächsten Gegenstand greifen konnte, öffnete schwungvoll die Tür und trat in die Kammer. Der Raum war winzig und so niedrig, dass Daniel kaum aufrecht stehen konnte. Außer dem schmalen Bett, das mehr als die Hälfte des Raumes einnahm, gab es in der Kammer nur einen Stuhl und ein Nachtschränkchen, auf dem trotz der Mittagszeit eine Kerze brannte, weil es so dunkel war.

Daniel baute sich am Fußende des Bettes auf, betrachtete die Alte auf ihrem Krankenlager und lachte plötzlich laut auf.

Johanna Ottenpeter, die bereits nach einem Becher gegriffen hatte, der auf dem Nachtschrank stand, hielt überrascht inne, starrte den jungen Mann irritiert an und rief: »Was gibt's denn da zu lachen?!«

»Pater Hilarius hat recht«, antwortete Daniel, ging um das Bett herum, nahm der verdutzten Frau den Becher aus der Hand und setzte sich auf den Stuhl. »Ihr seid tatsächlich eine Hexe!«

Die Gevatterin war äußerlich das getreue Abbild ihres Bruders, auch wenn sie einige Jahre älter war und bald auf die achtzig zuging. Sie besaß die gleichen eingefallenen Wangen, die gleichen im rechten Winkel abstehenden Ohren und die gleiche wie ein Segel aus dem Gesicht herausragende Hakennase. Ihre runzlige Haut war übersät mit dunkelbraunen Flecken und hinter den Ohren und an den Lippen skrofulös geschwollen. Und als sei sie eine Hexe aus den Märchen, die Daniel als kleiner Junge von Tabitha erzählt bekommen hatte, prangte auf dem Höcker ihrer Nase eine riesige, haarige Warze. Dieser Anblick hatte Daniel unwillkürlich und gegen seinen Willen lachen lassen, doch als er nun in das leichenblasse Gesicht der alten Frau schaute, stellte er zufrieden fest, dass sein Lachen sie entwaffnet hatte. Sie starrte ihn mit wunden, gelblich unterlaufenen Augen an, wusste eine Zeitlang nicht, wie sie sich verhalten sollte, und stimmte schließlich in das Lachen des jungen Mannes ein.

»Ihr seid mir ein komischer Prediger!« rief Johanna und klopfte Daniel mit der abgemagerten Hand aufs Knie. »Was ist das für eine Art, einer Sterbenden ins Gesicht zu lachen? Habt Ihr keine ordentliche Kinderstube genossen?«

»Der Herr Scholar wollte gewiss nicht ungebührlich ...«, begann der Gevatter auf seine Schwester einzureden, doch diese fuhr ihm prompt über den Mund.

»Du hältst deinen Schnabel!« schrie sie und griff erneut nach dem Becher, den Daniel jedoch vorsorglich beiseite gestellt hatte. »Raus mit dir, du Hammel! Ich kann dein hässliches Gesicht nicht mehr sehen!«

»Dann solltet Ihr nicht in einen Spiegel schauen«, murmelte Daniel, jedoch so laut, dass die Kranke es hören konnte.

»Verdammter Bengel!« rief sie, fuhr herum und schüttelte halb belustigt, halb ärgerlich den Kopf. »Was für ein Schandmaul!«

Daniel gab Roloff ein Zeichen, sich mit dem Kötterbauern zurückzuziehen, und als die beiden Männer den Raum verlassen hatte, sagte er: »Für eine Sterbende seid Ihr recht rüstig. Ich hatte erwartet, Euch röchelnd auf dem Totenbett zu sehen, aber wie es scheint, habt Ihr noch keinen Priester nötig.«

»Ich verbrenne von innen, das sieht man von außen nicht«, antwortete die Ottenpeterin und sank in die mit Stroh gefüllten Säcke, die ihr als Kissen dienten. »Seht Ihr meine Augen?«, wisperte sie und lächelte müde. »Gelb wie Pferdepisse. Die Galle steigt mir zu Kopf. Und die Skrofeln lassen meine Lippen wie Pestbeulen anschwellen. Aber was kümmert das Euch!« Sie machte Daniel mit dem Finger ein Zeichen, sich ihr zu nähern, und flüsterte: »Ihr seid nämlich gar kein Priester.«

»Niemand ist, was er zu sein scheint«, antwortete Daniel achselzuckend. »Ich bin kein Mann Gottes, und Ihr seid nicht des Teufels.«

Die alte Johanna schnaufte zustimmend. »Wer seid Ihr?«

»Man nennt mich Daniel«, sagte er und nahm den Hut vom Kopf. »Aber mein Taufname ist mir nicht bekannt.«

»So?« Die Kranke kniff die Augen zusammen und begutachtete den jungen Mann skeptisch, wobei sie vor allem auf die roten Haare starrte, mehrmals mit der Zunge schnalzte und anschließend die Lippen aufeinanderpresste. Sie schien zu keinem befriedigenden Ergebnis zu kommen, schüttelte den Kopf und fragte: »Was wollt Ihr von mir, wenn Ihr kein Priester seid?«

»Euch aushorchen.«

Statt einer Antwort lachte ihm die Alte ins Gesicht. »Das haben schon andere versucht«, rief sie, verschluckte sich und bekam einen Hustenanfall. Ihre Haube, die sie auch im Bett auf dem Kopf trug, rutschte ein wenig nach hinten, und Daniel erkannte, dass ihr Schädel kahl war. Die Haare waren ihr ausgefallen, nur eine einzige weiße Strähne war noch übrig geblieben, die ihr auf der schweißnassen Stirn klebte. Daniel schob ihr die Haube wieder zurecht und erntete einen dankbaren Blick. Johanna Ottenpeter hielt sich nun ein fleckiges Taschentuch vor den Mund und spuckte hinein, und als sie schließlich das Tuch beiseite legte, war es rot vor Blut.

»Ich habe schon einiges über Euch erfahren«, fuhr Daniel fort und schenkte aus einem Krug Wasser in den Becher, den die Frau vorhin nach ihm hatte werfen wollen. »Und was ich gehört habe, hat mir gefallen. Ihr scheint mir die einzige Person in diesem gottverfluchten Dorf zu sein, die ihre fünf Sinne noch beisammen hat.«

»Biedert Euch bloß nicht bei mir an, das wird Euch nichts nützen«, sagte die Alte, nahm aber dankbar das Wasser und lächelte für einen kurzen Augenblick. Daniels Worte hatten ihre Wirkung nicht verfehlt.

»Ich brauche Eure Hilfe«, sagte er, weil er merkte, dass ihn nur die Wahrheit weiterbringen würde.

»Wer hat Euch von mir erzählt?«, fragte Johanna.

»Der Heidebauer hat von einer Hexenverbrennung auf dem Dorfplatz berichtet«, sagte Daniel und nahm der Frau den Becher aus den zittrigen Fingern. »Er hat Euch als tapfere Frau beschrieben.«

»Alte Geschichten«, murmelte sie und winkte ab. »Damals hat mein Wort noch etwas gezählt. Heute lachen die Leute über mich.«

»Mit Henrike Tenfelde habe ich ebenfalls über Euch geredet«, fügte Daniel hinzu. »Sie scheint Euch wirklich gernzuhaben.«

»Das arme Kind«, entfuhr es ihr, und ein trauriger Ausdruck lag plötzlich auf ihrem Gesicht. »Ein liebes Mädchen, aber es wird kein gutes Ende mit ihr nehmen.«

»Wie kommt Ihr darauf?«

»Das Blut ihres Vaters fließt in ihren Adern«, antwortete die Ottenpeterin und zog die Stirn kraus. »Sie besitzt Schönheit und Stolz und beides in übertriebenem Maße. Manchmal befürchte ich, sie wird ein ähnliches Ende wie Joes nehmen. Der alte Hurenbock war genau wie sie, und er übt immer noch einen schlechten Einfluss auf sie aus, selbst aus dem Grab heraus.« Wieder hustete sie in ihr Taschentuch. Schweißperlen traten auf ihre Stirn. Sie tupfte sie mit dem Tuch ab und hinterließ rote Blutflecken auf der Stirn.

So störrisch wie die Mutter, dachte Daniel, dem die Worte des Wirts wieder einfielen. Und so stolz wie der Vater. Und wie Daniel mit eigenen Ohren gehört hatte, schreckte auch Henrike Tenfelde nicht vor Verbrechen zurück. Die schlechten Früchte eines schlechten Baumes!, schoss es dem jungen Mann durch den Kopf.

»Raus mit der Sprache!« wisperte die Alte plötzlich. »Was wollt Ihr von mir? Und wagt ja nicht, mir eine Lüge aufzutischen!«

»Ich glaube, dass ich in diesem Dorf geboren wurde.«

»Und?«, antwortete sie. »Was habe ich damit zu tun?«

»Ihr wart die Hebamme in Ahlbeck.«

»Na und?« Die Alte lachte abfällig und zuckte mit den Schultern. »Nennt mir einen Grund, warum ich Euch helfen sollte.«

»Wenn ich in Ahlbeck geboren wurde«, wagte Daniel einen erneuten Anlauf, »dann ist es mehr als wahrscheinlich, dass Ihr bei meiner Geburt zugegen wart.«

»Das ist allerdings wahrscheinlich«, erwiderte Johanna kopfschüttelnd, »aber danach habe ich nicht gefragt.«

Daniel schaute sie verständnislos an.

»Was Ihr von mir wissen wollt und warum Ihr ausgerechnet zu mir kommt, das ist mir klar«, sagte die Ottenpeterin. »Aber Ihr habt mir noch keinen Grund genannt, warum ich Euch antworten sollte.«

»Ich suche meine Eltern«, erwiderte Daniel.

Die Alte kniff die Augen zusammen, als wolle sie sagen: Na und?

Daniel sah die Frau lange schweigend an, dann holte er tief Luft und sagte: »Ich bin gekommen, um mich zu rächen.«

Die Augen der alten Frau weiteten sich und leuchteten auf, sie stützte sich auf ihre Ellbogen und richtete sich ein wenig auf. »Das nenne ich allerdings einen guten Grund!« rief sie und ließ sich wieder ins Kissen fallen. »Erzählt!«

»Ich bin kurz nach dem Krieg zur Welt gekommen«, begann Daniel, wurde aber auf der Stelle von der alten Frau unterbrochen.

»In Ahlbeck?«, fragte sie.

»Vermutlich.«

»Wann?«

»1649«, sagte er, »im Sommer.«

»Seid Ihr sicher?«, fragte die Alte, und ihr Blick verdüsterte sich.

»Mein Vater ... also der Mann, der mich begleitet hat ... mein Ziehvater ... hat mich im Januar 1650 gefunden, und damals war ich erst ein paar Monate alt. Ein Säugling noch.«

»Nehmt die Kerze«, sagte sie mit finsterer Miene und deutete auf das Nachtschränkchen, »und haltet die Flamme vors Gesicht.«

Daniel entsprach ihrem Wunsch und hielt sich die Kerze vor die Nase, so dass seine weiße Haut nun gelblich schimmerte.

Die Alte betrachtete den jungen Mann und schüttelte immer wieder den Kopf. Ihr Gesicht nahm einen zunehmend ärgerlichen und verdrießlichen Ausdruck an. »Nehmt die verdammte Perücke vom Kopf!«, fauchte sie schließlich. »Ich will Euer Gesicht sehen.«

Daniel hielt sich die roten Haare hinter dem Kopf zusammen, so dass seine Wangen, das verunstaltete Ohr und auch die Narbe an der Seite deutlich zum Vorschein kamen.

»Gott, verdamm mich!« Die Alte wandte den Blick ab.

»Jetzt kennt Ihr den Grund, warum ich mich rächen will«, sagte Daniel und verdeckte seine Narbe wieder mit den Haaren. »Ich werde diejenigen bestrafen, die mir dies angetan haben, ob Ihr mir nun helft oder nicht.«

»Ihr seid ein gemeiner Betrüger«, erwiderte Johanna Ottenpeter, doch ihrem Blick war anzumerken, dass sie ihren eigenen Worten nicht glaubte. »Mich führt Ihr nicht an der Nase herum.«

»Das hatte ich auch nicht vor.«

Die Alte kratzte sich das Kinn und schüttelte den Kopf, als wolle sie sich die Flausen daraus vertreiben. »Ihr müsst Euch irren«, murmelte sie schließlich, »gegen Ende des Krieges und auch noch danach sind nur sehr wenige Kinder in Ahlbeck zur Welt gekommen. Die Männer waren im Krieg umgekommen, und die Frauen hatten genug damit zu tun, ihre bisherigen Bälger durchzubringen. Nur wenige Kinder«, wiederholte sie und schwieg dann.

»Und wenn ich eines dieser Kinder war?«

»Im Jahre '49 waren es genau vier an der Zahl, drei Mädchen und ein Junge. An die Geburt des Jungen erinnere ich mich noch sehr genau.« Sie unterbrach sich, schluckte und schaute Daniel traurig an. »Viel zu genau.« Sie schüttelte den Kopf, als wolle sie den Gedanken daran verscheuchen.

Daniel war so aufgeregt, dass seine Hände zitterten und ihm die Frage nur stotternd über die Lippen kam: »Könnte es sein, dass ich ... dieser Junge bin?«

»Dann wärt Ihr seit vielen Jahren tot«, erwiderte Johanna.

»Ich *bin* seit vielen Jahren tot«, antwortete Daniel mit Nachdruck.

Die Gevatterin nickte, ihre Mundwinkel zuckten, aber sie brachte keinen Ton heraus.

»Wer war die Mutter?«

»Magda Tenfelde«, murmelte die Alte.

»Henrikes Mutter?«, rief Daniel überrascht und kam ihr ganz nahe. »Aber ich dachte ...« Er unterbrach sich, zog die Stirn kraus und fragte schließlich: »Dann ist Franz Tenfelde mein Vater?«

Die Ottenpeterin lächelte schmerzlich und schüttelte den Kopf.

Daniel starrte verständnislos in das Gesicht der Frau und konnte keinen klaren Gedanken fassen. In seinem Kopf ging es drunter und drüber. Doch dann begriff er plötzlich, ein unterdrückter Schrei drang aus seiner Kehle, und er fasste nach den Händen der Alten.

»Erzählt, Gevatterin!«, rief er erregt. » Bitte erzählt!«

Zwölftes Kapitel
Berichtet von einem Kind des Krieges

Als Ende Oktober des Jahres 1648 die Nachricht vom Frieden aus Münster und Osnabrück nach Ahlbeck gelangte, waren die Bewohner des Dorfes keineswegs überschwänglich in ihrer Freude. Zwar wurden wie allerorts die Glocken geläutet, und es wurde ein Fest abgehalten, aber man traute dem Frieden noch nicht und blieb skeptisch. Zu lange hatte der Krieg gewütet, und zu oft hatte es Phasen trügerischer Ruhe gegeben, die dann durch plötzlich einfallende Soldatentrupps oder mordende Räuberbanden ein jähes Ende gefunden hatten. Als der Krieg vor vielen Jahren ausgebrochen war, hatten die Ahlbecker ihn kaum als solchen wahrgenommen. Was kümmerte die Münsterländer das Säbelrasseln im fernen Böhmen und in der Pfalz? Sie hatten genug mit den Kämpfen in den benachbarten Niederlanden zu tun, mehr als einmal hatten sie es mit durchziehenden spanischen oder niederländischen Truppen zu tun bekommen, und sie waren froh, dass seit einigen Jahren Waffenstillstand herrschte. Was scherte es die Bauern, wenn in Prag einige Gesandte aus dem Fenster geworfen wurden? Der Kaiser würde es schon richten und die verfluchten Protestanten in die Schranken weisen, so lautete die vorherrschende Meinung im Dorf. Erst als sich im Laufe der Zeit der Krieg auch nach Norddeutschland verlagerte und es im August 1623 im nahe gelegenen Stadtlohn zum Gemetzel zwischen dem kaiserlichen Tilly und dem »tollen Christian« kam, mussten die Ahlbecker einsehen, dass dieser Krieg auch etwas mit ihnen zu tun hatte, dass sie ihn nicht einfach ignorieren konnten. Es begann die Zeit der Einquartierungen und Kontributionen, die Soldaten machten sich in den Dörfern breit und quetschten die Bauern nach Belieben aus. Den Truppen folgte der beinahe ebenso große Tross mit Frauen, Kindern, Marketendern, aber auch Dirnen und Gesindel. Was die Soldaten übrig gelassen hatten, wurde nun geplündert und verwüstet. Das Vieh wurde fortgetrieben und als Zehrung mitgenommen, die Vorräte und Habseligkeiten wurden gestohlen. Immer häufiger kam es zu Überfällen durch Räuberbanden, die das Land unsicher machten und in den Dörfern leichte Beute fanden. Die Frauen wurden geschändet, die Männer ermordet oder verschleppt und die Häuser angezündet. Krankheit und Seuchen hielten Einzug in die Dörfer, die Pest ließ die Menschen sterben wie die Fliegen. Anfangs baute man nach einem Überfall die Kotten wieder auf, bestellte die verwüsteten Felder und legte abermals Vorrat an, doch im Laufe der Kriegsjahre stellte sich heraus, wie müßig und zwecklos dieses Unterfangen war. Was ergab es für einen Sinn, die Felder zu bestellen, wenn einem die Ernte doch nur von Landsknechten und Räubern weggenommen wurde? Warum ein Haus wieder aufbauen, das nach kurzer Zeit wieder von Mordbrennern heimgesucht wurde? Die Bauern verfielen in einen dumpfen Zustand der Angst und der Verwilderung, der Hunger ließ sie verzweifeln, nicht selten wurden Hunde und sogar Ratten gegessen. Immer wieder drangen Nachrichten von Kannibalismus in die Dörfer, Mütter hatten ihre Neugeborenen verspeist, und die niedergemetzelten Opfer eines Überfalls waren von den eigenen Nachbarn am Spieß gebraten worden. Je länger dieser Zustand anhielt, desto verwegener wurden die Menschen. Einige Bauern schlossen sich den Landsknechten an und wurden zu Söldnern, andere ließen sich von den Räubern für ein wildes Leben in den Wäldern gewinnen, wiederum andere rotteten sich zusammen und sannen auf Rache. Sie zogen den marodierenden Soldaten und Räubern hinterher und schlachteten, was ihnen vor die Flinte oder Sense kam. Die meisten jedoch verkrochen sich in ihren ärmlichen Hütten, versteckten sich im Moor oder in eiligst gegrabenen Höhlen im Wald, wenn wieder einmal die Sturmglocken geläutet wurden.

Als nun also, nach dreißig langen Jahren, der Frieden verkündet wurde, lebten von den ehemals vierhundert Ahlbecker Einwohnern nur noch zweihundert im Dorf. Die Häuser waren verfallen, die Dächer abgedeckt, die Felder verwaist, die Kammern leer, und die Bauern erwachten nur sehr langsam aus ihrer Lethargie, wie Genesende aus einer tödlichen Krankheit. Auf den Flugblättern, die von Herolden verteilt worden waren, hatte es verheißungsvoll geheißen:

»*Ich komm von Münster her gleich sporenstreich geritten und habe nun das meist des Weges überschritten. Ich bringe gute Post und neue Friedenszeit, der Frieden ist gemacht, gewendet alles Leid.*«

Doch die Menschen taten gut daran, nicht auf sofortige Wunder zu hoffen. Noch einige Jahren lang mussten sie mit Hunger, Mord, Plünderungen und räuberischen Überfällen leben. Die Straßen waren übersät mit entlassenen Kriegsknechten und wildem Gesindel, das sehr gut vom Krieg gelebt hatte. Nun wurden sie nach Hause geschickt oder hatten ihre Einnahmequelle verloren und nahmen sich auf ihrem Weg, was ihnen in die Quere kam. Schlachten waren nicht mehr zu schlagen, Feldzüge gehörten der Vergangenheit an, aber der Kampf ums Überleben war für die Bauern noch nicht ausgestanden.

In Ahlbeck herrschte kurz nach dem Krieg eine seltsam gedrückte und doch verhalten optimistische Stimmung. Schlimmer konnte es schließlich nicht mehr kommen. Der Krieg hatte sie verroht und zu wilden Tieren werden lassen, die einander gegenseitig zerfleischten. Der schauderliche Fall des Schulzensohnes hatte das nur allzu deutlich bewiesen. Mochte Joes Olthues nun mit dem Teufel im Bunde gewesen sein oder nicht, den Tod am Galgen hatte er auf jeden Fall verdient, schließlich hatte er die Tochter des Vogts auf dem Gewissen. Auge um Auge, das war nur gerecht. Wenn nun schon Nachbarn übereinander herfielen, was war dann noch alles möglich? Nein, Olthues musste büßen, darin waren sich alle einig. Allein um seine hübsche und kranke Frau Magda, die nun zur Witwe geworden war, tat es den Leuten leid. Auch wenn vor allem die Frauen des Ortes Magda für hochnäsig und eingebildet hielten, das hatte sie nun doch nicht verdient, und darum fanden es alle eine schöne und versöhnliche Geste, als der Schulze seine Schwiegertochter dem zweitältesten Sohn des Vogts zur Frau gab.

Magda war ein Kind des Krieges gewesen. Ihre Mutter Hildegard, eine aus dem Nachbarort Oldendorf zugezogene Kötterbäuerin, deren Mann kurz nach der Heirat an der Pest gestorben war, war im Jahre 1623, wenige Tage vor der Schlacht im Stadtlohner Bruch, von durchziehenden kaiserlichen Soldaten vergewaltigt worden und hatte neun Monate später ein niedliches Mädchen zur Welt gebracht. Die kleine Magda entwickelte sich im Laufe der Jahre zu einer wunderschönen jungen Frau mit kastanienbraunem Haar, sommersprossigem Gesicht und hellblauen Augen, und obwohl es sich bei ihr um einen Soldatenbastard handelte, fanden sich sehr früh die Kavaliere aus dem Dorf ein, um sie zur Frau zu nehmen. Die Mutter jedoch, eine willensstarke und stolze Bäuerin, behütete ihr Kind wie einen kostbaren Schatz und lehnte alle Bewerber rigoros ab. Ihre Tochter sollte es einmal besser haben als sie, und ein einfacher Kötterbauer kam als Freier nicht in Frage. Wenn die Soldaten oder Räuber ins Dorf einfielen, versteckte sie das Mädchen im nahe gelegenen Wald, um es vor Schändung oder Entführung zu bewahren. Eher hätte sie ihr eigenes Leben gegeben, als zuzulassen, dass ihrer Tochter ein Haar gekrümmt wurde. Tatsächlich brachte sie das Kind unbeschadet durch den Krieg, und als schließlich der Schulze auf die hübsche Magda aufmerksam wurde und im Namen seines ältesten Sohnes um ihre Hand anhielt, war die Bäuerin hocherfreut. Lieber hätte sie es gesehen, wenn der Schulze selbst um sie gefreit hätte, denn er schien Gefallen an dem Mädchen gefunden zu haben, aber die Schulzin lebte damals noch. Sie war zwar seit Jahren krank und bettlägerig, die Schwindsucht raffte sie dahin, und die Ärzte hatten sie längst aufgegeben, doch die alte Frau Olthues war zäh und sollte erst einige Jahre später sterben. Und so wurde Hildegard bald mit dem Schulzen einig und willigte in den Heiratsantrag ein. Joes Olthues, der älteste Schulzensohn, stand nicht gerade in dem Ruf, ein gottesfürchtiger und sittsamer Mann zu sein, aber wer konnte das schon von sich behaupten? Immerhin war Krieg, und außerdem war er der Erbsohn des Schulzen und Besitzer des Wirtshauses. Eine gute Partie.

Als Hildegard ein Jahr nach der Hochzeit ihrer Tochter an einer Lungenentzündung starb, war Magda gerade im siebenten Monat schwanger, und die Frau starb in der seligen Überzeugung, ihrem innig geliebten Kind ein besseres Leben geebnet zu haben. Der Krieg würde nicht mehr lange dauern können, da war sie sich ganz sicher, irgendwann wäre der Wahnsinn vorüber, und alles würde sich zum Besseren wenden.

Henrike kam im Sommer 1647 zur Welt. Es war eine schwere Geburt, Magda verlor viel Blut und delirierte im Fieber. Tagelang schwebte sie zwischen Leben und Tod, doch dank der Pflege und Kräuter der Gevatterin Ottenpeter und der Messen, die der Schulze für sie beten ließ, überlebte Magda. Zwar erholte sie sich nicht vollständig und ihre Gesundheit blieb angegriffen, aber die Mutterschaft entschädigte sie für vieles. Magda liebte ihre Tochter ebenso innig, wie sie selbst von ihrer Mutter geliebt worden war. Und wenn sie die Kleine stillte, dann strahlte sie, auch wenn sie das Gefühl hatte, Henrike sauge ihr das Leben aus der Brust.

Dass Magda mit dem Schulzensohn nicht das große Los gezogen hatte, war ihr längst klar geworden. Joes Olthues war sicherlich ein hübscher und nicht einmal dummer Kerl, aber zugleich ein durchtriebener Schürzenjäger. Schon auf dem Hof seines Vaters hatte er jedem Weiberrock nachgestellt, keine Magd war vor ihm sicher gewesen, und vermutlich waren einige der Bälger, die auf dem Schulzenhof herumliefen, von Joes gezeugt worden. Dies war auch der Grund gewesen, warum der Schulze ihm das Wirtshaus übertragen und ihn ins Dorf abgeschoben hatte. Er wollte den lüsternen Sohn von den zahlreichen Weibsleuten auf dem Hof fernhalten. Doch das Eheleben machte Joes keineswegs zu einem gesitteteren Menschen. Zwar behandelte er seine Frau gut, schlug sie nicht unnötig und ließ ihr in vielen Dingen ihren Willen, aber ein treuer und sorgsamer Gatte war er nicht. Anfangs machte Magda ihm deswegen Vorwürfe und drohte sogar, ihn zu verlassen und mit dem nächstbesten Soldaten auf und davon zu gehen. Doch sie wusste, wie unsinnig diese Drohung war, und der Schulze, dem sie ihre Sorgen anvertraute, bat sie eindringlich, die Familie nicht im Stich zu lassen. Als schließlich Henrike geboren wurde, versöhnte sich Magda mit ihrem Schicksal. Ihr Gatte war zwar ein unverbesserlicher Hurenbock, aber das Kind wurde ihr zum Lebensinhalt und Trost.

Das erste Jahr nach Henrikes Geburt gehörte zu den schönsten in Magdas Leben. Das Kind entwickelte sich prächtig, der Mann verwandte seine Energie darauf, das heruntergekommene Wirtshaus instandzusetzen, und achtete darauf, dass seine immer noch kränkelnde Frau nicht zuviel von seinen Liebschaften erfuhr. Auch das Kriegsgeschehen war inzwischen merklich abgeflaut, die Parteien waren kriegsmüde geworden. In Münster und Osnabrück saßen die Gesandten beisammen und beratschlagten den kommenden Frieden. Es war eine schöne und ruhige Zeit für Magda.

Doch dann kam der Oktober 1648.

Mitte des Weinmonats verschwand Maria Tenfelde, die Tochter des

Vogts, spurlos. Sie hatte im Auftrag des Vaters ein Fässchen Bier und eine Flasche Wacholderschnaps aus dem Wirtshaus geholt, war aber nicht auf den elterlichen Hof zurückgekehrt. Joes Olthues wusste über den Verbleib des Mädchens nichts zu berichten, er bestätigte, dass die kleine Maria bei ihm gewesen sei, aber was anschließend mit ihr passiert sei, darüber konnte er nur mit den Achseln zucken. Die Leute im Dorf vermuteten, sie sei einer Räuberbande in die Hände gefallen oder von herumstreunenden Zigeunern verschleppt worden, aber weit und breit waren keine Banden gesichtet worden. Vielleicht hatte sie sich im Moor verirrt und war in einem Sumpfloch ums Leben gekommen.

Magda jedenfalls hatte keinen Grund, den Worten ihres Mannes zu misstrauen. Zwar hatte er einmal gesagt, die Vogtstochter sei eine wahre Augenweide und er beneide den Bauernlümmel, der sie einmal zur Frau bekäme, aber er hatte dies im Scherz von sich gegeben, und Maria Tenfelde war ja noch ein Kind. Der Gedanke, Joes könne sich an ihr vergangen haben, kam Magda nicht in den Sinn. Als das Mädchen schließlich gefunden wurde und die ersten Nachrichten über ihren Zustand verbreitet wurden, trat eine merkliche Änderung im Hause des Wirts ein. Joes verhielt sich plötzlich, als sei er nicht recht bei Sinnen. Er lief unruhig hin und her und murmelte leise vor sich hin. Immer wieder erkundigte er sich bei den Nachbarn, ob es etwas Neues vom Hof des Vogts gebe, und wenn man ihm antwortete, das Mädchen bringe immer noch kein vernünftiges Wort über die Lippen, dann nickte er erregt, lächelte seltsam, und seine Mundwinkel zuckten. Mit seiner Frau redete er nur das Nötigste, er ging ihr aus dem Weg, wirkte zerstreut und antwortete nicht, wenn sie ihn ansprach. Es schien beinahe so, als warte er auf etwas und wundere sich, dass es nicht eintrat.

Magda hatte die letzten Tage im Bett verbracht, sie fühlte sich nicht wohl, hatte Fieber und war sichtlich abgemagert. Sie schien zu spüren, dass eine Katastrophe nahte, und als diese schließlich über sie hereinbrach, war sie nicht wirklich überrascht. Vom Fenster ihrer Kammer aus hatte sie das fürchterliche Geschehen auf dem Kirchplatz verfolgt, sie hatte das Mädchen auf dem brennenden Scheiterhaufen gesehen. Den Blick der kleinen Maria würde sie niemals vergessen, den tonlosen Schrei, ihren Zeigefinger, mit dem sie auf das Wirtshaus wies.

Es war ein kurzer Prozess, er dauerte nur wenige Stunden. Nach anfänglichem Schweigen gab Joes ein umfassendes Geständnis ab. Ja, Maria Tenfelde sei bei ihm im Wirtshaus gewesen, sagte er aus und blickte dabei regungslos zu Boden, er habe ihr das Bier gegeben und behauptet, keinen Wacholderschnaps mehr zu haben. Sie solle sich die Flasche Genever beim Holländer besorgen, der seit einigen Monaten in der Heide wohnte. Maria habe sich bedankt und sei in Richtung des Heidebauern davongegangen. Joes habe das Mädchen verfolgt und auf halbem Wege in den Wald gezerrt, wo er es geschändet und gewürgt habe. Er habe Maria gar nicht wehtun wollen, aber das Mädchen habe einfach nicht aufgehört zu schreien, und deshalb habe er ihren Kopf solange auf einen Stein gehauen, bis sie ruhig gewesen sei. Anschließend habe er das Kind, das er für tot gehalten habe, mit Sand und Zweigen bedeckt, damit man es nicht entdeckte.

Die Verhandlung fand auf dem Schulzenhof statt. Außer Magda, die krank zu Bett lag und von der Hebamme gepflegt wurde, war das ganze Dorf versammelt, und als die Menge die Aussage des Wirts hörte, machte sich Unmut breit. Die Leute drängten zum Richterstuhl und wollten den Angeklagten auf der Stelle an den Galgen bringen. Die ruhige und gefasste Art, in der Joes Olthues seine Aussage gemacht und dabei keinerlei Anzeichen von Reue gezeigt hatte, brachte die Ahlbecker in Rage. Vermutlich waren sie auch deshalb so erbost, weil sie selbst Schuld auf sich geladen hatten. Sie hatten die kleine Maria als Hexe verbrannt und mussten nun erkennen, dass in diesem Fall von Teufelswerk nicht die Rede sein konnte. Nur Pater Hilarius, der ebenfalls im Prozess aussagte, blieb bei seiner unerschütterlichen Meinung. Er behauptete weiterhin, der Wirt sei mit dem Teufel im Bunde, denn dass Maria Tenfelde verhext gewesen sei, das habe er, der Pater, während der Folter sozusagen wissenschaftlich belegt. Außerdem sei es ja bekannt, dass der Teufel immer durch Kopulation in die Menschen fahre. Und deshalb plädierte er dafür, den Missetäter zu verbrennen, denn nur durch das Feuer sei der Leibhaftige abzuwehren. Der Galgen töte zwar den Menschen, aber die unsterbliche Seele bleibe im Besitz des Teufels.

Dem Schulzen blieb gar keine andere Wahl, als seinen ältesten Sohn zum Tode zu verurteilen. Joes' Schuld war bewiesen, und sein Vater hatte schon Menschen wegen geringerer Delikte an den Galgen gebracht. Ein Menschenleben galt nicht viel in dieser Zeit. Zudem forderte der Vogt Blutrache, der Pater wollte den teuflischen Wirt brennen sehen, und die Ahlbecker Bauern schienen ihr eigenes Vergehen durch den Tod des Schulzensohnes sühnen zu wollen. Und so wurde Joes Olthues nur wenige Tage, nachdem Maria Tenfelde auf dem Kirchplatz verbrannt worden war, auf dem Galgenbülten im Ahlbrecker Bruch hingerichtet. Es war der Tag vor der Unterzeichnung des Westfälischen Friedensvertrages.

Doch auch nach seinem Tod sorgte der Gehenkte für erregte Debatten im Dorf. Olthues wollte seinen Sohn auf dem Pestfriedhof im Bruch beerdigen. An eine Bestattung des Kinderschänders auf dem Kirchhof war nicht zu denken, aber so ganz ohne göttlichen Beistand wollte der Schulze seinen Sohn nicht verscharren lassen. Als Pater Hilarius von dieser Absicht erfuhr, wurde er fuchsteufelswild und wusste in dieser Angelegenheit auch den altersschwachen Priester hinter sich. Gemeinsam statteten sie dem Schulzen einen Besuch ab und lehnten es rundherum ab, an einer so gotteslästerlichen Veranstaltung teilzunehmen. Der Friedhof im Bruch sei geweihter Boden, erklärten sie, und es käme einer Todsünde gleich, wenn man einen Gehängten in gesegneter Erde bestatte. Diesmal setzte sich die Kirche durch, und der Leichnam des Wirts wurde zu Füßen des Galgenbültens vergraben. Kein Kreuz wurde aufgestellt, kein Gebet vorgetragen, keine Träne vergossen.

Magda verschanzte sich tagelang in ihrer Kammer. Auch nach ihrer Gesundung blieb sie im Bett, kümmerte sich zwar fürsorglich um ihre Tochter Henrike, schien aber sonst an nichts Interesse zu haben. Ihr Mann war für sie in dem Moment gestorben, als sie das Mädchen mit dem ausgestreckten Zeigefinger auf dem Scheiterhaufen gesehen hatte. Joes war tot, und es war ihr egal. Nicht einmal für sich selbst empfand sie Mitleid. Sie hockte stumpfsinnig in der Stube und starrte zum Fenster hinaus, während das Mädchen an ihrer Brust schmatzte. Auch der Schulze, dessen Frau vor einigen Monaten nach langer Krankheit gestorben war und den man danach häufiger im Wirtshaus seines Sohnes gesehen hatte, fand keinen Zugang zu seiner Schwiegertochter. Er werde sich um sie kümmern, versprach er und wollte sie zu sich auf den Schulzenhof holen, doch Magda lächelte nur matt und weigerte sich, die Schenke zu verlassen. Gott hatte sie für irgendetwas gestraft, redete sie sich ein, und sie würde diese Strafe annehmen, auch wenn sie sich keines Vergehens bewusst war. Vielleicht rächte es sich nun, dass sie ein Soldatenbastard war.

Mehrmals bekam Magda Besuch vom Pater, der ihr in langen Gesprächen eindringlich zu verstehen gab, dass sie beim Teufel gelegen habe, und ihr nahelegte, den Beelzebub austreiben zu lassen. Er selbst bot sich als Exorzist an. Als die Gevatterin Ottenpeter davon erfuhr, lief sie hinüber zum Pastorat, stellte den Pater zur Rede und teilte ihm mit, wenn er noch einmal in Magdas Nähe käme, so würde sie, die Hebamme, ihm den Teufel austreiben. Und zwar mit dem Dreschflegel, darauf könne er Gift nehmen. Pater Hilarius blieb fortan dem Wirtshaus fern, war aber mehr denn je davon überzeugt, dass der Teufel seine Hände im Spiel hatte.

Zwei Wochen nach der Verkündung des Westfälischen Friedens gab es eine weitere frohe Botschaft in Ahlbeck. Der Schulze und der Vogt hatten sich zusammengesetzt und ihre Jahrzehnte alte Fehde für beendet erklärt. Die Vorkommnisse der letzten Wochen hatten ein Umdenken bei den alten Sturköpfen und Widersachern bewirkt. Als Zeichen seines guten Willens und gegen ein beachtliches Handgeld übergab der Schulze dem Sohn des Vogts das nunmehr herrenlose Wirtshaus, und er verfügte, dass der neue Wirt seine verwitwete Schwiegertochter zur Frau bekam. Die kleine Henrike solle bei einer Kötterin in Pflege gegeben werden, da es dem Wirt nicht zuzumuten sei, das Kind des Joes Olthues im Haus zu haben.

Magda war zu Tode erschrocken, als sie von dieser Entscheidung erfuhr. Nicht die Heirat mit Franz Tenfelde entsetzte sie, in diese stimmte sie überraschend schnell ein, sondern die Vorstellung, von ihrer geliebten Tochter getrennt zu werden. Eher werde sie sich selbst das Leben nehmen, als zuzulassen, dass man ihr das Kind nehme. Sie bettelte und drohte, sie flehte den Schulzen an, der sich ihr gegenüber aber sehr reserviert gab, und sie lag auf den Knien vor ihrem zukünftigen Gatten. Franz hatte schließlich ein Einsehen. Er war froh, eine so hübsche Braut zu bekommen, und wollte nicht riskieren, dass sie ihre Drohung wahr machte. Der zweite Sohn des Vogts war seit einiger Zeit auf Brautschau, und obwohl er eine gute Partie war, gestaltete sich diese sehr schwierig. Die Frauen standen nicht gerade Schlange, um vom ihm geheiratet zu werden. So gab er also sein Einverständnis, und Henrike durfte bei ihrer Mutter bleiben. Noch im November des gleichen Jahres wurde geheiratet. Aus Magda Olthues wurde die Frau des Wirts Tenfelde. Ein lebendes Zeichen der neu gewonnenen Eintracht.

Der Frieden hielt nur wenige Wochen.

Im Januar war nicht mehr zu verbergen, was Magda schon seit einiger Zeit geahnt hatte. Ihr ständiges Übelsein, die plötzlichen Hitzewallungen und das morgendliche Übergeben hatte sie zunächst ihren angegriffenen Nerven und der zerrütteten Gesundheit zugeschrieben, doch die Rundung ihres Bauches war nun nicht mehr zu übersehen. Sie war schwanger, war es schon gewesen, als sie Franz Tenfelde in der Ahlbecker Kirche das Jawort gegeben hatte. Ihr Mann war außer sich und tobte, als er davon erfuhr. Er behauptete, man habe ihn absichtlich hinters Licht geführt und der Schulze habe die Ehe nur eingefädelt, weil er von der Schwangerschaft gewusst habe. Von wegen Wiedergutmachung! Er, Franz Tenfelde, sei das Opfer eines ganz gemeinen und hinterhältigen Komplotts geworden. Den Beteuerungen des Schulzen von seiner Unwissenheit schenkte Franz keinen Glauben, er nannte Olthues einen elenden Lügner, und sogar den eigenen Vater schimpfte er einen Verräter, weil die Zustimmung zu der Verschwörung gegeben habe. Franz klagte jedem, der es hören wollte, sein Leid und fühlte sich als Sündenbock, der nun dazu verdammt war, die Brut eines anderen großzuziehen.

Schon die ersten Wochen ihrer Ehe waren für Magda alles andere als angenehm gewesen, immer wieder hatte Franz seiner Frau zu verstehen gegeben, dass er sie nur aus Mitleid geheiratet und ihr damit einen Gefallen getan habe, dass sie nun alles zurückzahlen und sich seiner würdig erweisen müsse. Er behandelte sie wie eine Magd, scheuchte sie umher und bestieg sie, wie und wo es ihm gerade gelüstete, gerade so, als sei sie eine Dirne aus dem Soldatentross. Nachdem er von ihrer Schwanger-

111

schaft erfahren hatte, wurde die Situation immer unhaltbarer. Er redete kaum noch mit ihr, züchtigte sie mit der Gerte und forderte anschließend Dankbarkeit, weil er sie nicht totgeschlagen habe. Er ließ sie auf dem Boden schlafen, weil er ihre Anwesenheit im Bett nicht ertrage, und nahm keine Rücksicht auf ihre angegriffene Gesundheit. Magda ertrug alles mit erstaunlicher Geduld und unverkennbarer Resignation. Sie murrte nicht, hatte mit ihrem Leben abgeschlossen und wartete nur noch auf das Ende, von dem sie wusste, dass es kurz bevorstand. Wenige Monate noch.

Der einzige Mensch, der ihr in dieser Zeit beistand, war Johanna Ottenpeter, die Hebamme. Sie schien als einzige zu bemerken, in welch desolatem Zustand sich die junge Frau befand, und versuchte vergeblich, ihr Mut zu machen. Magda lachte nur, wenn die Gevatterin von der Zukunft sprach und davon, dass es alles besser werde, wenn Tenfelde einmal ein eigenes Kind hätte. Die Hebamme wisse ebenso gut wie sie selbst, dass es keine Kinder mehr geben werde, sagte Magda kopfschüttelnd. Auch das Kind in ihrem Bauch sei vermutlich längst tot, es bewege sich nicht und vergifte sie von innen. Das Kind sei verdammt. Immer wieder ergriff die Wirtin die Hand der Ottenpeterin und nahm der Frau das Versprechen ab, sich um Henrike zu kümmern, wenn Magda nicht mehr lebe. Die Gevatterin wollte widersprechen, doch der Blick der anderen ließ sie unwillkürlich mit dem Kopf nicken. Sie versprach es. Bei ihrem Leben.

Der Junge kam im Juni zur Welt, in der Johannisnacht. Es war eine schwüle Nacht, die Hitze und die Feuchtigkeit waren kaum zu ertragen. Sowohl die Schwangere wie auch die Hebamme waren schweißgebadet, seit Stunden versuchten sie gemeinsam, das Kind aus dem Bauch herauszupressen, aber Magda war viel zu schwach. Sie verlor literweise Blut, schrie wie am Spieß, doch die Qual nahm kein Ende. Das Kind lag mit dem Steiß voran im Bauch und wollte nicht heraus. Seit Wochen hatte Magda über fürchterliche Schmerzen geklagt und die Hebamme angefleht, sie solle ihr das verfluchte Kind aus dem Bauch herausschneiden. Alles sei besser als diese Schmerzen, sie werde noch verrückt, wenn nicht bald etwas geschehe. Und jetzt lag sie auf dem Bett und schaute der Hebamme herausfordernd in die Augen. Tu es, sagte dieser Blick, ich will es so! Magda war kaum noch bei Bewusstsein, ihr Atem ging flach, der Puls flatterte. Es war nicht mehr viel Zeit. Bald war es vorüber. Als sie sah, dass die Hebamme zum Messer griff, lächelte sie und wisperte, die Gevatterin solle gut auf ihr Mädchen aufpassen. Johanna Ottenpeter nickte, die Tränen traten ihr in die Augen, und dann schnitt sie der jungen Frau das Kind aus dem Leib.

Den ersten Schrei des Jungen hörte Magda schon nicht mehr.

Als die Hebamme dem Wirt, der unten im Wirtshaus saß und mit einigen Männern Karten spielte, die Nachricht von Magdas Tod überbrachte, bekreuzigte er sich lediglich, sagte kein Wort und schaute nicht einmal von seinen Karten hoch. Johanna wollte ihm den bleichen, in Leinentücher gewickelten Jungen auf den Arm legen, doch er zuckte zurück und schaute angewidert auf das Kind. Um das Mörderkind solle sich der Schulze kümmern, sagte er und wies in eine Ecke, wo Olthues schweigend die Szene verfolgte.

»Sie ist tot?«, fragte der Schulze und senkte den Blick.

Die Ottenpeterin nickte und hielt ihm das Leinenbündel hin.

»Ein Junge?«, fragte Olthues und stand auf.

Wieder nickte die Hebamme.

Er nahm das Kind, setzte den Hut auf und ging grußlos hinaus.

Dreizehntes Kapitel
Beginnt mit dem Tod und endet auf dem Friedhof

Die Gevatterin hatte die letzten Sätze nur mit Mühe hervorgestoßen. Immer wieder war sie von Hustenanfällen unterbrochen worden, das Taschentuch in ihrer Hand war blutgetränkt, die Haube auf ihrem Kopf schweißnass, und ihre Stimme war zu einem Flüstern geworden. Dennoch fuhr die Ottenpeterin unbeirrt in ihrer Erzählung fort. Es schien beinahe so, als wolle sie sich selbst Rechenschaft ablegen.

Daniel hing an ihren Lippen und nahm begierig jedes Wort auf. Er hielt die sehnige Hand der Alten, trocknete ihr die Stirn und streichelte ihr dann und wann das pergamentene Gesicht, obwohl sie mehrmals den Versuch unternahm, ihn davon abzuhalten. Die Erzählung der Hebamme hatte er wie im Fiebertraum verfolgt, die Tränen waren ihm in die Augen gestiegen, als er vom Schicksal seiner Mutter erfahren hatte, und eine ohnmächtige Wut hatte Besitz von ihm ergriffen, als die Ottenpeterin von den Männern berichtete, die Magda Tenfelde so übel behandelt und zu Grunde gerichtet hatten. Vor allem aber bemächtigte sich seiner ein Hass auf den eigenen Vater, Joes Olthues hatte nicht nur die Tochter des Vogts auf dem Gewissen, sondern auch seine Gattin. Obwohl Daniel wusste, dass es sich bei dem kleinen Jungen um ihn selbst handelte und er seine eigene Geschichte gehört hatte, fiel es ihm schwer, das zu begreifen. Die Frau, die vor ihm auf dem Sterbebett lag, war dieselbe Frau, die ihn vor neunzehn Jahren aus dem Mutterleib geschnitten hatte. Johanna Ottenpeter hatte das Leben seiner Mutter aufgegeben, um ihn zu retten. Wenn er es recht besah, dann hatte er, Daniel, den Tod der Mutter herbeigeführt.

Daniel bemühte sich, diesen Gedanken abzuschütteln. Nachdem ein weiterer Hustenanfall vorüber war und er der Ottenpeterin die Stirn trocken getupft hatte, fragte er: »Was ist aus dem Jungen geworden?«

»Der Schulze nahm ihn mit auf seinen Hof und taufte ihn auf den Namen Matthes. Olthues hatte endlich den Stammhalter, den er sich gewünscht hatte, und nannte ihn seinen kleinen Prinz. Es war schon seltsam, so grob und gefühllos der Schulze auch war, dieses Enkelkind hatte es ihm angetan.« Sie winkte ab und fuhr sich nachdenklich mit der Hand über den Mund. »Aber er hat wenig Freude daran gehabt. Schon bei der Geburt war das Kind winzig und bleich wie ein Laken.« Sie schaute den jungen Mann an ihrem Bett nachdenklich an und schüttelte dann den Kopf, als wolle sie den ungebührlichen Unsinn aus ihrem Kopf verbannen. »Der Knabe war so schwach, dass er kaum in der Lage war zu schreien. Ein Wunder, dass er auch nur einen Tag überlebt hat.«

»Wie ist er gestorben?«

»Das war eine seltsame Geschichte«, antwortete die Alte und kniff die Augen zusammen, »es hieß, die Zigeuner hätten ihn entführt und getötet.«

»Die Zigeuner?«, entfuhr es Daniel.

Die Ottenpeterin hob die Achseln und sagte: »Oder die Juden. Oder die Holländer. Oder der Teufel persönlich. Irgendjemand ist immer der Sündenbock.«

»Habt Ihr den Jungen gesehen?«, fragte Daniel und ergriff erneut die Hand der Hebamme. »Ich meine, habt Ihr seine Leiche gesehen?«

»Ich war bei der Beerdigung«, erwiderte die Alte ausweichend. »Der Kleine liegt auf dem Ahlbecker Friedhof begraben, im selben Grab wie seine Mutter.«

»War der Sarg geöffnet?«, hakte er nach und hielt die Hand der Alten nun so fest, dass sie vor Schmerz aufschrie.

»Ihr tut mir weh!«

Daniel wich vor Schreck zurück und ließ die Hand los.

»Ob ich das Kind im Sarg gesehen habe?« Die Gevatterin überlegte lange, spuckte ins Taschentuch und wich dem feurigen Blick des jungen Mannes aus. »Kann mich nicht erinnern«, sagte sie schließlich heiser, fasste sich plötzlich an den Bauch, stöhnte und wurde von Krämpfen geschüttelt.

Daniel fasste sie um die Schulter und hielt sie fest, bis die Krämpfe vorüber waren. Er fragte: »Wann fand diese Beerdigung statt?«

»Im Winter«, murmelte die Alte und lehnte den glühendheißen Kopf an seine Schulter, »zu Epiphanias.«

»Dem Dreikönigsfest?«

Statt einer Antwort hustete die Gevatterin und krümmte sich vor Schmerz. Sie brachte keinen Ton mehr hervor und lag nun wie ein Kind in Daniels Armen. Sie griff mit ihren gichtigen, blutverschmierten Fingern nach seinem Handgelenk, hielt es krampfhaft fest und sah Daniel verwirrt an. Ihre gelben Augen waren blutunterlaufen, und die Tränen liefen ihr über die Wangen. Dann ließ sie ihn plötzlich los und sank zurück ins Kissen. »Ich will nicht sterben«, murmelte sie und hustete.

»Kann ich irgendetwas für Euch tun?«, fragte Daniel hilflos.

»Betet für mich«, bat die Ottenpeterin mit matter Stimme.

Daniel nickte und machte ein Kreuzzeichen auf ihrer Stirn. »Im Namen des Vaters, des Sohnes und des heiligen Geistes«, murmelte er und betete ein Vaterunser, das einzige Gebet, das ihm Roloff als Kind beigebracht hatte. Als er an der Stelle ankam, an der es heißt: »Dein Reich komme, Dein Wille geschehe«, seufzte die Gevatterin, starrte zur Decke, lächelte plötzlich, und ihre Gesichtszüge entspannten sich.

Daniel unterbrach das Gebet und fühlte ihren Puls. Erneut machte er ein Kreuzzeichen auf Johannas Stirn, faltete ihre Hände über der Bettdecke, rückte die Haube zurecht und schloss der toten Frau die Augen. Sie lächelte immer noch, und es sah aus, als schliefe sie.

»In Ewigkeit. Amen«, murmelte Daniel tonlos, wischte sich die Tränen aus den Augenwinkeln und erhob sich mit zittrigen Knien.

Im gleichen Moment wurde die Tür zur Kammer aufgerissen.

»Tante Johanna!« Henrike Tenfelde kam hereingerannt, stürzte zum Bett und bedachte Daniel mit einem hasserfüllten Blick.

Daniel schüttelte unmerklich den Kopf und trat beiseite.

Henrike warf sich auf ihre Tante, hielt sie fest umklammert und weinte bitterlich, während sie gleichzeitig die Wangen der Toten mit Küssen bedeckte. Plötzlich jedoch fuhr sie herum und rief wutentbrannt: »Warum hast du mich nicht früher geholt?«

Der Gevatter, der hinter ihr in die Kammer getreten war, zuckte zusammen und duckte sich, als habe er Angst, geschlagen zu werden. Er machte eine entschuldigende Geste, lächelte unsicher und deutete mit der Hand auf einen weiteren Mann, der nun das Zimmer betrat.

Pastor Hellmann sah aus, als sei er unter ein Fuhrwerk geraten. Seine halbgeöffneten Augen waren gerötet, sein Gesicht war knittrig und so bleich wie Kalk, nur die Nase leuchtete rot. Der Gestank nach Alkohol umgab ihn wie eine Wolke, Hellmann stand schwankend im Raum und musste vom Gevatter gestützt werden. Er nahm seinen altmodischen Spanierhut vom Kopf, die Haare darunter waren klitschnass und standen ihm zu Berge. Offensichtlich hatte er sich den Kopf unter Wasser gehalten. Sein hoher Kragen und das Revers der Jacke waren ebenfalls nass.

»Ich wurde leider aufgehalten«, sagte er, und es klang wie das Knarren einer Scheunentür. »Wo ist die Kranke?«

»Ihr kommt zu spät, Herr Pastor«, sagte Daniel.

»Ach, Ihr seid auch da, Herr Scholar?«, wandte Hellman sich an den jungen Mann, den er erst jetzt zu bemerken schien. Er räusperte sich, schaute sich unsicher im Raum um und fragte: »Was sagtet Ihr?«

»Für das Sakrament der Wegzehrung ist es zu spät«, antwortete Daniel. »Die Gevatterin ist tot.«

»Oh«, sagte Hellmann, und das Blut schoss ihm in die Wangen.

Daniel schaute sich zu Henrike um, die nun auf dem Stuhl saß und ihre Ziehmutter mit verweintem Gesicht anstarrte. Die junge Frau hatte die Hände gefaltet und murmelte ein Gebet. Der Gevatter stellte sich hinter sie und legte seine rechte Hand auf ihre Schulter, während der Pastor umständlich in einer Ledertasche kramte, aus der er ein Kruzifix, ein Gebetbuch und diverse Gefäße und winzige Tiegel hervorholte, die er auf dem Nachtschränkchen abstellte.

»Herr, gib ihr die ewige Ruhe«, sagte der Priester.

»Und das ewige Licht leuchte ihr«, antwortete der Gevatter.

Henrike blickte sich um, als verstünde sie nicht, was um sie herum geschah. Sie sah zu Daniel herüber, und wieder schaute sie so, als trage er die Schuld am Tod der Ottenpeterin. »Was treibt Ihr hier? Was wollt Ihr von uns?«, schluchzte sie. »Geht doch weg!«

Daniel hielt ihrem Blick stand, schüttelte dann traurig den Kopf und wandte sich ab.

»Herr, unser Gott, wir empfehlen dir unsere Schwester Johanna«, fuhr Hellmann krächzend in seinem Totengebet fort und kniete neben dem Bett nieder. Er musste sich am Rahmen festhalten, um nicht umzufallen, und murmelte: »*Agnus Dei, miserere nobis.*«

»*Dona nobis pacem*«, antwortete der Gevatter und bekreuzigte sich.

Daniel verließ mit steinerner Miene das Totenzimmer.

Roloff empfing ihn wortlos auf der Lucht und legte, als er den Ausdruck in Daniels Gesicht sah, seine Hand auf dessen Schulter. »War's schlimm?«, fragte er und ging mit ihm über die Tenne.

Daniel nickte und schwieg.

Als sie durch die Scheunentür ins Freie traten, schlug ihnen die Hitze wie ein Hammer ins Gesicht, und die plötzliche Helligkeit blendete sie.

»Was nun?«, fragte Roloff und hielt sich die Hand vor Augen.

»Ich will mein Grab besuchen«, sagte Daniel, setzte seinen Schlapphut auf und band seinen Rappen los.

»Schon wieder ins Moor?«, wunderte sich Roloff.

Daniel schüttelte den Kopf und stieg aufs Pferd.

Der Friedhof lag auf einer kleinen Anhöhe zwischen Kirche und Pastorat und war von einer mannshohen Mauer umgeben. Ein schmaler, leicht abschüssiger Weg schlängelte sich von der Sakristei an Gräbern und Gedenksteinen vorbei zum Garten des Pastors. Daniel und Roloff betraten den Kirchhof durch eine kleine Pforte auf der Rückseite des Geländes. Es war mittlerweile vier Uhr nachmittags, und die ersten Schleierwolken zogen am Horizont auf. Eine leichte Nordbrise machte die Hitze erträglicher und vertrieb die Schwüle. Auf dem Friedhof war es totenstill, nur die Mücken summten, und der flötende Ruf eines Pirolmännchens war zu hören. Die hohe Mauer schirmte den Ort gegen Alltagsgeräusche und das Leben auf dem Dorfplatz ab. Kein Mensch war zugegen, die beiden Männer konnten sich ungestört umschauen. Der Friedhof sah ziemlich trostlos aus, von den Eichen und Buchen, die einst hier gestanden hatten, waren nur noch Stümpfe übrig geblieben. Vermutlich waren sie in den Kriegswintern verfeuert worden oder hatten zur Ausbesserung der zerstörten Häuser gedient. Der Friedhof schien strikt nach Herrschaft und Gesinde aufgeteilt zu sein. Die einfachen und unbefestigten Gräber mit schlichtem Holzkreuz und kargem Feldblumenschmuck befanden sich im unteren Teil des Geländes, gleich neben dem Nutzgarten des Pastorats und nur durch einen Holzzaun von diesem getrennt. Die Gräber der Großbauern und Würdenträger befanden sich an erhöhter Stelle, in unmittelbarer Nähe der Sakristei, und waren von denen der Kötter und des Gesindes durch eine niedrige Mauer abgetrennt. Im herrschaftlichen Teil des Friedhofs waren die Kreuze aus Eisen geschmiedet, und an einigen Gräbern standen steinerne Tafeln und Gipsstatuen. In der ersten Reihe, von der Kirche aus gesehen, waren die Pastoren und Kirchenmänner bestattet, sie waren ihrem Gott am nächsten, aber am beeindruckendsten waren die Gräber in der zweiten Reihe, die zu den Großbauern und Grundbesitzern gehörten. Daniel hatte den Eindruck, als wollten die Bauern sich gegenseitig mit ihren Denkmälern und Grabsteinen in den Schatten stellen. Sowohl die Familie des Schulzen wie auch des Vogts hatten ein steinernes Miniaturmausoleum errichtet, auf dem sämtliche Namen der Verstorbenen eingemeißelt waren. Die Gräber selbst waren um das jeweilige Denkmal herumgruppiert, von Randsteinen eingefasst und mit bunten Blumen in zierlichen Vasen geschmückt. Rote Windlichter brannten neben Veilchen, Stiefmütterchen und saftigem Immergrün.

»Spare in der Not, dann hast du im Tod«, scherzte Roloff beim Anblick der Gräber. »Sieht aus, als seien hier Könige beerdigt.«

»Schützenkönige vielleicht«, erwiderte Daniel und ließ seinen Blick suchend über die Gräber schweifen. Ein Grab fiel ihm auf, das genau in der Mitte zwischen den Ruhestätten der Schulzenfamilie und der Familie des Vogts lag. Es war zwar geschmückt wie die anderen, schien aber keiner der beiden Familien zugeordnet zu sein. Bevor er die Inschrift auf dem Grabstein lesen konnte, wusste Daniel bereits, dass es das richtige Grab war. Magda Olthues-Tenfelde war auch nach ihrem Tod ohne familiäre Heimat geblieben. Als Kind ein Soldatenbastard, als Gattin ein Familienzwitter.

Daniel las die Inschrift auf dem Stein:

Magda Tenfelde
verw. Olthues, geb. Dornbusch
* 1623 † 1649

In kleineren Buchstaben stand darunter:

Matthes
* 1649 † 1650

»Bist du sicher, dass eigentlich du hier liegen solltest?«, fragte Roloff und nahm den Hut vom Kopf.

»Es passt alles zusammen«, antwortete Daniel und biss sich auf die Unterlippe. »Die Beerdigung des Jungen fand Anfang Januar statt. Nur wenige Tage, nachdem du mich im Moor gefunden hast.«

»Welches Kind liegt dann hier begraben?«

»Vermutlich war der Sarg leer«, antwortete Daniel.

In diesem Augenblick betrat ein kleines Hutzelmännlein den Friedhof und ging in gebückter Haltung zum Eingang im rückwärtigen Chorteil der Kirche. Hier befand sich, wie Daniel von seinem Andachtsbesuch wusste, der Hochaltar mit dem Allerheiligsten und die Sakristei. Der Mann war sehr alt und trug eine schwarze Joppe und ebenfalls schwarze Beinkleider, er kramte einen schweren Eisenschlüssel aus der Tasche und schloss die Tür auf. Wegen seiner geringen Größe musste er sich nicht bücken, um in die Sakristei einzutreten. Als Daniel vor zwei Tagen nach der Andacht den Pastor zu seinem Haus begleitet hatte, hatte er sich prompt den Kopf gestoßen.

»Der Küster«, antwortete Daniel auf Roloffs fragenden Blick.

Roloff nickte und sagte: »Wenn deine Vermutung stimmt, dann ist die Wirtin deine Schwester und der gehängte Olthues dein Vater.« Er stopfte seine Pfeife und setzte nachdenklich hinzu: »Und der Schulze ist dein Großvater.«

»Eine hübsche Familie«, erwiderte Daniel und lachte abfällig. »Der Opa ist ein Tyrann, der Vater ein mörderischer Lüstling, und die Schwester treibt es mit dem eigenen Onkel und beabsichtigt ihren Gatten zu töten.«

Roloff pfiff überrascht durch die Zähne und sagte: »Die Gute scheint ziemlich verdorben zu sein.«

»Oder sehr verzweifelt«, antwortete Daniel. »Bei dieser Familie ist es nicht verwunderlich, dass aus mir nichts Gescheites geworden ist.«

Roloff lächelte und zündete sich die Pfeife an. Plötzlich jedoch wurde er ernst und sagte: »Wenn du tatsächlich dieser Matthes bist, dann bist du der einzige Sohn des ältesten Schulzensohns.«

Daniel antwortete nicht und starrte auf das Grab seiner Mutter.

»Und damit der Erbe des Schulzenhofes«, setzte Roloff hinzu. Daniel sah seinen Adoptivvater überrascht an. Es war offensichtlich, dass ihm dieser Gedanke bisher noch gar nicht gekommen war. Doch nun nickte er und schüttelte gleich darauf den Kopf. »Es dürfte schwerfallen, das zu beweisen«, sagte er und verstummte plötzlich. Ein weiterer Gedanke schoss ihm durch den Kopf, und sein Blick verdüsterte sich. Roloff schien seine Gedanken lesen zu können und sagte: »Ein guter Grund, einem kleinen Kind den Schädel einzuschlagen.«
»Allerdings«, sagte Daniel und wusste nicht, was er fühlen und denken sollte. Wieder nickte er und schüttelte im nächsten Moment den Kopf. Dann sagte er: »Beinahe bin ich froh, dass sie tot sind.«
»Deine Eltern?«
»Ich hatte Angst, ihnen zu begegnen, obwohl ich sie doch gesucht habe«, murmelte Daniel, »und jetzt, wo ich weiß, dass sie nicht mehr leben, bin ich fast erleichtert. Seltsam, nicht wahr?«
Roloff hob die Achseln und wollte zu einer Antwort ansetzen, als er plötzlich den Zeigefinger vor den Mund hielt und mit einer Kopfbewegung zur Seite wies, wo sich zwei junge Frauen der Kirche näherten und vor einem Grab der Tenfelde-Sippe Halt machten. Eine der Frauen war von Kopf bis Fuß in Schwarz gekleidet, an ihrer Haube flatterten Trauerbänder. Sie kniete nieder und legte einen Strauß Feldblumen auf ein Kindergrab. Daniel erkannte sie als Helene Tenfelde, die jüngste Tochter des Müllers. Ihr kleiner Sohn war vor wenigen Wochen an der Schwindsucht gestorben. Daniel hatte dies bei seinen Nachforschungen herausgefunden. Er glaubte auch die zweite Frau zu erkennen. Sie war etwa fünfundzwanzig Jahre alt, trug einfache Kleidung und sah aus wie eine der Mägde, die er an der Kolkmühle gesehen hatte.
»Ich warte bei den Pferden auf dich«, flüsterte Roloff, der sich geduckt und seinen Hut tief ins Gesicht gezogen hatte. »Es ist besser, wenn man dich nicht in meiner Begleitung sieht.« Und nach einer kurzen Pause setzte er hinzu: »Du willst vermutlich noch eine Weile am Grab deiner Mutter bleiben?«
»Meine Mutter?«, fragte Daniel und starrte auf den Grabstein. Seine Mutter war Tabitha, sie hatte ihn erzogen, sich um ihn gesorgt und ihm zu essen gegeben. Und sie hatte ihm nie das Gefühl gegeben, dass er nicht dazugehörte. Dass er anders war. Doch hier lag die Frau begraben, die ihr Leben gegeben hatte, um ihn zur Welt zu bringen. Deren Unglück mit seiner Zeugung begonnen hatte. Er presste die Lippen zusammen und kniete neben dem Grab nieder. Beinahe gegen seinen Willen horchte er jedoch auf die Worte der beiden Frauen, die sich laut und sogar ein wenig aufgebracht unterhielten und sich nicht darum scherten, ob ihnen jemand zuhörte.
»Du glaubst doch nicht im Ernst, was dir diese Zigeunerin erzählt

119

hat?« sagte die Magd und stemmte unwillig die Hände in die Seite. »Die lügen doch, wenn sie den Mund aufmachen, diese Streuner.«

Mehr noch als die Worte überraschte Daniel der harsche Tonfall, in dem die Magd mit ihrer Herrin sprach. Sie redete sie vertraulich mit »du« an und sprach mit ihr wie mit einem ungezogenen Kind.

Die Angesprochene drehte ihren Kopf, um die Magd anzuschauen, und Daniel konnte nun ihr bleiches Gesicht sehen. Helene Tenfelde war höchstens sechzehn, vielleicht siebzehn Jahre alt, und sie schaute traurig und zugleich hilflos drein. Die Tränen standen ihr in den Augen, auf ihren Wangen waren nervöse Flecken zu erkennen, und ihre Nase war vom Schniefen gerötet.

»Verstehst du denn nicht, Katharina«, sagte das Mädchen beinahe flehentlich und wischte sich mit der Hand über die Nase. »Sie hat mit ihm gesprochen.« Sie verbesserte sich: »*Er* hat mit ihr gesprochen.«

»Hokuspokus!«, entfuhr es der Magd. »Alles fauler Zauber.«

»Aber sie kannte seinen Namen, ohne dass ich ihn genannt hätte«, beharrte Helene Tenfelde und lächelte.

»Du hast der alten Hexe gesagt, wer du bist«, beharrte die Magd. »Da ist es kein Wunder, dass sie über dich Bescheid wusste.«

»Aber woher sollte sie das wissen? Sie ist völlig fremd hier und kennt niemanden aus dem Dorf. Martin ist doch erst vor wenigen Wochen gestorben.« Das Mädchen machte eine Pause und wischte sich die Tränen aus dem Gesicht. »Nein, sie hat in meine Hand geschaut und gesagt: ›Armes Kind, du durchleidest tiefe Trauer.‹«

»Schau dich doch an«, erwiderte die andere höhnisch, »bei deiner Kleidung hätte ich dir das auch weissagen können.«

»Das begreifst du nicht.« Helene schüttelte energisch den Kopf. »Sie hat mich angeschaut, als wäre sie gar nicht bei sich, dann ist sie plötzlich wie aus einem Traum aufgewacht und hat seltsam gelächelt. Und dann hat sie gesagt: ›Ich soll Euch von Martin ausrichten, dass es ihm gut geht. Er ist dort, wo er jetzt ist, gut aufgehoben. Ihr sollt Euch keine Sorgen machen, sagt er. Sein Leiden ist vorüber.‹« Helene strahlte, als sie das sagte, und setzte hinzu: »Du kannst dir nicht vorstellen, was das für ein Trost für mich war. Es geht ihm gut, Katharina! Verstehst du das nicht?! Martin hat mir eine Botschaft geschickt.« Die Müllertochter lächelte entrückt, schaute liebevoll auf das Grab und streichelte den Grabstein.

Die Magd jedoch schnaufte verächtlich und verschränkte die Arme vor der Brust. Sie reckte plötzlich den Kopf und schaute hinüber zum Pastorat, wo der junge Kaplan in diesem Moment aus einer Remise auf der Rückseite des Hauses trat und seine Glieder streckte. Er klopfte seine Kleidung ab, schaute sich vorsichtig um und erstarrte, als er die Magd auf dem Friedhof erblickte. Er nickte andeutungsweise und verschwand schleunigst im Haus.

Daniel stand auf, schaute ein letztes Mal auf Magdas Grab und trat dann hinter dem Grabmal der Schulzenfamilie hervor. Die Müllertochter fuhr zusammen, als er plötzlich neben ihr stand, sie hatte ihn überhaupt nicht wahrgenommen und schaute ihn nun an wie eine Erscheinung.

Daniel zog seinen Hut, bedachte die beiden Frauen mit einem ehrerbietigen Lächeln und ging in Richtung Kirchplatz davon. Die Magd stierte ihn an, als wolle sie ihn mit ihrem Blick in den Boden rammen, schaute aber im nächsten Augenblick wieder zum Pastorat hinüber. Dort trat nun eine weitere Person aus der Remise. Daniel erkannte Giselas dichtes blondes Haar und den üppigen Busen, den sie gerade wieder zurechtrückte.

»Verdammter Mistkerl«, hörte Daniel die Magd leise hinter sich fluchen. Er schüttelte belustigt den Kopf und trat durch die Pforte auf den Platz.

Roloff wartete mit den Pferden bereits vor der Kirche. Als er Daniel sah, stieg er auf, nickte seinem Sohn zu, machte ihm ein Zeichen und ritt davon.

Daniel verstand. Er ging zu seinem Rappen, führte es zum Wirtshaus und las den Zettel, den Roloff unter dem Sattel verstaut hatte.

»Wir sollten Rat halten«, stand darauf, »nach Sonnenuntergang hinter der großen Düne.«

Im gleichen Moment ertönten die Glocken im Kirchturm. Der Küster schlug die Totenglocken für die Gevatterin Ottenpeter.

Vierzehntes Kapitel
Handelt von Frauen- und Männersachen

Der Festplatz war kaum wiederzuerkennen. Wo noch am Vorabend die Heide verschlafen dagelegen und sich einige vereinzelte Zelte und Planwagen um ein Sandloch geschart hatten, wimmelte es jetzt von Mensch, Gerät und Tier. Überall wurde gewerkelt und gehämmert, Stände und Buden waren errichtet worden und wurden nun geschmückt. Krämer und Händler hatten ihre Wagen zu kleinen Grüppchen zusammengestellt und bemalten Holzschilder und Leinwand, auf denen sie ihre Waren anpriesen. Zwischen den Bäumen waren Seile gespannt, auf denen Seiltänzer in den kommenden Tagen ihre Kunststücke darbieten würden. Fahrende Komödianten hatten mit Hilfe einiger Stallknechte eine provisorische Bühne errichtet, auf der sie ihre Possen reißen wollten und am Sonntagabend der Festtanz abgehalten werden sollte. Marktschreier, Quacksalber, Gaukler, Musikanten, Kesselflicker und allerlei Bettler umlagerten die Sandkuhle mit der hölzernen Stange, die mittlerweile mit Reisig und kleinen Fähnchen geschmückt war und an der am Sonntagmittag nach feierlicher Prozession und Segnung durch den Pastor der Holzvogel angebracht werden sollte.

Es dämmerte bereits, der beinahe volle Mond war längst aufgegangen. Vor einigen Zelten brannten Fackeln und beleuchteten die Tische und Regale, die im Moment noch leer waren, aber schon bald mit Dörrfleisch, Räucheraal, tönernen Schüsseln, frischem Gemüse, Messingwaren und selbstgebrauter Medizin gefüllt sein würden. Zwischen den Krämerwagen brannte ein Lagerfeuer, und die zahlreichen, spärlich bekleideten Kinder hockten im Kreis darum, warfen Holz nach und spuckten in die Flammen. Am hinteren Ende des Platzes, gleich neben der Bühne, auf der nun eine Art Vorhang an überhängenden Ästen angebracht wurde, befand sich der Schanktisch der Tenfeldes. Der Wirt stand hinter dem Tisch, trug einen Trauerflor am linken Ärmel und schimpfte mit Wenzel Vogelsang, dem stummen Laufburschen, der gerade dabei war, ein Holzschild an einer winzigen Birke anzubringen. Mit Kreide stand darauf geschrieben: »Zur alten Linde«. Henrike Tenfelde war nicht zu sehen, gemeinsam mit dem so genannten Totenbauern, dem nächsten Nachbarn der Verstorbenen, hielt sie Totenwache am Sterbebett der Ottenpeterin. Drei Tage und drei Nächte musste die Leiche in ihrem Haus aufgebahrt werden, bevor sie am Montag auf dem Kirchhof beigesetzt werden konnte. Anschließend würde in der »Linde« der Leichenschmaus stattfinden. Dem Wirt schien der Zeitpunkt des Todes der Gevatterin gar nicht zu schmecken. »Ausgerechnet, wenn ich den Vogel abschießen will, muss die alte Hexe sterben«, hatte er Daniel gegenüber geflucht. Und er hatte dreingeblickt, als glaubte er, die Ottenpeterin sei nur gestorben, um ihn zu ärgern. Auch jetzt schaute er missmutig aus der Wäsche und scheuchte einen kleinen Jungen, der sich seinem Stand genähert hatte, mit einer Handbewegung fort.

Daniel betrachtete das Treiben auf dem Platz aus der Ferne, versteckt hinter einem Ginsterbusch, und hielt Ausschau nach Roloff und den anderen. Im Wagen des Bänkelsängers Malte brannte eine Kerze, und der Schatten seiner Frau Gunhild huschte über die Plane. Von Malte aber war nichts zu sehen, auch die anderen Männer, die gestern beim Bauern Ibing gewesen waren, konnte Daniel nirgendwo ausmachen. Nur der Zwerg Gustav hockte bei den Kindern am Lagerfeuer, er trug seine Schellenkappe, schwenkte die hölzerne Marotte, seinen Narrenzepter, und unterhielt die Leute mit albernen Grimassen und Narreteien.

Ein Knacken im Unterholz ließ Daniel herumfahren, er duckte sich und schaute angestrengt in die Richtung, aus der das Geräusch gekommen war. Für einen kurzen Augenblick glaubte er, ein Stück gelbroten Stoffs hinter einem Wacholderstrauch verschwinden zu sehen, dann lächelte er plötzlich, entspannte sich und wandte sich wieder dem Festplatz zu. Er sah Tabitha im Schneidersitz vor ihrem Zelt hocken. Angela, ihre jüngste Tochter, die wegen der üppigen Lockenpracht von allen nur Engelchen genannt wurde, versuchte sich an einigen Kunststücken mit Jonglierbällen. Der kleine Juro, ein zehnjähriger Lausebengel mit struppig vom Kopf abstehendem Haar, hüpfte um seine Schwester herum und versuchte, sie mit seinem Schabernack abzulenken und aus der Ruhe zu bringen. Als ihr schließlich ein Ball herunterfiel, lachte er schadenfroh, machte eine lange Nase und tanzte wie ein Rumpelstilzchen. Tabitha griff nach einem Reisigbesen, der vor dem Zelt stand, und gab ihrem Sohn einen Hieb aufs Hinterteil. Der Junge lachte nur noch lauter und rannte zum Lagerfeuer, während er sich gleichzeitig den Hosenboden rieb. Daniel schüttelte belustigt den Kopf, machte aber sofort wieder eine ernste Miene. Von Kill und Roloff war weit und breit nichts zu sehen. Vermutlich hatten sie sich bereits an der Düne eingefunden.

Wieder knackte es im Gebüsch.

»Hallo, Celestina«, sagte Daniel und wandte sich zur Seite, wo im selben Augenblick seine Schwester aus dem Dunkel geschossen kam. Sie trug das gelbrote Kleid, das sie bereits am Morgen in der Schenke getragen hatte. Es leuchtete im Mondlicht, und im Saum hatten sich Disteln und Waldkletten verfangen. Celestinas bunte Haube war verrutscht, der dornige Zweig eines Brombeerstrauchs prangte daran wie eine Hutfeder.

»Welche Laus ist dir denn über die Leber gelaufen?«, spottete Daniel. »Spielst du den Waldgeist oder was soll die …?« Als er den finsteren und wutentbrannten Ausdruck in ihrem Gesicht sah, unterbrach er seine Spöttelei und fragte: »Was ist los?«

»So eine Gemeinheit!«, zischte Celestina und ließ sich schnaubend neben ihrem Bruder nieder. »Verfluchte Bande!« Sie schob ihr spitzes Kinn vor und funkelte Daniel an, als wolle sie ihn mit ihrem Blick in Stein verwandeln. Dann rückte sie sich die Haube zurecht, riss den Dornenzweig ab, strich sich die Haare aus dem Gesicht und setzte hinzu: »Du bist auch so ein gottverdammter Mistkerl!«

»Ich?«

»Ja, du!« Sie bückte sich und zupfte die Kletten von ihrem Kleid.

»Deine Brust«, murmelte Daniel und räusperte sich.

»Was?«, fauchte sie.

»Das Brusttuch«, antwortete er verlegen, »es hängt heraus.« Zögernd setzte er hinzu: »Und dein Mieder ist lose.« Das war es tatsächlich. Die Schnüre hatten sich bei ihrem wütenden Marsch durchs Gebüsch gelöst, das Oberteil ihres Kleides stand offen.

Celestina schnaufte übellaunig, riss das Tuch kurzerhand ab, warf es zu Boden und verschränkte die Arme vor der Brust, so dass Daniel beinahe gezwungen war, in ihren Ausschnitt zu starren.

»Was ist denn in dich gefahren?«, fragte er und senkte verschämt den Blick. Er wusste selbst nicht, warum es ihm unangenehm war, Celestinas

Brüste zu sehen. Er hatte sie schon oft nackt gesehen, das war zwar Jahre her, sie waren damals noch Kinder gewesen, und seit einiger Zeit war ihm aufgefallen, dass Celestina ihm gegenüber eine seltsame Scheu zeigte, als schäme sie sich oder habe Angst vor ihm, aber der Anblick weiblicher Brüste war ihm durchaus nicht unvertraut. Auch wenn es sich dabei zumeist um die Brüste irgendwelcher Soldatendirnen gehandelt hatte. Daniel war alles andere als ein hübscher Anblick, und die Frauen standen nicht gerade vor seinem Bett Schlange. Wenn er etwas von ihnen wollte, musste er dafür bezahlen. Oder es bleiben lassen. Dickkopf, der er war, entschied er sich zumeist für letzteres. Wenn die Frauen ihn mieden, dann beschloss er eben, dass sie ihn nicht interessierten.

»Nur weil ich eine Frau bin!«, fuhr sie ihn an.

Daniel erschrak. «Was?«, rief er.

»Du hast genau gehört, was ich gesagt habe.«

»Das Brusttuch hing halt heraus«, entschuldigte er sich stotternd, »und die Schnüre waren ...«

»Ach, das doch nicht!« Celestina schüttelte ärgerlich den Kopf und fixierte ihren Adoptivbruder mit den dunklen Augen, als begreife sie erst jetzt, was er gesagt hatte. Der Ansatz eines Lächelns huschte plötzlich über ihr Gesicht, das Braun ihrer Wangen bekam einen Rotstich, doch sofort setzte sie wieder ihre Medusenmiene auf. »Was kümmert mich meine Kleidung?!«, sagte sie, setzte sich jedoch aufrecht hin und schnürte ihr Mieder zu. »Es geht um den Rat.«

»Was ist damit?«, fragte Daniel und atmete erleichtert auf.

»Sie wollen mich nicht dabei haben.«

»Hast du Roloff gefragt?«

»Du kennst doch Vater«, seufzte sie und pustete sich eine Haarsträhne aus dem Gesicht. »Er will davon nichts wissen. Das ist Männersache, sagt er. Das war schon immer so, drum wird's auch so bleiben. Frauen haben dabei nichts verloren, meint er. Du weißt ja, wie er ist.« Sie riss einen Zweig vom Wacholderstrauch, unter dem sie saß, und rupfte die Blätter ab, als seien es die Federn einer Gans. »Mich will er nicht mitnehmen«, brummte sie, »aber ein Schwachkopf wie Ohnebein ist mit von der Partie. Das ist nicht gerecht.«

»Warum willst du unbedingt dabei sein?«, antwortete Daniel achselzuckend. »Ich erzähl' dir doch nachher ohnehin alles. Es kommt also aufs Gleiche raus.«

»Eben nicht!«, zischte sie. »Denn ich darf meine Meinung nicht sagen. Ich erfahre nur, was ihr beschlossen habt, und wenn's dann soweit ist, darf ich wieder nicht dabei sein. Das kenn' ich doch!«

»Schau dich doch an«, erwiderte Daniel.

»Was meinst du?« Jetzt war es Celestina, die erschrak. Sie schaute verwirrt an sich hinab und sah Daniel fragend an.

»Dein Kleid leuchtet wie eine Laterne«, fuhr ihr Adoptivbruder fort, »und dass man damit nicht so ohne weiteres durchs Unterholz kommt, hast du ja gerade erlebt.«

»Dann zieh' ich mir eben Hosen an!«, entgegnete sie störrisch, sprang auf und bedachte Daniel mit einem vernichtenden Blick. »Du bist genau wie die anderen. Keinen Deut besser. Ich hasse dich!« Mit diesen Worten wandte sie sich ab, raffte den Saum ihres Kleides und wollte davonmarschieren. Doch plötzlich überlegte sie es sich anders und drehte sich abermals um. Sie schien mit sich zu ringen, ihr Busen ging sichtbar auf und ab, und sie atmete schwer. »Nein, das tu ich nicht«, sagte sie dann, beugte sich zu ihm hinab und drückte ihm einen Kuss auf den Mund.

Daniel war wie vom Blitz getroffen, er war nicht imstande, den Kuss zu erwidern oder etwas zu sagen. Die Medusa hatte ihn in Stein verwandelt. Und im nächsten Augenblick war Celestina davongerannt. Ihr gelbrotes Kleid war noch kurz zwischen den Büschen zu sehen. Dann war sie verschwunden.

Als Daniel aus seiner Starre erwachte, atmete er tief durch. Es schien ihm, als habe der Kuss ihm jede Luft genommen, als habe man ihn gewaltsam unter Wasser gedrückt. Er fühlte die Adern an seinen Schläfen pochen, sein Herz raste, und er ließ sich rücklings zu Boden fallen. Direkt neben seinem Kopf lag Celestinas Brusttuch. Daniel hob es auf und roch daran. Ambra und Vanille. Er atmete tief ein und sah sie vor sich. Ein Schwindel befiel ihn. Das konnte doch gar nicht sein. Es war undenkbar.

»Dummes Zeug!« Er schnaufte, stand auf und zwang sich, die Gedanken zu verscheuchen. Er steckte das Tuch ein, schüttelte verwirrt den Kopf und rannte schnurstracks zur Düne.

Der Treffpunkt war gut gewählt. Auf der einen Seite der Seerosenteich, auf der anderen die Düne, war der Ort nur von Süden her zu erreichen. Der Festplatz lag in östlicher Richtung hinter der Sanddüne, das Dorf im Norden, jenseits des Teichs. Kein Mensch kam zufällig hierher, und weil niemand sich unbemerkt nähern konnte, waren sie vor neugierigen Augen und Ohren geschützt. Als Daniel von der Düne stieg, machte er einen Käuzchenruf, und es wurde ihm prompt geantwortet. Die Männer saßen im Kreis auf einer Lichtung unter einer knorrigen alten Eiche, die zwischen all dem Wacholder und den Birken wie ein Riese unter Zwergen wirkte und deren Äste bis auf den See hinausragten. Im Dorf galt dieser Platz als verflucht, die Eiche wurde von allen nur »Totenbaum« genannt. Wie Daniel vom Gesinde der Bauern erfahren hatte, war dies ein bevorzugter Ort, um sich das Leben zu nehmen. Schon viele verzweifelte Seelen hatten sich, wenn man dem Gerede glauben wollte, an den mächtigen Ästen erhängt. Die Bauern mieden die Lichtung unter der

Eiche wie der Teufel das Weihwasser. Der rechte Ort für einen Rat der Gauner.

Obwohl die Männer aus gutem Grund im Dunkeln saßen, schien der Mond so hell, dass Daniel ihre Gesichter erkannte. Neben Roloff, der gerade redete und dabei mit den Armen fuchtelte, saßen seine beiden Söhne Kill und Gero. Letzterer war zwar erst vierzehn Jahre alt, aber so flink und gelenkig, dass es mit ihm als Fassadenkletterer keiner aufnehmen konnte. Gero kletterte an einer Steinwand hoch, als steige er eine Treppe hinauf, und er balancierte auf Dachfirsten, als seien es gepflasterte Straßen. Neben ihm saß Malte Stürzenbecher, der zwar außer dem Erzählen von Geschichten wenig gaunerische Fähigkeiten besaß, aber dafür ein heller Kopf war. Ihm zur Linken hockten Frante Balázs, der ungarische Gewichtheber, und Johann Ohnebein, der die dürre Wade seines linken Unterschenkels massierte und Daniel mit einem nicht gerade freundlichen Kopfnicken begrüßte. Neben Kill, auf der anderen Seite der Runde, saß Pierre Thibault, dessen bunte Landsknechtsaufmachung beinahe ebenso auffällig war wie Celestinas Kleid. Er winkte Daniel zu sich und flüsterte: »Hallo, *mon ami*. Du kommst spät.«

»Ich wurde aufgehalten«, antwortete Daniel und errötete bei dem Gedanken an Celestina. »Entschuldigt.«

»O la la, ich verstehe«, erwiderte der Franzose und zwinkerte dem anderen zu. »Du Schlingel. *C'est une femme, n'est-ce pas?*«

Daniel machte eine verkniffene Miene und setzte sich.

»Ich habe den anderen gerade berichtet, was wir im Moor gehört und gesehen haben«, wandte sich nun Roloff nickend an seinen Ziehsohn, »und ich schlage vor, dass erst einmal jeder sagt, was er davon hält.«

Wie nicht anders zu erwarten, war es Malte, der als erster das Wort ergriff. »Was gibt es da zu bereden?«, sagte er und kratzte sich den Nacken. »Die Sache liegt doch klar auf der Hand. Der Heidebauer und der Schulzensohn gehören zu den Schmugglern, von denen dieser Leutnant von Ulsen gesprochen hat, und die Moorkapelle dient ihnen als Unterschlupf. Warum baut man sonst eine Kapelle im Sumpf, zu der sich höchstens die Asseln und Nattern verirren? Das ist alles nur Tarnung. Und der Pater gehört bestimmt auch zu der Bande. Vermutlich ist er nicht einmal blind.« Mit einem breiten Grinsen wandte er sich an Meister Ohnebein: »Oder was meinst du, Johann?«

Bevor der Angesprochene antworten konnte, sagte Daniel: »Der Alte ist blind, darauf kannst du dich verlassen. Ich hab in seine Augen geschaut. Sie sind tot.«

»Und was bedeuten die roten Lappen?«, fragte Ohnebein.

»Ein Erkennungszeichen«, antwortete Malte und schob das Kinn vor, »vielleicht als Warnung vor den Patrouillen des Leutnants oder als Ankündigung einer Unternehmung. Ein Gaunerzinken.«

Die anderen nickten und brummten zustimmend.

»Aber wie konnte der Schulzensohn so einfach verschwinden?«, entfuhr es Kill, dessen Gesichtsausdruck verriet, dass ihm diese Frage seit einiger Zeit auf der Seele gebrannt hatte. »Das begreife ich nicht«, setzte er überflüssigerweise hinzu.

»Ist doch ganz einfach«, sagte Frante und zwirbelte an seinem Schnurrbart. »Die Kapelle ist unterkellert, die haben eine Grube gebaut, und da hat sich dieser Olthues versteckt.«

Kills Miene hellte sich auf.

»Ich wette, dass sich in dem Keller das Lager der Schmuggler befindet«, fuhr Frante fort. »Irgendwo müssen sie die Gewürze und den Schmuck und das Geld ja lagern. Wir brauchen nur hingehen, dem Pater eins auf den Dez geben und uns bedienen. Ein Kinderspiel.«

»Mag sein«, sagte Daniel, schüttelte jedoch zugleich den Kopf. »Vielleicht gibt es diesen Keller, möglicherweise ist unter dem Altar aber auch der Einstieg zu einem Tunnel. Sowohl die Grenze wie auch der Schulzenhof sind nur wenige hundert Schritte entfernt. Der Pastor hat von Gräben und Fluchtspeichern berichtet, die der Schulze während des Krieges angelegt hat. Es könnte doch sein, dass die Schmuggler diese unterirdischen Wege für ihre Zwecke benutzen. Wie die Maulwürfe.«

»Natürlich«, rief Malte begeistert, »du hast Recht, Daniel. Die gesamte Grenze ist durch die Landwehr gesichert, die Wege sind versperrt, und auf dem Wall patrouillieren die Männer des Leutnants. Kein leichtes Terrain für Schmuggler.« Malte lachte und schlug sich auf die Schenkel. »Sie haben sich einfach unten durchgebuddelt.«

»Es würde mich doch zu sehr interessieren, wo dieser Tunnel endet«, mischte sich nun auch Pierre in das Gespräch ein. »Wenn er tatsächlich zum Hof des Schulzen führt, dann sollten wir morgen auf dem Tennenfest die Augen offenhalten. *On va chercher l'entrée.*«

»Ganz recht, Pierre«, sagte Roloff, »vor allem aber sollten wir uns überlegen, was wir am Sonntag unternehmen. Wenn ich den Heidebauern richtig verstanden habe, dann ist für Mitternacht eine groß angelegte Aktion geplant. Und was auch immer es sein mag, wir sollten zur Stelle sein. Solange wir nicht wissen, was die Schmuggler vorhaben, sollten wir uns ruhig verhalten.« Er hielt plötzlich inne, zog die Stirn kraus und schaute misstrauisch nach oben.

»War da was?«, fragte Ohnebein. »Es hat geraschelt, oder?«

»Hast du Angst vor Gespenstern?«, machte sich Malte lustig.

»Weißt du nicht, was das für ein Baum ist?«, fragte der Bettler.

»*Et patati, et patata!*«, raunzte Pierre und zog eine missfällige Schnute. »Wenn du Angst hast, dann verschwinde!«

Ohnebeins Blick verfinsterte sich, aber er blieb stumm.

»Ein Ast hat sich bewegt«, sagte Gero, der froh war, auch mal etwas

127

zur Unterhaltung beisteuern zu können.« »Der Wind hat sich gedreht. Wahrscheinlich gibt's bald ein Gewitter.«

Alle starrten zur Eiche hinauf, und tatsächlich fuhr in diesem Moment eine Windbö durch die Äste und ließ die Blätter rauschen. Eine Eichel fiel herab und landete auf Frantes Kopf, der erschrocken zusammenzuckte und dann herzhaft auflachte. Auch die anderen lachten. Nur Meister Ohnebein schaute weiterhin grimmig drein.

»Was meinst du mit ›ruhig verhalten‹?«, wandte sich Malte schließlich an Roloff. »Willst du einfach zusehen und nichts tun?«

»Wir sollten um Mitternacht an der Kapelle sein«, sagte Roloff, »aber wenn wir zu früh eingreifen, verscheuchen wir die Bauern nur. Sie sollen ruhig erst alles herschaffen, bevor wir es ihnen abnehmen.«

»Richtig«, sagte nun auch Frante und klatschte in die Hände, »warum abmühen sollen wir uns mit dem Zeug unnötig. Kaffer machen Arbeit erst, holen wir anschließend Ernte ein. Schnappen wir ihnen Gewürze weg und verkaufen sie ihnen auf Kirchweih dann.« Er lachte lauthals.

Daniel hatte das Gespräch schweigend und mit zunehmend finsterer Miene verfolgt. In seinem Kopf ging es drunter und drüber, und das hatte nicht nur mit den Schmugglern zu tun. Nun aber entfuhr ihm ein ungläubiges Schnaufen, und er zog einen Flunsch.

»Warum schüttelst du den Kopf?«, fragte Roloff.

»Ich glaube das nicht. Warum machen die Schmuggler einen solchen Wirbel?« Es klang, als spreche Daniel mit sich selbst. »Warum dieser Aufwand?«

»Schmuggeln ist nicht erlaubt«, sagte Kill mit ernster Miene.

»Das weiß ich«, antwortete Daniel und musste gegen seinen Willen schmunzeln. »Aber warum diese nächtliche Aktion? Wenn sie einen Tunnel haben – was ich als sicher annehme –, warum schaffen sie dann das Zeug nicht einfach rüber? Kein Mensch weiß davon, die Kapelle bietet ihnen Schutz, der Leutnant hat keine Ahnung von den Maulwürfen zu seinen Füßen. Was soll also der ganze Aufstand?«

»Wahrscheinlich wollen sie die Gelegenheit nutzen und eine größere Menge über die Grenze schaffen«, vermutete Malte. »Das würde den Aufwand rechtfertigen, nicht wahr?«

»Aber was ist daran riskant? Warum war der Schulzensohn so zögerlich? Wenn es nur ums Schmuggeln ging, warum hat er sich dann vor Angst bald in die Hose gemacht? Nein, es muss etwas anderes dahinterstecken.«

»Unsinn!«, fauchte Ohnebein, »Schmuggler schmuggeln. Was sollen sie denn sonst tun?«

»Ich weiß es nicht«, musste Daniel eingestehen, wandte sich dann aber an Roloff: »Erinnerst du dich, dass Ibing irgendetwas gesagt hat wie: ›Oder willst du ihn auch am Galgen baumeln sehen?‹ Ich frage mich, was er damit gemeint hat. Ich kann es nicht beschwören, aber ich glaube, wir sind auf dem Holzweg. Ich hab da so ein Gefühl.«

»Papperlapapp!«, rief Ohnebein. »Gefühle sind was für Weiber!« Daniels Blick flammte auf, er schluckte und wurde puterrot, doch statt dem anderen an die Gurgel zu springen, wie die anderen es zunächst erwarteten, sagte er kleinlaut: »Recht hast du, Ohnebein.« Und dann senkte er den Kopf und verfiel in dumpfes Schweigen.

Der Bettler grinste höhnisch und kratzte sich triumphierend zwischen den Beinen.

Eine Zeitlang sagte keiner der Männer ein Wort, alle starrten Daniel verwundert an und schienen ihren Augen und Ohren nicht zu trauen. Im Baum raschelte es, ein Ast schwankte, aber niemand achtete darauf. Ein Eichelhäher gab seinen rätschenden Warnruf von sich und zeigte seinen weißen Bürzel, als er davonflog.

Schließlich ergriff Meister Thibault das Wort.

»*Mes amis*«, sagte er, stand auf und machte eine ausladende Geste mit der Hand, »lasst uns zu unserem Thema zurückkommen. Was soll nun morgen geschehen?«

»Morgen?«, fragte Roloff. »Du meinst Sonntag.«

»*Non*«, antwortete der Franzose, »ich spreche von der *fête* auf der Tenne und was wir mit dem Heidebauern vorhaben.«

Nun glotzten alle ungläubig zu Pierre hinüber.

»Ich meine, er hätte uns nicht warnen sollen«, erklärte Pierre und spuckte voller Verachtung zu Boden. »*Ce gredin!*«

»Wovon sprichst du eigentlich?«, wollte Malte wissen.

»Morgen, während des Festes, sollten einige von uns auf dem Schulzenhof nach dem Eingang zu diesem Tunnel suchen«, erwiderte Pierre und machte eine abwehrende Geste, als Malte eine krause Stirn zog und ihn unterbrechen wollte. Dann fuhr er fort: »Die anderen jedoch sollten dem Heidehof einen Besuch abstatten und nach der Schatzkammer des Bauern suchen.«

»Das sagst ausgerechnet du?«, wunderte sich Roloff und neigte den Kopf zur Seite. »Ich dachte, Ibing sei dein Freund. Gestern hast du ihn umarmt und vor Dankbarkeit geküsst.«

»*Mon ami*«, imitierte Malte den Chevalier, breitete die Arme aus und drückte einen imaginären Freund an sich. »Dein Genever ist *formidable*.«

»Das war gestern. *C'est passé!*« Der Franzose stemmte die Arme in die Seite und setzte mit vibrierender Stimme hinzu: »Dass er uns einen *genévrier* spendiert hat, ehrt ihn, aber uns zu drohen, das war nicht fein. So was lässt sich der Chevalier von Bastia nicht gefallen. Das hätte er nicht tun dürfen.«

»Davon hast du gestern nichts gesagt«, erwiderte Roloff.

»Ich war betrunken.« Pierre wiegte geziert den Kopf. »Aber heute würde ich diesen Bauern meine Klinge spüren lassen, wenn er noch einmal drohen würde, uns zu Mettwurst zu verarbeiten. Was glaubt der, wer er ist? *Mince alors!* Dem Chevalier von Bastia droht man nicht ungestraft! Und darum sollten wir ihn überfallen und ausrauben. Jetzt erst recht.« Er machte eine würdevolle Miene, wandte sich zur Seite und fragte: »Oder was meinst du, Daniel?«

Der Platz zu seiner Rechten war leer. Daniel war verschwunden.

»Nanu«, entfuhr es dem Chevalier.

Im gleichen Moment erklang Daniels Stimme aus der Eiche. Er stand auf einem mächtigen Ast, direkt über Roloffs Kopf, hatte den Dolch gezückt und rief: »Komm raus, du Spion, oder ich hol' dich!« Der Ast über Daniel zitterte, doch nichts geschah. Niemand zeigte sich. »Du hast es so gewollt«, sagte Daniel und kletterte auf den nächsten Ast, der viel dünner und bereits auffällig nach unten geneigt war.

»*Attention!*«, rief Pierre und zückte seinen Degen. »Der Ast bricht.«

Auch die anderen waren aufgesprungen, hatten zu ihren Waffen gegriffen und verfolgten gebannt das Geschehen.

Daniel balancierte auf dem Ast, hielt sich mit der einen Hand an den Zweigen fest, während er in der anderen den Dolch hielt und sich Schritt für Schritt zum äußeren Ende wagte. Er kam nicht weit. Nach wenigen Schritten krachte es. Während Daniel im letzten Moment auf den Ast springen konnte, auf dem er zuvor gestanden hatte, erging es dem Spion weniger glimpflich. Er fiel unter lautem, schrillem Schreien und mit fuchtelnden Armen zu Boden und landete auf dem Steiß. Ein schmerzhaftes Ächzen drang aus seiner Kehle, an der sich im nächsten Moment die Klinge des Chevaliers befand.

»Das ist ja noch ein halbes Kind«, rief Pierre überrascht. »*Un enfant!*«

Der Spion lag wie ein Käfer auf dem Rücken und war nicht in der Lage, sich zu rühren. Der Aufprall hatte ihm die Luft genommen, und er starrte stumm in die finsteren Gesichter der Männer, die ihn nun umringten. Es war ein junger, nicht allzu großer und zierlich gewachsener Bursche mit dunkler Haut und einer Ballonmütze auf dem Kopf, die er über die Ohren und bis auf die Nasenwurzel heruntergezogen hatte.

»Wer bist du?«, fragte Ohnebein und trat ihm in die Seite.

Der Junge stöhnte, krümmte sich und schwieg.

»Was willst du hier? Wer schickt dich?«, setzte Pierre hinzu und hielt dem Burschen die Klinge unters Kinn. »Sprich, sonst stech' ich dich ab!«

Daniel hatte sich mittlerweile einen Weg durch die Gruppe gebahnt, starrte fassungslos auf den Spion, schüttelte den Kopf und fragte: »Du?«

Der junge Bursche verzog den Mund zu einem schiefen Grinsen, das eher entschuldigend als herausfordernd wirkte, und rappelte sich mühsam auf.

»Du kannst den Degen einstecken, Pierre«, sagte Daniel, reichte dem

Jungen die Hand, hievte ihn in die Höhe und riss ihm im gleichen Moment die Mütze vom Kopf, so dass die dunklen Locken und die goldenen Kreolen an den Ohren zum Vorschein kamen. Ein ungläubiges Raunen ging durch die Menge. Erst jetzt erkannten die Männer, was Daniel bereits beim ersten Anblick gesehen hatte. Bei dem jungen Burschen handelte es sich um Celestina. Sie hatte ihren Worten Taten folgen lassen, sich Hosen und eine leinene Joppe angezogen und war den Männern zum Treffpunkt gefolgt.

»*Mon dieu*«, entfuhr es dem Chevalier, er steckte den Degen ein.

»Oh, verflucht«, rief Ohnebein, dem aufging, dass er gerade seiner Angebeteten in die Nieren getreten hatte. »Hab ich dir weggetan?«

Celestina räusperte sich und rieb sich die Seite.

»Wie bist du da raufgekommen?«, wunderte sich Malte.

»Die Äste reichen fast bis zur Düne«, sagte sie stolz, »ich bin auf eine Birke gestiegen und von dort auf die Eiche. Es war ganz leicht.«

Jetzt platzte Roloff der Kragen: »Was fällt dir ein, hier herumzuspionieren?! Hab ich dir nicht gesagt, du sollst bei Tabitha bleiben? Verschwinde, sonst vergess' ich mich!« Er hob bereits die Hand, um ihr eine Ohrfeige zu geben, doch Daniel griff ihm in den Arm und zog seinen Adoptivvater beiseite.

»Nicht«, sagte er. »Das macht es nur noch schlimmer.«

Roloff stieß einen gotteslästerlichen Fluch aus und bedachte seine Tochter mit einem grimmigen Blick. »Was stehst du noch da rum?!«, fuhr er sie an. »Mach, dass du wegkommst!«

»Und warum?«, rief Celestina und wandte sich Hilfe suchend an die umstehenden Männer. »Wieso darf ich nicht an eurem Rat teilnehmen? Bin ich etwa weniger wert als ihr?«

»Du bist eine Frau«, brachte Kill in seiner naiven Art die Sache auf den Punkt. »Und wir sind Männer.«

»Na und?«, erwiderte sie riss die Augen auf, als sei sie nicht bei Sinnen. »Was hat das schon zu sagen? Mit Hosen an den Beinen und Mütze auf dem Kopf bin ich nicht anders als ihr. Ich kann so gut klettern wie Gero, und mit Ohnebein nehm' ich es allemal auf.«

»Hältst dich wohl für eine zweite Jungfrau Johanna, was?«, lachte Frante und ruderte mit seinen mächtigen Fässerarmen.

»Brauchst gar nicht so zu feixen, du ungarischer Speckfresser!«, fuhr sie ihn an. »Schließlich hat keiner von euch bemerkt, dass ich euch belausche.«

»Daniel hat es bemerkt«, erwiderte Pierre.

»Ja, Daniel«, sagte sie und schaute ihn zugleich ärgerlich und beschämt an. »Das ist was anderes«, fügte sie leise hinzu.

Pierre stutzte und sein fragender Blick ging zu Daniel, der wie eine Salzsäule neben Roloff stand.

»Von mir aus kann sie bleiben«, sagte Ohnebein achselzuckend und stellte sich neben Celestina, als hoffe er, von ihr deswegen gestreichelt oder zumindest mit einem freundlichen Blick bedacht zu werden. »Sie könnte doch Schmiere stehen. Ich werd' schon auf sie aufpassen, wenn's brenzlig wird.«

»Nichts da!« Roloff stürmte auf seine Tochter los, stieß den Bettler zur Seite und packte Celestina an den Schultern. »Soll ich dir deine Flausen aus dem Kopf schütteln?« Tatsächlich rüttelte er sie nun wie einen reifen Birnbaum, und Schaum trat in seine Mundwinkel.

»Sag du doch auch etwas!«, wandte sich Celestina verzweifelt an Daniel, der die Szene mit finsterer Miene, aber mit hochrotem Kopf verfolgt hatte. »Willst du mir nicht beistehen? Tu doch was!«

Daniels Kiefer mahlte unruhig, seine Augen waren zu Schlitzen geworden. »Roloff hat Recht«, presste er schließlich hervor und senkte den Blick. »Das ist nichts für dich.«

»Was?!« Ungläubig und mit offenem Mund starrte sie ihren Adoptivbruder an. »Das ist nicht dein Ernst!«

»Du solltest lieber gehen«, antwortete er, lächelte gequält, und seine Mundwinkel zuckten. »Hier ist kein Platz für dich.«

Einen Moment lang war Celestina wie vom Donner gerührt. Dann jedoch stürzte sie sich plötzlich wie eine Furie auf Daniel, riss ihn zu Boden und schlug ihm ihre spitzen Fingernägel in die Wangen. Sie kratzte, fluchte und drosch auf ihn ein, während er keinerlei Anstalten machte, sich zu wehren. Celestina ließ erst von ihm ab, als Frante und Kill sie mit vereinten Kräften beiseite zerrten.

»Kein Platz für mich?«, fauchte sie, strampelte noch eine Weile und schlug dann die Hände vors Gesicht. »Was hab ich dir denn getan?«, murmelte sie, und die Tränen sammelten sich in ihren Augen. Dann wischte sie sich wütend mit dem Ärmel über das Gesicht, starrte Daniel funkelnd an und knurrte: »Ich hasse dich!«

»Vielleicht besser so«, wisperte Daniel, während er sich aufrappelte und ihm das Blut in dünnen Linien über die Wange lief.

Pierre schaute verwirrt zwischen Celestina und Daniel hin und her. Er schien als einziger zu bemerken, dass hier etwas Seltsames und Unausgesprochenes vorging. Dass es gar nicht um den Rat ging.

»*Mon dieu*«, seufzte er schließlich, als er begriff, und schüttelte den Kopf. »Geh nach Hause, *jolie*«, sagte er leise zu Celestina. »Lass ihn!«

»Begleite sie!«, befahl Roloff seinem Sohn Kill. »Und pass auf, dass sie nicht ausbüxt. Ich will sie hier nicht mehr sehen.«

»Ich kann alleine gehen«, entgegnete Celestina schnippisch, fuhr auf dem Absatz herum und ging in Richtung Düne davon. »Ihr werdet schon noch sehen, was ihr davon habt«, stieß sie wutschnaubend hervor. »Ich werd's euch beweisen, darauf könnt ihr Gift nehmen.«

Roloff gab Kill mit einem Blick zu verstehen, dass er ihr dennoch folgen sollte. Doch Ohnebein kam ihm zuvor.

»Ich begleite dich«, rief der Bettler und lief der jungen Frau freudestrahlend hinterher. »Warte doch, Celestina!«

Die Angesprochene drehte sich brüsk um, wollte ihrem Verfolger eine passende Antwort entgegenschmettern, doch in diesem Moment sah sie Daniels bleiches und versteinertes Gesicht, und sie lachte und rief wiehernd: »Na, dann komm, du Krüppel!« Und mit einem trompetenhaften Lachen hakte sie sich bei Ohnebein unter.

»*L'amour, l'amour*«, sagte der Chevalier und schüttelte nachdenklich den Kopf. Dann wandte er sich zu Daniel um, doch der war abermals verschwunden. Wie vom Erdboden verschluckt. Niemand hatte gesehen, wohin er gegangen war.

Fünfzehntes Kapitel
Berichtet von einer schlaflosen Nacht

Daniel kam sich vor wie ein Verräter, ein Lump, ein Feigling. Wie ein Dummkopf. Warum hatte er das gesagt, wieso hatte er ihr nicht beigestanden? Es wäre doch so einfach gewesen, den Helden zu mimen und sich für sie einzusetzen. Sein Wort hätte Roloff sicherlich umgestimmt, die Argumente wären ihm leicht von den Lippen gekommen. Und wie gern hätte er in Celestinas Augen als strahlender Held dagestanden. Ihr Beschützer, ihr Retter, ihr Geliebter – all das hatte er sein wollen. Er hätte ihr jeden Wunsch von den Augen abgelesen, sie auf Händen getragen, ihr die Füße geküsst. Das war ihm mit einem Schlag klar geworden, als sie vor ihm gestanden und gesagt hatte: »Ja, Daniel, das ist was anderes.« Doch statt dessen hatte er sie vor den Kopf gestoßen und etwas gesagt, das gar nicht seiner Meinung entsprach. Er hatte gelogen, um den Kopf aus der Schlinge zu ziehen. Er hatte den Rettungsanker geworfen, bevor ihn die Strömung in gefährliche Strudel mitreißen konnte. Es wäre nicht gut gegangen, es hätte ein böses Ende genommen, da war er sich sicher, das redete er sich immer wieder ein, wie eine heilige Silbe, deren ständige Wiederholung Erlösung brachte. Sein Verhalten war feige, verlogen und verletzend gewesen, aber deswegen nicht zwangsläufig falsch. Und trotzdem lag er nun in voller Kleidung auf der strohgefüllten Matratze in seinem Zimmer und starrte seit Stunden zur Decke. Es war nur noch eine Stunde bis Sonnenaufgang, aber an Schlaf war nicht zu denken, er war wie behext. Celestinas Brusttuch lag auf seinem Gesicht, und obwohl es ihn peinigte, daran zu riechen, konnte er es nicht weglegen. Der Duft brachte ihn um den Verstand.

Nebenan hörte er den Wirt schnarchen, und er beneidete den Mann

um seinen festen, womöglich todbringenden Schlaf. Er zwang sich, an Henrike Tenfelde zu denken, seine leibliche Schwester, die mit Mordgedanken spielte und ihrer Ehe ein unnatürliches, vorzeitiges Ende bereiten wollte. Ein warnendes Beispiel! Doch so sehr er sich auch auf andere Dinge und Personen konzentrieren wollte, immer wieder sah er Celestinas funkelnden Blick und hörte sie sagen: »Ich hasse dich!«
Er hasste sich selbst.
Seit Jahren hatte sich Daniel nach der Liebe einer Frau gesehnt. Nicht die Liebe, die auf verwanzten Matratzen in irgendwelchen Kaschemmen stattfand und die man für eine gefälschte Silbermünze kaufen konnte, sondern die uneigennützige, bedingungslose und gegenseitige Liebe, die einem Schwindel verursachte und den Atem nahm. Daniel lachte bitter auf. Das einzige, was ihm bei einer Frau jemals den Atem genommen hatte, war der Gestank fauliger Zähne oder ranziger Haare gewesen. Er wollte das nicht mehr, er wollte etwas anderes. Und die ganze Zeit war die Frau seiner Träume direkt vor seinen Augen gewesen, hatte mit ihm unter einem Dach gelebt. Ja, er liebte Celestina, hatte sie immer geliebt, doch er war sich dessen nicht bewusst gewesen. Der Gedanke war ihm zu abwegig erschienen. Er hatte sich gescheut, ihn zu denken. Er wollte nicht verletzt, abgewiesen oder mitleidig behandelt werden, also mied er die Berührung, kam Celestina nicht zu nahe, betrachtete sie als Schwester, nein, als Bruder. Er war doch nur ein hässlicher Sonderling, entstellt durch die Narbe, mit verwachsenem Ohr, bleicher Haut und fuchsrotem Haar. Er war weder gesellig noch unterhaltsam, ein Misanthrop, der nur aufblühte, wenn er die Leute an der Nase herumführen und zum Narren halten konnte. Seine Gedanken waren ebenso düster wie seine Miene, und wenn er lachte, dann wirkte das nicht einnehmend, sondern bedrohlich. Es verschaffte ihm mit einemmal eine seltsame Befriedigung, sich niedrig und klein und unwürdig zu machen. Ja, er war ein Wurm, ein Nichts, ein dreckiger Abschaum.

Warum sollte ausgerechnet Celestina ihn lieben? Ein himmlisches Wesen, umschwärmt von zahlreichen Verehrern, die ihr das Blaue vom Himmel versprachen und sie mit Geschenken überhäuften. Zwar machte sie sich über diese vor Speichel triefenden Dummköpfe lustig und spielte mit ihnen, als seien es überzüchtete Schoßhunde, aber dennoch war Daniel überzeugt davon gewesen, dass sie eines Tages einem dieser gockelhaften Galane ihre Gunst erweisen und ihre Liebe schenken würde. Sie hatte Daniel zwar immer wieder in ihr Vertrauen gezogen, hatte ihn als Freund behandelt, aber nicht ein einziges Mal hatte sie angedeutet, dass sie für ihn mehr als nur schwesterliche Zuneigung empfinden könnte. Und wenn sie es angedeutet hätte, so hätte er sich prompt dagegen gewehrt. Wie er es vorhin am Seerosenteich getan hatte.

»Unsinn!«, zischte er, warf das Tuch auf den Nachttisch und setzte sich auf. Er dachte an sein Buch, das im Lederbeutel neben dem Bett lag. Von allen Narren, die darin beschrieben waren, waren die liebestollen Gecken, die Gäuche, die gefährlichsten und dümmsten. Er wollte bereits die Kerze auf dem Tischchen anzünden, um ein wenig im »Narrenschiff« zu blättern, als er plötzlich das Knarren einer Tür und Schritte auf der Treppe vernahm.

Das Gasthaus hatte sich im Laufe des Tages merklich gefüllt. Außer den Bettlern und Gauklern waren auch die Händler aus der Umgegend in Ahlbeck eingetroffen. Daniel war mittlerweile nicht mehr der einzige Gast in der »Linde«, ein jüdischer Pfandleiher aus dem holländischen Enschede hatte das Zimmer auf der gegenüberliegenden Seite des Flurs belegt, und am Ende des Gangs waren ein Goldschmied und ein Buchhändler in den rückwärtig gelegenen Zimmern untergekommen. Daniel hatte sich bereits freudig auf die Bücher des Händlers gestürzt, um zu überlegen, welches er ihm entwenden wollte, doch bei den Kladden und Lederbüchlein hatte es sich ausschließlich um religiöse Streitschriften oder Jesuitendramen gehandelt.

Das knarrende Geräusch, das Daniel gehört hatte, war allerdings nicht aus dem hinteren Teil des Hauses, sondern aus dem Nachbarraum gekommen, dem Zimmer der Wirtsleute. Und da er den Wirt immer noch in voller Lautstärke wie einen Hirsch röhren hörte, konnte es sich bei der Person, die mitten in der Nacht in die Wirtsstube hinuntergegangen war, nur um Henrike Tenfelde handeln. Daniel verschaffte der Gedanke, dass außer ihm auch seine Schwester keinen Schlaf fand, eine seltsame Genugtuung. Er stand auf, ging zur Tür und lugte vorsichtig in den Gang hinaus. Es war dunkel und still, aber von der Treppe her drang ein kaum wahrnehmbares Licht nach oben, nur ein leichter Schimmer, der im nächsten Augenblick verschwunden war. Daniel schlich sich über die Bohlen und achtete darauf, nur auf die Stellen zu treten, die nicht knarrten. Das erste, was er nach seiner Ankunft in der Schenke getan hatte, war die Überprüfung der Holzdielen gewesen, denn nichts war wichtiger, als sich, wenn es darauf ankam, unbemerkt und lautlos aus dem Staub machen zu können. Am Treppenabsatz angekommen, schaute er hinunter ins Erdgeschoss, doch das Licht war nicht mehr zu sehen, die Wirtin hatte den Schankraum betreten und die Tür hinter sich geschlossen. Daniel schlich die Treppe hinunter, wiederum die Stufen meidend, die knarrten oder quietschten. Als er an der Tür ankam, stellte er zufrieden fest, dass Henrike sie einen Spaltweit offen gelassen hatte. Wie Daniel wusste die Wirtin, dass die Klinke beim Betätigen ein Höllengeräusch von sich gab, und wie er schien sie darauf bedacht zu sein, keinen unnötigen Lärm zu machen.

Durch den Spalt sah Daniel die Frau hinter dem Schanktisch stehen und mit einigen Flaschen herumhantieren. Sie trug lediglich ihr Nachthemd und keine Haube auf dem Kopf, ihr Gesicht, das im Schein einer flackernden Kerze strahlte, war ungewöhnlich bleich und wirkte angespannt. Ihre Augen glänzten fiebrig, ihre Hände zitterten, als sie eine Flasche Rotwein entkorkte und einen großen Schluck daraus in einen bereitstehenden Tonbecher goss. Die Weinflasche war mit Bast umwickelt und erinnerte Daniel an den Messwein, den Pastor Hellmann bei sich getragen hatte. Henrike schob derweil die rußende Kerze ein wenig beiseite, stellte ein kleines birnenförmiges Fläschchen, eine Art Phiole, vor sich auf den Tresen und entfernte den gläsernen Stöpsel. Die Phiole war aus purpurrotem Glas und schien eine dunkle Flüssigkeit zu beinhalten. Daniel hielt den Atem an und ging in die Hocke, da ihm die Knie zitterten. Henrike Tenfelde öffnete das rote Fläschchen, roch daran und verzog angewidert das Gesicht. Sie schüttelte sich und füllte die Weinflasche mit dem Inhalt der Phiole auf. Dann verkorkte sie die Flasche wieder und schüttelte sie. Anschließend goss sie durch einen Trichter den Inhalt des Bechers in die rote Phiole und verschloss auch diese mit dem Glasstöpsel. Sie nahm die Weinflasche, betrachtete sie mit einem finsteren Lächeln im Gesicht und schaute plötzlich hoch, als habe sie etwas gehört. Daniel befürchtete bereits, sich durch ein Geräusch verraten zu haben, doch der Blick der Wirtin glitt über die Tür, ohne daran haften zu bleiben. Sie zuckte mit den Achseln, drehte sich um, verstaute die Rotweinflasche im Regal und stellte ein Weinfässchen so vor die Flasche, dass man sie nicht mehr sehen konnte. Aus eigener, unangenehmer Erfahrung wusste Daniel, dass sich in diesem Fass ein gallig schmeckender Wein niederer Qualität befand. Vermutlich war der edlere Tropfen, der dahinter verborgen war, für höhergestellte Gäste vorbehalten. Oder für den Wirt höchstpersönlich. Wie hatte Pastor Hellmann gesagt? Pfälzer Wein.

Im gleichen Moment hörte Daniel hinter sich ein kratzendes Geräusch. Er fuhr herum und starrte in das hässliche Gesicht einer bräunlichen Wanderratte, die sich anscheinend aus dem Hof oder Stall ins Haus gestohlen hatte. Sie stand drohend auf den Hinterbeinen, starrte ihn mit ihren schwarzen Knopfaugen an, schien aber von der Begegnung mit dem seltsamen Gesellen ebenso überrascht zu sein wie dieser selbst. Sie zeigte ihm ihre Hauer und fauchte ihn wie eine Katze an. Daniel wich einen Schritt zurück und stieß an die Tür, die sich knarrend ein Stückweit öffnete. Er sprang zur Seite und unter die Treppe, wo er sich duckte und sein bleiches Gesicht unter einem Leinsack verbarg. Gleichzeitig erschrak die Ratte so sehr, dass sie wie eine Rakete durch den Türspalt in den Schankraum schoss. Henrike ihrerseits, die gerade den Raum verlassen wollte, stieß einen spitzen Schrei aus, griff sich an den Busen, beruhigte sich aber augenblicklich und zischte: »Na warte, du verdammter Ratz!« Sie griff nach einem Reisigbesen und schlug damit auf die Ratte ein, die laut fiepte, zurück in den Flur geschossen kam und unter einer lose sitzenden Planke verschwand.

Daniel hockte in seinem Versteck und wartete atemlos. Nach einer Weile kam die Wirtin aus dem Schankraum, sie horchte eine Weile, ob ihr Schrei irgendjemanden geweckt hatte, löschte vorsichtshalber die Kerze und huschte dann in flinken Schritten die Treppe hinauf. Von dem schwarzen Knäuel unterhalb der Treppe bemerkte sie nichts. Daniel hörte ihre Schritte im Obergeschoss und das Knarren der Zimmertür. Dann war alles still.

Nach einer Weile kroch Daniel unter der Treppe hervor, spähte nach oben und betrat schließlich den Schankraum. Durch die Fenster, die auf den Kirchplatz hinausgingen, drang das morgendliche Dämmerlicht und übertünchte alles mit einem gräulichen Schleier. Daniel ging hinter die Theke, rückte das Weinfass beiseite und begutachtete die Flasche im Regal. Rein äußerlich war nicht zu erkennen, dass sich irgendjemand an dem Wein zu schaffen gemacht hatte. Selbst als Daniel die Flasche entkorkte und daran roch, fiel ihm nichts Besonderes auf. Womöglich roch der Inhalt ein wenig modrig, aber das ließ sich nur schwerlich sagen. Und ob der Wein einen Beigeschmack hatte, wollte Daniel nun wahrlich nicht kontrollieren. Er verstaute die Flasche und das Fass wieder an Ort und Stelle und achtete darauf, dass der Zapfhahn in der gleichen Position war wie zuvor. Dann schaute er sich nach der purpurnen Phiole um. Er kramte in den Fächern unterhalb des Schanktisches, öffnete die Schubladen der eichenen Kommode und inspizierte das Regal an der Wand, doch von dem kleinen, roten Fläschchen war nichts zu sehen. Henrike Tenfelde hatte es mit nach oben genommen.

Daniel zuckte mit den Schultern und ging auf sein Zimmer.

Zwei Stunden später saß er bereits wieder in der Wirtsstube an seinem Ecktisch und starrte gedankenverloren durch die Butzenscheiben auf den verwaisten Kirchplatz. Die vergangenen Stunden hatte er damit zugebracht, vom Bett aus auf den Kirchturm zu starren und wie hypnotisiert den Zeiger der Uhr zu verfolgen. Die Zeit schien stillzustehen, und jedes Mal, wenn die Uhr zur vollen Stunde schlug, wachte Daniel wie aus einem Traum auf. Nur hatte er nicht geschlafen, sondern in einer Art Dämmerzustand phantasiert. Die Gedanken waren ihm ohne Sinn durch den Kopf geschossen, und selbst wenn er sich dazu zwang, war es ihm nicht möglich, die wirren Traumbilder abzuschütteln. Als er sich schließlich um sechs Uhr aufraffte und nach unten ging, stand die Wirtin bereits hinter der Theke und bereitete das Frühstück für die Gäste. Sie war von Kopf bis Fuß in Schwarz gekleidet, und an ihrer Haube baumelten die Trauerbänder.

»Ihr seid früh auf den Beinen«, empfing sie den Scholaren.

»Das Gleiche könnte ich auch von Euch sagen.« Daniel warf seinen Hut auf den Tisch und setzte sich auf seinen Stammplatz.

»Ich muss den Onkel und die Nachbarsfrauen bei der Totenwache ablösen«, sagte die Wirtin und schnitt einige Stücke von einem Räucherschinken ab. »Und weil Franz sich weigert, seinen Gästen das Frühstück zu machen, muss ich halt alles vorbereiten, während der gnädige Herr noch in den Federn liegt. Wollt Ihr einen Brei?«, wandte sie sich an den jungen Mann. »Oder Pfannkuchen?«

Daniel schüttelte nur den Kopf und starrte aus dem Fenster. »Ich war am Grab Eurer Mutter«, sagte er schließlich und beäugte die Butzenscheiben, als seien sie das Werk eines Künstlers.

Henrike hielt inne, starrte mit weit aufgerissenen Augen zum Ecktisch und flüsterte: »Meine Mutter?«

»Die Ottenpeterin hat mir von ihr erzählt«, fuhr Daniel fort und stopfte sich die Pfeife, obwohl er wusste, dass ihm das Rauchen auf nüchternen Magen nicht bekommen würde. »Von Magda und ihren beiden Kindern. Eine traurige Geschichte.«

»Die Tante hat Euch das erzählt?« Die Wirtin schien ihm kein Wort zu glauben. Sie fuchtelte mit dem Messer vor ihrer Nase herum und schüttelte ungläubig den Kopf. »Warum sollte sie das tun?«

»Sie scheint ein erstaunlicher Mensch gewesen zu sein.« Er hob die Achseln, zündete die Pfeife an, kämpfte einen prompten Brechreiz nieder und fragte: »Woran ist Euer Bruder eigentlich gestorben?«

Henrikes Gesicht wurde finster, ihre Mundwinkel zuckten, als sie mit dem Messer in den Käselaib stach. »Die Zigeuner haben ihn geholt.« Sie legte das Messer beiseite und holte einen Teller aus dem Regal.

»Warum sollten die Zigeuner ein unschuldiges Kind töten?«

»Was weiß denn ich?«, zischte sie. »Weil sie eine Bande von Mördern sind. Ich war damals ja selbst noch ein Säugling. Ich kann mich weder an meinen Bruder noch an meine Mutter erinnern.«

»Und an Euren Vater erst recht nicht«, konstatierte Daniel.

»Ihr sagt es«, erwiderte sie und stellte ihm einen Teller mit Käse und Schinken vor die Nase. »Milch?«, fragte sie, und es klang wie der Schuss aus einer Muskete.

»Gerne«, sagte er und setzte in Gedanken hinzu: Schwesterherz!

Die Wirtin funkelte ihn an, machte auf dem Absatz kehrt und verließ den Raum, um die Milch aus dem Keller zu holen. Die Schenke war nur im hinteren Teil unterkellert, und die Luke zum Untergeschoss befand sich im Gang unterhalb der Treppe. Daniel wunderte sich, warum Henrike die Tür hinter sich zuzog, doch dann hörte er das Quietschen der Falltür und starrte erneut aus dem Fenster. Er wusste nicht, wie lange er so vor sich hingebrütet hatte, als er plötzlich aufschrak. Er glaubte, direkt über sich ein Geräusch gehört zu haben. Eine Bohle im Obergeschoss hatte geknarrt. Und plötzlich war er hellwach, denn direkt über ihm befand sich sein Zimmer. Er spitzte die Ohren und hörte ein Trippeln, das leiser wurde, und dann das kaum vernehmliche Quietschen der Treppenstufen. Im nächsten Moment knallte die Falltür zu, die Klinke der Stubentür kreischte, und mit einem breiten Grinsen im Gesicht betrat die Wirtin den Schankraum. In der Hand hielt sie einen irdenen Krug, und auf ihren Wangen zeichneten sich rote Flecken ab. Sie stellte die Milch auf den Tisch, reichte Daniel einen Becher und sagte: »Wenn Ihr so freundlich wärt, Euch selbst zu bedienen. Ich muss zur Totenwache.« Sie hielt den Kopf gesenkt, schaute den Scholaren nicht an, und bevor Daniel etwas erwidern konnte, hatte sie ein schwarzes Tuch um die Schultern geworfen und war auf den Kirchplatz hinausgetreten.

Daniel schaute aus dem Fenster, wartete, bis die Wirtin hinter der Kirche verschwunden war, und rannte dann nach oben. Er stürmte in sein Zimmer, blieb plötzlich wie angewurzelt stehen und schaute sich suchend um. Dann lächelte er eigentümlich, ging zu dem kleinen Nachtschrank neben dem Bett und öffnete das Türchen unterhalb der Schublade. In der hintersten Ecke, verborgen hinter dem Nachttopf, stand die purpurrote Phiole. Sie wartete nur darauf, bei gegebenem Anlass gefunden zu werden.

»Du Teufelin!«, zischte Daniel und nahm das Gefäß heraus. Ein kleines Etikett, das er vor wenigen Stunden durch den Türspalt nicht hatte sehen können, klebte auf der Phiole. Es zeigte einen Totenkopf und darunter den griechischen Namen »Theophrastos«.

Nachdenklich betrachtete er die Phiole, fuhr sich mit der Hand über den Mund und schien zu keinem Resultat zu kommen. Er stellte das Fläschchen wieder in den Schrank, um es im nächsten Moment erneut herauszuholen und zu mustern. Immer wieder las er den Namen auf dem Etikett, als verberge sich dahinter der Stein der Weisen.

Plötzlich hellte sich seine Miene auf. »Der Pastor!«, rief er, steckte die Phiole ein und verschloss die Tür des Schränkchens. Dann nahm er seinen Umhang vom Haken und verließ die Kammer.

Sechzehntes Kapitel
Befreit den Pastor aus einer prekären Lage

Es war kurz vor sieben Uhr und die Sonne stand bereits über der Schmiede, als Daniel das heisere Husten des Pastors vernahm. Hellmann trat aus der Vordertür des Pastorats, klopfte sich zweimal auf die Brust und schritt, die obligatorische Bibel und die Flasche Messwein im Arm, durch den Gemüsegarten auf den Friedhof zu. Er war auf dem Weg zum morgendlichen Stundengebet und wurde von Daniel bereits sehnlich erwartet. In seinen schwarzen Umhang gewickelt, als sei es ein unwirtlicher Herbsttag und nicht ein lauer Sommermorgen, stand der junge Mann am Grab von Magda Tenfelde, verwitwete Olthues, und schielte aus den Augenwinkeln zum tiefer gelegenen Teil des Friedhofs hinüber. Er hatte sich die Worte, mit denen er den Priester ansprechen wollte, genau zurechtgelegt, doch als Hellmann nun hinter ihm stand, kam er Daniel zuvor.

»Gott zum Gruße«, sagte der Pastor und zog seinen Hut. »Gut, dass ich Euch treffe. Ich hatte gehofft, Euch heute morgen zu begegnen.«

Daniel wandte sich überrascht um, als hätte er das Nahen des Priesters nicht bemerkt, und lüpfte erfreut seinen Schlapphut. Er wollte Hellmanns Gruß erwidern, doch als er das Gesicht des Mannes sah, blieben ihm die Worte im Hals stecken. »Was ist mit Euch?«, entfuhr es ihm. »Seid Ihr krank?«

»Hättet Ihr wohl nach dem Morgengebet einen Moment Zeit für mich?« fragte der Pastor und fasste Daniel am Oberarm. »Ich würde Euch gern in einer dringenden Angelegenheit um Rat bitten. Es handelt sich um eine ... na ja, um eine höchst peinliche Sache. Die ganze Nacht habe ich kein Auge zugemacht. Ich stecke wirklich fürchterlich in der Klemme.«

Hellmann sah zum Gotterbarmen aus. Sein Gesicht war aschfahl, die Augen waren blutunterlaufen und schwarz gerändert, auf der Stirn perlte der Schweiß, und die Haare standen ihm wie am Vortag zu Berge, nur waren sie diesmal nicht nass, sondern erinnerten an ein gerupftes Huhn. Gerade so, als hätte er sich die Haare gerauft.

»Worum handelt es sich denn?«, wollte Daniel wissen.

»Nicht jetzt, nicht hier«, antwortete der Pastor und schleuderte dem anderen seinen fauligen Atem ins Gesicht. »Ihr seid ein verständiger Mann, ein gelehrter Mensch, ein Mann der Wissenschaft. Mit Euch kann ich reden, Ihr werdet mich verstehen. Ihr müsst mir helfen. Aber nicht hier.« Er stieß die Sätze wie Gewehrsalven hervor und schaute sich vorsichtig nach allen Seiten um, als habe er Angst, belauscht zu werden. Mit gehetztem Gesichtsausdruck und Zeigefinger vor den Lippen fügte er hinzu: »Nicht hier! Später!«

»Einverstanden«, sagte Daniel und brummte zufrieden, was der Pastor jedoch als Ausdruck seines Mitgefühls verstand.

»Ihr seid ein wahrer Freund«, erwiderte Hellmann und verbeugte sich. »Erwartet mich nach dem Morgenlob am Hintereingang des Pastorats.« Er lächelte gequält, schüttelte dem anderen die Hand und ging raschen Schrittes zur Sakristei.

Daniel folgte ihm nicht direkt, sondern verließ den Friedhof und betrat die Kirche zusammen mit einigen alten Frauen durch den Haupteingang im Westturm. Er setzte sich auf eine Bank neben dem Eingang,

140

unterhalb einer hölzernen Empore, die (wie er vom Pastor erfahren hatte) vor einigen Jahren gebaut worden war, um Platz für die zahlreichen Katholiken aus dem holländischen Overijssel zu schaffen. Seitdem in den Generalstaaten die Calvinisten das Sagen hatten, war das geistliche Leben für die Papstgetreuen nicht einfacher geworden. Messen wurden verboten, katholische Priester verhaftet oder verjagt, und die Gläubigen waren gezwungen, sonntags über die Grenze zu gehen, um in den westfälischen Kirchen den Gottesdienst zu besuchen. Daniel schaute sich in der frisch geweißten und schmucklosen Kirche um und kämpfte gegen eine plötzlich aufkommende Müdigkeit an. Seit mehr als vierundzwanzig Stunden hatte er nicht geschlafen. Das Stundengebet verfolgte er nur mit halbem Ohr, doch obwohl er kein Wort von dem lateinischen Gefasel verstand, bemerkte Daniel, dass Hellmann mehrmals die falschen Worte benutzte und sich verhedderte. Statt den Part des Priesters vorzutragen, benutzte er die Worte, mit denen die Gemeinde antworten sollte, worauf eine peinliche Stille eintrat. Bei den Fürbitten verlor der Pastor völlig den Faden und rettete sich mit einem eingeschobenen »*Pater noster*«. Ungläubiges Murmeln drang aus den wenigen Kehlen, die sich zu dieser frühen Stunde in der Kirche versammelt hatten, und es hatte den Anschein, als seien sie erleichtert, als sie schließlich mit einem »*Ite, missa est*« entlassen wurden.

»*Deo gratias*«, antwortete die Gemeinde kopfschüttelnd.

»Gott sei Dank«, murmelte Daniel und verließ als erster die Kirche, um sich zum vereinbarten Treffpunkt zu begeben.

Pastor Hellmann ließ nicht lange auf sich warten. Er sagte kein Wort, schaute den jungen Mann kaum an, führte ihn schnurstracks ins Obergeschoss des Pastorats und von dort über die steile Holztreppe ins Laboratorium. Erst als er die Luke geschlossen und den Riegel vorgeschoben hatte, holte er tief Luft, warf seinen Hut auf einen Hocker und wandte sich an seinen Gast: »Der Grund, warum ich Euch zu sprechen wünsche, befindet sich in diesem Raum.«

Daniel setzte sich an den Labortisch, auf dem eine seltsame Apparatur aus Lederschläuchen, Glaskolben und Drehventilen aufgebaut war. Ein Messingstößel lag daneben, an dem noch Spuren eines klebrigen und grünlichen Stoffes hafteten. Als Daniel sich mit der Nase dem Stößel näherte, bemerkte er einen modrig faulen Geruch. Er wich zurück und fragte: »Wollt Ihr mir etwa erzählen, Ihr hättet den Stein der Weisen gefunden?«

Dem Pastor entfuhr ein gequältes Schnaufen, er winkte ungeduldig ab und deutete mit einer Handbewegung auf den Eisenschrank, den Daniel bereits bei seinem ersten Besuch in der Ecke des Laboratoriums bemerkt hatte. »Ich habe Euch doch berichtet, dass ich wissenschaftliche Forschungen anstelle«, begann Hellmann und zog einen Schlüssel aus der

Tasche seiner Soutane. »Ich befasse mich mit pflanzlichen, metallischen und mineralischen Extrakten, in ihrer reinen Urform, aber auch in bestimmten Kombinationen und Mischungen.« Er räusperte sich und öffnete das Vorhängeschloss.

»Worauf wollt Ihr hinaus?«, gab sich Daniel unwissend.

»Nun ja«, druckste der Pastor herum und wies auf den Tresor, der mit Flakons, Tuben und sonstigen Gefäßen verschiedener Größe und Farbe gefüllt war. »Die meiste Materie ist harmlos und bedeutet nicht einmal in Kinderhänden eine Gefahr, andere Stoffe wiederum sind nur mit Vorsicht zu genießen. Und deshalb bewahre ich diese speziellen Flüssigkeiten und Pulver an einem sicheren Ort auf.«

»Ihr sprecht von Gift?«

Hellmann machte eine verkniffene Miene, nickte zunächst und schüttelte dann nachdenklich den Kopf. »Jeder Stoff kann zu einem Gift werden, wenn man ihn im Übermaß genießt«, sagte er und holte eine gelbliche Flasche aus dem Schrank. »Nehmt als Beispiel diese Flüssigkeit, den Saft der Tollkirsche. In geringen Mengen dient er als heilsame Medizin und lindert Krämpfe, im alten Ägypten nahmen die Frauen diesen Saft, um größere und schönere Pupillen zu bekommen. Ein harmloses Mittel, in größerer Dosierung jedoch wird es zum tödlichen Gift.« Er stellte die Flasche auf den Schrank und setzte hinzu: »Oft ist es aber auch die Mischung, die aus zwei unbedenklichen Stoffen einen gefährlichen entstehen lässt. Nehmt nur das Pulver des Herrn Schwarz.«

»Eine gefährliche Wissenschaft«, sagte Daniel und hob abwehrend die Hände, als hätten die Worte des Pastors ihn beunruhigt. »Nur gut, dass Ihr diese Substanzen hinter Schloss und Riegel aufbewahrt. Nicht auszudenken, was passieren würde, wenn das Gift in Laienhände geriete.«

»Eben!«, entfuhr es dem Priester. Er schlug sich mit der flachen Hand vor die Stirn. »Das ist ja die Krux! Es fehlt eine Flasche.«

»Sie ist Euch abhanden gekommen?«, rief Daniel erschrocken. »Wie konnte das geschehen?«

Hellmann ließ sich auf den Hocker fallen, ohne zu bemerken, dass sein Hut noch darauf lag. Er stützte sich auf einem Stehpult ab, vergrub seinen Kopf zwischen den Händen und raufte sich die Haare. »Wenn ich das nur wüsste«, murmelte er und seufzte schwer. »Ich habe gestern an der Mixtur des Theophrastos gearbeitet und sie mit einigen Zusätzen verfeinert.«

»Wer oder was ist Theophrastos?«

»Ein griechischer Naturforscher und Philosoph, ein Schüler des großen Aristoteles«, erwiderte der Pastor und schaute kurz zu dem Scholaren hoch, der aufgestanden war und nun vor dem offenen Giftschrank stand. »Während ich mit den Flüssigkeiten hantierte, habe ich wohl zu sehr dem Wein zugesprochen«, fuhr er fort und senkte beschämt den

Kopf. »Es war ein heißer Tag, wie Ihr wisst, und ich hatte nur wenig gegessen. Vielleicht habe ich auch die Dämpfe des Giftes eingeatmet. Auf jeden Fall fiel ich in eine Ohnmacht, als hätte man mich mit dem Holzhammer niedergestreckt.« Abermals schaute der Pastor hoch, um zu überprüfen, welche Wirkung seine Worte auf den Scholaren hatten.

Daniel fragte: »Was ist dann geschehen?«

»Das nächste, an das ich mich erinnern kann, ist das Auftauchen des Gevatters Ottenpeter und der Wirtin. Sie standen plötzlich vor mir und rüttelten an mir, als hätten sie den Verstand verloren. Der Gevatter geiferte herum und behauptete, er habe bereits vor Stunden vergeblich versucht, mich zu wecken. Er sei von Pontius zu Pilatus geirrt und sogar zum verrückten Pater im Moor sei er gegangen. Schließlich habe er Henrike Tenfelde zu Hilfe geholt, und die habe mir einen Eimer Wasser über den Kopf gegossen.«

Daniel nickte und begriff. Nachdem der Gevatter ihn, den Scholaren Magnus, ans Sterbebett seiner Schwester geholt hatte, war dem Alten seine Ziehtochter Henrike eingefallen, und er hatte sich aufgemacht, ihr vom bevorstehenden Tod der Gevatterin zu berichten. Gemeinsam hatten sie den Pastor aus seinem Rausch befördert und ihn zum Kotten geschleift.

»Und die Mixtur des Theophrastos?«, fragte Daniel.

»In der Eile habe ich sie ganz vergessen«, antwortete Hellmann. »Den Schrank habe ich zwar verschlossen, aber die Phiole mit dem Gift habe ich anscheinend auf dem Tisch stehen lassen. Es ging alles drunter und drüber, und ich war kaum bei mir. Ich kann mich wirklich nicht erinnern.«

»Und als Ihr zurückkamt, war die Phiole verschwunden?«

»Vielleicht auch schon früher«, erwiderte der Priester achselzuckend, »das kann ich nicht mit Bestimmtheit sagen, ich war ja stundenlang ohnmächtig. Dummerweise hatte ich nicht einmal die Luke verschlossen. Kaplan Wissing war nicht im Haus, und ich glaubte nicht, dass diese Vorsichtsmaßnahme nötig wäre. Jeder hätte in den Raum kommen können. Es ist zum Verrücktwerden.«

»Wie sah die Flasche aus?«, erkundigte sich Daniel und fasste mit der rechten Hand unter seinen Umhang, als kratze er sich die Seite.

»Sie war rot wie Purpur und sehr klein«, sagte Hellmann und deutete mit Daumen und Mittelfinger die Größe an. »Eine bauchige Phiole mit langem Hals und Glasstöpsel. Ein Etikett mit einem Totenkopf klebte darauf.«

»Eine purpurne Phiole?«, fragte der junge Mann und beugte sich nach vorn, um einen Blick hinter den Giftschrank zu werfen. »So eine wie diese hier?« Daniel griff hinter den Schrank. Und mit einer blitzschnellen Bewegung holte er wie aus dem Nichts das beschriebene Gefäß hervor.

»Aber …?«, rief der Pastor freudig und sprang auf die Beine. »Aber das ist ja … die Phiole! Wie konnte … wie habt Ihr … das ist doch gar nicht denkbar?!« Er lachte und klatschte wie ein Kind in die Hände. »Hinter dem Schrank habe ich doch mehrmals nachgeschaut. Überall habe ich gesucht … jeden Fleck in diesem Raum habe ich untersucht. Die ganze Nacht habe ich damit verbracht.« Er griff sich pathetisch an die Brust und rief: »Das ist ein Wunder!«

»Man übersieht leicht etwas, wenn man aufgeregt ist.« Daniel zog lächelnd den Stöpsel aus der Flasche, um daran zu riechen.

»Nicht!«, rief der Pastor und machte eine abrupte Bewegung auf den Scholaren zu. »Das ist nicht ungefährlich, außerdem stinkt die Mixtur erbärmlich. Das kommt von der Hunde…«

Vor Schreck und wie unbeabsichtigt glitt Daniel die Phiole aus den Händen, fiel zu Boden und zersprang. »O nein!«, entfuhr es ihm. »Was hab ich nur getan?« Bevor der Pastor ihn zurückhalten konnte, stürzte Daniel zu einem Eimer mit Wasser, der zur Sicherheit neben einem der Labortische bereitstand, und begann die dunkle Flüssigkeit mit einem nassen Lappen aufzuwischen. »Es tut mir leid, Herr Pastor, ich bin manchmal so ungeschickt.«

»Das war ein Zeichen Gottes«, erwiderte der Kirchenmann und bemerkte im selben Moment den zerknautschten Hut auf dem Hocker. Er betrachtete das spanische Ungetüm mit traurigem Gesicht, beulte es so gut es ging wieder aus und kniete dann neben Daniel nieder, um die Scherben aufzusammeln. »Ihr könnt Euch gar nicht vorstellen, wie erleichtert ich bin. Besser, das Teufelszeug sickert in die Dielen, als dass es zur Gefahr für Leib und Seele wird.« Er betrachtete eine Scherbe, auf der sich das Etikett mit dem Totenkopf befand, und setzte mit gepresster Stimme hinzu: »Obwohl ich recht stolz auf meine Mixtur war.«

»Es tut mir unendlich leid«, wiederholte Daniel und wusch den Lappen aus, der seltsamerweise ein wenig nach Wein roch. »Was versteht man eigentlich unter der Mixtur des Theophrastos?«

»Genau genommen stammt die Rezeptur von Thrasyas aus Mantinea. Theophrastos hat sie später nur in seinen Büchern festgehalten«, erklärte der Priester und setzte bedeutsam hinzu: »Thrasyas soll seine Feinde mit diesem Gift getötet haben. Es wirkt schnell und tötet angeblich völlig schmerzlos.«

»Woraus besteht es?«

»Aus Echtem Schierling und dem Saft des Schlafmohns«, dozierte Hellmann. »Der Mohn betäubt die Sinne, der Schierling tötet den Menschen. Ich habe in alten Schriften davon gelesen und mir erlaubt, die Mixtur der Griechen um einen Schuss Hundepetersilie zu bereichern, um die Wirkung zu erhöhen. Daher auch der faulige Geruch, den ihr vermutlich wahrgenommen habt.«

»Wofür brauchtet Ihr das Gift?«

»Ich habe es an Ratten ausprobiert. Die Wirkung war erstaunlich«, sagte Hellmann, stand auf, warf die Scherben in einen Eimer und ging hinüber zum Giftschrank. »Vor allem aber war ich interessiert am Wissen der Antike. Mir war klar, dass es gefährlich ist, aber ich konnte der Versuchung nicht widerstehen. Die Leidenschaft des Wissenschaftlers, wenn Ihr so wollt. Und diese Leidenschaft habe ich nun mit einer schlaflosen Nacht bereut.«

»Wie wirkt die Mixtur?«, fragte Daniel mit argloser Miene und blätterte in einem Folianten, der aufgeschlagen auf dem Stehpult lag.

»Laut Theophrastos kommt es zunächst zu Lähmungen der Beine«, sagte Hellmann und verschloss den Tresor. »Dann wird der Hals trocken, und es kommt zu Zuckungen und Schwindelanfällen. Am Ende ersticken die Menschen, weil die Atmung gelähmt ist.«

»Und die Dosis in der Phiole wäre tödlich gewesen?«

»Absolut und ohne jeden Zweifel«, bestätigte Hellmann. »Der Inhalt der Flasche hätte selbst ein Pferd getötet.«

»Teufelszeug!«, entfuhr es Daniel.

»Recht habt Ihr«, sagte der Priester. »Und doch gibt es nichts auf dieser Welt, das nicht die Zustimmung des Herrn finden würde. ›Gott sah alles, was er gemacht hatte, und fürwahr, es war sehr gut.‹« Hellmann klopfte dem Scholaren auf den Rücken und setzte hinzu: »Nicht die Natur ist böse, werter Magnus, nur der Mensch ist es, weil er sündigt und gegen Gottes Willen verstößt.«

»Amen«, sagte Daniel und nickte bedächtig.

»Und auf den Schreck trinken wir jetzt ein gutes Glas Wein.« Mit diesen Worten öffnete der Pastor die Luke und führte seinen Gast nach unten.

»Pfälzer Wein?«, fragte Daniel.

»Woher wisst Ihr das?«, antwortete Hellmann nickend, setzte den verbeulten Hut auf und lachte lausbübisch. Er schaute drein, als sei ihm ein riesiger Stein vom Herzen gefallen.

ZWEITER TEIL

DER BAUERNFÄNGER

Erstes Kapitel
Handelt von einer Löwengrube

Von den auf diesen Seiten beschriebenen Landschaften und Gebäuden haben nur wenige die Jahrhunderte unbeschadet überstanden. Die kleine gotische Kirche etwa, mit ihren Spitzbogenfenstern und den zwei Strebepfeilern, ist im Laufe der Zeit immer wieder erweitert worden und in die Höhe geschossen. Nur der Turm mit dem Treppengiebel ist noch im ursprünglichen Zustand erhalten, wirkt aber neben dem wie ein Ballon aufgeblasenen Kirchenschiff merkwürdig gedrungen und deplaziert. Auch der Friedhof ist längst eingeebnet und an anderer Stelle, in der Nähe des Ahlbachs, neu errichtet worden. Noch drastischer hat sich die Landschaft entlang der Grenze verändert. Das Moor und die Feuchtwiesen wurden trockengelegt, kein Torf wird mehr gestochen, und nur wenige Venngebiete dienen den Kindern des Dorfes im Winter als Eisflächen zum Schlittschuhlaufen. Die Mühle am schwarzen Kolk wurde am Karfreitag des Jahres 1814 von holländischen Räubern angezündet und brannte bis auf die Grundmauern nieder. Auch von der Kapelle im Moor ist nichts übrig geblieben. Zwar gibt es auf dem Hof des Bauern Lütke-Olthues noch heute eine Parzelle mit dem Flurnamen »Kerkenstück«, und eine hölzerne Pieta in der Ahlbecker Kirche soll angeblich aus der Moorkapelle stammen, doch die Visitationsprotokolle der Jahre 1650 bis 1675 schweigen sich zu der sagenumwobenen Kapelle aus. Einige Kirchenhistoriker glauben, es habe sich dabei um eine Missionsstation für holländische Katholiken gehandelt, die von einem Geistlichen des Franziskanerordens geleitet worden sei, andere jedoch bezweifeln ernstlich, dass es diese Kapelle überhaupt gegeben habe. Warum, so fragen sie, solle man eine Kapelle im Sumpf errichten, die über die Landstraßen gar nicht zu erreichen sei.

Bei der Ulsenburg scheinen solche Zweifel unangebracht. Zwar ist auch sie nicht mehr erhalten, doch an gleicher Stelle befindet sich heute ein Bauernhof, der so genannte Ulsenkotten, der seinen Namen einer hölzernen Bohle auf der Tenne verdankt, auf der zu lesen ist: »Leutnant von Ulsen, A. D. 1662.« Ein noch vorhandener Wall, der das Gelände umgibt, deutet darauf hin, dass der Hof einst wie eine Festung befriedet war. Vom heutigen Ulsenkotten auf die damalige Ulsenburg zu schließen, ist beinahe unmöglich. Der Wald, der die Festung umgab, ist gerodet, der Wassergraben zugeschüttet, die hölzernen Palisaden dienten in späterer Zeit als Randbefestigung für den nahegelegenen Handelsweg, und auch der dreigeschossige Turm ist längst dem Erdboden gleichgemacht. Nur der Kerker existiert noch, wird heutzutage jedoch als Vorratskeller benutzt.

All diese Gedanken über Zukunft und Vergangenheit waren Klaes Oudekott, der an einem schwülen Samstagnachmittag im Heumonat des Jahres 1668 seine Runden auf dem Hof der Ulsenburg drehte, völlig fremd. Warum sollte er sich den Kopf darüber zerbrechen, was in einigen Jahrhunderten mit dem Ort geschehen würde, an dem er sich gerade befand. Ihn interessierte nur der Wachwechsel in einer halben Stunde und das wohlverdiente Feierabendbier nach einer langen Schicht. Nachdenklich schaute er zum Himmel und betrachtete die Gewitterwolken, die von Süden her aufzogen und sich zusehends ballten. Gegen Mittag hatte der Wind gedreht, die angenehme Nordbrise war einem stickigen Südwind gewichen, der einem das Atmen erschwerte und den Schweiß rinnen ließ. Wenn es nur nicht zu regnen begann, bevor er zu Hause war, dachte Klaes, nahm den Hut vom Kopf und fuhr sich mit einem Tuch über die verschwitzte Stirn. Er wohnte im benachbarten Twente, auf der holländischen Seite der Grenze, und hatte noch einen Fußweg von einer Stunde vor sich. Nur wenige Zöllner übernachteten in der Festung, die meisten kamen aus den umliegenden Dörfern und gingen nach Dienstende zu ihren Familien zurück. Kein einziger Kommise, wie die Grenzwächter abfällig genannt wurden, stammte aus Ahlbeck. Eher wären die Männer des Dorfes gestorben, als sich den Büttein des Leutnants anzuschließen. Nicht einmal das Gesinde des Vogts hätte sich das getraut. Zwar zahlte von Ulsen sehr gut, aber nicht umsonst wurden schon in der Bibel Zöllner und Sünder gleichgesetzt, und nicht alle waren mit ihnen so nachsichtig wie der Gottessohn. Man musste schon sehr verzweifelt sein, um ein Kommise zu werden. Oder ein Fremder. Als Ahlbecker Pfahlbürger wäre man seines Lebens nicht mehr froh geworden.

Klaes Oudekott war das egal. Er hatte fünf hungrige Mäuler zu stopfen und besaß kein Land, das er beackern konnte. Als Katholik hatte er in Holland ohnehin nichts zu lachen. Was machte es da schon, dass man ihn als Zöllner gering schätzte? Immerhin war er kein Henker oder Schinder geworden. Er musste plötzlich an den armen Kerl denken, den sie gestern vom Galgen genommen hatten, und ihm wurde mulmig zumute. Noch nie hatte Klaes einen Mann getötet, und er war froh, dass er es nicht gewesen war, der die Muskete auf den Schmuggler abgefeuert hatte. Aber die Dinge spitzten sich zu, das spürte er, und es würde weiteres Blutvergießen geben, wenn nicht ein Wunder geschehe. Er versuchte, die düsteren Gedanken zu verscheuchen, und erleichterte sich, indem er gegen die Holzpalisaden pinkelte. Schwermut und Melancholie waren immer auf ein Ungleichgewicht der Körpersäfte zurückzuführen, das hatte ihm vor einiger Zeit eine *vroedvrouw* namens Ottenpeter verraten, und nichts half besser gegen solche Beschwerden als ein Aderlass oder wenigstens die Entleerung der Blase.

Er hatte gerade sein Gemächt in der Hose verstaut und zweimal in westlicher und östlicher Richtung zu Boden gespuckt, wie es ihm die weise Frau empfohlen hatte, als jemand ans Tor hämmerte.

»Wer da?«, rief Klaes und stieg auf eine kleine Leiter, um über die Palisaden zu schauen. »Was wollt Ihr?«

Auf der anderen Seite der Wehr stand ein junger, ganz in Schwarz gekleideter Mann mit bleichem Gesicht und funkelnden Augen, der nun einen galanten Bückling machte und seinen Schlapphut zog.

»*Godverdori!*«, entfuhr es Klaes, als er die Narbe und das verwachsene Ohr am Kopf des Mannes sah. »Schert Euch weg!«, rief er und setzte, da er den Mann für einen Vaganten oder fahrenden Händler hielt, hinzu: »Wir kaufen nichts. Versucht es auf dem Festplatz in der Heide.«

»Entschuldigt mein unangemeldetes Erscheinen, guter Mann«, sagte der Schwarzgekleidete, setzte den Hut auf und verneigte sich erneut. »Mein Name ist Daniel Wagenknecht, genannt Frater Magnus, Student der theologischen Fakultät zu Paderborn. Ich komme auf Einladung des Leutnants von Ulsen. Ist er vielleicht zugegen?«

Klaes runzelte die Stirn und nickte. Er glaubte sich an den jungen Mann zu erinnern. Als sie gestern die sterblichen Reste des Schmugglers am Galgenbülten verscharrt hatten, hatte dieser Frater Magnus mit einem kleinen, dicken Mann beim Leutnant gestanden und sich angeregt mit ihm unterhalten.

»Der Leutnant ist im Haus«, sagte Klaes bärbeißig, »ich werde fragen, ob er Zeit für Euch hat.«

»Zu gütig«, antwortete der Schwarze.

Der Zöllner grunzte etwas Unverständliches, doch sein Gesicht hellte sich plötzlich auf, als er am Waldrand die grün uniformierte Gestalt eines Mannes erkannte. Das war Geerd Potterbacker, seine Wachablösung, und beschwingten Schrittes lief Klaes zur Burg, um dem Leutnant die Ankunft des Fremden zu vermelden. Wenn es nur nicht regnete, dachte er und schaute zweifelnd zum Himmel, bevor er die Burg betrat. Es war ein weiter Weg nach Hause.

Als Daniel am Freitagmorgen auf die Einladung des Leutnants geantwortet hatte, er werde ihn sicherlich besuchen kommen, hatte er nicht ahnen können, wie freudig er nur einen Tag später seinen Worten Taten folgen lassen würde. Normalerweise machte er um jede Festung einen weiten

Bogen, allein der Gedanke, nur einen Steinwurf von einem Kerker entfernt und von bewaffneten Uniformierten umgeben zu sein, verschaffte ihm Unbehagen. Und doch stand er nun auf der kleinen Brücke vor dem Tor der Ulsenburg und wartete darauf, in die Höhle des Löwen eingelassen zu werden.

Daniel in der Löwengrube, fielen ihm die Worte der Wirtin ein.

»Tretet ein«, sagte der Zöllner und öffnete im gleichen Moment das Tor. »Der Leutnant erwartet Euch.« Dann winkte er einem weiteren Grünrock, der sich auf einem Hohlweg der Burg näherte, und rief: »Beeil dich, Geerd. Du kannst diesen Herrn gleich zum Leutnant führen.«

»Gemach, gemach«, antwortete der zweite Zöllner, ein kleiner Mann mit feistem Gesicht, fettem Wanst und dicken Wurstfingern. »Bei dem Wetter schwitze ich, auch ohne mich für dich abzuhetzen.«

Die beiden Männer begrüßten sich mit Handschlag, und der kleine Dicke begutachtete den schwarz gekleideten Besucher mit unverkennbarem Widerwillen. »Ihr wollt zum Leutnant?«, grunzte er.

»Der Alte erwartet ihn bereits«, sagte der andere Zöllner, verabschiedete sich und trat durchs Tor. »Hoffentlich regnet es nicht so bald«, murmelte er und verschwand im Wald.

Der Fettwanst zuckte mit den Schultern, schloss das Tor und gab Daniel mit einer Handbewegung zu verstehen, er solle ihm folgen.

Die Ulsenburg war das Seltsamste, das Daniel seit langer Zeit zu Gesicht bekommen hatte. Schon von außen wirkte die hölzerne Festung wie ein fürstbischöflicher Witz: Die angespitzten Holzpalisaden, die Schießscharten, der Wassergraben, der das gesamte Gelände umgab, und der nutzlose Turm, der aus dem Wald herausragte und doch keinen Ausblick bot, weil die Bäume jede Sicht auf den Boden und das Unterholz nahmen, erschienen Daniel, als seien sie aus einer anderen Welt hierhergeschafft. Er hatte von ähnlichen Festungen in Amerika gehört, ein heimgekehrter belgischer Auswanderer hatte ihm davon berichtet, doch in der Neuen Welt lagen diese so genannten Forts in ebener und trockener Steppe und boten Schutz gegen die Angriffe der Wilden. Im Ahlbecker Bruch jedoch war diese Bauweise geradezu grotesk. Das Holz faulte und rottete langsam vor sich hin, und die zahlreichen Wehranlagen waren ebenso übertrieben wie unnötig, denn ein Angriff von außen stand nicht zu befürchten. Schmuggler gingen im Geheimen vor und traten nicht im Verband zum Kampf an. Der Bischof war tatsächlich ein Mann des Heeres, dachte Daniel. Vom Kampf gegen Schmuggler schien er jedenfalls wenig zu verstehen.

Als der junge Mann die Festung betrat und einen Blick ins Innere warf, war er abermals erstaunt, denn die eigentliche Burg entpuppte sich als ganz normaler, sogar recht ärmlicher Bauernkotten. Mit fuderhohem Scheunentor, hölzernem Giebel und schindelgedecktem Dach, das beinahe bis auf den Boden reichte. Wäre Daniel allein gewesen, er hätte vermutlich laut losgelacht. So jedoch schüttelte er unmerklich den Kopf und ließ sich von dem fetten Zöllner zum Hintereingang des Kottens führen.

»Herzlich willkommen, Fähnrich!«, rief der Leutnant, der aus dem Haus getreten war und in vollem Ornat, mit Wams, Kragen und an der Seite baumelndem Rapier dastand. »Wie schön, dass Ihr …« Als er sah, dass Daniel allein erschienen war, hielt er inne und machte er eine enttäuschte Miene. Er zwirbelte an seinem Backenbart und fragte: »Der Fähnrich hat Euch nicht begleitet?«

»Vater lässt sich entschuldigen«, antwortete Daniel und zog den Hut, »er wäre gern gekommen, aber die Vorbereitungen für die Kirchweih nehmen seine ganze Zeit in Anspruch.«

»Teufel auch!«, entgegnete von Ulsen, und seine Miene verfinsterte sich, »dieses Schaustellergewerbe ist kein Beruf für einen alt gedienten Soldaten. Ein Jammer. Einen Mann wie Euren Vater könnte ich gut in meinen Reihen gebrauchen. Sagt ihm, wenn er jemals sesshaft werden will, so ist er in Ulsens Armee herzlich willkommen.«

»Ich werde es ausrichten«, versprach Daniel.

»Habt Ihr Euren Friedhof gefunden?«

»Leider nicht. Der Pater war keine große Hilfe, er scheint nicht bei Sinnen zu sein. Wart Ihr jemals in der Kapelle?«

»Wozu?«, erwiderte der Leutnant. »Ich habe genug zu tun, auch ohne mich um verrückt gewordene Einsiedler zu kümmern.«

»Sicher«, entgegnete Daniel lächelnd.

»Und womit kann ich Euch dienen?«

»Ich komme auf Eure gestrige Einladung«, entgegnete der andere und gab sich überrascht. »Ich hoffe, Ihr hattet sie nicht nur für meinen Vater ausgesprochen. Dann wäre ich den weiten Weg durchs Moor umsonst gekommen.«

»Meine Einladung?« Der Leutnant konnte sein Missfallen kaum verbergen. Sein Kiefer mahlte unruhig, und beim Sprechen brachte er die Lippen nicht auseinander. »Nun«, knurrte er schließlich und wies dem jungen Mann den Weg. »Wenn Ihr schon einmal da seid, dann kommt doch herein.«

Daniel verbeugte sich und betrat durch eine niedrige Tür den Kotten. »Das ist also Eure Burg?«, fragte er und schaute sich in der Stube um, deren Mobiliar aus einem Eichentisch, drei Stühlen und einem Regal bestand. In der Ecke, gleich neben dem Herd, befand sich ein Alkoven, in dem der Leutnant offensichtlich gelegen hatte.

»Früher war dies ein einfacher Bauernhof an der Grenze«, antwortete der Leutnant, nahm den Kragen ab und bat den Scholaren mit einer Handbewegung, sich zu setzen. »Nach dem Tod des Pächters hat der

Bischof den Holzzaun und den Turm errichten lassen, um den Schmugglern Einhalt zu gebieten. Aber Ihr habt natürlich recht, von einer Burg kann nicht die Rede sein. Unser Stützpunkt ist nichts weiter als ein jämmerlicher Bauernkotten mit einem albernen Wassergraben und einer nutzlosen Palisade. Was soll ich machen? Der Bischof ist mein Herr, und ich erfülle nur meine Pflicht.«

»Meine Frage sollte keine Kritik sein«, versicherte Daniel.

»Ihr könnt Eure Meinung offen sagen«, antwortete der Leutnant und holte zwei Gläser aus dem Regal, die er mit dem Hemdsärmel abwischte und auf den Tisch stellte. »Ich bin Soldat und ein Mann der klaren Worte. Das weibische Drumherumgerede liegt mir nicht.«

»Eure Festung wird in zwanzig Jahren vor Fäulnis zusammengestürzt sein.« Daniel wies durch das Fenster auf den Turm, dessen unterstes Geschoss grün angelaufen und direkt über dem Boden mit einer gelblich weißen Schicht belegt war. »Das Holz ist morsch und schimmelt.«

»Wem sagt Ihr das!«, antwortete der Leutnant ungerührt. »Wenn es nach mir ginge, hätte ich diesen Turm längst dem Erdboden gleichgemacht und zu Brennholz verarbeitet. Die Leute machen sich schon über uns lustig, und ich kann es ihnen nicht einmal verübeln.« Er schnaufte abfällig, verschwand in einem Nebenraum, der ihm als Vorratskammer diente, und kam nur wenige Sekunden später mit einer Weinflasche zurück, deren Boden mit einem Bastgeflecht umwickelt war. »Ich habe Euch gestern einen guten Tropfen versprochen«, sagte von Ulsen und goss sich und dem jungen Mann ein, »und den sollt Ihr bekommen. Einen besseren Wein werdet Ihr nirgends finden. Schade, dass der Fähnrich nicht hier ist, ich hätte mich gern bei einem Gläschen mit ihm über die alten Zeiten unterhalten.«

Daniel erkannte die Flasche, lächelte zufrieden und betrachtete sie wie ein kunstvolles Gemälde.

»Auf Euren Vater«, sagte der Leutnant, dem der leuchtende Blick des jungen Mannes nicht entgangen war, hob sein Glas und stieß mit dem Scholaren an.

»Auf meinen Vater«, erwiderte Daniel, und für einen kurzen Augenblick machte er eine düstere Miene. »Auf die Heimat!«

»Wo immer die sein mag.«

»Ein herrlicher Wein«, rief Daniel und fuhr sich mit dem Ärmel über den Mund. »Im Wirtshaus schmeckt der Wein wie Essig, mir dreht sich allein bei dem Gedanken der Magen um.« Er nahm einen weiteren Schluck, schaute wie gebannt auf seine Fingernägel. »Ihr könntet mir nicht vielleicht ein Fläschchen Eures Haartweines verkaufen?«

Statt einer Antwort brummte der Leutnant mürrisch, verzog aber keine Miene. Schweigend saßen sie sich gegenüber. Schließlich sprang von Ulsen auf, als er sah, dass sein Gast das Glas geleert hatte, und sagte:

»Erst einmal zeige ich Euch unsere Festung, damit Ihr Eurem Vater berichten könnt, wie es bei den Zöllnern zugeht.«

»Es muss ein Kampf gegen Windmühlen sein«, sagte Daniel, als er dem Leutnant über die Lucht auf die Tenne des Kottens folgte.

»Windmühlen?«, fragte von Ulsen irritiert. »Wovon redet Ihr? In Ahlbeck gibt es nur eine Wassermühle. Und warum sollten wir gegen den Müller kämpfen? Er steckt mit den Schmugglern bestimmt nicht unter einer Decke, immerhin ist er der Sohn des Vogts.«

Daniel winkte ab, da er erkannte, dass dem Leutnant die Figur des Don Quixote unbekannt war, und sagte: »Wollt Ihr etwa sagen, dass Ihr bereits wisst, wer mit den Schmugglern gemeinsame Sache macht und wer nicht?«

»Noch nicht«, antwortete von Ulsen mit steinerner Miene, »aber wir werden es bald erfahren. Wir haben sozusagen eine Geheimwaffe.« Er blieb stehen, machte eine ausladende Handbewegung und sagte: »Dies sind die Unterkünfte der Nachtwachen, und dort drüben befinden sich die Räume für die Patrouillen.«

Die Tenne war kaum noch als solche zu erkennen. Die ehemaligen Stallungen zur Linken und Rechten waren zu Kammern und Stuben ausgebaut. Auf jeder Seite gingen vier Türen ab, eine davon stand auf, und Daniel konnte die spartanische Einrichtung sehen: ein schmales Bett, ein Tisch, ein Stuhl und ein Kreuz an der Wand.

»Und wo sind Eure Kammern?«, fragte Daniel.

»Über dem Flett.« Von Ulsen und zeigte auf eine Empore oberhalb der Wohnstube. Von dort habe ich den besten Überblick.«

Daniel drehte sich um die eigene Achse und nahm alles genau in Augenschein, um es sich einzuprägen. An der Kopfseite der Tenne war das große Scheunentor mit riesigen Balken versperrt und mit Schlössern versehen. Nur eine niedrige, ebenfalls verriegelte Nebentür führte nach draußen, und eine Holzleiter lehnte an der Wand, die zu einer Luke im Speicherboden führte. Vor dem Scheunentor stand ein Tisch, auf dem eine funzlige Kerze brannte, und dahinter saß ein grünberockter Zöllner, der im gleichen Moment aufsprang und dem Leutnant salutierte.

»Schon gut, Heinrich«, sagte von Ulsen und bedeutete dem anderen, er könne sich wieder setzen. »Ich möchte dem Herrn Scholaren gern unseren Kapitän zeigen.«

»Zu Befehl, Herr Leutnant«, antwortete der Zöllner und verharrte in seiner stocksteifen Position. »Er hat den ganzen Tag noch keinen Ton von sich gegeben. Aber das ist ja nichts Neues.«

»Wir werden ihn schon noch zum Reden bringen.«

Erst jetzt bemerkte Daniel die eiserne Falltür im Boden, die sich direkt vor dem Tisch befand und auf die der Zöllner mit der Hand deutete.

Daniel sah den Leutnant überrascht an, und dieser verzog die Lippen zu einem angedeuteten Lächeln.»Wer ist dieser Kapitän?«, fragte Daniel.
»Ihr habt den Schmuggler am Galgen gesehen?«
Daniel nickte.
»Der dumme Bauernlümmel war nicht der einzige Halunke, den wir an diesem Tag erwischt haben. Und der zweite Mann wird uns nicht so leicht durch die Lappen gehen.« Der Leutnant ließ sich von Heinrich einen Schlüsselbund geben, den dieser an seinem Gürtel getragen hatte, entriegelte das Vorhängeschloss an der Falltür und öffnete die Luke.
»Seht selbst«, sagte er, nahm die Kerze vom Tisch, stieg eine Treppe hinunter und befahl dem Zöllner:»Schließ hinter uns ab, Heinrich!«
Daniel zögerte. Warum um alles in der Welt sollte er sich freiwillig in einen Kerker begeben? Was bezweckte der Leutnant damit? Vor wenigen Minuten noch hatte er Daniel nur widerwillig in sein Haus gelassen, und nun führte er ihm aus freien Stücken einen gefangenen Schmuggler vor. Das Verhalten des Leutnants wollte Daniel nicht einleuchten, und je länger er darüber nachdachte, desto überzeugter war er davon, dass man ihn in einen Hinterhalt lockte. Auch wenn er nicht wusste, wie dieser aussah.

»Wo bleibt Ihr?«, erklang die Stimme des Leutnants aus dem Keller. »Habt Ihr etwa Angst? Dann wärt Ihr nicht Eures Vaters Sohn.«

Der Zöllner Heinrich stand plötzlich neben ihm, versperrte ihm den Weg zurück, grinste dümmlich und klimperte mit dem Schlüsselbund. »Ist kein schöner Anblick da unten. Vom Geruch ganz zu schweigen.«

Daniel erkannte, dass es zu spät zur Flucht war, nickte und stieg die Treppe hinunter. Die Eisentür krachte hinter ihm, ein Schlüssel drehte sich im Schloss, und Daniel befand sich in der Löwengrube.

»Hat Euch der Gestank zu Stein verwandelt?«, fragte der Leutnant und winkte.»Möchtet Ihr lieber wieder hinaufgehen? Hier ist es nicht so gemütlich wie in Eurer Fakultät, was?!«

Tatsächlich war der beißende und faulige Geruch alles andere als angenehm, es roch wie in einer Latrine, und ein Brechreiz stieg in Daniel hoch. Es dauerte lange, bis sich seine Augen an die Dunkelheit gewöhnt hatten, denn trotz des Kerzenscheins war der Keller so finster wie ein Grab. Der Kerker bestand aus einem gemauerten, feuchten Gang, von dem rechter Hand zwei Zellen abgingen, die mit Gitterstäben versehen waren. Der Steinboden war glitschig, Ratten huschten von einer Ecke in die nächste und gaben schrille Fiepgeräusche von sich.

»Wieso nennt Ihr Euren Gefangenen einen Kapitän?«, fragte Daniel und ging mit unsicheren Schritten auf den Leutnant zu.

»Sein Kumpan hat ihn so gerufen, bevor die Kugel ihn traf. Kapitän Funke hat er ihn genannt«, erklärte von Ulsen und deutete mit der Kerze auf die hintere der beiden Zellen.»Er wollte den Mann mit seinem Körper decken, und deshalb glauben wir, dass wir einen der Anführer der Bande erwischt haben.«

»Kapitän Funke?«, erwiderte Daniel vorsichtig und hielt sich wohlweislich im Rücken des Leutnants. »Ein Seefahrer?«

»Ihr solltet Euch von Eurem Vater in der Heeressprache unterrichten lassen.« Der Leutnant lachte und klopfte Daniel auf die Schulter. »Ein Kapitän ist der Befehlshaber einer Kompanie.«

»Glaubt Ihr, dass Funke sein richtiger Name ist?«, fragte Daniel.

»Wieso sollte er es nicht sein?«, antwortete der Leutnant, trat an die Gitterstäbe und schlug mit dem Degen dagegen. »He, aufwachen, Faulpelz!«, rief er. »Du hast Besuch.«

Daniel schaute über die Schulter des Leutnants und sah eine winzige Zelle, in der es außer einer Pritsche und einem hölzernen Eimer für die Fäkalien keinerlei Gegenstände gab. In der hinteren Ecke der Zelle, auf dem Boden, hockte eine Gestalt, von der wegen der Dunkelheit nur die Umrisse zu sehen waren. Auf die Worte des Leutnants erhob sich der Mann und baute sich mit verschränkten Armen vor dem Gitter auf. Der Mann war splitternackt, und seine hochmütige Haltung war umso erstaunlicher, da er von Kopf bis Fuß mit Kot und Dreck beschmiert war und erbärmlich stank. Dennoch blickte er mit stolzer Miene durch die Gitterstäbe, und ein abfälliges Lächeln lag auf seinen Lippen. Daniel schätzte das Alter des Mannes auf etwa fünfzig Jahre, obwohl von seinem Gesicht nicht viel zu sehen war, da es von einem schwarzen Rauschebart bedeckt war. Das Haupthaar des Mannes war ebenfalls von tiefem Schwarz und fiel ihm in dicken Locken bis auf die Schultern.

»Das ist unser Kapitän.« Der Leutnant lachte und hielt dem Mann die Kerze direkt vors Gesicht.

»Habt Ihr ihn gefoltert?«, fragte Daniel, weil er sah, dass das Gesicht des Schmugglers geschwollen und zerschunden war. Die rechte Augenbraue waren aufgeplatzt, das Weiße der Augen blutunterlaufen und die Nase gebrochen.

»Ein wenig«, sagte von Ulsen, »um sein Schweigen zu brechen.«

»Findet Ihr das nicht reichlich übertrieben«, wandte Daniel ein. »Immerhin hat der Mann niemanden getötet, oder?«

»Er hat auf einen unserer Leute geschossen«, antwortete der Leutnant. »Diese Schmuggler sind gemeine Diebe und Räuber, sie ziehen plündernd durchs Land und schrecken auch vor Mordbrennerei nicht zurück. Was glaubt Ihr, wo sie ihre Schmuggelware herbekommen? Ich habe Euch doch von dem armen Kötter in Oldendorf erzählt.« Er räusperte sich und setzte hinzu: »Ihr scheint sehr viel Mitgefühl für diese Gauner zu haben.«

»Auch Verbrecher sind Menschen«, erwiderte Daniel düster und setzte hinzu: »Woher kommt der Kot?«

»Er schmiert sich selbst damit ein. Weiß der Teufel, warum er das macht. Wie ein Schwein, das sich im eigenen Mist suhlt. Er stinkt wie ein Iltis und benimmt sich dabei wie ein Pfau.« Während er dies sagte, betrachtete der Leutnant Daniel aus den Augenwinkeln und schien auf dessen Reaktion gespannt. »Deshalb ist der Mann auch nackt«, setzte er hinzu. »Seine Kleidung hat er als erstes eingesaut. Unbegreiflich, was?!«
Daniel nickte und schwieg. Im Gegensatz zum Leutnant verstand er das Verhalten des Gefangenen durchaus. Der Mann wollte, dass seine Wächter sich vor ihm ekelten und ihm fernblieben. Auch wenn es unwahrscheinlich war, dass ihn dies vor weiterer Folter schützte, so konnte er doch sicher sein, dass die Zöllner jeden unnötigen Umgang mit ihm mieden. Sie behandelten ihn wie ein Tier, also benahm er sich auch so. Und je mehr er sich selbst in den Dreck zog, desto offensichtlicher zeigte er seine Verachtung für sie.

»Seit Sonntag sitzt der Kerl hier im Kerker«, fuhr der Leutnant fort, »aber er hat noch keinen Ton über die Lippen gebracht. Ein sturer Bock. Aber das wird ihn auch nicht vor dem Galgen retten.«

»Warum soll er etwas sagen, wenn er ohnehin stirbt?«

»Schlimmer als der Tod ist der Schmerz«, antwortete von Ulsen und zückte seinen Degen. Er betrachtete den Schmuggler, der die ganze Zeit reglos wie eine Statue dagestanden hatte, und fuchtelte mit dem blanken Stahl vor dessen Nase herum. »Wir werden schon noch herausbekommen, woher du kommst und mit wem du gemeinsame Sache machst.«

Der Mann lächelte abfällig und spuckte dem Leutnant ins Gesicht. Von Ulsen fuhr zusammen und wollte dem Mann den Degen in den Oberschenkel stoßen, als ein lautes Krachen ihn unterbrach. Die Decke über ihren Köpfen vibrierte, und es klang, als stürze das Haus ein.

»Was, zum Henker …?« Der Leutnant ließ von dem Gefangenen ab und lief zu der Luke, um den wachhabenden Zöllner zu fragen, was geschehen war. Erneut krachte es, dass die Wände wackelten.

Daniel trat ans Gitter heran und einem plötzlichen Impuls folgend, flüsterte er dem Mann ins Ohr: »Bauer Ibing schickt mich.«

Der Gefangene zeigte keinerlei Reaktion und starrte durch Daniel hindurch, als sei er aus Luft.

»Was war das für ein Krach, Heinrich?«, fragte der Leutnant.

»Es ist das Gewitter«, rief der Zöllner von oben durch die Falltür. »Der Blitz hat irgendwo in der Nähe eingeschlagen.«

»Doch nicht ins Haus?«, fragte der Leutnant, stieg die Stufen hinauf und klopfte gegen das Metall, damit der andere ihm öffnete.

Daniel nahm einen zweiten Anlauf. »Kennt Ihr Olthues?«, fragte er den Schmuggler. »Den Sohn des Schulzen?«

Statt einer Antwort lachte der Mann aus vollem Halse. Es klang wie das Klirren von Ketten, zugleich schrill und rasselnd.

Und dann spürte Daniel die Nässe an seiner Hose.

Der Leutnant hörte das Lachen, fuhr herum, und was er sah, ließ ihn erstarren und gebannt hinschauen. Der Gefangene in der Zelle hielt sein Gemächt in der Hand und pinkelte durch die Gitterstäbe dem Scholaren ans Bein, während er ihn gleichzeitig auslachte.

Daniel wich angewidert zurück, rutschte auf dem glitschigen Boden aus und landete mit dem Steiß auf den Steinen.

Im selben Augenblick war der Leutnant herangetreten und stieß seinen Degen durch das Gitter. Er hatte den Schmuggler zwischen den Beinen treffen wollen, doch der Gefangene hatte die Absicht des Leutnants erkannt und war rechtzeitig zurückgesprungen. Er grinste verächtlich, verneigte sich und ging zurück in seine Ecke, wo er sich auf den Boden hockte und den Kopf zwischen den Knien versenkte.

»Das tut mir leid«, wandte sich der Leutnant an Daniel, der sich aufrappelte und den Hosenboden rieb. »Das wollte ich nicht.«

»So?!«, fauchte Daniel und wehrte die Hand des anderen ab. »Was habt Ihr dann gewollt? Mich auf die Probe stellen? Habt Ihr gedacht, ich sei ein Schmuggler wie der kotbeschmierte Irre dort?« Er war sichtlich verärgert und starrte mit Ekel auf seine Hosenbeine. »Seht Euch diese Sauerei an!« Zugleich aber konnte er nur mühsam ein zufriedenes Lächeln unterdrücken. Der Kapitän hatte ihm, ohne es zu wollen, einen Gefallen getan, denn wenn von Ulsen zuvor einen Verdacht gegen Daniel gehegt hatte, so war der nun ausgeräumt.

»Ich bin ein misstrauischer Mensch«, sagte der Leutnant und klopfte dem Scholaren den Dreck von der Kleidung. »Das ist nun mal meine Natur. Seid mir nicht böse.«

Daniel war alles andere als böse, auch wenn er es wohlweislich nicht zeigte und ein mürrisches Brummen von sich gab. Er wusste nun, was die Schmuggler für die morgige Nacht planten.

»Lasst uns nach oben gehen«, sagte der Leutnant, als er sah, dass der Zöllner die Luke geöffnet hatte. »Ich will nachsehen, was geschehen ist.«

»Herr Leutnant!«, rief Heinrich im selben Moment und fuchtelte aufgeregt mit den Armen. »Kommt schnell! Es brennt!«

Sie rannten die Treppe hinauf, und das Letzte, was sie aus dem düsteren Verlies vernahmen, bevor die Falltür zuschlug, war das rasselnde Lachen des Gefangenen.

»Der Turm!«, schrie Heinrich gegen das Tosen des Gewitters an, von dem Daniel und der Leutnant im Keller nichts gehört hatten. Der Regen prasselte wie Hagel aufs Dach und an die Fenster. In unregelmäßigen Abständen krachte und donnerte es, als sei Petrus wahnsinnig geworden, und der Wind fuhr durch die Ritzen des Hauses und wirbelte den Staub auf der Tenne umher. Die drei Männer liefen durch die Wohnstube nach draußen, und als sie auf dem Hof ankamen, bot sich ihnen ein seltsames

Schauspiel. Der Blitz war in den hölzernen Turm eingeschlagen, hatte ihn wie einen morschen Baum gefällt und etwa auf der Hälfte seiner Höhe eingeknickt. Das obere Geschoss sowie das Spitzdach waren zur Seite gefallen und auf die Palisaden gestürzt. Zwar brannte der Turm noch, doch die Regenmassen, die in Kübeln vom Himmel stürzten, löschten das Feuer bereits, so dass das Holz nur dampfend kokelte.

Drei Uniformierte, unter ihnen der Fettwanst mit den Wurstfingern, liefen wie aufgescheuchte Hühner durch den Regen und schienen nicht recht zu wissen, was zu tun war. Schließlich blieben sie ratlos stehen und betrachteten fasziniert das dampfende Etwas, das einmal ein Turm gewesen war.

»Gott hat meine Gebete erhört«, sagte der Leutnant.

Obwohl Daniel direkt neben ihm stand, hatte er Mühe, ihn zu verstehen. Das Getöse war unbeschreiblich. Der Himmel war mittlerweile pechschwarz, als sei es mitten in der Nacht; immer wieder zuckten grelle Blitze vom Himmel und schlugen in der nahen Umgegend ein. Daniel war bereits bis auf die Haut durchnässt, von seinem Schlapphut rann ihm das Wasser in kleinen Bächen den Rücken hinunter und füllte langsam seine Stiefel.

»Eure Festung hat ein Loch«, sagte Daniel und deutete auf die Palisaden, die von dem herabfallenden Turm niedergedrückt und in den Wassergraben gerutscht waren.

»Was?«, rief der Leutnant.

»Der Turm hat die Wehr eingerissen«, rief Daniel gegen den Lärm an. »Ihr seid nicht mehr sicher in Eurer Festung.«

Der Leutnant nickte und zuckte dann mit den Schultern. »Wer sollte uns hier schon angreifen?«, antwortete er und lachte grimmig.

Dasselbe hatte auch Daniel noch vor einer Stunde gedacht. Doch nun wusste er es besser. Und wieder einmal fand er bestätigt, dass Gott meistens auf den Seiten der Schurken stand.

»Ihr müsst mich nun entschuldigen«, sagte von Ulsen, »ich muss mich um diesen brennenden Holzhaufen kümmern.«

»Sicher«, sagte Daniel und lüpfte den Hut zum Abschied. Er wollte bereits zum Tor gehen, als der Leutnant ihn am Ärmel zupfte und ihm bedeutete, er solle noch einen Moment warten. Ulsen lief zum Kotten, verschwand in der Wohnstube und kam nur wenige Augenblicke später mit einer Flasche in der Hand auf den Hof zurück.

»Für Euren Vater«, sagte der Leutnant und überreichte dem jungen Mann die mit Bast umwickelte Weinflasche. »Und als Entschuldigung für … Ihr wisst schon.«

»Ich danke Euch«, antwortete Daniel und verbeugte sich. »Ihr wisst gar nicht, wie sehr ich mich über dieses Geschenk freue.«

Und damit verließ er die löchrig gewordene Ulsenburg.

157

Zweites Kapitel
Ist sehr kurz und endet wider Erwarten nicht tödlich

Drei Stunden später, der Zeiger der Kirchturmuhr stand über der Sieben, saß Daniel als einziger Gast am Tresen des Wirtshauses »Zur alten Linde« und starrte auf einen Becher Rotwein, den ihm der Wirt vor die Nase gestellt hatte.

»Verdammtes Mistwetter«, fluchte Franz Tenfelde, »ich habe den ganzen Nachmittag damit verbracht, die Sachen auf dem Festplatz an trockenen Plätzen zu verstauen.«

»Ich hatte mich schon gewundert, wo Ihr wart«, antwortete der Scholar, der seine triefend nassen Kleider gegen trockene Leinenwäsche getauscht hatte. »Als ich vor einer Stunde hier eintraf, war das Gasthaus völlig verwaist. Kein Mensch weit und breit.« Er verschwieg, dass ihm dies durchaus gelegen gekommen war, und fragte: »Eure Gattin war bei Euch in der Heide?«

Der Wirt schüttelte grimmig den Kopf. »Was weiß denn ich, wo die wieder gesteckt hat«, sagte er und grunzte missfällig. »Henrike macht, was sie will, sie ist einfach nicht zu bändigen.«

»Wie ein Füllen«, wiederholte Daniel die Worte des Wirts und neigte den Kopf, als im selben Moment die Wirtin die Stube betrat.

»Was gibt's denn da zu glotzen?«, herrschte Henrike den Gast an und gesellte sich zu ihrem Mann, den sie ebenfalls böse anfunkelte.

»Wir sprachen vom Wetter«, sagte Tenfelde kleinlaut.

»Der Regen hat nachgelassen«, erwiderte Henrike schmallippig.

Daniel, der nur darauf gewartet hatte, beide Wirtsleute zugleich hinter dem Schanktisch zu haben, winkte Tenfelde zu sich und fragte: »Habt Ihr noch einen anderen Wein? Dieser Essigverschnitt schlägt mir auf den Magen.«

»Schmeckt Euch unser Wein etwa nicht?«, empörte sich der Wirt.

»Als Mann der Kirche bin ich Besseres gewöhnt«, antwortete der Scholar lächelnd und griff in seine Rocktasche. »Und es könnte doch sein, dass Ihr einen speziellen Wein für besondere Anlässe irgendwo versteckt haltet.« Er hielt einen Goldgulden in der Hand, den er spielerisch von einem Finger zum nächsten balancieren ließ.

Der Wirt grinste breit, hielt die Hand auf und sagte: »Da könntet Ihr allerdings recht haben, werter Herr Scholar.«

Henrike, die das Gespräch mit bleichem Gesicht verfolgt hatte, ging prompt dazwischen: »Wenn Euch der Wein nicht passt, dann müsst Ihr eben woanders trinken. Extrawürste gibt's bei uns nicht.«

»Sei still, Weib!«, zischte der Wirt, griff nach dem Goldstück und schob seine Frau beiseite. Er wandte sich dem Regal zu, fasste hinter das hölzerne Weinfass und holte eine bastumwickelte Flasche hervor. »Für hohen Besuch«, sagte er und stellte die Flasche auf die Theke.

»Aber das ist doch dein Wein, Franz. Du willst doch nicht ...«, begann die Wirtin, wurde aber von ihrem Gatten unterbrochen.

»Diesen edlen Tropfen halte ich nur für Ehrengäste bereit«, sagte er und zwinkerte dem Scholaren verschwörerisch zu.

»Dann bestehe ich darauf, dass Ihr mit mir trinkt«, antwortete Daniel und goss den Rest des billigen Weines in einen neben dem Tisch stehenden Eimer.

»Gerne«, sagte Tenfelde.

»Nein!«, entfuhr es der Wirtin, und sie griff nach der Flasche.

»Wollt Ihr auch?«, fragte Daniel und hielt die Flasche wie einen Schatz fest. »Ihr seid herzlich eingeladen.«

»Ich trinke nicht«, stotterte sie, ließ los und wich zurück.

»Seit wann denn das?«, wunderte sich Tenfelde und holte einen zweiten Becher aus dem Regal. Er ließ den Scholaren die Becher füllen und brachte einen Trinkspruch aus: »Auf besseres Wetter!«

»Und ein langes Leben!«, setzte Daniel hinzu. Dann stießen sie an und tranken.

Henrike Tenfelde stand ein paar Schritte abseits und schaute drein, als sei ihr der Heilige Geist erschienen. Ihre Augen waren weit aufgerissen, und sie schluckte mehrmals, als habe sie selbst einen Weinbecher an den Lippen. Als die Männer ausgetrunken hatten, starrte sie die beiden mit offenem Mund an, sie schien auf etwas zu warten und war nicht in der Lage, sich zu bewegen.

»Ein feiner Tropfen, was?«, sagte der Wirt und wischte sich über den Mund.

»Anfangs dachte ich, er riecht ein wenig muffig«, antwortete Daniel und rümpfte die Nase, »aber das war wohl nur der Rest des anderen Weines.« Er klopfte sich auf die Brust, rülpste anerkennend und sagte: »Ihr habt Recht, Tenfelde, dies ist ein ganz besonderer Wein. Er steigt mir schon jetzt zu Kopf.« Und als sei ihm schwindlig, fasste er sich an die Schläfe.

»Dann solltet Ihr nicht trinken«, nahm Henrike einen weiteren Anlauf, das Unheil abzuwenden. »Vielleicht ist der Wein zu stark.«

»Ach was«, entgegnete der Wirt und schenkte nach. »Auf einem Bein kann man nicht stehen.«

»Wenn er doch nicht will«, wandte Henrike ein, nun beinahe flehentlich, und wollte ihm die Flasche aus der Hand nehmen.

»Natürlich will ich.« Daniel hielt seinen Becher hin. »Immerhin habe ich die Flasche bezahlt. Jetzt trinken wir sie auch aus.«

»Das ist ein Wort«, sagte der Wirt und stieß mit ihm an.

»Auf Eure teure und treue Gattin!«

»Auf das Füllen!«, rief Tenfelde und lachte donnernd.

Henrike war inzwischen so bleich wie Kalk und musste sich am Schanktisch festhalten. Daniel verstand sehr gut, wie es in ihr drinnen aussehen musste. Wie um alles in der Welt sollte sie die beiden Leichen erklären? Und wie sollte sie dem fremden Scholaren einen Mord in die Schuhe schieben, wenn er an seinem eigenen Gift gestorben war?

»Geht es Euch nicht gut?«, fragte Daniel. »Ihr seht ein wenig blass und müde aus.« Er reichte ihr seinen halbvollen Becher und setzte hinzu: »Trinkt einen Schluck, das wird Eure Lebensgeister wecken.«

Die Wirtin starrte ihn plötzlich hasserfüllt an. All ihre Verbitterung und Wut zeichnete sich für einen Moment auf ihrem Gesicht ab, zugleich schien ihre Verzweiflung in Resignation umzuschlagen. Ihre Lippen bebten, der Busen ging heftig auf und ab, und ihre Hände zitterten.

»Wenn es denn sein soll«, sagte sie plötzlich, griff energisch nach dem Becher, setzte ihn an die Lippen und leerte ihn mit einem Zug.

»Donnerwetter!«, rief Daniel anerkennend.

»Gutes Kind«, brummte Tenfelde.

Im nächsten Augenblick sank die Wirtin ohnmächtig zu Boden.

Drittes Kapitel
Erzählt von unglücklicher Liebe

Das Fest war bereits in vollem Gange. Der Schulzenhof erstrahlte im Licht der Kerzen und Fackeln, und das Wetterleuchten am Himmel sorgte für zusätzliche Festbeleuchtung. Die riesige Tenne war leer geräumt und mit Tannenzweigen und Blütenblättern geschmückt, in den seitlichen Stallungen und auf der Lucht waren Tische und Stühle für die Vollbauern aufgestellt, entlang der Wände standen Bänke für die Kötter und das Gesinde, und am Ende der Diele, direkt vor dem Wohnbereich der Herrschaft, spielte eine kleine Kapelle zum Tanz auf. Auf einer Fidel, zwei Holzflöten, einer Maultrommel und einem Tamburin gaben die Musiker quietschende und holprige Geräusche von sich, die nicht einmal die Bezeichnung Katzenmusik verdienten. Von diesen Missklängen ließen sich die Ahlbecker Bauern jedoch nicht irritieren, sie tanzten auf dem festgestampften Lehmboden, tranken das selbstgebraute Bier und den billigen Schnaps, die in Krügen auf den Tischen zur freien Verfügung standen, und feierten den scheidenden Schützenkönig Werner Olthues. Ein Großteil des Alkohols stammte vom Schulzen, doch jeder Ahlbecker hatte dem König zu Beginn des Abends in feierlicher Prozession einen zusätzlichen Krug Bier oder Wacholderschnaps kredenzt. »Den Trank zum Thron bringen«, nannten die Ahlbecker dieses Ritual.

Sie waren alle gekommen. Der Heidebauer und der Schmied, der allerdings mit seiner Gattin an einem anderen Tisch als sein Vater Platz genommen hatte, der gebrechliche Vogt samt unauffälligem Sohn, der Wirt Tenfelde mit seiner Frau, die zwar schwarze Kleidung und Trauerbänder an der Haube trug, aber den Tod ihrer Ziehmutter nicht als Grund anzusehen schien, dem Tanz auf der Diele fernzubleiben. Sogar Pastor Hellmann und Kaplan Wissing waren erschienen, um nach der einleitenden, knurrig vorgetragenen Rede des Schulzen das Glas zu erheben und den Tanzenden zuzuschauen. Auf dem gesamten Hof wurde gelacht und sich amüsiert. Die Gaukler und Schausteller hatten sich unters lärmende Bauernvolk gemischt und trugen ihren Teil zur Belustigung bei, und selbst die Bettler schienen für den Augenblick ihre mißliche Lage vergessen zu wollen.

Nur eine einzige Person ließ sich von der ausgelassenen Stimmung nicht anstecken, sie stand abseits des Geschehens, auf einer Treppe, die zu einer Empore über der Tanzfläche führte, und betrachtete das Treiben mit unverkennbarem Widerwillen. Celestina war seit dem gestrigen Tag nicht mehr sie selbst, sie sprach kaum und starrte Löcher in die Luft. Ihr sonst so einnehmendes Lachen war versiegt, und sie lief mit finsterer Miene durch die Gegend. Es war etwas in ihr entzwei gegangen, wie ein Tonkrug, den man zu Boden geschleudert hatte, und sie war sich nicht im Klaren darüber, ob sie mit Trauer oder Wut reagieren sollte. Was für eine Erniedrigung! Und was für eine Frechheit! Wofür hielt sich dieser Kerl? Und doch war es ihr nicht möglich, seine bösen Worte und seinen Gesichtsausdruck aus ihrem Kopf zu verbannen. Wie hatte sie nur so dumm und kindisch sein können?! Am liebsten hätte sie ihm die Augen aus dem Gesicht gekratzt und seine hässlichen roten Haare in Büscheln herausgerissen. Gleichzeitig jedoch hatte sie das unstillbare Bedürfnis, ihm einen Kuss auf die Lippen drücken, wie sie es in der Heide getan hatte. Es war alles so widersinnig und verdreht. Sie verstand gar nichts mehr.

Bis zu dem Zeitpunkt des Kusses wäre es ihr nicht im entferntesten eingefallen, ihre Gefühle für ihren Adoptivbruder anders als geschwisterlich zu bezeichnen. Als sie noch ein kleines Mädchen gewesen war, hatte Daniel ihr regelrecht Angst eingeflößt. Er war ihr von klein auf vertraut und doch fremd geblieben. Immer saß er schweigend da, irgendein muffiges Buch in der Hand, und es kam ihr vor, als lebe er in einer eigenen Welt, zu der niemand außer ihm selbst Zutritt hatte. Die anderen Kinder machten sich über ihn lustig, hänselten ihn wegen seines Aussehens und seiner verschrobenen Art, aber ihn schien dies überhaupt nicht zu stören. Während Celestina sich bemühte, allen zu gefallen und von Großen wie Kleinen gemocht zu werden, scherte sich ihr Adoptivbruder nicht um die Meinung der anderen, er ignorierte ihre abfälligen oder gehässigen Bemerkungen, und das imponierte Celestina, auch wenn sie es nicht verstehen konnte. Es hieß immer, die Zigeuner seien ein stolzes Volk, und je schäbiger man sie behandelte, desto stolzer würden sie, aber von Daniel konnten sie in dieser Hinsicht noch einiges lernen.

Nach und nach hatte Celestina es verstanden, Daniels Panzer zu knacken und aus dem Bruder einen Freund zu machen. Sie ließ sich von ihm aus den dicken Wälzern vorlesen, und obwohl sie nur die Hälfte dessen verstand, was er ihr erzählte, war doch offensichtlich, dass es ihm Freude machte, sie zu unterrichten. Und das wiederum bereitete ihr Vergnügen.

Daniel war weder ein schöner noch ein umgänglicher Mensch. Aber er besaß etwas, das keiner ihrer sonstigen Freunde besaß: Er blickte hinter die Dinge, ging ihnen auf den Grund und ließ sich nicht durch äußere Fassaden beeindrucken oder blenden. Ihm war es egal, wie Celestina aussah, und obwohl sie dies einerseits irritierte, weil sie wusste, dass sie sehr schön war, schmeichelte es ihr, dass er sie für klug und empfindsam hielt.

Doch dann hatte sie ihn geküsst.

Es war einfach über sie gekommen, sie hatte gar nicht darüber nachgedacht, aber in dem Moment, da es geschehen war, erschien ihr plötzlich alles klar und einfach. Sie liebte ihn! So war es bestimmt, so musste es sein. Deshalb hatte sie in der vergangenen Monaten jedesmal Herzrasen gehabt, wenn sie mit ihm zusammen gewesen war, und hatte ein roten Kopf bekommen, wenn er sie geneckt oder ihr auf seine schroffe Art geschmeichelt hatte. Deshalb hatte sie mit ihm über alles reden können, selbst über Dinge, die sie nicht einmal Tabitha anvertraut hätte. Und darum war es so verletzend gewesen, als er sie nur wenige Stunden, nachdem sie ihm ihre Liebe offenbart hatte, von sich stieß. Er hatte einen gemeinen Verrat begangen, so sah sie es. Er war ein Judas Ischariot. Denn dass er sie lieben musste, daran konnte für Celestina überhaupt kein Zweifel bestehen. Jeder liebte sie! Die hübschesten Burschen reckten ihre Gockelhälse, wenn sie vorüberging, nicht nur solche Nichtsnutze wie Ohnebein oder eitle Pfaue wie Meister Thibault, sondern angesehene Pfahlbürger und Würdenträger. Und ausgerechnet ein Außenseiter und Eigenbrötler wie Daniel wies ihre Liebe zurück. Sie war in ihrer Eitelkeit gekränkt, und sich dies einzugestehen, ärgerte sie, denn es ließ ihre Liebe so klein und selbstgefällig erscheinen. Und doch war es so. Das Schlimme an Daniels Zurückweisung war die Tatsache, dass sie nicht im mindesten mit dieser Möglichkeit gerechnet hatte. Sobald sie sich ihrer eigenen Gefühle bewusst geworden war, hatte ihr die gemeinsame Zukunft mit ihrem Geliebten klar vor Augen gestanden. Sie würden heiraten, Kinder großziehen, und er würde sie für den Rest seines Lebens auf Händen tragen und wie eine Madonna anbeten. Ihre Liebe für ihn hatte sie wie ein Geschenk betrachtet, wie ein Almosen an einen Bedürftigen. Und Almosen wies man nicht zurück!

Zwar wusste niemand von dem Vorfall zwischen ihr und Daniel, kein Mensch ahnte die Wahrheit. Für die Männer war die Auseinandersetzung unter der Eiche ein normaler Streit unter Geschwistern gewesen, aber dennoch schämte sie sich des Vorgefallenen, als stünde sie deswegen am Pranger, und sie senkte den Kopf, wenn sie den fragenden Blicken ihrer Eltern begegnete. Daniel würde dafür büßen, das schwor sie sich, er würde es noch bitter bereuen, sie so ungerecht und so ... unbegreiflich behandelt zu haben. Irgendwann würde er winselnd und um Liebe bettelnd vor ihr stehen, und dann würde sie ihm die kalte Schulter zeigen und ihm ins Gesicht lachen. Zugleich aber hatte sie Angst, er könnte womöglich *nicht* um ihre Liebe flehen. Zuzutrauen wäre es ihm.

Vor zwei Stunden hatte sie ihn zum ersten Mal nach der Szene am Totenbaum wiedergesehen. Als sie aus dem Zelt getreten war, um nach Juro zu schauen, der seit dem Ende des Gewitters mit den anderen Kindern in der matschigen Heide herumtollte, wäre sie beinahe mit ihm zusammengestoßen. Während sie laut aufschrie, sich an die Brust fasste und im selben Augenblick vor Wut schäumte, weil das genau die Art von Reaktion war, die sie unbedingt hatte vermeiden wollen, lächelte er verkniffen und presste die Lippen aufeinander, als habe er Angst, etwas Dummes zu sagen. Sie standen sich einige Sekunden Auge in Auge gegenüber und schwiegen beredt. Celestina konnte ihr Herz schlagen hören und befürchtete, auch Daniel könne das Pochen vernehmen. Auf keinen Fall durfte sie jetzt den Kopf senken, und darum starrte sie ihn mit dem Blick an, den er einmal ihren »Medusenblick« genannt hatte. Sie hatte keine Ahnung, was er damit gemeint hatte, aber sie wusste, dass dieser Blick nun angemessen war. Tatsächlich senkte Daniel den Kopf, räusperte sich und sagte, er müsse dringend mit Roloff sprechen.

»So?«, sagte Celestina und versuchte, so verächtlich wie möglich zu klingen. Sie konnte seinen Atem riechen, er stank nach Alkohol. Das geschah ihm recht, dachte sie voller Genugtuung, vermutlich hatte er sich ihretwegen betrunken. Aber das würde ihm auch nichts nützen. Wenn er als bettelnder Säufer in der Gosse läge, würde sie einfach über ihn hinwegsteigen und ihn in seinem Elend liegenlassen. Sollte er ruhig leiden! Während sie noch überlegte, mit welcher Bemerkung sie ihn endgültig niederschmettern konnte, wandte er sich kommentarlos ab und betrat das Zelt. Mist!

Als sie eine Viertelstunde später mit dem von Kopf bis Fuß mit Schlamm bedeckten Juro ins Zelt zurückkehrte, war Daniel bereits wieder verschwunden. Auch ihr Vater und Kill waren nicht mehr da.

Celestina wandte sich an ihre Mutter, die sich mit Nadel und Faden an einer Hose zu schaffen machte, aber Tabitha zuckte nur mit den Schultern und sagte: »Die Mannsleute machen doch ohnehin, was sie wollen.«

»Sie sind zum Meister Thibault gegangen«, sagte Angela, die in einer Ecke hockte und Haferbrei löffelte.

»Was hatte Daniel denn so Dringendes zu vermelden?«, fragte Celestina möglichst beiläufig, während sie Juro die Sachen auszog und ihm mit einem Lappen durchs Gesicht fuhr.

Peinliches Schweigen entstand. Es war offenkundig, dass Roloff seiner Familie verboten hatte, Celestina irgendetwas zu erzählen. Dann eben nicht, dachte sie und ließ ihren Ärger an Juro aus, der aufschrie, weil sie ihm derart grob über die Nase fuhr.

»Wenn du dich wie ein Wutz im Schlamm wälzt«, fauchte sie den Bruder an, »dann darfst du dich nicht wundern, wenn man dir die Borsten schrubbt.«

»Es reicht, Celestina«, sagte Tabitha, ohne von ihrer Handarbeit aufzuschauen. »Juro kann nichts dafür.«

Celestina schaute ihre Mutter überrascht an, ließ den Lappen sinken und bekam einen roten Kopf. Wussten schon alle Bescheid?

Mist und noch mal Mist!

»Na, schönes Kind, warum fluchst du denn wie eine Gottlose?«

Celestina fuhr zusammen und stieß einen spitzen Schrei aus. Vor ihr stand ein blondgelockter Kerl, der sich geziert über den Kinnbart fuhr und mit einer ausladenden Geste auf die zu ihren Füßen tanzenden Menschen deutete. Sie standen auf der Empore, auf die sich Celestina geflüchtet hatte, um den lüsternen Blicken der Männer zu entgehen. Und um Daniel nicht über den Weg zu laufen.

»Hast du keine Lust zu tanzen?«, fragte der Blonde.

Sie hielt es nicht für nötig, auf diese Frage zu antworten, und beließ es bei einem abfälligen Schnaufen.

»Darf ich mich vorstellen«, fuhr der Mann unbeirrt fort. »Mein Name ist Werner Olthues. Ich bin ...«

»Der König von Ahlbeck, ich weiß«, sagte Celestina. Sie hatte Daniels Aufzeichnungen sorgsam gelesen und wusste, wen sie vor sich hatte, obwohl der Schulzensohn diesmal nicht die einfache Kötterkleidung trug, die Daniel im Wirtshaus wie eine Maskerade erschienen war. Olthues war in einem blauen Rock aus feinem Samt gekleidet, darunter trug ein schwarzes, ebenfalls samtenes Wams, das in knielangen, geschlitzten Beinlingen endete. Er schien sich wie ein Chamäleon den Umständen und Anlässen anzupassen. Unter Bauern spielte er den einfachen Landmann, aber zum Tennenfest kleidete er sich, wie man es von einem Schützenkönig erwarten durfte.

»So, das weißt du?«, wunderte sich der Schulzensohn.

»Ich weiß mehr über Euch, als Euch lieb sein kann.« Celestina hob viel sagend die dunklen Augenbrauen und setzte hinzu: »Euer Ruf eilt Euch voraus.«

»Potztausend!« Olthues lachte und fuhr sich geschmeichelt über den Schnurrbart. »Ich wusste gar nicht, dass ich einen Ruf habe.« Wieder lachte er schallend und hielt sich den Bauch, als habe er Magengrimmen. Celestina wandte sich angewidert ab und schaute nach unten. Obwohl es vor Menschen wimmelte und es auf der Tenne zuging wie in einem Ameisenhaufen, sah sie auf Anhieb zwei Augenpaare auf sich gerichtet. Das erste Paar gehörte Daniel, der in seiner schwarzen Scholarentracht bei den Bauern stand und sie mit seinen Geschichten einlullte. Es war immer die gleiche Methode. Er erfand irgendwelche phantastischen Geschichten oder Erzählungen aus fernen Ländern, die er nie bereist hatte, und fuhr den Männern dabei in die Tasche. Das entwendete Geld drückte er Kill oder Gero in die Hand, die immer wieder um ihn herumschlichen und mit denen er sich mittels des Handalphabets der Taubstummen verständigte. Ein L, bei dem der Zeigefinger und der Daumen im rechten Winkel zueinander ausgestreckt wurden und die Hand quasi eine Pistole bildete, bedeutete, dass Beute zu übergeben war. War das Geld oder der Schmuck in Sicherheit, so griff er in die eigene Tasche, um verstört festzustellen, dass man ihn bestohlen hatte. Nun bemerkten auch die anderen, dass ihnen die Taschen geleert worden waren, und machten ein Mordstrara. Da Daniel selbst Opfer des gemeinen Diebstahls war und keinen Heller bei sich trug, fiel niemals ein Verdacht auf ihn.

In diesem Moment jedoch schien Daniel nicht recht bei der Sache zu sein. Das polternde Lachen des Schulzensohns hatte seine Aufmerksamkeit erregt, und er blickte zur Empore hoch. Celestina stellte zufrieden fest, dass sich sein zunächst nur neugieriger Blick verfinsterte und sein Gesicht einen eifersüchtigen Ausdruck annahm. Bereits den ganzen Abend hatte er nachdenklich und abwesend gewirkt, als sei er in Gedanken ganz woanders, doch nun bebten seine Lippen, und die bleichen Wangen fingen Feuer.

Nur wenige Schritte von Daniel entfernt hatte eine weitere Person das Lachen des Schützenkönigs aufmerksam zur Kenntnis genommen. Die junge Wirtin, die Celestina am Vortag wie einen Hund aus der Schenke verscheucht hatte, starrte nach oben und schien sich nicht darum zu kümmern, dass ihr dicker und offensichtlich angetrunkener Gatte unentwegt auf sie einredete. Die Blicke der beiden Frauen trafen sich, die Wirtin schleuderte wütende Blitze, und ihre Lippen formten unhörbare Worte. Celestina sah, dass ihr linkes Auge blutunterlaufen und die Wange geschwollen war.

Na wartet, ihr beiden, dachte Celestina und wunderte sich, wie ähnlich sich Daniel und die Wirtin in ihrem finsteren Gesichtsausdruck waren. Und im gleichen Moment stimmte sie in das ausgelassene Lachen des Schulzensohns ein und reichte ihm den Arm.

»Wo ist eigentlich Eure Königin?«, fragte Celestina kokett.
»Helene?« Olthues machte eine griesgrämige Miene und rümpfte die Nase. »Ihr kleiner Sohn ist vor einigen Wochen an der Schwindsucht gestorben und wegen der Trauer wird sie nicht zum Schützenfest erscheinen. Meine Königin ist mir abhanden gekommen.«
»Das ist aber schade«, antwortete Celestina, »dann seid Ihr also ganz allein?«
»Du sagst es.«
»Dem lässt sich abhelfen«, wisperte sie ihm ins Ohr. »Vielleicht wärt Ihr so freundlich, mir ein Glas Wein zu spendieren?«
»Aber mit dem größten Vergnügen, schönes Kind«, sagte Olthues strahlend, »nichts lieber als das.«

Wie eine Königin ließ sich Celestina von der Empore hinab zum gemeinen Volk führen, und als sei sie eine Komödiantin auf der Bühne, die ihrem Publikum gefallen wollte, schüttelte sie mehrmals ihr Haar und reckte ihr Kinn majestätisch in die Höhe. Am Fuß der Treppe angekommen, stutzte sie plötzlich und schaute zur Seite. Sie hatte eine Bewegung in der hintersten Ecke der Lucht wahrgenommen, jemand duckte sich hinter einem Holzfass, und die Tür zu einer der Kammern der Herrschaft stand offen.

Auch Olthues war das nicht entgangen, und er rief: »He, wer da?«

Zunächst geschah nichts, doch als Olthues nach einem Dreschflegel griff, der an der Wand hing, kam aus dem Dunkel Johann Ohnebein hervorgehumpelt und senkte ehrerbietig den Kopf.

»Was treibst du hier?«, fuhr ihn der Schulzensohn an. »Was hast du hier herumzuschnüffeln? Hier gibt es nichts zu sehen, du hässlicher Vogel! Scher dich auf die Tenne!«

»Ich wollte mich nur erleichtern, Herr, und habe den Ausgang gesucht«, sagte Ohnebein und machte einen Bückling, wobei er seine Holzkrücke nach hinten in die Höhe reckte, als sei er ein Vorstehhund, der den Schwanz ausfährt, um ein erlegtes Tier zu signalisieren. »Ich habe mich in der Tür geirrt, Herr. Entschuldigt vielmals.«

»Verschwinde, sonst brenn' ich dir eins mit dem Flegel über!«, rief Olthues und warf sich in die Brust. Nach einem Seitenblick auf seine Begleiterin setzte er hinzu: »Na, wird's bald, einbeiniger Halunke!«

»Ergebensten Dank«, antwortete Ohnebein, und wieder machte er seinen Balanceakt mit der Holzkrücke, grinste schelmisch, zwinkerte Celestina zu und verschwand schleunigst in der Menge.

Celestina hatte gestern die Männer lang genug belauscht, um zu wissen, warum sich Ohnebein in den dunklen Ecken des Hauses herumschlich. Er war auf der Suche nach dem Eingang zu dem geheimnisvollen Tunnel, von dem Daniel berichtet hatte. Auch Roloff und Kill verließen immer wieder die Tenne, um bei einem Rundgang über den Hof nach möglichen Falltüren oder hohlen Bäumen Ausschau zu halten. Ihren Gesichtern nach zu urteilen, waren sie bislang nicht fündig geworden.

Mit einemmal fiel Celestina auf, dass sie den ganzen Abend weder Meister Thibault noch den Ungarn Balázs gesehen hatte. Sie erinnerte sich, dass der Chevalier davon gesprochen hatte, man solle am heutigen Abend dem Heidebauern einen Besuch abstatten, doch bevor sie sich darüber weiter Gedanken machen konnte, wurde sie wieder vom Schulzensohn in Beschlag genommen.

»Folge mir, mein Täubchen«, sagte er, fasste sie fest um die Taille und führte sie quer über die Tenne zu den Tischen, wobei er immer wieder die Leute grüßte und ungeduldig wurde, wenn ihm die ausgelassen Tanzenden nicht sofort Platz machten. Als sie die Wirtsleute passierten, schaute Olthues kurz auf, erstarrte für einen Moment, als er das blaue Auge der Wirtin sah, grölte dann jedoch umso lauter vor Lachen und stieß Tenfelde verschwörerisch an.

»Guten Abend, Franz«, sagte er. »Ich sehe, du hast meinen Ratschlag beherzigt!«

»Wie meinst du das?«, antwortete der Wirt verwirrt.

»Du hast deiner Frau offensichtlich gezeigt, wer der Herr im Hause ist«, sagte Olthues lachend und schaute dabei die Wirtin an.

»Ich bin gefallen«, sagte Henrike Tenfelde knapp.

»Sicher«, erwiderte Olthues und ließ wieder sein polterndes Lachen erschallen. »Vermutlich von der Treppe, was?«

»Nein, wirklich«, bestätigte der Wirt, »sie ist einfach umgefallen, mitten im Schankraum. Der Herr Scholar kann's bezeugen.« Er senkte den Blick, nahm die Hand seiner Gattin und setzte liebevoll hinzu: »Ich würde doch meine Henrike nicht schlagen.«

Seine Frau zog eine verächtliche Schnute, entzog ihm die Hand und grummelte etwas Unverständliches. Sie warf dem Schulzensohn einen wütenden und vorwurfsvollen Blick zu, und als die Kapelle eine kurze Pause machte, verschwand sie unter einem Vorwand über die Tenne nach draußen. Ihr Gatte blieb verdattert zurück und schaute ihr verständnislos hinterher.

»Versteh einer die Frauen«, sagte er.

Zur gleichen Zeit bemerkte Celestina einen glatzköpfigen alten Mann in der hintersten Ecke der Stallung, der allein an einem Tisch saß und den König von Ahlbeck ungeduldig zu sich winkte. Olthues bemerkte das Winken, nickte augenblicklich und entschuldigte sich beim Wirt. Dann fasste er Celestina wie ein Kind an der Hand und führte sie zu dem Tisch des Heidebauern. Dieser war von der unerwarteten Begleiterin gar nicht angetan, bedachte zunächst den Schulzensohn mit einem vorwurfsvollen und dann Celestina mit einem grimmigen Blick. Sein grünes und sein blaues Auge wurden zu schmalen Schlitzen, und er zupfte nervös an den beiden Haarbüscheln über den Ohren.

»Warum sitzt du hier so einsam?«, fragte Olthues gutgelaunt.

Statt einer Antwort verdrehte der Heidebauer die Augen und schnaufte missfällig. »*Gaa zitten!*«, brummte er schließlich und deutete auf einen der leeren Stühle. »Hast du von dem Ulsenturm gehört?«

»Umgefallen wie ein morscher Baum«, antwortete der andere lachend, setzte sich und schob auch Celestina einen Stuhl hin. »Geschieht den Kommisen recht. So ein Blitz kann also auch seine guten Seiten haben.« Damit schien für ihn das Thema erschöpfend behandelt, und er wandte er sich wieder an Celestina: »Wie heißt du eigentlich, mein Kind?«

Sie nannte ihren Namen, und er erwiderte: »Klingt hübsch.«

Ibing wurde es nun zu bunt. »Hör endlich mit dem albernen Geturtel auf! *Godverdoemme!* Was sagst du dazu?«

»Wozu?«

»Zu dem Turm.«

»Was soll ich dazu sagen?«

»Henk sagt, der einstürzende Turm hat einen Teil der Palisaden niedergerissen.«

»Dann sollten sie den Zaun schleunigst wieder aufbauen.«

Der Heidebauer gab einen entnervten Laut von sich, richtete die Augen gen Himmel und fuhr sich mit beiden Händen über den kahlen Schädel. Hätte er noch Haare auf dem Kopf gehabt, so hätte er sie sich sicherlich ausgerissen. So zupfte er statt dessen an den beiden grauen Ohrbüscheln und zwirbelte sie wie einen Schnurrbart.

»Verstehst du denn nicht?«, zischte er leise. »Der Leutnant wird es bis morgen nicht schaffen, die Palisaden zu flicken.«

»Heute ist ein Tag zum Feiern, Gerrit«, sagte Olthues und tätschelte dabei Celestinas Hand. Er machte eine bedeutsame Pause und zwinkerte dem anderen zu. »Das andere hat Zeit bis morgen.« Er räusperte sich und setzte hinzu: »Wo sind eigentlich deine Söhne?«

Ibing hob die Augenbrauen, deutete zu einem Tisch am gegenüberliegenden Ende der Tenne und sagte: »Jakob sitzt mit seiner Metze dort drüben. Wenn er schon in einem Raum mit mir sitzen muss, dann wenigstens in gebührendem Abstand. Er könnte sich ja eine ansteckende Krankheit holen.«

»Und Ruud?«, hakte der Schulzensohn nach. »Er lässt sich doch sonst kein Schützenfest entgehen. Wo steckt der Tropf denn?«

»Er wollte eigentlich heute kommen«, antwortete der Heidebauer und goss sich einen Wacholderschnaps ein. »Aber vielleicht musste er noch einen Rosenkranz beten, oder die frommen Brüder haben ihm keinen Ausgang gestattet.« Er lachte bitter und bot auch dem Schulzensohn einen Genever an.

Olthues dankte und winkte ab. Er wandte seinen Kopf zur Tenne, wo sich irgendetwas tat. Die Leute scharten sich um einen Fleck, und lautes Rufen und Gelächter waren zu hören.

»Und du, Zigeunerin?« Wieder wurden die Augen des Heidebauern zu Schlitzen, und ein listiges Lächeln lag plötzlich auf seinen Lippen. »Scheinst dich mit uns Bauern zu langweilen, was? Oder warum starrst du die ganze Zeit zu dem schwarzen Knaben hinüber? Komischer Vogel, dieser Scholar, nicht wahr?«

Tatsächlich hatte Celestina während des Gesprächs der Männer nur Augen für Daniel gehabt. Er stand am Ende der Tenne, gleich neben dem Ausgang, und unterhielt sich aufgeregt mit Meister Thibault und Frante Balázs, die vor wenigen Augenblicken mit hängenden Schultern und steinerner Miene zum Tor hereingekommen waren. Celestina war Daniels feuriger Blick aufgefallen, während er mit den beiden sprach und sie auszufragen schien. Pierre und Frante nickten, schüttelten den Kopf oder zuckten mit den Schultern und schienen nicht recht zu verstehen, was Daniel von ihnen wollte. Und in genau dem Moment, da der Heidebauer Celestina auf Daniel ansprach, setzte dieser seinen Schlapphut auf, warf sich den Umhang um und war mit einem Satz nach draußen verschwunden. Der Chevalier und der Ungar machten verdutzte Gesichter und schauten sich fragend an. Pierre tippte sich mit dem Zeigefinger an die Stirn. Und Celestina fuhr erschrocken zusammen.

»Nanu!«, entfuhr es auch dem Heidebauern. »Weg ist er.«

»Wer?«, fragte der Schulzensohn.

Doch bevor ihm Ibing antworten konnte, flogen ringsum die Fäuste, und die Tenne verwandelte sich in ein tosendes Schlachtfeld.

Viertes Kapitel
Bringt eine zünftige Schlägerei

Wenn man im Nachhinein die Leute gefragt hätte, wie es dazu gekommen war und worin überhaupt der Anlass bestanden hatte, so hätte vermutlich niemand darauf antworten können. Ein Erster schlug einen Zweiten, der Zweite einen Dritten und ehe man sich versah, war man mitten in einer wüsten Keilerei. Nach einem Grund wurde dabei nicht gefragt. Die Ahlbecker waren nie abgeneigt, wenn es darum ging, sich mit Fäusten und Knüppeln zu messen. Eine dumme Bemerkung, ein schiefer Blick oder eine falsche Bewegung genügten, und schon landete die eigene Faust im Gesicht des Nächsten. Vor allem, wenn Bier und Schnaps im Spiel waren. Eine Kirmes ohne Schlägerei war geradezu undenkbar, auch wenn es bislang selten vorgekommen war, dass bereits am Vorabend das Gehaue losging. Normalerweise warteten die Streithammel damit bis zum eigentlichen Schützenfest, um ihr Mütchen an den aus den Nachbardörfern angereisten Bauern und fahrenden Händlern zu kühlen. Diesmal jedoch blieben die Ahlbecker unter sich und schlugen auf gutnachbarschaftliche Weise aufeinander ein.

Einer der wenigen Männer, die an diesem Samstagabend wussten, wie es zu der Schlägerei gekommen war, hieß Röttger Wissing und war Kaplan der Gemeinde, aber nach der Schlacht war er nicht mehr in der Lage, irgendjemandem Auskunft darüber zu erteilen. Sein Kiefer war ausgerenkt, und man hatte ihm die wohlgeformte Nase zu Brei geschlagen.

Ungefähr zu der Zeit, da Celestina ihre Augen auf Daniel gerichtet und dieser sich so angeregt mit dem Chevalier und dem Ungarn unterhalten hatte, standen Kaplan Wissing und Pastor Hellmann am Rande der Tanzfläche und schauten dem Kötter Hinnegreten zu, der als Vortänzer versuchte, einen Reigen zu organisieren und die Tanzenden in ordentlicher Zweieraufstellung antreten zu lassen.

»Das kann doch nicht so schwer sein«, rief Hinnerk Hinnegreten, ein schmächtiger Kerl mit hängenden Schultern und Hühnerbrust, und schüttelte geziert den Kopf. »Kein Wunder, dass der Krieg so lange gedauert hat, wenn ihr euch nicht einmal in Zweierreihen aufstellen könnt.«

Sofort erhob sich ärgerliches Gemurmel, einige Knechte erhoben drohend ihre Fäuste. »Pass auf, was du sagst, Hinnerk«, riefen sie, »sonst wirst du am eigenen Körper erfahren, wie wir Krieg führen.«

Die Menge lachte, und der kleine Vortänzer, der sich zusehends unwohl in seiner Haut fühlte, fuhr mit einer beschwichtigenden Handbewegung fort: »Wir machen es jetzt folgendermaßen: Jede Frau nimmt sich irgendeinen Mann als Partner und führt ihn ans Ende der Tenne. Kein Mannsbild darf sich wehren, die Weibsleute haben heute Abend das Sagen.«

»Das haben sie doch immer«, rief ein Kötter und wurde prompt von seiner Gattin auf den Oberarm gepufft.

»Dann stellen sich alle hintereinander auf«, fuhr Hinnegreten fort und klatschte zweimal in die Hände, »die Frauen links, die Männer rechts. Aber bitte keine ...«

Weiter kam er nicht, denn inzwischen war ein heilloses Durcheinander entstanden. Ehefrauen versuchten, ihre angetrunkenen Gatten auf die Tanzfläche zu bugsieren, Mägde stritten sich um Knechte, die sich wiederum einen Spaß daraus machten, ihre Kameraden vorzuschicken. Die Hässlichen hatten es auf die Hübschen abgesehen, die Dünnen flohen vor den Dicken, und statt der ordentlichen Zweierreihe entstand ein einziges Tohuwabohu, stets begleitet von der quietschenden und ebenso konfusen Musik der Kapelle.

Anfangs schaute Kaplan Wissing dem chaotischen Treiben mit sichtlichem Vergnügen zu und fragte den Pastor an seiner Seite scherzhaft, ob er nicht auch das Tanzbein schwingen und als Haupt der Gemeinde den Reigen anführen wolle. Doch dann sah Röttger Wissing die beiden Frauen auf sich zukommen, und im gleichem Moment ahnte er, was ihm bevorstand.

Gisela Ibing hatte ihren Mann, der bereits gottergeben aufgesprungen war, um sich dem Unausweichlichen zu fügen, links liegen gelassen und war schnurstracks, mit bebendem Busen und gerafftem Kleid auf den Kaplan zugestapft. Zur gleichen Zeit näherte sich von der anderen Seite Katharina, die Magd des Müllers, und ihrem Blick und dem geröteten Gesicht war zu entnehmen, dass sie sich nicht so einfach aus dem Feld schlagen ließe. Sie hatte die Szene vom Vortag auf dem Friedhof nicht vergessen, als der Kaplan und die Frau des Schmieds in derangiertem Zustand aus der Remise des Pastorats gekommen waren. Energisch, aber mit schwankendem Schritt trat sie an Röttger heran und griff nach dessen Ärmel, während Gisela von der anderen Seite den Rockschoß des Kaplans zu fassen bekam. Gleichzeitig zupften sie an Röttger Wissing, der die Arme gen Himmel streckte, als wolle er eine höhere Instanz anrufen. Einen Moment lang schien es, als behalte Gisela die Oberhand, sie war korpulenter und weniger angetrunken als ihre Widersacherin, doch dann änderte Katharina ihre Strategie, und statt weiter an dem armen Kaplan herumzuzerren, ging sie direkt auf die Frau des Schmieds los und griff ihr mit eisernem Griff in die wallenden Haare.

»Scher dich zu deinem Mann, dem kastrierten Hammel!«, schrie Katharina mit schriller Stimme. »Heute gehört Röttger mir.«

»Das werden wir ja sehen«, erwiderte Gisela, die nur Augen für die Müllermagd hatte und nicht sah, dass alle Umstehenden und auch ihr Mann das Geschehen interessiert und mit großen Augen verfolgten. »Ich war zuerst da«, setzte Gisela triumphierend hinzu und stieß Katharina von sich, wobei diese ihr eine blonde Haarsträhne ausriss.

»Wo warst du zuerst?«, höhnte die Magd, die so betrunken war, dass sie kaum noch stehen konnte. »Hier oder in seinem Bett?«

Die Menge grölte, der Kaplan erstarrte, und Gisela ging nun ihrerseits auf die Magd los. Wie ein Rammbock stürzte sie sich auf Katharina, stieß sie vor die Brust, dass sie hintenüber fiel und auf dem Hintern landete.

»Schluss damit!«, donnerte plötzlich die Stimme des Schmieds durch den Raum. Er stellte sich drohend vor seine Frau und stemmte die Hände in die Seite. Er war ein Koloss von einem Mann, neben ihm sah die üppige Gisela wie ein kleines Mädchen aus. Sie schien wie aus einem Traum aufzuwachen, schaute sich desorientiert um, senkte den vor Scham und Ärger hochroten Kopf und wollte sich zu ihrem Tisch schleichen, doch Jakob fasste sie mit seiner rechten Pranke am Schlafittchen und deutete mit der linken auf die am Boden liegende Müllermagd.

»Was hat das zu bedeuten?«, fragte er.

»Die dumme Kuh ist doch betrunken«, antwortete seine Frau und blickte zu Boden. »Sie weiß ja nicht, was sie sagt.«

»Alle im Dorf wissen Bescheid«, erwiderte Katharina, die immer noch auf dem Boden saß und sich die Haube aus dem Gesicht schob. »Ganz Ahlbeck lacht hinter deinem Rücken, Schmied. Wie über einen Trottel.«

Jakob wurde weiß im Gesicht und starrte die Magd finster an.

»Der Alkohol ist eine Geißel der Menschheit«, meldete sich nun zum ersten Mal der Kaplan zu Wort. Er trat an den Schmied heran, legte ihm begütigend die Hand auf den Arm und setzte mit feierlicher Miene hinzu: »Frauen sollten die Finger vom Schnaps lassen. Er setzt ihnen nur Flausen in den Kopf.«

»Flausen?«, fragte der Schmied und lächelte abwesend.

Röttger presste die Lippen aufeinander und nickte bestätigend.

Und dann donnerte ihm der Schmied seine mächtige Faust auf die Nase, dass sie wie eine reife Frucht platzte und das Blut spritzte.

Die Frauen kreischten entsetzt, die Männer verstummten, die Musik erstarb mit einem quäkenden Ton, und die Müllermagd, die der Kötter Hinnegreten wieder auf die Beine gestellt hatte, ging mit lautem Gebrüll auf den Schmied los. Bevor dieser sich zu ihr umdrehen konnte, hatte sie ihm einen Melkschemel, der neben der Tanzfläche gestanden hatte, von hinten über den Schädel gezogen. Der Schemel ging entzwei, doch der Schmied schüttelte sich lediglich, als habe ihn eine Mücke gestochen. Und mit einem gezielten Schlag an die Schläfe beförderte er die Magd ins Reich der Träume.

Als sei dies das vorher vereinbarte Startsignal gewesen, brach nun das völlige Chaos aus. Die Frauen wichen in die Ecken zurück oder rannten durchs Tennentor auf den Hof, während die Männer auf die Tanzfläche stürmten, aufeinander losgingen und Hiebe verteilten. Der schmächtige Hinnegreten, der am Boden hockte und sich um die bewusstlose Katharina kümmerte, wurde von den Männern wie von einer wild gewordenen Rinderherde überrannt. Kaplan Wissing schwankte benommen in Richtung Ausgang und schien gar nicht zu verstehen, was ihm widerfahren war. Er prallte mit seinem blutverschmierten Gesicht gegen den Rücken eines Bauern, der wütend herumfuhr und den Kaplan mit dem Ellbogen am Unterkiefer traf. Röttger Wissing schrie vor Schmerz und Schrecken auf und ging in die Knie, als wolle er hier, mitten im Gewühl, ein Gebet gen Himmel schicken.

»Meine lieben Freunde, seid doch vernünftig!«, versuchte Pastor Hellmann, die Gemüter zu beruhigen. »Wir sind doch keine Barbaren. So nehmt doch Vernunft an!« Mit ausgebreiteten Händen sprach er wie sonntags auf der Kanzel, doch dieses tosende Rote Meer hätte nicht einmal Moses zu teilen vermocht. Wagemutig schritt Hellmann auf den Schmied zu, der auf alles eindrosch, was sich ihm entgegenstellte, aber seltsamerweise bekam der Kirchenmann keinen Kratzer ab. Seine schwarze Soutane wirkte wie ein Schild oder eine Tarnkappe; ringsum flogen die Fäuste und Knüppel, Fingernägel und Zähne gruben sich wahllos in Arme und Nacken; Füße traten auf alles ein, was auf dem Boden lag, aber Pastor Hellmann blieb unversehrt. An der Keilerei vermochte er nichts zu ändern, aber zumindest blieb ihm das Schicksal seines Kaplans erspart.

Zu diesem Zeitpunkt hatte Daniel die Tenne bereits verlassen, er hatte seinen Hut aufgesetzt, bevor der Schmied mit seinem Faustschlag zum Halali geblasen hatte. Frante und Pierre standen am Tor, als es losging, und hätten unterschiedlicher nicht reagieren können. Während der Gewichtheber sich prompt an dem eigenwilligen Reigen beteiligte und nach Gutdünken mit seinen mächtigen Fässerarmen auf die bedauernswerten Bauern einschlug, stahl sich der Chevalier von Bastia mit den kreischenden Frauen nach draußen. Mit einer Klinge oder Büchse in der Hand ging er keinem Händel aus dem Weg, aber rohe, körperliche Gewalt war dem kleinen Mann ein Gräuel. Schlägereien waren in seinen Augen primitiv und unzivilisiert, sie ruinierten lediglich die Kleidung und sorgten dafür, dass man tagelang wie ein Pestverbeulter herumlief.

Celestina hatte das Geschehen vom Tisch des Heidebauern aus verfolgt. Während ihr erster Impuls nach Daniels plötzlichem Verschwinden darin bestanden hatte, ihm zu folgen und herauszufinden, was es mit seinem seltsamen Verhalten und dem merkwürdigen Ausdruck in seinem Gesicht auf sich hatte, starrte sie nun mit offen stehendem Mund auf das Durcheinander und verfolgte das Gehaue und Gerenne mit zunehmendem Vergnügen, als sei sie Zuschauerin eines Komödiantenspektakels auf der Bühne. Als sie jedoch wieder zum Ausgang blickte und merkte, dass weder Pierre noch Frante dort standen, sprang sie plötzlich auf, um den Saal zu verlassen.

»Wo willst du denn hin, mein Täubchen?«, wurde Celestina vom Schulzensohn zurückgehalten, der im gleichen Moment aufgesprungen war und sich nun duckte, weil ein Bierkrug quer über die Tenne geflogen kam und hinter dem Heidebauern an der Wand zerschellte.

Celestina nutzte die Gelegenheit, entwand sich seinem Griff, reihte sich in die Menge der flüchtenden Frauen ein und lief zum Tennentor.

»Warte doch!«, rief Olthues ihr hinterher, doch sie war bereits im Knäuel der Menschen verschwunden.

Bauer Ibing füllte in der Zwischenzeit ungerührt sein Glas und kippte den Genever hinunter, als ginge ihn das Ganze überhaupt nichts an. Als der Bierkrug nur knapp über seinem Kopf an der Wand zerbarst, zuckte er nicht einmal mit der Wimper, und die Schlägerei, bei der sein Sohn Jakob eine solch herausragende Rolle spielte, interessierte ihn nicht mehr als die Zigeunerin, die gerade an seinem Tisch gesessen hatte.

»Können wir endlich reden?«, wandte sich der Heidebauer an Werner Olthues, doch dieser hörte gar nicht zu und war gerade damit beschäftigt, einem Knecht den Absatz seines Stiefels in den Rücken zu rammen.

»*Godverdori!*« Gerrit Ibing schüttelte den Kopf, richtete seine verschiedenfarbigen Augen zur Decke und goss sich einen Genever ein. »Auf morgen!«, prostete er sich selbst zu und leerte das Glas.

Celestina war inzwischen auf den Hof hinausgetreten. Vor dem Tennentor wäre sie beinahe mit der Wirtin zusammengestoßen, die mitten im Eingang stand, sich dem Strom der Flüchtenden entgegenstemmte und mit gerecktem Hals nach etwas oder jemandem Ausschau hielt. Die beiden Frauen standen sich einen Moment lang Auge in Auge gegenüber und maßen sich mit Blicken, dann wurde Celestina von hinten gestoßen und verschwand in der Dunkelheit. Die Kerzen und Fackeln auf dem Hof waren inzwischen niedergebrannt, und wegen der Menschentraube vor dem Tor drang kaum Licht nach draußen. Nur der tief stehende Vollmond beleuchtete mit fahlem Licht die Szenerie, warf lange schwarze Schatten und ließ den Ort unwirklich erscheinen. Aufgeregtes Schnattern und unterdrücktes Lachen waren ringsum zu hören, die Menschen, die als silbrig graue Schemen zu erkennen waren, standen in kleinen Gruppen auf dem Hof und beredeten, was sie gesehen und gehört hatten, ohne wirklich zu wissen, was eigentlich geschehen war.

»*Ici, cherie!*«, hörte Celestina plötzlich eine Stimme hinter sich. Sie fuhr herum und sah Pierre Thibault unter einer Linde neben dem Backhaus stehen. Er zog den Federhut, verbeugte sich formvollendet und deutete auf eine Bank, die im Schatten der Linde stand. »Setz dich zu mir, *ma chère*, es ist eine herrliche Nacht. Wie geschaffen für ein Stelldichein.«

»Warum müssen Männer sich immer wie Dummköpfe benehmen?«, fragte Celestina, deutete zur Tenne und setzte sich zu Pierre auf die Bank. Aus dem Bauernhaus war dumpfes Schreien und Scheppern zu vernehmen.

»Weil sie Dummköpfe *sind*«, antwortete der Franzose mit finsterer Miene. »*Des imbéciles!*« Er schien sich über irgendetwas den Kopf zu zerbrechen, seine Mundwinkel gingen nach unten, und seine Stirn lag in Falten. »Sei froh, dass du eine Frau bist.«

Celestina glaubte, dass er auf die Vorgänge der vergangenen Tage anspielte, und wechselte prompt das Thema. »Wo hast du die ganze Zeit gesteckt?«, fragte sie. »Ich habe dich beim Tanzen vermisst.«

»Ich war beschäftigt«, sagte Pierre und stopfte sich die Pfeife.

»Womit?«

Statt einer Antwort zuckte er mit den Schultern.

»Hat mein Vater dir verboten, mir etwas zu erzählen?«

Der Franzose warf sich in die Brust und rief: »Dem Chevalier von Bastia verbietet niemand etwas. *Personne!* Nicht einmal dein Vater.«

Celestina nickte und sagte: »Also?«
»Was?«
»Wo warst du heute Abend?«
Meister Thibault setzte sich wieder, zündete seine Pfeife an und erwiderte: »Du suchst Daniel, *n'est-ce pas?*«
»Wie kommst du darauf?«
»Ich habe dein Gesicht gesehen, als er die Tenne verlassen hat.«
»Du hast meine Frage nicht beantwortet«, sagte Celestina und hoffte, ihr Kopf sei nicht so rot, wie er sich anfühlte.
»Das kommt ganz darauf an«, erwiderte Pierre und fuhr sich über den Schnauzbart. »Daniel ist jetzt vermutlich dort, wo Frante und ich am Abend waren. Und sein Verschwinden hat mit dem zu tun, was wir vorhin erlebt haben.«
»Jetzt spuck's schon aus!«, rief Celestina aufbrausend. »Dein Herumgerede macht einen ja wahnsinnig.«
»Liebst du ihn so sehr?«

Jetzt fuhr Celestina in die Höhe, baute sich vor dem Chevalier auf und wollte ihm eine passende Antwort geben, doch leider fiel ihr keine ein. Sie machte hilflose Gesten mit den Händen, suchte nach Worten und rief schließlich: »Pah!« Dann fuhr sie herum, wollte zum Hof zurückstapfen und prallte mit Frante zusammen, der sich im selben Moment aus der entgegengesetzten Richtung genähert hatte.

»Hoppla, kleine Frau!«, rief er vergnügt und bekam Celestina, die etwa einen Kopf größer war als er, am Kragen zu fassen, bevor sie hintenüber fiel. »Ein Heidenspaß ist das«, wandte sich der Ungar an den Franzosen, während er gleichzeitig Celestina auf die Beine stellte, als sei sie so leicht wie ein Strohpuppe. »Da drinnen geht es zu wie in einem Irrenhaus.« Er schien die Missstimmung zwischen Celestina und Pierre nicht zu bemerken und fuhr unbeirrt fort: »Die Kaffer hauen und beißen und spucken und treten, aber von einem richtigen Kampf haben sie keine Ahnung. Zu ulkig, diese Bauern!« Er deutete auf den Platz vor dem Tor, wo sich allmählich die lädierten und kampfesmüden Ahlbecker einfanden.

»Celestina will wissen, wo wir waren«, erwiderte Pierre, zog an der Pfeife und setzte hinzu: »Willst du es ihr erzählen?«
»Von dem Verrückten?«, fragte Frante und ließ das R rollen.
»Welcher Verrückte?«, wunderte sich Celestina.
»Der Blödian mit der Mönchskutte«, antwortete Frante und schaute drein, als sei damit alles gesagt. Er setzte sich auf die Bank, und da nun kein Platz mehr für Celestina war, stand Pierre auf, um ihr den seinen anzubieten.

Celestina wiegte ungeduldig den Kopf sagte: »Jetzt erzählt schon!«
Der schmächtige Franzose setzte sich wieder und wirkte neben dem gedrungenen Ungarn wie ein Kind im Karnevalskostüm. Er zog an sei-

ner Pfeife, überlegte einen Moment und sagte dann: »Wir haben dem Heidebauern einen Besuch abgestattet.«

»Weil wir seine Schatzkammer gesucht haben«, sagte Frante.

»Und?«, fragte Celestina.

»Wir haben sie nicht gefunden«, sagte der Ungar.

»Wir wollten zuerst im Herrenhaus nachsehen«, erklärte Pierre, als er merkte, dass Frante nicht in der Lage war, mehr als einen zusammenhängenden Satz herauszubringen. »Ins Haus zu kommen, war ein Kinderspiel, *une bagatelle*, der Heidebauer hat nicht einmal Schlösser an den Türen. Außerdem war der ganze Hof verwaist, kein Licht brannte weit und breit, nur ein paar alte Weiber schliefen in den Gesindehäusern. Aber von einem Schatz war nichts zu sehen. Kein Tresor, keine Falltüren, keine hohlen Wände. *Rien du tout!*« In diesem Moment erhellte ein Wetterleuchten den Schulzenhof, und Pierre deutete mit der Hand zu dem Hintereingang, der zum Flett des Hauses führte. »Wenn man vom Teufel spricht«, sagte er.

Celestina fuhr herum, und für einen Augenblick sah sie zwei Männer vor der niedrigen Tür stehen. Der eine war glatzköpfig, der andere hatte einen roten Rauschebart. Dann war es wieder dunkel.

»Weiß der Henker, wo der alte Halunke seinen Schatz vergraben hat«, fuhr Pierre fort und wandte sich wieder Celestina zu. »Wir waren gerade in einer der Schlafkammern, als wir gestört wurden.«

»Schlafkammer?«, prustete Frante und schlug sich auf die mächtigen Schenkel. »Das war eine Zelle. Nur ein Bett ohne Matratze, ein Tisch und ein Kruzifix an der Wand.«

Pierre nickte und fuhr fort: »Jedenfalls stand plötzlich dieser Kerl in der Tür. Barfuß und mit langer, schwarzer Kutte, wie ein Mönch.«

Celestina erinnerte sich an die Worte des Heidebauern und sagte: »Das war Ruud, der Sohn des Bauern.«

»Ein Trottel«, sagte Frante und schmunzelte.

»Er hat wirres Zeug gefaselt, die Hände gefaltet und uns angestarrt, als seien wir Gespenster«, erzählte Pierre.

»Gespenster«, wiederholte der Ungar und nickte.

»Man musste ihn nur kurz anschauen, um zu wissen, dass er ein Schwachkopf ist. Seine Augen waren so leer wie meine Geldbörse.« Pierre lachte über seinen Witz, hörte Frante neben sich kichern und fuhr fort: »Aber er war ein ziemlich großer Kerl, und deshalb sind wir durchs Fenster getürmt.«

»Großer Kerl?«, lachte der Ungar. »Ich hätte ihn mit einer Hand niedergestreckt, bevor er auch nur Amen hätte sagen können. Aber du wolltest ja nicht, dass ich …«

Während Frante mit Pierre darüber stritt, ob es sinnvoll gewesen wäre, dem Sohn des Heidebauern »den Dez einzuschlagen«, nahm Celestina hinter dem Backhaus eine Bewegung wahr. Ein Schemen war undeutlich zu erkennen, und sie glaubte, das leise Quietschen einer Tür zu hören. Einen kurzen Moment flammte ein winziges Licht im Backhaus auf, das aber sofort wieder verlosch. Dennoch war sie sicher, dass es der Heidebauer gewesen war.

»Mit der Schatzsuche war es jedenfalls aus«, beendete Pierre den Streit mit dem Ungarn. »Wir haben uns aufgemacht, um uns wenigstens auf dem Fest austoben zu können. Doch kaum sind wir hier, schon geht die Prügelei los.«

»Ich hab mich ausgetobt«, sagte Frante und rieb sich die Hände. Wie aufs Stichwort klirrte eine Scheibe, und ein Hocker landete in den Rabatten vor dem Haus. Lautes Gelächter war zu vernehmen, und ein Mann schrie, als würde er am Spieß gebraten.

Celestina stand vor der Bank, schaute die beiden Männer verständnislos an und fragte: »Und weiter?«

»Was meinst du?«, erwiderte Pierre.

»Was hat das mit Daniel zu tun?«

»Dein Bruder ist ein seltsamer Kerl«, sagte Frante kopfschüttelnd.

»Wir haben ihm erzählt, was wir dir erzählt haben«, sagte Pierre und klopfte seine Pfeife aus. »Und plötzlich springt er auf und rennt davon, als habe ihn der Hafer gestochen. Ohne einen Ton zu sagen.«

»Einfach so?«

»Er wollte wissen, wie der Mönch gesprochen hat«, sagte Frante.

Celestina verstand kein Wort.

Pierre erklärte: »Daniel hat uns gefragt, ob der Kerl eine tiefe Stimme hatte.«

»Wieso wollte er das wissen?«

Pierre und Frante zuckten gleichzeitig die Schultern.

»Und was habt ihr geantwortet?«

»Tief wie ein Bär«, sagte Frante, und Pierre nickte zustimmend.

»Und dann ist Daniel verschwunden?«

Nun nickten beide Männer. Im gleichen Moment sahen sie Roloff und Kill aus dem Haus treten. Letzterer hatte einen Kötter im Schwitzkasten, den er erst auf Drängen seines Vaters losließ und wie Abfall zu Boden warf. Roloff spähte in die Nacht hinaus und sah die kleine Gruppe unter der Linde sitzen. Er winkte Frante und Pierre zu sich und nahm Kill an die Hand, damit dieser sich nicht wieder ins Getümmel stürzte.

»Dann werden wir mal Bericht erstatten«, sagte Pierre, sprang auf, setzte den Hut auf und marschierte über den Hof.

»Kommst du?«, wandte sich Frante an Celestina. »Warum starrst du immer zu diesem Häuschen? Was ist das überhaupt?«

»Ein Backhaus«, antwortete Celestina und trottete dem Ungarn hinterher. »Ich dachte, ich hätte dort was gesehen.«

Fünftes Kapitel
Handelt von Geistern und Gespenstern

Für Bruder Rudolf waren Geister etwas völlig Normales und Alltägliches. Seit vielen Jahren erschienen sie ihm, in unterschiedlicher Gestalt und Form, sichtbar oder nur als Stimmen, aber so unabwendbar wie der Regen in Westfalen. Er machte sich kaum noch Gedanken über sie, nahm sie als gottgegeben hin. Die wandelnden Toten und Wesen aus dem Jenseits gehörten zu seinem Leben wie die Gebete bei den »Brüdern vom gemeinsamen Leben«. Der Tod schreckte Rudolf nicht. Nicht mehr. Nur die allererste Erscheinung, an die er sich erinnerte, als sei sie gestern gewesen, ließ ihm noch heute einen Schauer über den Rücken fahren. Es war im Frühjahr 1648 gewesen, am Georgstag, wenige Wochen nach dem Tod seiner Mutter. Auf einem Stein am Wegesrand hatte sie gesessen und ihn so seltsam angeschaut, als wolle sie ihm etwas mitteilen, als seien ihr aber die Lippen versiegelt. Seine *moeder* trug das blaue Nachtgewand, in dem sie gestorben war, aber es war völlig unversehrt und zeigte nicht die geringsten Brandspuren. Auch seine Mama sah gesund und munter aus, ein wenig blass vielleicht, aber gar nicht so wie die verkohlte Leiche, die sie aus dem niedergebrannten Kotten geborgen hatten. Sie saß einfach da, schaute ihren Sohn an, lächelte sanft und regte sich nicht. Rudolf, der damals noch Ruud hieß, wollte zu ihr laufen und sich in ihre Arme stürzen, doch im selben Moment war sie verschwunden. Er schrie entsetzt auf und suchte die Stelle ab, an der sie gesessen hatte, weil er glaubte, sie habe sich vor ihm versteckt, aber er konnte sie nicht finden.

Ruud war damals sechzehn Jahre alt, sah aus wie sechsundzwanzig, hatte die Stimme eines gestandenen Mannes, aber vom Gemüt her war er noch ein kleines Kind. Er war ein viel zu groß geratenes Balg mit viel zu klein geratenem Hirn. »*Ruud de snot*« nannten ihn die Kinder in Holland, weil ihm stets der Rotz aus der Nase lief und auf der Oberlippe hing, doch niemand hätte es gewagt, ihm diesen Namen ins Gesicht zu sagen. Er war ein Riese für sein Alter, und wenn man ihn reizte, dann vergaß er sich, schrie wie ein Verrückter und schlug wild um sich. Ruud war eine wandelnde Bombe, wenn man die Lunte entzündete, dann explodierte er und war kaum noch zu bändigen. Einem hänselnden Nachbarkind hatte er einmal im Zorn zwei Zähne ausgeschlagen, und selbst seine Eltern hatten Mühe, ihn in solchen Momenten zu beruhigen. Die Kinder erzählten sich, *de snot* habe einem kläffenden Straßenköter mit bloßer Hand das Genick gebrochen. Das hatte zwar niemand mit eigenen Augen gesehen, aber die Kinder gingen ihm dennoch aus dem Weg und lachten stattdessen hinter seinem Rücken über ihn.

Ruud wohnte damals noch mit seinem großen Bruder Jakob und den

Eltern in einer kleinen Bauernschaft in Twente, auf der anderen Seite der Grenze. Sie waren Kötterbauern, und weil das Land nicht genug Ertrag brachte, ging *vader* oft über die Grenze ins »Reich«, wie er es nannte, um Geschäfte zu machen. Was das für Unternehmungen waren und warum er diese nicht in der Provinz Overijssel machen konnte, hatte Ruud nie verstanden, und er fragte nie danach. Er hätte ohnehin keine Antwort bekommen. Die Großen redeten selten mit ihm, sie gaben kurze Befehle oder ignorierten ihn, und auch sein Bruder sagte immer nur: »Das verstehst du nicht, Dummkopf.«
Wenn alle es sagten, dann würde es wohl stimmen, dachte Ruud.

Und so fragte er nicht, warum die Nachbarn eines Nachts, mit Forken und Flegeln bewaffnet, auf dem Hof standen, einen Heidenlärm machten, die ganze Familie aus dem Haus trieben und mit ihren Fackeln den Kotten anzündeten. Ruud begriff nicht, warum die Leute seinen Vater einen »verdammten Spanier« und »habsburgischen Spion« nannten. Er sei ein Räuber und Vaterlandsverräter, sagten sie und er stehe ab sofort unter Arrest. Es waren nicht nur Bauern aus der Umgegend, sondern auch Uniformierte aus Enschede und schwarz gekleidete Männer mit langen Bärten, breitkrempigen Hüten und bunten Schärpen, die sehr wichtig und finster dreinschauten und etwas vorlasen, das Ruud ebenfalls nicht verstand. Was ihm aber vor allem nicht in den Kopf wollte, war die Tatsache, dass seine Mutter sich plötzlich losriss, einen der Soldaten beiseite stieß und ins brennende Haus rannte.

»Moeders goudketen!«, rief sie ihrem Mann zu und stürmte auf die Tenne. Der Kotten brannte bereits lichterloh, das Strohdach stand in Flammen, und die Balken drohten jeden Moment einzustürzen. Gerrit Ibing schrie entsetzt auf, er wollte seine Gattin zurückhalten, doch die Männer in den Uniformen hielten ihn fest, außerdem waren seine Hände hinter dem Rücken gefesselt. Es dauerte nur wenige Sekunden, dann gab es ein ohrenbetäubendes Krachen, und der Dachstuhl sackte in sich zusammen. Die brennenden Balken fielen zu Boden, Funken stoben in die Höhe, Stichflammen schossen aus den geborstenen Fenstern. Gerrit schrie wie ein Verrückter, doch Thea Ibing kam nicht mehr zurück. Sie habe den Verstand verloren, sagten die Leute später, sonst könne man sich ihr Verhalten nicht erklären. So wertvoll könne eine Goldkette doch gar nicht sein, dass man sein Leben dafür riskierte. So ein Irrsinn! Ruud sah seine Mutter nie wieder. Zumindest nicht lebendig.

Ja, die Geister. Bald war es nicht allein seine Mutter, die ihm erschien. Alle Arten von Spuk- und Trugwesen begegneten ihm. Sie lauerten ihm in dunklen Hohlwegen auf, raubten ihm mit Albdrücken den Schlaf und begleiteten ihn auch ins nahe gelegene Ahlbeck, wo der Vater durch Vermittlung des dortigen Schulzen eine Schafzucht in der Heide zur Pacht erhalten hatte. Holländischen Boden durften er und seine beiden

Söhne nie wieder betreten, sie waren auf Lebenszeit Verbannte, und einiges sprach dafür, dass Gerrit sein Leben nur dem unglücklichen Tod seiner Frau verdankte. Wäre sie nicht in den Flammen umgekommen, hätte man ihren Mann sicherlich am Galgen aufgehängt. So aber hatten die Leute ein schlechtes Gewissen und ließen ihn laufen. Jakob hatte einmal etwas in dieser Art gesagt. Der Vater habe sich sein Leben mit dem Tod der Mutter erkauft. Als Ruud den Bruder fragte, was er damit meinte, schnaufte Jakob und sagte: »*Domkop!*«

Nur die Geister sprachen zu ihm. Wenn er nachts im Bett lag und durchs Fenster in die verwunschene Heide schaute, hörte er ihre Stimmen. Sie lachten über ihn und flüsterten ihm Schimpfworte ins Ohr. Dann weinte er und rief nach seiner Mama, die nicht selten erschien und sich ans Bettende setzte, um auf ihn aufzupassen. Immer trug sie das blaue Nachthemd, und nie sprach sie ein Wort, aber sobald sie bei ihm war, verschwand der Spuk, und die Geister ließen ihn in Ruhe. Am nächsten Morgen war das Laken nass, Ruud hatte ins Bett gemacht, und der Vater gab ihm eine schallende Ohrfeige.

Doch dann kam Pater Hilarius und erlöste ihn.

Es war im Sommer des letzten Kriegsjahres. Gerrit Ibing wohnte seit einigen Monaten mit seinen Söhnen in Ahlbeck, hatte aber bislang jeden Umgang mit den neuen Nachbarn vermieden. Obwohl er Katholik und es kaiserlicher Befehl war, ging er nicht zur sonntäglichen Messe, und außer dem Schulzen, mit dem er zwar nicht freundschaftlich, aber doch wie ein Verbündeter verkehrte, gab es niemanden, mit dem er redete. Nicht die Sprache war das Problem, schließlich waren sich das Ost-Niederländische und das münsterländische Plattdeutsch sehr ähnlich, es schien eher, als habe ihn der Tod seiner Frau verstummen lassen. Mit Ruud sprach er ohnehin kaum, und Jakob ging dem Vater seit der fürchterlichen Brandnacht aus dem Weg. Eine unheimliche Stimmung herrschte im Haus, und das lag nicht allein an der gespenstischen Umgebung und der trostlosen Heidelandschaft.

Pater Hilarius stand eines Tages in seiner Kapuzinerkutte auf dem Hof, hob die Nase, die an eine Runkel erinnerte, gen Himmel und breitete die Hände aus, als habe er eine göttliche Eingebung. Er sei gekommen, das Unglück zu lindern und die verlorenen Schafe zur Herde zurückzubringen.

»Nichts für ungut, Pater«, sagte der Bauer, der gerade das Messer angesetzt hatte, um einen jungen Schafsbock zu kastrieren. »Wir brauchen keinen kirchlichen Beistand. Als wir Gott gebraucht hätten, war er jedenfalls nicht da.« Das Messer schnitt durchs Fleisch, das Schaf blökte jämmerlich, und der Bauer warf dem Hofhund die abgeschnittenen Hoden zum Fraß hin.

»Ich habe von Eurem Verlust gehört«, sagte der Pater und schluckte beim Anblick des unappetitlichen Schauspiels. »Aber Gott hat Euch nicht verlassen. Vielleicht will er Euch nur auf die Probe stellen. Die Zeit des Leidens ist eine Zeit der Prüfung. Der Tod Eurer Frau war nicht umsonst.«

»Aber sie ist ja gar nicht tot«, entfuhr es Ruud, der seinem Vater zur Hand ging und das zappelnde Lamm festhielt.

»Wie meinst du das?«, fragte der Pater.

»Sie sitzt an meinem Bett und lächelt«, antwortete Ruud. »Aber sie sagt kein Wort, und wenn ich aufwache, ist sie weg.«

»Hört nicht auf ihn«, sagte der Heidebauer und ließ den frischgebackenen Hammel los, »er ist nicht ganz richtig im Kopf.« Er ging in den Stall und holte einen weiteren Schafsbock, der zur Mästung bestimmt war und deshalb verschnitten werden musste. »Würdet Ihr uns entschuldigen, Pater, wir haben zu arbeiten«, sagte er, als er auf den Hof zurückkam.

»Ich gehe gern, wenn Ihr mir versprecht, am Sonntag in die Kirche zu kommen«, antwortete der Pater, »Ihr wart lange in der Diaspora und seid es nicht gewöhnt, unter Euresgleichen zu sein.«

»Meinesgleichen gibt es in der Kirche nicht.«

»Ihr seid jederzeit willkommen.«

»In Gottes Namen«, wehrte Ibing ab, »ich werde es mir überlegen. Und jetzt lasst mich in Ruhe. Halt fest, Ruud!«

Der Pater verneigte sich und warf einen neugierigen Blick auf den Knaben, der den nächsten Schafsbock mit seinen riesigen Pranken an den Beinen fasste, als wolle er sie wie bei einem Insekt ausreißen.

»Wie heißt du, mein Junge?«, fragte Pater Hilarius.

Ruud nannte seinen Namen.

»Willst du durch den Herrn, unseren Gott erlöst werden?«

Ruud strahlte und nickte. Ja, das wollte er. Nichts lieber als das.

Das Messer fuhr herab, das Schaf blökte, und der Hund bellte freudig, als er sich auf das Abgeschnittene stürzte.

Am folgenden Sonntag war Gerrit Ibing nicht in der Kirche, aber Ruud hatte seinen Vater solange angefleht, bis dieser ihm die Erlaubnis gegeben hatte, dem Hochamt beizuwohnen. Es war Ruuds erste Messe seit vielen Jahren, in Holland war es Katholiken kaum möglich gewesen, zur Kirche zu gehen, und seine Eltern waren vermutlich nicht fromm genug gewesen, um mit den Kindern den beschwerlichen Weg zu den Missionsstationen jenseits der Grenze zu unternehmen. Als Ruud nun in der Ahlbecker Kirche saß und gebannt zum Chorraum mit dem hölzernen Altar und der überdachten Kanzel starrte, da fühlte er sich, als sei er nach Hause gekommen. Von den lateinischen Psalmen, Gebeten und Gesängen verstand er kein Wort, aber das war auch gar nicht nötig. Das Schöne an der Litanei war, dass sie nach festen Regeln ablief, auf ein

Stichwort antwortete man mit den ewig gleichen Worten, die man nur auswendig lernen musste. Es ging nicht darum, etwas zu verstehen, sondern sich an strikte Abläufe zu halten. Und das konnte Ruud. Außerdem liebte er es zu singen. Er hatte eine schöne Stimme, einen gewaltigen Bass, der allein eine ganze Kirche füllen konnte. Ruud war glücklich in der Kirche, er war ein Gotteskind.

»*Sanctus, sanctus, sanctus!*«

Nach der Messe nahm ihn der Pater beiseite und fragte ihn, was er damit gemeint hatte, als er von seiner untoten Mutter gesprochen hatte. Ruud wusste nicht recht, ob er die Wahrheit sagen sollte. Doch als er dem Pater schließlich von den Geistern erzählte, da lachte dieser nicht, sondern nickte bedächtig mit dem Kopf.

»Gott hat dich auserwählt, mein Sohn«, sagte der Geistliche und legte Ruud die Hand auf die Schulter. »Deine Mutter findet keinen Frieden im Jenseits. Und nur du kannst ihn ihr zurückgeben. Bete für sie, dass sie das Fegefeuer verlassen und zu den Heerscharen der Engel aufsteigen kann.« Gemeinsam falteten sie die Hände, und der Pater betete: »*Et dimitte nobis debita nostra.*«

Das mit der Schuld und den Sünden, die von den Eltern auf die Kinder übertragen wurden, verstand Ruud nicht. Seine Mutter hatte niemandem etwas zuleide getan, und auch er war sich keiner Schuld bewusst, aber er begriff, dass er beten musste, um irgendetwas gutzumachen. Wenn er ein gottesfürchtiger Mensche würde, dann käme seine *moeder* in den Himmel. Dann könnten ihm die Geister nichts anhaben. Also betete er, tagaus, tagein, zu Gottvater, Gottsohn und dem Heiligen Geist, zu den Heiligen und Märtyrern, zur Jungfrau Maria und den Engeln im Himmel. Pater Hilarius unterrichtete ihn und lehrte ihn, was er zu beten hatte. Und Ruud plapperte die lateinischen Worte nach wie ein Papagei. Wie ein seliger Papagei.

»*Gloria in excelsis Deo.*«

Gegen den Willen des Vaters wurde Ruud Ministrant, er erhielt ein eigenes Chorhemd, das er hütete wie einen Schatz, und verbrachte fortan ebenso viel Zeit in der Kirche wie auf dem Heidehof. Als Gerrit Ibing seinem Sohn verbieten wollte, am Sonntag den Kotten zu verlassen, schlug dieser wie ein Wahnsinniger auf den Vater ein und biss ihm in den Daumen. Der Bauer schlug den Sohn mit einer Eisenstange, um ihn zur Vernunft zu bringen, aber Ruud ertrug die Schläge so stoisch und ungerührt, dass sein Vater beinahe verzweifelte. Zur Kirche ging er dennoch, nichts konnte ihn davon abhalten. Schließlich gab es Gerrit auf und ließ ihm seinen Willen. In nur einem Jahr hatte der Bauer seine gesamte Familie verloren: Die Gattin war in den Flammen umgekommen, der älteste Sohn hasste ihn und hatte die Absicht bekundet, den väterlichen Hof zu verlassen und im Dorf die verwaiste Schmiede zu übernehmen. Und der jüngste Sohn war ein heiliger Narr geworden, der Kirchenlieder sang und lateinische Litaneien brabbelte, die er selbst nicht verstand.

Pater Hilarius erstaunte der immense Eifer, mit dem sich sein Schüler dem religiösen Leben widmete, aber er verfolgte es mit Wohlwollen und wusste es zu nutzen. Obwohl es einen Pfarrer in Ahlbeck gab, war der Kapuzinermönch die eigentliche Autorität im Ort. Der Priester war alt und gebrechlich und längst zum Gespött der Leute geworden, weil er oft während der Messe einschlief oder die Gebete und Gesänge durcheinander brachte. Pater Hilarius hatte das Sagen in der Gemeinde, und es kam ihm gelegen, dass er nun mit Ruud einen gefügigen und vor allem bärenstarken Handlanger besaß. Die Bestimmtheit und Unbeirrbarkeit des Paters und die körperliche Kraft seines Ministranten sorgten dafür, dass im Kirchspiel Ahlbeck wieder Ordnung und göttlicher Wille einzogen. Der lange Krieg hatte die Sitten verrohen lassen, und nur eine eiserne Hand war in der Lage, das Gesetz der Kirche umzusetzen. Überall lauerten die Einflüsterungen des Teufels. Menschen und Tiere waren behext, falscher Glaube und Ketzerei hielten Einzug. Die Gemeinde war ein verwilderter Garten, in dem das geistige Unkraut wucherte. Man musste es herausreißen, samt Wurzel, zur Ehre Gottes und zum Wohle der Menschen. Die schlechten Bäume mussten gefällt und verbrannt, die Früchte vernichtet werden. Pater Hilarius war der Gärtner des Herrn.

Für Ruud war jedes Wort des Paters wie ein himmlischer Befehl, und alles was der Geistliche tat, war für den Ministranten von Gott gewollt. Als im Herbst die Hexe brannte, stand Ruud neben seinem Herrn und Meister und roch wie dieser den beißenden Schwefelgestank, der aus dem Scheiterhaufen emporstieg. Und es erzürnte ihn, dass sich ausgerechnet sein Vater dem Willen der heiligen Kirche und des Paters widersetzte. Er schämte sich für den ungläubigen *vader* und beschloss, für ihn zu beten. Auch wenn er glaubte, dass seine Seele längst verloren war. Als die Tochter des Vogts im Keller des Pastorats gefoltert wurde und auf die vorgeschriebene peinliche Befragung nur mit unverständlichen Lauten antwortete, war Ruud an der Seite des Paters und reichte ihm die glühenden Folterwerkzeuge. Niemand ließ sich ungestraft mit dem Teufel ein, das hatte Ruud inzwischen gelernt, im Feuer würden sie enden, die Buhlen des Satans. Nicht die Goldkette der Großmutter hatte seine Mama ins brennende Haus rennen lassen, sondern der Wille des Allmächtigen. Und als der Pater schließlich in der Hexenprobe bestätigt fand, dass Maria Tenfelde beim Teufel gelegen hatte, da betete Ruud auch für die Seele dieser Sünderin. Denn beten war alles, was er konnte.

Die Geister erschienen ihm allerdings weiterhin. Sie begegneten ihm in Gestalt eines seltsam geformten Holunderbusches, der flüsternde Geräusche von sich gab, oder als Kolkrabe, der ihn mit seinen schwar-

zen Augen behexen wollte. Je mehr er von dem Pater über Gespenster und Hexen erfuhr, desto öfter erschienen sie ihm. Hutzelige Weiblein an Kreuzwegen, Irrlichter in der Heide, Stimmen aus dem Nichts. Aber nun machten sie ihm keine Angst mehr, denn der Pater hatte ihm bestätigt, dass er ein Kind Gottes sei.
»Lasst die Kinder zu mir kommen«, zitierte der Pater die Bibel und streichelte Ruud den Kopf, »denn ihrer ist das Gottesreich.«
Seine Mutter sah Ruud nicht wieder. Sie war jetzt im Himmel bei den Engeln. Sein Beten hatte sie erlöst und von den Qualen des Fegefeuers befreit. Dafür sollte ihm bald der Sohn des Teufels erscheinen. Als blasser Säugling, wie sie ihn einst beerdigt hatten. Oder als erwachsener Mann mit leuchtend rotem Haar. Wie in der Nacht vor dem Schützenfest. Der Nacht seines Todes.

Sechstes Kapitel
Berichtet von einem Sohn des Teufels

In dem Moment, als er aus dem Munde des Heidebauern von dessen schwachköpfigem Sohn erfahren hatte, der vor vielen Jahren eine leichte Beute des Paters geworden sei, hatte Daniel gewusst, dass er seinem Ziel ein gutes Stück näher gekommen war. Es war kein Zufall, dass Pater Hilarius an der Stelle, an der man Daniel begraben hatte, seine Kapelle errichtet hatte. Und es war noch weniger ein Zufall, dass der Schüler des Paters ein Dummkopf mit Bärenstimme war. Ruud Ibing war einer der drei Bauern, von denen Roloff gesprochen hatte. Als ihm nun Pierre und Frante während des Tennenfestes berichteten, der Laienbruder mit der Bassstimme sei auf dem Heidehof, da hatte Daniel nur einen Gedanken: Vergeltung. Er lief zu seinem Rappen, schwang sich in den Sattel und galoppierte davon, bis die Warft des Schulzenhofes hinter dem Bruchwald verschwunden war. Erst dann hielt er inne, um zu überlegen, wie er eigentlich vorgehen wollte. Sein erster Gedanke war es gewesen, den Sohn des Heidebauern zu Rede zu stellen, ihm zu sagen, wen er vor sich hatte, um ihm dann den Dolch ins Herz zu stoßen. Doch nun lachte er über diese unsinnige Überlegung. Bevor er sich rächen konnte, musste er die Namen der anderen Bauern erfahren und herausfinden, was sie zu ihrer Tat bewogen hatte. Wie aber sollte er das anstellen? Wenn Ruud Ibing so stark war, wie Pierre angedeutet hatte, dann würde Daniel ihm kaum mit Gewalt drohen können. Und wenn er so dumm war, wie Frante behauptet hatte, dann wäre er womöglich gar nicht in der Lage, Daniel die erwünschten Auskünfte zu geben. Seit Tagen hatte Daniel nur den einen Gedanken gehabt: Er wollte sich rächen und der Wut, die sich in ihm angestaut hatte, ein Ventil geben. In seiner Phantasie war diese Rache ebenso blutrünstig wie befreiend gewesen. Er musste den Kloß aus seinem Hals bekommen, bevor er daran erstickte, und dafür würde er anderen die Kehle durchschneiden. Doch nun zögerte er plötzlich und schauderte vor dem zurück, was er noch vor kurzem mit feurigem Eifer und ohne Bedenken angegangen hätte. Was würde es ihm nützen? Sein Seelenfrieden könnte durch eine Bluttat nicht wieder hergestellt werden. Vermutlich hatte Roloff Recht, wenn er sagte, Daniel solle das Gute daran sehen. Nur durch das Verbrechen der drei Bauern sei er zu Roloffs Familie gestoßen. Daniel dachte an seine Schwester Henrike und was aus ihr geworden war. Ja, es war ein glückliche Fügung gewesen, und eigentlich müsste er seinen Peinigern dankbar sein. Doch dann sah er plötzlich das Gesicht des Paters vor sich und hörte ihn sagen: »An seinem Schwefelgestank werde ich ihn erkennen.«

»Ihr sucht den Teufel«, zischte Daniel und gab seinem Gaul die Sporen, »ihr sollt ihn bekommen!«

Als er eine halbe Stunde später am Heidehof ankam, lag das gesamte Gelände im Dunkeln. Kein Licht brannte, und der Mond stand so tief, dass die niedrigen Gebäude im Schatten der Bäume und Sandhügel lagen. Von Pierre hatte er erfahren, wo sich das Zimmer des Bauernsohnes befand. Es lag im hinteren Teil des Herrenhauses, dort wo das Gebäude mit einer der Dünen zusammenstieß. Der weiße Sand reichte beinahe bis ans geöffnete Fenster, und als Daniel auf der Düne stand und nach unten blickte, sah es aus wie eine Rutschbahn, die direkt ins Zimmer des Laienbruders führte. Schon von weitem konnte man Ruuds Schnarchen hören, es war so durchdringend wie das brünftige Röhren eines Hirsches. Daniel zückte seinen Dolch und schlich den Hügel hinab, bis er durchs Fenster in den Raum schauen konnte. Frante hatte Recht, das Zimmer war eine Zelle, so karg wie in einem Gefängnis. Bruder Rudolf hatte sich das Zimmer in seinem Vaterhaus genauso eingerichtet wie seine Klause im Kloster. Vermutlich war er ohnehin nicht oft in Ahlbeck. Nur zu besonderen Festen zog es ihn in die Heimat.

Daniel kletterte durch das Fenster, ging auf Zehenspitzen ums Bett herum, den Dolch in der Hand, und setzte sich auf den einzigen Stuhl im Raum. Lange betrachtete er die riesige Gestalt, die in der Kutte und mit Kapuze über dem Kopf auf dem ungepolsterten Holzgestell lag und abwechselnd sägende und pfeifende Geräusche von sich gab. So was nannte man wohl den Schlaf der Seligen, dachte Daniel und entzündete eine Kerze, die auf dem Nachttisch bereitstand. Er glaubte, dass Ruud nichts so leicht aufwecken würde und näherte sich dem Schlafenden, um sein Gesicht zu betrachten, wobei er in der einen Hand die Kerze, in der anderen den Dolch hielt.

Ruud Ibing war beinahe vierzig Jahre alt, die Bartstoppeln sprossen wie Unkraut, und Haare wuchsen ihm aus Nase und Ohren, aber dennoch hatte er das Gesicht eines kleinen Jungen, mit rosigen Wangen und wulstigen Lippen, die er beim Ausatmen stülpte, als wolle er jemanden küssen. Das Gesicht machte auf Daniel einen harmlosen, ja gutmütigen Eindruck. Ruud sah aus, als könne er keiner Fliege etwas zuleide tun. Aber Daniel wusste es besser.

Ruud schlug plötzlich die Augen auf und starrte in das fremde Gesicht, das nur eine Handbreit entfernt über dem seinen schwebte. Daniel wollte dem Koloss bereits den Dolch an den Hals setzen, als er merkte, dass der Bauernsohn keine Anstalten machte, sich zu bewegen. Meister Thibault hatte von dem leeren Blick des Mönchs erzählt, und er hatte nicht übertrieben. Ruud stierte mit großen Kindsaugen wie verhext in Daniels bleiches Gesicht und murmelte unhörbare Worte. Die Hände hatte er über der Kutte gefaltet, und als Daniel sich aufrichtete, machte Ruud ein Kreuzzeichen.

»Weißt du, wer ich bin?«, fragte Daniel.

Der Riese schüttelte seinen massigen Kopf.

»Mein Name ist Matthes. Matthes Olthues.«

Ruud überlegte einen Moment, seine Augen weiteten sich, dann nickte er, und sein Mund machte ein O. Im nächsten Moment jedoch verdüsterte sich sein Blick, und er fragte: »Warum bist du plötzlich groß? Wie kann das sein? Sonst warst du immer ein kleines Kind.«

»Sonst?«, wunderte sich Daniel.

»Die anderen Male«, antwortete Ruud und setzte sich schwerfällig auf. »Und geredet hast du auch nie. Nur geschrien. Wie damals.«

Allmählich begriff Daniel, was es mit diesem seltsamen Gerede auf sich hatte, ein gequältes Lächeln legte sich auf seine Lippen, er setzte sich wieder auf den Stuhl und sagte: »Ich bin das, was hätte sein können.«

»Aha.« Es war offensichtlich, dass Ruud kein Wort verstand.

»Du weißt, warum ich gekommen bin?«

»Du findest keine Ruhe«, antwortete Ruud. »Pater Hilarius hat mir alles erklärt. Du bist gefangen zwischen den Welten, und darum kommst du zurück und peinigst die Lebenden. Ich kenne mich aus mit Geistern.« Er nickte bedeutsam und setzte hinzu: »Die Sünden der Väter.«

»Und wie sieht es mit deinen Sünden aus, Ruud?«

»Ich heiße jetzt Frater Rudolf«, murmelte der Koloss, »und ich bete täglich für dich. Mein Gebet wird deine Seele erlösen. Auch wenn du der Sohn des Teufels bist. Gottes Wort wird dich aus dem Fegefeuer holen.«

Daniel lachte bitter. Er sprang auf, so dass Ruud auf seinem Bett zusammenzuckte, und befahl: »Steh auf! Wir machen einen Ausflug.«

»W-Was?«, stotterte der andere.

»Hast du ein Pferd?«

Ruud nickte.

»Gut!« Daniel öffnete die Tür zum Flur und rief: »Folge mir!« Tatsächlich stand Ruud auf und folgte dem schwarzen Gespenst mit dem weißen Gesicht über die Diele nach draußen.

»Auf dem Weg wirst du mir berichten, was damals geschehen ist«, sagte Daniel und führte den Bauernsohn zum Pferdestall. »Ich will alles wissen, jede Kleinigkeit.«

»Aber das weißt du doch alles«, erwiderte Ruud und schwang sich auf einen ungesattelten und zügellosen Fuchs, den er mit Händen und Füßen lenkte.

»Ich bin das, was hätte sein können«, antwortete Daniel und stieg auf seinen Rappen, »aber nicht das, was war.«

»Das verstehe ich nicht«, sagte Ruud.

»Ich weiß«, erwiderte Daniel. »Und jetzt erzähl!«

»Meinetwegen«, erwiderte Ruud und runzelte die Stirn.

Der dritte Januar 1650 war ein Montag, ein kalter, regnerischer Wintertag. Seit einer Woche peitschte der Wind übers Land, die Regenwolken hingen so tief, dass man die Kirchturmspitze kaum sehen konnte. Niemand trat freiwillig vor die Tür. Die Bauern saßen beisammen am Herdfeuer, verrichteten ihre Hausarbeit und erzählten sich Spukgeschichten in der Spinnstube. Das Gesinde hockte im Kreis um die offene Feuerstelle oder lag neben den Tieren im Stall, um sich an ihnen zu wärmen. Kein Mensch war auf den knöcheltiefen, morastigen Straßen unterwegs, der Kirchplatz lag verlassen da, und auch die Schenke »Zur alten Linde« war an diesem Abend beinahe verwaist. Franz Tenfelde saß auf einem Hocker hinter der Theke, hatte die Arme vor seinem kugelrunden Bauch verschränkt und schien jeden Moment einzuschlafen. Nur zwei Gäste befanden sich im Schankraum, sie saßen an einem Ecktisch und starrten, jeder für sich, Löcher in die Luft. Jakob Ibing, der seit wenigen Monaten der Schmied im Ort war, feierte heute seinen dreiundzwanzigsten Geburtstag und hatte seinen Bruder Ruud auf einen Humpen Bier und eine Flasche Schnaps eingeladen. Er hatte den Dummkopf regelrecht zwingen und ihn mit Gewalt ins Wirtshaus befördern müssen.

»Der Alkohol ist eine Strafe Gottes«, hatte Ruud gesagt und sich ein ums andere Mal bekreuzigt, »außerdem ist die Schenke verhext.«

»Onzin!«, hatte Jakob erwidert und seinen Bruder durch die Tür gestoßen. »Ich habe heute Geburtstag, und darauf trinke ich mit dir. Schließlich sind wir Brüder.«

Das Bier und den Schnaps hatte Jakob dann jedoch allein trinken müssen. Ruud hatte sich standhaft geweigert, die Getränke auch nur anzurühren, und stattdessen ein Glas Milch getrunken. Seit zwei Stunden saßen sie da, redeten kaum und hingen ihren Gedanken nach. Der ältere der Brüder war inzwischen völlig betrunken, er wankte vor und zurück und hatte einen glasigen Blick, während der jüngere stocknüchtern daneben saß und mit einem Nagel an der Wand herumkratzte.

»Was treibst 'n da?«, lallte Jakob und kämpfte gegen einen Schluckauf an.

»Der Teufel«, antwortete Ruud und deutete auf den Galgen, den er in den Stein geritzt hatte. »Hier hat er gewohnt.«

»*Domkop!*«, schrie Jakob und bestellte einen weiteren Humpen.

Ruud zuckte mit den Schultern und kritzelte in krakeligen Buchstaben unter den Galgen: »Inkubus«.

»Du und dein verdammter Pater«, sagte Jakob und nahm dem Bruder den Nagel aus der Hand. »Ihr seid doch beide verrückt.«

»Hier hat er gewohnt«, beharrte Ruud und bekreuzigte sich.

Vor über einem Jahr war Joes Olthues hingerichtet worden, aber für Pater Hilarius und seinen Schützling war die Sache noch längst nicht ausgestanden. Der Teufel war zwar gehenkt, aber nicht verbrannt worden, und deshalb trieb er nach wie vor sein Unwesen in Ahlbeck. Nach Joes' Tod hatte Pater Hilarius die Witwe Magda aufgesucht, um sie zu exorzieren und auf den rechten Weg zurückzubringen, doch die arme Kranke, immer noch unter dem Einfluss ihres Mannes, hatte ihn nicht einmal angehört und wie von Sinnen gelacht. Der Pater gab nicht auf und stand ein ums andere Mal an ihrem Krankenbett, um sie und ihre Tochter Henrike von den Dämonen zu befreien, doch sie ließ sich nicht bekehren. Schließlich trat Johanna Ottenpeter auf den Plan, die gottlose Hebamme suchte den Pater auf, drohte ihm und versuchte, ihn zu behexen, indem sie einige ihrer Kräuter in Hundekot unter ihren Schuhen ins Pastorat brachte und an der Türschwelle abstrich. Pater Hilarius erkannte ihre Absicht, kratzte ein Kreuz in den Kot und konnte so den Fluch der Ottenpeterin abwehren, aber das Wirtshaus war von nun an von einem satanischen Bannkreis umgeben. Als der Pater sich tags darauf der Schenke näherte, stieg plötzliche Übelkeit in ihm auf und ein Windstoß fegte ihm die Kapuze vom Kopf. Er musste einsehen, dass die Seelen der Witwe und ihrer Tochter verloren waren. Wieder einmal hatte der Teufel einen Sieg errungen.

Als Magda nur wenig später den Sohn des Vogts in der Ahlbecker Kirche heiratete, erschien dies dem Pater wie eine Gotteslästerung. Er blieb der teuflischen Zeremonie fern, überwarf sich mit dem greisen Pastor, der von alledem nichts begriff, und warnte Franz Tenfelde vor den Folgen seiner Tat. Doch die hübsche Witwe schien dem neuen Wirt den Kopf verdreht zu haben. Tenfelde schlug die Ratschläge des Geistlichen in den Wind und sollte bald darauf dafür bestraft werden. Ein weiteres Teufelskind war gezeugt worden und wuchs im Bauch der Wirtin heran. In ihm würde Joes Olthues weiterleben.

Der Junge kam im Sommer 1649 zur Welt. In der Johannisnacht, in der, wie jeder wusste, der Teufel sein Unwesen trieb. Als die Mutter bei der Geburt starb und Franz die Kuckuckskinder aus dem Haus gab, sah der Pater endlich die Gelegenheit gekommen, in Gottes Namen einzugreifen. Das Mädchen Henrike konnte er nicht mehr retten, sie wurde in die Obhut der Ottenpeterin gegeben und würde von ihr unweigerlich zu einer Hexe und Teufelsbuhle ausgebildet werden. Der kleine Matthes jedoch befand sich nun auf dem Schulzenhof, und wenn der alte Fuchs auch ein Quertreiber und Freigeist war, so würde er sich doch den Geboten der heiligen römischen Kirche beugen.

Joseph Olthues tat nichts dergleichen. Als der Pater mit seinem Ministranten und den zum Exorzismus nötigen Werkzeugen auf dem Hof erschien, stellte er sich ihnen in den Weg und legte die Büchse auf sie an. Der einzige Teufel, den er weit und breit sehe, fauchte der Schulze, sei der Pater selbst. Und wenn er nicht augenblicklich den Hof verlasse, werde er in seiner Eigenschaft als Schulze dem Geistlichen ein Loch in den Pelz brennen. Und dem großen Blödian an seiner Seite ebenfalls.

Nein, die Sache mit dem Teufelskind war noch nicht ausgestanden, das war Ruud sonnenklar. Seit der Begegnung mit dem Schulzen und seiner Flinte waren vier Monate vergangen, in denen immer wieder seltsame Gerüchte vom Schulzenhof ins Dorf drangen. Die Getreideernte war in diesem Jahr in Ahlbeck sehr gut ausgefallen, das Wetter war günstig gewesen, und der während der langen Kriegszeit brachliegende Boden schien mit aller Macht seine Fruchtbarkeit unter Beweis stellen zu wollen. Nur der Schulze konnte nicht mit dem zufrieden sein, was er im Spätsommer einbrachte. Auf einigen Feldern war das Getreide aus unerfindlichen Gründen verdorrt, und obwohl es zur Erntezeit völlig trocken war, faulte das Korn, nachdem sie es zu Garben zusammengebunden und in Getreide-Mieten geschichtet hatten. Es war wie verhext. Auch mit seinen Tieren erging es Olthues nicht besser. Ein ganzes Dutzend Hühner legte von einem Tag auf den nächsten keine Eier mehr und musste als Suppenhühner verspeist werden, ein Wurf Ferkel wurde direkt nach der Geburt vom Eber gefressen, und der Hofhund verendete auf qualvolle Weise, nachdem er am Tag zuvor noch auf der Tenne herumgetollt war. Das konnte nicht mit rechten Dingen zugehen, hieß es im Dorf, aber der Schulze tat diese Meinungen als dummes Zeug ab und nannte seine Nachbarn Kindsköpfe und Trottel.

»Unsere Zeit wird kommen, Ruud«, sagte der Pater, während er in der Dachstube des Pastorats saß, seinem Ministranten aus dem Hexenhammer vorlas und sich von diesem die Füße massieren ließ. »Irgendwann wird der Schulze ein Einsehen haben und um geistliche Hilfe bitten.«

Doch sie warteten vergeblich. Joseph Olthues schottete sein Enkelkind von der Umwelt ab. Nie sah man eine Amme mit dem Knaben im Arm durchs Dorf gehen, nur die Bewohner des Schulzenhofes bekamen ihn zu Gesicht und berichteten, ein so bleiches Kind hätten sie noch nie zuvor gesehen. Seine Haut sei weiß wie Schnee und der Kopf so kahl und glänzend wie eine Schweinsblase. Was aber alle in Erstaunen versetzte, war die Tatsache, dass der Junge nie lachte. Egal, ob man ihn kitzelte oder lustige Geräusche machte, er stierte mit starren Augen aus seiner Krippe und verzog keine Miene. Einen solchen Blick hatten die Leute bei einem Neugeborenen noch nicht gesehen. »Die Augen seines Vaters«, sagten die Ahlbecker.

Die Monate vergingen. Im Herbst starb der alte Pastor, und sein Nachfolger, ein noch sehr junger und unbekümmerter Mann aus dem Friesenland, war aus anderem Holz geschnitzt. »Ein halber Protestant«, sagte der Pater kopfschüttelnd und wurde rot vor Zorn, da er merkte, dass ihm die Macht in Ahlbeck abhanden kam. »Ein Ketzer in Soutane!«

Alles hatte mit dem verfluchten Schulzensohn begonnen, und mit dessen Teufelskind würde alles enden. Wenn er nur das verdammte Balg zu fassen bekäme, jammerte Pater Hilarius, dann würde auch der Fluch von seinen Augen abfallen. Seit etwa einem Jahr trübten sich die Linsen, und er sah wie durch immer dichter werdenden Nebel. Ruud wurde nun noch wichtiger für den Geistlichen, er war ihm fortan auch im wörtlichen Sinne eine Stütze. Und nachdem der neue Pastor dem Kapuzinermönch das Recht abgesprochen hatte, Predigten während des Hochamts zu halten, war der fromme Narr der einzige Zuhörer, der dem Pater geblieben war. Immer wieder und gebetmühlenartig murmelte er den einen Satz: »Wenn ich nur das verfluchte Balg zu fassen bekäme.« Auf Ruuds Frage, was er dann mit dem Kind anstellen würde, antwortete der Pater: »Das lass nur meine Sorge sein!«

Mit dem schwindenden Augenlicht schien auch der Verstand des Paters nachzulassen. Immer häufiger führte er wirre Selbstgespräche oder redete auf Personen ein, die nur er allein sehen konnte. Hatten die Ahlbecker noch vor wenigen Monaten Angst vor dem düsteren Geistlichen gehabt, so lachten sie nun hinter seinem Rücken über ihn. Ruud verstand nicht, wie es dazu hatte kommen können, aber er begriff, dass der Pater ihn nun dringender denn je brauchte. Man munkelte, der neue Pastor wolle den Mönch ins Kloster zurückschicken und einen Weltgeistlichen als Kaplan einstellen. Pater Hilarius sah überall Gegner und Feinde, er fühlte sich verfolgt und bedroht, und er wusste, wem er seinen Niedergang zu verdanken hatte.

Und deshalb schämte sich Ruud, als er an diesem Januarabend mit seinem Bruder Jakob in der Schenke saß und an seinem Milchglas nippte. Er fühlte sich, als sei er dem Pater in den Rücken gefallen. Er hatte das Teufelshaus betreten, obwohl Pater Hilarius ihn immer wieder davor gewarnt hatte. Blind oder krank werde er werden, wie dem Pater werde es ihm ergehen, wenn er das teuflische Wirtshaus betrete. Und nun saß er hier und hatte mit seinem Bruder auf dessen Geburtstag angestoßen. Das war nicht richtig.

Ruud schreckte aus seinen selbstanklagenden Gedanken auf und bemerkte, dass Jakob inzwischen neben ihm eingeschlafen war und mit dem Kopf auf der Tischplatte lag. Ruud stand erleichtert auf und wollte seinen Bruder bereits über die Schulter hieven, um die Schenke zu verlassen, als mit einem lauten Knall die Tür aufflog und ein Mann im dunklen Mantel den Raum betrat. Er trug einen breitkrempigen Lederhut auf dem Kopf und einen Rauschebart im Gesicht. Mit lautem Fluchen riss er sich den nassen Hut vom Kopf, und Ruud erkannte nun Lambert, den Sohn des Schulzen.

»Meiner Treu!«, rief Lambert mit seiner seltsam näselnden und hohen Stimme, die wie die eines Knaben vor dem Stimmbruch klang. »Was ist denn das für eine Trauergesellschaft!«

Ruud stand wie angewurzelt im Raum, ließ seinen Bruder auf dem Tisch schlafen und starrte den Schulzensohn an, als habe er noch nie einen Mann mit Bart gesehen.

»Franz, gib mir eine Flasche Branntwein und …« Lambert drehte sich einmal um die eigene Achse, schaute kurz zu dem schlafenden Schmied, schüttelte den Kopf und rief: »… und drei Gläser! Jetzt trinken wir, verdammt noch mal!« Auch wenn er nicht lallte oder schwankte, so war doch offenkundig, dass er bereits angetrunken war. Sein lärmendes Verhalten und der glasige Blick waren unverkennbar. Lambert war bekannt und gefürchtet für seinen Jähzorn, und wenn er getrunken hatte, ging man ihm lieber aus dem Weg.

»Lokalrunde!«, schnauzte der Schulzensohn, packte den wie gelähmten Ruud am Schlafittchen und zog ihn mit sich zum Tresen.

»Was krakeelst du so?«, fragte Tenfelde und füllte drei Gläser. »Ist dir eine Laus über die Leber gelaufen?«

»Zwei Köpfe, verdammt noch mal!«, grunzte Lambert und ließ sich auf einem Hocker nieder. »So was habe ich noch nicht gesehen!« Als er bemerkte, dass Ruud keine Anstalten machte, mit ihm anzustoßen, rief er: »Was ist mit dir, Blödmann? Brauchst du eine Sondereinladung?«

»Ich trinke nicht«, antwortete Ruud schmallippig.

»Das wollen wir doch mal sehen.« Lambert sprang auf, nahm ein Glas, hielt mit einer raschen Bewegung Ruuds Nase zu und kippte den Branntwein in den nach Luft schnappenden Mund. »So!«, sagte Lambert, kniff dem Koloss in die Wange und setzte sich wieder.

Ruud schnappte nach Luft, verschluckte sich, griff sich an den Hals und hustete wie ein Schwindsüchtiger.

»Von welchen Köpfen redest du?«, fragte der Wirt, ohne dem Hustenden die geringste Aufmerksamkeit zu schenken.

»Ein Kalb mit zwei Köpfen«, antwortete Lambert und stieß mit Tenfelde an. »Eine verdammte Missgeburt. Zwei Köpfe, direkt nebeneinander. Und das Vieh hat sogar noch gelebt.«

»Eine Kuh hat gekalbt?«, fragte der Wirt.

Lambert nickte.

»Und es hatte zwei Köpfe?«

»Hast du Bohnen in den Ohren?« Lambert füllte die Gläser nach und schimpfte: »Wir mussten es auf der Stelle abstechen. Unfassbar!«

»Habt ihr es schon mit Alraune versucht?«, fragte der Wirt. »Das hilft gegen Viehzauber. Wahrscheinlich hat jemand die Kuh behext.«

Ruud hatte inzwischen den Hustenanfall überstanden und hörte interessiert zu. Als der Schulzensohn sein Glas erneut füllen wollte, zog er es weg, und Lambert lachte: »Ein komischer Heiliger bist du!«

»Es liegt an dem Jungen«, sagte Ruud mit kindlichem Ernst.

»Welcher Junge?«, fragte Tenfelde.

»Er redet von deinem Sohn«, sagte Lambert verächtlich.

»Er ist nicht mein Sohn.«

»Du warst mit Magda verheiratet, als Matthes zur Welt kam.«

»Deshalb bin ich noch lange nicht sein Vater!« Der Wirt schlug auf den Schanktisch und setzte hinzu: »Ich habe mit dem verdammten Bankert nichts zu schaffen. Man hat mich hereingelegt, das weißt du genau, Lambert. Sie haben sich gegen mich verschworen. Wie einen dummen Joseph haben sie mich hinters Licht geführt.«

»Und mein Bruder war der heilige Geist.« Olthues schüttelte belustigt den Kopf und winkte ab. Er schien diesen Sermon zu kennen und keine Lust auf Tenfeldes Lamentieren zu haben.

»Der Junge ist ein Kind des Teufels«, sagte Ruud, der sich nicht von der Stelle gerührt hatte. »Man muss ihn austreiben, sonst wird er Unglück und Verderben bringen.«

Lambert lachte, und es klang wie das Rasseln von Ketten. »Du glaubst, der Kleine ist für die Missgeburt verantwortlich?«, fragte er und kippte den nächsten Branntwein hinunter. »So ein Unsinn!«

»Wer an Gott glaubt, kann den Teufel nicht leugnen«, wiederholte Ruud einen Satz, den er vom Pater aufgeschnappt hatte.

»Oho!«, grölte Lambert und schlug Ruud anerkennend auf den Rücken. »Du bist ja ein richtiger Philosoph. Ein weiser Mann! Aber woher willst du wissen, dass ich an Gott glaube?«

Ruud stutzte und bekreuzigte sich. Etwas Derartiges war ihm noch nicht untergekommen. Wie konnte man *nicht* an Gott glauben? Selbst sein Vater, der sich mit Inbrunst über die Kirche und Priester lustig machte, hätte es nicht gewagt, an der Existenz des Allmächtigen zu zweifeln. Ruud starrte den Schulzensohn an, als habe dieser zwei Köpfe auf dem Hals.

»Vielleicht hast du Recht«, sagte Lambert plötzlich mit finsterer Miene. »Man sollte dem Halbling den Hals umdrehen. Er ist nicht normal. Ihr solltet ihn sehen, dann wüsstet ihr, was ich meine.«

»Darauf kann ich gerne verzichten«, sagte der Wirt und schüttelte sich. »Am besten wäre es gewesen, die Ottenpeterin hätte das hässliche Balg in Magdas Bauch verrotten lassen. Dann wäre uns einiges erspart geblieben.«

»Das sieht mein Vater leider ganz anders«, knurrte Lambert. »Er macht einen Aufstand um den Kleinen, als sei seine bleiche Fratze aus Porzellan. Matthes ist sein kleiner Prinz.«

»Man muss dem Teufel das Kreuzzeichen auf Stirn und Herz machen und ihn in ein Schwein fahren lassen«, erklärte Ruud im Brustton tiefster Überzeugung. »Dann wird das Schwein sich von den Klippen stürzen und ertrinken. So steht es in der Bibel.«

»Hier gibt es weit und breit keine Klippen.« Der Wirt lachte und tippte sich an die Stirn. Er wollte dem Schulzensohn bereits eine weitere belustigte Bemerkung ins Ohr raunen, als er sah, dass Lambert nicht nach Scherzen zumute war, sondern bestätigend nickte.

»So machen wir es!«, sagte er und setzte sich den Hut auf.

»Was machen wir?«, fragte der Wirt.

»Wir treiben den Teufel aus«, antwortete Lambert, griff mit der rechten Hand nach der Flasche und fasste Ruud mit der linken am Arm, um ihn hinauszuführen. In der Tür wandte er sich zu Tenfelde um und rief: »Und du kommst auch mit!«

»Ich? Was habe ich denn damit zu tun?«

»Wie lange willst du dich noch zum Gespött der Leute machen?«, erwiderte der Schulzensohn. »Das ganze Dorf lacht über dich. Jetzt ist Schluss mit der Erniedrigung und Beleidigung! Wir lassen uns nicht mehr an der Nase herumführen.«

Der Wirt begriff nicht recht, was Lambert mit seinen Worten meinte und wieso und von wem er an der Nase herumgeführt wurde, aber der Blick des Schulzensohnes ließ keine Widerworte zu. Und so warf sich Tenfelde missmutig den Mantel über, setzte eine Filzmütze auf und beeilte sich, den beiden nach draußen zu folgen.

Am Ecktisch saß derweil der schlafende Schmied, den Kopf zwischen den verschränkten Armen auf der Tischplatte. Aus dem geöffneten Mund lief ihm die Spucke, und in der Hand hielt er den Nagel, mit dem Ruud den Galgen an die Wand gekritzelt hatte.

Siebentes Kapitel
Führt uns zu einem Grab im Moor

Die beiden Männer ritten auf dem Hessenweg in westlicher Richtung. Rechter Hand bog der Weg zum Schulzenhof ab, und Daniel beeilte sich, die Kreuzung zu passieren, da er fürchtete, verspäteten Festbesuchern zu begegnen. Doch seine Sorge war unbegründet, das Fest war längst beendet, die Ahlbecker schliefen ihren Rausch aus oder leckten ihre Wunden. Es war inzwischen zwei Uhr morgens, der Mond war untergegangen und die Nacht so finster, dass Daniel aufpassen musste, nicht vom schlammigen Weg abzukommen. Sie näherten sich dem Moor, ein modriger Geruch wehte übers Land, es stank nach Fäulnis und Schimmel. Je näher sie ihrem Ziel kamen, desto erregter wurde Daniel, immer häufiger unterbrach er Ruuds bereitwillig, aber schleppend vorgetragenen Bericht und fragte ihn nach diesem oder jenem Detail. Der Sohn des Heidebauern gab anstandslos Auskunft, aber seinem Gesichtsausdruck war zu entnehmen, dass er nicht verstand, was sein seltsamer Begleiter von ihm hören wollte und wieso ihn all diese Nebensächlichkeiten interessierten. Was kümmerte ihn Lamberts rasselndes Lachen und dessen hohe Stimme? Und was verstand man überhaupt unter einer Fistel?

Die Erkenntnis traf ihn wie ein Blitz. Er erstarrte, zog an der Mähne des Pferds und machte: »Brr!« Der Gaul blieb stehen.

»Was ist los?«, fragte Daniel.

Ruud stierte den Rothaarigen mit offen stehendem Mund an und brachte kein Wort heraus. Daniel dachte bereits, der Narr habe eine weitere Geistererscheinung, als Ruud ihm plötzlich zuraunte: »Du bist gar kein Gespenst, nicht wahr?« Er schüttelte vehement den Kopf und setzte hinzu: »Jetzt verstehe ich. Du bist ... ein Mensch.«

»In jener Nacht habt ihr anders darüber gedacht.«

Ruud überlegte lange, dann wurde er bleich vor Schreck, und eine Gänsehaut fuhr ihm über den Rücken. »Aber wie ist das möglich? Du warst doch tot. Wie bist du aus dem Grab entkommen?«

»Wenn du mir sagst, wie ich in das Grab hineingekommen bin, dann sage ich dir, wie ich befreit wurde.« Daniel gab Ruuds Pferd einen Tritt in die Seite, damit es sich wieder in Bewegung setzte, und fragte: »Warum habt ihr mir den Schädel eingeschlagen? Ist das die westfälische Art, den Teufel auszutreiben?«

»Aber das war doch gar nicht beabsichtigt«, erwiderte Ruud und schob die Unterlippe vor. Wieder betrachtete er Daniel mit offenkundigem Entsetzen. Solange er den Schwarzgekleideten für ein Gespenst gehalten hatte, hatte er ihm keine Angst eingeflößt. Mit Wesen aus dem Jenseits kannte er sich aus, auch wenn dieser Geist von Anfang an etwas sonderlich auf ihn gewirkt hatte. Doch nun war das anders. Die Erscheinung war ein Mann aus Fleisch und Blut. Ein Mensch. Und Menschen jagten Ruud eine Heidenangst ein.

»Was ist auf dem Olthues-Hof geschehen?«, fragte Daniel. Er nahm seinen Hut ab, griff nach der Hand seines Begleiters und ließ sie über das entstellte Ohr fahren. »Wie ist es *dazu* gekommen?«

Der Sohn des Heidebauern erschrak und wäre beinahe seitlich vom Pferd gefallen. Er entriss dem Schwarzen seine Hand und brabbelte: »Wirst du mich töten? Reiten wir deshalb ins Moor?«

Daniel setzte seinen Hut wieder auf und schwieg.

»Es war keine Absicht«, wiederholte Ruud und bekreuzigte sich, um seinen Worten Nachdruck zu verleihen. »Ich wollte dich nur in ein Schwein fahren lassen und das Vieh im Kolk ertränken.«

»Ich höre«, sagte Daniel.

Als Ruud Ibing am Tor des Schulzenhofes anlangte, warteten Lambert und der Wirt bereits auf ihn. Ruud war jedes Mal erstaunt, wenn er die hohen Wälle und das massive Holztor sah. Hätte er nicht gewusst, dass dies ein Bauernhof war, hätte er es für eine Garnison oder gar ein Räuberlager gehalten.

»Wo bleibst du denn?«, zischte Lambert und schloss mit einem doppelbärtigen Schlüssel das Tor auf. »Gekniffen wird jetzt nicht.«

Ruud senkte den Kopf, wie er es stets tat, wenn jemand mit ihm schimpfte. In seinen Taschen jedoch ballte er die Fäuste.

»Ich weiß wirklich nicht, was das alles soll«, versuchte der Wirt zum wiederholten Mal, sein Unbehagen auszudrücken, doch der Schulzensohn fuhr ihm augenblicklich über den Mund.

»Teufel auch! Der Kleine ist ebenso dein Problem wie meines.«

»Ein Problem für die ganze Gemeinde«, fügte Ruud hinzu.

»Sicher«, antwortete Lambert, »wenn du das sagst.« Er lachte abfällig und machte dann den anderen ein Zeichen, sich ruhig zu verhalten. Er leerte die Branntweinflasche, die er die ganze Zeit nicht aus der Hand gelegt hatte, warf sie zu Boden, deutete auf das Haus, das verschlafen und unbeleuchtet dalag, und setzte hinzu: »Das Balg liegt im Flett. Gleich neben der Stube.«

»Und dein Vater?«, fragte Tenfelde im Flüsterton.

»Er ist heute zum Dreikönigsfest nach Deventer gefahren«, antwortete Lambert, »er wird uns nicht in die Quere kommen.«

»Wobei in die Quere kommen?«, wollte der Wirt wissen. »Was hast du eigentlich vor?«

»Du hast doch gehört, was der Dummkopf gesagt hat«, erwiderte Lambert und verzog seinen Mund zu einem schiefen Grinsen. »Wir werden den Bastard in ein Schwein verwandeln.«

Tenfelde blickte den Schulzensohn an, als zweifle er an dessen Verstand. »Das ist doch nicht dein Ernst?«, fragte er und schüttelte den Kopf. »Willst du mich für dumm verkaufen? Als dein Bruder letztes Jahr als Hexenmeister angeklagt wurde, da hast du dem Pater ins Gesicht gelacht und ihn einen gefährlichen Irren genannt, und jetzt spielst du gemeinsam mit seinem Ministranten den Teufelsaustreiber? Das will mir nicht in den Kopf.«

»Sie haben dich reingelegt, Franz«, erwiderte Lambert, als sei dies die Antwort auf die Frage des Wirts. »Vergiss das nicht! Sie haben dir das verdammte Kind untergejubelt. Mein Vater hat dich über den Tisch gezogen und sich anschließend ins Fäustchen gelacht.«

Der Wirt zog die Stirn kraus. Er schien mit sich zu ringen, fuhr sich mit der Hand über den Mund und nickte dann. »Der Junge hätte nie geboren werden dürfen«, wiederholte er seine Worte aus der Schenke. »Das war nicht recht.«

»Jetzt kannst du es ihnen heimzahlen«, sagte Lambert.

Sie waren inzwischen durch den niedrigen Eingang in die Stube getreten. Im ganzen Haus war es ruhig. Nachdem der Hofhund auf so seltsame Weise gestorben war, hatte der Schulze noch keinen neuen Wachhund angeschafft, und kein Vierbeiner warnte die Hausbewohner vor den Eindringlingen. Von der Tenne drang lediglich das Schnarchen der Knechte zu ihnen. Lambert zündete eine Kerze an und wies auf eine winzige Tür, die hinter dem Alkoven zu einer ehemaligen Abstellkammer führte.

»Ich brauche eine Bibel, Weihwasser und ein Kreuz«, sagte Ruud, bevor sie das Zimmer des Kleinen betraten.

»Weihwasser gibt's nicht«, sagte Lambert achselzuckend, »aber ein Kreuz kannst du haben.« Er nahm ein kleines Kruzifix, das über dem Eingang hing, drückte es Ruud in die Hand und ging in die Kammer. »Kommt schon!«

Die Kammer war niedriger als die Wohnstube. Es wirkte beinahe so, als habe man die Decke nachträglich eingezogen. Ruud musste den Kopf einziehen, um nicht an die eichenen Balken zu stoßen. Im hinteren Teil der Kammer führte eine Stiege auf den Dachboden.

Tenfelde wies stumm auf die Leiter, doch Lambert winkte ab.

In dem Raum war es viel wärmer als in der Wohnstube. Der Schulze hatte seinem Enkelsohn einen provisorischen Metallofen ins Zimmer gestellt, eine Art offener Eimer mit Füßen, in dem der Torf kokelte. Die Luft war stickig und rußgeschwängert. Die Krippe stand auf der rechten Seite, direkt unter einem kleinen Fenster mit Butzenscheiben. Ruud trat an das Bettchen, starrte auf das Kind darin und stutzte. Sicher, es war nicht das hübscheste Balg der Welt, aber irgendwie hatte Ruud etwas anderes erwartet. Den Sohn des Teufels hatte er sich ... teuflischer vorgestellt. Der Junge im Bett war einfach nur ein blasses, winziges Kind mit kahlem Kopf, das friedlich schlief und schmatzende Geräusche von sich gab.

»Jetzt fang schon an«, raunte der Wirt, »damit wir wieder nach Hause können. Mir ist es nicht geheuer.«

»Das sind die Worte eines Tenfeldes«, höhnte Lambert und stellte sich neben das Bett, um mit der Kerze hineinzuleuchten. »Seht euch nur seine Fratze an. Wie kann ein Kind nur so hässlich sein?«

Ruud beugte sich über den Jungen und hielt ihm das Kreuz vors Gesicht. Er versuchte sich zu erinnern, was der Menschensohn in der Bibel gesagt hatte, um den Teufel in die Schweine fahren zu lassen, aber die Worte fielen ihm nicht ein. Außerdem waren gar keine Schweine anwesend. Vielleicht ging es ja auch mit einer Katze. In der Stube hatte eine gehockt. Ein räudiges, einäugiges Vieh, das ohnehin schon aussah, als sei der Beelzebub hineingefahren. Ruud wünschte sich, der Pater wäre zugegen. Der hätte gewusst, was zu tun war, und Ruud hätte lediglich Amen sagen müssen. Er war einfach nicht dafür geschaffen, ohne Anleitung zu handeln.

In diesem Moment öffnete der Knabe die Augen. Er gab nicht den geringsten Laut von sich und sah Ruud unverwandt ins Gesicht. Diesem rutschte das Herz in die Hose, er wollte zurückweichen, aber er konnte sich nicht von der Stelle rühren. Als hätte der Teufel ihn in Stein verwandelt. Ruud starrte ebenso gebannt wie das Kind in der Krippe und erwartete, dass es ihn verhexte. Doch dann geschah etwas Seltsames. Der kleine Matthes verzog die Lippen und die Mundwinkel gingen nach oben. Ja, er lächelte Ruud an und streckte sein rechtes Händchen in die Luft, um nach dem Kruzifix zu greifen. Dieses Lächeln war jedoch nicht diabolisch, sondern lediglich erfreut. Matthes schien regelrecht zu frohlocken und gab nun glucksende Geräusche von sich.

Um Ruuds Vorhaben war es geschehen. Er gab dem Kind das Kreuz und hob es aus dem Bett. Immer noch lächelte der Junge, während Ruud ihn etwas ungeschickt in seinen Pranken hielt und nun selbst wie ein Kind grinste. Die Gebete und Exorzistenformeln waren vergessen, und der Koloss brabbelte: »Du-du, ei-ei-ei, na-na.«

»Was geht denn hier vor?«, zischte Lambert und schlug dem Dummkopf mit der flachen Hand auf den Hinterkopf. »Verdammte Missgeburt! Wir sind nicht zum Spielen hergekommen. Du bist wirklich dämlich wie ein Stück Brot. Leg das Kind weg und treib den Teufel aus! Sonst mache ich es selbst.«

Ruuds Lächeln verschwand augenblicklich, er starrte zu Boden, seine Mundwinkel zuckten, und wieder ballte er die Faust. Leider hielt er immer noch das Kind in den Händen und drückte es derart, dass es vor Schmerz aufschrie. Das Schreien wiederum erschreckte Ruud, der erst jetzt registrierte, dass er dem Kind die kleinen, weißen Ärmchen quetschte. Er fuhr zusammen und ließ den Jungen fallen.

Einen Augenblick lang waren die drei Männer wie zu Salzsäulen erstarrt, während der Kleine auf dem Boden lag und jämmerlich weinte. Selbst Lambert war so überrascht, dass er sich nicht zu rühren vermochte. Der Wirt war der erste, der aus seiner Trance erwachte. »Verdammt!«, rief er und griff nach dem erstbesten Gegenstand, der ihm in die Hände kam. »Mach es stumm!«

Weder Lambert noch Ruud reagierten. Das Kind strampelte mit Händen und Füßen und schrie, als werde es am Spieß gebraten. Bald würde das ganze Haus geweckt sein. Irgendjemand musste etwas unternehmen und das Schreien beenden. Es musste aufhören. Auf der Stelle. Und deshalb schlug der Wirt zu. Mit aller Macht und wie von Sinnen. Einmal, zweimal. Der Gegenstand, nach dem er gegriffen hatte, war ein gusseiserner Schürhaken, der neben dem glühenden Torfeimer an der Wand gelehnt stand, und er traf den Jungen seitlich am Kopf. Sofort war es ruhig.

Der Wirt ließ den Schürhaken zu Boden fallen und atmete heftig.

»So!«, stieß er mühsam hervor und starrte auf das Kind, unter dessen Kopf sich eine Blutlache bildete. Tenfelde zitterte wie Espenlaub, und sein Brustkorb hob und senkte sich, als sei er gerade von Marathon nach Athen gelaufen.

»Oh, mein Gott!«, entfuhr es Ruud, und er bekreuzigte sich.

»Lasst uns verschwinden«, rief der Wirt und wandte sich zur Tür.

»Nein!« Die Fistelstimme des Schulzensohnes klang ganz ruhig, aber bestimmt. »Wir müssen ihn wegschaffen.«

Als das Kind schreiend auf dem Boden gelegen hatte, hatte auch Lambert für einen Moment nicht gewusst, was er tun sollte. Doch nun riss er das Kommando wieder an sich. Die Situation schien ihn nicht wirklich zu überraschen, beinahe wirkte es so, als habe er nichts anderes erwartet. Das Kind war tot. Das war nicht zu ändern, und es war gut so. Recht war geschehen. Jetzt musste gehandelt werden.

Der Wirt jedoch schien nicht zu verstehen, was Lambert von ihm wollte. Wieso wegschaffen? Wohin? Er wollte nur nach Hause, so schnell wie möglich. Weg aus diesem Teufelshaus!

»Unsinn!«, entgegnete Lambert auf das Gebrabbel des Wirts. »Die Zigeuner haben ihn geholt. So was passiert ständig. Man kennt die räuberischen Brüder ja. Seit Tagen machen sie die Landstraßen unsicher. Und darum muss der Kleine verschwinden!«

»Was denn für Zigeuner?«, fragte Ruud, der entgeistert auf das Kruzifix starrte, das neben dem leblosen Jungen auf dem Boden lag.

»Schnauze!«, rief Lambert. »Nimm den Strohsack aus dem Bett und pack das Kind hinein! Und dann müssen wir das Blut wegwischen.« Er

sprach von dem Totschlag, als handele es sich um eine Nichtigkeit. Ein ausgeschütteter Becher Milch. Ein kleines Malheur.
»Du hast Recht, Olthues«, sagte der Wirt und nickte eifrig. »Die Zigeuner. Erst vor einigen Stunden habe ich einen Schausteller mit seinem Wagen auf dem Kirchplatz gesehen.«

Ein Knarren aus dem hinteren Teil des Raumes ließ sie alle herumfahren.

Auf der Leiter, die zum Dachboden führte, stand der zehnjährige Werner. Seine strubbeligen blonden Haare standen ihm wie eine Krone vom Kopf ab, und auf seiner Stirn glänzte der Schweiß. Er gähnte, rieb sich die Augen und begriff nicht, was ihn geweckt hatte. Er schlief auf einem Zwischenboden direkt über der Kammer, und das Schreien seines Neffen hatte ihn aus dem Schlaf gerissen.

»Was macht ihr hier?«, fragte Werner. Dann sah er das Kind auf dem Boden und fuhr erschrocken mit der Hand zum Mund. »Was ist passiert?«

»Nichts«, fauchte Lambert. »Geh wieder schlafen! Hast du gehört? Hier ist nichts passiert, du hast nichts gesehen. Verstanden?«

Werner verharrte auf der Leiter und antwortete nicht.

»Verdammt!«, rief der Wirt, riss Ruud den Strohsack aus der Hand, leerte den Inhalt auf den Boden und steckte das Kind nun eigenhändig hinein. »Was machen wir denn jetzt?«

»Wir beerdigen ihn.«

»Was?!«, entfuhr es dem Wirt.

»Kommt!«, befahl Lambert und trieb Ruud und Tenfelde vor sich her aus dem Zimmer. »Lasst mich nur machen!« In der Tür wandte er sich zu seinem Bruder um und zischte: »Du verschwindest nach oben! Und kein Wort zu irgendjemand. Hast du verstanden?«

Die Tür fiel ins Schloss, und der Windzug ließ die Kerze neben der Krippe flackern. Werner betrachtete das leere Zimmer, den Blutfleck auf dem Boden, und es kam ihm vor, als habe er schlecht geträumt. Tränen stiegen ihm in die Augen, Angst schnürte ihm die Kehle zu, eine warme Flüssigkeit lief ihm an den Beinen hinunter, nässte sein Nachthemd und tropfte auf die Treppe. Erschrocken fasste er sich zwischen die Beine und kletterte eilig nach oben, um sich unter der Bettdecke zu verstecken.

War der Weg zur Kapelle vor einigen Tagen schon beschwerlich und kaum zu finden gewesen, so war es nun, bei mondloser Nacht und nach dem heftigen Gewitter, noch mühsamer. Daniel und Ruud hatten ihre Pferde in der Nähe der Landwehr an einem Baum angebunden und schlugen sich durch das nasse Unterholz. Harmlose Nattern und giftige Kreuzottern schlängelten sich unsichtbar auf dem Boden, es wimmelte von Totengräbern, Bockkäfern und ähnlichem Getier, das sich in dunkler und feuchter Umgebung wohl fühlte. Daniel sah kaum, wo er hintrat, der Boden gab unter seinen Füßen nach, als laufe er über einen Schwamm, es fühlte sich an wie etwas Lebendiges, das nach seinen Beinen griff. Immer wieder mussten sie die Richtung ändern, weil sich Wasserlachen gebildet hatten und der direkte Weg nicht zu passieren war. Daniel befürchtete bereits, sich verlaufen zu haben, als Ruud neben ihm sagte: »Wir sind da.«

Sie hatten tatsächlich einen großen Bogen geschlagen und standen nun auf der kleinen Lichtung vor der Frontseite der Kapelle. Das Haus aus Bruchstein wirkte bei Nacht noch unwirklicher als im Tageslicht, wie ein schwarzer Klotz, der von wundersamer Hand hierher gestellt worden war. Das Spielzeug eines Riesen, der Scherz eines verrückten Gottes.

»Und jetzt?«, riss Ruud Daniel aus seinen wirren Gedanken.

Ruuds Erzählung hatte Daniel sichtlich mitgenommen, er hatte beinahe vergessen, dass der Sohn des Heidebauern neben ihm ging. Sein Blick war leer, die Lippen waren zusammengepresst, die Wangenmuskel zuckten, als kaue er an einem unverdaulichen Bissen.

»Was?«, fragte Daniel irritiert.

»Soll ich weitererzählen?«

Daniel schüttelte heftig den Kopf. »Was auf dem Pestfriedhof geschehen ist, weiß ich bereits. Ihr wart damals nicht allein im Moor.«

Ruud schaute ihn mit großen Kinderaugen an, zog die Stirn kraus und antwortete: »Natürlich nicht. Wir waren zu dritt.«

»Vorwärts!«, befahl Daniel, um nicht laut lachen zu müssen. »Wir wollen dem Pater einige Fragen stellen.«

»Das wird Pater Hilarius aber gar nicht erfreuen, wenn wir ihn mitten in der Nacht aus dem Schlaf reißen.«

»Er wartet auf mich«, sagte Daniel und schob Ruud zur Tür der Kapelle. »Zumindest behauptet er das.«

Ruud war verwirrt, schüttelte den Kopf und klopfte ans Holz.

Nichts passierte, niemand antwortete.

»Pater Hilarius? Ich bin's, Bruder Rudolf.« Und als müsse er seinen Namen übersetzen, fügte er hinzu: »Ibings Ruud.« Er klopfte erneut, wieder geschah nichts. Totenstille.

»Vielleicht ist er nicht zu Hause«, vermutete Ruud.

»Wo sollte er wohl um diese Uhrzeit hingegangen sein?«

»Auch ein Pater hat menschliche Bedürfnisse«, erklang plötzlich eine krächzende Stimme hinter Daniel. »Meine Blase ist nicht mehr das, was sie einmal war.« Er lachte, unterbrach sich aber sofort und setzte mit scharfem Ton hinzu: »Was wollt Ihr hier?«

Daniel fuhr herum und starrte direkt in das ausgemergelte Gesicht des Paters. Trotz der Dunkelheit konnte er den springenden Adamsapfel und die Knollennase erkennen. »Ich bin gekommen, um mit Euch zu reden«, sagte Daniel und deutete auf Ruud, der hinter ihm stand. »Ich habe jemanden mitgebracht, der Euer löchriges Gedächtnis stopfen wird.«

»Entschuldigt, Pater«, murmelte Ruud, »er ist gar kein Geist.«

»Wovon redest du, mein Sohn?«

»Ich bin der Mann, zu dessen Andenken Ihr diese Kapelle gebaut habt«, sagte Daniel und lupfte den Schlapphut. »Der Sohn des Teufels. Hinabgestiegen in das Reich des Todes, auferstanden von den Toten, gekommen, zu richten die Lebenden und die Toten.«

»Gotteslästerung!« Der Pater zuckte wie unter Schmerzen zusammen und rief: »Wie könnt Ihr es wagen, den Menschensohn zu beleidigen?«

»Mein Name ist Matthes Olthues.«

Der Pater erstarrte und riss die toten Augen auf.

»Ein wenig bin ich von Euch enttäuscht«, fuhr Daniel fort und näherte sich dem Mönch, bis sie beinahe Nase an Nase standen. »Wolltet Ihr mich nicht an meinem Schwefelgestank erkennen?«

Pater Hilarius schloss die Augen, senkte den Kopf und griff nach dem Kreuz, das ihm auf der Brust baumelte. »Weiche, Satan!«, rief er wie Jesus in der Wüste.

»Ganz meinerseits«, antwortete Daniel.

»Soll ich?«, fragte Ruud.

Der Pater hob den Kopf, nickte und sagte: »In Gottes Namen.«

Und bevor Daniel begriff, was geschah, hatte ihm der Koloss mit einem Stein auf den Hinterkopf geschlagen. Ein grellroter Blitz fuhr durch seinen Schädel, eine Kakophonie von Tönen lärmte in seinen Ohren. Dann wurde es dunkel. Und still.

Achtes Kapitel
Löscht ein Menschenleben aus

Das Erste, was Daniel wahrnahm, war der schwere Geruch nach Weihrauch. Erst dann spürte er den stechenden Schmerz am Hinterkopf und die Nässe in seinem Gesicht. Er schlug die Augen auf und sah den Pater direkt vor sich stehen. Er trug ein langes, rotes Messgewand mit aufgenähtem weißen Kreuz auf der Brust, und ein hölzerner Rosenkranz hing um seinen Hals. In der linken Hand hielt er einen kupfernen Weihwasserkessel und in der rechten ein Aspergillum, das er ins Wasser tauchte. Er murmelte einige lateinische Formeln und besprengte Daniel mit dem Wedel.

»*Sed libera nos a malo*«, schloss der Pater das Gebet und stellte den Kessel auf den Altar, auf dem in einer Schale Weihrauchkörner kokelten und ihren balsamisch-narkotischen Duft verströmten.

Daniel saß mit nacktem Oberkörper neben der Tür, mit Asche war ein Kreuz auf seine Brust gezeichnet. Er war an Händen und Füßen gefesselt und seitlich an die Wand gelehnt. Die seltsame Szenerie war durch rußende Talgkerzen erleuchtet, die im ganzen Raum, selbst auf den Grabsteinen und Kreuzen, verteilt waren und zuckende Schatten an die Wände warfen. Neben dem Betstuhl kniete Ruud Ibing mit gefalteten Händen und murmelte das obligatorische Amen.

»Wollt Ihr nun nachholen, was Ihr vor neunzehn Jahren versäumt habt«, wandte sich Daniel an den Pater, doch dieser schien ihn gar nicht zu hören. Wie in Ekstase breitete er die Hände aus und richtete seine Gebete zum Himmel. Daniel zerrte hinter seinem Rücken an den Handfesseln und musste erkennen, dass sie nicht ohne weiteres zu lösen waren. Ruud hatte ganze Arbeit geleistet.

»Bist du nun zufrieden?«, fragte Daniel den Sohn des Heidebauern. »Glaubst du wirklich, ein zweites Unrecht wird das erste ungeschehen machen?« Er wusste, wie sinnlos es war, den Dummkopf von dem Irrsinn seines Tuns zu überzeugen, doch er musste reden, um nicht vor Wut zu bersten. Nicht auf den verrückten Pater oder den Blödian war er wütend, sondern auf sich selbst. Wie hatte er nur so dumm in die Falle tappen können?! Er hatte die beiden unterschätzt. Ein Blinder und ein Dummer, was sollte da schon passieren? In Wirklichkeit jedoch war er ebenso blind wie Terhoente und kein Deut klüger als der betende Koloss, der ihn verlegen anstarrte und die Augen senkte, als ihre Blicke sich trafen.

»Ich wusste, du würdest zurückkehren, Satan«, sagte nun der Pater und küsste das Kreuz an dem Rosenkranz. »Es hat dich geärgert, dass ich an dieser Stelle die Kapelle errichtet habe. Nachdem du diesen Ort geschändet hattest, habe ich ihn wieder zu geweihtem Boden gemacht. Du musstest zurückkommen, weil du deine Niederlage nicht eingestehen konntest. Darauf habe ich gehofft.«

»Ausgerechnet Ihr redet von Niederlage?«, antwortete Daniel und lachte dem anderen verächtlich ins Gesicht. »Wenn Ihr Euch damals nicht als Eremit ins Moor verkrochen hättet, hätte der neue Ahlbecker Pastor Euch zurück ins Kloster geschickt. Eure Tage als selbsternannter Herrscher des Dorfes waren gezählt. Ihr haltet Euch für Gottes Gärtner? Dass ich nicht lache!«

Der Pater fuhr herum und richtete seine blinden Augen vorwurfsvoll in Ruuds Richtung. Es war klar, dass nur dieser dem Fremden vom geistigen Garten des Paters erzählt haben konnte. Ruud blickte verlegen zu Boden und krümmte sich wie unter Schlägen.

»Ihr hattet nur die Wahl, den heiligen Einsiedler zu spielen«, fuhr Daniel fort, »oder als blinder Mönch den Rest Eures Lebens hinter Klostermauern zu verrotten. Nicht ich bin hier der Scharlatan, Terhoente!

Ihr seid ein Lügner und wisst es auch. Die Gemeinde wollte Euch nicht mehr, und das konntet Ihr nicht ertragen. Als Ruud Euch in der Beichte erzählte, was auf dem Pestfriedhof geschehen war, da saht Ihr die Gelegenheit gekommen, Euch als Eremit und Teufelsaustreiber aufzuspielen und die Ehrfurcht der Leute zurückzugewinnen. War es nicht so?«

»Er hat gesagt, es sei ein Frevel gegen Gott gewesen, den Teufelssohn in geweihter Erde zu begraben«, sagte Ruud, während er krampfhaft auf seine gefalteten Hände starrte. »Es war richtig, dich zu erschlagen, aber es war falsch, dich in gesegnetem Boden zu beerdigen.« Ruud schaute kurz hoch, und es hatte den Anschein, als schäme er sich seiner Worte. Sofort senkte er den Blick wieder und setzte hinzu: »Und deshalb wollten wir dich wieder ausgraben und unter dem Galgenbülten verscharren. An der Seite deines Vaters.«

»Sei ruhig, Dummkopf!«, fauchte der Pater. »Merkst du nicht, was Satan vorhat? Er will einen Keil zwischen uns treiben. Aber das wird ihm nicht gelingen, weil ich auf der Hut bin.« Er wandte sich ab und ging in die hintere linke Ecke des Raumes, die Daniel nicht einsehen konnte, weil sie von dem steinernen Grabmal verdeckt war. Der Pater bewegte sich wie ein Sehender zwischen den Grabsteinen und Kreuzen, er stieß nicht ein einziges Mal an. Diese Kapelle war seine Welt, hier kannte er sich aus.

»Und als ihr mich ausgraben wolltet und ich nicht mehr im Grab lag«, sagte Daniel, »da dachtet ihr, der Teufel habe mich zu sich in die Hölle geholt.«

Ruud nickte unmerklich und erwiderte: »Der Strohsack war leer. Du warst verschwunden.« Man sah, dass es in ihm arbeitete, er aber nicht imstande war, das Durcheinander in seinem Hirn zu ordnen. »Weil ich den Frevel begangen habe, hat Gott mich bestraft. Weil ich gesündigt habe, ist uns der Teufel entwischt. Deshalb bin ich ein Bruder geworden. Um Vergebung zu erlangen. Der Pater sagte, ich solle meine Sünden sühnen und um Verzeihung bitten. Er selbst hat mich zu den Brüdern geschickt. Weil ich doch ein Frevler bin. Nicht wahr, Pater? So habt Ihr doch gesagt.«

»Sprich nicht mit dem Teufel, er verdreht dir nur den Kopf, wie er es mit Eva im Paradies getan hat. Hilf mir lieber mit dem Feuer!« Pater Hilarius bückte sich, tastete nach einem länglichen Eisen und stocherte damit auf dem Boden herum. Funken stoben in die Höhe, und das Gesicht des Paters leuchtete rötlich. In der Ecke musste sich eine Feuerstelle befinden, doch Daniel konnte sich nicht erinnern, sie bei seinem ersten Besuch der Kapelle gesehen zu haben.

»Gleich ist es soweit«, sagte der Pater und reichte Ruud das Eisen, das an einem Ende rot glühte.

»Nicht der Teufel hat mich befreit, Ruud«, sagte Daniel, dem nichts

Gutes schwante und auf dessen Stirn der Schweiß stand. »Es war ein fahrender Mann, der euch zufällig im Wald belauschte. Er hat mich ausgegraben und festgestellt, dass ich noch atmete. Seine Frau hat mich gesund gepflegt und an Sohnes Statt angenommen.«
»Der Satan vermag mannigfache Gestalt anzunehmen«, unterbrach ihn der Pater. »Mal kommt er als Schlange, mal als bocksfüßiger Drache und manchmal eben in menschlicher Gestalt.«
»Aber merkt Ihr denn nicht, was für einen Unsinn Ihr redet?« Daniel wich vor dem Pater zurück, der sich mit einer großen, in Form eines Ypsilons gegossenen Kerze dem Gefesselten näherte. »α« stand auf dem einen Ende der Kerze, »Ω« auf dem anderen.

»Ich war nie tot«, fuhr Daniel fort und zog die Knie an die Brust, »und für mein Verschwinden aus dem Grab gibt es eine ganz vernünftige Erklärung. Ich verstehe ja, dass es schwerfällt, sich einzugestehen, dass man zwanzig Jahre seines Lebens einem Selbstbetrug erlegen ist, aber so ist nun mal. Ihr habt Euch geirrt, Pater!«

»So spricht der Teufel, um uns in Versuchung zu führen«, war alles, was Pater Hilarius entgegnete. Er stellte die Kerze auf den Boden, ging zur Kommode, die ihm als Altar diente, und träufelte einige Tropfen einer öligen Flüssigkeit auf den kokelnden Weihrauch. Es zischte, und ein merkwürdig süßlicher, exotischer Duft stieg in einer dichten Wolke auf. Der Pater sog den Dampf ein, behielt ihn einige Sekunden in der Lunge und stieß ihn dann mit einem wohligen Schnaufer wieder aus. Erneut brummelte er unverständliche Worte, zupfte an seinem Spitzbart, breitete dann die Hände aus und schien in diesem Moment nicht von dieser Welt zu sein.

Während Daniel auf den Pater eingeredet hatte, war sein Blick nicht von Ruud gewichen, der immer noch in der Ecke hockte und das Feuer schürte. Daniel glaubte, in seinem Gesicht einen Funken des Zweifels entdeckt zu haben, und wenn es gelang, diesen Zweifel zu nähren, dann wäre selbst ein Narr wie Ruud in der Lage, das Richtige zu tun.

»Erinnerst du dich, was du vorhin gesagt hast«, fragte Daniel.

»Was?«, murmelte Ruud, ohne den Gefesselten anzuschauen.

»Dass ich gar kein Geist bin«, erklärte Daniel, »sondern ein Mensch.« Er wartete einen Moment und setzte dann hinzu: »Wieso hast du das gesagt?«

»Weil ich mich geirrt habe. Du hast doch gehört, was Pater Hilarius gesagt hat. Der Satan verwirrt die Sinne.«

»Nein«, sagte Daniel, »das war nicht der Grund. Du hast das gesagt, weil es die Wahrheit war. Und weil du klug genug bist, das Echte vom Falschen zu unterscheiden. Als deine Mutter in ihrem blauen Nachthemd auf dem Stein saß, da wusstest du, dass sie ein Geist sein muss. Als dich der Kolkrabe am Kreuzweg mit seinen schwarzen Augen angestarrt

hat, da wusstest du, dass er der Satan sein muss. Und als du mich hast reden hören, da war dir klar, dass ich ein Mensch bin. Ich habe versucht, dich zu täuschen und dir vorzugaukeln, ich wäre ein Gespenst, aber du hast dich nicht hinters Licht führen lassen.«
Ruud blickte auf und lächelte geschmeichelt. »Ach was«, murmelte er dann und wandte sich wieder den glühenden Kohlen zu. »Der Pater irrt sich nie.«
»So?« Daniel richtete sich so weit wie möglich auf, schaute zu dem Mönch, der ganz in seine hypnotische Zwiesprache mit den himmlischen Gefilden vertieft war, und sagte: »Vor wenigen Tagen war ich schon einmal in dieser Kapelle und habe mit dem Pater gesprochen. Roloff Wagenknecht, der Mann, der mich damals auf dem Pestfriedhof gerettet hat, war bei mir. Wir haben direkt vor Terhoente gestanden, aber er hat uns nicht erkannt. Wenn es stimmt, dass ich des Teufels Sohn bin und Roloff ein Satan in menschlicher Gestalt, warum hat der Pater uns entkommen lassen?«
Ruud schaute über die Schulter zu Daniel und sagte kein Wort.
»Du behauptest, der Pater sei weiser als du und wisse immer, was zu tun sei«, fuhr Daniel eindringlich fort, »ich aber glaube, dass du der Klügere bist. Du kannst einen Geist von einem Menschen unterscheiden.« Daniel erinnerte sich an das Gespräch, das er mit Pater Hellmann im Pastorat geführt hatte, und sagte: »*Sancta simplicitas.*«
»Was heißt das?«, fragte Ruud, auf den alles Lateinische einen unwiderstehlichen Reiz ausübte.
»Heilige Einfalt«, übersetzte Daniel. »Der liebe Gott hat den Armen im Geiste die Möglichkeit gegeben, die wahren Dinge zu erkennen. Die Einfältigen lassen sich nicht durch kluge Reden blenden.« Er sagte dies mit Nachdruck und redete sich regelrecht in Rage. Er kam sich vor wie ein Prediger, der die Heiden vom rechten Glauben überzeugen will. »Du bist ein Kind Gottes, Ruud. Der Heiland hat dir die Möglichkeit gegeben, deine Sünden wieder gutzumachen. Löse meine Fesseln, und du selbst wirst befreit sein.«
»Dieses Süßholzraspeln wird dir nicht helfen«, fuhr der Pater dazwischen, der aus seiner Trance erwacht war und nun mit grimmiger Miene vor dem Gefesselten stand. »Ich werde dir beweisen, dass du der Teufel bist. Mit dem heiligen Werkzeug der Folter.« Er wandte sich an Ruud und streckte die Hand aus: »Das Kreuz, Bruder.«
Ruud reichte ihm das Eisen, und Daniel erkannte nun, dass das rot glühende Ende die Form eines Andreaskreuzes hatte. Der Pater segnete das Folterwerkzeug mit Weihwasser und gab es Ruud zurück. »Ich werde die Kerze halten und die peinlichen Fragen stellen«, sagte Pater Hilarius und kniete neben Daniel nieder. »Bruder Rudolf wird das Kreuz führen. Und zwar durch die beiden Enden der Kerze.«

Daniel wich zurück und stieß mit dem Kopf gegen die Wand. Der stechende Schmerz meldete sich zurück, die Beule an seinem Schädel war mittlerweile so groß wie ein Taubenei, und Daniel unterdrückte einen gotteslästerlichen Fluch.

»Eines begreife ich nicht«, stieß er zwischen den Zähnen hervor. Er wollte Zeit gewinnen und Ruud Gelegenheit geben, seine Meinung zu ändern. »Wieso hat der Schulze Euch die Erlaubnis gegeben, auf seinem Grund und Boden diese Kapelle zu errichten? Erst wolltet Ihr seinen Sohn verbrennen und seinen Enkel exorzieren, und dann überlässt er Euch den Friedhof für Eure Einsiedelei. Warum hat er Euch nicht wieder vom Hof gejagt, wie er es schon einmal getan hatte? Das verstehe ich nicht.« Daniel schaute hoffnungsvoll zu Ruud, der ebenfalls stutzte und sich diese Frage offensichtlich zum ersten Mal stellte. Er öffnete die Lippen zu einem O und wartete auf eine Entgegnung des Paters.

Da Terhoente stumm blieb, gab Daniel selbst die Antwort auf seine Frage. »Aber natürlich!«, rief er, als sei ihm die Lösung des Rätsels erst in diesem Moment zugeflogen. »Die Schmuggler! Er hat Euch die Kapelle bauen lassen, um seinen Schmuggel über die Grenze besser tarnen zu können. Eure kleine Kirche dient dem Schulzen und seinen Helfershelfern als Umschlagplatz. Eine Hand wäscht die andere, nicht wahr? Ihr durftet Eure Einsiedelei bauen und wurdet vom Schulzen geduldet und sogar mit Essen versorgt, weil er unter Euren Füßen einen florierenden Schmuggel betreibt. Kein Zöllner würde es wagen, eine Kapelle zu durchsuchen.«

Die Hand des Paters zitterte leicht, die Kerze entglitt ihm, und er verbrannte sich die Finger, als er nach ihr greifen wollte.

»Wovon redest du da?«, wunderte sich Ruud. »Was hat denn der Pater mit den Schmugglern zu tun? So ein Unsinn. Mein Vater und der Schulze würden niemals gemeinsame Sache mit einem Mann der Kirche machen. Sie sind Ketzer. Das hat Pater Hilarius selbst gesagt.«

»Frag den Pater!«, forderte Daniel ihn auf.

Der Mönch steckte den verbrannten Finger in den Mund, lächelte hämisch und schwieg.

»Terhoente hält es wie die Jesuiten«, fuhr Daniel fort. »Alles ist erlaubt, wenn man sein Ziel erreichen will. Um dem angeblichen Teufel auf die Schliche zu kommen und seine Rückkehr aus der Hölle zu erwarten, geht er sogar einen Pakt mit Ketzern und Verbrechern ein. Der Zweck heiligt die Mittel, nicht wahr, Terhoente? Eine alte Jesuitenweisheit.«

»Schweig, Satan!«, rief der Pater und schlug dem Gefesselten mit der Kerze ins Gesicht, wobei eines der Enden abbrach. »Dein gotteslästerliches Geschwätz will hier niemand hören.« Er hielt die zerbrochene Kerze in der Hand, wandte sich an Ruud und befahl: »Halte ihm das Kreuz vor die Brust, dass er das heiße Eisen riechen kann. Wir werden die Befragung beginnen.«

Ruud gehorchte und schaute dabei Daniel schuldbewusst an.

»Angeklagter, ich frage dich: Bekennst du, ein Sohn des Teufels zu sein? Gestehst du, vom Leibhaftigen geschickt worden zu sein, um die Gläubigen vom rechten Weg abzuführen? Bekennst du, aus der Hölle zu kommen und ein Teil der finsteren Macht zu sein?«

»Was wäre, wenn ich gestehen würde?«

Der Pater hielt überrascht inne. »Wir würden dich auf dem Scheiterhaufen verbrennen«, sagte er schließlich und zog die Stirn kraus. »Aber weil du einsichtig warst, würden wir dich vorher töten.«

»Und wenn ich nicht gestehe?«

»Dann werden wir dich foltern, bis du gestanden hast. Anschließend wirst du in den Flammen sterben.«

»Na, das nenne ich eine Logik!«, rief Daniel und lachte verächtlich, obwohl ihm gar nicht nach Lachen zumute war. »Wenn ich ohnehin sterbe, warum soll ich dann bekennen?«

»Um dir die Qualen zu ersparen«, sagte Terhoente. »Die heilige Inquisition ist ein Werkzeug Gottes, um das Böse auszurotten. Es liegt allein an dir, wie leidvoll es wird.«

»Ihr seid kein Inquisitor. Ihr habt kein Recht, mich peinlich zu befragen«, sagte Daniel und schaute Ruud flehentlich an. »Wenn Ihr mich anklagen wollt, dann stellt mich vor ein ordentliches Gericht.«

»Gestehst du?«, wiederholte der Pater.

»Nicht ich, sondern Ihr seid ein Teufel!«

»Drück ihm das Kreuz aufs Herz«, fauchte Terhoente. »Wenn das Fleisch brennt, ist seine Schuld bewiesen.«

Ruud zögerte und presste die Lippen aufeinander.

»Mach schon, Dummkopf! Oder hat dich Satan verhext?«

Immer noch reagierte Ruud nicht, er war wie gelähmt. Er sah Daniel an, schaute in das bleiche, schweißnasse Gesicht und erinnerte sich an eine stürmische Nacht im Winter '49. In Gedanken blickte er wieder in die Krippe und sah das Lächeln des Säuglings. Er hörte das Kind lustvoll schmatzen, sah es nach dem Kreuz greifen.

»Nein!«, rief Ruud. »Das ist nicht recht!«

»Was ist denn in dich gefahren?«, brauste der Pater auf und tastete nach Ruuds Händen. »Dein Reich komme, o Herr!« Er rang mit Ruud und stieß dessen Hände in Daniels Richtung. »Dein Wille geschehe!« Das glühende Eisen drückte sich in die Brust, und ein gellender Schrei erfüllte den Raum.

Ruud ließ das Eisen fallen, sprang entsetzt auf und rief: »Falsch!«

»Du verdammter Tor!«, schimpfte der Pater und fuchtelte aufgeregt mit den Händen. »Was soll das heißen? Willst du Blödian mir erzählen, was recht und was unrecht ist? Wie kannst du dich unterstehen, mir zu widersprechen!«

Ruud sah zu Boden, ballte die Fäuste und wiederholte: »Falsch!«

Daniel saß vornüber gebeugt, den Kopf auf den Knien und kämpfte gegen eine Ohnmacht an. Das glühende Kreuz hatte sich in seine linke Brust gebrannt, das wunde Fleisch trat hervor, es roch nach versengtem Haar. Der Schmerz und der Gestank nahmen ihm den Atem. Er biss sich auf die Lippen, um nicht zu winseln.

Pater Hilarius war ebenfalls aufgestanden und fuhr in seiner Tirade fort. »Warum habe ich mir überhaupt die Mühe gemacht, dich zu unterrichten?«, fuhr er Ruud an und schlug mit der Kerze auf ihn ein. »Du bist ein Nichtsnutz und Blödian. Dümmer als die Spatzen, die vom heiligen Franziskus bekehrt wurden. Verschwinde, Missgeburt!«

»Aber ich wollte ... ich dachte...«

»Du sollst nicht denken, sondern gehorchen!«, keifte der Pater.

»Warum hast du damals gebeichtet?«, fragte Daniel, der den ersten Schmerz überwunden hatte. »Kannst du mir das sagen?«

Sowohl Ruud wie auch der Pater hielten inne und sahen Daniel erstaunt an.

»Weil mir dein Geist erschienen ist«, sagte Ruud leise. »Der kleine Junge hat mich in Träumen heimgesucht und überall aufgelauert.«

»Wieso?«, wiederholte Daniel. »Warum hast du gebeichtet, wenn du nur den Teufel getötet hast? Das ist doch keine Sünde, sondern ein Verdienst.«

Ruud verstand nicht und zog die Stirn kraus.

»Hat der Pater dir die Sünden erlassen?«, fuhr Daniel fort, da er sah, wie es in Ruud rumorte. »Sind die Geister verschwunden?«

Ruud schüttelte den Kopf.

»Und warum nicht?«

»Weil ...«, stotterte Ruud und brachte den Satz nicht zu Ende.

»Weil ich nicht der Teufel bin«, sagte Daniel, »und weil du für die falschen Sünden um Vergebung gebetet hast. Nicht das Vergraben in geweihter Erde war der Frevel, sondern das Totschlagen eines unschuldigen Kindes. Und deshalb ist dir der Geist erschienen. Nicht als Teufel, sondern als Engel.«

Solange Daniel versucht hatte, vernünftig und mit normalem Menschenverstand auf Ruud einzureden, hatte der Koloss nur mit Unverständnis reagiert. Nun aber, da Daniel ebenso wirr und verquer daherredete wie der Pater, verstand ihn Ruud mit einem Mal.

»Richtig«, sagte Ruud und nickte.

»Falsch!«, fauchte der Pater, bückte sich und griff nach dem Eisen, dessen gekreuztes Ende nun nicht mehr glühte. »Deine teuflischen Reden werden dich nicht retten. Der Tod ist dir gewiss. Im Schwefelsee wirst du enden wie dein Vater, der siebenköpfige Drache. Das Schwert wird aus dem Mund fahren und dich töten, wie es geweissagt wurde. Und die Vögel werden sich an deinem Fleisch satt fressen.« Er holte mit dem Eisen aus, als wolle er damit Holz hacken, und rief: »Zu dir, o Herr, erhebe ich meine Seele!«

Daniel wollte nach den Füßen des Paters treten, aber da seine Beine angewinkelt und gefesselt waren, konnte er sie nicht schnell und weit genug ausfahren. Er blickte hoch und sah in das wutverzerrte, kalkweiße Gesicht Terhoentes. Die langen schlohweißen Haaren rahmten seinen Kopf wie ein Heiligenschein. Der Pater war wie von Sinnen und schlug zu.

Daniel schloss die Augen. Im selben Moment krachte es.

Das Eisen fiel klirrend auf die Steine. Kurz darauf glitt der Körper des Paters zu Boden. Daniel schaute überrascht auf und sah Ruud, der seine Hände anstarrte, als seien sie ihm unheimlich.

Pater Hilarius lag zu Daniels Füßen, den Kopf seltsam verdreht, die weißgrauen Augen weit aufgerissen. Ruud hatte ihm das Genick gebrochen. Mit einer einfachen, schnellen Handbewegung. Wie damals in Holland, als er dem kläffenden Köter den Hals umgedreht hatte. *Ruud de snot.* Auch jetzt lief ihm der Rotz aus der Nase. Er weinte bitterlich, als er die Leiche am Boden liegen sah.

»Es tut mir leid«, brummte er in seiner Bassstimme und wischte sich mit dem Ärmel durchs Gesicht. Dann rannte er zur Tür, riss sie auf und verschwand in der mondlosen Nacht.

Neuntes Kapitel
Berichtet von einer Begegnung in der Unterwelt

Ehe Daniel begriff, was eigentlich geschehen war, war bereits alles vorbei und er allein in der Kapelle. Allein mit einer Leiche. Er kroch auf dem Hosenboden zu einem niedrigen Grabstein, auf dem eine Kerze brannte, streckte sich und hielt die Fußfesseln in die Flamme. Als er sich auch von der Fessel an den Händen befreit hatte, fühlte er dem Pater den Puls.

»Hm«, schnaufte Daniel, fasste den Toten an den Beinen und schleifte ihn zu der Schlafstelle, direkt neben dem niedergebrannten Feuer. Er bedeckte den Pater mit der Decke, als ob er schliefe, und schloss ihm die Augen. Zum zweiten Mal innerhalb weniger Tage musste er dies tun, doch im Gegensatz zum letzten Mal, als er dem Sterben der Ottenpeterin beigewohnt hatte, war es ihm nun eine Freude. In der Hölle sollte Terhoente schmoren!

Daniel befingerte die kreuzförmige Wunde auf seiner Brust, biss sich auf die Zähne und stieß einen Fluch aus. Er suchte nach seinem Hemd und dem schwarzen Umhang, fand beides wie auch den Schlapphut hinter dem Betstuhl, wischte sich das Aschekreuz von der Brust und löschte die Kerzen. Nur ein schirmgeschütztes Talglicht nahm er mit, das ihm den Weg durchs Moor leuchten sollte. Er wollte bereits zur Tür hinaus, als er sich erneut umdrehte und zögerte. Für einen kurzen Moment schien er mit sich zu ringen, dann lief er zu dem Altar und schob ihn zur Seite. Wie er vermutet hatte, befand sich an der Stelle, an der die Kommode gestanden hatte, ein Loch im Boden, und eine schmale Leiter führte zu einem unterirdischen Gang. Daniel horchte, und weil kein Geräusch zu vernehmen war, kletterte er hinunter. Der Schein des Windlichts reichte nicht sehr weit, aber es war offensichtlich, dass es sich bei dem Gang um eine Sackgasse handelte, die an der Leiter endete. Das andere Ende war von Daniels Standort nicht zu erkennen. Direkt unterhalb des Einstiegs war der Tunnel beinahe knietief mit stinkendem Wasser gefüllt, was Daniel nicht verwunderte, schließlich war ringsum Venngebiet und der Boden so feucht wie Dung. Die Wände waren mit Brettern verschalt, und zumindest auf den ersten Schritten galt das auch für die Decke. Dann jedoch änderte sich dies, der Tunnel stieg zur anderen Seite leicht an und wurde zu einer Art Graben, der mit Brettern bedeckt und von Unkraut überwuchert war. Vermutlich handelte es sich hierbei um einen der Fluchtgräben, die der Schulze während des Krieges ausgehoben hatte. Nur unterhalb der Kapelle war der Gang wirklich unterirdisch.

Daniel tastete sich vorsichtig voran und watete durch das Wasser, das ihm jetzt nur noch bis an die Knöchel reichte. Eine Wasserratte huschte vorbei, fiepte leise und schwamm flink davon. Schließlich verbreiterte sich der Graben und mündete in einen kleinen Platz, von dem wiederum zwei Gänge abzweigten. Der eine führte im spitzen Winkel nach links, zur holländischen Seite hin, der andere nach rechts, Richtung Schulzenhof. Gerade als Daniel überlegte, wohin er sich wenden sollte, hörte er rechter Hand ein unterdrücktes Schnaufen und das Rascheln von Stoff. Er löschte das Windlicht, drückte sich in eine kleine Nische in der Wand und horchte angestrengt. Eine einzelne Person näherte sich, Daniel hörte trippelnde Schritte im Wasser, aber zu sehen war nichts. Durch die Bretterdecke drang ein diffuses Licht, das alles in dunkles Grau tauchte und nur Schemen erkennen ließ. Daniel verfluchte sich, weil er keine Waffe dabei hatte. Den Dolch hatte Terhoente ihm abgenommen, und Daniel hatte vergessen, in der Kapelle danach zu suchen.

Inzwischen war der Unbekannte bis auf wenige Schritte an Daniels Versteck herangekommen, ohne dass man seine Gestalt hätte ausmachen können. Daniel bereitete sich darauf vor, den Mann zu überraschen und sich aus dem Hinterhalt auf ihn zu stürzen, als er plötzlich innehielt.

Der Unbekannte war auf dem schlammigen Untergrund ausgerutscht und beinahe der Länge nach zu Boden gegangen. »Mist!«, fluchte der Mann, doch dieser Fluch klang alles andere als männlich.

Daniel trat aus der Nische und sagte: »Was machst du denn hier?« Celestina stieß einen spitzen Schrei aus, wich zurück und fiel nun tatsächlich rücklings in den Schlamm.

»Wo kommst du her?«, fragte Daniel und reichte ihr die Hand.

Celestina erkannte nun ihren Bruder, ignorierte jedoch die angebotene Hilfe, rappelte sich auf und fuhr sich mit der Hand über das schmutzige Kleid. »Verdammt! Musst du mich so erschrecken?«, zischte sie und strauchelte erneut.

Daniel wollte sie stützen, doch sie stieß ihm mit dem Ellenbogen gegen die Brust. Jetzt war es Daniel, der aufschrie und vor Schmerz in die Knie ging.

»Was hast du?«, fragte Celestina verwundert.

»Nichts«, wimmerte Daniel tonlos. »Gar nichts.«

Celestinas Ärger war wie weggeblasen, besorgt näherte sie sich dem Bruder und ging nun ihrerseits in die Knie. Die Gesichter der beiden waren nur eine Handbreit voneinander entfernt, aber in der Dunkelheit war kaum etwas von dem anderen zu erkennen. Beide schwiegen. Daniel atmete schwer und erholte sich langsam von dem Schlag, der ihm den Schweiß auf die Stirn getrieben hatte. Celestina hatte die Hand an seiner Wange, berührte sie zärtlich und zog sie dann weg, als habe sie sich verbrannt.

»Wo kommst du her?«, wiederholte Daniel seine Frage.

»Aus dem Backhaus«, antwortete sie.

»Was denn für ein Backhaus?«, fragte er.

Celestina erzählte, was sie auf dem Schulzenhof gesehen und erlebt hatte. Dass der Heidebauer ins Backhaus gegangen und dort verschwunden war. Dass sie sich hinter einer Scheune versteckt und gewartet hatte, bis das Fest zu Ende und der Hof menschenleer gewesen war, und dass sie dann im Backhaus nachgeschaut hatte.

»Und?«, fragte Daniel.

»Einer der Öfen ist eine Attrappe«, sagte sie und lächelte stolz. »Während der eine Ofen vom Feuer schwarz angelaufen ist, sieht der andere aus, als sei noch nie Brot darin gebacken worden. Das Rost lässt sich hochklappen, und darunter ist eine Öffnung, die direkt in die Unterwelt führt.«

»Braves Mädchen«, sagte Daniel.

»Ich bin kein Mädchen mehr«, rief Celestina, »ich bin eine Fr...«

Daniel hielt ihr die Hand vor den Mund und schüttelte energisch den Kopf. »Schnell«, flüsterte er ihr ins Ohr, »und keinen Mucks.«

Jetzt hörte und sah auch Celestina, was Daniel alarmiert hatte. Aus dem Gang, der zur holländischen Grenze führte, drangen Männerstimmen zu ihnen, und der Schein einer Lampe war zu erkennen. Daniel nahm Celestina an der Hand und lief mit ihr in den Tunnel, der zurück zur Kapelle führte. Als das Wasser tiefer wurde und ihr bis zu den Waden reichte, hielt Celestina inne, rümpfte die Nase, raffte ihr Kleid und lief dann weiter. Daniel deutete auf die Leiter und ließ Celestina hinaufsteigen. Gerade als sie bis zur Hüfte durch die schmale Öffnung geklettert war, blieb sie stecken. Die diversen Röcke und Unterröcke bauschten sich und ließen Celestina wie eine Fliege im Spinnennetz zappeln. Im gleichen Moment sah Daniel zwei Männer am Ende des Ganges an der Gabelung stehen, und er flüsterte Celestina zu, sie solle still sein und sich nicht bewegen.

Bei den Männern handelte es sich um den Heidebauern und seinen Knecht Henk. Ibing hielt ein Windlicht in der Hand und leuchtete in den Tunnel.

»Das waren bestimmt nur Ratten«, sagte Henk, »es wimmelt hier doch von den Viechern.«

»Mag sein«, antwortete der Heidebauer und schaute angestrengt in den Gang. »Das muss aber ein großes Vieh gewesen sein.«

Daniel wagte kaum zu atmen. Er stand bis zu den Knien im Wasser, über ihm hing Celestina in der Falle, und vom Saum ihres Kleides tropfte es ihm auf den Hinterkopf. Er glaubte, der Heidebauer müsse ihn jeden Moment sehen und Alarm schlagen, doch dann erinnerte er sich, dass er beim Einstieg in den Tunnel das Ende des Ganges nicht hatte einsehen können, und er schöpfte Hoffnung.

Tatsächlich wandte sich Ibing in diesem Moment ab. »Du hast Recht, Henk. Lass uns gehen.« Er fasste den anderen am Ellbogen und setzte hinzu: »Glaubst du, dass man sich auf sie verlassen kann?«

»Es sind Holländer«, lachte der Knecht, »natürlich kann man sich nicht auf sie verlassen.«

Der Holländer lachte ebenfalls, und die Männer gingen in Richtung des Schulzenhofes davon. Das Licht wurde schwächer.

»Glück gehabt«, flüsterte Daniel.

Und dann geschah, was nicht hätte geschehen dürfen. Celestina rutschte mit dem rechten Fuß von der glitschigen Stufe ab und verlor den Halt auf der Leiter. Sie versuchte, sich an der Öffnung im Boden festzuhalten, doch sie bekam nur eine Handvoll Dreck zu fassen und plumpste mit den Füßen voran ins Wasser. Sie ruderte mit den Armen wie ein auf dem Rücken liegender Käfer.

Daniel erstarrte. Er schaute zur Weggabelung, hörte die Stimme des Heidebauern, ohne zu verstehen, was er sagte, und sah, dass das Licht sich wieder näherte. Celestina lag rücklings im Wasser, hatte mit dem Strampeln aufgehört und gab keinen Ton von sich. Der Heidebauer hatte inzwischen das Ende Ganges erreicht und näherte sich mit dem Licht in der Hand der Leiter.

»Hol tief Luft«, flüsterte Daniel. Dann ergriff er seine Schwester, hielt ihr die Hand vor Mund und Nase und drückte sie unter Wasser. Er selbst schmiegte sich ganz dicht an sie, schlang seine Beine um das sich bauschende Kleid und tauchte dann ebenfalls unter. Weder Daniel noch Celestina hätten sagen können, wie lange sie in dem Moorwasser lagen, Bauch an Rücken und eng umschlungen wie Zwillinge im Mutterleib, vielleicht war es eine halbe Minute, womöglich ein wenig mehr, aber es kam ihnen vor wie Stunden. Daniel hielt Celestinas Nase und Mund unerbittlich zu, und auch als sie zu schlucken begann und sich ihre Finger in seinem Handrücken verkrallten, ließ er nicht los. Erst als sie begann, mit den Beinen zu strampeln, und auch Daniel nicht länger die Luft anhalten konnte, nahm er die Hand fort. Beide tauchten auf, schnappten nach Luft und starrten in die Dunkelheit. Das Licht war verschwunden. Der Heidebauer nirgends zu sehen. Er war umgedreht und hatte mit seinem Knecht den Tunnel verlassen.

Immer noch saßen Daniel und Celestina eng umschlungen im Wasser. Er hielt sie krampfhaft fest, drückte ihren Kopf an seine Schulter und sog ihren Duft ein, als habe sie nicht gerade im fauligen Moorwasser gelegen. Sie schnaufte, der Brustkorb hob und senkte sich wie wild, ihr Herz raste, aber sie sagte kein Wort. Trotz der Aufregung, der Nässe und des Schmerzes in ihrer Brust genoss sie diesen Augenblick. Und ihm ging es genauso, es war wie Himmel und Hölle zur gleichen Zeit. Deshalb schwiegen sie, hielten sich in den Armen und hatten Angst, den kostbaren Moment zu zerstören.

Celestina fuhr zärtlich mit der Hand über Daniels Brust, und als er leise stöhnte, als sie die Wunde berührte, fragte sie: »Was ist das?«

»Ein gebrochenes Herz«, scherzte er.

Doch im nächsten Augenblick küsste er Celestina auf den Mund, mit einer Wildheit und Verzweiflung, die ihr beinahe Angst machte und wehtat. Es war, als breche ein Damm, und gemeinsam ließen sie sich von den Fluten mitreißen. Allzu lange hatte sich die Gefühle angestaut, doch nun war kein Halten mehr. Sie schlangen die Arme umeinander, bedeckten sich mit Küssen und pressten ihr Körper aneinander, als hänge ihr Leben davon ab.

»Ich liebe dich, Celestina«, wisperte er atemlos, »ich habe dich immer geliebt.«

»Ich weiß«, antwortete sie. »Ich weiß, du Scheusal!«

Minutenlang rührten sie sich nicht vom Fleck. Sie schwiegen, denn es war alles gesagt. Sie streichelten einander, als seien sie völlig Fremde, die sich zum ersten Mal berührten. Es war alles so vertraut und doch ganz neu und anders. Der Kuss in der Heide war wie ein Schock gewesen, für beide. Jetzt erst war ihnen bewusst geworden, was sie für einander empfanden, wie sehr sie sich brauchten und wollten. Daniel liebte Celestina, dass es ihn beinahe schmerzte. Und Celestina schwebte im Himmel, wie sie noch vor Stunden von Rachegedanken gegen den Adoptivbruder erfüllt gewesen war. Die Tatsache, dass sie beide mit ihrer Liebe gerungen, gegen sie angekämpft hatten und ihr schließlich erlegen waren, machte den Augenblick gleichzeitig zu einer Niederlage und einem Triumph. Und noch nie hatte sich Daniel derart glückselig in eine Niederlage gefügt.

»Mir ist kalt.« Celestinas Stimme klang zittrig, und jetzt erst bemerkte Daniel, dass Celestina am ganzen Körper bibberte. Hätte er ein Licht gehabt, so hätte er gesehen, dass ihre Lippen blau angelaufen waren.

»Entschuldige.« Er sprang auf und half ihr auf die Beine.

»Du Dummer«, sagte sie, »wofür entschuldigst du dich?«

»Lass uns hochklettern«, antwortete er verlegen, »hier unten holen wir uns den Tod.«

Celestina nickte und öffnete die Schnüre ihres Mieders.

Trotz der Dunkelheit konnte Daniel schemenhaft erkennen, was sie tat, und er fragte: »Was machst du da?«

Statt einer Antwort öffnete Celestina eine weitere Schnur hinter ihrem Rücken, und das durchnässte Kleid fiel wie eine Schlangenhaut von ihr ab. Sie stand nun im Unterkleid vor Daniel und fragte: »Wie gefalle ich dir?«

Daniel war so verunsichert wie ein kleines Kind, er schluckte und wiederholte seine Frage: »Was machst du da? Ich dachte, dir ist kalt.«

»Mit dem Kleid passe ich nicht durch die Öffnung«, antwortete Celestina und lachte. Sie stieg auf die Leiter und setzte hinzu: »Was hast du denn gedacht, du Lustmolch?« Dann kletterte sie hinauf, zwängte sich durch das Loch und war verschwunden.

Daniel griff nach ihrem Kleid und folgte ihr.

In der Kapelle war alles unverändert, nur durch das verschmutzte Fenster neben der Tür drang diffuses Morgenlicht, und weil er aus der Finsternis kam, schien es Daniel, als betrete er einen hell erleuchteten Raum.

»Was ist das?« Celestina ließ sich das Kleid geben und zog es an.

»Eine Kapelle«, antwortete Daniel, schnürte das Kleid in ihrem Rücken zu und gab ihr einen Kuss in den Nacken. »Dies ist der Ort, an dem ich von den Toten auferstanden bin.«

Plötzlich schrie Celestina auf und wies in die Ecke des Raumes. »Da liegt jemand«, rief sie und griff nach Daniels Arm.

»Der tut niemandem mehr was«, antwortete er finster.

»*Mulo?*«, fragte Celestina.

Daniel nickte.

»Willst du mir nicht erklären, was hier eigentlich los ist?«

»Ich werde dir alles unterwegs erzählen«, antwortete Daniel und wrang seinen Schlapphut aus. An der Wand, direkt unter der Pieta, lag sein Dolch. Er hob ihn auf und setzte hinzu: »Aber jetzt sollten wir verschwinden.«

Er öffnete die Tür, gemeinsam traten sie hinaus auf die Lichtung. Die Sonne war gerade aufgegangen, der Himmel strahlte in milchigem Blau, der feuchte Boden dampfte, die Vögel zwitscherten, ein Eichhörnchen huschte vorbei und brachte sich auf einem Baum in Sicherheit. Celestina und Daniel atmeten erleichtert auf.

»Ein wunderbarer Tag«, sagte Celestina.

Daniel lächelte, nahm Celestina an der Hand und führte sie durch das Unterholz. Er hatte einige Mühe, den Baum zu finden, an dem er seinen Rappen angebunden hatte. Es war das Pferd, das ihnen schließlich durch sein Wiehern den Weg wies. Wie immer schnaubte es, wenn Daniel sich näherte.

»Braver Schwarzer.«

»Wem gehört der Fuchs?« Celestina deutete auf das zweite Pferd.

»Einem Sünder«, antwortete Daniel und band den Rappen los.

»Und wo ist der?«

»Ich habe nicht die leiseste Ahnung«, antwortete Daniel nachdenklich und half Celestina in den Sattel. Dann schwang er sich auf den zügellosen Fuchs und trat ihm in die Flanke. Die Ereignisse dieser Nacht erschienen Daniel wie ein unwirklicher Traum, wie etwas, das man ihm erzählt, das er aber gar nicht selbst erlebt hatte. Ein Alptraum, der sich zu einem Märchen gewandelt hatte. Verliebt schaute er zu Celestina, die vor ihm an der Landwehr entlangtrabte. Eine Formation von Kranichen zog in schräger Reihe über sie hinweg. Daniel blickte zum Himmel, und für einen kurzen Moment verfinsterte sich sein Blick. Dieser Sonntag würde ein sonniger Tag werden. Königswetter. Wie geschaffen für ein Schützenfest.

Zehntes Kapitel
Krönt einen König und richtet einen Narren

»*Parbleu!* Willst du mich beleidigen?« Pierre Thibault legte seine Flintschlossbüchse beiseite und klopfte sich geziert auf die Brust. »Natürlich werde ich das Vögelchen treffen. Immerhin bin ich der Chevalier von Bastia, der beste Schütze *du monde entier.*«

»Ich frage ja nur«, sagte Daniel kleinlaut und wies zur Stange, an der nur noch ein winziger Rest des hölzernen Vogels hing. »Es ist wichtig, dass der Vogel zur rechten Zeit fällt.«

»Sag du mir nur, wann ich abdrücken soll«, antwortete Pierre und legte die üppig verzierte Flinte an. »Für den Rest garantiere ich.« Die beiden Männer lagen ausgestreckt in einer auf einer Düne gelegenen und deshalb von unten nicht einzusehenden Sandmulde und starrten zum Festplatz. Daniel hatte lange gesucht, bis er diesen Ort entdeckt hatte, der für ihr Vorhaben wie geschaffen schien. Pierre konnte in aller Seelenruhe und zudem im Liegen zielen, aber vom Schützenplatz aus waren sie nicht zu sehen, und niemand würde Verdacht schöpfen. Falls der Zeitpunkt stimmte.

Es war Sonntag, der neunundzwanzigste Juli 1668, ein schwarzer Tag in der Geschichte der Ahlbecker Schützengilde. Auch Jahrzehnte später würde man sich nur mit Schauder an diese Kirchweih erinnern, doch noch deutete nichts auf kommendes Unheil hin. Die Sonne schien vom wolkenlosen Himmel, die Gewitter hatten sich verzogen, und seit dem Morgen feierten die Ahlbecker Moorbauern unbeschwert ihr Schützenfest. Nach dem Hochamt in der Kirche war eine Prozession zum Schulzenhof gezogen, um den alten König »auszuholen«, wie sie es nannten. In einem prächtig geschmückten Zweispänner, allerdings ohne seine Königin, die trauernde Müllerstochter Helene Tenfelde, war Werner Olthues zum Festplatz in der Heide kutschiert worden. Er trug eine grün-weiße Schärpe um den Körper und eine Kette um den Hals, an der zwei kupferne und drei silberne Plaketten hingen. Jeder Anhänger stand für einen der fünf Schützenkönige, die seit dem Krieg den Vogel abgeschossen hatten. Die Leute standen am Wegesrand, winkten und klatschten und waren sich einig, dass der Schulzensohn ein würdiger Regent gewesen war. Würdiger jedenfalls als der Wirt Tenfelde, der ihm, wie überall gemunkelt wurde, in seinem Amt folgen sollte.

In der Heide war der Zug von lärmenden Menschenmassen empfangen worden, wie man sie sonst nur von der Messe im holländischen Deventer kannte. Die Händler und Krämer boten lautstark ihre Waren feil, die Bettler baten hinkend, bucklig oder blind um Almosen, die Gaukler führten ihre Kunststücke vor, und die Possenreißer unterhielten die Leute mit Narreteien. Malte Stürzenbecher hatte sich mit dem Zeigestock vor einer bemalten Tafel aufgebaut und brachte blutrünstige Geschichten unters Volk, Tabitha saß in ihren orientalischen Kleidern vor dem Zelt und wartete auf Kundschaft, und Roloff pries gemeinsam mit Kill die Wunderwirkung seiner Tinkturen, die nicht nur gegen jedes erdenkliche Zipperlein halfen, sondern auch ewiges Leben versprachen. Zumindest wenn man Roloffs Reden Glauben schenken durfte.

Auf der hölzernen Bühne stand ein langer Tisch, an dem die Honoratioren des Dorfes saßen. Von den sechs Stühlen waren jedoch nur drei besetzt. Der Schulze saß mit verdrießlicher Miene direkt neben seinem Widersacher, dem gebrechlichen Vogt, und ließ deutlich erkennen, dass er für Feste und Feierlichkeiten nichts übrig hatte. Neben dem alten, gebückt sitzenden Tenfelde saß Pastor Hellmann, der seinen unpässlichen und bettlägerigen Kaplan unter dem Gelächter der Leute entschuldigte. Weder Leutnant von Ulsen noch der Heidebauer waren anwesend. Den Mittelpunkt der Aufmerksamkeit aber bildete die mit Reisig und buntem Stoff geschmückte Vogelstange, um die sich die Leute in erregter Erwartung scharten. Punkt zwei Uhr segnete Pastor Hellmann die Schützen, die Gewehre wie auch den Holzvogel, und der alte König eröffnete mit dem ersten Schuss das Wettschießen. In einer langen Schlange standen die Männer an, um abwechselnd mit zwei vorsintflutlichen Luntengewehren auf den Vogel zu schießen. Zunächst war die Beteiligung sehr rege, jeder Ahlbecker, der das sechzehnte Jahr erreicht und einen Obulus an die Schützengilde gezahlt hatte, war zur Teilnahme berechtigt, und alle wollten zumindest ein paar Schüsse abgeben und den Applaus der Umstehenden genießen. Doch je mehr der Vogel an Form und Masse verlor, desto vorsichtiger und weniger zahlreich wurden die Schützen. Die Kinder umkreisten die Stange und stürzten sich auf jeden Holzsplitter, der von der Spitze herunterfiel. Inzwischen war nur noch ein Teil des Rumpfes übrig, und von den Dutzenden Schützen waren genau fünf Männer übrig geblieben. Der nächste Treffer würde den König küren, das war unverkennbar, und ebenso offensichtlich war es, dass außer dem Wirt niemand mehr ernsthaft auf den Vogel zielte.

»Siehst du den schmächtigen Knaben mit den roten Augen?«, fragte Daniel und deutete auf Wenzeslaus Vogelsang, Tenfeldes Laufburschen, der direkt vor dem Wirt in der Schlange stand.

»Die Vogelscheuche?«, antwortete Pierre überrascht und überprüfte den Flintstein am Gewehrschloss. »Aber der hat während des ganzen Schießens nicht ein einziges Mal den Vogel getroffen. Die Leute lachen, wenn er an der Reihe ist.«

»Das Lachen wird ihnen vergehen, wenn du Wort hältst.«

Der Chevalier wollte sich bereits ereifern, doch Daniel winkte ab und klopfte dem Franzosen auf die Schulter. »War nur ein Scherz, Maestro«, sagte er und beobachtete das Treiben auf dem Festplatz.

Hinnerk Hinnegreten, der kleine Kötter, der beim gestrigen Tennenfest so kläglich beim Organisieren des Reigens gescheitert war, hatte gerade einen Schuss abgegeben, ohne den Vogel auch nur ansatzweise aufs Korn genommen zu haben.

»Schießen kannst du also auch nicht«, rief ein Bauer und imitierte einen Tanzenden. Die Kinder äfften ihn nach, und die Menge lachte.

Franz Tenfelde verfolgte das Geschehen mit sichtlichem Vergnügen, er selbst beteiligte sich nicht an den Schmährufen, aber es war ihm anzusehen, dass er das Scheitern der anderen wohlgefällig hinnahm. Sein großer Moment war bald gekommen, nur noch wenige Augenblicke. Er trug sein bestes, an Ärmeln und Kragen mit Rüschen verziertes Hemd und die geschlitzten Beinkleider, die er sonst nur zu Ostern und Weihnachten in der Kirche trug. Sogar den Bart und die strubbeligen Haare hatte er sich gekämmt. Er strahlte und bemühte sich, besonders würdevoll dreinzuschauen.

Hinnegreten zuckte achtlos mit den Schultern und machte dem stummen Vogelsang Platz, der mit glühendem Gesicht nach der geladenen Muskete griff. Der Junge mit den entzündeten Augen und der gerupften Frisur war außer dem Wirt der einzige der verbliebenen Schützen, der noch die Absicht hatte zu treffen. Leider jedoch standen Wille und Vermögen in keinem auch nur annähernd adäquaten Verhältnis zueinander. Der Stumme war keine Gefahr für Tenfelde, und die Zuschauer gaben entsprechend höhnische Kommentare ab.

»Der Vogel sitzt dort auf der Stange, Wenzel«, rief der Mann, der sich schon beim Vorschützen in der Rolle des Komödianten gefallen hatte, »also schieß nicht wieder in die Wolken.«

»Vogelsang, sing uns ein Liedchen!«, brüllte ein Knecht.

»Tirili-tirili«, machte die Menge.

Der Junge legte unbeholfen an und schwankte mit dem altmodischen Gewehr, als sei es zu schwer für ihn. Er schaute sich zu dem Schanktisch der Tenfeldes um, wo Henrike dabei war, die durstigen Ahlbecker mit Bier und Wein zu versorgen. Er schien darauf zu hoffen, einen Blick der hübschen Wirtin erhaschen, doch Henrike hatte für das Schießen und die Bemühungen ihres Mannes, der kommende König von Ahlbeck zu werden, keinen Blick übrig. Seit dem gestrigen Tag schien sie auf nichts und niemanden mehr Acht zu geben. Vor allem die Männer waren für sie gestorben. Lumpenpack, alle miteinander. Das Feuer in ihren Augen war erloschen, sie bedachte und betrachtete alles mit Gleichgültigkeit.

»Fertig?«, fragte Daniel in seinem Versteck.

»*Oui*«, antwortete der Franzose.

Vogelsang zielte. Sein Finger krümmte sich am Abzug.

»Jetzt«, sagte Daniel.

Ein Schuss ertönte, und ein Echo antwortete ihm.

Die Kugel des Jungen verschwand im sommerlichen Blau des Himmels, die des Chevaliers traf mitten ins Schwarze. Der Vogel fiel und landete zu Füßen der Stange in der Sandkuhle. Die Menge verstummte schlagartig. Daniel nickte zufrieden und klopfte dem Franzosen anerkennend auf die Schulter.

»*Voilà!*«, sagte Pierre und kicherte selbstzufrieden.

Einige Sekunden lang geschah überhaupt nichts. Die Menschen schauten sich ratlos und überrascht an, keiner schien zu wissen, was nun zu tun war. Sie glaubten ihren eigenen Augen nicht, also blieben sie stumm und verharrten regungslos. Nur der Komödiant lachte, aber es klang beinahe erschrocken. Sie alle starrten wie die Ölgötzen mal zu Vogelsang, mal zu Tenfelde und machten verdatterte Mienen.

»Hurra!«, schrie der kleine Juro, Tabithas jüngster Sohn, der in diesem Moment den kläglichen Rest des Vogels aus dem Sand fischte. »Volltreffer!«
Wie auf einen geheimen Befehl hin brandete plötzlich Applaus auf. Die Ahlbecker schienen beschlossen zu haben, die ganze Sache mit Humor zu nehmen. »Hurra!«, stimmten sie mit ein, lachten und skandierten: »Hoch lebe der neue König! Hoch, Vogelsang! König der Piepmätze!«
Wenzel Vogelsang riss wie ein Boxer nach siegreichem Kampf die Hände in die Höhe und gab einen triumphierenden Schrei von sich, der so schrill und blechern klang, dass die Umstehenden sich die Ohren zuhielten. Und im gleichen Moment stürzte sich der Wirt auf den Krakeeler, griff mit seinen fleischigen Fingern nach Vogelsangs Kehle und drückte zu.

»Du Hund!«, fauchte Tenfelde.

Wieder dauerte es einige Sekunden, bis sich die Lähmung der Zuschauer löste und ein Tumult ausbrach. Zwei Männer zerrten an Tenfeldes Händen, einer sprang dem Wirt auf den Rücken und schlug mit der flachen Hand auf dessen Kopf ein, während zwei weitere an dem armen Vogelsang herumzerrten, als wollten sie ihn in Stücke reißen. Wieder schrie der Junge markerschütternd. Der Pastor machte ein Kreuzzeichen und schickte ein Gebet zum Himmel. Schließlich trat Werner Olthues herbei, griff nach der Muskete, die der neue König fallen gelassen hatte, und schlug den Wirt kurzerhand mit dem Gewehrknauf nieder. Tenfelde ging wie ein Mehlsack zu Boden. Ein Schrei der Überraschung und der Erleichterung drang aus allen Kehlen, Olthues klatschte nach getaner Arbeit in die Hände, als habe er gerade eine Ratte erlegt, und nun brachten die Ahlbecker zwei Hochrufe aus: einen auf den neuen und einen auf den alten König.

»Ich werde mich mal unters Volk mischen«, sagte Pierre und lachte. »Schließlich möchte ich mich noch ein wenig amüsieren, bevor die Arbeit beginnt und ich mich mit den Bauernlümmeln herumschlagen muss.« Er verabschiedete sich mit einem Augenzwinkern und setzte den Federhut auf.

»Danke für alles«, sagte Daniel und nickte. »Du warst mir eine große Hilfe.«

»Es war mir ein Vergnügen.« Pierre fuhr sich geschmeichelt über den Schnauzbart und stieg von der Düne, wobei er seine Flinte in die Höhe hielt, als wate er durch Wasser. Daniel wartete eine Weile, stellte beruhigt fest, dass kein Mensch sich um den bunt gekleideten Franzosen mit dem Gewehr kümmerte, und folgte Pierre dann hinunter. In den Kleidern, die er sich am Morgen von Kill geliehen hatte und die ihm viel zu groß waren, kam er sich lächerlich vor, aber niemand beachtete ihn oder machte sich über seinen Aufzug lustig. Auf dem Platz hatte sich der Tumult nur unwesentlich gelegt, die Leute kommentieren aufgeregt, was sie gerade gesehen hatten, malten es lautstark aus und tischten die aufgebauschte Version denjenigen auf, die nicht selbst Zeuge der Sensation gewesen waren.

Daniel bahnte sich einen Weg durch die Menge und hielt Ausschau nach Celestina. Er hatte sie heute noch gar nicht gesehen. Als er um zehn Uhr in Tabithas Wagen aufgewacht war, hatte sie nicht mehr neben ihm gelegen. Er hatte seine Mutter gefragt, wo Celestina stecke, doch Tabitha hatte lediglich mit den Schultern gezuckt und gesagt: »Ich bin immer die Letzte, die was erfährt.«

Die Zigeunerin hatte in der vergangenen Nacht kein Auge zugetan. Als sie bemerkt hatte, dass Celestina nicht vom Tennenfest zurückgekehrt war, hatte sie ihrem Mann Vorwürfe gemacht, weil er die Tochter aus den Augen verloren hatte. Roloff hatte nur den Kopf geschüttelt und gesagt, wahrscheinlich stecke ein Mannsbild, irgendein *mursch*, dahinter, und Tabitha solle endlich schlafen gehen. Celestina könne auf sich selbst aufpassen. Doch seine Frau hatte mit dem Kopf geschüttelt, sich vors Zelt gesetzt und behauptet: »Es ist etwas geschehen. Ich spüre das.« Stundenlang wartete sie, befragte die Sterne und legte sich die Karten, die ihr aber keine eindeutige Antwort gaben. Als dann Celestina und Daniel um fünf Uhr morgens im Lager erschienen, bis auf die Haut durchnässt und am ganzen Körper bibbernd, dankte sie dem *baro dewel* und schickte ein Gebet zum Himmel.

»Zieht eure nassen Sachen aus«, empfing Tabitha die beiden.

»Daniel ist verletzt.« Celestina lief ins Zelt, um Decken zu holen.

»Halb so wild«, erwiderte Daniel, ächzte jedoch, als Tabitha das Hemd öffnete und die Wunde begutachtete. Durch den Dreck, der sich im offenen Fleisch angesammelt hatte, hatte sich die Wunde entzündet. Die Brust vor gerötet und der Wundherd vereitert.

»Von wegen, halb so wild«, schimpfte Tabitha und holte ihr Kästchen mit den Heilkräutern und Salben. »Wo habt ihr bloß gesteckt? Ihr stinkt wie eine Kloake.« Sie schob Daniel ein Stück Stoff in den Mund, damit er sich nicht vor Schmerz auf die Zunge biss, wusch dann die Wunde mit Alkohol aus und bestrich sie mit einer Mischung essigsaurer Tonerde und einem schmerzstillenden Sud aus Tollkirsche und Eisenhut. Roloff, der inzwischen ebenfalls wach war, reichte Daniel ein kleines Fläschchen mit seiner Zaubertinktur. Da es sich bei dem Gebräu um nichts anderes als selbstgepanschten Kräuterlikör handelte, der zwar keine Krankheiten heilte, aber auch keinen Schaden anrichtete, nahm Daniel einen großen Schluck und spürte eine wohlige Wärme in sich aufsteigen. Vielleicht lag das aber auch an den Wolldecken, die Celestina um ihn gewickelt hatte.

So lag er nackt im Wagen, in Decken gehüllt, während Tabitha wie ein Rohrspatz schimpfte und wissen wollte, was eigentlich geschehen sei.

»Das ist eine lange Geschichte«, sagte Celestina, wickelte sich ebenfalls in eine Decke und setzte sich zu Daniel. Sie bettete seinen Kopf in ihren Schoß und streichelte sein Haar, während er langsam einschlummerte.

Tabitha betrachtete ihre Kinder überrascht und mit sorgenvoller Miene. »So was«, murmelte sie schließlich, als sie begriff, was zwischen den beiden vorging, und verließ kopfschüttelnd den Wagen. Als Roloff sie fragte, wie es Daniel gehe, antwortete sie: »Er ist in guten Händen.«

Am Morgen, kurz bevor Celestina das Lager verließ, klärte sie ihre Mutter darüber auf, was der nächtliche Zwischenfall zu bedeuten und wieso Daniel ein Brandkreuz auf der Brust hatte. Celestina berichtete ihr alles, was sie kurz zuvor von Daniel erfahren hatte, und ließ nur den Vorfall unter der Kapelle aus. Aber das musste sie Tabitha nicht erklären, das Strahlen in ihrem Gesicht sprach Bände.

»Wie soll das nun weitergehen?«, fragte deshalb Tabitha, als Daniel am Nachmittag vor ihr stand und nach Celestina suchte.

»Als erstes werde ich ins Wirtshaus reiten und mir andere Sachen anziehen. In Kills Kleidern sehe ich ja aus wie eine Vogelscheuche.«

»Na!«, sagte Tabitha streng. »Das meinte ich nicht.«

Daniel stutzte und verstand. Er bekam einen roten Kopf und schwieg.

Tabitha baute sich vor ihm auf und stemmte die Hände in die Seite. »Wenn du das Mädchen unglücklich machst, bekommst du es mit mir zu tun, Daniel Wagenknecht. Hast du das verstanden?«

Daniel nickte und blickte verschämt zu Boden. »Wo steckt Celestina überhaupt?«, fragte er.

»Vor einer halben Stunde ist sie mit Ohnebein weggegangen.«

»Ohnebein?«, wunderte sich Daniel. »Wohin?«

Tabitha hob die Achseln und machte plötzlich eine nachdenkliche Miene. »Tu ihr nicht weh, mein Junge. Sie ist ein gutes Mädchen.«

»Ich weiß«, sagte Daniel.

»Dann ist es gut«, erwiderte Tabitha und gab ihm einen liebevollen Klaps auf die Wange, bevor sie sich einer alten Magd zuwandte, die vor dem Zelt stand und nicht recht wusste, ob sie eintreten sollte.

»Kommt herein, gute Frau«, sagte Tabitha und nahm die Magd bei der Hand. »Lasst Euch von Madame Fortuna sagen, was die Zukunft für Euch bereithält. Eure Hand soll nicht länger ein Buch mit sieben Siegeln sein.« Und mit einem aufmunternden Seitenblick zu Daniel verschwand Tabitha im Zelt.

Auf dem Festplatz scharte sich derweil alles um die hölzerne Bühne, auf die man den frisch gekürten König sowie dessen Vorgänger gehievt hatte. Werner Olthues legte seinem Nachfolger die Kette mit den Königsplaketten um und schüttelte eifrig dessen Hand. Ein bärtiger Mann in festlicher Uniform, offenkundig der Hauptmann der Ahlbecker Schützengilde, wandte sich mit sonoriger Stimme an Vogelsang und fragte ihn, ob er sich schon eine Königin ausgesucht habe.

Der Junge nickte und wurde rot wie ein Hahnenkamm.

Die Menge johlte und wurde erst durch eine herrische Handbewegung des Schützenhauptmanns zum Schweigen gebracht. Der strich sich über den Bart und rief: »Dann nenn uns deine Königin!«

Vogelsang grinste verlegen und presste die Lippen aufeinander. Wieder lachten die Leute. Werner Olthues wandte sich an den Bärtigen und flüsterte ihm etwas ins Ohr.

»Natürlich!«, rief dieser. Er räusperte sich und sagte: »Zeig uns die Frau, die an deiner Seite auf dem Thron sitzen soll.«

Vogelsang lächelte stolz, sein ausgestreckter Zeigefinger schnellte heraus und wies nach links. Alle Augen folgten dem Finger und landeten am Schanktisch des Wirts, wo Henrike Tenfelde sich über ihren immer noch ohnmächtigen Gatten beugte, den man ihr kurzerhand auf die Theke gelegt hatte.

»Die Wirtin?«, fragte der Hauptmann.

Wenzel nickte heftig, und Werner Olthues erschrak.

»So soll es sein«, sagte der Hauptmann und gab zwei uniformierten Gildeschützen ein Zeichen. Sofort stürmten alle Anwesenden zum Schanktisch, nahmen Henrike auf die Schulter und trugen sie zur Bühne. Die Arme wusste gar nicht, wie ihr geschah, sie strampelte mit Händen und Füßen und verlangte, sofort wieder heruntergelassen zu werden. Doch es nützte nichts. Die zwei Uniformierten nahmen sie in Empfang, stellten sie auf die Beine und führten sie zu ihrem Hauptmann, als sei sie eine Gefangene, der der Prozess gemacht werden soll. Mit dem blauen Auge, das sich inzwischen grünlich verfärbte, sah sie aus, als sei sie bereits gefoltert worden.

»Nimmst du die Wahl an, Henrike?«, fragte Olthues bange.

»Was denn für eine Wahl?«, wunderte sich die Wirtin, sah dann den glückselig lächelnden Vogelsang, und es dämmerte ihr, was gerade geschehen war. »Auf keinen Fall!«, zischte sie. »Mit dieser Missgeburt? Um nichts in der Welt. Eher falle ich tot um.«

Vogelsang schob die Unterlippe vor, rang die dürren Hände, schaute betreten zu Boden und kämpfte mit den Tränen, die sich in seinen eitrigen Augenhöhlen sammelten.

Inzwischen hatte sich Daniel bis an die Bühne herangearbeitet, und als er den gehässigen Ausdruck im Gesicht seiner Schwester und die traurige Miene des Stummen sah, warf er seinen, also Kills Hut in die Luft und rief: »Hoch lebe Königin Henrike!«

Sofort antwortete die Menge mit einem dreifachen:»Hoch!«
»Hoch, das neue Königspaar!«, rief Daniel. »Vivat!«
Wieder erklang das dreifache Echo, und zahlreiche Hüte flogen durch die Luft. »Hoch, König Wenzeslaus! Vivat, Königin Henrike!«
Wenzel strahlte und wischte sich eine Träne aus den Augenwinkeln. Henrike fluchte unhörbar. Olthues schluckte und machte ein dummes Gesicht. Und der Hauptmann gab dem Paar seinen Segen.
»Verflucht sollst du sein!«, stieß die neue Königin zwischen den Zähnen hervor, und bevor sie nach hinten von der Bühne geführt wurde, warf sie Daniel einen vernichtenden Blick zu, den er mit einer Verbeugung quittierte. Sie fuhr ärgerlich herum und stieß auf der Treppe mit einem kleinen Jungen zusammen, der mit verängstigtem Gesicht und weit aufgerissenen Augen auf die Bühne stolperte.
»Scher dich weg!«, keifte sie. »Verdammter Zigeuner!«
Bei dem Jungen handelte es sich um den kleinen Juro, doch er war kaum wiederzuerkennen. Das schelmische Lausbubengrinsen war verschwunden, seine dunkle Haut war aschfahl, und er rief: »Ein Toter. Er hängt im Baum.«
Der Jubel verebbte. Ungläubiges Staunen machte sich breit.
»Drüben, hinter der Düne«, rief Juro und wies mit dem Finger in die Richtung. In Zigeunersprache setzte er hinzu: »*Mulo!*«
Zwei etwa gleichaltrige Knaben aus dem Dorf gesellten sich zu Juro auf die Bühne und bestätigten: »Der Zigeunerjunge hat Recht. Wir haben ihn gesehen. Er hängt im Totenbaum.«
Bleierne Stille entstand. Niemand sagte ein Wort. Alle starrten sich entgeistert an. Und dann liefen sie zu dem vermaledeiten Baum.
Daniel blieb wie gelähmt an der Bühne stehen. Er winkte Juro zu sich und fragte: »Wie sah der Mann aus?«
»Groß«, antwortete der Junge atemlos, »ein richtiger Riese.«
»Trug er eine Kutte?«
Juro überlegte und nickte. »*Hazika*«, sagte er schließlich, weil ihm das Wort Kleid nicht einfiel, »wie eine Frau.«
Daniel schickte Juro zu Tabitha ins Zelt und folgte den Leuten zu der Eiche. Als er an dem Ort ankam, an dem vor wenigen Tagen der Gaunerrat stattgefunden hatte, scharte sich die Menge bereits um den knorrigen Stamm und starrte nach oben. Von weitem war durch das dichte Laub nichts zu erkennen gewesen, doch als Daniel unter dem Blätterdach stand und zur Baumkrone blickte, konnte er die Gestalt eines Mannes sehen, der wie ein Glockenschlegel an einem Ast baumelte. Henk, der Knecht des Heidebauern, kletterte wie ein Eichkater den Stamm hinauf, stieg auf den Ast und schnitt den Strick mit einem Messer durch. Der Tote drehte sich einmal um die eigene Achse, sauste dann hinunter und schlug unter dem Geschrei der Menschen auf dem Boden auf.

»Du dummer Kerl«, murmelte Daniel, der bestätigt fand, was er vermutet hatte. Bei dem Selbstmörder, der nun in seltsam verrenkter Stellung auf dem sandigen Boden lag, handelte es sich um Ruud Ibing. Bruder Rudolf. *Ruud de snot.* Nachdem er dem Pater das Genick gebrochen hatte und wie von Sinnen aus der Kapelle geflohen war, hatte es ihn in die Heide getrieben, er hatte einen Strick genommen und sich am Totenbaum erhängt. Sein ganzes Leben lang war er von Schuldgefühlen gepeinigt worden, sie hatten ihn zu einem heiligen Narren werden und um göttliche Vergebung bitten lassen, und Schuldgefühle hatten ihn schließlich in den Tod getrieben. Die Geister, die ihn so lange verfolgt hatten, hatten gesiegt.

Daniel wandte sich ab und schüttelte den Kopf. Es war schon seltsam. Vor wenigen Tagen noch hätte er sich gefreut, den Dummkopf mit der Bärenstimme am Galgen baumeln zu sehen, doch nun trauerte er um den Sohn des Heidebauern. Es tat ihm leid um Ruud, und das nicht nur, weil dieser ihm in der vergangenen Nacht das Leben gerettet hatte. Ruud Ibing war wie ein Kind gewesen, ein Armer im Geiste, der von einem gefährlichen Irren fehlgeleitet worden war, aber das konnte man ihm nicht wirklich vorwerfen. Zum ersten Mal hatte Ruud etwas Richtiges in seinem Leben getan, er hatte eine eigene Entscheidung getroffen, doch darunter hatte er so sehr gelitten, dass ihm der eigene Tod wie eine Erlösung erschienen war. Diese Ungerechtigkeit machte Daniel wütend, sie erschien ihm so sinnlos und böse, zugleich aber bestärkte sie ihn in seinem Entschluss. Wenn der Unschuldigste der drei Missetäter mit dem Tode bestraft wurde, und sei es aus eigener Hand, so war das Urteil über die anderen beiden erst recht gefällt.

»Lasst mich durch!«, erklang plötzlich ein Männerstimme hinter Daniel. Der Schmied bahnte sich einen Weg durch die Menge und stieß die Leute zur Seite. »Weg da!«, schrie er und stürzte sich auf die Leiche, die von Henk in eine halbwegs natürliche Position gebracht worden war. Der Knecht war gerade dabei, den Strick am Hals durchzuschneiden, als er den Bruder des Toten heranstürmen sah.

»Er ist tot, Jakob«, sagte er und schüttelte den Kopf.

»Je stomme jong«, murmelte der Schmied, nahm den Bruder in die Arme und drückte ihn an sich. *»Waarom hebt je dat gedaan?«*

Die Leute in der Menge schauten zu Boden, die Männer nahmen die Hüte vom Kopf und machten ein Kreuzzeichen, einige Frauen weinten leise, die Kindern schauten zugleich verängstigt und fasziniert auf die Leiche, hielten sich aber wohlweislich an den Rockschößen ihrer Mütter fest. Eine unheimliche Stille machte sich breit, kein Wind raschelte in den Zweigen, nicht einmal die Vögel zwitscherten. Der Totenbaum stand wie ein schwarzer Riese inmitten der Heide und beinahe schien es so, als strecke er die Äste wie Arme nach den Menschen aus, wie eine

Fleisch fressende Pflanze, die auf neue Opfer wartete. Ein Mann neben Daniel starrte mit finsterer Miene zur Eiche und zischte: »Fällen sollte man ihn, den verdammten Baum.«

»Zwei Leichen über der Erde«, murmelte eine Frau kopfschüttelnd, »das heißt nichts Gutes. Man sollte das Fest abbrechen.«

Inzwischen hatte Jakob Ibing seinen Bruder auf die Arme genommen und trug ihn wie einen Säugling vor der Brust in Richtung des Heidehofes. Obwohl der Schmied ein kräftiger Kerl war, ächzte er unter der Last des Toten. Aber er ließ sich nichts anmerken und schritt unbeirrt vorwärts. Seine Miene war steinern, die Kiefer mahlten unruhig, seine Wangenmuskeln spannten sich. Schweiß lief ihm den Rücken herunter und nässte sein Hemd. Die Leute machten ihm Platz und kondolierten schweigend, als er vorbeiging. Es war eine bedrückende und ergreifende Szene, die plötzlich eine erstaunliche Wendung nahm, als Pastor Hellmann auf Jakob zutrat und dem toten Ruud seinen Segen und das Sterbesakrament geben wollte.

»Schert Euch zum Teufel, Pastor«, fauchte der Schmied. »Sein ganzes Leben lang habt ihr Pfaffen den armen Tropf drangsaliert. Könnt ihr ihn nicht einmal im Tod in Ruhe lassen?«

Der Pastor erstarrte, wollte widersprechen und begütigend auf den Schmied einreden, doch Jakob ging ohne ein weiteres Wort an ihm vorbei und stapfte auf den Trampelpfad zu, der um die Düne herum zum Hof des Heidebauern führte. Die Menge folgte ihm in gebührendem Abstand. Erst jetzt bemerkten die Leute den einzelnen Mann, der oben auf der Düne stand und mit weit aufgerissenen Augen auf die seltsame Prozession zu seinen Füßen starrte. Gerrit Ibing lief den Hügel hinunter, bis er direkt vor Jakob zu stehen kam. Weder Vater noch Sohn sagten ein Wort. Der Schmied sah den *vader* nur an und hielt den Bruder wie einen unausgesprochenen Vorwurf vor sich. Der Heidebauer streichelte die Wange des Toten, seine Miene nahm einen finsteren Ausdruck an, und plötzlich stieß er einen wilden Schrei aus, der zugleich Schmerzens- und Wutschrei war und den Ahlbeckern eine Gänsehaut über den Rücken jagte. Ähnlich musste der Schrei geklungen haben, als sich seine Frau vor vielen Jahren in das brennende Haus gestürzt hatte.

Wortlos wandte sich Jakob ab und ging um die Düne herum, während sein Vater wie angewurzelt stehen blieb und feindselig auf die Menge starrte, die sich am Fuß des Sandhügels versammelt hatte.

»Was gibt's denn da zu glotzen?!«, rief er. »Verdammte Bande!« Und plötzlich rannte er mitten durch die Menge, schlug einen Haken und verschwand in der Heide. Ein weiterer Schrei war das Letzte, was die Ahlbecker vom Heidebauern vernahmen. Dann war es still.

Elftes Kapitel
Handelt von einem Meister ohne Bein

Johann Ohnebein war kein Mann, der sein Licht unnötig oder gar freiwillig unter den Scheffel stellte. Sicher, er war ein Bettler und Landstreicher, aber dies sah er keineswegs als Makel, sondern geradezu als Auszeichnung an. Er war ein Rot, ein Kundiger, und in seinem Gewerbe, seiner Religion, wie die Gauner es nannten, ging es strenger zu als in jeder Handwerkszunft. Nein, Meister Ohnebein wusste, was er darstellte und welche Wirkung er damit erzielte. Nicht zuletzt sein Erfolg bei den Frauen, gleich welcher Herkunft und welchen Alters, gab ihm in dieser Hinsicht Recht. Schon früh hatte er erkannt, dass diese Wirkung nichts mit seinem Aussehen zu tun hatte, sondern allein in seinem Auftreten begründet war.

Er war fünfundzwanzig Jahre alt, und sein Gesicht so faltig und wettergegerbt wie das eines Fünfzigjährigen. Sein halbes Leben hatte er auf der Straße gelebt, seitdem er als Zwölfjähriger den Schlägen seines ständig betrunkenen Vaters und den Vorwürfen seiner vor Ekel kranken Mutter entflohen war. Seine Eltern waren leidlich angesehene Bürger in einer süddeutschen Kleinstadt gewesen, aber um nichts in der Welt hätte Ohnebein das unstete Leben, das er nun führte, mit dem eingetauscht, das ihm in der so genannten ehrbaren Welt geblüht hätte. Er hatte es zu etwas gebracht, hatte sich vom Stift zum Meister hochgebettelt und einen Rot-Namen erhalten, den er wie einen Adelstitel trug. Er sprach die Kochemer Loschen und war unter den Fahrenden so angesehen, wie es sein stolzer Vater unter den Spießbürgern nie gewesen war. Warum also sollte er die Tugend der Bescheidenheit pflegen, die noch nie jemandem etwas eingebracht hatte? Meister Ohnebein hielt es mit der alten Weisheit, dass Klappern eben zum Handwerk gehöre. Je lauter, desto besser.

Als also Celestina an diesem Sonntagnachmittag vor seinem Zelt stand und ihn fragte, ob er nicht Lust habe, mit ihr einen Spaziergang durch die Heide zu machen, da war er keineswegs überrascht. Auch wenn ihr Bruder Daniel vor einigen Tagen behauptet hatte, Johann habe bei der hübschen Zigeunerin keine Aussicht auf Erfolg, so war Ohnebein doch vom Gegenteil überzeugt. Das hatte er spätestens beim Rat der Gauner gemerkt. Dort hatte sich Celestina nach ihrem Streit mit Daniel an ihn herangeschmissen, als habe sie nichts anderes im Sinn, als seinen Bachwalm auf der Stelle in ihrer Busche zu versenken. Zwar hatte sie ihn anschließend, als sie allein waren und er sie in sein Zelt bugsieren wollte, wild angestarrt und angefaucht, er habe wohl den Verstand verloren, aber das gehörte nun mal zum Spiel. Komm her, geh weg. So trieben es die Weiber, das wusste Ohnebein, und er ließ sich gern auf dieses Spielchen ein. Er kannte die Regeln, am Ende würde er obsiegen.

»Einen Spaziergang? In die Heide?«, fragte er und öffnete einladend mit der Krücke sein Zelt, das er mit einer Plane zwischen zwei Sträuchern errichtet hatte. »Willst du nicht lieber hereinkommen?«

»Es ist so ein schöner Tag«, antwortete Celestina und lächelte süßlich. »Lass uns eine Runde um den Seerosenteich drehen.«

»Sicher«, sagte er und grinste lüstern.

Eigentlich hatte er Besseres zu tun, als am Tag des Schützenfestes, dem Tag, der den Bettlern den meisten Gewinn versprach, mit einem liebeshungrigen Mädchen in der Heide herumzutollen, doch bei Celestina machte er gern eine Ausnahme. Die beiden kannten sich seit etwa zehn Jahren, und seit dem Tag ihrer ersten Begegnung hatte er es auf die Zigeunerin abgesehen. Von Liebe wollte er nicht reden, von solch bürgerlichem Unfug hielt er nichts, aber es kam dem doch sehr nahe. Damals hieß er noch nicht Ohnebein, und Meister nannte ihn erst recht keiner, aber er wusste bereits, dass er es einmal weit bringen würde. Celestina war noch eine halbwüchsige und pausbackige Göre, die jedoch versprach, ihrem Geschlecht eines Tages alle Ehre zu machen. Schon damals neigte sie dazu, hochmütig und kratzbürstig zu sein, aber Johann ließ sich durch ihre Kaprizen und Sticheleien nicht blenden. Wenn sie ihn hochnahm und neckte und dies in den folgenden Jahre bei jeder Begegnung geradezu mit Leidenschaft betrieb, so sagte er sich insgeheim, das werde er ihr alles heimzahlen, wenn sie erst einmal mit ihm unter der Bettdecke liege.

Und deshalb sagte er: »Meinetwegen.«

Er stützte sich auf die Krücke und wollte ihre Hand nehmen, doch sie lachte und lief ihm davon. Auf dem Festplatz drängelte sich alles um die Stange, an der noch ein kleiner Rest des Holzvogels hing, und Ohnebein hatte Mühe, ihr humpelnd durch die Menge zu folgen. Ein weiterer Schuss krachte, der offenkundig das Ziel verfehlte und von den Leuten höhnisch kommentiert wurde. Beinahe stieß Ohnebein mit Tabitha zusammen, die plötzlich vor ihm stand und ihn mit misstrauischem Blick beäugte. Er lächelte unbeholfen, neigte den Kopf und humpelte weiter. Erst als er das Festgelände weit hinter sich hatte und sie sich mitten in der Heide befanden, umringt von Ginster, Wacholder und Birken, fuhr er sein zweites Bein aus und benutzte seine Krücke fortan wie einen Spazierstock.

»Wollen wir uns nicht hier ins Gras legen?«, fragte er und deutete auf eine Mulde, die mit knöchelhohem Heidegras bewachsen war und wie das Nest eines riesigen Vogels aussah.

»Hast du das Laufen verlernt?«, neckte ihn Celestina und schritt unbeirrt voran. »Wie willst du heute Nacht den Schmugglern davonlaufen, wenn du nicht einmal mit einer Frau mithalten kannst?«

»Was redest du für einen Unsinn?« Ohnebein und griff nach ihrer Hand, die sie ihm diesmal nicht entzog. »Welche Schmuggler?«

»Tu doch nicht so«, sagte sie und versuchte sich an einem Augenaufschlag, der verführerisch wirken sollte, aber ein wenig gezwungen erschien. »Ihr hattet doch gestern Abend eine Unterredung, nicht wahr? Ich habe Daniel gesehen. Er hatte irgendwelche dringenden Neuigkeiten.«

»Wenn du es weißt, wieso fragst du dann?«, erwiderte Ohnebein vorsichtig. Allmählich dämmerte ihm, dass Celestina nicht nur wegen eines Schäferstündchens mit ihm in die Heide gegangen war. Allerdings hielt er es nach wie vor für denkbar, ja sogar wahrscheinlich, dass sie *auch* deswegen mit ihm hier war.

»Was soll denn nun heute Nacht geschehen?«, fragte sie beiläufig und berührte wie zufällig seinen Unterarm. »Werdet ihr die Schmuggler überfallen und ihnen die Beute abnehmen?«

»Den Teufel werden wir tun«, antwortete er und zog Celestina ein wenig näher zu sich. »Es wird nämlich gar keinen Beutezug der Schmuggler geben. Daniel hatte Recht, sie haben etwas anderes vor.«

»Nämlich?« Celestina stand Ohnebein nun direkt gegenüber und fuhr ihm mit der Hand über das vor Dreck strotzende Hemd. »Willst du es mir nicht sagen?«

»Dein Vater reißt mir den Kopf ab«, sagte Ohnebein ausweichend und tat so, als horche er in Richtung des Festplatzes. Die Schüsse waren inzwischen verstummt, eine Zeit lang war nichts zu hören, dann brandete plötzlich Jubel auf, und Applaus schallte durch die Heide. »Der Vogel ist gefallen«, sagte Ohnebein.

»Jetzt hab dich nicht so«, beharrte Celestina.

»Wir werden dich ohnehin nicht mitnehmen.«

»Dann kannst es mir auch sagen«, säuselte sie ihm ins Ohr.

Hätte Meister Ohnebein Gedanken lesen und in diesem Moment in Celestinas Kopf schauen können, so wäre er überrascht gewesen, wie sehr ihre Gefühle ihrem Verhalten und ihren Worten widersprachen. Celestina hasste sich für das, was sie gerade tat, aber sie sah keine andere Möglichkeit, die Informationen zu erhalten, auf die sie es abgesehen hatte. In der vergangenen Nacht hatte Daniel ihr alles erzählt, was es mit ihm und seiner Herkunft auf sich hatte. Er hatte von dem dummen Ruud und dem verrückten Pater berichtet, von dem Wirt Tenfelde und dem Bauernsohn Lambert, von der Kapelle im Moor, die dem Eremiten als Ort der Teufelsbannung und den Schmugglern als Tarnung diente. Sie hatte erfahren, dass die Wirtin Daniels Schwester und er der Enkel des Schulzen war, aber was die Schmuggler in der heutigen Nacht vorhatten und wie Roloff und die anderen darauf reagieren wollten, darüber hatte sich Daniel beharrlich ausgeschwiegen. Celestina habe ja am eigenen Leib erfahren, wie gefährlich es sei, sich in Männersachen einzumischen, hatte er gesagt. Eher werde er sterben, als sie erneut dieser Gefahr auszusetzen.

»Ich liebe dich«, hatte er hinzugesetzt, »und deshalb werde ich kein Wort sagen. Zu deinem eigenen Schutz.«

In dem Moment, kurz nach Sonnenaufgang, als sie in nassen Kleidern auf den Pferden durch die Getreidefelder geritten waren, als seien sie einer alten Minneballade entsprungen, hatte Celestina Daniels Weigerung rührend gefunden. Seine Sorge um sie hatte ihr imponiert, er war ihr als strahlender Held erschienen, und sie hatte ihn mit Küssen bedeckt. Doch als sie wenige Stunden später im Zelt neben ihrem schnarchenden Liebling aufwachte, ärgerte sie sich, dass sie sich so weibisch benommen hatte. Sie bereute nicht die Küsse, o nein, ein jeder war süß wie Honig gewesen, und sie sehnte sich nach weiteren, aber sie schalt sich, dass sie die Gelegenheit hatte verstreichen lassen, dass sie ihre weiblichen Reize nicht genutzt hatte, um ihrem Geliebten die Geheimnisse zu entlocken. Mochte sie nun auch eine glücklich Liebende sein, so hatte sie keineswegs vergessen, wie ihr vor wenigen Tagen von den Männern mitgespielt worden war. Man wollte sie nicht dabei haben, hielt sie für minderwertig, weil sie eine Frau war, doch so einfach würde sie sich nicht aus dem Feld schlagen lassen. Und deshalb versuchte sie nun ihr Glück bei Meister Ohnebein. Anders als Daniel hielt sie diesen für selbstgefällig und dumm genug, ihr auf den Leim zu gehen. Allerdings wusste sie auch, wie schmal der Grat war, auf dem sie balancierte.

Als habe er ihre Gedanken gelesen, sagte Johann Ohnebein in diesem Augenblick: »Was bekomme ich dafür?«

»Meine Freundschaft?«, schlug sie vor.

Der Bettler schüttelte mitleidig den Kopf. »Die Freundschaft einer Frau kann mir gestohlen bleiben.« Er zog Celestina an sich, griff ihr mit der rechten Hand um die Taille, und fuhr ihr mit der linken über die Wange. »So billig bin ich nicht zu haben.«

Celestina wand sich und schlüpfte aus seiner Umarmung. Sie lächelte gequält, raffte ihr Kleid und marschierte nun noch rascher durch die Heide. Sie befanden sich in der Nähe des Seerosenteichs, allerdings nicht auf der Seite der großen Düne und des Totenbaumes, sondern am nördlichen Ufer, das mit Gestrüpp zugewachsen war, so dass ihnen der Zugang zum Wasser versperrt war. Rechter Hand befand sich eine verlassene Schafhürde, die Reste mehrerer Kadaver lagen auf dem Boden und waren übersät mit Würmern, Schmeißfliegen und Aaskäfern.

»Woher soll ich wissen, dass du überhaupt eingeweiht bist?«, rief Celestina Ohnebein zu, während sie einen großen Bogen um die Schafskelette machte. »Vielleicht bist du nur ein Aufschneider.«

»Das mag schon sein«, antwortete er und grinste hämisch.

Celestina änderte ihre Taktik. Sie fuhr herum, grunzte verächtlich und ging an Ohnebein vorbei in Richtung Festplatz. »Wenn das so ist«, sagte sie schnippisch, »dann gehe ich eben zurück ins Lager.«

»Warte!« Ohnebein war völlig perplex und brauchte einige Momente, bis er begriff, dass sie es ernst meinte. Er folgte ihr, und da er sie nicht einholen konnte, rief er: »Sie wollen den Kapitän befreien!«

Celestina blieb auf der Stelle stehen. Ein zufriedenes Lächeln legte sich auf ihre Lippen. Wie einfach die Mannsbilder doch auszurechnen waren, dachte sie und wandte sich um. »Welchen Kapitän?«

»Den Anführer der Bande«, antwortete Ohnebein, der einsah, dass er das Spiel verloren hatte. »Er sitzt im Kerker der Zöllnerburg, und die Schmuggler werden heute Nacht versuchen, ihn zu befreien.«

»Und was wollt ihr unternehmen?« Celestina wusste, dass sie den Bettler nun belohnen musste. Wie einen dressierten Hund, dem man ein Stück Zucker gab, wenn ihm ein Kunststück gelungen war. Sie nahm Ohnebeins Hand, tätschelte sie, hakte sich dann bei ihm ein und ging mit ihm in der ursprünglichen Richtung um den See herum.

»Wir werden um Mitternacht an der Kapelle warten, bis die Schmuggler aus ihren Löchern gekrochen kommen. Und wenn sie allesamt zur Festung marschieren, werden wir unter der Erde nach dem Rechten schauen.«

»Wieso?«, wunderte sich Celestina. »Wenn nichts geschmuggelt wird, wo ist dann der Lohn? Das ergibt doch keinen Sinn.«

»Der kleine Franzose meint, wir sollten uns einmal auf der holländischen Seite umschauen«, erklärte Meister Ohnebein und ließ seine Hand über Celestinas Rücken fahren, bis sie auf ihrem Hinterteil lag und Celestina danach wie nach einer lästigen Fliege schlug. Ohnebein zog die Hand weg, lachte schelmisch und sagte: »Der Chevalier glaubt, dass die Schatzkammer der Schmuggler sich irgendwo unter der Erde befindet. Wie bei den Hamstern. Und während die Bande sich mit den Zöllnern herumschlägt, haben wir genug Zeit, danach zu suchen.«

»Aha«, sagte Celestina, deren Aufmerksamkeit seit einiger Zeit abgelenkt schien. Immer wieder horchte sie angestrengt, schaute durch das Gestrüpp und versuchte, auf der anderen Seite des Sees etwas ausmachen zu können.

»Ist da etwas?«, fragte sie nun.

»Wo?«

»Drüben bei der Eiche«, antwortete sie, »ich dachte, ich hätte Stimmen gehört. Da ist irgendwer.«

»Ich höre auch manchmal Stimmen«, sagte Ohnebein, »aber nur, wenn ich zu viel Branntwein getrunken habe.« Er lachte und legte seine Hand auf Celestinas Schulter, wobei er mit den schwieligen Fingern ihren Nacken kraulte und an den obersten Knöpfen ihres Kleides herumfummelte.

In diesem Moment hörten sie einen gellenden Schrei, der sie unwillkürlich zusammenfahren ließ. Meister Ohnebein erschrak derart, dass er Celestina losließ, und diese nutzte die Gelegenheit und lief ihm davon.

»Wo willst du denn hin?«, rief er, machte jedoch keine Anstalten, ihr hinterherzurennen. »Verdammtes Weibsstück!«

Celestina lief weiter, ohne sich umzuschauen, immer um den See herum, bis sie ganz aus der Puste war. Als sie an dem Trampelpfad anlangte, der zur Nachbargemeinde Oldendorf führte, stieß sie mit einem Mann zusammen, der aus östlicher Richtung aus der Heide gesprengt kam, als sei ihm der Teufel auf den Fersen. Der Mann schrie entsetzt auf, es war ein ähnlich gellender Schrei wie vor wenigen Minuten. Celestina erschrak ebenfalls, ging rücklings zu Boden und landete auf dem Steiß. Erst jetzt erkannte sie den Heidebauern, der sie mit seinem grünen und seinem blauen Auge anstarrte, ohne jedoch sein Gegenüber wirklich wahrzunehmen. Tränen liefen ihm übers Gesicht, er fuchtelte aufgeregt mit den Armen und schüttelte unentwegt den Kopf.

»*Godverdoemme!*«, zischte er, rannte davon, schlug einen Haken wie ein Hase und verschwand zwischen den Wacholdersträuchern.

Celestina starrte ihm hinterher, als sei ihr ein Geist erschienen.

Auch Meister Ohnebein hatte nur kurze Zeit später eine seltsame Begegnung in der Heide. Er stapfte gerade mit finsterer Miene zum Festplatz zurück, wobei er seine Krücke wie einen Säbel durch die Luft schwang und wütende Selbstgespräche führte, als er plötzlich ein Rascheln im Gebüsch hörte. Er erstarrte und befürchtete bereits, der Wolf oder Luchs, der die Schafe gerissen hatte, stürze sich im nächsten Augenblick auf ihn, doch derjenige, der nun zwischen den Sträuchern hervortrat, war niemand anderes als Daniel Wagenknecht. Er ging in Richtung Ahlbeck und hatte sich aus irgendwelchen Gründen verkleidet. Statt der schwarzen Sachen, die er zu seinem Erkennungszeichen gemacht hatte, trug er viel zu große und sackartige Kleider, die ihn wie eine Vogelscheuche aussehen ließen.

»Wohin des Weges?«, fragte Ohnebein erleichtert, doch Daniel schien völlig in Gedanken versunken und erkannte ihn kaum.

»Ach, du bist es«, sagte er schließlich, als wache er aus einem Traum auf. »Wo hast du denn Celestina gelassen?«

Den Bettler wunderte die Frage, doch dann erinnerte er sich an seine Begegnung mit Tabitha und zuckte mit den Schultern. »Was soll die Verkleidung?«, antwortete er mit einer Gegenfrage.

Daniel winkte ab und schwieg.

Blödmann, dachte der andere und fragte: »Was ist eigentlich los? Was waren das für Schreie?«

231

»Nichts«, sagte Daniel wortkarg, »nur ein Selbstmord. Der Sohn des Heidebauern hat sich an der Eiche erhängt.«

»Sieh einer an«, antwortete Ohnebein, als sei diese Nachricht ohne jedes Interesse für ihn. »So was! Und wer ist der neue Funke?«

Daniel verstand nicht, aber sein Gesicht nahm plötzlich einen hellwachen Ausdruck an. »Was denn für ein Funke?«

»Der Schützenfunke«, antwortete der Bettler und schüttelte belustigt den Kopf. »Verstehst du die Kochemer Loschen nicht mehr?«

»Funke?« Daniel zog die Augenbrauen zusammen und schnaufte ärgerlich. »Heißt das ...?« Er murmelte etwas Unverständliches, zuckte dann mit den Achseln und ging grußlos von dannen.

»Herrschaftszeiten!«, fauchte Meister Ohnebein. »Sind denn heute alle von Sinnen?« Er schüttelte den Kopf, verstaute sein Bein in der Schlinge, stützte sich auf die Krücke und humpelte als Einbeiniger in Richtung Festplatz.

Zwölftes Kapitel
Handelt von der Mixtur des Theophrastos

Das Schützenfest verlief in seltsam bedrückter Stimmung, die Ahlbecker saßen mit betretener Miene an ihren Tischen, und niemand schien Lust zu verspüren, auf das Wohl des neuen Königspaares anzustoßen. Auch wenn weder die Ottenpeterin noch der Sohn des Holländers im Dorf besonders angesehen oder gar beliebt gewesen waren, so erschien ihr Tod den Leuten doch als schlechtes Omen. Zwei aufgebahrte Leichen, das versprach Unheil. Das Fest war verhext, ein Fluch lag auf der Kirmes. Und hätten die Leute von der dritten Leiche in der Moorkapelle gewusst, so hätten ihnen vermutlich die Nackenhaare zu Berge gestanden.

Auf der Holzbühne waren im Laufe des Nachmittags verschiedene Belustigungen und Vorstellungen dargebracht worden. Grell geschminkte Komödianten in bunten Kostümen hatten alberne Possen aufgeführt, mussten aber bald erkennen, dass den Ahlbeckern nicht nach Lachen zumute war. Pierre Thibault bot seine Fechtkünste zur Schau und verdrosch drei Bauernburschen mit dem Degen, bis sich niemand mehr auf die Bühne wagte. Als schließlich Pastor Hellmann vor Trunkenheit schwankend nach vorne trat, um die unfreiwillig andächtige Stille für eine Predigt zu nutzen, machte sich Ärger breit. Die Kapelle, die bereits am Vorabend ihre fehlende Musikalität unter Beweis gestellt hatte, wurde angehalten, zum Tanz aufzuspielen, aber nur wenige Unentwegte oder Ahnungslose drehten sich zu den quietschenden und jaulenden Geräuschen im Kreise. Das war kein Schützenfest, murrten die Ahlbecker, das war eine Trauerversammlung.

Es war etwa sechs Uhr, als Daniel, nun wieder in schwarzer Kluft, auf dem Festgelände erschien. Er trug ein Leinenbündel auf dem Rücken und hielt aufmerksam nach jemandem Ausschau. Er sah das Königspaar am Ende der Bühne hinter dem Tisch der Honoratioren sitzen, doch außer dem Pastor, der mittlerweile völlig betrunken war und auf der Tischplatte schlief, war kein Würdenträger mehr anwesend. König Vogelsang schaute drein, als verstehe er die Welt nicht mehr. Seine entzündeten Augen richteten sich verständnislos auf die bleierne Festgesellschaft. Eigentlich hätte dies der glücklichste Tag in seinem Leben sein sollen, doch das Gegenteil war der Fall. Was hatte er getan, dass sich alles gegen ihn verschworen hatte? Gegen wen hatte er sich versündigt? Das glückselige Lächeln in seinem Gesicht war zu einer traurigen Fratze versteinert. Die Frau an seiner Seite sah nicht weniger verdrießlich aus, ihre Mundwinkel zeigten nach unten, das blaue Auge war nur halbherzig mit Puder abgedeckt, und die kleine Krone, die man ihr ins Haar gesteckt hatte, wirkte wie blanker Hohn. Henrike Tenfelde ließ das ganze Fest regungslos und stoisch über sich ergehen, wie ein Lamm, das man zur Schlachtbank führte. Seit dem gestrigen Tage, seit ihrer Ohnmacht, war eine seltsame Wandlung in ihr vorgegangen, sie wirkte wie eine teilnahmslose Zuschauerin, die ihr eigenes Leben als Schauspiel verfolgte. Als habe das Ganze gar nichts mit ihr zu tun, als handele es sich um eine Erzählung in einem Buch, die ihr keine Gefühle entlocken konnte. Ihr heimlicher Geliebter, ihr verhasster Mann, der verfluchte Gauner mit dem roten Haar, die ganze verdammte Bande – was kümmerte es sie? Ihr Plan war fehlgeschlagen, das Gift hatte nicht gewirkt, sie hatte versagt, und deshalb war alles aus. Ihre Lebensgeister waren entfleucht, es schien, als sei der versuchte Mordanschlag eine letzte Aufwallung gewesen, ein letztes Aufbäumen, doch nun fügte sie sich in ihr Schicksal. Von Werner Olthues konnte sie keine Unterstützung mehr erwarten, das hatte sie mit Enttäuschung und Bitterkeit zur Kenntnis genommen, und deshalb gab sie auf. Sie würde sich damit abfinden müssen, wie sich ihre Mutter damit abgefunden hatte. Und daran eingegangen war.

Vor Tabithas Zelt sah Daniel seine gesamte Familie versammelt. Angela und Juro jonglierten mit Bällen, Gero half seinem Vater beim Verkauf der Tinkturen, indem er nach Einnahme der Wässerchen vom Sterbenskranken zum Geheilten mutierte. Kill döste in der Sonne, und Celestina versuchte, die Leute zu einem Besuch in Madame Fortunas Zelt zu bewegen. Daniel näherte sich dem Zelt, und Celestina kam ihm mit strahlendem Gesicht entgegen.

»Kommt, werter Herr«, sagte sie und verbeugte sich, »lasst Euch weissagen.« Sie nahm seine Hand, streichelte deren Innenfläche und fuhr fort: »Ich sehe eine Frau, eine wunderschöne Frau. Sie ist Euch innig-

233

lichst zugetan, und Ihr werdet Glück in der Liebe haben, wenn Ihr Euren Schatz wohl zu hüten wisst.«

»Wie soll man einen Sack Flöhe hüten?«, antwortete Daniel lachend und drückte ihre Hand. »Ehe man sich versieht, ist er mit einem Einbeinigen in der Heide verschwunden.«

Celestina machte einen Schmollmund und puffte ihn auf den Oberarm. »Du Dummkopf«, sagte sie, doch ihr Blick widersprach ihren Worten. Daniel war eifersüchtig, und das freute sie.

Daniel widerstand dem Wunsch, sie in den Arm zu nehmen und vor versammelter Mannschaft auf den Mund zu küssen, stattdessen drückte er erneut ihre Hand und ließ sie nicht mehr los.

»Habt ihr den Wirt gesehen?«, wandte er sich an seine Familie.

»Ihr beide habt ihm böse mitgespielt«, antwortete Kill, der die Augen aufschlug und in die Sonne blinzelte. »Pierre hat uns von eurem Streich erzählt.«

»Und wo steckt Tenfelde jetzt?«, wollte Daniel wissen und wies zum Schanktisch. »Er steht nicht an seiner Schenke.«

Sowohl Kill als auch Celestina zuckten mit den Schultern, doch nun meldete sich der kleine Juro zu Wort.

»Der dicke *kertschemáro* spielt ein Schaf«, sagte er.

»Wie meinst du das?«

»Er sitzt im Schafstall, trinkt *mol* und blökt wie ein Hammel.«

Alle starrten Juro fragend an, und dieser klärte sie auf. Beim Herumtollen in der Heide, diesmal nicht auf der Seite des unheimlichen Totenbaums, sondern am gegenüberliegenden Ufer, war Juro auf die verlassene Schafhürde mit den Kadavern gestoßen. Im Inneren hatte der Wirt gesessen, völlig betrunken, und hatte Selbstgespräche geführt. Als er Juro sah, verscheuchte er den Jungen und warf er mit einer leeren Weinflasche nach ihm.

»Er hat aber nicht getroffen«, sagte Juro stolz, »er war viel zu *matto*.« Der Junge machte eine Kippbewegung mit der Hand und verdrehte die Augen zu einem betrunkenen Schielen.

»Und da sitzt er immer noch?«, fragte Daniel.

Juro nickte. »Glaub' schon.«

Daniel schulterte das Leinenbündel und sagte: »Dann werde ich dem Schaf mal einen Besuch abstatten.«

Celestina hielt ihn fest und flüsterte ihm etwas ins Ohr.

Daniel bekam einen roten Kopf, wandte sich zu den anderen um, die jedoch nichts mitbekommen hatten, und sagte: »Ich dich auch.«

Als Daniel den Festplatz verlassen hatte, stand Kill mühsam auf, kratzte sich den Kopf und sagte: »Findet ihr nicht auch, dass Daniel heute irgendwie seltsam war?«

»Wieso?«, antwortete Celestina wie aus der Pistole geschossen.

»Er hat die ganze Zeit gegrinst«, antwortete Kill achselzuckend.

Bevor Daniel den Wirt erblickte, hörte er bereits dessen Schnarchen. Das Rasseln und Sägen, das er so gut aus dem Wirtshaus kannte, schallte durch die Heide wie das Brummen eines Braunbären. Daniel näherte sich dem Geräusch, machte einen Bogen um die vor Getier wimmelnden Schafskadaver und betrat die Hürde, die von einer etwa brusthohen Mauer eingefasst war. Er überlegte, ob ein Wolf oder Luchs die Tiere gerissen hatte, und entschied sich für den Luchs. Vermutlich war die Raubkatze von einem Baum aus in das gemauerte Viereck gesprungen und hatte sich ein üppiges Festmahl gegönnt.

Der Wirt lag auf dem kotbedeckten Boden, den Kopf an die Mauer gelehnt, und hatte alle viere von sich gestreckt. Seine Haare standen wild vom Kopf ab, die Sonntagskleider waren dreckverschmiert, in der rechten Hand hielt er eine halbvolle Weinflasche, und zu seinen Füßen lag eine leere.

»He, Tenfelde!« Daniel hockte sich neben den Wirt, stieß ihn an und erntete ein trunkenes Grunzen. »Herr Wirt, aufwachen!«

Franz Tenfelde öffnete schwerfällig die Lider und schaute sich suchend um. Er fand die Flasche in seiner rechten Hand, führte sie an den Mund und fuhr erschrocken zusammen, als er die schwarze Gestalt neben sich sah. Die Flasche entglitt seinen Fingern, und der Wein ergoss sich über sein Hemd.

»Verflucht, habt Ihr mich erschrocken!«, lallte er und schien erst jetzt sein Gegenüber zu erkennen. »Ach, Ihr seid es! Seht nur, was Ihr angerichtet habt!«

»Das tut mir leid«, antwortete Daniel. »Das schöne Hemd.«

»Zum Henker mit dem Hemd!«, knurrte der Wirt unwirsch und griff nach der Flasche. »Der Wein ist verschüttet!«

»Wenn es nur darum geht, so kann ich Abhilfe schaffen«, erwiderte Daniel, öffnete sein Leinenbündel und beförderte eine bauchige und bastumwickelte Flasche zutage. »Pfälzer Wein, mit besten Grüßen vom Leutnant von Ulsen.«

»Oho! Ihr seid ein wahrhaft guter Mensch«, frohlockte der Wirt, entkorkte die Flasche und setzte sie sich an den Hals. »Schmeckt ein wenig muffig«, sagte er, verzog das Gesicht und fuhr sich mit dem Rüschenärmel über den Mund. Er hielt seine Nase über den Flaschenhals und setzte hinzu: »Riecht auch komisch.«

»Vielleicht ist er verunreinigt worden«, vermutete Daniel.

»Ach, was soll's!«, antwortete Tenfelde und nahm einen weiteren Schluck. »Hauptsache, er wirkt.«

»Heute ist nicht Euer Tag«, sagte Daniel leise.

»Das könnt Ihr laut sagen«, brummte der Wirt und spuckte zu Boden.

»So eine Schande!« Wieder nahm er einen Schluck und reichte Daniel dann die Flasche. »Trinkt, Herr Scholar, das nimmt die Sorgen.« Daniel setzte die Flasche an die Lippen, die er aber aufeinanderpresste, so dass kein Tropfen in seine Kehle drang. Als er die Flasche absetzte, runzelte er die Stirn und sagte: »Ihr habt Recht, der Wein hat einen Nachgeschmack. Vielleicht sollte ich ihn weggießen.«

Bevor der Scholar eine Dummheit begehen konnte, riss ihm der Wirt die Flasche aus der Hand und schimpfte: »Wagt das ja nicht! Noch bin ich nicht betrunken genug, um die Schmach zu vergessen.« Er schüttelte ärgerlich den Kopf. »Ausgelacht haben sie mich. Zum Gespött der Leute hat mich die verdammte Missgeburt gemacht.«

»Es war ein Glücksschuss«, wandte Daniel ein und lächelte unmerklich. »Glaubt mir, der kleine Vogelsang konnte gar nichts dafür.«

»Trotzdem«, zischte der andere. »Wie stehe ich denn jetzt da? Eine Witzfigur, das bin ich. Ein Dämlack. Aber das wird er mir büßen.«

»Wie Matthes Olthues büßen musste?«, murmelte er.

»Was sagtet Ihr?«

»Und ausgerechnet Eure hübsche Frau wählt er zu seiner Königin«, erwiderte Daniel laut. »Das war kein netter Zug.«

»Erinnert mich bloß nicht daran!« Tenfelde nahm einen weiteren Schluck und rülpste. »Und dieser elende Olthues schlägt mich vor allen Leuten nieder. Ich darf gar nicht daran denken.« Er fuhr sich mit der Hand über die Beule an seinem Hinterkopf und setzte lallend hinzu: »König Franz! So war es ausgemacht. Ich war an der Reihe!«

»Vielleicht solltet Ihr froh darüber sein.«

»Wieso?«

»Habt Ihr die Neuigkeit noch nicht gehört?«

Der Wirt starrte ihn fragend an.

»Ruud Ibing hat sich gestern Nacht umgebracht«, sagte Daniel und wies in östliche Richtung. »Am Totenbaum hat er sich erhängt.«

»Aber der ist doch im Kloster«, murmelte Tenfelde.

»Er war zur Kirchweih in Ahlbeck.«

»Tatsächlich?« Der Wirt schien für einen Moment nüchtern zu werden, doch dann grinste er abfällig. »Blödmann, verdammter!«

»Ich habe ihm kurz vor seinem Tod die Beichte abgenommen«, sagte Daniel, nahm dem anderen die Flasche aus der Hand und tat so, als nehme er einen großen Schluck. Er seufzte wohlig, fuhr sich mit der Hand über den Mund und reichte Tenfelde den Wein zurück.

Der Wirt schien Daniels Worte gar nicht gehört zu haben und starrte auf die Flasche in seiner Hand. »Ihr habt einen mächtigen Zug am Leibe«, sagte er, als er sah, dass der Wein bereits zu einem Drittel geleert war. »Lernt man das an der Universität?«, rief er grölend und schlug dem Scholaren mit dem Handrücken gegen die Brust.

Daniel zuckte unter Schmerzen zusammen und biss sich auf die Zähne. Er fasste sich an die Brandwunde, die immer noch entzündet und eitrig war, und holte tief Luft. »Ruud hat mir eine merkwürdige Geschichte erzählt«, fuhr er schließlich fort. »Sie handelte von dem Geist eines kleinen Jungen und einem Grab im Moor.«
»Geister im Moor?« Wieder schien der Wirt kaum zu begreifen, was der andere gesagt hatte. Statt auf der Hut zu sein, machte er ein dummes Gesicht, winkte achtlos ab und rief lallend: »Ruud war noch nie richtig bei Verstand. Er redet viel Unsinn. Geister! So was!«
»Matthes soll der Junge geheißen haben«, setzte Daniel nach. »Ein kleines, blasses Kind, das nie lächelte. Der Sohn des Teufels. Angeblich wollte Ruud das Kind exorzieren, und dabei ist es zu einem Unglück gekommen.«
Der Wirt lachte schallend auf und verschluckte sich an dem Wein, den er gerade hinuntergekippt hatte. »Ein Unglück? Ha! Verdammter Narr!« Er hustete und brauchte einige Sekunden, bis er wieder Luft bekam. Dann sagte er mit einemmal: »Ich spüre meine Zehen nicht mehr. Meine Füße sind eingeschlafen.«
»War es etwa kein Unglück?«
»Natürlich nicht.« Der Wirt schnaufte belustigt. »Was hat Euch der Dummkopf denn erzählt?«
»Dass der Junge verhext war und dass Ruud Euch und den jungen Lambert Olthues davon überzeugt hat, dass man den Teufel austreiben müsse.«
»Das hat er wirklich geglaubt?« Wieder lachte der Wirt, fasste sich jedoch im nächsten Moment an die Oberschenkel und sagte: »Was ist nur mit meinen Beinen los? Sie fühlen sich ganz taub an.«
»Wie hat es sich wirklich zugetragen?«, fragte Daniel und überlegte, ob er Pastor Hellmann irgendwann einmal berichten sollte, dass die Mixtur des Theophrastos genauso wirkte, wie der Pastor es vorhergesagt hatte.
Der Wirt schnaufte nur und winkte ab.
»Wollt Ihr Euer Gewissen erleichtern und eine Beichte ablegen?«
»Wozu?«, krächzte Tenfelde. »Ich habe nichts zu beichten. Mein Gewissen ist rein. Der Junge hat lediglich bekommen, was er verdient hat. Ruud hat doch selbst gesagt, dass der Bastard ein Teufel war.« Er grinste abfällig und setzte hinzu: »Und Teufel muss man austreiben.«
»Aber das war nicht der Grund, warum Ihr ihn erschlagen habt.«
Der Wirt schaute verwirrt drein, zum ersten Mal dämmerte ihm, dass dieses Gespräch eine seltsame Wendung genommen hatte, doch er war viel zu betrunken, um länger darüber nachzudenken, und nahm einen Schluck des muffig schmeckenden Weins.
»Dieser ganze Teufelskram war doch nur ein Vorwand«, sagte er

schließlich und rülpste laut.»Wochenlang hat Lambert mir damit in den Ohren gelegen. Das Balg müsse verschwinden, hat er gemeint. Die Räuber sollten es holen, und wenn es keine Räuber gebe, dann müsse man eben selbst nachhelfen. Ganze Nächte haben wir durchgesoffen und uns ausgemalt, wie man dem Bastard die Gurgel umdrehen oder ihn mit dem Kissen ersticken könnte. Das mit dem Kissen hat Lambert besonders gut gefallen. Und dann steht plötzlich der dumme Ibing in der Schenke und will den Teufel austreiben.«

»Ihr habt Ruud den Eindruck gegeben, als hätte er Euch erst auf den Gedanken gebracht«, folgerte Daniel.»Dabei war der Tod des Jungen längst beschlossene Sache. Es fehlte nur die Gelegenheit.«

Der Wirt zögerte einen Moment und zog die Stirn kraus. Sein Oberkörper wankte sichtlich, doch dann lehnte er sich mit der Schulter an die Mauer und fragte:»Warum sollte ich ausgerechnet Euch davon erzählen?«

»Ich bin ein Mann der Kirche«, antwortete der andere,»Eure Worte werden diese Schafhürde nicht verlassen.«

»Als sei das alles noch wichtig!«

»Warum ausgerechnet jene Nacht im Januar?«, bohrte Daniel.

»Der Schulze war für ein paar Tage zur Messe in Holland, und wir hatten freie Bahn. Ruud hat uns mit diesem Teufelsunsinn einen guten, sozusagen kirchlichen Grund geliefert. Schließlich war alles Gottes Wille!« Er lachte trunken und wollte Daniel einen Klaps auf den Oberschenkel geben, doch er hatte seine Hände nicht mehr unter Kontrolle.»Mann, bin ich betrunken«, brabbelte er undeutlich und wand den Hals wie ein Vogel.»Meine Kehle ist so trocken.«

»Dann nehmt noch einen Schluck«, erwiderte Daniel, hielt dem anderen die Flasche an die Lippen und sagte:»Es war also von Beginn an Eure Absicht, den Jungen zu töten? Und Lamberts religiöser Eifer war nur vorgetäuscht?«

»Lambert war ein verdammter Heide!«, prustete der Wirt.»Ich weiß nicht genau, was er eigentlich vorhatte, aber dass das Kind die Teufelsaustreibung nicht überleben würde, das war so sicher wie das Amen in der Kirche.«

»Und Ruud war als Sündenbock bereits zur Stelle«, sagte Daniel mit finsterer Miene.»Leider habt Ihr dem Schulzensohn mit dem Schürhaken einen Strich durch die Rechnung gemacht. Und deshalb musste das Kind verschwinden, und das Zigeunermärchen wurde erfunden.«

Der Wirt zuckte mit den Schultern.

»Und Ihr?«, fragte Daniel.»Was hattet Ihr für einen Grund, das Kind zu töten?«

»Der Bastard hätte nie geboren werden dürfen«, stieß Tenfelde mühsam hervor.»Zum Gespött der Leute hat er mich gemacht. Mit dem

Finger haben sie auf mich gezeigt und mich einen dummen Joseph genannt, weil ich einen Kuckuck im Nest hatte. Jedes Mal wenn er mir auf der Straße begegnet wäre, hätte er mich an meine Schande erinnert. Das hätte ich nicht ertragen.«

»Und deswegen musste Matthes sterben?«

»Er hat bekommen, was er verdient hat«, wiederholte Tenfelde seine Worte und schüttelte sich, als habe er Fieber. »Niemand hat ihn vermisst. Nur der Schulze schien einen Narren an dem hässlichen Balg gefressen zu haben.«

»Und darum habt Ihr ihm den Schädel eingeschlagen!« Wieder setzte Daniel dem Wirt die Flasche an die Lippen. Der Wein ging allmählich zu Neige, die letzten Tropfen liefen Tenfelde aus den Mundwinkeln in den Bart.

»Warum interessiert Ihr Euch eigentlich so für die alten Geschichten?«, fragte der Wirt mit unsicherer und wispernder Stimme. »Wenn Ihr mich anklagen wollt, werde ich alles abstreiten. Das habe ich auch dem Schulzen gesagt, als er mir ans Leder wollte. ›Wir haben die ganze Nacht im Wirtshaus gesessen‹, hab ich gesagt, ›dafür gibt es Zeugen. Fragt den Schmied!‹ Olthues hat vor Wut geschnaubt, aber er hat uns nie den Prozess gemacht.«

»Eine Anklage wird es auch jetzt nicht geben«, antwortete Daniel, »denn ihr seid längst gerichtet.«

Der Wirt schaute den anderen verständnislos an. Er wollte sich aufrichten, hatte aber keine Kraft mehr in den Armen. Schweiß stand ihm auf der Stirn, das Weiß der Augen war blutunterlaufen, und die Mundwinkel zuckten, als er stotternd fortfuhr: »Was kümmert Euch der verdammte Bastard? Er ist tot und begraben.«

»Das ist er eben nicht«, antwortete Daniel und nahm den Schlapphut vom Kopf. »Mein Name ist Matthes Olthues. Ich bin das Kind, das Ihr erschlagen habt. Und diese Narbe habe ich Euch zu verdanken.«

Franz Tenfelde sah den Mann mit den roten Haaren an und lachte. »Unsinn!«, rief er. »Das Kind war tot.«

»Und warum hat Pater Hilarius dann ein leeres Grab vorgefunden, als Ruud ihn ins Moor führte?«

»Ein leeres Grab?« Der Wirt schüttelte den Kopf und runzelte die Stirn. »Wovon redet Ihr eigentlich?« Er atmete immer heftiger, sein Brustkorb hob und senkte sich wie der Schlegel in einem Butterfass.

»Habt Ihr Euch nie gefragt, warum der Pater ausgerechnet auf dem Pestfriedhof seine Kapelle errichtet hat?«

»Das ist doch alles dummes Zeug!«, rief er, und im nächsten Moment bog er sich unter Krämpfen, riss den Mund auf und winselte: »Ich kriege keine Luft mehr. Helft mir, ich ersticke!«

»Niemand kann Euch jetzt noch helfen«, antwortete Daniel ungerührt und setzte den Hut auf.»Ihr werdet in wenigen Minuten tot sein, und glaubt mir, niemand wird Euch vermissen.«

»Ihr seid ein verdammter Lügner«, keuchte der Wirt, doch sein Blick widersprach seinen Worten.

»Wenn es nach Eurer Frau gegangen wäre, dann wärt Ihr bereits gestern tot gewesen und ich säße als Euer Mörder im Kerker.« Daniel goss den letzten Rest des Weins auf den Boden und warf die Flasche in hohem Bogen in die Heide.»Sie hat das Gift in die Flasche gefüllt, und nur mir habt Ihr es zu verdanken, dass Ihr die letzte Nacht überlebt habt. Ich habe die Flaschen vertauscht, weil ich noch nicht sicher wusste, wer Ihr seid. Doch jetzt ist Eure Zeit abgelaufen.«

»Henrike?«, flüsterte der Wirt.»Das ist nicht wahr.«

Daniel zuckte mit den Schultern, ging in die Hocke und fragte:»Was war es für ein Gefühl, mit einem Schürhaken auf einen Säugling einzuschlagen?«

»Es war herrlich«, stöhnte Tenfelde und wollte seinem Gegenüber ins Gesicht spucken. Doch der Speichel floss ihm nur in einem dünnen Rinnsal aus dem Mund und blieb in seinem Bart hängen. Der Wirt keuchte ein letztes Mal, seine Augen weiteten sich, dann sackte sein Kopf nach vorn.

Daniel verstaute das Leinenbündel in der Hosentasche und richtete sich auf. Die Sonne stand bereits recht tief, die Schafhürde lag im Schatten der Sandhügel, weit und breit war keine Menschenseele zu sehen. Die Heide war öde und trostlos. Irgendwo gab ein Eichelhäher sein lautes »rätsch-rätsch« von sich, und auf der Mauer des Schafstalls saß eine Dohle, regungslos, als sei sie dort festgenagelt. Ein letztes Mal blickte Daniel zu der Leiche des Wirts. Er fühlte nichts, weder Genugtuung noch Bedauern. Recht war geschehen. Der Wirt hatte die verdiente Strafe erhalten.

Als Daniel die Schafhürde verließ, flog die Dohle mit krächzendem »kjak-kjak« davon, doch er war nicht abergläubisch genug, um darin ein böses Omen zu erkennen.

Die Stimmung unter der Vogelstange hatte sich im Laufe des Nachmittags nur unwesentlich gebessert. Die Leute waren lediglich betrunkener und damit reizbarer. Die Tanzfläche hatte sich merklich gefüllt, doch von der fröhlichen Ausgelassenheit des Tennenfestes war wenig übrig geblieben. Es waren vor allem die Bauern aus den Nachbardörfern sowie die Schausteller und Bettler, die das Tanzbein schwangen und von den Ahlbecker Pfahlbürgern misstrauisch beäugt wurden. Das Königspaar saß mittlerweile völlig isoliert auf seinem Thron. Niemand scherte sich um sie. Henrike Tenfelde hatte sich demonstrativ von ihrem König abgewandt und starrte ausdruckslos in die Runde. Der stumme Vogelsang schien nicht zu wissen, ob er sich freuen oder weinen sollte. Die Königskette hing wie Blei um seinen Hals, und die grün-weiße Scherpe seines Vorgängers lag achtlos neben der Krone der Königin auf dem Tisch.

»Wo hast du denn gesteckt?«, hörte Daniel plötzlich Celestinas Stimme hinter sich. Er fuhr herum und schaute in ihr strahlendes Gesicht. Selten war sie ihm so schön erschienen wie in diesem Moment. Am liebsten hätte er sie auf der Stelle mit fortgenommen, weit weg von diesem verfluchten Ort, weg von seiner Vergangenheit und allem, was damit in Verbindung stand. Er umarmte sie, presste sie an sich und hielt sie ganz fest, bis sie keine Luft mehr bekam und sich aus seiner Umarmung befreite.

»Was ist denn geschehen?«, fragte sie erschrocken.

»Der Wirt ist tot«, antwortete er.

Sie nickte, streichelte seinen Arm und sagte: »Gut so.«

Daniel zuckte mit den Schultern und nickte dann ebenfalls.

»Bist du heute Nacht dabei?«, fragte Celestina, als sei der Tod des Wirts keines weiteren Wortes würdig. »Was wollt ihr unternehmen?«

Daniel hob abwehrend die Hände.

»Keine Bange, ich will dich gar nicht aushorchen«, sagte sie und lachte. »Ich glaube, du hast Recht. Das ist nichts für Frauen. Das habe ich ja am eigenen Leib erlebt.« Sie schaute sich um, ob jemand sie beobachtete, und drückte ihm einen Kuss auf den Mund. »Ich habe nur Angst um dich.« Wieder lachte sie neckisch und setzte hinzu: »Pass auf dich auf und lass dich nicht wieder verbrennen!« Sie warf ihm eine Kusshand zu und war im nächsten Augenblick in der Menge verschwunden.

Daniel schaute ihr ungläubig hinterher und schüttelte verwundert den Kopf. Hatte er richtig gehört? Seit wann ließ sich Celestina durch Worte und Argumente überzeugen? Das sah ihr überhaupt nicht ähnlich. Wenn es ihre Absicht gewesen war, ihn in Sicherheit zu wiegen, so hatte sie das Gegenteil damit bewirkt. Sie heckte irgendetwas aus, davon war Daniel nun überzeugt. In seinem Hirn arbeitete es, er ließ den Tag Revue passieren, und plötzlich hatte er das Gesicht Johann Ohnebeins vor Augen.

»Dummkopf«, murmelte er und wollte nach Roloff Ausschau halten, als ihm plötzlich ein Gedanke durch den Kopf schoss. Ein Wort, das der Bettler benutzt hatte. Ein Begriff der Gaunersprache.

Statt mit seinem Vater über Celestinas verdächtiges Verhalten zu reden, ging er schnurstracks zur Bühne, kletterte hinauf und drängelte sich durch die Tanzenden, bis er vor dem Königstisch stand.

»Herzlichen Glückwunsch, Herr König«, wandte er sich an Vogelsang und machte eine tiefe Verbeugung. Wenzel lächelte zunächst gezwungen, zu oft war ihm heute der Spott der Ahlbecker entgegengeschlagen, doch als er sah, dass Daniels Worte ernst gemeint waren, strahlte er und nickte eifrig. Pantomimisch wiederholte er seinen Königsschuss.

»Ein königlicher Schuss«, bestätigte Daniel und verbeugte sich nun auch vor der Königin. »Euch auch mein aufrichtigster Glückwunsch, Frau Tenfelde.«

Henrike schleuderte ihm einen hasserfüllten Blick zu und wandte sich dann zur Seite, als gebe es dort etwas Spannendes zu sehen.

»Eine schöne Kette tragt Ihr, Majestät«, wandte sich Daniel wieder an den Schützenkönig. »Ist Euer Schild schon angebracht?«

Vogelsang schüttelte den Kopf und näherte sich dem Scholaren, um ihm die Kette aus der Nähe zu zeigen. Fünf Plaketten waren daran angebracht, und Daniel las aufmerksam die eingravierten Namen: »Werner Olthues, Anno Domini 1664«, stand auf einem der silbernen Schilder, auf dessen Rückseite ein Engel mit der Unterschrift »Angelus Custos« zu sehen war. Die anderen vier waren nur einseitig graviert und nicht so liebevoll gearbeitet. Zwei der Plaketten, offensichtlich die ältesten, waren aus einfachem Kupfer gefertigt und bestanden aus einem schmucklosen Oval, auf dem die Namen der Regenten zu lesen waren: »A. D. 1652, Harm Hackfort, König«, lautete die eine Inschrift und die andere: »Anno 1648, Lambertus Olthues, Rex et Capitaneus«

»Der beste Schütze am Ort«, hatte Ibing über den Schulzensohn gesagt. Hauptmann der Bürgermiliz. Erster König von Ahlbeck

»Kapitän Funke«, murmelte Daniel und ließ die Kette los. »Wo, sagtet Ihr, hält sich Euer Onkel Lambert auf?«, fragte er die Wirtin.

»Amerika«, erwiderte sie, ohne sich zu ihm umzublicken.

»Amerika«, wiederholte Daniel nachdenklich. »Das ist weit weg.«

Dreizehntes Kapitel
Berichtet von nächtlichen Unternehmungen

Den ganzen Abend wartete Celestina auf eine Gelegenheit, unbemerkt das Lager zu verlassen. Dies war allerdings nicht so einfach, wie sie gehofft hatte, denn Roloff schien Tabitha instruiert zu haben, ein Blick auf das Mädchen zu haben und sie mit allen möglichen Arbeiten und Aufträgen ans Zelt zu binden. Sie solle ihrer Mutter beim Wahrsagen behilflich sein, hatte die Mutter gesagt. Wenn Roloff Daniel als Assistenten habe, dann sei es ja wohl nicht zu viel verlangt, dass Celestina ihr zur Seite stehe. Außerdem sei es an der Zeit, dass die Tochter das Handwerk lerne, um es irgendwann zu übernehmen. Während die Männer sich also mit Einbruch der Dunkelheit ins Moor aufmachten, um nach der Schatzkammer der Schmuggler zu suchen, saß Celestina im bunten Kostüm neben der Mutter und war Zeuge, wie diese den Ahlbeckern – zumeist waren es Frauen jedweden Alters – ein langes Leben, viel Geld und zahlreiche Nachkommenschaft versprach. Es war schon erstaunlich, wie

Tabitha es schaffte, mit Hilfe der kleinen Details, die sie von Daniel erhalten hatte, das Eis zwischen sich und den Bäuerinnen und Mägden zu brechen. Sei es die Geburt eines Kindes, der Tod eines Familienmitgliedes, das Freien eines Bräutigams oder eine überstandene Scharlacherkrankung, stets sorgte das Wissen darum für eine Vertrauensbasis zwischen der Zigeunerin und ihren Kunden. Und wenn die Leute am Ende ihre Heller und Taler auf den Tisch legten, so waren sie davon überzeugt, ein gutes Geschäft gemacht zu haben.

»Den nächsten, den das Engelchen ins Zelt lockt, übernimmst du«, sagte Tabitha und reichte ihrer Tochter den orientalischen Turban, den sie trug wie eine Königin ihre Krone.

In diesem Moment drang die knurrende Stimme eines älteren Mannes ins Zelt: »Ich habe keine Zeit für solchen Unfug. Lass mich los! Wenn ich mein Geld verschleudern will, dann werde ich es bestimmt nicht euch Zigeunern in den Rachen werfen.«

»Ihr braucht überhaupt nichts zu zahlen«, erwiderte Angela, das Engelchen, und wie Celestina wusste, hing sie nun wie eine Klette am Ärmel des Auserwählten und machte ihm schöne Augen. »Ihr zahlt erst am Ende. Wenn Ihr nicht zufrieden seid, dann geht Eures Weges. Wenn Ihr aber etwas Interessantes erfahren habt, dann gebt, was es Euch wert scheint.«

»Du bist eine ganz schöne Nervensäge«, sagte der Mann.

»Danke für das Kompliment«, antwortete Angela neckisch.

»Die Betonung lag auf Nervensäge«, knurrte der Mann, »nicht auf schön.« Doch dann gab er nach, seufzte und sagte: »Ach, was soll's?! Wenn's mich nichts kostet. Aber lass endlich meinen Rock los!«

»Ihr werdet es nicht bereuen, werter Herr.«

Die Plane wurde beiseite geschoben, und der Schulzenbauer betrat das Zelt. Er nahm den Hut ab, schaute sich vorsichtig um und kraulte seinen roten Rauschebart.

»Willkommen, willkommen«, rief Tabitha und wies auf einen Stuhl. »Madame Fortuna wird einen Blick in Eure Zukunft werfen. Setzt Euch und reicht ihr die linke Hand.«

Joseph Olthues knurrte leise, tat wie ihm geheißen, schüttelte jedoch den Kopf, als er sah, dass nicht Tabitha, sondern Celestina die Innenfläche seiner Hand abtastete. »Das ist ja noch ein Kind«, murrte er und lachte dann. »Ihr hättet ›Mädchen Fortuna‹ auf das Schild schreiben sollen.«

»Nicht immer kommt die Weisheit mit dem Alter.« Celestina ärgerte sich, und statt mit dem üblichen und nichts sagenden Hokuspokus zu beginnen, ging sie gleich aufs Ganze: »Wie ich in Eurer Hand lese, habt Ihr Ärger mit Euren Söhnen.«

Der Schulze machte eine verdutzte Miene. Die Überraschung währte jedoch nur kurz, dann zuckte er mit den Schultern und sagte: »Werner ist ein Taugenichts. Das weiß das ganze Dorf, aber weil er mein Sohn ist, kuschen sie vor ihm. Kein Wunder, wenn sie hinter unserem Rücken über ihn reden. Wenn du mich beeindrucken willst, dann musst du schon etwas mehr bieten.«

Celestina hob abwehrend die Hand. »Ich rede nicht von Werner, sondern von Euren anderen Söhnen. Ich sehe einen Soldaten, einen wilden Mann mit einer Flinte, und einen Mörder am Galgen.«

Tabitha stieß ihre Tochter unter dem Tisch an, als sie sah, dass sich die Miene des Schulzen verfinsterte und er die rechte Hand zur Faust ballte.

»Ein Verbrechen ist geschehen. Ein Scheiterhaufen brennt. Blut ist geflossen«, fuhr Celestina unbeirrt fort, wobei sie nun die Augen schloss, als sei sie in einer Trance. »Ich höre Schreie. Euer Enkelkind sucht Euch, und Ihr werdet es bald zu Gesicht bekommen.«

»Meine Enkelin sitzt drüben auf der Bühne«, lachte der Schulze gezwungen. »Ich werde sie sehen, sobald ich dieses alberne Zelt verlasse.«

»Es ist ein Junge, kein Mädchen«, erwiderte Celestina und schaute dem Alten nun direkt in die Augen. »Ein kleines, bleiches Kind, gezeugt unter dem Galgen, geboren in der Johannis…«

Weiter kam sie nicht. Der Schulze sprang auf und riss dabei den Tisch um. Die Kerze fiel herunter, brannte aber auf dem Boden weiter und warf lange, zuckende Schatten an die Zeltwand. Einen kurzen Moment lang sah es aus, als wolle der Schulze sich auf Celestina stürzen, doch dann fuhr er auf dem Absatz herum, gab einen wilden Schnaufer von sich und rannte aus dem Zelt.

»Bist du wahnsinnig?«, fuhr Tabitha ihre Tochter an. »Was redest du für einen Unsinn? Du kannst doch die Leute nicht so erschrecken! Niemals darfst du vom Galgen und von Mördern erzählen, das weißt du doch. *Blut ist geflossen!* Zum Teufel auch! Die Leute wollen mit einem Lächeln das Zelt verlassen. Du hast ihn ja zu Tode geängstigt.«

»Umso besser«, erwiderte Celestina schnippisch.

»Mama«, meldete sich die kleine Angela vom Eingang des Zeltes.

»Was?!«, fauchte Tabitha.

»Juro ist schon wieder weg«, antwortete Angela. »Er wollte Wasser holen und ist nicht zurückgekommen. Soll ich ihn suchen?«

»Ich mach' das schon«, sagte Celestina, bevor ihre Mutter widersprechen konnte, und mit schnellen Schritten lief sie aus dem Zelt.

Draußen war es bereits dunkel. Der Festplatz war mit Fackeln und Windlichtern erleuchtet, und da die Leute inzwischen ausgiebig dem Alkohol zugesprochen hatten, war der Lärmpegel entsprechend gestiegen. Auch die Musikanten waren nicht mehr nüchtern, und ihre Musik klang zum Erbarmen. Celestina bahnte sich einen Weg durch die Menge, wich grölenden Bauern aus, die nach ihr grapschten, und warf einen Blick auf das Podium, das mittlerweile völlig verwaist war. Weder der König noch die Königin saßen auf ihrem Thron. Nur der Pastor hockte am Rand der Bühne, wankte vor und zurück und balancierte einen Weinkrug auf der Innenfläche seiner Hand.

Bevor Celestina nach ihrem kleinen Bruder Ausschau halten konnte, hörte sie ihn bereits aufgeregt rufen. Wie am Nachmittag schoss er mit panischem Gesichtsausdruck aus dem Unterholz, schlug Winkel wie ein Hase und rannte auf Tabithas Zelt zu. Da Celestina von dem toten Wirt wusste, befürchtete sie bereits, Juro habe erneut eine Leiche gefunden, doch der Grund für sein Entsetzen war diesmal nicht menschlicher Art.

»Ein Wolf!«, rief er, als seine Schwester sich ihm in den Weg stellte und nach dem Anlass seines Gezeters fragte. »Ein riesiger, grauer Wolf. So groß wie ein Pony. Und Zähne wie Messer. Er stand direkt vor mir.«

»Wo?«

»In der Heide«, antwortete Juro, zog den Rotz hoch und fuhr sich mit dem Ärmel durchs Gesicht. »Ich wollte zu den toten Schafen, da stand er plötzlich vor mir. So groß wie ein Bulle. Er hatte nur ein Auge, das gelb gefunkelt hat, und fünf andere Wölfe standen hinter ihm und haben die Zähne gefletscht.«

»Jetzt übertreib nicht«, lachte Celestina, »Wölfe ziehen im Sommer nicht im Rudel umher. Und vor Menschen haben sie mehr Angst als wir vor ihnen. Vermutlich hat er sich erschreckt, als er dich gesehen hat.«

Juro machte eine beleidigte Miene und blickte zu Boden. »Stimmt, er ist weggelaufen wie ein Angsthase. Aber das mit dem Auge ist die Wahrheit. Es sah aus, als habe er mir zugezwinkert.«

»Ich zwinkere dir auch gleich zu!«, drohte Celestina scherzhaft und schob den Bruder zum Zelt. »Rein mit dir!«

Während Juro – dem Schmerzensschrei nach zu urteilen – von der Mutter mit einer saftigen Ohrfeige begrüßt wurde und eine Gardinenpredigt über sich ergehen lassen musste, verschwand Celestina hinter dem Zelt und stieg in den Planwagen, der in der Nähe unter einer Birke stand. Nur wenige Minuten später kletterte sie in Hemd und Hose wieder heraus und schaute sich um, ob ein Mitglied der Familie sie beobachtete. Auf ihrem Kopf saß eine Filzmütze, die Ohrringe waren verschwunden, und die Haare hatte sie im Nacken verknotet. Geros Kleider waren ihr etwas zu klein und zwickten in den Kniekehlen und unter den Achseln, doch sie hatten ihr schon einmal gute Dienste geleistet.

Erst jetzt fiel ihr auf, dass sie Gero seit über einer Stunde nicht mehr gesehen hatte. Er war weder in der Nähe des Lagers noch trieb er sich auf dem Festplatz herum. Celestina wusste, dass Roloff ihn bei dem nächtlichen Unternehmen nicht dabei haben wollte, aber wo steckte er? Plötzlich erinnerte sie sich, dass Daniel ihn vorhin beiseite genommen und irgendetwas mit ihm besprochen hatte. Celestina stutzte. Warum war Daniel eigentlich nicht mit Roloff und Kill fortgegangen? Als sein Vater mit dem ältesten Sohn aufgebrochen war, hatte Daniel vor dem Wagen gesessen und keine Anstalten gemacht, ihnen zu folgen. Auf ihre Frage, was er da treibe, hatte er geantwortet, ihm liege nicht viel an der Schatzsuche. Celestina hatte bereits vermutet, er sei nur deshalb nicht mitgegangen, um ein Auge auf sie zu werfen. Doch mittlerweile war auch Daniel verschwunden. Sie würde schon noch erfahren, was das alles zu bedeuten hatte, dachte sie, und deshalb verließ sie den Festplatz und ging in nördlicher Richtung zur Landstraße.

»Celestina?«, hörte sie die Stimme der Mutter. »Wo steckst du?«

Doch Celestina antwortete nicht und beeilte sich fortzukommen. Zur Grenze war es noch ein weiter Weg, und sie wollte vor Mitternacht an der Kapelle sein.

Während Celestina auf dem Hessenweg in Richtung Holland unterwegs war, stand der Zöllner Klaes Oudekott auf einer Plattform neben dem Tor der Ulsenburg, klammerte sich an seine Muskete und starrte angestrengt in die Dunkelheit des Bruchwaldes. Es war eine sternenklare Nacht, kein Wölkchen am Himmel. Der Mond stand nur noch eine Handbreit über dem Horizont und lugte über die Wipfel der Schwarzerlen. Eine seltsame Unruhe hatte Klaes erfasst, seine Kehle war wie ausgetrocknet, dafür waren die Innenflächen seiner Hände klitschnass. Das Ungleichgewicht der Körpersäfte machte sich wieder bemerkbar, doch diesmal war es nicht mit dem Entleeren der Blase und zweimaligem Spucken zu beseitigen.

Als Klaes am späten Nachmittag zur Ulsenburg gekommen war, um seinen Dienst anzutreten, hatte er seinen Augen nicht trauen wollen. Der Turm war verschwunden. Eingestürzt. Dem Erdboden gleichgemacht. Nur das gemauerte Fundament war noch als Viereck auf dem mit Pfützen bedeckten Untergrund zu erkennen. Auf der Westseite der Festung war zudem die Palisade eingerissen. Das Loch hatte man nur notdürftig mit Brettern und Balken des eingestürzten Turmes ausgebessert, und der Rest des angeschimmelten und angekokelten Ungetüms war in der Mitte des Hofes zu einem riesigen Scheiterhaufen aufgeschichtet.

»Er will es anzünden«, hatte Geerd Potterbacker ihm ins Ohr geflüstert und sich den Schweiß aus dem speckigen Nacken gewischt.

»Der Leutnant?«, fragte Klaes.

Geerd nickte und erzählte ihm, was tags zuvor während des Gewitters geschehen war und wie sie im strömenden Regen und unter zuckenden Blitzen den qualmenden Turm zerlegt und den Holzzaun geflickt hatten. Der Leutnant habe selbst mit Hand angelegt und sei wie ein

Rumpelstilzchen um den Holzhaufen herumgehüpft, gerade so, als freue er sich über das vorzeitige Ableben des Turmes.

Klaes unterdrückte ein Lachen und nickte dann bedeutungsvoll.

Der Leutnant sei in einer üblen Verfassung, flüsterte Geerd hinter vorgehaltener Hand, und Klaes solle ihm nicht zu nahe treten. Das mit dem Feuer halte er, Geerd, für einen ausgemachten Unsinn, aber Ulsen sei nicht davon abzubringen. »Er will das Monstrum brennen sehen«, fügte er achselzuckend hinzu und grinste.

»Ein Osterfeuer im Hochsommer«, erwiderte Klaes und klopfte dem anderen auf die Schulter. »Dann habe ich es heute wenigstens schön hell und warm während der Wache.«

»Sei auf der Hut«, riet ihm Geerd. »Es ist was im Busch.«

»Wildkatzen vielleicht«, lachte Klaes und verabschiedete den Kameraden in den Feierabend: »*Zie toe!*«

Um sieben Uhr am Abend entzündete der Leutnant das Feuer. Weil die Bretter morsch und vom Moder angefressen waren, hatten sie sich wie ein Schwamm vollgesogen und brannten nicht, sondern kokelten wie Torf, wobei sich eine dunkle Rauchsäule bildete, die bis ins Dorf hinein zu sehen sein musste. Der Leutnant stand die ganze Zeit am Feuer und starrte grinsend in die jämmerlichen, blaugrün züngelnden Flammen, bis Klaes anfing, an seinem Verstand zu zweifeln. Kaum war die letzte Glut verloschen, wandte sich der Leutnant ab und stapfte zurück ins Haus. Den beiden Wachen – außer Klaes war noch Hubertus Homölle für die Nacht eingeteilt – rief er zu, sie sollten beim kleinsten Anlass Meldung machen. »Lieber ein falscher Alarm«, setzte er hinzu, »als eine böse Überraschung.«

Und alles wegen dem verdammten Kapitän, dachte Klaes, stieg auf die kleine Aussichtsplattform neben dem Tor und schaute über die Palisaden hinweg auf den Hohlweg, der zur Landstraße führte. Die Dämmerung brach herein, und mit ihr kamen die Mücken, die sich wie Vampire auf Klaes stürzten, bis er sich mit Schlamm die Hände und das Gesicht einrieb. Sie hätten kurzen Prozess mit dem Schmuggler machen sollen, schoss es dem Zöllner durch den Kopf, dann müssten sie jetzt nichts befürchten. Doch im selben Moment schrak er vor der Grausamkeit dieses Gedankens zurück.

»Stell du dich neben das Loch«, rief er Hubertus zu, der auf der gegenüberliegenden Seite des Geländes auf einem ähnlichen Hochstand Wache hielt. »Dort drüben droht keine Gefahr. Wir sollten die löchrige Westseite im Augen behalten.«

»Meinetwegen«, antwortete der andere mürrisch, hielt seinen Degen fest und sprang hinunter, »aber ich weiß wirklich nicht, was der ganze Aufstand soll. Es wurde noch nie zu zweit Wache gehalten.«

»Der Leutnant wird schon seine Gründe haben«, antwortete Klaes, schulterte das Gewehr, das er als Dienstälterer zu tragen hatte, und richtete sich auf eine lange und ungemütliche Nacht ein.

Das war nun zwei Stunden her. Mittlerweile war es stockduster, der immer noch volle Mond schien fahl und warf zunehmend lange Schatten, die sich zu bewegen schienen, obwohl es völlig windstill war. Bei jedem Geräusch fuhr Klaes zusammen und atmete erleichtert auf, wenn ein Eichhörnchen über die Äste huschte oder ein Fuchs im Dickicht verschwand.

»Warum so nervös?«, fragte Hubertus, der es sich neben dem geflickten Zaun bequem gemacht hatte und genüsslich eine Pfeife rauchte. Sein Rapier lag achtlos neben ihm auf dem Boden. »Seit wann bist du denn schreckhaft wie ein Weibsbild?«

»Die Körpersäfte«, sagte Klaes und kümmerte sich nicht um Hubertus' Spötteleien. »Sie sind aus dem Gleichgewicht.« Und nun stellte er doch die Muskete beiseite, erleichterte sich in den Hof und spuckte anschließend nach Ost und West. Wenn es auch nicht half, so konnte es doch nicht schaden.

Zur gleichen Zeit hockten Daniel und sein Bruder Gero nur einen Steinwurf entfernt auf dem Ast einer alten Buche und beobachteten das Geschehen auf dem Hof. Sie hatten sich vor etwa einer Stunde der Ulsenburg von Osten her genähert, weil Daniel geahnt hatte, dass die Zöllner die beschädigte Westseite mit Argusaugen bewachen würden. Der Weg war beschwerlich gewesen und hatte sie mitten durch das Sumpfgebiet geführt, aber mit Geschick und ein wenig Glück waren sie den Moorlachen und Kreuzottern ausgewichen und wohlbehalten am Fuße der Palisaden angekommen. Von der Buche, auf der sie nun saßen und einen günstigen Augenblick abwarteten, hatten sie sowohl die beiden Wachen als auch die Ostseite des Ulsenkottens sowie eine kleine, verfallene Remise am Rande des Geländes im Blick. Und so sahen sie, wie einer der Zöllner in hohem Bogen in den Hof pinkelte, während der andere am Boden kauerte und schallendes Gelächter von sich gab. Den Leutnant konnte Daniel nirgends entdecken.

Am Abend, während Roloff sich mit Meister Thibault und den anderen zurückgezogen hatte, um zu besprechen, wie sie in der Nacht vorgehen sollten, hatte Daniel Gero beiseite genommen, ihm seinen Plan unterbreitet und ihn um Hilfe gebeten. Gero freute sich und war stolz, dass sein Bruder sich ausgerechnet an ihn wandte, und sagte mit rasendem Herzen zu. Er war ein stiller und zurückhaltender Junge, der gern als ganzer Mann gelten wollte und darunter litt, nicht so stark wie Kill oder so klug wie Daniel zu sein. Sein Vater ließ ihn zwar an den Gaunerräten teilnehmen, aber wenn es zur Sache ging, dann musste er meist im Lager bei den Frauen bleiben. Er sei noch ein Hänfling, behauptete Roloff, und wenn er auch klettern könne wie ein Affe, so sei es damit nicht getan. Doch gerade diese Fähigkeit war es, die Daniel nun von ihm wünschte, und es war Gero mehr als recht, als sein Bruder ihn bat, dem Vater nichts davon zu sagen.

»Lass die anderen ruhig nach der Schatzkammer suchen«, sagte Daniel und zwinkerte ihm verschwörerisch zu. »Wir werden stattdessen eine Burg überfallen.« Mit ernster Miene setzte er hinzu: »Es könnte gefährlich werden. Bist du trotzdem dabei?«

Gero nickte eifrig und machte sich sofort daran, aus dem Ast einer Eiche eine Art Leiter zu basteln, wobei die abzweigenden, kleineren Äste als Sprossen dienten. Am Ende des Astes befestigte er ein Seil, damit sie die Leiter nach dem Übersteigen der Palisaden auf die Innenseite des Zaunes ziehen konnten und diese somit für den Rückweg bereitstand.

»Los!«, flüsterte ihm Daniel ins Ohr und wies mit einer Kopfbewegung zur Ulsenburg, wo der Zöllner gerade seine Hose hochzog und sich mit seinem Kollegen stritt. »Der Zeitpunkt ist günstig.«

Sie sprangen vom Ast aus auf die gegenüberliegende Seite des Wassergrabens und liefen am Holzzaun entlang in südlicher Richtung, bis sie die Stelle erreicht hatten, an der sich die Remise befand. Der Schuppen lag von den Wachen aus gesehen im Schatten des Kottens, und selbst wenn die Zöllner um die Ecke des Hauses geschaut hätten, hätte ihnen die Remise die Sicht auf die Eindringlinge genommen. Gero stellte die Astleiter an die Palisaden, warf das Seil über den Zaun und war in wenigen Sekunden wie ein Wiesel hinaufgestiegen und auf der anderen Seite heruntergesprungen. Daniel wartete kurz und folgte dann seinem Bruder, wobei er jedoch Schwierigkeiten hatte, auf dem wackligen Konstrukt die Balance zu halten. Schließlich stand er auf der Zaunkrone, die zwar angespitzt, aber nicht wirklich gefährlich war, und sprang hinunter. Wieder warteten sie einen Augenblick, um sicher zu gehen, dass niemand sie gehört hatte, dann zog Gero an dem Seil und verstaute die Leiter hinter der Remise, die dem früheren Bauernkotten als Geräteschuppen gedient hatte. Gemeinsam schlichen sie zum Haus und verschanzten sich unterhalb der winzigen Fenster, die zu den Schlafkammern der Zöllner gehörten. Kein Licht brannte im Innern, doch das Zähneknirschen eines Mannes drang nach außen.

»Du weißt Bescheid?«, flüsterte Daniel, richtete sich zwischen zwei Fenstern auf und machte eine Räuberleiter.

Gero nickte, stieg auf Daniels Schulter und schwang sich von dort auf das schindelgedeckte Dach, das an dieser Stelle bis auf Mannshöhe herunterreichte. Behände kletterte er das Dach hinauf und machte dabei nicht mehr Geräusche als eine Katze. Daniel kroch derweil an der Wand entlang, bis er um die Ecke des Kottens schauen konnte und den Vorplatz im Blick hatte. Von dem Zöllner auf dem Hochstand war nichts mehr zu sehen, wahrscheinlich hatte er sich zu seinem Kollegen neben der beschädigten Stelle im Zaun gesellt. Daniel betrachtete die Hausfront und runzelte die Stirn. Das Scheunentor und die kleine Nebentür waren, wie er sich erinnerte, mit eisernen Schlössern auf der Innenseite verriegelt, und so betrachtete er bange die winzige Holztür, die sich direkt unter einer Seilwinde im Giebel des Kottens befand. Genau in diesem Moment erschien Geros Kopf am Dachfirst. Der Vergleich mit einem Affen war nicht übertrieben, Gero kletterte auf den aus dem Giebel herausragenden Flaschenzug, klammerte sich mit den Füßen daran und ließ sich kopfüber herunterhängen, um beide Hände zum Öffnen der Giebeltür frei zu haben. Das gestaltete sich zunächst sehr schwierig, denn auch diese Tür war verschlossen, es fragte sich nur, ob mit einem eisernen Vorhängeschloss oder einem einfachen Riegel. Gero zog ein Messer aus dem Hosenbund und machte sich an der Tür zu schaffen. Leise Kratzgeräusche drangen über den Hof, und Daniel hielt seinen Dolch umklammert, falls ein Zöllner um die Hausecke schauen sollte. Gero nickte zum Zeichen, dass die Luke kein Problem darstellte, schob den hölzernen Riegel auf der Innenseite hoch und öffnete die Tür. Daniel hielt ihm den hochgereckten Daumen entgegen, und Gero wollte gerade das Messer im Hosenbund verstauen, als es ihm aus den Händen glitt, gegen die Holzwand prallte und zu Boden fiel. Sowohl Gero wie auch Daniel erstarrten, und im nächsten Moment hörten sie die Stimmen der Zöllner.

»Da war doch was!«

»Was soll denn da gewesen sein?«

»Jetzt schau schon nach!«

Gero war so perplex, dass er sich nicht rührte und immer noch kopfüber am Giebel hing. Direkt unter ihm erschien nun der junge Zöllner, stemmte die Hände in die Seite und sagte: »Hier ist nichts.«

Hätte er besser hingeschaut, so hätte er das Messer zu seinen Füßen und den Kletterer über seinem Scheitel entdeckt, doch der Mann schien die Vorsicht seines Kollegen für übertrieben zu halten.

»Schau gefälligst nach!«, rief ihm der andere zu und trat nun ebenfalls auf den Vorplatz. »Was bist du bloß für eine Wache!«

Daniel machte sich zum Sprung bereit und hielt den Dolch bereits in Stoßrichtung, doch als der Zöllner mit der Muskete zum Giebel hinaufschaute, war Gero verschwunden.

»Was meinst du mit ›Hier ist nichts‹?«, sagte der Musketier und schüttelte ärgerlich den Kopf. »Die Giebeltür steht offen. Siehst du das nicht? Erinnere mich daran, sie nachher zu schließen.«

»Die Giebeltür steht offen«, äffte der junge Zöllner seinen Kollegen nach und schüttelte sich vor Lachen. »Du scheinst deine Hose aber gestrichen voll zu haben, dass dir jetzt schon eine offene Speicherluke Angst und Schrecken einjagt.«

»Dummkopf«, antwortete der andere, stimmte aber in das Lachen ein. Gemeinsam gingen sie zurück zu ihrem Platz an der Palisade.

Nur wenige Sekunden später erschien Geros Kopf in der Giebeltür, und im nächsten Moment reichte er eine schmale Holzleiter hinaus, die er auf dem Speicher gefunden hatte. Daniel kroch zur westlichen Hausecke, hielt Ausschau nach den Zöllnern, stellte beruhigt fest, dass diese es sich im Schatten des Scheiterhaufens gemütlich gemacht hatten. Er hob Geros Messer auf und nahm die Leiter entgegen. Rasch kletterte er auf den Speicher hinauf, und sobald er oben war, zog Gero die Leiter wieder hoch.

Vierzehntes Kapitel
Lässt die Neugier mit der Vernunft ringen

Seit einer halben Stunde kroch Celestina nun schon auf allen Vieren durch das nasse Unterholz und verwünschte ihre Neugier und Naseweisheit. Ihre Kleider waren völlig durchnässt und verdreckt, weil sie bei ihrem Weg durchs Moor in ein Schlammloch getreten und gestürzt war. Zum Glück war das Loch nicht tief gewesen und sie hatte sich aus eigener Kraft aus dem Morast befreien können, doch nun war sie bis zum Bauchnabel schlammbedeckt und sah aus wie eine Wutz. Viecher wimmelten auf dem Boden, es stank wie faule Eier und Schimmel, und weil der Mond so tief stand, war es finster wie in einem Grab. Eigentlich hatte sie beabsichtigt, wie in der vergangenen Nacht durch das Backhaus des Schulzen zur Kapelle zu gelangen, doch sie hatte nicht damit gerechnet, dass das Tor zum Schulzenhof verriegelt und das gesamte Gelände von einem Wall umgeben und unzugänglich wie eine Festung war. Resigniert hatte sie bereits aufgeben und zurückgehen wollen, doch dann schüttelte sie unwirsch den Kopf und schlug sich in westlicher Richtung durch den Bruchwald. Was sollte schon passieren? Sie war schließlich nicht das erste Mal nachts im Wald. Bereits nach wenigen Schritten bereute sie ihren Entschluss, als sie etwas auf dem Boden kriechen und zischen hörte. Das Herz schlug ihr bis zum Hals, doch Celestina war nicht der Mensch, der wegen einer Schlange oder eines Schlammlochs einen einmal gefassten Entschluss rückgängig machte. Vor allem würde sie sich niemals eingestehen, dass sie einen Fehler gemacht hatte. Darin war sie ihrem Vater nicht unähnlich. Ein einmal eingeschlagener Weg wurde bis zum Ende gegangen, Umkehr ausgeschlossen, selbst wenn sie sich in einer Sackgasse befand. Und darum kroch Celestina weiter. Sie war nass und dreckig, schlimmer konnte es ohnehin nicht kommen. Und dann hörte sie die Stimmen.

»Du willst den Pater einfach liegen lassen?«

»Warum nicht? Er wird ja nicht verschwinden.«

»Ha ha!« Das Lachen klang nicht erheitert. »Kaum anzunehmen!«

Celestina war an der kleinen Lichtung vor der Kapelle angelangt und glaubte zunächst, ihr Vater stehe mit seinen Leuten vor dem Steinhaus, doch als sie bis zum Ende des Unterholzes gekrochen war, erkannte sie, dass es fast ein Dutzend Männer waren, die sich vor der niedrigen Tür der Kapelle versammelt hatten. Den Schulzensohn erkannte sie und den Knecht des Heidebauern, sie redeten aufgeregt aufeinander ein und starrten immer wieder in die Finsternis, als hielten sie nach jemandem Ausschau.

»Wer zum Teufel bricht einem Pater das Genick?«, fragte ein Holländer, der aus der Kapelle trat und sich zu den beiden Ahlbeckern gesellte.

»*Wat heeft dat te betekenen?*«

»Wir haben jetzt nicht die Zeit, darüber nachzudenken«, antwortete Henk und schüttelte den Kopf. »Wir sind ohnehin schon spät dran. Ob der Alte noch kommt?«

»Sein Sohn ist gestorben«, antwortete Olthues und zog sich den Lederhut in die Stirn auf. »Kein Wunder, dass er nicht erschienen ist. Wahrscheinlich hat er sich betrunken und liegt irgendwo im Graben.«

»Gerrit doch nicht«, antwortete der Knecht. »Da kennst du ihn aber schlecht. Den alten Gauner kriegt so leicht nichts unter.«

»Wir können nicht länger warten«, sagte der Schulzensohn und schaute zum Himmel. »Der Mond geht gleich unter, und wir haben nicht viel Zeit bis zur Morgendämmerung.«

»*Dat is waar*«, sagte der Holländer.

»Los!« Henk gab mit einem Winken den Befehl zum Aufbruch. Er schaute sich ein letztes Mal suchend um, zuckte dann mit den Schultern, setzte seinen Dreispitz auf und verschwand im Bruchwald.

Die Männer folgten ihm. Nur einer blieb als Wache zurück und postierte sich vor der Tür, als gelte es einen Palast zu sichern. Offensichtlich hatte der tote Pater den Schmugglern einen gehörigen Schrecken eingejagt, warum sollten sie sonst einen Mann als Wache zurücklassen? Wer auch immer Pater Hilarius getötet hatte, es bestand immerhin die Möglichkeit, dass er an den Ort des Verbrechens zurückkehrte, und entsprechend bange schaute der Schmuggler drein und summte leise ein Lied, um die eigene Angst zu übertünchen.

Der Angriff erfolgte rasch und lautlos. Links neben der Kapelle trat plötzlich ein Mann hervor, räusperte sich und zog den Hut, als grüße er einen Freund. Celestina erkannte Malte Stürzenbecher, und im gleichen Augenblick sah sie Kill auf der anderen Seite des Hauses, der sich von hinten der Wache näherte. Der bedauernswerte Kerl wollte gerade die Flinte auf Malte anlegen, als ihn der Schlag ins Genick niederstreckte.

»Die Luft ist rein«, sagte Malte.

Kurz darauf traten auch die anderen auf die Lichtung, Roloff öffnete mit einem Messer die klinkenlose Tür, Johann Ohnebein folgte ihm, und Meister Thibault und Frante Balázs trugen den bewusstlosen Schmuggler in die Kapelle.

»*Mon dieu*, was ist denn das für ein Gestank?«, hörte Celestina den Franzosen fragen, bevor die Tür hinter ihnen ins Schloss fiel.

Celestina wartete einen Augenblick und kroch dann aus dem Gebüsch. Sie lief zur Kapelle, horchte an der Tür und hörte leises Scharren und gedämpfte Stimmen. Eine Tür knarrte, ein Deckel klappte auf, dann war es plötzlich still. Durchs Fenster sah sie, dass im Inneren eine Kerze brannte. Sie griff nach dem winzigen Messer mit Hirschhorngriff, das sie von Juro geborgt hatte, und stocherte damit etwas unbeholfen zwischen Tür und Rahmen herum, als ihr mit einemmal auffiel, dass Daniel nicht bei den Männern gewesen war. Er schien tatsächlich wenig Interesse an der Schatzsuche zu haben, oder er hatte Besseres zu tun.

Plötzlich wusste sie, wo er steckte und warum er am Abend heimlich mit Gero gesprochen hatte. Sie hielt inne und schaute nach Westen, wo der Mond gerade hinter den Bäumen verschwand. Die Ulsenburg! Doch dann stutzte sie. Warum sollte Daniel sich freiwillig einer solchen Gefahr aussetzen? Auf der einen Seite die Zöllner, auf der anderen die Schmuggler, beide Parteien bewaffnet – was hatte es da für einen Sinn, sich zwischen die Fronten zu begeben?

Die Vernunft rang mit der Neugier und verlor. Celestina steckte das Messer ein, schlug sich in nördlicher Richtung durch die Büsche und folgte den Schmugglern. Wie diese mied sie das Venngebiet, das sich zwischen der Kapelle und der Festung erstreckte, und ging stattdessen nach Norden zur Grenze und von dort in westlicher Richtung an der Landwehr entlang. Wenn sich nicht einmal die Einheimischen ins Moor trauten, dann tat sie gut daran, sich ein Beispiel an ihnen zu nehmen. Außerdem kannte sie diesen Weg, sie war in der vergangenen Nacht mit Daniel hier entlang gegangen. Als sie den Hochsitz erreichte, glaubte sie die Schmuggler in einiger Entfernung im Schatten der Landwehr ausmachen zu können. Sie wartete, bis diese außer Sichtweite waren und trat dann auf den schmalen Trampelpfad. Ein Waldkauz gab seinen Ruf von sich und gleich darauf noch einmal. Der Vogel schien hinter ihr auf einem Baum zu sitzen, doch als nun abermals das doppelte »huhuhu« erklang, hatte Celestina den Eindruck, der Kauz habe sich ihr genähert. Plötzlich antwortete eine Eule aus westlicher Richtung, ebenfalls zweimal hintereinander, und im nächsten Moment spürte Celestina eine Hand auf ihrer Schulter.

»Wen haben wir denn hier?«, fragte Gerrit Ibing.

Celestina schrie spitz auf, fuhr herum, und der Heidebauer hielt ihr den Mund zu. Es klang, als werde einem Vogel der Hals umgedreht. Sie wand sich und versuchte, nach dem Messer in ihrem Gürtel zu fassen, doch der Bauer erkannte ihre Absicht und verdrehte ihr den Arm auf dem Rücken, bis sie sich nicht mehr rühren konnte und vornüber gebeugt stand, als verneige sie sich vor einem König.

Ibing nahm ihr das Messer ab und lachte: »Was ist denn das für ein Spielzeug?« Er betrachtete die winzige Klinge und den unhandlichen Hirschhorngriff und schleuderte das Messer mit einer schnellen und gekonnten Bewegung in Richtung Hochsitz. Die Klinge blieb zitternd in einem der hölzernen Stützpfosten stecken.

Celestina strampelte und wehrte sich, so gut es ging, aber sie konnte nichts gegen den kräftigen Griff des Heidebauern ausrichten. Bei dem Versuch, mit den Füßen nach dem Mann zu treten, verlor sie das Gleichgewicht, landete auf den Knien und stieß sich den Kopf. Die Filzmütze fiel herunter, der Knoten im Haar löste sich, und Ibing pfiff leise vor Überraschung.

»Wenn das nicht unsere hübsche Zigeunerin ist«, sagte er und begrüßte Werner Olthues, der auf Ibings Käuzchenruf hin mit den anderen zum Hochsitz zurückgekehrt war. Sie trugen schwarze Tücher vor Mund und Nase und hatten die Hüte und Mützen tief ins Gesicht gezogen.

»Wo kommt die denn her?«, fragte der Schulzensohn.

»Vermutlich wirst du ihr gestern beim Fest etwas ausgeplaudert haben«, vermutete der Heidebauer, der neben Celestina kniete und ihr immer noch den Mund zuhielt. »Zufällig hat es sie bestimmt nicht an diesen Ort verschlagen.«

»Ich doch nicht«, empörte sich Olthues und nahm das Tuch vom Mund. »Was machen wir denn jetzt mit ihr?«

»Jemand hat den Pater ermordet«, meldete sich Henk zu Wort, als sei dies die Antwort auf die Frage des Schulzensohnes.

»Terhoente?« Ibing fuhr sich nachdenklich übers Kinn und zupfte an den Haarbüscheln über den Ohren. »Das schmeckt mir nicht.«

»Das Mädchen wird es nicht gewesen sein«, sagte Werner Olthues. »Man hat dem Pater den Hals umgedreht.«

»Umso schlimmer«, erwiderte der Heidebauer und schrie auf, als Celestina ihm in den Finger biss. Er gab ihr eine Ohrfeige, dass sie zu Boden ging und für einen Moment die Orientierung verlor.

»Vielleicht bringen wir sie erst einmal zum Schulzen?«, schlug Henk vor.

»Keine Zeit«, sagte Olthues.

»*Willem, luister*«, wandte sich Ibing an einen der Holländer und befahl ihm, die Zigeunerin zum Schulzenhof zu bringen und nicht aus den Augen zu lassen. Der Holländer nickte, fesselte Celestinas Hände auf dem Rücken und stellte sie auf die Beine.

»Lasst mich gehen, ihr Gauner!«, rief sie und baute sich vor dem Heidebauern auf. »Darf man nicht einmal mehr spazieren gehen?«

Ibing lachte nur abfällig.

»Das wird Vater gar nicht gefallen«, murmelte der Schulzensohn, »er wollte mit dieser ganzen Sache nichts zu tun haben. Du weißt, was er von Lambert hält.«

»Daran ist jetzt nichts zu ändern«, antwortete der Heidebauer grimmig. »Schaff sie weg«, befahl er dem Holländer Willem, »wir kümmern uns später um sie. Und sag dem Schulzenbauern, er soll gut auf sie aufpassen.«

Celestina wurde abgeführt und wäre am liebsten vor Scham im Boden versunken. Sie kam sich vor wie ein kleines Gör, das man beim Kirschenklauen erwischt hatte, zugleich aber wusste sie, dass mit den Schmugglern nicht zu spaßen war und das Verhör durch den Heidebauern kein Zuckerschlecken sein würde. Im selben Moment und zum ersten Mal seit langer Zeit war sie froh, dass sie kein Mann war. Einer Frau würden sie bestimmt nichts antun. Oder etwa doch?

»Wir dachten schon, du würdest nicht mehr kommen«, hörte sie die leiser werdende Stimme des Schulzensohnes durchs Gehölz.

»Wieso?«

»Weil doch Ruud ...«

»Schnauze!«, zischte der Heidebauer.

Dann verstummten die Stimmen.

Als Celestina mit Willem an der Kapelle anlangte, wunderte sich dieser, dass die Wache verschwunden war, und fragte: »*Waar is hij?*«

»Ich habe ihn niedergeschlagen«, antwortete sie etwas zu hastig.

Der Schmuggler zog die Stirn kraus und schnaufte ungläubig, doch als sie das Haus betraten und er den bewusstlosen Mann neben der Leiche des Paters auf dem Boden liegen sah, pfiff er anerkennend durch die Zähne. Er versuchte, den Kumpan zu wecken, doch der Mann reagierte weder auf Schütteln noch auf Ohrfeigen. Kill hatte ganze Arbeit geleistet.

»*Verfloekt!*«, schimpfte der Holländer, ließ den anderen dann liegen und schob Celestina zu dem Altar, auf dem ein Windlicht brannte und dessen Türen seltsamerweise offen standen.

Um dem Schmuggler keine Zeit zu lassen, über diesen Umstand länger nachzudenken, stieg sie freiwillig durch die schmale Öffnung. Da sie diesmal Hosen trug, hatte sie keine Schwierigkeiten, durch das Nadelöhr zu kriechen.

»*Dat vind ik vreemd*«, murmelte der Schmuggler, kratzte sich den Hinterkopf und beeilte sich, Celestina in den Tunnel zu folgen.

Fünfzehntes Kapitel
Berichtet von Eindringlingen und Ausbrechern

Der Dachboden des Ulsenkottens war eine einzige Rumpelkammer. Inmitten der Strohgarben und Heuhaufen, die sich hier seit der Zeit befanden, als die Festung noch eine Bauernkate gewesen war, lagerten alte Fässer, ein Ochsenjoch, einige Fangeisen, etliche ausgediente Truhen und ein bunt bemalter, wurmstichiger Bauernschrank. Daniel schaute zum Dach, das löchrig wie ein Schweizer Käse war. Überall fehlten Schindeln, und durch die handgroßen Löcher schien das Mondlicht in dünnen Strahlen. Weil das Dach nur mangelnden Schutz vor Regen bot, rostete das Eisen auf dem Speicher, das Holz moderte, und das Heu faulte vor sich hin.

Gero wies zum hinteren Ende des Dachbodens, wo zwei Türen zu den Kammern des Leutnants führten. Eine Art Geländer trennte den bewohnten Flett vom Speicherraum.

»Ob jemand in den Kammern ist?«, fragte er.

Daniel schüttelte den Kopf. »Vermutlich ist der Leutnant unten in der Stube, um schneller eingreifen zu können, wenn seine Leute Alarm schlagen. Ich glaube nicht, dass Ulsen schläft.«

Wenige Schritte neben der immer noch offen stehenden Giebeltür befand sich die Luke zur Tenne, unter der sich der Tisch des wachhabenden Zöllners befand. Vorsichtig öffnete Daniel die Klappe im Boden, schaute in die Dunkelheit und stellte erleichtert fest, dass der Tisch verwaist war. Er machte Gero ein Zeichen, sich ruhig zu verhalten und auf dem Dachboden zu bleiben, und wollte auf die Holzleiter steigen, die an das Scheunentor gelehnt stand, als sein Bruder ihn zurückhielt.

»Lass mich mitkommen«, bat Gero flüsternd.

Daniel schüttelte den Kopf. »Ich habe dich schon genug in die Bredouille gebracht. Außerdem brauche ich dich als Deckung. Solange niemand weiß, dass du hier oben hockst, habe ich ein As im Ärmel.«

Gero schien dieses Argument zwar einzuleuchten, aber es schmeckte ihm nicht. »Zu zweit können wir mehr ausrichten«, beharrte er halbherzig und zuckte dann resignierend mit den Schultern.

Daniel stieg hinunter und hatte zunächst Mühe, etwas zu erkennen. Auf der Diele war es duster wie im Keller, kein Licht brannte, und weil die Seitenschiffe zu geschlossenen Schlafkammern umgebaut waren, gab es keine Fenster auf der Tenne. Dennoch wusste er, welche Richtung er einschlagen musste, das Zähneknirschen des Zöllners wies ihm den Weg. Langsam tastete er sich an der Wand entlang und schaute dabei immer wieder zum Flett des Hauses, in dem sich der Leutnant aufhielt. Als er an der Schlafkammer angelangt war, aus der das Knirschen kam, öffnete er vorsichtig die Tür und schaute durch den Spalt. Weil sich seine Augen inzwischen an die Dunkelheit gewöhnt hatten und durch das winzige Fenster ein schwacher Widerschein des Mondlichts drang, konnte er die Umrisse des Zöllners auf dem Bett erkennen. Es handelte sich um den Mann namens Heinrich, der dem Leutnant am gestrigen Morgen die Schlüssel zum Verlies gegeben hatte. Dem Anschein nach war dieser Heinrich einer der wenigen Zöllner, die in der Ulsenburg nächtigten. Womöglich war die Burg sein Zuhause. Neben dem Bett stand ein Stuhl, auf dem der Zöllner seine Kleider abgelegt hatte. Auch wenn man in der Dunkelheit die Farbe des Rockes nicht erkennen konnte, war sich Daniel sicher, dass es sich um die grüne Uniformjacke handelte, an dessen Gürtel der Schlüsselbund befestigt gewesen war. Langsam kroch Daniel zum Bett, untersuchte Uniform samt Gürtel und musste enttäuscht feststellen, dass die Schlüssel nicht an ihrem Platz waren. Vermutlich trug der Zöllner sie am Leib. Vorsichtig hob Daniel das Leinentuch, das dem Mann als Bettdecke diente, und tastete ihn ab. Zunächst schnarchte und knirschte der Zöllner wie gehabt, doch als Daniel eine Stelle berührte, an der der Mann kitzlig zu sein schien, drehte er sich plötzlich um und schlug wie ein Pferd mit den Beinen aus. Das Knirschen hörte auf, und der Mann öffnete schwerfällig die Augen.

»Verdammte Biester!«, fluchte er und schlug nach den vermeintlichen Flöhen. »Gebt endlich Ruhe!«

Blitzschnell und bevor der schlaftrunkene Zöllner ihn hatte entdecken können, hatte Daniel sich zu Boden fallen lassen und war unter das Bettgestell gerutscht. Hier war es so staubig, dass er sich die Nase zuhalten musste, um nicht zu niesen. Über ihm drehte sich der Zöllner auf die andere Seite und seufzte wohlig. Das Bett knarrte. Dann Stille. Daniel hielt die Luft an, wartete gebannt und atmete schließlich erleichtert auf, als das Zähneknirschen von Neuem einsetzte. Er kroch unter dem Bett hervor und überlegte, ob er einen zweiten Versuch starten sollte, als er plötzlich aus den Augenwinkeln heraus eine Bewegung wahrnahm. Durch die halb offen stehende Tür sah er ein flackerndes Licht, das sich über die Tenne bewegte. Der Leutnant kam aus der Wohnstube direkt auf die Kammer zu und hielt eine Talgkerze in der Hand. Wieder verschwand Daniel unter dem Bett, lugte jedoch am Kopfende darunter hervor. Leutnant von Ulsen hatte inzwischen die Tür erreicht, doch anstatt einzutreten oder anzuklopfen, griff er mit einer kurzen, routinierten Handbewegung nach einem Haken, der direkt neben der Tür angebracht war. Dort hing er, der Schlüsselbund, hübsch ordentlich an der verabredeten Stelle deponiert. Daniel schüttelte den Kopf und musste schmunzeln. Das Einfache zuerst, lautete eine von Roloffs Maximen, die er seinem Ziehsohn ein ums andere Mal eingetrichtert hatte, doch wieder einmal hatte Daniel das Naheliegende übersehen. »Du denkst zu kompliziert«, sagte Roloff gerne.

Der Leutnant war wieder verschwunden, und Daniel hörte nun das leise Kratzen von Metall. Ein Schlüssel drehte sich knarrend im Schloss, ein Riegel wurde entfernt, eine eiserne Luke geöffnet und geschlossen. Dann war es still. Daniel verließ die Schlafkammer, schloss die Tür und ging zur Kellerluke. Geros Kopf tauchte plötzlich über ihm in der Luke auf.

»Er ist hinuntergegangen«, flüsterte er.

Daniel nickte und bedeutete seinem Bruder, an Ort und Stelle zu bleiben. Dann öffnete er die Bodenluke einen Spalt breit und horchte. Er hörte die Stimme des Leutnants, konnte jedoch nicht verstehen, was er sagte. Der Gefangene schien nicht zu antworten, nur sein rasselndes Lachen war zu vernehmen. Der Zöllner redete sich zunehmend in Rage und wurde nun lauter: »Wenn du Halunke glaubst, dass du heil aus dieser Geschichte herauskommst, dann hast du dich aber geschnitten. Ich weiß, dass ihr irgendwas vorhabt, und werde euch das Handwerk legen. Ich bin schon mit ganz anderen Gaunern fertig geworden. Verdammtes Bauernpack!«

Der Schmuggler antwortete mit einem glucksenden Lachen.

»Dein verdammtes Grinsen werde ich dir auch noch aus dem Gesicht schneiden«, fauchte von Ulsen. »Kleinholz machen wir aus dir!«

»Und warum habt Ihr dann solche Angst?« Zum ersten Mal sprach der Gefangene, und seine Stimme klang wie die eines Jungen, hoch und blechern, als habe er nie den Stimmbruch durchlebt. »Ich sehe es Euch an, dass Ihr vor Bammel zittert wie ein Hosenscheißer.«

»So?!« Die Stimme des Leutnants überschlug sich beinahe. »Das wollen wir doch mal sehen.« Daniel hörte, wie der Degen aus der Scheide gezogen wurde und Stahl auf Eisen traf. Vermutlich hatte der Leutnant mit der Waffe durch das Gitter gestoßen.

»Ein abgetakelter Soldat, weiter seid Ihr nichts«, stichelte der Schmuggler und lachte rasselnd. »Zu alt für einen anständigen Krieg, darum hockt Ihr hier im Wald und versteckt Euch wie ein Waschweib hinter albernen Palisaden. Ihr wollt ein Leutnant sein?! Dass ich nicht lache! Von Eurer Sorte habe ich während meiner Militärzeit so viele niedergemacht, dass ich sie kaum noch zählen kann. Die Wilden in Neu-Spanien haben mehr Mumm in den Knochen als Ihr.«

»Ihr wollt in Amerika gewesen sein?«, lachte von Ulsen, ohne zu merken, dass er den anderen mit dem respektvollen »Ihr« ansprach.

»*Si, señor*«, antwortete der andere. »aber keinem der Indianer könnt Ihr das Wasser reichen. Sie mögen gottlose Geschöpfe sein, aber niemals würden sie mit einem Degen durch ein Gitter nach einem unbewaffneten Mann stoßen. Im Gegensatz zu Euch besitzen diese Wilden nämlich Stolz und wissen wie Männer zu kämpfen und zu sterben.«

»Pah!«, rief der Zöllner, aber es klang nicht sehr überzeugt.

»Ihr seid ein aufgeblasener Popanz in einer weibischen Uniform, die eines Soldaten nicht würdig ist«, fuhr der Gefangene fort, und seine Fistelstimme klang nun kalt und berechnend. Er lachte nicht mehr und betonte jedes Wort, als habe er seine Rede in Gedanken schon oft gehalten. »Im Kampf Mann gegen Mann seid ihr ein Waschlappen, das sehe ich Euch an. Ohne den albernen Federbusch auf Eurem Kopf wärt Ihr nackter, als ich es ohne Kleidung bin. Wenn ich sterbe, dann wie ein richtiger Soldat, erhobenen Hauptes und ohne Reue. Könnt Ihr das auch von Euch behaupten? Seid Ihr stolz darauf, der Büttel des Bischofs zu sein und wie ein Vasall hinter Viehdieben und dummen Bauernlümmeln herzulaufen? Ihr seid es nicht wert, dass ich mich überhaupt mit Euch unterhalte. Wenn Ihr etwas zu sagen habt, dann kommt herein und sprecht wie ein Mann.«

So pathetisch und aufgesetzt die Worte des Gefangenen auch klangen, so widersprüchlich und widersinnig sie auch waren – denn wenn der Gefangene ein so stolzer Soldat war, warum hatte er sich dann den kleinen Viehdieben und dummen Bauernlümmeln angeschlossen, die er offensichtlich geringschätzte? – so schien die Rede des Schmugglers doch den wunden Punkt des Leutnants getroffen zu haben. Im Gespräch mit dem Zöllner hatte Daniel selbst bemerkt, wie angewidert von Ulsen von seinem Tun war, wie sehr es dem alten Kämpen widerstrebte, im Bruchwald nach Schmugglern und Wilderern Ausschau zu halten. Er hatte unter Jan de Weert gedient und gegen die Schweden und Hessen gekämpft, er hatte tapfere Männer neben sich sterben sehen und war von Schrot und Blei durchlöchert worden, die zum Teil noch heute in ihm steckten, nur um jetzt aufs Altenteil abgeschoben zu sein und von den guten alten Zeiten zu träumen. All das, was der Leutnant sich selbst seit seinem Dienstantritt vor sechs Jahren vorhielt, hatte er gerade aus dem Mund des Gefangenen gehört. Kapitän Funke hatte mit seiner wohlüberlegten Rede nur die Absicht gehabt, den Leutnant zu reizen und zu einer unüberlegten Handlung zu bewegen, und an dem Kratzen des Schlüssels im Schloss erkannte Daniel, dass der Gefangene sein Ziel erreicht hatte.

Eine Türangel quietschte, der Leutnant sagte etwas, das von Daniels Standpunkt aus nicht zu verstehen war, dann raschelte es, der Schmuggler lachte abfällig, und ein dumpfes Geräusch war zu vernehmen. Es folgte ein langes Schweigen. Nicht zu identifizierendes Scharren oder Schleifen drang aus der Zelle, jemand ächzte, ein anderer stöhnte, aber Daniel konnte die Seufzer nicht zuordnen, und deshalb öffnete er die Luke und betrat die Treppe.

»Nicht«, flüsterte Gero über ihm, doch Daniel hielt den Zeigefinger vor die Lippen, stieg in den Keller hinab und schloss die Luke. Wie bei seinem letzten Besuch im Kerker schlug ihm der beißende Fäkalgestank entgegen, Ratten huschten über den glitschigen Untergrund. Vor der

Zelle des Kapitäns stand die Talgkerze auf einem Hocker und erleuchtete den hinteren Teil des Verlieses, die Gittertür stand sperrangelweit offen, der Schlüssel steckte im Schloss, und das Rapier des Leutnants lag auf dem Boden. Auf Zehenspitzen näherte sich Daniel der Zelle, und als er hineinschauen konnte, bot sich ihm ein seltsames Bild. Der Leutnant stand über die Bettstelle gebeugt und fesselte den nackten Kapitän, der bäuchlings und ohne sich zu regen auf der Pritsche lag. So sah es zumindest auf den ersten Blick aus, doch als Daniel genauer hinschaute, bemerkte er, dass der bewusstlose Kapitän nicht mit Kot beschmiert war, sondern eine frische, rosige Haut hatte und dass andererseits der Leutnant seine Uniform allzu nachlässig trug. Der Hut saß ihm schief auf dem Kopf, seine nackten Füße waren schwarz vor Dreck, und das Hemd hing ihm aus der Hose. Neben der Tür lag ein quaderförmiger Stein auf dem Boden, und in der Wand hinter dem Bett befand sich ein Loch von der Größe dieses Steines. Im selben Augenblick wusste Daniel, was geschehen war. Vermutlich hatte der Gefangene Tage damit zugebracht, den Stein aus der Wand zu kratzen. Ohne Hilfsmittel, außer vielleicht dem Holzlöffel, dem man ihm zum Essen gegeben hatte, hatte er sich die Waffe besorgt, die er zu seinem Angriff benötigt hatte. Und der Leutnant war dumm oder stolz genug gewesen, ihm diesen Angriff zu gestatten.

Daniel schlich sich in die Zelle, nahm den Stein vom Boden, näherte sich dem Mann, der immer noch dabei war, dem Liegenden die Hände auf dem Rücken zu fesseln, und tippte ihm auf die Schulter. Kapitän Funke fuhr herum, starrte den Eindringling mit überraschtem Gesichtsausdruck an und wurde mit einem gezielten Schlag gegen die Schläfe ins Reich der Träume versetzt.

»Wünsche wohl zu ruhen«, sagte Daniel und hievte den bewusstlosen Kapitän über die Schulter, wobei er mit einem Brechreiz zu kämpfen hatte, da der Kapitän nach Kot stank, als sei er einer Sickergrube entstiegen. Daniel wollte gerade die Gittertür hinter sich schließen, als sich der Leutnant auf dem Bett regte. Er öffnete die Augen, würgte an dem Knebel in seinem Mund und zerrte an den Fesseln. Aus den Augenwinkeln heraus sah er Daniel mit dem reglosen Kapitän auf den Schultern und strampelte mit Händen und Füßen.

»Tut mir leid«, sagte Daniel bedauernd. »Ich kann Euch die Fesseln nicht abnehmen, denn ich habe meine eigenen Pläne mit dem werten Kapitän. Aber seid unbesorgt, Herr Leutnant, Ihr werdet bald befreit werden. Allerdings nicht von Euren Leuten.« Er schloss die Tür, steckte den Schlüssel ein und wandte sich ein letztes Mal an den nackten Mann auf der Pritsche: »Wenn der Schulzensohn gleich hier auftaucht, dann sagt ihm bitte, sein Bruder Lambert habe wegen einer Familienangelegenheit nicht auf ihn warten können.«

Die Augen des Leutnants weiteten sich zunächst und wurden dann zu schmalen Schlitzen. Er zerrte nicht mehr an den Fesseln, sondern nickte unmerklich mit dem Kopf.

Daniel nahm die Kerze vom Hocker und ging zur Treppe. Mit etwas Mühe öffnete er die Luke, ohne den Kapitän fallen zu lassen, und wurde von Gero empfangen, der ihm die Kerze abnahm. Gemeinsam hievten sie den Bewusstlosen auf den Tennenboden.

»Sie werden bald kommen«, flüsterte Gero. »Es sind für meinen Geschmack zu viele Käuzchen im Wald.«

»Verstehe«, sagte Daniel, verriegelte die Luke und deponierte den Schlüssel an dem Haken in der Schlafkammer.

Seit der Geschichte mit der offenen Giebeltür war Klaes Oudekott sichtlich ruhiger und entspannter geworden. Er hatte über sich selbst lachen müssen, und das hatte ihm geholfen, seine Nervosität abzulegen. Hubertus hatte völlig Recht, das Ganze war ein einziger Unfug. Zum Teufel mit Ulsen und seinen Hirngespinsten, es bestand überhaupt kein Grund, aufgeregt zu sein.

»Lass uns eine Pfeife rauchen«, sagte Klaes und klopfte Hubertus kameradschaftlich auf die Schulter. »Von dem Warten und Starren wird einem ganz wirr im Kopf. Ich seh' bald noch Gespenster.«

Während der Leutnant gerade vom Kapitän Funke überwältigt wurde, saßen die beiden Zöllner nichts ahnend neben dem niedergebrannten Scheiterhaufen, bliesen Rauchkringel in die Luft und unterhielten sich über das Schützenfest und die Ereignisse des Tages.

»Du hättest Tenfeldes Gesicht sehen sollen«, sagte der junge Zöllner und schlug sich belustigt aufs Knie. »Die Augen traten ihm fast aus dem Kopf. Und der stumme Junge hat geschrien, als sei der Krieg ausgebrochen. So ein seltsames Schießen habe ich noch nicht erlebt. Es war, als habe Vogelsang mit einer Zauberkugel geschossen. Der Knall war lauter als die anderen, und der Vogel flog in kleinen Fetzen von der Stange, als sei er explodiert.«

»Eine Freikugel?«, fragte Klaes.

Hubertus zuckte mit den Schultern und runzelte dann die Stirn. »Möglich wär's schon«, sagte er, »dem Vogelsang traue ich eine Hexerei durchaus zu. Wie hätte ein so miserabler Schütze sonst derart meisterlich treffen können? Das ging nicht mit rechten Dingen zu.«

»Dem Leutnant kann's nur recht sein, dass der Wirt nicht König geworden ist«, erwiderte Klaes und zog an seiner Pfeife. »So muss er heute Abend wenigstens nicht zum Thron, um dem Sohn des Vogts seine Aufwartung zu machen.«

»Dann hätte er auch selbst die Wache übernehmen können«, maulte der andere. »Stattdessen liegt er bequem in den Federn und lässt es sich gut gehen.« Er schaute zum Seiteneingang des Kottens, vergewisserte sich, dass der Leutnant nicht zu sehen war, und holte eine kleine Flasche aus der Brusttasche seiner Uniform. »Ich finde, wir haben uns eine kleine Belohnung verdient«, sagte er, entkorkte die Flasche, trank und reichte Klaes den Branntwein.

»Wenn das der Leutnant wüsste«, sagte Klaes und kicherte leise. »*Gezondheid!*« Dann setzte er die Flasche an den Mund und nahm einen großen Schluck.

Es war etwa halb eins, der Mond war inzwischen untergegangen, und die Glut des Tabaks war die einzige Lichtquelle weit und breit. Der zweifache Ruf eines Käuzchens drang durch den Wald, ein anderer Kauz antwortete, ein dritter Vogel krächzte, als würde ihm die Gurgel umgedreht, und Klaes schloss für einen Moment die Augen. Er streckte sich, und der Alkohol breitete sich wohlig in seinem Körper aus. Er trank selten Schnaps, da er ihn nicht vertrug, und die Müdigkeit tat das ihre. Die Geräusche des Waldes verschwammen zu einem beruhigenden Klangteppich, wie das Rauschen der Nordsee, die er noch nie gesehen hatte. Mit nackten Füssen lief er durch die schäumende Gischt, dass die Zehen kribbelten, als sei er in einen Ameisenhaufen getreten. Der salzige Wind wehte ihm um die Nase, eine Möwe kreischte, ein Schiff feuerte eine Kanone ab, und ein Schlag gegen die Schulter riss ihn aus dem Schlaf.

»Sie greifen an!«, rief Hubertus Homölle und zerrte an ihm.

»Wer?«, fragte Klaes und rieb sich die Augen.

Im selben Moment krachte das Holz der provisorisch geflickten Palisaden. Mit einem Baumstamm, den sie zuvor benutzt hatten, um den Wassergraben zu überqueren, stürmten die Angreifer auf die löchrige Umzäunung los, und die angenagelten Bretter gingen entzwei als seien sie aus Rinde. Das Krachen des Rammbocks war das Geräusch gewesen, das Klaes in seinem Traum für das Donnern einer Kanone gehalten hatte. Bevor er überhaupt wusste, was um ihn herum vor sich ging, wimmelte es auf dem Hof von bewaffneten Männern, die schwarze Tücher vor Mund und Nase gebunden und ihre Hüte tief in die Stirn gezogen hatten.

Hubertus sprang auf und wollte zur Alarmglocke rennen, doch ein maskierter Kerl trat ihm in den Weg und schlug ihn mit einem Gewehrkolben nieder. Dies war der Augenblick, in dem Klaes nach seiner Waffe griff. Noch nie hatte er auf einen Menschen angelegt, aber die Flinte war geladen, und zum Schießen war sie schließlich da. Ohne sich recht zu besinnen, zielte er auf den Maskierten, drückte ab und verfehlte sein Ziel. Der Hut des Angreifers flog in hohem Bogen davon, aber der Mann selbst blieb unverletzt. Er starrte Klaes ungläubig an und richtete seine Waffe auf ihn. Nur wenige Sekunden später explodierte Klaes'

Schulter, und die Gewalt des Schusses streckte ihn nieder. Der Schmerz kam, als der Knall längst verhallt war. Klaes lag auf dem Boden, hielt sich das zerschmetterte Schlüsselbein und starrte in die Mündung des rauchenden Gewehrs.

»*Verduiveld!*«, fluchte der Mann, der auf Klaes geschossen hatte. Zwei Haarbüschel über den Ohren standen wie Rasierpinsel von seinem Glatzkopf ab. »*Ben-je dom!*«, rief der Mann. »*Niet bewegen!*«

Doch Klaes hörte und begriff nichts, es klingelte in seinen Ohren, alles drehte sich vor seinen Augen, der Schmerz nahm ihm den Atem, und bevor er sich rühren oder etwas sagen konnte, erlöste ihn die Bewusstlosigkeit.

»Los!«, rief der Holländer mit der Glatze und wies zum Kotten.

Zwei Angreifer blieben auf dem Hof zurück und hielten die Überwältigten in Schach, während die anderen – es waren sechs oder sieben Mann – durch den Seiteneingang ins Haus stürmten. Die Wohnstube war leer, ebenso die Lucht, und als die Männer auf die Tenne traten, stand der Zöllner Heinrich im Nachthemd vor seiner Kammer und streckte erschrocken die Hände in die Höhe.

»Wo steckt der Leutnant?«, rief ein Maskierter, unter dessen Lederhut einige blonde Locken hervorschauten. Durch das Tuch vor seinem Mund klangen seine Worte dumpf und fast unverständlich.

Heinrich zuckte mit den Schultern.

»Sprich!«, befahl der Blondgelockte, »oder soll ich dir erst den Schädel einschlagen?«

Doch der Angesprochene war nicht in der Lage, ein einziges Wort von sich zu geben, und schüttelte nur den Kopf.

Der Glatzkopf, der den von der Kugel durchlöcherten Hut inzwischen wieder aufgesetzt hatte, kam mit zwei Männern aus dem Flett des Hauses und sagte: »Nichts. Der Leutnant ist verschwunden.«

»Die Schlüssel zum Kerker!« Der Blonde streckte seine Hand aus.

Heinrich griff automatisch nach dem Haken neben der Tür und überreichte dem Maskierten den Schlüsselbund.

Während der Zöllner gefesselt und zu den anderen Gefangenen nach draußen gebracht wurde, versammelten sich die restlichen Männer um die Kelleröffnung.

»Das ist eine Falle«, sagte der Blonde.

»Mag sein«, erwiderte der Glatzkopf. Trotzdem entfernte er den Riegel, öffnete vorsichtig die Luke und spähte hinunter. Da nichts zu sehen oder hören war, riss er die Falltür auf und rief: »Macht keinen Unsinn, Ulsen! Wir sind bewaffnet. Ihr habt keine Chance. Kommt mit erhobenen Händen heraus!«

Die Antwort war Stille.

»Kapitän Funke?«, rief nun ein weiterer Mann, der einen Dreispitz auf dem Kopf trug.»Wenn Ihr uns hört, dann meldet Euch! Ist der Leutnant bei Euch?«

Wieder antwortete niemand. Dem Glatzkopf platzte nun der Kragen, und ehe ihn einer der Männer zurückhalten konnte, stieg er mit schnellen Schritten die Treppe hinunter. Er hatte sein Gewehr nachgeladen, hielt es im Anschlag und machte sich darauf gefasst, im nächsten Moment aus dem Hinterhalt angegriffen zu werden, doch niemand stürzte sich auf ihn, kein Schuss fiel, keine Klinge stieß zu.

»Die Luft ist rein!«, rief er noch oben. »Das heißt, rein ist vielleicht das falsche Wort. Es stinkt zum Erbarmen.«

Die Schmuggler stiegen in den Kerker, hielten sich die Nase zu und gaben angeekelte Kommentare ab. Nachdem sie sich überzeugt hatten, dass die vordere Zelle verwaist war, drängten sie sich vor dem Gitter der hinteren Zelle und brachen in wildes Gelächter aus, als sie den nackten Leutnant auf der Pritsche liegen sahen.

»Das sieht dem Halunken ähnlich«, rief der Blondgelockte. »Wir stürmen die Burg, und er hat sich längst selbst befreit.«

»Und den Zöllner eingesperrt«, setzte der Mann mit dem Dreispitz hinzu.

»Aber wo steckt er bloß?«, fragte der Holländer und öffnete mit dem Schlüssel die Tür. Er richtete sein Gewehr auf den Leutnant und nahm ihm den Knebel aus dem Mund. *»Waar is de kapitein?«*

»Weg«, antwortete von Ulsen grinsend.

»Was soll das heißen?«, fauchte der Dreispitz.

»Man hat Euren Anführer geraubt.«

»Geraubt? Wie? Wer? Warum?«, gingen die Stimmen durcheinander. »Was redet Ihr für einen Unsinn?! Macht das Maul auf, sonst setzt es was!«

»Der rothaarige Scholar hat ihn entführt«, fuhr der Leutnant fort und schaute die Maskierten einen nach dem anderen an. »Wer von Euch ist der Schulzensohn?«

Der Blonde zuckte unmerklich zusammen, doch niemand sagte etwas. Alle starrten gebannt zur Pritsche und warteten auf Weiteres.

»Ich soll Euch ausrichten, dass Euer Bruder Lambert wegen einer Familienangelegenheit nicht auf Euch warten konnte.« Nun war es der Leutnant, der laut auflachte, und erst ein schmerzhafter Fußtritt in die Seite brachte ihn zum Schweigen.

»Verfloekt!«, schimpfte der glatzköpfige Holländer.

»Dieser elende Mistkerl!«, rief der Blonde und ballte die Fäuste. »Ich habe doch gewusst, dass der irgendetwas im Schilde führt.«

»Wo steckt dieser Scholar?«, fragte der Mann mit dem Dreispitz, der dem Leutnant in die Seite getreten hatte. »War er allein?«

Ulsen zuckte mit den Schultern und spuckte dem Mann ins vermummte Gesicht. Dieser wollte sich auf ihn stürzen, wurde jedoch von dem Holländer zurückgehalten.

»*Niet!*«, befahl er, und tatsächlich gehorchte der andere augenblicklich und ließ von dem Gefesselten ab.

»Wann war der Schurke hier?«, fragte der Blonde.

Der Leutnant antwortete mit einer Gegenfrage: »Weiß Euer Vater, was Ihr hier treibt?«

»Schnauze!«, fauchte der Blonde, machte auf dem Absatz kehrt und verließ die Zelle. »Knebelt ihn!«, befahl er seinen Kumpanen. »Und schafft die anderen Kommisen in den Kerker.«

Sechzehntes Kapitel
Handelt von einem bösen Erwachen

Ungefähr zu dem Zeitpunkt, als der Schmuggler Willem mit Celestina auf dem Schulzenhof anlangte und der Zöllner Oudekott vom Heidebauern niederschossen wurde, schafften Daniel und Gero den bewusstlosen Kapitän auf den Dachboden der Festung. Lambert Olthues machte nicht die geringsten Anstalten, demnächst aufzuwachen, und so verstauten sie ihn in einer alten, wurmstichigen Truhe und bedeckten diese mit Stroh. Anschließend nahm Gero eines der Fangeisen, stellte es vor die Truhe, klappte die gezackten Eisen auseinander und entriegelte die Falle.

»Sicher ist sicher«, flüsterte er.

Daniel nickte und wies mit einer Kopfbewegung zum Dach. Direkt über ihnen befand sich das Loch, durch das Gero vor einer Stunde auf den Speicher gelangt war. Gero verstand, kletterte auf einen der Querbalken und von dort zur Öffnung hinaus. Daniel folgte ihm, hatte jedoch einige Mühe, sich durch das winzige Loch zu quetschen. Während unter ihnen der Heidebauer die Kammern des Leutnants durchsuchte und der Zöllner im Nachthemd auf der Tenne von Werner Olthues verhört wurde, lagen Daniel und Gero auf der Ostseite des Daches und hielten sich am Dachfirst fest, um nicht herunterzurutschen.

»Und was jetzt?«, flüsterte Gero.

»Traust du dich, bis zur Remise zu laufen, und mit der Leiter über den Zaun zu klettern?«

»Ich lass dich doch jetzt nicht im Stich«, empörte sich Gero.

»Wenn sie die Leiter finden, werden sie glauben, dass wir das Weite gesucht haben«, antwortete Daniel. »Sobald du im Bruchwald bist, kannst du ruhig etwas Lärm machen und Selbstgespräche führen. Aber gib Acht, dass sie dich nicht einholen.«

»Hmm«, machte Gero, und es war ihm anzusehen, dass er Daniels

Plan für vernünftig hielt, auch wenn ihm die eigene Rolle darin gar nicht behagte. »Und dann?«, fragte er.

»Warte unter dem Hochsitz an der Landwehr auf mich!«

»Was hast du mit dem Kapitän vor?«

»Ich werde ihm einige Fragen stellen«, sagte Daniel und schaute über den Dachfirst auf die andere Seite des Hofes, wo einer der Schmuggler sich um den verletzten Zöllner kümmerte, während der andere zum Seiteneingang ging, um zu erfahren, was im Kotten vor sich ging. Daniel machte Gero ein Zeichen, drückte beide Daumen und glitt vom Dach hinab, als hänge er wie eine Spinne am seidenen Faden. In dem Moment, als die Schmuggler in den Keller vordrangen und den nackten Leutnant in seiner Zelle entdeckten, rannte Gero in geduckter Haltung zum Schuppen und verschwand dahinter.

Eine Zeitlang war alles ruhig, nur der verwundete Zöllner fluchte leise und stritt mit seinem Kollegen, weil dieser ihn nicht früher geweckt hatte. Dann hörte Daniel plötzlich Schritte und Stimmen unter sich.

»Glaubst du, dass der Kerl so dumm ist, sich auf dem Dachboden zu verstecken, während wir die Burg überfallen?«

»Lass uns wenigstens nachschauen.«

»Hier ist doch nichts als Gerümpel.«

»Sieh zumindest im Schrank nach!«

Eine Tür knarrte und wurde gleich darauf wieder geschlossen.

»Nichts. Aber die Giebeltür steht offen.«

»Lass uns runter gehen, wir vergeuden hier nur unsere Zeit. Vielleicht finden wir auf dem Hof irgendwelche Spuren.«

Kurz darauf war es wieder still. Daniel kroch durch die Öffnung, stieg auf einen der Strebebalken und balancierte darauf entlang, bis er direkt über der Lucht stand und auf den Tennenboden schauen konnte. Er sah den Schein einer Kerze und blickte direkt auf den Lederhut des Schulzensohnes. Werner Olthues hielt plötzlich inne und schaute nach oben. Daniel erstarrte und hielt die Luft an, doch weil es auf dem Dachboden so finster war, konnte Olthues ihn nicht sehen.

»Was ist?«, hörte Daniel die Stimme des Heidebauern.

»Ich komme schon«, antwortete Olthues und betrat die Stube.

Daniel stieg von seinem Balken, kroch um die Lucht herum, kletterte über das Geländer und betrat die rechte Kammer, die sich direkt über der Stube befand. Es handelte sich um das Schlafzimmer des Leutnants, das verglichen mit Heinrichs Zimmer richtig wohnlich wirkte. Daniel suchte den Boden ab und fand neben dem Bett ein Astloch, durch das er hinunterschauen und das Gespräch der Schmuggler verfolgen konnte.

»Wir stecken ganz schön in der Klemme, Gerrit«, sagte der Schulzensohn in diesem Moment. »Der Leutnant weiß, wer wir sind.«

»Dummes Zeug«, erwiderte der Heidebauer, »wir waren vermummt.

Und hinter den Masken konnte man unsere Stimmen nicht erkennen.«

»Aber er weiß es«, beharrte Werner Olthues.

»Wie will er es beweisen?«, fragte Henk und legte den Dreispitz auf den Tisch. »Der Scholar kann erzählen, was er will, das hat gar nichts zu besagen.«

»Richtig«, sagte Ibing und fuhr sich mit der Hand über die Glatze. »Nicht der Leutnant ist das Problem, sondern dieser Daniel.«

»Was treibt der für ein Spiel?« Der Schulzensohn raufte sich die Haare und schlug dann mit der Faust auf den Tisch. »Woher weiß er von Lambert? Und wieso wusste er, dass wir heute hier erscheinen würden? Verfluchter Mist!«

»Und warum, zum Teufel, bringt er den Pater um?«, fragte Henk.

»Du glaubst, dass der Scholar …?«

»Pater Hilarius wird sich kaum selbst den Hals umgedreht haben«, sagte der Heidebauer, »auch wenn ich bezweifle, dass der Rothaarige soviel Kraft hat, einem Mann das Genick zu brechen. Dafür braucht man …« Er hielt plötzlich inne, hob die Augenbrauen und machte ein nachdenkliches Gesicht. Ein neuer Gedanke schoss ihm durch den Kopf, doch dieser Gedanke war so abwegig, dass er ihn mit einem Kopfschütteln abtat. »Dieser Tag ist wirklich verflucht! Erst Ruud, dann der Pater, dann das Mädchen und jetzt …«

»Das mit deinem Jungen tut mir leid«, sagte Olthues.

»Halt's Maul!«, zischte der Heidebauer.

Im selben Moment betrat ein weiterer Mann die Stube und berichtete, sie hätten eine Art Leiter hinter dem Schuppen gefunden. »Sie stand an den Zaun gelehnt«, meldete er und stand stramm wie ein Soldat, »außerdem haben wir Geräusche im Moor gehört.«

»Sollen wir hinter ihnen her?«, fragte der Schulzensohn.

»Nachts ins Moor?«, erwiderte Henk. »Bist du verrückt? Außerdem ist der längst über alle Berge. Und der Kapitän mit ihm.«

»Aber was machen wir denn jetzt?«

»Wir tauschen«, sagte der Heidebauer.

»Tauschen?«, stutzte Werner und begriff dann. »Du meinst …?«

»Sicher! Immerhin ist sie seine Schwester.«

Olthues machte ein langes Gesicht. »Seine Schwester?« Er schüttelte ungläubig den Kopf. »Aber sie ist eine Zigeunerin.«

Daniel fuhr zusammen, stieß mit dem Kopf gegen den Bettpfosten und machte eine Bewegung, so dass die Diele knarrte.

»Was war das?«, fragte der Heidebauer. »Das kam von oben!«

Einen Moment lang war Daniel so verdutzt, dass er sich nicht regen konnte. Doch dann war er mit wenigen Schritten aus dem Zimmer, sprang über das Geländer, schlich zum Schrank und verkroch sich darin, bevor Henk und ein weiterer Mann auf dem Dachboden erschienen.

»Wir haben doch schon alles abgesucht«, sagte der zweite Mann.

»Dann suchen wir eben noch mal«, antwortete Henk.

Daniel saß in seinem Versteck, griff nach seinem Dolch und machte sich darauf gefasst, jeden Moment entdeckt zu werden. Er hörte die Männer Gegenstände verrücken und das Stroh durchsuchen, jemand hustete, weil er Staub geschluckt hatte, die Schritte kamen näher und stoppten plötzlich.

»Was ist denn das hier?«, fragte Henk.

»Keine Ahnung«, sagte der andere desinteressiert, »was kann es schon Großartiges sein? Eine Strohgarbe.«

»Mal sehen«, sagte Henk und schrie im nächsten Moment vor Schmerz auf. »Verdammter Mist! Hilf mir doch!«

»Was ist denn da oben los?«, fragte der Heidebauer.

»Henk ist in ein Fuchseisen getreten«, antwortete der zweite Schmuggler, und es war offenkundig, dass er nur mühsam ein Lachen unterdrückte. »Jetzt stell dich nicht so an und halte still«, wandte er sich an den Gepeinigten. »Sei froh, dass es keine Bärenfalle war.«

»So ein Mist!«, fluchte der Knecht des Heidebauern, und kurz darauf schepperte es, als das Fangeisen gegen den Bauernschrank flog. »Lass uns bloß hier verschwinden!«, rief Henk und stöhnte leise.

»Darf ich dich jetzt Reinecke nennen?«, fragte der andere und prustete los. Wieder schepperte etwas, und diesmal war es der zweite Schmuggler, der vor Schmerz aufschrie. Unter dem Gelächter der anderen Männer stiegen sie vom Speicher.

»Zum Schulzen!«, befahl der Heidebauer.

Eine Tür knallte. Das Lachen wurde dumpfer, die Stimmen verhallten. Dann war es mucksmäuschenstill.

Daniel wartete noch einen Moment, stieg schließlich aus dem Schrank, lief zur Giebeltür und vergewisserte sich, dass die Schmuggler das Gelände verlassen hatten. In seinem Hirn ging es hin und her, er konnte keinen klaren Gedanken fassen. Solange er die Fäden in der Hand gehalten hatte, war er – trotz aller Gefahr – ganz ruhig geblieben. Doch nun waren ihm die Fäden entglitten. Sie hatten Celestina in ihrer Gewalt, und er überlegte krampfhaft, was nun zu tun sei. Sein erster Gedanke war, den Kapitän einfach an Ort und Stelle liegen zu lassen und zum Schulzenhof zu eilen. Doch dann verwarf er diese Überlegung. Der Kapitän war Celestinas Lebensversicherung. Solange die Halunken nicht wussten, wo ihr Anführer steckte, würden sie ihr kein Haar krümmen. Der Heidebauer hatte Recht, es musste zu einem Tausch kommen. Auch wenn Daniel nicht zu sagen vermochte, wie er und Celestina nach erfolgtem Tausch mit heiler Haut davonkommen sollten. Sie wussten zu viel und waren für die Bande zu einer Bedrohung geworden.

Mit düsterer Miene und gerümpfter Nase befreite Daniel den Kapitän aus seiner Truhe und griff nach einem Seil, das von einem Dachbalken hing. Lambert Olthues wachte in dem Moment aus seiner Bewusstlosigkeit auf, als Daniel ihm die Hände auf dem Rücken verschnürte. Doch statt sich zu wehren oder an den Fesseln zu zerren, blieb er ganz ruhig und starrte wie gebannt auf den Mann, der ihn niedergeschlagen hatte und nun mit dem Dolch in der Hand wie ein Schatten über ihm stand. Auch die Füße fesselte Daniel, allerdings so lose, dass Olthues in Trippelschritten gehen konnte.

»Kommt!«, befahl er und führte den Schulzensohn zur Treppe.

»Was habt Ihr mit mir vor?«

»Wir werden Eurem Vater einen Besuch abstatten«, antwortete Daniel und führte den Gefangenen zur Wohnstube. Er griff nach einem Windlicht, das die Schmuggler auf dem Tisch zurückgelassen hatten, und schob den humpelnden Kapitän durch die Tür.

Als Olthues das bleiche Gesicht und die roten Haare seines Gegenübers im Kerzenschein sah, erkannte er den Mann, der ihn am Vortag im Kerker besucht hatte, und seine Miene nahm einen lauernden Ausdruck an.

»Wer schickt Euch?«, fragte Lambert. »Wer seid Ihr?«

»Euer Neffe«, antwortete Daniel.

»Mein Neffe ist noch ein kleines Kind«, sagte der Mann mit der Fistelstimme und schnaufte abfällig. »Meine Schwester Josepha hat erst vor wenigen Jahren einen Sohn geboren. Was soll der Unsinn?«

»Nicht der Sohn Eurer Schwester«, erwiderte Daniel, »sondern der Sohn Eures Bruders.«

Lambert Olthues wollte laut auflachen, doch dann hielt er plötzlich inne und erstarrte. »Matthes?«, fragte er und zog die Stirn kraus.

Daniel zog den Hut und sagte: »Derselbe.«

»Du bist also zurückgekehrt?«

»Ihr zweifelt nicht an meinen Worten?«

»Hab ich's doch gewusst!« Der Schulzensohn lachte rasselnd und schüttelte den Kopf. »Vater glaubt, dass dich die Wölfe ausgegraben und gefressen haben, aber wir haben keine Knochen gefunden.«

»Die Zigeuner haben mich entführt«, erwiderte Daniel. »Das habt Ihr doch selbst gesagt. Ihr habt keine Ahnung, wie nahe Eure Worte der Wahrheit kamen.«

»Der Pater hat behauptet, die Erde sei unberührt gewesen, bevor er und der Dummkopf nach dir gegraben haben«, sagte Lambert und seine hohe Stimme wurde zu einem Säuseln. »Terhoente ist fest davon überzeugt, dass du in die Hölle hinabgefahren bist.«

»Wo er nun selbst schmort«, sagte Daniel und öffnete das Tor der Ulsenburg. »Genauso wie Tenfelde.«

Lambert zuckte unmerklich zusammen, räusperte sich dann und

betrat den Hohlweg, der zur Landstraße führte. Er trippelte neben Daniel her und fragte: »Und jetzt bin ich an der Reihe?«

»Wieso seid Ihr nicht bei den Soldaten geblieben?«, antwortete Daniel. »Was hat Euch nach Ahlbeck zurückgetrieben?«

»Kannst ruhig ›du‹ sagen«, erwiderte Lambert und lächelte eigentümlich, »immerhin sind wir verwandt. Mehr als dir lieb sein kann.«

»Wieso seid Ihr nicht in Amerika geblieben?«, fragte Daniel, ohne auf den kameradschaftlichen Ton seines Onkels einzugehen.

»Heimweh«, antwortete Lambert. »Du wirst es nicht glauben, aber ich habe diesen gottverlassenen Ort vermisst. Vor sechs Jahren, kurz nachdem der Leutnant sich im Moor breitgemacht hat, bin ich zurückgekehrt.« Sie hatten inzwischen den Hessenweg erreicht. In der Ferne konnte man das Klappern der Kolkmühle hören. Linker Hand ging es nach Ahlbeck, rechts führte der Weg zur Landwehr. Ein Hofhund bellte. Es raschelte im Unterholz.

»Warum seid Ihr überhaupt fortgegangen?«, wandte Daniel sich an den Schulzensohn. »Matthes hatte man in einem leeren Sarg auf dem Ahlbecker Friedhof beerdigt. Der verrückte Pater war durch das Beichtgeheimnis gebunden. Ruud war im Kloster. Kein Mensch hat Verdacht geschöpft. Warum habt Ihr das Dorf verlassen?«

»Das solltest du besser meinen Vater fragen.«

»Genau das habe ich vor«, antwortete Daniel.

Im gleichen Moment bemerkte er eine Bewegung hinter sich, es zischte, und ein Messer fuhr nur eine Handbreit neben seinem Ohr in einen Baumstamm.

»*Voila!*«, hörte er die Stimme des Chevaliers, der nun mit den anderen Männern aus dem Unterholz gekrochen kam. »Was für ein Wurf!«

»Was hat das zu bedeuten?«, rief Roloff, der hinter Pierre aufgetaucht war. Er ging drohend auf Daniel zu, packte ihn am Schlafittchen und deutete auf das Messer. »Hast du Juro etwa auch ins Moor geschleppt? Was geht hier eigentlich vor?«

Daniel befreite sich aus dem Griff, zog das Messer aus dem Stamm und betrachtete es kopfschüttelnd. Der Schaft war aus Hirschhorn und die Klinge winzig. Das Messer eines Kindes.

Gero stand neben seinem Vater, hielt sich die Wange, als habe er Zahnschmerzen, und erklärte: »Es steckte in einem Balken des Hochsitzes. Es ist Juros Messer, ich habe es ihm selbst gebastelt. Darum bin ich zur Kapelle und habe die anderen dort getroffen.«

»Sie haben Celestina.« Daniel wich Roloffs fragendem Blick aus.

»Celestina?« Die Frage kam von Johann Ohnebein, der unwillkürlich einen Schritt zurück machte und ebenfalls betreten zu Boden starrte. »Verrücktes Weib«, murmelte er.

»Will mir mal jemand erklären, was hier los ist?«, fauchte Roloff.

»Die Schmuggler haben Celestina gefangen«, sagte Daniel. »Johann hat ihr von unserem Plan erzählt. Darum hat sie sich im Moor herumgetrieben und scheint den Halunken in die Hände gelaufen zu sein.« Als Roloff auf Ohnebein losgehen wollte, hob Daniel beschwichtigend die Hände und setzte hinzu: »Sie werden ihr nichts tun, denn ich habe einen Faustpfand.«

»Was seid ihr eigentlich für eine seltsame Bande?«, meldete sich in diesem Moment der Schulzensohn zu Wort. Er betrachtete zunächst den zerlumpten Bettler und dann den herausgeputzten Franzosen und lachte sein rasselndes Lachen. »Führt ihr eine Theaterposse auf? Oder seid ihr einfach nur geisteskrank?«

Als Roloff die Fistelstimme hörte, fuhr er herum und sah dem Mann in der schlechtsitzenden Uniform überrascht ins dreckverschmierte Gesicht. »Die Stimme«, sagte er.

Daniel nickte. »Das ist der Kapitän, auf den es die Schmuggler abgesehen hatten. Der Sohn des Schulzen. Wir werden ihn gegen Celestina tauschen.«

»Gegen ein elendes Weibsstück?«, empörte sich Lambert.

Kill machte einen Satz und verpasste dem Schulzensohn eine Ohrfeige, dass diesem Hören und Sehen verging. Lambert wankte wie ein ausgeklapptes Schachtelmännchen, wollte sich aber dennoch auf den Zigeuner stürzen, vergaß dabei, dass seine Füße gefesselt waren und landete vornüber mit dem Gesicht im Staub.

»Holà!«, rief Pierre und lachte.

»Seid Ihr ein Schwein, oder warum wälzt Ihr Euch im Dreck?« Der Ungar Balázs stemmte seine Fässerarme in die Seite und setzte hinzu: »Zumindest stinkt Ihr wie ein Eber.«

»Und wo halten die Gauner sie gefangen?«, fragte Malte, der sich bislang im Hintergrund gehalten und die Szene beobachtet hatte, als überlege er, wie er aus alledem eine Moritat machen könnte.

»Auf dem Schulzenhof«, antwortete Daniel.

»Dann los!«, befahl Roloff und schritt mit finsterer Miene voran. Die anderen beeilten sich, ihm zu folgen, Pierre schulterte sein Gewehr, Frante rieb sich die Hände, Malte lächelte unternehmungslustig. Den Abschluss der seltsamen Prozession bildete Daniel mit dem immer noch benommenen, aber vor Wut schäumenden Kapitän.

»Was hat die Suche ergeben?«, fragte Daniel den vor ihm Gehenden. »Habt ihr die Schatzkammer gefunden?«

»I wo!«, grunzte Ohnebein, der sich offensichtlich unwohl in seiner Haut fühlte und am liebsten im Dickicht verschwunden wäre. »Von wegen Schatz! Was meinst du, wo wir in Holland rausgekommen sind?«

Daniel überlegte einen Moment und sagte dann: »Vermutlich in einem niedergebrannten Kotten.«

»Woher weißt du das?« Ohnebein sah den anderen überrascht an. Daniel schaute zum Galgenbülten, den sie gerade passierten. Sein Vater lag hier begraben, schoss es ihm durch den Kopf, zu Füßen des Galgens verscharrt, ohne Grabstein, ohne Gebet.
»Das ist eine lange Geschichte«, sagte er.

Siebzehntes Kapitel
Entlarvt eine Lüge

Noch nie in ihrem Leben hatte Celestina eine so riesige Wohnstube gesehen. Allein der Tisch, der in der Mitte des Raumes stand, war so groß wie der Planwagen, in dem Celestina mit ihrer Familie schlief. Die Wände waren aus Backstein gemauert und an einigen Stellen mit kunstvoll gefertigten Delfter Fliesen verkleidet, eine neue Mode aus den Niederlanden. Auch das übrige Mobiliar war mit hübsch ziselierten Beschlägen oder aufwändigen Drechselarbeiten versehen, und auf dem riesigen Bauernschrank in der hinteren Ecke der Stube, gleich neben dem Alkoven, waren in bunten Farben Szenen aus der Bibel dargestellt. Der Raum zeugte von der Wohlhabenheit des Schulzen und wirkte dennoch nicht protzig, sondern gemütlich und heimelig. Fünf Personen hielten sich augenblicklich darin auf. Neben Celestina, die auf einem Lehnstuhl am Tisch saß, hockte der Schmuggler Willem und säuberte sich mit einem Messer die Fingernägel. Zwar hätte auch Salzsäure den verkrusteten Dreck unter den verwachsenen Nägeln nicht beseitigt, aber mit dem Messer erinnerte Willem die Gefangene daran, wie unsinnig der Gedanke an Flucht sei. Am vorderen Ende des Tisches saß der Schulze und starrte mit finsterer Miene auf seine gefalteten Hände. Sein Bart leuchtete rot im Schein einer Kerze aus Bienenwachs, und in unregelmäßigen Abständen zeugten Stoßseufzer davon, wie sehr ihm diese Situation missfiel. Seitdem Celestina im Haus war und Willem dem alten Fuchs die Lage erklärt hatte, hatte dieser keine zwei Worte gesagt und die junge Zigeunerin, die er ohne Zweifel vom Festplatz wiedererkannte, nicht angesehen. Es schien beinahe so, als habe er Angst, ihr zu nahe zu kommen. Als sei sie ihm nicht geheuer.

Außer Celestina waren zwei weitere Frauen anwesend. Die eine war mindestens achtzig Jahre alt und sah aus wie eine lebende Leiche. Ihre Haut war von einer unnatürlichen, fast bläulichen Farbe und schimmerte wie Perlmutt, die Hände bestanden nur aus Knochen, und ihre leicht getrübten Augen lagen tief in den Höhlen. Dies war die alte Gerda, eine Magd, die seit ihrer Geburt auf dem Schulzenhof lebte und nun mehr oder minder stumpfsinnig auf ihren Tod wartete. Sie hatte seit Jahren kaum gesprochen und musste gefüttert werden, weil sie zu schwach war, den Löffel zu halten. All diese Informationen hatte Celestina von einem unscheinbaren, grauen Weib erhalten, das neben der Magd saß und sich als Jettchen Olthues vorgestellt hatte. Sie war nicht halb so alt wie die perlmutterne Magd, blickte aber ebenso stumpfsinnig drein. Von Kopf bis Fuß war sie in Grau gekleidet, und selbst ihre Haut schien sich der Kleidung angepasst zu haben. Sie sah aus, als habe man einen Eimer Taubenmist über sie entleert. Jettchen Olthues war die zweite Tochter des Schulzen, doch weil sie – anders als ihre ältere Schwester Josepha – unverheiratet geblieben war, lebte sie als alte Jungfer auf dem Hof und wurde von ihrem Vater wie eine Magd behandelt. Die wenigen Worte, die der Schulze in Celestinas Gegenwart von sich gegeben hatte, hatten seiner Tochter gegolten und sie auf barsche Art zum Schweigen aufgefordert. Seitdem saß sie wie zur Salzsäule erstarrt neben der Alten und zupfte an einem Knäuel Schafswolle herum.

»Warum seid Ihr nicht bei den anderen?«, wandte sich Celestina an den Schulzen und verschränkte die Arme vor der Brust. »Ihr tut beinahe so, als ginge Euch das alles gar nichts an.«

Joseph Olthues reagierte nicht.

»Wieso helft Ihr nicht, Euren Sohn zu befreien?«

»Lambert ist nicht mein Sohn«, murmelte Olthues, ohne den Blick von seinen Händen abzuwenden. »Nicht mehr.«

Aus den Augenwinkeln sah Celestina den erschrockenen Blick von Jettchen. Die Schulzentochter riss die Augen auf und wollte der Zigeunerin mit einem Kopfschütteln zu verstehen geben, dass dies kein sonderlich geeignetes Gesprächsthema sei, doch Celestina grinste nur und fragte: »Was hat er verbrochen? Wieso habt Ihr ihn vom Hof verbannt? Er war bei den Soldaten, nicht wahr?«

»Sei ruhig, *Meisje*!«, rief Willem. »Du weißt nicht, was du redest.«

»O doch, das weiß sie«, schnaufte der Schulze und lächelte plötzlich eigenartig. »Sie ist eine Zigeunerin und kann in der Hand lesen. Madame Fortuna! So ist es doch, oder? Du siehst einen Mörder am Galgen und einen Soldaten mit Flinte und einen Enkel, der nach mir sucht. *Hax pax max!* Lauter Zauberei.« Er lachte abfällig und setzte hinzu: »Wer hat dir von Matthes erzählt?«

»Er selbst«, antwortete Celestina.

»Oho!« Olthues klatschte in die Hände. »Schon wieder Geister! Man wird sie nicht los, diese verfluchten Geister. Er ist dir vermutlich im Traum erschienen, was? Das scheint er mit Vorliebe zu tun.«

»Mag sein.« Celestina schmunzelte, weil der Schulze nicht ahnen konnte, wie sehr er mit seinen Worten Recht hatte. »Mir wurde erzählt, unsere Leute hätten ihn entführt und getötet. Eine traurige Geschichte.«

Der Schulze schwieg und starrte auf die Tischplatte, doch seine Tochter nickte eifrig, während sie mit einem Kamm durch die widerspenstige Wolle fuhr und sie zum Spinnen vorbereitete. »Wie kann man nur ein kleines Kind ermorden und im Venn vergraben?«, rief sie und bekreuzigte sich. »Was sind das für Unmenschen!«

»Sie haben vermutlich ein Lösegeld gefordert?«

Jettchen schaute verwundert auf. »Nicht dass ich wüsste«, sagte sie und schüttelte den Kopf.

»Das waren aber dumme Zigeuner«, erwiderte Celestina scheinbar überrascht. »Entführen ein Kind und vergessen, ein Lösegeld zu fordern. Was meinst du, Willem?«, wandte sie sich an den Schmuggler. »Ein Verbrechen begehen, das keinen Gewinn bringt? So dumm wärst du nicht, oder?«

»Ich weiß nicht, wovon du sprichst«, antwortete der Schmuggler.

»Aber das tun doch die Zigeuner«, empörte sich Jettchen und fuchtelte mit dem Kamm herum, als habe sie eine Waffe in der Hand. »Sie stehlen die Kinder und töten sie. Das weiß doch jeder. Manchmal tauschen sie die Kleinen aus und legen Wechselbälger in die Krippe, oder sie essen sie mit Haut und Haar. Das ist nun mal ihre Natur. Schwarze Bestien sind das!«

»Wenn du das sagst, wird es wohl stimmen«, erwiderte Celestina und verzog das Gesicht zu einem mitleidigen Lächeln. »Aber als ich das letzte Mal ein Kind gestohlen und gegessen habe, habe ich es mir teuer bezahlen lassen.«

»Es reicht!«, fuhr sie der Schulze an. »Schluss mit dem Theater!«

»Gern«, erwiderte Celestina mit stoischer Miene, »aber Ihr haltet mich hier gefangen, habt Ihr das schon vergessen? Lasst mich gehen, und Ihr müsst mein dummes Geschwätz nicht länger ertragen. Ich werde meinen Mund über Eure Schmuggelei halten, das verspreche ich Euch. Wer glaubt schon einer schwarzen Bestie von Zigeunerin?«

Der Schulze schaute sie lange an und schüttelte dann den Kopf.

»Ihr seid hier die Gauner und Banditen«, eiferte sich Celestina und redete sich zunehmend in Rage, »aber mich und meine Leute beschimpft Ihr, als seien wir Kindsmörder und Kannibalen. Verdammte Heuchler! Nicht die Zigeuner oder irgendwelche Landstreicher haben Euren Enkel getötet, sondern Euer eigener Sohn Lambert und seine Kumpanen. Mit einem Schüreisen haben sie ihn erschlagen. In der Krippe, gleich neben der Stube.«

Celestina erinnerte sich, dass Daniel von einer ehemaligen Abstellkammer gesprochen hatte, die durch eine winzige Tür neben dem Alkoven zu erreichen war. Sie schaute sich in der Wohnstube um und stellte erstaunt fest, dass genau an der Stelle, an der sich die Tür befinden musste, der große Bauernschrank stand. Celestina stutzte und verstummte.

Jettchen sah den skeptischen Blick der jungen Frau, starrte nun selbst auf den Schrank und bekreuzigte sich mehrmals.

»Dummes Zeug!«, rief Olthues. »Die Zigeuner waren es!«
»Woher wollt Ihr das wissen?«, fuhr Celestina aus ihren Gedanken auf. »Ihr wart doch gar nicht auf dem Hof, als es geschah. Ihr wart in Enschede auf dem Markt.«
»Deventer«, verbesserte Jettchen und zuckte zusammen, als ihr Vater seine funkelnden Augen auf sie richtete.
»Du sei still!«, fauchte er.
»Als Ihr vom Markt zurückkamt, war der Junge längst tot und im Moor verscharrt. Angeblich von Herumstreunern verschleppt. Das hat zumindest Lambert behauptet und in Ahlbeck verbreitet. Aber Ihr wisst es besser. Es gab nämlich einen Zeugen, und der hat Euch berichtet, was in jener Winternacht tatsächlich geschehen ist.«
»Werner.«
Es war die alte Magd, die den Namen gemurmelt hatte, ohne die Lippen dabei zu bewegen. Alle sahen sie erstaunt an. Jettchen fasste sich ans Herz, als habe sie gerade einem Wunder beigewohnt, und auch der Schulze öffnete wie ein Fisch den Mund und starrte die alte Gerda ungläubig an. Diese lächelte selig und verfiel dann wieder in ihren vorherigen Stupor.
»Werner!«, wiederholte Celestina und nickte. »Ein kleiner Junge, der eines Nachts nicht schlafen konnte und seinen Bruder und zwei andere Männer beobachtete, wie sie einen Säugling erschlugen.«
»Nein!«, entfuhr es der Schulzentochter.
»Was kümmert dich das, du Hexe?!«, schrie Olthues und sprang auf, wobei der Stuhl nach hinten flog und gegen die Wand prallte. »Meine Familie geht dich nichts an! Warum interessierst du dich so für meinen Enkel?«
»Weil ich seine Braut bin«, antwortete Celestina, bevor sie sich auf die Lippen beißen konnte.
Der Schmuggler Willem lachte erschrocken auf. Jettchen ließ das Kammgarn fallen. Gerda tat gar nichts. Und der Schulze wedelte mit den Armen und schnappte nach Luft. Es sah beinahe so aus, als wolle er sich auf die Zigeunerin stürzen, doch im selben Moment hämmerte es an die Tür.
Olthues erstarrte und rief: »Wer da?!«
Die Tür wurde aufgestoßen, und der Heidebauer betrat die Stube. Seine Miene war ebenso finster wie die des Schulzen, er warf grußlos den Hut auf den Tisch und ließ sich auf einen Stuhl fallen.
»Dieser Tag ist verdammt«, sagte Gerrit Ibing. »*Godverdoemme!*«
»Was ist los?«, fragte der Schulze. »Was hat das alles zu bedeuten? Wieso schleppt ihr die Zigeunerin hierher? Nun red schon, Gerrit!«
»Sie haben Lambert«, sagte Werner Olthues, der in diesem Moment zur Tür hereinkam. »Der elende Gauner hat ihn verschleppt.«

»Wer?«, fragten Willem und der Schulze wie aus einem Mund.

»Der Scholar«, antwortete Werner, hob den Stuhl des Schulzen vom Boden auf und setzte sich rittlings darauf. »Er steckt mit den Zigeunern und Bettlern unter einer Decke. Mit diesem Gesindel!« Er deutete mit dem Zeigefinger auf Celestina. »Als wir in der Ulsenburg waren, war der Rothaarige längst mit Lambert über alle Berge. Und der Leutnant saß stattdessen im Kerker.«

Der Schulze hörte nachdenklich zu, kraulte seinen Bart, schaute zu Celestina und zog die Stirn kraus. »Der Rothaarige?«, fragte er.

»Der Kerl mit der Narbe«, antwortete Werner und schaute nach draußen, wo Henk mit den anderen Männern auf der Lauer lag. Zwei Schmuggler standen auf dem Wall und bewachten das Tor, und einer der Holländer hatte sich vor dem Backhaus postiert, falls jemand so dumm sein sollte, durch den Tunnel zum Schulzenhof gelangen zu wollen. Der falsche Ofen war ein Nadelöhr und leicht zu bewachen.

Der Schulze kniff die Augen zusammen und schüttelte unmerklich den Kopf, als könne er nicht glauben, was er hörte. Oder dachte.

»Aber wieso sollte der den Kapitän entführen?«, wunderte sich Willem und steckte sein Messer ein. »*Waarom?*« Er schien sich an Celestinas Worte zu erinnern und fragte: »Lösegeld?«

»Das wird er nicht bekommen«, rief Werner.

»Er will kein Geld«, murmelte der Heidebauer und schüttelte nachdenklich den Kopf. Er blickte zu dem Schulzen hoch, der immer noch in Gedanken versunken schien. »Hier geht es um etwas ganz anderes. Es kommt mir irgendwie vor, als würde der Kerl einen persönlichen Feldzug führen. Hast du eine Ahnung, wieso?«

»Wir hätten Lambert im Kerker verrotten lassen sollen«, antwortete der alte Schulze und donnerte seine Faust auf den Tisch. »Von mir aus hätte Ulsen ihn ruhig an den Galgen bringen können.«

»Damit er uns alle verpfeift?«, rief Werner aufgebracht.

»Ich habe es gleich geahnt«, zischte der Schulze. »Lambert bringt nur Unglück. Das war schon immer so. Du hättest ihn niemals zurückholen dürfen, Gerrit.«

»Jetzt fang nicht wieder damit an«, knurrte Ibing. »Es bringt doch nichts, über Vergangenes zu lamentieren. Lass uns lieber überlegen, wie wir nun vorgehen. Wir sollten einen Tausch vereinbaren.«

»Weiß der Rothaarige, dass das Mädchen in unserer Gewalt ist?«, fragte Olthues und deutete auf Celestina, die gebannt und stumm das Gespräch der Männer verfolgt hatte.

Der Heidebauer schüttelte den Kopf.

»Dann sollten wir einen Unterhändler schicken.«

Draußen war ein Pfiff zu hören. Dann ein zweiter.

»Nicht nötig«, brummte Ibing übellaunig. »Er ist bereits da.«

Im gleichen Moment trat Henk humpelnd in die Wohnstube und meldete: »Sie kommen.«

Achtzehntes Kapitel
Bringt die Rückkehr eines verlorenen Sohnes

Sie hatten sich an der Gabelung des Hessenwegs aufgeteilt. Während Roloff, Kill, Daniel, Frante, Ohnebein und der gefesselte Lambert den schmalen Hohlweg zum Schulzenhof entlanggingen, schlugen Pierre und Malte einen weiten Bogen und näherten sich dem Hof von Osten her durch den Bruchwald. Pierres Gewehr war aus der Entfernung nützlicher als im möglichen Nahkampf, und der Bänkelsänger mochte zwar Grips im Hirn haben, aber kampferprobt war er keineswegs. Pierre brauchte einen Assistenten, und so fiel die Wahl auf Malte Stürzenbecher. Auch Johann Ohnebein hatte sich dem Franzosen anschließen wollen, doch da Roloff dem Bettler nicht über den Weg traute und befürchtete, er könne sich bei der erstbesten Gelegenheit aus dem Staub machen, hielt er ihn am Ärmel fest und zog ihn mit sich. Schließlich habe Ohnebein mit seiner Schwatzhaftigkeit erst für den ganzen Schlamassel gesorgt, nun müsse er die Suppe auch auslöffeln.

Gero war allein am Kreuzweg zurückgeblieben. Sein Vater hatte ihm verboten mitzukommen und stattdessen ins Lager zurückgeschickt. »Du hast für heute genug Abenteuer erlebt«, meinte Roloff. »Und wehe, du folgst uns, dann gibt's ein Donnerwetter!«

Kurz bevor sie den steinernen Wall erreichten, der den Schulzenhof umgab, wollte Daniel dem Gefangenen einen Knebel in den Mund stecken, damit dieser seine Kumpane nicht warnen konnte, doch Lambert schüttelte den Kopf und sagte: »Das wird nicht nötig sein.«

»Das zu entscheiden, überlasst lieber mir«, antwortete Daniel.

»Ich werde keinen Ton von mir geben.«

Daniel lachte nur verächtlich.

»Ich mag zwar ein Schurke und Halunke sein«, beharrte der Schulzensohn mit stolzer Miene und pathetischem Tonfall, »aber ich bin kein Lügner.«

»Das beruhigt mich ungemein«, erwiderte Daniel ironisch. »Habt Ihr eigentlich einen Schlüssel für das Tor?«

Lambert lachte. »Ich trage die Uniform des Leutnants, falls du das vergessen hast. Wie sollte ich wohl einen Schlüssel dabeihaben? Und selbst wenn ich meine Kleidung noch besäße, würdest du darin keinen Schlüssel finden. Ich habe den Hof meines Vaters seit achtzehn Jahren nicht betreten.«

»Ihr seid seit sechs Jahren wieder in Ahlbeck.«

»Irrtum«, antwortete Lambert. »Im Dorf war ich seitdem nicht ein einziges Mal, und auf dem Hof erst recht nicht. Der Alte will mit mir nichts zu tun haben. Und ich nicht mit ihm.«

»Und doch gehört Ihr derselben Bande an.«

Lambert öffnete den Mund zu einer Antwort, und im gleichen Augenblick hatte Daniel ihm den Knebel hineingestopft. Auf das Ehrenwort seines Onkels schien er wenig zu geben.

Der Schulzenhof sah heute weniger einladend aus als am gestrigen Abend, als sämtliche Gebäude für das Tennenfest erleuchtet und mit Stoffgirlanden geschmückt gewesen waren. Das schwere hölzerne Tor war verriegelt. Einige vereinzelte Fackeln brannten auf dem Hof, aber kein Ton war zu hören. Nur der Schemen eines Mannes war auf der Ringmauer zu erkennen.

»Sie erwarten uns«, sagte Frante Balazs, und im selben Moment ertönte ein schriller Pfiff und kurz darauf ein zweiter.

»Bleib du mit dem Kapitän im Wald«, wandte sich Roloff an Kill. »Und wenn er türmen will, gib ihm deine Faust zu spüren. Komm erst heraus, wenn du den Kiebitz hörst.«

Kill nickte, packte den Schulzensohn am Kragen und schleifte ihn wie einen kleinen Jungen ins Unterholz, wo sie vom Wall aus nicht zu sehen waren. »Einen Mucks, und du bist ein toter Mann.«

Lambert starrte auf die riesigen Pranken des anderen und nickte eifrig. Sein großspuriges Getue war wie weggeblasen.

Mittlerweile hatte Daniel mit einem Stock, an dessen Ende er ein weißes Taschentuch befestigt hatte, gegen das Holz gehämmert, und als sich eine kleine Klappe im Tor öffnete, sagte er: »Wir sind gekommen, um Euch einen Handel vorzuschlagen.«

Die Klappe wurde geschlossen, und auf dem Wall erschien die Gestalt des Heidebauern, der eine Lampe schwenkte und nach etwas Ausschau hielt.

»Wo ist Lambert?«, fragte er.

»Wo ist Celestina?«, antwortete Daniel.

»Kommt herein!« Ibing gab einem Mann im Hof mit einem Kopfnicken den Befehl, das Tor zu öffnen.

»Für wie dumm hältst du uns?«, fragte Roloff, als sich die Pforte öffnete und er in die Mündung zahlreicher Musketen schaute. Außer Roloffs Pistole, die er mehr zur Zierde als zum Gebrauch trug, und dem Gewehr des Schmugglers, den sie an der Moorkapelle überwältigt hatten, trugen die Schausteller nur Messer und Degen bei sich, während die Schmuggler Feuerwaffen in reichlicher Zahl besaßen.

»Euch wird nichts geschehen«, antwortete der Heidebauer und stieg auf einer Leiter in den Hof hinab. »Das garantiere ich euch. Bei meiner Ehre. Gebt uns Lambert, dann erhaltet ihr das Mädchen und könnt eurer

Wege gehen. Glaubt mir, diese Sache ist mir ebenso zuwider wie euch. Ich habe einen fürchterlichen Tag hinter mir. Macht es nicht noch komplizierter.«

Roloff schaute Daniel fragend an, dieser nickte, und gemeinsam mit Frante und Ohnebein betraten sie den Hof. Der Bettler hatte das Gewehr im Anschlag und richtete es auf den Heidebauern, während Frante den Degen ungeschickt in den Händen hielt. Es war offensichtlich, dass er lieber mit den Fäusten oder dem Knüppel kämpfte.

»Wieso machst du gemeinsame Sache mit solchem Gesindel?«, fragte Daniel und deutete auf Werner Olthues, der hinter dem Heidebauern aufgetaucht war und seine Flinte auf Daniel gerichtet hatte.

»Eine Hand wäscht die andere«, antwortete Ibing mürrisch. »Sie haben mir vor langer Zeit geholfen, jetzt bin ich einer von ihnen.«

Daniel nickte. Er wollte weitergehen, doch der Heidebauer hielt ihn am Arm fest. »Hast du den Pater ...?«, fragte er.

Daniel schüttelte den Kopf. »Ich wünschte, es wäre so, dann wäre Ruud noch am Leben. Dein Sohn hat mir das Leben gerettet.«

Ibing biss sich auf die Unterlippe und sagte kein Wort.

Die Schmuggler hatten sich links und rechts aufgestellt. Daniel und die anderen Männer gingen wie durch ein Spalier von Gewehrläufen und Klingen zum Haus des Schulzen. Dieser wartete bereits vor der Tennentür, und auf ein Nicken hin erschienen Willem und Celestina hinter ihm. In Geros Sachen sah sie aus wie ein halbwüchsiger Junge, sie hatte die Filzmütze aufgesetzt und das Haar im Nacken zusammengesteckt. Der Schmuggler hielt das Messer an Celestinas Kehle, doch der Schulze schnauzte ihn an: »Lass diesen Unfug!«

»Das Mädchen ist wohlauf«, sagte der Heidebauer und trat so nahe an Roloff heran, dass dessen Pistole seinen Bauch berührte. »Jetzt schafft Lambert her, damit diese Posse ein Ende hat.«

Roloff pfiff zweimal wie ein Kiebitz, und wenig später erschien Kill mit dem Gefesselten am Tor. Er hatte ihn wie ein Kaninchen im Genick gepackt und führte ihn auf den Hof, während Celestina sich von der anderen Seite näherte.

»Wo steckt eigentlich Pierre Thibault?«, fragte Ibing leise.

»Auf der Hut«, antwortete Roloff sibyllinisch.

»Hm.« Ibing nickte, drehte sich einmal um die eigene Achse und starrte suchend in die Schwärze des Bruchwaldes.

Als Celestina vor ihrem Vater stand, funkelte dieser sie wutentbrannt an. Er mahlte unruhig mit dem Kiefer, blieb jedoch stumm und befahl ihr mit einer kurzen Kopfbewegung, sich zum Tor zu begeben. Celestina wollte etwas sagen, sich rechtfertigen oder entschuldigen, aber als sie Roloffs Miene sah, senkte sie beschämt den Kopf, schluckte und schritt zur Pforte.

Daniel berührte sie flüchtig, aber zärtlich am Arm, und ein Lächeln der Erleichterung huschte über sein Gesicht. Celestina hätte vor Freude und Scham weinen können, doch sie ließ sich nichts anmerken. Die Männer folgten ihr, und wieder mussten sie durch das Spalier der Schmuggler. Daniel bildete den Abschluss der Gruppe und lief rückwärtsgewandt, um nicht aus dem Hinterhalt angegriffen zu werden.

Der Heidebauer hatte mittlerweile Lamberts Fesseln gelöst und ihm den Knebel aus dem Mund genommen. »Was hast du mit deiner Nase gemacht?«, fragte er. »Haben sie dich gefoltert?«

»Das werde ich dem Leutnant schon noch heimzahlen.«

Ibing schüttelte angewidert den Kopf und setzte hinzu: »Du stinkst wie ein Iltis.«

»Das hat Ulsen auch gesagt«, antwortete der Schulzensohn grinsend. Kaum hatte er die Fesseln abgestreift, erfolgte eine seltsame Wandlung mit ihm. Während er sich zuvor kleinlaut und beinahe unterwürfig gezeigt hatte, was auch durch Kills ebenso resoluten wie demütigenden Griff zu erklären gewesen war, warf er sich nun in die Brust, spuckte verächtlich zu Boden und setzte eine hochmütige Grimasse auf.

»Matthes!«, rief er Daniel hinterher. »Du hast etwas vergessen.«

Daniel verlangsamte seinen Schritt und fragte: »Was?«

»Willst du deiner Familie nicht Lebewohl sagen?« Lambert lachte rasselnd und setzte hinzu: »Das ist nicht sehr höflich, Bruderherz.«

Während Roloff und die anderen durch das Tor schritten, blieb Daniel wie angewurzelt stehen und schaute zum Schulzen, der wiederum seinen Sohn ungläubig, nein, wütend anstarrte. Daniel stutzte. Am Nebeneingang des Hauses sah er eine graugekleidete Frau stehen, die sich bekreuzigte und dann die Hände vor den Mund schlug. Lambert grinste triumphierend, nickte zweimal und hob die Hand. Und dann hörte Daniel das Tor hinter sich ins Schloss fallen.

»*Niet!*«, rief der Heidebauer.

Als Daniel herumfuhr, blickte er in das hasserfüllte Gesicht von Werner Olthues. Er hatte auf Lamberts Befehl hin das Tor geschlossen und mit einem Balken verriegelt. Jenseits des Tores waren Flüche und Verwünschungen zu hören, und es wurde gegen das Holz gehämmert.

»Macht sofort das Tor auf!«, rief Roloff.

»Daniel!«, schrie Celestina. »Daniel!!«

Werner lachte abfällig. »Hast du wirklich geglaubt, wir würden dich gehen lassen?« Er stemmte seine Flinte gegen die Schulter und richtete den Lauf auf Daniel. »So dumm sind wir nicht!«

Wieder rief der Heidebauer: »Nicht!«

Im selben Moment ertönte ein Schuss.

Die Kugel durchschlug Werners Oberarm und riss ihn zur Seite. Der Schulzensohn wirbelte herum, verlor das Gleichgewicht und ging zu

Boden. Im Fallen drückte er ab. Es krachte ohrenbetäubend und klirrte zugleich. Die Kugel hatte Daniels Kopf um Haaresbreite verfehlt und eine Scheibe im Backhaus durchschlagen. Henk, der vor dem Häuschen Wache stand, fuhr zusammen, belastete seinen verwundeten Knöchel, knickte zur Seite und ließ seine Pistole fallen. Fluchend und auf allen vieren kroch er hinter einen Futtertrog. Hinter dem zerschossenen Fenster sah Daniel eine Bewegung, und für einen winzigen Moment glaubte er, Geros erschrockenes Gesicht erkennen zu können. Dann war das Phantom verschwunden.

»Verflucht!« Werner Olthues schrie vor Schmerz und hielt sich den gebrochenen und blutenden Arm. »Was war denn das?!«

»Du verdammter Idiot!«, fluchte Gerrit Ibing und stürzte sich auf den jammernden Schulzensohn. »*Je onnoozele!*« Er packte ihn an der Gurgel und rüttelte ihn, als wolle er ihn erwürgen. »Habt ihr denn allesamt den Verstand verloren?«

Ringsum war inzwischen die Hölle losgebrochen. Die Schmuggler rannten wild umher und brachten sich in Deckung. Da sie nicht wussten, woher der erste Schuss gekommen war, und auch den zweiten nicht recht einordnen konnten, liefen sie mal hierhin, mal dorthin und verschanzten sich hinter Mauervorsprüngen, Bäumen und in den Stallungen. Nur der Schulze und sein Sohn Lambert gingen nicht in Deckung und blieben auf dem Hof stehen, als interessiere es sie gar nicht, was um sie herum vor sich ging. Sie hatten nur Augen füreinander. Der alte Fuchs trat langsam auf seinen Sohn zu, schüttelte angewidert den Kopf und gab Lambert eine schallende Ohrfeige.

»Eine Schande bist du!«, rief er.

Lambert zuckte nicht mit der Wimper, lachte stattdessen und spuckte seinem Vater ins Gesicht.

»Schluss jetzt!« Der Heidebauer warf sich zwischen die beiden Streithähne, bevor der Vater sich auf den Sohn stürzen konnte, und wedelte aufgeregt mit den Händen. »Nicht schießen, Pierre!«, rief er so laut, dass der Schütze im Wald ihn hören konnte. »*Niet schieten!*«

Daniel war wie benommen und betrachtete die Vorgänge, als würde er träumen. Während der Schulze sich abrupt umwandte und mit finsterer Miene zum Haus stapfte, hielt der Heidebauer Lambert in Schach und redete beschwörend auf ihn ein. Werner, der offensichtlich unter Schock stand und wirre Selbstgespräche führte, rappelte sich mühsam auf und torkelte wie ein kopfloses Huhn umher.

»Was hat das zu bedeuten, Vater?«, fragte Jettchen.

»Nichts«, antwortete der Alte und fauchte: »Scher dich ins Haus!«

»Wer ist dieser Mann?« Sie deutete auf Daniel und riss sich los, als der Schulze sie am Ärmel fasste und ins Haus zerren wollte. »Was hat die Zigeunerin gemeint, als sie sagte, sie sei die Braut deines Enkels?«

281

»Ich bin Matthes«, sagte Daniel und näherte sich dem Haus. Wieder nahm er eine Bewegung am Backhaus wahr, und ein Schatten verschwand hinter der Mauer. Henk, der immer noch hinter dem Futtertrog lag, hatte davon nichts bemerkt, seine Pistole, die er vorhin fallen gelassen hatte, lag jedoch nicht mehr vor dem zerschossenen Fenster auf dem Boden.

»Matthes ist tot«, sagte Jettchen. »Zigeuner haben ihn erschlagen.«

»Fragt Euren Vater!«, sagte Daniel und schaute dabei den Schulzen an. »Fragt ihn, was sich in dem Sarg auf dem Friedhof befindet!«

Der rote Fuchs wirkte plötzlich um Jahre gealtert. Seine Augen schimmerten feucht, und der sonst so unerbittliche und grimmige Blick schien leer und ausdruckslos.

»Also haben dich die Wölfe nicht gefressen?«, fragte er.

Daniel schüttelte den Kopf.

»Das verstehe ich nicht«, rief Jettchen und rang die Hände.

»Lambert konnte es nicht ertragen, dass der Sohn seines älteren Bruders einmal den Hof erben würde«, sagte Daniel, und wieder merkte er, dass es ihm nicht möglich war, in der Ichform zu erzählen. »Selbst wenn Lambert Söhne bekommen hätte, so hätte Matthes die älteren Rechte gehabt. Und es hat Lambert geärgert, dass der Vater den Enkel wie einen kleinen Prinzen behandelte, während er den eigenen Sohn wie eine Schindmähre an die Kandare nahm. Ist es nicht so, Onkel?«, wandte sich Daniel an Lambert, der in diesem Moment hinter ihm aufgetaucht war.

Der Angesprochene lachte bei der Anrede »Onkel« laut auf und zuckte achtlos mit den Schultern.

»Darum hat Euer Bruder das Kind gemeinsam mit Franz Tenfelde und Ruud Ibing getötet«, fuhr Daniel fort und schaute die graue Frau an, die seine Tante und ihm doch völlig fremd war. »Eigentlich wollte er Matthes mit einem Kissen ersticken und die Tat anschließend dem dummen Ruud in die Schuhe schieben. Als Folge einer fehlgeschlagenen Teufelsaustreibung. Man hätte das Kind tot im Bett gefunden, und Ruud wäre der Sündenbock gewesen. Doch dann hat der Wirt die Nerven verloren und dem Jungen den Schädel eingeschlagen. Das war nicht eingeplant und brachte alles durcheinander. Also musste der Kleine verschwinden.«

»Das ist nicht wahr«, seufzte Jettchen. Es klang wie eine Frage.

»Erzähl weiter, Matthes!«, sagte Lambert, und ein spöttisches Lächeln lag auf seinen Lippen. »Jetzt wird's interessant.«

»Als der Schulze aus Holland zurückkam, war sein Enkelkind längst im Moor vergraben, und Lambert erzählte ihm von den herumstreunenden Zigeunern und dass sie den Jungen gestohlen hätten. Eine hübsche und traurige Geschichte, die bereits in Ahlbeck die Runde machte. Leider wusste es der kleine Werner besser, er hatte seinen Bruder bei der

Tat beobachtet und berichtete dem Vater, was sich wirklich zugetragen hatte.«

»Dummes Zeug!«, zischte Werner Olthues, der sich in diesem Moment, vom Heidebauern gestützt, dem Eingang näherte.

In der Tür stand die alte Gerda, auf einen Krückstock gelehnt, und nickte mit dem Kopf. Sie hob mühsam den Zeigefinger und hielt ihn dem Schulzensohn unter die Nase.

»Was?!«, schnauzte Werner, stieß die Alte beiseite und verschwand in der Stube. »Lass mich in Ruhe, verdammte Vettel!«

»Zur gleichen Zeit wurde Ruud vom Geist des toten Kindes heimgesucht«, fuhr Daniel ungerührt fort, während er aus den Augenwinkeln heraus das Hoftor beobachtete. »Er bat Gott um Vergebung seiner Sünden, aber alles Beten half nichts, und darum beichtete er Pater Hilarius die Tat. Der Pater war außer sich vor Zorn, nicht etwa, weil ein Kind erschlagen worden war, sondern weil ein Teufelssohn in geweihter Erde lag. Sie buddelten auf dem Pestfriedhof nach der Leiche, doch sie kamen zu spät, der Junge war verschwunden. In die Hölle hinabgefahren, wie der Pater meinte, oder von den Wölfen gefressen, wie der Schulze glaubte. Also wurde ein leerer Sarg ins Grab gelassen, damit es wenigstens eine christliche Beerdigung und einen Grabstein mit Inschrift gab. Und die Geschichte von den mörderischen Zigeunern wurde aufrecht erhalten, kein Mensch in Ahlbeck zweifelte an ihr. Man hatte die Zigeuner, die auf dem Weg zum Dreikönigsfest gewesen waren, mit eigenen Augen gesehen. Der Schulze stellte den Wirt zur Rede, doch Franz Tenfelde stritt alles ab und behauptete, Werner habe sich alles ausgedacht oder einfach nur schlecht geschlafen. Ruud Ibing war inzwischen im Kloster und nach Ansicht des Schulzen nicht der Hauptverantwortliche. Lambert aber bekam den Zorn seines Vaters zu spüren, er wurde vom Hof verbannt und zu den Soldaten geschickt. Weit weg, nach Amerika.«

»Bravo!« Lambert klatschte in die Hände und lachte höhnisch.

Im selben Augenblick entstand ein Tumult am Tor. Roloff, Kill und die anderen schienen mit einem Baumstamm gegen das Holz anzulaufen, was einen Heidenlärm verursachte, ohne jedoch das Tor auch nur einen Fingerbreit aus den Angeln zu heben oder den Riegel zu durchbrechen. Gleichzeitig hatte sich Gero, der sich, wie Daniel richtig beobachtet hatte, durch den unterirdischen Tunnel ins Backhaus geschlichen hatte, dem Schmuggler Willem genähert, der vor dem Tor Wache stand. Gero hielt Willem die Pistole an die Schläfe und befahl ihm, den Riegel zu entfernen.

Willem streckte die Hände in die Höhe.

»Vorsicht!«, rief Daniel. »Auf der Mauer!«

Dort stand ein weiterer Schmuggler und legte seine Muskete auf Gero an. Da er direkt über einer flackernden Fackel stand, wurde sein Körper von unten angestrahlt und zeichnete sich deutlich vor der Schwärze der Nacht ab. Wieder ertönte ein Schuss aus der Entfernung. Einige Sekunden lang passierte nichts, dann ließ der Mann die Muskete fallen und fiel kopfüber in den Hof.

Jettchen schrie entsetzt auf, fasste ihren Vater am Arm und rief: »Aufhören! Sie sollen sofort aufhören!«

Der Schulze nickte und befahl: »Waffen weg! Lasst sie herein!«

Willem zögerte einen Moment, öffnete dann das Tor und wurde von dem hereinstürmenden Kill mit einem gezielten Schlag auf die Nasenwurzel niedergestreckt. Roloff und Frante betraten hinter Kill den Hof, während Johann und Celestina außerhalb der Ummauerung stehenblieben und vorsichtig um die Ecke lugten. Als Roloff seinen Sohn Gero vor sich stehen sah, mit breitem Grinsen im Gesicht und Henks Pistole in der Hand, rief er erbost: »Was machst du denn hier? Hab ich dir nicht gesagt, du sollst …?« Er wollte bereits zur Ohrfeige ausholen, hielt jedoch inne, schluckte den Rest des Satzes hinunter und brummte etwas Unverständliches.

»Ihr könnt gehen«, sagte der Schulze, und seine Stimme klang müde und alt. »Schert euch nach Hause, alle miteinander!«

»Einen Moment!«, rief Lambert.

»Was willst du?«, fauchte sein Vater. »Geh mir aus den Augen!«

»Wenn wir schon dabei sind, reinen Tisch zu machen, dann sollten wir es auch zu Ende bringen. Ich finde, Matthes hat ein Recht darauf.«

»Wovon redest du?«, fragte Jettchen.

»Von unserem ach so strengen und sittsamen Vater.«

»Halt dein dreckiges Maul, du Halunke!«, schrie der Schulze.

»Siehst du?«, frohlockte Lambert und wandte sich an Daniel. »Seine Söhne nennt er Halunken und Nichtsnutze. Sittenstrolche und Mörder. Das kann er gar nicht oft genug wiederholen, und wenn es sein muss, bringt er sie eigenhändig an den Galgen. Aber er selbst ist keinen Deut besser, auch wenn er sich nach außen hin gibt, als sei er die heilige Inquisition persönlich. Pah! Nimm nur das Rauben und Schmuggeln. Er selbst macht sich die Hände nicht schmutzig, dafür sind Gerrit und ich zuständig. Wir erledigen die Drecksarbeit, und Vater tut derweil so, als könne er kein Wässerchen trüben.«

»Du bist eine Schande«, wiederholte der Schulze seine Worte von vorhin.

Lambert schnaufte verächtlich, sprach aber weiterhin zu Daniel: »Frag ihn, warum Joes damals Magda heiraten musste!«

»Sei still!« Olthues griff nach seiner Pistole und richtete sie auf seinen Sohn. »Oder ich …«

»Vater!«, rief Jettchen.

Der Heidebauer wollte ein weiteres Mal eingreifen, doch der Schulze funkelte ihn an und rief: »Halte dich da raus, Gerrit! Das ist eine Familienangelegenheit.«

»Wie Recht du doch hast.« Lambert lachte, wandte sich zu seinem Vater um und blickte direkt in die Mündung der Pistole. Er schien nicht im mindesten zu befürchten, der Schulze könne tatsächlich abdrücken, und fuhr unbeirrt fort: »Joes hatte überhaupt kein Interesse an dem Mädchen. Warum auch? Er hatte Weiber zuhauf, und diejenigen, auf die er es am ehesten abgesehen hatte, waren nicht im heiratsfähigen Alter.« Er lachte finster und setzte hinzu: »Der Alte hat ihn zu der Heirat gezwungen, weil er selbst in Magda vernarrt war. Wie ein liebeskranker Gauch! Er wollte sie in seiner Nähe haben und hatte Angst, ein anderer könnte sie ihm wegschnappen. Sie war ein verflucht hübsches Ding. Vermutlich hätte er sie gern selbst geheiratet, doch leider hat unsere Mutter ihm nicht den Gefallen getan, rechtzeitig zu sterben.«

Daniel erinnerte sich, was die Ottenpeterin von der Brautwerbung berichtet hatte. Der Schulze habe Gefallen an Magda gefunden und im Namen seines Sohnes um Magdas Hand angehalten. Lieber hätte es Magdas Mutter gesehen, wenn der Schulze selbst um sie gefreit hätte, aber die schwerkranke und bettlägerige Schulzin lebte damals noch.

»Mit Joes ist Magda nicht glücklich geworden«, rief Lambert und näherte sich dem Vater, bis seine Brust die Pistole berührte. »Als sie merkte, dass ihr Mann ein verdammter Hurenbock war, hat sie dem Alten ihr Leid geklagt. Man kann sich vorstellen, dass er sie nur zu gerne getröstet hat. Vor allem nachdem er Joes an den Galgen gebracht hatte.«

Der Schulze wurde bleich, seine Mundwinkel zuckten.

Was hatte die Hebamme über die Zeit nach der Hinrichtung gesagt? Daniel versuchte, sich zu erinnern. Magda lag krank im Bett, die Ottenpeterin pflegte sie, so gut es ging. Der Schulze, dessen Frau kurz zuvor gestorben war, bot ihr an, auf den Schulzenhof zu ziehen, doch sie weigerte sich und willigte stattdessen in die Heirat mit Franz Tenfelde ein.

»Bruderherz«, murmelte Daniel.

»Erraten«, antwortete Lambert, wandte sich um und nickte.

Die Gruppe um Roloff hatte sich mittlerweile dem Haus genähert, auch Ohnebein und Celestina hatten sich auf den Hof vorgewagt, weil sie sahen, dass die Schmuggler ratlos umherstanden und kopfschüttelnd die Szene vor dem Haus verfolgten. Einige kümmerten sich um den toten Schmuggler und trugen ihn auf die Tenne, andere hatten den Hof bereits durch das Backhaus verlassen, der Rest wartete auf weitere Befehle.

Roloff stand hinter Daniel, betrachtete verwirrt die Pistole, die der Schulze auf Lamberts Rücken gerichtet hatte, und fragte: »Was geht hier vor?«

»Ich war zu früh«, sagte Daniel tonlos.

»Was heißt das?«

»Ich wurde in der Johannisnacht geboren. Am vierundzwanzigsten Juni.« Er rechnete zurück und zählte die Monate an den Fingern ab. »Bei einer normalen Schwangerschaft wäre ich im September oder Oktober des Vorjahres gezeugt worden. In den letzten Kriegswochen. Nur kurze Zeit, bevor Joes Olthues am Galgen starb.«

»Und?«, fragte Roloff.

»Die Hebamme hat gesagt, ich sei ein winzig kleines Kind gewesen«, erwiderte Daniel und schaute seinen Ziehvater an, ohne ihn wirklich wahrzunehmen. Vor seinem inneren Auge waren andere Bilder zu sehen, er sah die Hebamme das Kind aus dem Bauch der Mutter herausschneiden, er sah den Schulzen mit dem Bündel auf dem Arm die Schenke verlassen. »Es sei ein Wunder gewesen, dass ich auch nur einen Tag überlebt hätte, so klein und winzig sei ich gewesen.« Daniel zog die Stirn kraus und wandte sich an Lambert: »Ich war eine Frühgeburt, nicht wahr? Und als ich gezeugt wurde, war Euer Bruder längst gehenkt.«

»Schau dich doch an«, rief Lambert und lachte. »Von Joes hast du die roten Haare bestimmt nicht. Der Alte hat Magda bestiegen, als sein Sohn noch nicht ganz kalt war. Er hat es auch vorher schon versucht, aber sie hat ihn nicht rangelassen. Ich habe selbst gehört, wie er sie in seiner Kammer umgarnt und angebettelt hat, aber sie hat sich standhaft geweigert, zu ihm ins Bett zu kriechen.«

»Verleumdung!«, rief der Schulze, aber es klang nicht sehr überzeugend.

»Nach Joes' Tod war sie zu schwach und kränklich, um sich zu wehren«, fuhr Lambert fort. »Vermutlich hat der alte Bock sie mit Gewalt genommen, während sie im Fieber delirierte. Und als er merkte, dass Magda ihn dafür verachtete, da hat er sie samt Wirtshaus an den Sohn des Vogts verschachert. Franz Tenfelde hatte ganz Recht mit seinem Gefasel von Verschwörung und Intrige, er ist in die Falle getappt, aber auch er hatte nicht die leiseste Ahnung, wer der wahre Vater des kleinen Bastards war.«

»Das ist alles nicht wahr!«, rief der Schulze. »Lüge!«

»Und warum hast du uns nicht den Prozess gemacht?«, rief Lambert. »Bei Joes hat es dir auch nichts ausgemacht, ihn an den Galgen zu bringen.«

»Ihr hättet alles abgestritten«, antwortete der Schulze leise, »genauso wie es Tenfelde getan hat. Außerdem gab es keine Leiche. Ich hätte euch nichts beweisen können.«

»Angst hattest du!«, knurrte Lambert. »Angst, dass ich etwas ausplaudern könnte, was dir nicht in den Kram gepasst und deinen guten Ruf zunichte gemacht hätte.«

Der Schulze schwieg. Er richtete seinen Blick hilfesuchend auf die

Tochter, die wie eine steinerne Statue dastand und nicht einmal in der Lage war, den Kopf zu schütteln. Ihr Blick jedoch bewies, dass sie ihm nicht glaubte.

»Ich knall dich ab!«, fuhr der Schulze plötzlich seinen Sohn an, doch seine Finger zitterten, und er konnte die Pistole kaum in der Hand halten.

»Na, los doch!«, rief Lambert und entblößte seine dreckverschmierte Brust. »Schieß doch, du Waschlappen! Glaubst du wirklich, du kannst mir Angst machen? Du bist doch nur ein lächerlicher, alter ...«

Ein Schuss krachte.

Lambert wurde zurückgeschleudert und landete rücklings auf dem Boden. Aus seiner Brust sickerte Blut, er tastete nach der Wunde, riss die Augen auf und schaute ungläubig zum Haus. Sein Blick galt jedoch nicht dem Vater, der erschrocken auf seine Pistole starrte und nicht begriff, wie das geschehen konnte, sondern seinem Bruder Werner, der an der Tür stand und den am Boden Liegenden voller Verachtung anschaute. Werners rechter Oberarm war mit mittlerweile blutigem Leinen verbunden, und in der linken Hand hielt er sein Gewehr.

»Vater hat Recht«, sagte Werner und warf die Waffe von sich. »Du bist eine verdammte Schande!«

Niemand bewegte sich. Keiner sagte etwas. Alle starrten auf den Sterbenden, der die Lippen bewegte, ohne auch nur eine Silbe hervorzubringen. Er stöhnte leise, Blut trat in seine Mundwinkel, und ein seltsames Lächeln lag auf seinen Lippen, als er den Kopf sinken ließ und starb.

Jetzt erst schrie Jettchen auf und stürzte sich auf Lambert. Sie rüttelte ihn und packte ihn am Kragen, als wolle sie ihn aufwecken, und immer wieder rief sie Werner zu: »Warum hast du das gemacht? Was hat er dir getan?«

»Er hat es verdient«, antwortete Werner einsilbig.

Die Augen des Schulzen wanderten verständnislos zwischen seinen Kindern hin und her, er schien immer noch nicht zu begreifen, was geschehen war. Joseph Olthues war in diesem Moment ein gebrechlicher Greis, dessen Welt zu Scherben zerbrochen war. Seine Hände zitterten, der energische Blick war verschwunden, er schluckte und schaute sich hilflos um. Die Waffe in seiner Hand war noch auf die Stelle gerichtet, an der Lambert vorhin gestanden hatte.

Daniel betrachtete die Leiche zu seinen Füßen. Der dritte seiner Peiniger war tot, doch es verschaffte ihm keine Befriedigung. Er fühlte sich nur leer und müde. Eine seltsame Distanz zu den Ereignissen der letzten Tage und den Leuten, denen er gegenüberstand, bemächtigte sich seiner. Er hatte das plötzliche Gefühl, dass ihn dies alles überhaupt nichts anging. Diese Menschen waren ihm fremd, und sie würden es immer bleiben. Er erinnerte sich, dass er Roloff von seiner Angst erzählt hatte, seinen leiblichen Eltern zu begegnen. Und dass er beinahe froh über die Nachricht ihres Todes gewesen sei. Nun stand er seinem Vater gegenüber, lebendig und aus Fleisch und Blut, doch die Angst war verflogen. Er war ein Unberührbarer, sie konnten ihm nichts mehr anhaben.

»Lasst uns gehen«, wandte er sich an Roloff und nahm Celestina bei der Hand. »Wir haben hier nichts verloren.«

Roloff nickte und schaute erstaunt, als Celestina seinem Ziehsohn einen Kuss auf den Mund gab. Die Frage, die ihm auf den Lippen lag, schluckte er jedoch hinunter und beließ es bei einem mürrischen Kopfschütteln.

»Kommt!«, wandte er sich an die anderen und gab dem Chevalier in seinem Versteck mit einem Winken das Zeichen zum Rückzug.

Celestina näherte sich ihrem Vater. »Ich weiß, wo die Schmuggler ihre Schätze verstecken«, flüsterte sie ihm ins Ohr. »Es gibt eine geheime Kammer hinter dem Alkoven ...«

»Sei still«, antwortete Roloff und schüttelte den Kopf. »Wir sollten drei Kreuzzeichen machen, wenn wir diesen verfluchten Ort nie wiedersehen. Die Schatzkammer kann mir gestohlen bleiben.«

Celestina zog die Stirn kraus und wollte protestieren, doch dann presste sie die Lippen aufeinander und nickte. Gemeinsam gingen sie zum Tor, Daniel bildete wie vor einer halben Stunde den Abschluss der Gruppe, doch diesmal wandte er dem Haus den Rücken zu.

»Matthes!«, ertönte die Stimme des Schulzen hinter ihnen.

Daniel drehte sich um und sah den Mann, der sein Vater war, neben der Leiche des Mannes, der um ein Haar sein Mörder gewesen wäre. Aber es bedeutete ihm nichts. Der Spuk war vorbei.

»Mein Name ist Daniel«, erwiderte er und verließ mit den seinen den Hof.

EPILOG

Wer in den Chroniken und Geschichtsbüchern nach bedeutenden Ereignissen des Jahres 1668 fahndet, wird kaum fündig werden. Wenig Bemerkenswertes ist in diesem Jahr geschehen. Deutschland erholte sich nur langsam von den Folgen des Dreißigjährigen Krieges. Europa dämmerte mehr oder minder stumpfsinnig hinüber vom Zeitalter der Glaubensspaltung ins Zeitalter des Absolutismus. Nur in dem kleinen münsterländischen Dorf Ahlbeck hat das genannte Jahr einen unrühmlichen Eintrag in die Annalen gefunden. Im Juli 1668 wurde dort ein friedliches Schützenfest von ebenso denkwürdigen wie ungeheuerlichen Ereignissen überschattet.

Wie die anschließenden Untersuchungen der örtlichen Autoritäten ergaben, hatte sich eine Bande holländischer Schmuggler mit einer Gruppe fahrender Gauner zusammengetan, um einen hinterhältigen Angriff auf die Festung der Zöllner im Ahlbecker Bruch vorzunehmen. Der Hauptmann der Bande, ein gewisser Kapitän Funke, war wenige Tage zuvor vom Leutnant der Zöllner, Harro von Ulsen, gefangen genommen und im Kerker der Festung eingesperrt worden. Ziel des Angriffs war es, den Anführer zu befreien und anschließend den nahen Schulzenhof zu überfallen. Federführend bei der Aktion waren offenbar ein rothaariger Gauner mit Namen Daniel, der sich als falscher Scholar im Dorf aufgehalten und die Gegend ausgekundschaftet hatte, sowie der aus dem Rheinland stammende Quacksalber Roloff Wagenknecht, der mit einer Sippe von Zigeunern durch die Lande zog. Auf welche Weise die Verbindung der Fahrenden mit den holländischen Schmugglern zustande gekommen war und welchen Grund sie gehabt haben mochten, den Anführer der Schmuggler zu befreien, konnte nicht restlos geklärt werden. Gemeinsam stürmten die Banditen jedenfalls die Festung, befreiten den Gefangenen und sperrten die Zöllner in die unterirdischen Gefängniszellen. Einer der wachhabenden Männer wurde bei dem Angriff durch eine Kugel schwer verletzt, überlebte jedoch die mörderische Attacke.

Noch in derselben Nacht griffen die Gesetzlosen den nahe gelegenen Hof des Dorfschulzen Olthues an, konnten jedoch durch das beherzte Eingreifen der Bewohner in die Flucht geschlagen werden. Zwei der Angreifer, unter ihnen der gerade befreite Anführer, wurden bei dem Versuch, das Hoftor mit einem Rammbock einzurennen, von Gewehrschüssen niedergestreckt und starben an Ort und Stelle. Werner Olthues, der jüngste Sohn des Schulzen, erlitt eine Schussverletzung und zeichnete sich während des Angriffs durch besonderen Mut aus. Er war es auch, der den tödlichen Schuss auf den Hauptmann der Schmuggler abgegeben hatte. Zur Verwunderung aller und zum Entsetzen des Schulzen erkannte dieser kurz darauf in dem angeblichen Kapitän Funke seinen seit Jahren verschollenen Sohn Lambert. Vor langer Zeit hatte dieser sich den Soldaten angeschlossen, um im fernen Neu-Spanien gegen die Gottlosen zu kämpfen. Ohne Wissen seiner Familie war er in der Zwischenzeit nach Westfalen zurückgekehrt und hatte mit Gleichgesinnten eine Räuberbande gegründet, die bereits seit Jahren die Gegend unsicher machte. Warum Lambert mit seinen Leuten ausgerechnet den elterlichen Hof angriff, blieb ebenso ein Rätsel wie der brutale Mord an dem greisen Pater Hilarius, einem in einer entlegenen Moorkapelle lebenden blinden Eremiten. Vermutlich war der Pater den Schmugglern unwissentlich in die Quere gekommen und hatte dies mit dem Tod bezahlen müssen. Zu Ehren des Ermordeten wurde in der Ahlbecker Dorfkirche ein Gedenkgottesdienst abgehalten. Die Kapelle im Moor jedoch wurde vom Schulzenbauern bis auf den letzten Stein abgetragen, er übergab die hölzerne Pieta dem Dorfgeistlichen und machte den ehemaligen Pestfriedhof, auf dem das Gotteshaus errichtet war, dem Erdboden gleich. Selbst das steinerne Kreuz, das an den von der Pest dahingerafften Bruder des Schulzen erinnerte, wurde samt den anderen Grabsteinen im Moor versenkt.

Für nicht geringe Irritation sorgte derweil die Aussage des Leutnants von Ulsen. Nachdem er vom Schulzen aus dem Kerker der Festung befreit worden war, behauptete er mit Nachdruck, der rothaarige Gauner habe unabhängig von den Schmugglern und früher als jene die Zollfestung angegriffen. Er habe den Kapitän Funke auf eigene Faust befreit und sei den Schmugglern zuvorgekommen, die darüber sehr erbost gewesen seien. Außerdem beschuldigte von Ulsen den Schulzensohn Werner, Mitglied der Schmugglerbande zu sein, und mutmaßte sogar, der alte Olthues habe persönlich seine Finger im Spiel. Da er als Beweis seiner ungeheuerlichen Anschuldigungen lediglich die angebliche Aussage des Rothaarigen anführen konnte, schenkte man ihm keinen Glauben. Die absurde Behauptung war schon deshalb nicht aufrechtzuerhalten, weil es ja Werner Olthues gewesen war, der Lambert niedergeschossen hatte. Warum sollte er den Bruder und vermeintlichen Kumpan töten, wenn er zuvor solche Mühe auf sich genommen hatte, ihn aus der Gefangenschaft zu befreien? Das ergab keinen Sinn, und nicht einmal der bischöfliche Vogt, der seit jeher mit der Schulzenfamilie zerstritten war, vermochte den Worten des Leutnants Glauben zu schenken. Es wurde vermutet, der Gauner Daniel habe den Leutnant absichtlich in die Irre führen wollen. Denn wenn der Schulze mit den Schmugglern unter einer Decke steckte, warum hätten sie ihn dann angreifen sollen? Nein, Ulsen war dem Rothaarigen auf den Leim gegangen und musste zugeben, dass er außer diesem Daniel keinen der Angreifer dem Aussehen oder der Stimme nach erkannt habe. Sie seien vermummt gewesen und hätten mit verstellter Stimme gesprochen. Dennoch beharrte er auf seiner Aussage und quittierte, als er merkte, dass man ihm nicht glaubte, den Dienst. Als altgedienter Soldat schloss er sich wenig später den Truppen des Bischofs an und nahm 1672 an dessen glücklosem Feldzug gegen Holland teil. Er starb nur wenige Tage nach Beginn der Kämpfe in der Nähe von Arnheim.

In Ahlbeck hatte nicht nur die Familie des Schulzen Grund zur Trauer. Auch Heinrich Tenfelde, der bischöfliche Vogt, hatte den Tod eines Sohnes zu beklagen. Zwei Tage nach dem unheilvollen Schützenfest fand ein Schäfer die schrecklich zugerichtete Leiche des Wirts, Franz Tenfelde, in einer verlassenen Schafhürde in der Heide. Aasvögel hatten sein Gesicht bereits bis zur Unkenntlichkeit entstellt, vor allem aber fielen die tiefen und großflächigen Verletzungen des Rumpfes auf. Handtellergroße Stücke waren aus dem Leib geradezu herausgerissen worden, und die Wunden wiesen an den Rändern deutliche Bissspuren auf. Der Wirt war zuletzt am Sonntag der Kirchweih lebend gesehen worden. Weil er nicht wie abgesprochen Schützenkönig geworden und zudem vom Schulzensohn Werner mit einem Schlag ins Genick niedergestreckt und gedemütigt worden war, hatte er sich betrunken und torkelnd den Festplatz verlassen. Das war von mehreren Ahlbeckern bezeugt worden. Vermutlich hatte er sich daraufhin in der Schafhürde derart volllaufen lassen, dass er eingeschlafen war. Wie einige Kinder berichteten, trieb sich zu der Zeit ein Wolf in der Gegend herum, und der schlafende Wirt scheint für den Graupelz im wahrsten Sinn des Wortes ein gefundenes Fressen gewesen zu sein. Zwar wunderten sich die Ahlbecker über diese Tatsache, denn normalerweise waren Wölfe den Menschen gegenüber sehr scheu und griffen diese nur an, wenn sie sich in die Enge gedrängt fühlten, aber erst wenige Tage zuvor waren einige Schafe an derselben Stelle von Wölfen gerissen worden, und die Verletzungen des Wirts ließen keine Zweifel aufkommen, was den Tod des Mannes herbeigeführt hatte. Er wurde unter großer Anteilnahme des ganzen Dorfes in der Familiengruft beigesetzt.

Doch damit waren die eigentümlichen Ereignisse in Ahlbeck noch nicht zu Ende. Als Wenzeslaus Vogelsang, der frisch gebackene Schützenkönig und Laufbursche der Wirtsleute, am Montag in der Schenke »Zur alten Linde« erschien, um wie gewohnt seine Arbeit aufzunehmen, fand er das Wirtshaus verlassen vor. Weder der Wirt, dessen Leiche zu diesem Zeitpunkt noch nicht entdeckt war, noch seine Gattin waren ausfindig zu machen. Zwar befanden sich noch einige Gäste in ihren Zimmern, unter ihnen ein fahrender Buchhändler und ein jüdischer Pfandleiher, aber niemand hatte Henrike Tenfelde gesehen. Nicht einmal zu der Beerdigung ihrer Ziehmutter, der Hebamme Johanna Ottenpeter, die am Montagnachmittag stattfand, erschien die Wirtin, und allmählich machte sich Wenzeslaus Sorgen um seine Königin. Er suchte jeden Winkel nach ihr ab, stöberte in Kellern und Remisen und fand sie schließlich auf dem Dachboden des Pferdestalls, wo sie, ihrer derangierten Kleidung nach zu urteilen, seit der Kirchweih im Heu gehockt hatte. Die dunklen Haare standen ihr zu Berge, und auf ihrem Kopf prangte immer noch die Krone der Schützenkönigin. Henrike war kaum in der Lage zu antworten, sie blickte den Jungen aus verheulten Augen an und redete wirr daher. Wenzel brachte sie ins Bett, rief den Vogt und ritt den langen Weg zur Stadt Altheim, um einen Arzt zu holen. Dieser befand, sie leide an einer schweren geistigen Zerrüttung, deren Ursache ihm aber unklar sei, und ließ sie zur Ader, bis sie so bleich und schwach war, dass sie zwei Tage ohne Unterbrechung schlief. Als sie am Mittwochabend aufwachte und man ihr die Nachricht vom Tod ihres Mannes brachte, reagierte sie empörenderweise mit wildem Gelächter. Sie schüttelte den Kopf und lachte, bis ihr die Tränen in die Augen stiegen. Franz sei nicht tot, antwortete sie schließlich, nicht einmal Gift könne ihm etwas anhaben. Als der Vogt ihr versicherte, ein Wolf habe Franz in der Heide angefallen und getötet, verstummte Henrike. Sie schaute ihren Schwiegervater an, als glaube sie ihm kein Wort. Dann brach sie unvermittelt in Tränen aus und rief mehrmals: »Zu spät! Zu spät!«

Heinrich Tenfelde wollte seine offensichtlich verwirrte und pflegebedürftige Schwiegertochter auf seinen Hof mitnehmen und dachte sogar daran, sie mit seinem gesundheitlich ebenfalls angeschlagenen Sohn Gregor, der seit vielen Jahren Witwer war, zu vermählen, doch Henrike weigerte sich, das Wirtshaus zu verlassen, und schlug sogar das großherzige Heiratsangebot aus. Männer könnten ihr für den Rest ihres Lebens gestohlen bleiben, rief sie, was angesichts des im Erdgeschoss aufgebahrten Sohn des Vogts nicht sehr schicklich war. Sie brauche keinen Mann, sagte sie, das Wirtshaus könne sie auch allein führen. Wenn nötig, könne Wenzel ihr ja zur Hand gehen. Keine Frage, dass der Angesprochene auf der Stelle einwilligte und eifrig nickte.

Henrike machte ihre Worte wahr und blieb unverheiratet. Keinen Mann ließ sie in ihre Nähe, zahlreiche Freier lehnte sie auf brüske und beschämende Art ab, und auch den Frauen des Dorfes gegenüber verhielt sie sich abweisend bis feindlich. In Ahlbeck galt sie bald als hochnäsig und eingebildet.

»Wie ihre Mutter«, sagten die Leute, »zu hübsch und zu stolz.«

Nur Wenzeslaus Vogelsang ertrug sie an ihrer Seite. Er sei zwar eine verdammte Missgeburt, wie sie ihm oft genug zu verstehen gab, aber er immerhin sei er stumm und rede kein dummes Zeug.

Eine Woche nach den hier geschilderten Vorkommnissen, am Sonntag, den fünften August 1668, hörten die Ahlbecker, die zum Hochamt vor der Kirche versammelt waren, ein seltsames Geräusch, das aus der Heide ins Dorf drang. Das »klack-klack« schien von einer Axt zu stammen, doch wer würde es wagen, am heiligen Sonntag einen Baum zu fällen? Wie sich herausstellte, war es der Heidebauer, der wie ein Irrsinniger die mächtige Eiche am Seerosenteich mit einem Beil bearbeitete. Auch wenn die Arbeit am Sonntag eine Sünde war, so hatten die Ahlbecker doch Verständnis für den Holländer, immerhin hatte sich dessen Sohn am Totenbaum das Leben genommen. Einige Männer wollten Ibing zur Hand gehen, doch er schüttelte den Kopf und sagte, das sei eine Sache zwischen ihm und dem Baum. Drei Stunden dauerte das Hämmern und Klacken, und als den Leuten das Geräusch allmählich auf die Nerven ging und sich Unmut breitmachte, verstummte es plötzlich. Die Eiche war gefällt und seitlich in den Teich gekippt, die knorrigen Äste ragten wie die Knochen eines Skeletts aus dem Wasser. Der Totenbaum war nicht mehr und diente fortan den badenden Kindern des Ortes als Spielgerät.

Von den Schmugglern und Gauklern, die an dem Angriff auf die Ulsenburg und den Schulzenhof beteiligt waren, fehlte in den kommenden Jahren jede Spur. Die Holländer hatten sich auf die andere Seite der Grenze zurückgezogen und traten in der Folgezeit nicht mehr in Erscheinung. Das Rauben und Schmuggeln ließ merklich nach, und spätestens mit Beginn des Krieges gegen Holland hatten die Leute andere Sorgen, als sich um ein paar Viehschmuggler und Wilddiebe zu scheren. Die Rädelsführer Daniel und Roloff wurden ebenfalls nicht gefasst und entkamen ihrer gerechten Strafe. Als man sie am Morgen des nächsten Tages auf dem Festplatz in der Heide arretieren wollte, waren sie längst über alle Berge. Nur ein Holzschild mit der Aufschrift »Madame Fortuna« lag an der Stelle, an der sich ihr Planwagen und das Zelt der Zigeuner befunden hatten. Seltsamerweise ließ der Schulze, der am meisten unter ihrem schändlichen Tun gelitten hatte, kein Kopfgeld auf die Halunken aussetzen. Vermutlich hätten die Steckbriefe, die an allen öffentlichen Plätzen aufgehängt worden wären, ihn zu sehr an den eigenen Verlust erinnert. In Ahlbeck und Umgebung, wo sie sicherlich aufgefallen wären, traten die Rothaarige und sein glatzköpfiger Kumpan jedenfalls nicht mehr in Erscheinung. Was aus den Gaunern wurde, ist den Behörden nicht bekannt und in keiner offiziellen Chronik vermerkt.

Gerüchten zufolge soll der Kunstfechter Thibault weiterhin auf Jahrmärkten aufgetreten sein und arme Bauernburschen verdroschen haben, allerdings nannte er sich nun Guiseppe Bandini und behauptete, ein verarmter Conte aus der Nähe Venezias zu sein. Oft reiste er mit zwei Muskelmännern, die sich in seinem Vorprogramm einen Schaukampf lieferten. Der eine war dunkelhäutig und nicht gerade geschwätzig, der andere redete umso mehr, aber mit einem fürchterlichen ungarischen Akzent.

Auch der Bänkelsänger Stürzenbecher wurde noch des öfteren auf Kirchweihen und Schützenfesten gesichtet, wo er gemeinsam mit seiner Frau Gunhild blutrünstige Moritate zum Besten gab. Eine dieser abenteuerlichen Geschichten hatte eine gewisse Ähnlichkeit mit den Vorfällen, die auf diesen Seiten beschrieben wurden. Darin ging es um einen Mann mit rotem Haar und verunstaltetem Ohr, der blutige Rache an drei Peinigern nahm und mit der Liebe einer hübschen Zigeunerin belohnt wurde. Die Moritat, die von falschen Vätern und echten Mördern handelte, endete mit einer feierlichen, drei Tage dauernden Zigeunerhochzeit und der Geburt eines rothaarigen Zigeunermädchens, dem man den Namen Tabitha gab.

Vor allem das Ende der Moritat sorgte bei den Zuhörern für Heiterkeit. Ein Zigeunerkind mit roten Haaren. Was für ein Unfug! Aber es war ja nur eine Geschichte.

ANMERKUNGEN UND ÜBERSETZUNGEN

S. 3 *Leopold I.*: * 1640, † 1705, röm.-dt. Kaiser (1658-1705)
Ludwig XIV.: * 1638, † 1715, französischer König (1643-1715), der »Sonnenkönig«, ließ das Versailler Schloss erbauen
der Große Kurfürst: Friedrich Wilhelm, * 1620, † 1688, Kurfürst von Brandenburg (1640 - 1688)
S. 5 *gadschos*: (zig.) Bauern
S. 8 *Inkubus*: (lat.) ›der Aufliegende‹, Buhlteufel
S. 9 *Wrangels Leute*: Carl Gustaf Graf von Wrangel, * 1613, † 1676, schwed. Reichsadmiral, erhielt 1646 während des Dreißigjährigen Kriegs den Oberbefehl in Deutschland
S. 10 *Bischof von Galen*: Christoph Bernhard Freiherr von Galen, * 1606, † 1678, Bischof von Münster (1650 - 1678); seine kirchl. und polit. Ansprüche setzte er auch mit Waffengewalt durch (deshalb im Volksmund: ›Kanonen-Bernd‹)
S. 12 *rom*: (zig.) ›Mann, Mensch‹; Eigenbezeichnung der Zigeuner
pali tschidu: (zig.) ›zurückversetzt‹, Ausstoßung auf Zeit
atsinganoi: (zig./byzant.) kleinasiat. Sekte der ›Unberührbaren‹
S. 13 *romany tschib*: (zig.) Sprache der Roma
lawota: (zig.) Geige, Fidel
Zinken: (rotw.) eigentl. »Gekrakel«, Gaunerzeichen
Das Narrenschiff: Moralsatire von Sebastian Brant (* 1457, † 1521) aus dem Jahr 1494, die in Holzschnitten und gereimten Texten die Laster und Torheiten von Personen, Berufen und Ständen festhält
poschotjari: (zig.) Taschendieb
S. 14 *Baldower*: (jidd./rotw.) ›Mann des Wortes‹, Auskundschafter
S. 17 *Wechselbalg*: (veralt.) Volksglauben: missgestaltetes Kind, das den Wöchnerinnen anstelle des eigenen Kindes untergeschoben wird
S. 18 *requiescat in pace*: (lat.) ›Er ruhe in Frieden‹
S. 19 *baro dewel*: (zig.) der große Gott
S. 24 *Renatus Cartesius*: latinisierter Name des franz. Philosophen und Mathematikers René Descartes, * 1596, † 1650
cogito ergo sum: (lat.) ›ich denke, also bin ich‹, der Satz ist Ausgangspunkt der Philosophie des Descartes
S. 24 *Ich bin nicht gekommen, Frieden zu bringen*: Matthäus 10,34
S. 25 *Baccalaureus*: (lat.) ›Hintersasse‹, eigentl. ein nach dem Ritterschlag strebender Knappe, seit dem 13. Jh. Bezeichnung für den untersten akademischen Grad
Selig, die arm sind in ihrem Geist ...: Matthäus 5,3
sancta simplicitas: (lat.) ›heilige Einfalt‹, Ausruf eines Gläubigen auf dem 1. Konzil zu Nicäa (325), der einen ungläubigen Philosophen bekehrte; angeblich die letzten Worte des als Ketzers verbrannten

Jan Hus (*1370, † 1415) auf dem Scheiterhaufen
S. 26 *purgatorium et infernum*: (lat.) ›Fegefeuer und Hölle‹
Schulze: (ahd.) Vorsteher eines dörflichen Gemeindewesens, der mit der niederen Gerichtsbarkeit betraut ist
Kötter: (ndt.) Inhaber eines Kottens, landarmer Kleinbauer
S. 27 *Vogt*: (ahd.), lat. ›Advocatus‹, Vertreter und Sachwalter adeliger oder geistlicher Herrschaften
S. 32 *Status Animarum*: (lat.) ›Zustand der Seelen‹, kirchliches Bevölkerungsverzeichnis
S. 34 *ratio fide illustrata*: (lat.) ›die vom Glauben erleuchtete Vernunft‹
S. 41 *Graf Ernst Wilhelm*: Ernst Wilhelm Graf von Bentheim, * 1643, † 1693, wurde 1668 von Bischof Bernhard von Galen zum katholischen Glauben bekehrt
S. 51 *witsa*: (zig.) Sippe, Familie
S. 52 *Mon dieu*: (franz.) Mein Gott
quelle beauté: (franz.) Was für eine Schönheit
comment tu vas: (franz.) wie geht es dir
Mon ami: (franz.) mein Freund
Kuhmäuler: Männerschuhe ohne Absatz, vorn gerundet und übertrieben breit, sie wurden vor allem im 16. Jh. getragen
n'est-ce pas?: (franz.) nicht wahr?
S. 53 *Parbleu!*: (franz.) Wahrhaftig!
Au diable!: (franz.) Zum Teufel!
S. 55 *betuppen*: (rotw.) betrügen, übervorteilen
Quel affront!: (franz.) Was für eine Beleidigung!
S. 56 *Quelle femme!*: (franz.) Was für eine Frau!
Flett: (ndt.) quer zur Tenne gelagerter Wohnbereich im niederdeutschen Hallenhaus (Fletthaus)
S. 57 *Il n'est pas un idiot*: (franz.) Er ist kein Idiot
S. 58 *Nachfahre des Piraten gleichen Namens*: gemeint ist Klaus Störtebeker, * ?, † 1402, Freibeuter in der Nord- und Ostsee, Führer der sog. Vitalienbrüder
S. 59 *mon frère*: (franz.) mein Bruder
S. 60 *Papst Klemens*: Klemens IX. (1667-69), vorher Giulio Rospigliosi, * 1600, † 1669
Godverdoemme: (ndl.) Gottverdammt
S. 61 *Begrijpt u dat?*: (ndl.) Begreift ihr das?
Pfahlbürger: ursprüngl. die in den mit Pfählen umgrenzten Dörfern wohnenden Bürger; im MA. die Bewohner des platten Landes, die das Bürgerrecht einer Stadt erworben hatten
S. 64 *matka*: (russ.) Mütterchen
S. 65 *Onzin*: (ndl.) Unsinn
S. 71 *dans op de deel*: (ndl.) Tanz auf der Diele

S. 72 *Frater*: (lat.) (Ordens-)Bruder
duivel: (ndl.) Teufel
S. 79 *lowe*: (zig.) Geld
S. 81 *Blechköpfe*: (rotw.) Gendarmen, Polizisten
Feldglocke; (rotw.) Galgen
S. 83 *Jan de Weert*: * 1600, † 1652, bayerischer Feldherr und General des Dreißigjährigen Krieges, entschied die Schlachten von Tuttlingen (1643) und Freiburg (1644) siegreich
Torstenson: Lennart Torstenson, Graf von Ortala, * 1603, † 1651, schwed. Feldherr, schlug die Truppen Jan de Weerts bei Jankau
S. 84 *Der Herr ist ein Kriegsheld* …: Exodus, 15,3
Wallenstein: Albrecht Eusebius Wenzel von Wallenstein, * 1583, † 1634, Feldherr des Dreißigjährigen Krieges, Oberbefehlshaber der kaiserlichen Truppen, als Hochverräter bezichtigt und 1634 in Eger erstochen
S. 93 *An ihren Früchten werdet ihr sie erkennen* …: Matthäus 7,16-20
S. 94 *Schwefelsee*: ›Der Teufel aber, der sie verführt hatte, wurde in den Schwefelsee geworfen, in dem auch das Tier und der falsche Prophet sich befinden‹, Offenbarung d. Johannes 20,10
S. 99 *Lucht*: (ndl.) ›Luft‹, Luft- und Lichtöffnungen neben der Tenne, die dem Gesinde als Wohnnische dient
skrofulös: Skrofulose, heute seltene Form der Tuberkulose
S. 104 *Kämpfen in den benachbarten Niederlanden* …: Freiheitskampf der calvinistischen Niederlande unter Führung Wilhelms von Oranien (* 1533, † 1584) gegen Spanien, die Kämpfe zogen sich seit 1568 über Jahrzehnte hin und wurden erst im Waffenstillstand von 1609 beendet, der den nördl. Niederlanden die Unabhängigkeit sicherte
wenn in Prag einige Gesandte …: Prager Fenstersturz (23. 5. 1618), die Grafen Martinitz und Slawata, Vertreter der katholischen Partei, sowie der Schreiber Fabricius wurden von böhmischen Standesvertretern aus dem Fenster des Prager Rathauses gestoßen; Auslöser des Dreißigjährigen Krieges
Tilly: Johann Tserclaes Reichsgraf von Tilly, * 1559, † 1632, Feldherr im Dreißigjährigen Krieg, Generalissimus der kaiserlichen Truppen
tollen Christian: Christian der Jüngere, Herzog von Braunschweig, * 1599, † 1626, genannt der »tolle Christian«, wurde von Tilly am 6. 8. 1623 im Lohner Bruch geschlagen
S. 108 *Weinmonat*: (veralt.) von Karl dem Großen eingeführte Bezeichnung des Monats Oktober
S. 112 *Johannisnacht*: die Nacht vor dem Johannesfest (24. 6.), im Volksglauben eine Nacht, in der segensreiche wie gefährliche Kräfte

wirksam sind, vor allem glaubte man, der Teufel sei in dieser Nacht unterwegs

S. 116 *Agnus Dei* ...: (lat.) ›Lamm Gottes, erbarme dich unser!‹, katholischer Bittruf

Dona nobis pacem: (lat.) ›Gib uns Frieden!‹

S. 126 *C'est une femme, n'est-ce pas?*: (franz.) Es ist eine Frau, nicht wahr?

S. 127 *On va chercher l'entrée*: (franz.) Wir werden den Eingang suchen

S. 128 *Et patati, et patata!*: (franz.) Papperlapapp!

Kaffer: (rotw.) Bauer

S. 129 *Mes amis*: (franz.) Meine Freunde

Ce gredin!: (franz.) Dieser Schuft!

S. 130 *C'est passé*: (franz.) Das ist vorbei

genévrier: (franz.) Genever, Gin

Mince alors!: (franz.) Verdammt noch mal!

Attention!: (franz.) Vorsicht!

Un enfant!: (franz.) Ein Kind!

S. 133 *jolie*: (franz.) Hübsche

L'amour: (franz.) die Liebe

S. 135 *Gäuche*: (veralt.) (Liebes-)Narren

S. 141 *Morgenlob*: lat. Laudes, Morgengottesdienst der kath. Liturgie

Generalstaaten: die sieben Provinzen der nördlichen Niederlande, die sich 1581 von Spanien und dem Haus Habsburg lossagten

Pater noster: (lat.) Vater unser

Ite, missa est: (lat). ›Gehet, es ist entlassen‹, Entlassungsformel der röm. Messliturgie

Deo gratias: (lat.) ›Dank sei Gott‹

S. 142 *das Pulver des Herrn Schwarz*: gemeint ist Schwarzpulver, benannt nach Berthold Schwarz, dem abendländischen Erfinder des Schießpulvers (Gemisch aus Schwefel, Salpeter und Holzkohle)

S. 143 *Theophrastos*: eigentlich Tyrtamos, * 371 v. Chr., † 287 v. Chr., griech. Philosoph und Naturforscher

Aristoteles: * 384 v. Chr., † 322 v. Chr., griech. Philosoph,

S. 144 *Thrasyas aus Mantinea*: griech. Herrscher der arkadischen Stadt Mantinea im 4. Jahrh. vor Christus

S. 145 *Gott sah alles* ...: Genesis, 1,31

S. 147 *Heumonat*: (veralt.) von Karl dem Großen eingeführte Bezeichnung des Monats Juli

S. 148 *vroedvrouw*: (ndl.) Hebamme

Godverdori: (ndl./ndt.) Gottverdammt

S. 152 *Kapitän*: die militär. Rangbezeichnung »Kapitän« wurde in Deutschland erst im 19. Jh. durch »Hauptmann« ersetzt

S. 168 *Gaa zitten!*: (ndl.) Setz dich!

Metze: (veralt.) Hure, Dirne

S. 174 *Ici, cherie*: (franz.) Hier, mein Liebling
ma chère: (franz.) meine Liebe
Des imbéciles: (franz.) Dummköpfe
S. 175 *Personne*: (franz.) niemand
S. 176 *une bagatelle*: (franz.) eine Kleinigkeit
Rien du tout!: (franz.) Gar nichts!
S. 178 *Brüder vom gemeinsamen Leben*: lat. ›Fratres communis vitae‹, seit dem 14. Jh. vor allem in den Niederlanden und Westdeutschland vorkommende Bruderschaft, die in eigenen Häusern ein klösterliches Leben führte, gemeinsamen Besitz hatte, strenge Askese übte, ohne jedoch durch ein Gelübde gebunden zu sein
Georgstag: 23. April, zurückgehend auf den hl. Georg, den Märtyrer und Drachentöter, der um 303 als röm. Soldat gemartert wurde
moeder: (ndl.) Mutter
Ruud de snot: (ndl) Ruud, der Rotz
S. 179 *vader*: (ndl.) Vater
habsburgischen Spion: im Jahr 1648 entstammten sowohl der span. König Philipp IV. (* 1605, † 1665) als auch der dt. Kaiser Ferdinand III. (* 1608, † 1657) dem Hause Habsburg
Moeders goudketen!: (ndl.) Mutters Goldkette!
S. 180 *Domkop!*: (ndl.) Dummkopf!
S. 181 *Diaspora*: (griech.) Gebiet, in dem die Anhänger einer Konfession in der Minderheit sind
S. 182 *Sanctus*: (lat.) das Dreimalheilig, Lobruf der christl. Liturgie
Et dimitte …: (lat.) ›Und vergib uns unsere Sünden.«
Gloria in excelsis Deo: (lat.) ›Ehre sei Gott in der Höhe‹, Lobruf der christl. Liturgie
S. 183 *peinliche Befragung*: mittelalterl. Strafrecht, im Inquisitionsprozess die Hauptvernehmung des Angeschuldigten, vielfach auch die Befragung während der Folter
S. 184 *Lasst die Kinder …*: Matthäus 19,14
S. 189 *Hexenhammer*: lat. »Malleus Maleficarum«, 1487 in Straßburg veröffentlichte Schrift der Dominikaner Heinrich Institoris und Jacob Sprenger, in der das Wesen und die Verfolgung des Hexenwesens beschrieben wird. Der dritte Teil, der den endlosen Gebrauch der Folter befürwortete, wurde zum Strafkodex der Gerichtspraxis in Mitteleuropa
S. 193 *Halbling*: (veralt.) uneheliches Kind, Bastard
So steht es in der Bibel: Markus 5, 1-13
S. 201 *wie Jesus in der Wüste*: Matthäus 4, 10
Aspergillum: (lat.) Weihwasserwedel der kathol. Kirche
sed libera nos a malo: (lat.) sondern erlöse uns von dem Bösen (letzte Zeile des Vaterunsers)

S. 209 *Das Schwert wird aus dem Mund fahren* ...: Offenbarung des Johannes 19,21
S. 214 *mulo*: (zig.) tot
S. 215 *du monde entier*: (franz.) von der ganzen Welt
S. 220 *mursch*: (zig.) Mann
S. 221 *na*: (zig.) nein
S. 223 *hazika*: (zig.) Kleid, Rock
S. 224 *Je stomme jong ... waarom hebt je dat gedaan*: (ndl.) Du dummer Junge ... Warum hast du das getan?
S. 226 *Rot*: (rotw.) Bettler, daher *Rotwelsch*: Bettler-/Gaunersprache
Religion: (rotw.) Beruf
Kochemer Loschen: (rotw./jidd.) Gaunersprache, Rotwelsch
Bachwalm: (rotw.) Penis
Busche: (rotw.) weibliche Scham, Vulva
S. 232 *Funke*: (rotw.) König
S. 234 *kertschemáro*: (zig.) Wirt
mol: (zig.) Wein
matto: (zig.) betrunken
S. 242 *Angelus Custos*: (lat.) Schutzengel
Rex et Capitaneus: (lat.) König und Kapitän/Hauptmann
S. 247 *Zie toe!*: (ndl.) Sieh zu!, Mach's gut!
S. 252 *Wat heeft dat te betekenen?*: (ndl.) Was hat das zu bedeuten?
Dat is waar: (ndl.) Das ist wahr
S. 254 *Willem, luister*: (ndl.) Wilhelm, hör zu
S. 255 *Waar is hij?*: (ndl.) Wo ist er?
Verfloekt!: (ndl.) Verflucht!
Dat vind ik vreemd: (ndl.) Das finde ich seltsam
S. 258 *Si, señor*: (span.) Ja, mein Herr
S. 262 *Gezondheid!*: (ndl.) Gesundheit!, Prost!
S. 263 *Verduiveld! ... Ben-je dom! ... Niet bewegen!*: (ndl.) Zum Teufel! ... Bist du dumm! ... Nicht bewegen!
S. 264 *Waar is de kapitein?*: (ndl.) Wo ist der Kapitän?
S. 271 *Holà!*: (franz.) Hoppla!
S. 273 *Meisje*: (ndl.) Mädchen
Hax pax max: (pseudolat.) ›Hax pax max Deus adimax‹. Zauberformel fahrender Schüler, wurde später zu ›Hokuspokus‹
S. 281 *Je onnoozele!*: (ndl.) Du Idiot!, Du Blödmann!
Niet schieten!: (ndl.) Nicht schießen!
S. 291 *Feldzug gegen Holland*: einer von vier Kriegen Ludwigs XIV. gegen die Vereinigten Niederlande (1672 - 1678), bei dem der Fürstbischof Bernhard von Galen an der Seite der Franzosen teilnahm